*SJALUSIMANNEN
OG ANDRE FORTELLINGER*

질투
하
는

남
자

요 네 스 뵈 소 설 집
문 희 경 옮 김

차
례

1부　질투

2부   권력

일러두기

· 본서는 저자 및 저작권사의 공식 인정을 받은 Robert Ferguson의 영어판 번역과
  노르웨이어판을 바탕으로 번역되었습니다.
· 인명을 포함한 고유명사는 현지 발음을 기준으로 표기하였습니다.
· 원문에서 이탤릭체로 강조한 부분은 볼드체 등 별도 서체로 표시했습니다.
· 모든 주는 옮긴이주입니다.

1부

질투

JO NESBØ

SJALUSIMANNEN
OG ANDRE FORTELLINGER

런던

나는 비행이 두렵지 않다. 평균 수준으로 항공편을 이용하는 사람이 추락 사고로 사망할 가능성은 천백만 중 하나다. 비행기 좌석에 앉아 심장마비로 사망할 확률이 이보다 여덟 배나 높다.

나는 이륙하고 안정적으로 비행하기를 기다렸다가 몸을 옆으로 기울였다. 창가 자리에서 울면서 떨고 있는 여자에게 위안이 되기를 바라며 이 통계치를 조용히 읊어주었다.

"사실 겁이 날 때는 통계치 따위가 무슨 소용이겠어요." 또 이렇게 덧붙였다. "제가 이런 말씀을 드리는 건 어떤 느낌인지 정확히 알아서예요."

창밖만 내다보던 당신이 천천히 고개를 돌려 나를 보았다. 옆좌석에 누가 있는 걸 이제야 인지한 표정이었다. 비즈니스석은 좌석 간의 간격이 몇 센티미터 정도 더 여유로워서 조금만 집중하면 주위에 아무도 없는 것처럼 생각할 수 있다. 게다가 비즈니스석 승객들 사이에는 가벼운 인사와 실질적인 용무("블라인드를 내려도 될까요?") 외에는 각자의 이런 의도적인 착각을 깨뜨리지 않는다는 암묵적인 공감대가 형성된다. 발아래 공간도 넉넉해서 화장실에 다녀오거나 기내 선반을 열 때 함께 일어서주지 않아도 되니 비행시간이 반나절 이상이어도 서로 철저히 모른 척하는 것이 어느 정도는 가능하다.

당신 표정을 보니 내가 비즈니스석 승객의 첫 번째 규칙을 어겨서 조금 놀란 듯했다. 무심한 듯 우아한 옷차림으로 보아(바지와 스웨터의 색상이 아주 조화롭지는 않은데도 당신은 잘 어울렸다), 당신은 이코노미석을 타본 지 한참 된 사람이다. 타본 적이 없거나. 그런데 먼저 운 건 당신이었으니 암묵적 벽을 허문 사람도 당신이 아닌가? 나를 등지고 울었으니 옆좌석 승객과 감정을 나누고 싶지 않다는 점을 분명히 해두긴 했지만.

어쨌든 위로의 말 몇 마디 건네지 않는 건 지나치게 몰인정하므로, 나의 난감한 처지를 당신이 알아주길 바랄 뿐이었다.

당신의 얼굴은 핏기가 없고 눈물로 얼룩졌는데도 엘프처럼 아름다웠다. 창백하고 눈물 젖은 얼굴이라 아름다워 보인 걸까? 나는 늘 여리고 섬세한 것에 약하다. 나는 이륙 전에 스튜어디스가 물잔을 주면서 깔아준 냅킨을 당신에게 건넸다.

"고맙습니다." 당신이 냅킨을 받았다. 애써 미소를 짓고 냅킨으로 한쪽 눈에 흐르던 마스카라 자국을 눌렀다. "그래도 전 믿지 않아요." 당신은 창 쪽을 돌아보며 자기를 숨기려는 듯 창문에 이마를 대고 다시 몸을 떨면서 울었다. 뭘 믿지 않는다는 거지? 내가 당신 느낌을 안다는 거? 어쨌든 내 할 도리는 했으니 이제 당신을 혼자 두기로 했다. 원래는 영화를 반쯤 보고 잠을 청할 생각이었다. 잠을 자봐야 한 시간 남짓일 것이다. 나는 아무리 긴 비행이라도 잠을 잘 자지 못했다. 자야 한다는 것을 알면 더 못 잤다. 런던에서 여섯 시간 체류하고 다시 뉴욕으로 돌아가야 했다.

'안전벨트를 매주세요'라는 표시등이 꺼지자 스튜어디스가 일어나 다가왔다. 당신과 나 사이의 폭이 넓고 튼튼한 팔걸이에 놓인 빈 잔을 치웠다. 아까 이륙 전에 기장이 오늘 밤 뉴욕에서 런던으로 가는 항공편은 다섯 시간 십 분 걸릴 거라고 안내했다. 우리 주위의 누군가는 이미 등받이를 뒤로 젖히고 담요를 둘렀고, 누군가는 불 켜진 화면 앞에서 식사가 나오길 기다렸다. 나와 옆자리 여자는 이륙 전에 스튜어디스가 메뉴를 들고 돌아다닐 때 식사를 하지 않겠다고 일러두었다. 내가 고전 영화 섹션에서 영화 한 편(《열차 안의 낯선 자들》)을 발견하고 기뻐하며 헤드폰을 쓰려는 순간 당신 목소리가 들렸다.

"남편이요."

나는 헤드폰을 든 채로 여자를 돌아보았다.

마스카라가 흐르다 멈추고 이제는 무대 화장처럼 눈가에 번졌다. "제 친한 친구랑 바람이 났어요."

상대를 아직 친한 친구라고 부르는 게 이상한 걸 아는지 모르지만, 어차피 내 일이 아니니 지적할 필요는 없을 것 같았다.

"저런." 나는 이렇게만 말했다. "캐물으려던 건 아니었습니다만……."

"괜찮습니다. 누가 관심을 보여줘서 고맙네요. 그러는 사람이 드물죠. 다들 우울하고 슬픈 얘기에는 겁을 먹죠."

"그건 맞는 말씀이에요." 나는 헤드폰을 옆으로 치울지 말지 머뭇거렸다.

"지금쯤 둘이 같이 침대에 들어갔을 거예요." 당신이 말했다. "로버트는 늘 발정이 나 있어요. 멜리사도 그렇고. 지금도 제 실크 시트 속에서 섹스하고 있겠죠."

순간 삼십대 부부의 그림이 그려졌다. 남자는 돈을, 아주 큰 돈을 벌었고, 당신은 이부자리를 고르는 역할이다. 인간의 뇌는 고정관념을 형성하는 재주가 뛰어나다. 때로는 틀리기도 하고 때로는 맞기도 하다.

"참 심각한 일이군요." 나는 과도하게 극적인 말투로 들리지 않으려고 주의했다.

"그냥 죽고 싶어요." 당신이 말했다. "아까 그 비행기 이야기는 실수하신 거예요. 전 그냥 이 비행기가 추락하면 좋겠거든요."

"저는 아직 할 일이 많은데요." 내가 짐짓 걱정스러운 표정을 지었다.

당신이 나를 물끄러미 보았다. 재미가 없거나 적어도 타이밍이 좋지 않은 농담이었을 수도 있다. 상황이 상황이니만큼 지나치게 가벼웠을 수도 있다. 어쨌든 당신은 죽고 싶다고 했고, 내게 이런 농담을 던질 핑계도 주었다. 내 농담이 부적절하고 무신경하게 들렸을 수도 있고, 짓누르는 우울감을 잠시나마 풀어주었을 수도 있었다. 흔히 하는 말로 '희극적인 기분 전환'이었다. 농담이 통했다면. 어쨌든 나는 그런 말을 한 걸 후회하며 실제로 숨을 참았다. 그리고 당신이 웃었다. 질퍽한 물웅덩이에서 일어난 잔물결 같은 미소일 뿐이고 그나마도 이내 사라졌지만. 나는 다시 숨을 내쉬었다.

"긴장하지 마세요." 당신이 조용히 말했다. "죽을 사람은 저밖에 없어요."

나는 의아한 표정으로 당신을 보았지만, 당신은 내 시선을 피하며 객실 안을 보았다.

"저기 둘째 줄에 아기가 있네요." 당신이 말했다. "비즈니스석인데 밤새 울지도 모를 아기가 탔다, 어떻게 생각해요?"

"생각할 게 뭐가 있어요?"

"여기 타려고 돈을 더 낸 사람들은 잠을 더 자고 싶어서 그런다는 걸 저 부모들이 알아야 한다고 말할 수도 있죠. 곧바로 업무를 보러 가야 하거나 오전 첫 회의가 잡혀 있을 수도 있잖아요."

"뭐, 그럴 수도. 그래도 항공사가 비즈니스석을 노키즈존으로 만들지 않는 이상 부모들이 이용하지 말아주기를 기대할 순 없죠."

"그렇다면 항공사가 우릴 속였으니 처벌받아야죠." 당신은 다른 쪽 눈 밑을 살며시 눌렀다. 내가 준 냅킨이 아니라 당신의 크리넥스로 바뀌어 있었다. "비즈니스석 광고에는 더없이 행복하게 잠든 승객들 사진이 나오니까요."

"장기적으로는 항공사도 대가를 치르겠죠. 누리지도 못할 서비스에 돈을 내고 싶은 사람이 없을 테니까요."

"그런데 그들은 왜 그렇게 할까요?"

"부모요, 항공사요?"

"부모야 창피당하는 거에 비해 금전적 이득이 크니까 그렇다 쳐요. 그런데 항공사는 비즈니스석 서비스 품질이 떨어지면 금전적으로 손해를 볼 텐데요?"

"아동 친화적이지 않다고 공개적으로 망신을 당하면 항공사의 명성에 흠집이 나잖아요."

"아이는 비즈니스석에서 울든 이코노미석에서 울든 관심도 없잖아요."

"맞는 말이긴 한데, '어린아이 부모'에게 친화적이지 않다는 뜻이었어요." 내가 미소를 지었다. "항공사들은 아파르트헤이트로 보일까 우려하겠죠. 하긴 비즈니스석에서 우는 사람을 이코노미석에 앉히고 그 자리는 싼 항공권을 사고 서글서글하게 잘 웃는 사람에게 양보하게 한다면 문제가 해결되겠네요."

당신의 웃음소리는 나긋나긋 매력적이었고, 이번에는 미소가 눈가에까지 닿았다. 어떻게 당신처럼 아름다운 여자를 두고 바람을 피우는지 이해하기 쉽지 않고 나도 그랬지만, 원래 그런 것이다. 그건 외적인 아름다움의 문제도 아니고 내적인 아름다움의 문제도 아니다.

"어느 쪽에서 일하세요?" 당신이 물었다.

"전 심리학자이면서 연구자입니다."

"뭘 연구하시는데요?"

"사람들요."

"역시. 그래서 뭘 알아내셨어요?"

"프로이트가 옳았다는 거요."

"뭐에 대해?"

"사람들은, 예외가 있기는 해도, 대체로 무가치하다는 거요."

당신이 웃었다. "전적으로 동감이에요. 성함이……."

"숀이라고 불러주세요."

"전 마리아예요. 그런데 그거 진짜로 믿으시는 건 아니죠, 숀?"

"예외가 있기는 해도 사람들이 무가치하다는 거요? 왜 안 믿을 거 같아요?"

"연민이 있는 분인 걸 보여주셨잖아요. 진정한 염세주의자에게 연민은 의미가 없을 테니."

"그렇네요. 그럼 제가 왜 거짓말을 할까요?"

"같은 이유죠. 연민을 느끼는 분이니까. 당신도 저처럼 비행이 무섭다면서 조심스럽게 저를 위로해주셨잖아요. 또 제가 배신당했다고 하니까 세상에는 나쁜 사람이 가득하다고 위로해주고요."

"와. 심리학자는 제가 아니었나요."

"거봐요. 그 직업을 선택한 것도 어떤 분인지 보여주죠. 그냥 인정하세요. 어차피 당신이란 사람 자체가 당신의 주장을 반증하는 좋은 예니까요. 당신은 가치 있는 분이에요."

"저도 그랬으면 좋겠네요, 마리아. 하지만 제가 보여주는 연민은 영국 부르주아 가정교육의 성과일 뿐이지, 저란 사람이 저 이외에 남에게 그리 가치 있는 사람이라는 의미는 아닐 겁니다."

당신이 거의 알아채지 못할 만큼 내 쪽으로 몸을 돌렸다. "그럼 당신을 가치 있게 만들어주는 건 가정교육이네요, 숀. 그래서요? 당신이 어떻게 생각하고 느끼는지가 아니라 당신이 어떻게 행동하는지가 당신을 가치 있게 만들어주는 거죠."

"과장하시는 거 같은데요. 제 가정교육은 허용되는 행동 규범을 어기지 않게 만들어줄 뿐이지, 진정한 희생을 감수하게 해주지는 않아요. 적응하고 살면서 불쾌한 일을 피할 뿐이죠."

"음, 그래도 심리학자로서는 가치가 있잖아요."

"사실 그쪽으로도 부족한 사람인 것 같아요. 조현병 치료법을 발견할 만큼 명석하거나 근면한 연구자도 아니니까요. 이 비행기가 추락한다 해도 세상이 잃을 거라고는 한 줌 심리학자들만 구독하는 학술지에 실릴, 확증 편향에 관한 다소 지루한 논문 한 편밖에 없어요. 그게 다예요."

"너무 수줍어하시는 거 아닌가요?"

"그래요, 수줍어한다, 제가 가진 또 하나의 악덕이죠."

이제 당신이 활짝 웃었다. "당신이 사라지면 부인과 자제분들이 그리워하지 않을까요?"

"예." 내가 딱 잘라 답했다. 복도 좌석이라 창밖을 보며 한밤중 저 아래 대서양에서 재미난 뭔가를 발견한 척하면서 대화를 마무리지을 수도 없었다. 앞좌석 등받이 주머니에서 잡지를 꺼내는 것도 너무 뻔해 보였다.

"죄송해요." 당신이 나직이 말했다.

"괜찮습니다. 아까 죽을 거라고 하신 건 무슨 뜻인가요?"

우리는 눈이 마주쳤고 처음으로 서로를 **보았다**. 돌이켜 해석하는 건지는 모르지만 그 순간 우리 둘 다 이 만남으로 모든 것이 달라질 거라고 어렴풋이 감지한 것 같다. 실제로 이미 달라졌다. 당신도 같은 생각을 했는지 팔걸이 너머 내 쪽으로 몸을 기울이다가 내가 긴장한 걸 알고 멈칫했다.

당신의 향수 냄새에 그녀가 생각났다. 그녀의 냄새, 그녀가 돌아온 것 같았다. 당신은 다시 당신 자리로 넘어가 나를 보았다.

"저 자살할 거예요." 당신이 속삭였다.

그러고는 등받이에 기대며 나를 살폈다.

내가 어떤 표정을 지었는지 모르지만, 당신이 거짓말을 하는 게 아닌 걸 알았다.

"어떻게 하려고요?" 내가 겨우 끄집어낸 말이다.

"말씀드릴까요?" 당신이 모호하고도 재미있어하는 미소를 지었다. 나는 이 물음에 대해 생각했다. 알고 싶나?

"사실 정확한 표현은 아니에요. 우선 자살하는 게 아니에요. 그건 이미 해봤어요. **저를** 죽이는 건 제가 아니라, 그들이에요."

"그들?"

"네. 제가 계약서에 서명을……." 당신은 카르티에 손목시계를 보았다. 로버트라는 남자에게 받은 선물이겠지. 그가 바람피우기 전이었을까, 이후였을까? 이후다. 멜리사라는 여자가 처음도 아니었고 그는 처음부터 바람을 피웠을 것이다. "······했어요. 네 시간 전에."

"그들이라면?" 내가 다시 물었다.

"자살 에이전시요."

"그러니까······ 스위스처럼? 조력자살 같은 건가요?"

"네, 조력이 더 많이 필요하지만요. 다른 게 있다면 그들은 자살로 보이지 않게 죽여준다는 거예요."

"정말요?"

"못 믿겠어요?"

"전······ 아 네, 믿어요. 그냥 좀 놀라서요."

"이해가 가요. 이건 우리 둘만의 얘기여야 해요. 계약서에 비밀 유지조항이 있어서 아무한테도 말하면 안 되거든요. 그런데······." 당신이 미소를 지었지만 눈에는 다시 눈물이 차올랐다. "······견딜 수 없이 지독하게 외로워요. 당신은 모르는 분이에요. 심리학자고. 심리학자도 비밀유지조항에 서약하지 않나요?"

나는 헛기침을 했다. "네, 환자에 관해서는 그렇습니다."

"그럼 제가 환자가 될게요. 지금은 진료 예약도 없는 것 같은데. 상담료가 얼마인가요, 박사님?"

"이런 식으로 일하지 않습니다, 마리아."

"물론 그렇겠죠. 직업 규정을 위반하는 걸 테니. 그래도 한 인간으로서 들어주실 수 있잖아요?"

"자살 성향이 있는 사람이 속마음을 털어놓는데 심리학자인 제가 아무런 조치를 취하지 않으면 윤리 문제가 발생한다는 점을 이해해주세요."

"이해를 못 하시네요. 조치를 취하기에는 늦었고, 전 이미 죽었어요."

"죽었어요?"

"이 계약은 번복할 수 없고, 저는 삼 주 안에 살해당해요. 그들이 미리 설명해줘요. 일단 계약서에 서명하면 비상 버튼은 없다면서 그런 걸 허용하면 나중에 갖가지 법적 문제에 휘말릴 수 있다더군요. 그러니까 쇼, 지금 시체 옆에 앉아 계시는 거예요." 당신이 웃었지만, 이번에는 웃음소리가 크지도 비통하지도 않았다. "그러니 같이 한잔하면서 잠깐 제 얘기를 들어주실 수 있죠?" 당신이 길고 가느다란 팔을 서비스 버튼을 향해 뻗었고, 수중 음파 탐지기 같은 소리가 좌석들 사이로 퍼져나갔다.

"별수 없네요." 내가 말했다. "그래도 조언은 하지 않겠습니다."

"그래요. 이 얘기를 아무한테도 말하지 않겠다고 약속하시는 거죠? 제가 죽은 뒤에도?"

"약속해요. 그게 당신한테 무슨 차이인지 모르겠지만."

"아, 차이가 있어요. 제가 계약서의 비밀유지조항을 깨뜨리면 그들이 제 부동산을 잡고 소송해서 돈을 다 빼앗을 테고, 그러면 제가 돈을 남겨야 할 기관에는 거의 한 푼도 돌아가지 않을 수 있거든요."

"필요하신 거 있어요?" 스튜어디스가 우리 옆에 소리 없이 나타났다. 당신이 내 쪽으로 몸을 기울여 진토닉 두 잔을 주문했다. 당신이 입은 스웨터의 목 부분이 살짝 앞으로 내려와서 하얀 속살이 드러났고, 이제 그녀의 향이 나지 않았다. 당신에게서는 달콤한 아로마향 같은, 석유향 같은 향기가 옅게 풍겼다. 맞다, 석유. 또 이름이 생각나지 않는 어떤 나무의 향. 남성적인 느낌이 나는 향도 섞여 있었다.

스튜어디스가 서비스등을 끄고 떠나자 당신이 신발을 벗어 던졌다. 그리고 나일론 스타킹을 신은, 발레리나 같은 가느다란 발목을 쭉 뻗었다.

"자살 에이전시는 맨해튼에 꽤 큰 사무실을 두고 있어요." 당신이 말했다. "법률사무소이고, 그들 말로는 완전히 합법적이고 공정한 일이라고 하는데, 저도 그건 의심하지 않아요. 이를테면 그들은 정신적으로 문제가 있는 사람을 죽이지는 않아요. 계약서에 서명하기 전에 정신 감정을 철저히 받아야 하고요. 보험 계약이 있으면 해약해야 해요. 그래야 보험회사로부터 소송당하지 않으니까요. 다른 조항도 많지만 가장 중요한 게 비밀유지조항이에요. 미국에서는 성인들이 자발적으로 합의한 경우라면 두 당사자의 권리가 다른 대다수 국가보다 더 보장되죠. 그래도 이런 사업이 알려지고 언론의 주목을 받으면 그들로서는 정치인들이 나서서 그들을 방해할까 우려하죠. 자살 에이전시는 서비스를 광고하지 않고, 고객들도 알음알음으로 찾아오는 부자들이에요."

"음, 그럼, 그래요, 그들이 왜 눈에 띄지 않으려는지 알겠네요."

"고객들에게도 선택의 자유가 필요하죠. 어쨌든 자살은 부끄러운 일이잖아요. 낙태처럼. 낙태 병원도 불법으로 운영하면서 무슨 시술을 하는지 문 앞에 내걸지 않잖아요."

"그렇죠."

"또 당연하게도 비밀유지와 수치심이 이 비즈니스 콘셉트의 근간에 깔려 있어요. 고객들은 큰돈을 내고 신체적으로나 정신적으로 최대한 불쾌하지 않고 예상치 못한 방식으로 사라지고 싶어해요. 다만 가장 중요한 건 가족이든 친구든 세상이든 자살을 의심할 수 없는 방식이어야 한다는 거예요."

"그들이 어떻게 진행하는데요?"

"그 얘기는 못 들었어요. 방법은 무수히 많고 계약서에 서명하면 삼 주 안에 진행된다는 말만 들었어요. 다른 사례에 대해서도 듣지 못했고요. 그런 걸 들으면 의식하든 그렇지 않든 어떤 상황을 피하게 되고, 그러다 보면 불필요하게 공포에 사로잡힐 테니까요. 그저 고통이 전혀 없을 것이고 그런 상황이 다가오는지조차 모를 거라고만 했어요."

"누군가는 스스로 목숨을 버린 걸 숨기는 게 왜 중요한지는 알 것 같아요. 그런데 당신은 왜죠? 그러면 오히려 복수를 못 하는 거 아닌가요?"

"로버트랑 멜리사한테?"

"자살로 보여도 수치심이 들지는 않을 상황이잖아요. 로버트와 멜리사는 자책할 테고, 그러다 서로를 원망하겠죠. 그런 일이 꽤 있잖아요. 자식이 자살하면 그 집 부모들의 이혼율이 얼마나 되는지 알아요? 아니면 그 부모들의 자살률은?"

당신은 그냥 나를 바라보았다.

"죄송해요." 내 얼굴이 조금 붉어지는 느낌이 들었다. "순전히 제가 당신 입장이라면 어떨 거 같다는 생각만으로 당신한테 복수 욕구를 덮어씌우고 있네요."

"지금 당신 이미지가 나빠졌다고 생각하는군요, 슌."

"네."

당신은 잠깐 크게 웃었다. "괜찮아요. 당연히 저도 복수하고 싶죠. 하지만 당신은 로버트랑 멜리사를 몰라요. 제가 자살하면서 로버트가 불륜을 저질러서라고 유서를 남기면 그이는 당연히 부인하겠죠. 제가 우울증 치료를 받은 사실을 들면서, 아, 치료받은 건 사실이에요, 막판에는 편집증으로 넘어갔다고 말할 거예요. 그이랑 멜리사는 용의주도해서 두 사람의 관계에 대해서는 아무도 모를 거고요. 로버트는 장례식이 끝나고 6개월 정도는 단지 남들 이목을 생각해서 금융계 지인들 모임에서 만난 사람과 데이트를 하겠죠. 그 자리의 모두가 멜리사에게 군침을 흘릴 테고, 멜리사도 만나줄 듯 말 듯 하면서 지내겠죠. 그리고 멜리사와 로버트가 사귀게 되었다고 알리면서 제 죽음으로 함께 슬픔을 나누다가 그렇게 된 거라고 말하겠죠."

"그러네요, 저보다 더 염세주의자이신 것 같네요."

"그럴 거예요. 정말로 역겨운 게 뭔지 알아요? 로버트가 은근히 자부심을 느낄 거라는 거예요."

"자부심요?"

"여자가 그의 전부를 차지하지 못해서 더는 살고 싶어하지 않았다는 사실에요. 그 사람은 세상을 그런 식으로 보거든요. 멜리사도 그렇고. 제가 자살하면 그이는 주가가 더 뛸 거고, 둘은 결국 더 행복해지겠죠."

"정말 그렇게 생각해요?"

"확신해요. 르네 지라르의 '모방 욕망'에 대해 아시나요?"

"아뇨."

"지라르의 이론에서는 우리가 기본 욕구를 충족시키면 그 이상은 뭘 원하는지 모른다고 말해요. 그래서 주변 사람들을 모방하고 남들이 가치를 두는 데 덩달아 가치를 두죠. 주위에서 믹 재거가 섹시하다고 하면 우리도 결국 그를 원하게 되는 거죠. 원래는 그가 못생겼다고 생각했어도요. 제가 자살해서 로버트의 주가가 올라가면 멜리사는 그를 더 원하게 되고 그들은 더 행복해지겠죠."

"알겠어요. 그럼 당신이 사고를 당하거나 이런저런 자연사로 죽은 게 되면?"

"그럼 정반대의 효과가 생기죠. 저는 우연이나 운명이 앗아간 사람이 되죠. 로버트는 제 죽음과 저라는 사람을 달리 보겠죠. 그러면 저는 서서히 뚜렷하게 성스러운 아우라를 두르겠죠. 그러다 그때가 오면, 그러니까 멜리사가 로버트에게 성가신 존재가 될 때가 오면, 분명히 오긴 와요, 그러면 로버트는 저의 모든 좋은 면을 떠올리며 우리가 함께한 시간을 그리워하겠죠. 이틀 전에 그이한테 자유롭고 싶어서 떠난다고 편지를 남겼어요."

"그러면 바람피우는 걸 당신에게 들켰다는 걸 로버트는 모르는 거예요?"

"그이 휴대전화로 둘이서 주고받은 메시지를 읽었지만, 이제껏, 지금 당신한테 말하기 전에는 아무한테도 말하지 않았어요."

"그럼 그 편지의 목적은?"

"처음에 그이는 자기가 먼저 헤어지자고 말하지 않아도 돼서 잘됐다 싶겠죠. 덕분에 위자료도 아끼고 자기는 좋은 사람으로 보일 테니까요. 얼마 안 가 멜리사와 사귀는 게 알려진다고 해도요. 그러다 머지않아 제가 편지에 심어둔 씨앗에서 싹이 날 거예요. 네, 자유롭고 싶어 그를 떠난다는 말이요. 그이보다 더 나은 사람을 만날 수도 있을 거라고 생각했다는 뜻이니까. 또 떠나기 전에 이미 누군가가 있었을 수 있다는 뜻이기도 하고. 저를 원하는 사람. 로버트가 이 생각을 하는 순간……."

"……그럼 당신이 모방 욕망을 불러일으키는 사람이 되는군요. 그래서 자살 에이전시를 찾아간 거고."

당신이 어깨를 으쓱했다. "그래서 자살로 자식을 잃은 부모의 이

24

혼율이 얼마나 되는데요?"

"네?"

"어느 쪽 부모가 자살해요? 엄마죠, 맞죠?"

"글쎄요, 한번 맞춰봐요." 나는 앞좌석 등받이에 시선을 고정한 채로 말했다. 하지만 더 자세한 대답을 기다리는 당신의 시선이 느껴졌다.

어둠 속에서 술잔 두 개가 마술처럼 나타나서 우리 사이의 팔걸이에 놓이자 일단 그 순간을 모면했다.

나는 헛기침을 했다. "그렇게 오래 기다리는 건 견디기 어렵지 않을까요? 매일 아침에 눈을 떠서 어쩌면 오늘 죽을지 모른다고 생각한다면."

당신이 머뭇거렸다. 당신은 내가 그 말을 그렇게 쉽게 꺼내는 것을 못마땅해했다. 그래도 그냥 넘기고 대답했다. "오늘 죽지 않을 수 있다고 생각하는 게 더 불쾌하다면 그렇게 힘들진 않아요. 당연히 죽음의 공포가 엄습할 때도 있죠. 원치 않는 생존 본능, 그러니까 죽음의 공포가 삶의 공포보다 클 때가 있어요. 심리학자이니 잘 아실 거예요." 당신이 '심리학자'를 약간 강조해서 말했다.

"그럴 수도." 내가 말했다. "파라과이 유목민 부족들에 대한 연구가 있었어요. 그들은 부족회의를 통해 늙고 쇠약해져서 부족에 짐이 되니 죽여야 할 사람을 정해요. 당사자는 언제, 어떻게 죽을지 모르지만, 인생이 원래 그런 거라고 담담히 받아들이고요. 어쨌든 그들 부족은 먹을 것도 없고 척박한 환경에서 긴 세월 힘들게 떠돌며 살아남았어요. 약자들을 희생시켜 건강한 사람들을 보호하며 부족 전체가 살아남은 거죠. 지금 죽음을 선고받은 노인들도 젊을 때는 어두운 밤에 오두막 앞에서 어느 노쇠한 증조할머니의 머리

25

를 몽둥이로 내리쳐야 했을 거예요. 그런데 이 연구에서 부족민들에게는 불확실성이 심각한 스트레스를 유발하고 부족의 기대수명이 짧은 원인일 수도 있다고 나타났어요."

"물론 스트레스를 받아요." 당신이 하품하며 스타킹 신은 발이 내 다리에 닿을 만큼 쭉 뻗었다. "사실 삼 주보다 덜 걸리기를 원하지만 가장 안전한 방법을 찾는 데 시간이 걸리나 봐요. 사고사로 보이면서도 고통이 없어야 한다면 계획을 신중히 세워야겠죠."

"이 비행기가 추락하면 돈은 돌려받나요?" 내가 이렇게 묻고 진토닉을 마셨다.

"아뇨. 고객 한 명에게 들어가는 비용이 막대한 데다 애초에 자살하고 싶어한 사람들이니, 그들이 서비스를 진행하기 전에 의도했든 아니든 고객이 먼저 해결하는 상황에 대해서는 그들 나름의 보험이 필요하다고 했어요."

"흠. 그럼 길어야 이십일 일이 남았군요."

"조금 있으면 이십 일 하고 반나절이요."

"그래요. 그럼 그동안 뭘 하려고 했어요?"

"한 번도 해본 적 없는 거. 모르는 사람들하고 얘기하고 술 마시는 거요."

당신이 술을 죽 들이켜 술잔을 비웠다. 내 심장이 무슨 일이 일어날지 아는 것처럼 쿵쾅거렸다. 당신이 술잔을 내려놓고 내 팔에 손을 얹었다. "그리고 당신하고 사랑을 나누고 싶어요."

무슨 말을 해야 할지 떠오르지 않았다.

"저 지금 화장실 가요." 당신이 말했다. "이 분 안에 따라오면 거기 있을게요."

무슨 일이 벌어지는 느낌이 들었다. 가벼운 욕구가 아니라 온몸으로 퍼지는 기쁨, 오래도록, 아주 오래도록 느껴보지 못한, 다시 태어나는 기분. 솔직히 말하면 이런 감정을 다시 맛볼 줄은 몰랐다. 당신은 곧 일어설 것처럼 팔걸이에 손바닥을 짚었지만 그대로 앉아 있었다.

"제가 그렇게 강한 사람은 아닌가 봐요." 당신이 한숨을 쉬었다. "정말로 와주실지 알아야겠어요."

나는 술을 한 모금 마시며 시간을 벌었다. 당신은 내 술잔을 바라보며 기다렸다.

"저한테 누가 있으면 어쩌시려고요?" 내 목소리가 갈라져서 나왔다.

"없잖아요."

"제가 당신한테 매력을 느끼지 않으면? 아니면 게이라면?"

"겁나요?"

"네. 여자들이 성적으로 적극적으로 나오면 무서워요."

당신이 내 얼굴에서 뭔가를 찾으려는 듯 가만히 들여다보았다. "그래요. 알겠어요. 죄송해요. 저도 원래 이런 사람은 아닌데 지금은 꾸물거릴 시간이 없어서요. 그래서 우리 뭐 하죠?"

다시 마음이 차분해졌다. 심장은 여전히 빠르게 뛰지만 두려움과 회피 본능은 가라앉았다. 나는 술잔을 들고 돌렸다. "런던에서 연결편을 타시나요?"

당신이 고개를 끄덕였다. "레이캬비크. 착륙하고 한 시간 후 떠나요. 무슨 생각 했어요?"

"런던의 호텔."

"어느 호텔?"

"랭던."

"랭던 좋죠. 거긴 이십사 시간 이상 묵으면 직원들이 고객 이름을 알아요. 부적절한 관계로 보고 기억을 봉인하지 않는다면. 어차피 우린 이십사 시간 이상 머물 건 아니니까."

"그럼……."

"레이캬비크행 비행기는 내일로 변경하면 돼요."

"괜찮으시겠어요?"

"네. 그러면 기쁜가요?"

나는 생각했다. 기쁘지는 않았다. "하지만 만약……." 나는 말을 하려다 말았다.

"저랑 같이 있을 때 그들이 작전을 개시할까 봐 걱정돼요?" 당신이 잔을 내 잔에 가볍게 부딪쳤다. "시체를 안고 있게 될까 봐?"

"아뇨." 나는 미소를 지었다. "그게 아니라 우리가 사랑하게 되면 어쩌죠? 당신은 죽고 싶다고 밝힌 계약서에 서명했고, 파기할 수 없는 계약서라면서요."

"이미 늦었어요." 당신이 팔걸이 너머로 내 손에 손을 얹었다.

"그래요. 내 말이 그거예요."

"아뇨. 다른 게 늦었다고요. 우린 이미 사랑에 빠졌어요."

"그래요?"

"조금. 충분히." 당신이 내 손을 잡고 일어서서 잠깐 다녀오겠다고 말했다. "아직 삼 주가 남아 있으니 기뻐해도 되겠죠."

당신이 화장실에 간 사이 스튜어디스가 잔을 치웠고, 나는 베개 두 개를 더 받을 수 있느냐고 물었다.

당신이 돌아왔고, 화장을 고친 얼굴이었다.

"당신 때문에 고친 게 아니에요." 당신이 내 생각을 읽은 듯 말했다. "당신은 화장이 조금 뭉개진 걸 좋아했잖아요. 그렇죠?"

"전 둘 다 좋습니다. 그럼 누굴 위한 거예요?"

"누굴까요?"

"사람들을 위해?" 나는 객실 쪽으로 고개를 까딱했다.

당신은 고개를 저었다. "최근에 설문 조사를 의뢰했는데, 응답한 여자들 대다수가 기분이 좋아지려고 화장한다고 답했더군요. 그런데 좋아진다는 게 무슨 뜻일까요? 그저 불편한 기분이 아닌 상태일까요? 남에게 맨얼굴을 보이면 불편해서? 화장은 정말 자발적인 부르카일까요?"

"화장은 감추는 만큼 무언가를 부각하는 기능도 하지 않나요?" 내가 물었다.

"뭔가를 강조하고 다른 뭔가를 감추죠. 편집이란 게, 선명하게 드러내는 동시에 감추는 거잖아요. 여자는 화장으로 예쁜 눈에 관심을 끌려고 해요. 코가 너무 큰 걸 들키지 않으려고."

"그게 왜 부르카죠? 누구나 자기를 보여주고 싶어하지 않나요?"

"'누구나'는 아니죠. 게다가 아무도 자기를 있는 그대로 보여주고 싶어하지 않아요. 혹시 그거 알아요? 여자가 평생 화장하는 데 쓰는 시간이 이스라엘과 한국 같은 나라의 남자들 군복무 기간과 비슷하다는 거요." 당신이 말했다.

"아뇨. 너무 무작위적 사실로 비교하시는 거 같은데요."

"그런가요. 그래도 무작위는 아니에요."

"그래요?"

"제가 선택해서 비교한 거고, 그 자체로는 타당한 관찰이죠. 가짜 뉴스라고 해서 꼭 가짜 사실만이 아니라 조작적으로 편집한 내용일 수 있잖아요. 이런 비교가 제 성정치학적 관점에 대해 무슨 말을 해줄까요? 남자들은 국가를 위해 봉사하며 목숨을 잃을 위험을 감수하는데, 여자들은 꾸미는 걸 더 좋아한다는 의미일까요? 그럴 수도. 그런데 조금만 편집하면 같은 비교로도 이렇게 말할 수 있어요. 여자들은 국가가 적에 정복당하는 걸 두려워하는 정도로 맨얼굴 보이는 것을 두려워한다고요."

"기자세요?" 내가 물었다.

"종잇값이 아까운 잡지를 편집해요."

"여성잡지인가요?"

"네, 그 단어가 갖는 최악의 의미로. 짐 있어요?"

나는 머뭇거렸다.

"런던에 도착해서 곧장 택시 타고 나갈 수 있냐고요?"

"기내 수화물만 있어요." 내가 말했다. "화장을 왜 고쳤는지는 아직 말해주지 않았어요."

당신은 손을 들어 검지로 내 뺨을, 눈 바로 아래를 톡톡 쳤다. 내가 너무 졸라댄다는 듯이.

"그럼 다시 무작위적 사실로 비교해보죠." 당신이 말했다. "매년 자살로 죽는 사람이 전쟁이나 테러, 치정범죄, 사실상 모든 살인을 합친 수보다 많아요. 그러니 의심의 여지 없이 우리가 우리를 죽일 가능성이 가장 큰 거죠. 그래서 화장하는 거예요. 거울로 나를 죽이려는 자의 맨얼굴을 보는 게 견디기 힘들어요. 사랑에 빠진 지금은 아니지만."

우리는 서로를 보았다. 내가 손을 들어 당신의 손을 잡자 당신이 내 손을 맞잡았다. 우리의 손가락이 뒤엉켰다.

"어떻게 해볼 방법이 없을까요?" 내가 속삭였다. 벌써 달리는 것처럼 숨이 찼다. "돈을 주고 이 계약에서 벗어날 수 없을까요?"

당신이 머리를 한쪽으로 기울였다. 나를 새로운 각도로 보려는 것처럼. "가능했다면 과연 우리가 사랑에 빠졌을까요? 서로를 가질 수 없다는 사실이 중요한 매력 포인트인데. 안 그래요? 그녀도 죽었나요?"

"네?"

"다른 쪽. 아까 아내와 아이들이 있냐고 물었을 때 당신이 말해주지 않으려 한 그쪽요. 떠날 사람과 사랑에 빠질까 봐 두려워하게 만든 상실감요. 짐이 있냐고 물었을 때 머뭇거리게 한 그거요. 그 얘기 하고 싶어요?"

나는 당신을 보았다. 그런가?

"정말 듣고 싶어요?"

"네, 듣고 싶어요." 당신이 말했다.

"시간이 얼마나 남았어요?"

"하하."

우리는 술을 더 주문했고 나는 내 이야기를 시작했다.

내가 이야기를 마쳤을 때 창밖으로 희부연 빛이 번졌다. 우리는 해를 향해, 새날을 향해 날아가고 있었다.

그리고 당신이 또 울었다.

"너무 슬퍼요." 당신이 내 어깨에 머리를 기댔다.

"그래요." 내가 말했다.

"그래서 아직도 아파요?"

"매 순간은 아니고요. 그녀가 살고 싶지 않았으니 그 선택이 나왔을 거라고 저 자신에게 말해요."

"그걸 믿어요?"

"당신도 믿잖아요. 아닌가요?"

"아마도." 당신이 말했다. "사실은 잘 모르겠어요. 저는 햄릿, 회

31

의하는 자 같아요. 어쩌면 죽음의 왕국이 이 눈물의 계곡보다 더 험악할지도 모르죠."

"이제 당신 얘기를 해줘요."

"뭘 알고 싶으신데요?"

"전부. 일단 시작해요. 더 알고 싶은 대목이 나오면 질문할게요."

"좋아요."

당신이 당신 이야기를 들려주었다. 서서히 드러난 이야기 속 여자의 모습이 지금 내 옆구리에 손을 넣고 내게 기댄 여자보다 더 선명해졌다. 순간 난기류로 기체가 흔들렸다. 연신 작지만 가파른 파도를 넘어가는 느낌이었고, 당신의 목소리가 우스꽝스럽게 흔들려서 우리 둘 다 웃었다.

"우리 도망칠 수 있어요." 당신이 말을 마치자 내가 말했다.

당신이 나를 보았다. "어떻게?"

"당신이 랭던에 작은 방을 예약해요. 오늘 밤 호텔 리셉션에서 지배인에게 쪽지를 남겨요. 쪽지에는 템스 강에서 물에 빠져 죽을 거라고 적고요. 그리고 오늘 밤 강으로 가서 아무도 당신을 보지 못하는 곳으로 가요. 신발을 벗어서 강둑에 놓아요. 내가 차를 렌트해서 데리러 갈게요. 그리고 그길로 프랑스까지 가서 파리에서 케이프타운행 비행기를 타는 거예요."

"여권." 당신은 이 말만 했다.

"그건 내가 알아서 할게요."

"할 수 있어요?" 당신은 계속 나를 쳐다보았다. "무슨 심리학자가 그래요?"

"난 심리학자가 아니에요."

"아니에요?"

"네."

"그럼 뭐 하는 사람이에요?"

"뭐 하는 사람 같아요?"

"날 죽이려는 사람이군요." 당신이 말했다.

"네." 내가 말했다.

"내가 뉴욕에 가서 계약서에 서명하기도 전에 이미 옆자리를 예약했군요."

"네."

"그러다 정말로 날 사랑하게 된 건가요?"

"네."

당신은 천천히 고개를 끄덕이며 의자에서 떨어질까 두려운 듯 내 팔을 꽉 잡았다.

"원래 어떻게 하려고 했어요?"

"여권 검사 대기 줄에서. 주사기로. 약물의 활성 성분이 한 시간 안에 사라지거나 혈액 속으로 숨어들죠. 부검에는 일반적인 심장 발작에 의한 사망으로 나올 거고. 심장발작은 당신 집안에서 가장 흔한 사망 원인이고, 우리가 검사한 결과에 당신도 심장발작 위험이 있어요."

당신이 고개를 끄덕였다. "우리가 도망치면 그들이 당신도 쫓아올까요?"

"네. 큰돈이 걸린 일이잖아요. 모든 당사자에게, 이 일을 수행하는 우리에게도. 우리도 삼 주 기한으로 계약서에 서명해야 해요."

"자살 계약서요?"

"그래서 그들은 법적으로 걸리는 거 없이 언제든 우리를 죽일 수 있어요. 우리가 신뢰를 깨면 그들이 그 조항을 가동시키죠."

"그들이 케이프타운에서 우리를 찾아낼까요?"

"그들은 우리의 흔적을 추적할 거예요. 그쪽으로는 전문가니까. 흔적을 따라 케이프타운까지 올 거예요. 그런데 우리는 거기에 없어요."

"우리는 어디에 있어요?"

"말해주기 전에 뜸을 좀 들여도 돼요? 좋은 곳이라고 약속해요. 햇살, 비, 너무 춥지도 덥지도 않은 곳. 다들 영어를 알아듣는 곳."

"당신은 왜 이러는 건데요?"

"당신과 같은 이유."

"당신은 자살하려던 게 아니잖아요. 일을 하고 큰돈을 벌 수도 있는데 지금 당신 인생을 위험에 빠트리려는 거잖아요."

나는 미소를 지으려 했다. "무슨 인생?"

당신은 주위를 둘러보고 몸을 앞으로 내밀어 내 입술에 키스했다. "우리의 섹스가 마음에 들지 않으면 어쩌려고요?"

"그럼 당신을 템스 강에 던져버릴게요." 내가 말했다.

당신이 웃으며 다시 키스했다. 이번에는 조금 더 길게, 입술을 조금 더 벌리고.

"마음에 들 거예요." 당신이 내 귀에 속삭였다.

"네, 그럴까 봐 두려워요." 내가 말했다.

당신은 그렇게 내 어깨에 머리를 기대고 잠들었다. 나는 좌석을 뒤로 젖혀주고 담요를 덮어주었다. 그리고 내 좌석을 젖히고 머리 위의 등을 끄고 잠을 청했다.

런던에 도착하자 나는 당신 좌석을 바로 세워주고 안전벨트도 채워주었다. 당신은 크리스마스이브에 옅은 미소를 머금고 잠든 아이 같았다. 스튜어디스가 돌아와 물잔을 가져갔다. JFK에서 이륙하기 전부터, 당신이 창밖을 내다보며 울고 우리가 서로 모르는 사이일 때부터 우리 사이의 팔걸이에 놓여 있던 물잔이었다.

　나는 6구역 세관원 앞에 서 있었다. 빨간 십자가가 박힌 형광 재킷을 입은 사람들이 게이트 쪽으로 들것을 밀면서 뛰어갔다. 나는 손목시계를 보았다. JFK에서 이륙하기 전에 당신 컵에 털어 넣은 분말은 반응이 느리기는 해도 효과는 확실했다. 당신은 지금 두 시간 가까이 죽어 있었고, 부검에서는 심장발작 외에는 아무것도 나오지 않을 것이다. 울고 싶었다. 거의 매번 이랬다. 그러면서도 행복했다. 의미 있는 일이니까. 나는 당신을 절대 잊지 못할 것이다. 당신은 특별했으니.
　"카메라를 보세요." 세관원이 말했다.
　그 전에 눈을 깜빡여 눈물 몇 방울을 지워내야 했다.
　"런던에 오신 것을 환영합니다." 세관원이 말했다.

JO NESBØ

SJALUSIMANNEN
OG ANDRE FORTELLINGER

질투하는 남자

나는 창밖으로 좌석 40인승 ATR-72 비행기 날개에 달린 프로
펠러를 보았다. 저 아래 바다와 햇살 속에 모래색 섬이 떠 있었다.
초목은 보이지 않고 황백색 석회암만 보였다. 칼림노스.

기장이 착륙이 거칠어질 수 있다고 안내했다. 나는 눈을 감고 등
받이에 기댔다. 나는 어릴 때부터 추락해서 죽으리란 걸 알았다.
정확히 말하면 하늘에서 바다로 추락해서 익사할 걸 알았다. 이런
확신이 든 날도 생생하게 기억난다.

아버지는 아버지의 형 헥터 삼촌이 대표로 있는 가족경영회사의
이사였다. 우리 형제들은 헥터 삼촌을 사랑했다. 삼촌이 우리 집에
올 때마다 선물을 사다 주고 아테네에 딱 한 대 있는 롤스로이스
카브리올레를 태워주어서였다. 아버지는 평소에 내가 잠든 후 퇴
근하지만, 이날은 집에 일찍 와 있었다. 아버지는 지쳐 보였고, 차
를 마신 뒤 서재에 들어가 할아버지와 길게, 아주 길게 통화했다.
아버지는 몹시 화가 난 말투였다. 내가 자러 들어가자 아버지가 내
침대 끝에 걸터앉았고, 나는 아버지에게 이야기를 해달라고 졸랐
다. 아버지는 잠시 생각하더니 이카루스와 그의 아버지 이야기를

들려주었다. 아테네에서 살던 그들이 크레타 섬에 머물 때의 일이다. 부유하고 유명한 장인이던 이카루스의 아버지가 깃털과 밀랍으로 날개를 만들어 달고 하늘을 날았다. 사람들은 그 모습에 깊이 감동했고, 이카루스의 집안은 어디서든 존경의 대상이 되었다. 아버지는 이카루스에게 날개를 주면서 자기가 하던 대로만 하고 같은 경로로 다녀야 한다고 단단히 주의를 주었고 그래야 무사할 거라고 말했다. 하지만 이카루스는 새로운 곳으로 날아가고 아버지보다 더 높이 날고 싶었다. 하늘로 떠오르자 땅에서 높이 올라간 느낌과 저 아래 구경꾼들의 시선에 취해서 그만 자기에게 초능력이 있는 게 아니라 아버지에게 받은 날개로 날고 있다는 사실을 망각했다. 이카루스는 자만에 들떠서 아버지보다 더 높이 떠올라 태양에 너무 가까이 다가갔고, 날개를 붙인 밀랍이 태양의 열기에 녹았다. 이카루스는 바다로 추락했다. 그리고 물에 빠져 죽었다.

　어릴 때 나는 아버지가 이카루스 신화를 간추려서 들려준 건 장남인 내게 일찍부터 경고하려던 거라고 생각했다. 헥터 삼촌에게는 자식이 없었고, 때가 되면 내가 가업을 이을 것으로 보였다. 하지만 성인이 되어서야 헥터 삼촌이 금 가격에 무모하게 도박을 걸어서 회사가 이미 파산 지경에 이르렀고 할아버지가 헥터 삼촌을 해고했지만 남들 이목 때문에 직함과 사무실은 그대로 쓰게 해준 사실을 알았다. 이후 회사의 실질적인 경영자는 아버지였다. 그날 밤 아버지가 내게 들려준 이야기가 나에 대한 건지 헥터 삼촌에 대한 건지는 끝내 알 수 없었지만, 그때부터 나는 추락해서 물에 빠져 죽는 악몽을 꾸었으니 그 이야기가 내게 강렬한 인상을 남긴 건 분명했다. 어떤 날은 그 꿈이 따스하고 기분 좋게 느껴져 잠든 동안 모든 고통이 사라졌다. 죽는 꿈을 꿀 수 없다고 누가 그러던가?

기체가 흔들리고 승객들이 헉하고 숨을 몰아쉬는 사이 우리는 에어포켓이라는 구간을 뚫고 급강하했다. 잠시 무중력 상태 같은 느낌이 들었다. 이제 내가 추락하는 그날이 왔다는 느낌도 들었다. 하지만 아니었다, 물론.

그리스 국기가 작은 터미널 옆 깃대에 매달려 바람에 똑바로 펼쳐져 있었다. 우리는 비행기에서 내렸다. 나는 조종석 앞을 지나다가 조종사가 스튜어디스에게 공항이 막 문을 닫아서 아테네로 돌아가지 못할 것 같다고 말하는 소리를 들었다.

나는 터미널로 줄줄이 들어가는 승객들을 따라갔다. 파란 경찰복의 남자가 수화물 벨트 앞에서 팔짱을 끼고 서서 우리를 지켜봤다. 내가 그쪽으로 다가가는 사이 그가 긴가민가한 표정으로 나를 보았고, 나는 확인해주듯 고개를 끄덕였다.

"조지 코스토폴로스입니다." 그가 검은 털이 북슬거리는 커다란 손을 내밀었다. 손에 힘이 들어갔지만 과하지는 않았다. 지방 경찰이 아테네 경찰과 경쟁심을 느낄 때의 강도가 아니었다.

"급하게 연락드렸는데도 이렇게 와주셔서 감사합니다. 발리 경위님."

"니코스라고 불러주세요." 내가 말했다.

"바로 알아뵙지 못해서 죄송해요. 경위님 사진이 많이 없어서요. 그리고 좀 더…… 어, 나이가 있는 분인 줄 알았어요."

나는 어머니 쪽을 닮아서인지 세월에 맞게 나이가 들지 않는 외모를 물려받았다. 머리는 희끗희끗해지고 곱슬기도 사라져갔지만, 요새는 근육이 줄긴 했어도 75킬로그램급 체급을 유지했다.

"쉰아홉이면 나이를 꽤 먹은 거 아닌가요?"

"아, 그건 그렇긴 하죠." 그는 타고난 목소리보다 약간 깊은 저음으로 말하면서 아테네 남자들은 이십 년 전에 다 깎아 없앤 모양의 콧수염 아래로 쓴웃음을 지었다. 그래도 눈빛은 부드러워서 조지 코스토폴로스 때문에 골치 아플 일은 없을 듯싶었다.

"그냥 경찰대학 시절부터 경위님 말씀을 많이 들었는데, 그때가 까마득해서요. 들어드릴 짐은 없나요?"

그는 내가 든 가방을 보았다. 하지만 그가 물리적으로 들어줄 짐 이상에 대해 묻는 느낌이었다. 그렇다 해도 내가 답해줄 수 있을 질문은 아니었다. 나는 여행할 때 보통의 남자들보다 짐이 많은 편이지만 혼자 드는 가방이었다.

"기내용 가방만 있어요." 내가 말했다.

"프란츠 슈미트라고, 실종자의 형을 포티아의 경찰서에 데려다놨습니다." 조지가 말했다. 공항 터미널에서 나와 길을 건너 먼지가 잔뜩 앉고 앞유리가 지저분한 조그만 피아트를 향해 걸어가고 있었다. 직사광선을 피해 돌소나무 아래에 차를 세워둔 모양인데 햇빛 대신 찐득한 송진이 떨어져서 칼로 긁어내야 할 것 같았다. 세상일이 다 그렇다. 얼굴을 가리려고 가드를 올리면 심장이 노출되는 법이다. 그 반대도 마찬가지고.

"비행기에서 보고서를 읽었습니다." 나는 피아트의 뒷좌석에 가방을 놓았다. "그 사람이 더 말한 게 있습니까?"

"아뇨, 계속 같은 주장입니다. 동생 줄리안이 오전 6시에 방에서 나가서 돌아오지 않았다고요."

"보고서에는 줄리안이 수영하러 갔다고 돼 있던데요?"

"그건 프란츠가 한 말입니다."

"그 말을 믿지 않으시는군요?"

"네."

"칼림노스 같은 휴양지 섬에서 익사 사고가 그렇게 이상한 건 아니지 않나요?"

"그렇죠. 프란츠랑 줄리안이 전날 밤에 사람들이 보는 앞에서 싸우지만 않았다면 저도 그 말을 믿었을 겁니다."

"네, 그 내용도 봤습니다."

우리는 좁고 구덩이가 파인 길로 접어들었다. 중앙로로 보이는 거리의 양옆으로 헐벗은 올리브나무와 하얀색 조그만 석조 가옥이 늘어서 있었다.

"공항이 방금 문을 닫았어요." 내가 말했다. "바람 때문인 것 같군요."

"늘 있는 일이에요." 조지가 말했다. "공항이 이 섬에서 제일 높은 지대에 있어서 그래요."

무슨 말인지 알 것 같았다. 계곡 쪽으로 내려오니 깃대에 매달린 깃발이 아래로 축 늘어졌다.

"다행히 코스 섬에서 저녁 비행기가 뜨네요." 내가 말했다. 강력반 비서가 출장 허락이 떨어지기 전에 항공편을 확인해두었다. 외국인 여행객이 연루된 소수의 사건에 수사를 집중하는 편인데도 반장은 내게 출장 허가를 내주며 당일로 다녀오라고 조건을 달았다. 평소 전권을 위임받는 편이지만 전설적인 발리 경위조차 예산 삭감 앞에서는 무력했다. 반장이 이렇게 덧붙였다. 이건 시신도 없고 언론이 주목하지도 않고 살인사건으로 의심할 만한 합리적 근거가 없는 사건이야.

저녁에 칼림노스에서 곧장 돌아갈 항공편은 없지만 페리를 타고 사십오 분 가면 나오는 코스 섬의 국제공항에 항공편이 하나 있었다. 반장이 툴툴거리며 출장 허가를 내주면서 이게 다 출장비 절감 때문이고 사비를 쓰고 싶지 않으면 비싼 관광지 음식점에는 가지 말라고 조언했다.

"이런 날씨에 코스 섬으로 가는 배가 뜰지 모르겠네요." 조지가 말했다.

"이런 날씨요? 햇빛이 쨍하고 바람 한 점 없는데요. 저 위쪽 말고 는."

"여기서는 그래 보여도 코스 섬까지 탁 트인 바다 구간을 지나가야 하는데, 꼭 이렇게 화창한 날에 사고가 많거든요. 일단 호텔방을 예약해두겠습니다. 내일은 바람이 잦아들 수도 있어요."

조지가 평소처럼 과도하게 낙관적인 태도로 '꼭 잦아들 것'이라고 하지 않고 '잦아들 수도 있다'고 말하는 걸로 봐서는 기상예보가 우리 편이 아닌 것 같았다. 가방에 든 짐을 생각하니 실망스러웠지만 반장을 생각하니 실망감이 덜해졌다. 여기서 마땅히 누려도 될 휴식을 조금 누릴 수도 있겠다는 생각이 들었다. 나는 휴식이 필요할 때도 겨우 등 떠밀려 휴가를 쓰는 쪽이었다. 자식도 아내도 없어서 휴가를 못 가는 건지도 모른다. 시간 낭비 같기도 하고 휴가지에서는 내가 선택한 외로움이 더 깊어질 뿐이었다.

"저게 뭔가요?" 내가 차 너머를 가리켰다. 가파른 산비탈로 둘러싸인 곳에 마을처럼 보이는 것이 들어앉아 있었다. 사람이 사는 것 같지는 않았다. 회색 암석을 깎아 만든 모형 같았다. 레고 블록처럼 옹기종기 모여 있는 조그만 집들이 성벽에 둘러싸여 있고 전체가 단조로운 회색으로 보였다.

"팔레오호라예요." 조지가 말했다. "12세기. 비잔틴 시대죠. 칼림노스 사람들은 적의 배가 접근하는 걸 포착하면 저기로 피신해서 바리케이드를 쳤어요. 1912년에 이탈리아가 칼림노스를 침략했을 때, 제2차 세계대전 중에 독일군이 칼림노스를 기지로 썼을 때, 연합군이 폭탄을 떨어뜨렸을 때도 섬사람들이 저기로 올라가서 숨었어요."

"꼭 둘러봐야 할 장소네요." 나는 집으로도 요새로도 딱히 비잔틴 양식으로도 보이지 않는다고 말하려다 말았다.

"흠." 조지가 말했다. "굳이 가보실 건 없는데요. 멀리서 보시는 게 나아요. 마지막으로 보수된 게 16세기에 구호기사단 때니까요. 지금은 잡초가 무성하고 쓰레기로 덮여 있고 염소들이 돌아다니고 예배당이 변소가 됐어요. 저 돌계단을 올라갈 수 있으면 가서 둘러보실 수 있지만, 지금은 산사태가 나서 오르는 게 더 어려워졌어요. 그래도 꼭 가보고 싶으시면 가이드를 붙여드릴 순 있어요. 저 돌의 도시를 독차지하실 거예요."

나는 고개를 저었다. 그러면서도 가보고 싶기는 했다. 나는 늘 나를 밀어내는 것, 나를 막아서는 것에 끌린다. 신뢰할 수 없는 화자. 여자. 논리적 문제점. 인간의 행위. 살인사건. 이해가 가지 않는 모든 것. 나는 지능에는 한계가 있어도 호기심이 무한한 사람이다. 안타깝게도 좌절스러운 조합이다.

포티아는 집들과 좁은 일방통행 도로와 골목이 뒤엉킨, 활기찬 미로였다. 11월이 다가오고 있고 관광 시즌이 끝난 지 좀 되었는데도 거리는 사람들로 북적였다.

우리는 어선과 과도하게 호화롭지 않은 요트들이 나란히 정박된 항구의 어느 2층집 앞에 차를 세웠다. 차량을 실을 수 있는 작은 페리 한 척과 아래층과 꼭대기에 승객 좌석이 있는 쾌속정 한 척이 부두에 묶여 있었다. 부둣가 저 아래쪽에 외국인 관광객으로 보이는 무리가 해군 제복 같은 것을 입은 남자와 뭔가 상의하고 있었다. 관광객 몇 사람이 배낭을 메고 있었는데 배낭 덮개 양옆으로 둘둘 만 로프가 삐져나와 있었다. 나와 같은 비행기를 타고 온 사람들도 비슷한 장비를 갖추었다. 등반가들. 지난 십오 년 사이 칼림노스는 태양과 서핑의 섬에서 유럽 전역의 스포츠 등반가들이 찾는 클라이밍 명소로 바뀌었다. 하지만 내가 등반화를 벗어 던진 이후의 일이다. 해군 제복의 남자가 자기도 할 수 있는 게 없다고 하소연하듯이 두 팔을 펼치며 바다를 가리켰다. 여기저기 하얀 물마루가 일어나긴 했지만, 파도가 위험할 정도로 높아 보이지는 않았다.

"말씀드렸듯이 문제가 저 멀리서 발생해서 여기서는 보이지 않아요." 조지가 내 표정을 읽은 듯 말했다.

"그런 일이 많죠." 나는 한숨을 쉬며 한동안 이 작은 섬에 발이 묶이게 된 현실을 받아들이려 했다. 어째선지 이 섬은 하늘에서 볼 때보다 더 작게 느껴졌다.

조지가 앞장서서 경찰서로 들어가 카운터를 지나쳤고, 나는 좌우로 고개를 끄덕이며 비좁고 북적거리는 개방형 사무실을 통과했다. 가구만 오래된 게 아니라 커다란 컴퓨터 모니터와 커피머신과 대형 복사기도 구형으로 보였다.

"반장님!" 파티션 너머에서 여자 목소리가 들렸다. "〈카시메리니〉기자한테서 전화가 왔어요. 우리가 실종자의 형을 체포한 게 맞는지 물어보네요. 일단은 반장님이 나중에 전화드릴 거라고 해놨어요."

"대신 전화해줘, 크리스틴. 이 사건으로 체포된 사람은 없고 당분간 해줄 말도 없다고."

이해가 갔다. 조지는 조용히 수사하고 싶고 히스테리를 부리는 기자와 그 밖에 번잡한 일들을 차단하고 싶어했다. 아니면 나한테, 대도시에서 온 경찰에게 여기 지방의 그들도 프로라는 걸 보여주고 싶은 걸까? 그런 거라면 우리의 공조 관계를 위해서는 차라리 잘된 일이었다. 굳이 내 경험을 들먹이며, 언론을 상대할 때는 세세한 부분을 걸고넘어져서 좋을 게 없다고 설명하지 않아도 되었다. 프란츠 슈미트는 자진해서 조사를 받으러 나왔으니 엄밀히 말하면 체포는 아니고, 사실 검거된 것도 아니었다. 그래도 프란츠가 몇 시간 동안 경찰서 안에 있고 경찰이 이 문제에 대해 말하려 하지 않는다는 인상을 주면 기자들에게 신나게 씹고 뜯을 만한 의혹을 던져주는 꼴이 될 것이다. 차라리 더 열어놓고 친절하게 답하는 편이 나았다. 경찰이 당시 상황을 더 정확히 짐작할 수 있는 사람들을 만나보고 있고 그중에 실종자의 형도 포함된다는 취지로 말해야 했다.

"커피랑 뭐 좀 드시겠어요?" 조지가 물었다.

"고맙지만 바로 시작하고 싶군요."

조지가 고개를 끄덕이고 문 앞에서 서서 속삭였다. "프란츠 슈미트가 저 안에 있습니다."

"그렇군요." 나도 목소리를 낮추었지만 속삭이지는 않았다. "변호사 얘기는 아직 안 나왔습니까?"

조지가 고개를 저었다. "코스 섬의 대사관이나 독일 영사한테 전화하고 싶으냐고 물었더니, 그 사람들이 동생을 찾는 데 무슨 도움을 줄 수 있느냐고 묻더군요."

"그럼 아직 혐의에 대해서는 물어보지 않은 건가요?"

"싸운 일에 대해 물어보긴 했지만 그게 다예요. 그래도 경위님이 오실 때까지 기다려달라고 했으니 무슨 이유가 있다는 정도는 짐작하겠죠."

"제가 누구라고 했나요?"

"아테네에서 오시는 전문가요."

"무슨 전문가? 실종자를 찾아내는? 아니면 살인범을 찾아내는?"

"구체적으로 말하진 않았고, 저 친구도 더 묻지 않았습니다."

나는 고개를 끄덕였다. 조지는 잠시 그대로 서 있다가 자리를 비켜줘야 내가 안으로 들어갈 걸 눈치챈 듯했다.

그 방은 3제곱미터 정도였다. 벽 높은 곳에 뚫려 있는 가느다란 창문 두 개에서 들어오는 빛이 전부였다. 그는 물병과 컵이 놓인 작고 네모난 탁자 앞에 앉아 있었다. 탁자도 높고 그 앞에 앉은 남자도 키가 컸다. 두 팔의 팔꿈치를 90도로 굽힌 채 파란색 페인트 칠이 된 나무 탁자에 올려놓았다. 키가 얼마나 될까? 190 정도? 호리호리한 체격에 스물여덟 살보다는 나이가 더 들어 보이고 언뜻 예민한 성격으로 보였다. 아니, 그보다는 머릿속에 생각과 감정이 가득 차서 외부 자극이 필요하지 않을 만큼 가만히 꼿꼿하게 앉아 있는 모습이 평온하고 만족스러워 보인 걸 수도 있었다. 머리에는 레게 무늬가 있고 테두리에 조그만 해골이 새겨진 모자를 쓰고 있었다. 모자 밑으로 짙은 색 곱슬머리가 삐져나왔다. 예전 내 머리 같았다. 두 눈이 움푹 들어가서 속내를 읽을 수 없었다. 문득 어딘가 낯이 익은 느낌이 들었다. 나의 뇌가 일 초간 이유를 탐색했다. 옥스퍼드 시절에 모니크의 방에 있던 앨범 커버. 타운스 반 잔트. 그가 비슷한 탁자 앞에 지금 이 남자와 거의 똑같은 자세로 앉아 있고, 역시나 예민하면서도 무방비 상태의 무표정한 얼굴이었다.

"칼리메라그리스어의 아침 인사." 내가 말했다.

48

"칼리메라." 그가 답했다.

"나쁘지 않네요, 성함이……." 나는 가방에서 서류철을 꺼내고 흘깃 보면서 탁자에 놓았다. "프란츠 슈미트. 그리스어 하십니까?" 내가 강한 영국식 영어로 물었고 그가 예상대로 답했다.

"아쉽지만 아뇨."

나는 이 질문으로 우리의 시작점이 정해졌기를 바랐다. 나는 지금 백지상태이고 그에 대해 아는 게 없고 그에 대해 편견을 가질 이유도 없으며 원한다면 새로운 상대를 위해 이야기를 바꿀 수도 있다는 의미를 전달한 것이다.

"제 이름은 니코스 발리이고, 아테네 강력반에서 온 수사관입니다. 당신 동생이 범죄 피해자가 됐을지도 모른다는 의심을 걷어내기 위해 이 자리에 왔습니다."

"그랬을 거라고 보시나요?" 무미건조하고 단도직입적인 어조였다. 사실만 듣고 싶어하는 현실적인 사람이라는 인상을 받았다. 아니면 그가 그런 인상을 주고 싶어한 건지도 몰랐다.

"여기 경찰이 어떻게 생각하는지 전혀 모릅니다. 제 생각만 말씀드릴 수 있고 저는 당장은 아무것도 믿지 않습니다. 제가 아는 거라고는 살인사건은 드물게 발생한다는 겁니다. 하지만 살인사건이 발생하면 그리스 같은 휴양지로서는 피해가 막대하죠. 그래서 단한 건이 발생해도 진지하게 수사한다는 사실을 전세계에 알리는 것이 우리가 할 일입니다. 비행기 추락 사고처럼 원인을 파헤쳐 수수께끼를 풀어야 합니다. 원인 불명 추락 사고 한 건으로 항공사가 파산할 수도 있으니까요. 이런 말씀을 드리는 건, 제가 아무 상관도 없어 보이는 부분에 관해 성가시게 물어볼 수도 있어서입니다. 특히나 최근에 동생을 잃은 분께는 더 그렇게 느껴질 겁니다. 게다가 당신이나 다른 누군가가 동생을 죽였다고 확신하는 것처럼 들릴지도 모릅니다. 하지만 강력반 수사관으로서 살인사건일 수 있다는 가설을 검증하는 게 제 일이고, 또 그 가설을 폐기하는 것이 제게는 성공을 의미한다는 점을 양해해주시길 바랍니다. 또 결과가 어떻든 동생을 찾는 데는 한 발 더 다가갈 수 있겠죠. 양해해주시겠습니까?"

프란츠 슈미트는 눈가까지는 올라가지 않는 정도의 미소를 지었다. "꼭 저희 할아버지처럼 말씀하시네요."

"네?"

"과학적 접근요. 대상의 프로그램화. 할아버지는 히틀러한테서 도망쳐 미국이 원자폭탄을 개발하는 일을 도와준 독일계 과학자 중 한 분이셨어요. 저희는……." 그는 말을 끊고 손으로 얼굴을 쓸었다. "죄송해요. 제가 경위님 시간을 허비하는군요. 그럼 말씀하세요."

프란츠 슈미트는 나와 눈이 마주쳤다. 피곤해 보이면서도 경계하는 눈빛이었다. 그가 나를 어디까지 꿰뚫어 보는지는 모르지만 예리한 눈빛에서 그의 지적 능력이 엿보였다. 그가 '대상의 프로그램화'라고 말한 건, 내가 그의 동기를 내게 도움이 되는 방향으로 표현했다고 지적한 말이었다. 정확히는 우리가 동생을 찾는 데 도움이 될 거라고 한 말을 지적한 것이다. 전형적인 조작 기법이었다. 하지만 프란츠 슈미트라면 이보다 더 모호한 조작도 간파할 것 같았다. 심문받는 상대가 경계를 풀게 만드는 수사기법 말이다. 그래서 내가 이어질 심문이 다소 공격적인 어조일 수 있다고 미리 양해를 구하고 그리스 정부의 경제적 냉소주의로 책임을 돌린 것이다. 품위 있고 정직한 경찰로, 프란츠 슈미트가 안심하고 털어놓을 수 있는 상대로 보이기 위해서였다.

"동생이 사라진 어제 아침부터 시작할까요."

　나는 프란츠 슈미트의 말을 들으며 그의 보디랭귀지를 유심히 살폈다. 그는 침착해 보였고 몸을 앞으로 내밀지도 않았고 말이 빨라지거나 언성이 높아지지도 않았다. 자기가 하는 말이 사건을 해결하거나 결백을 입증하는 데 중요한 단서가 된다고 느낄 때 무의식중에 나오는 태도를 전혀 보이지 않았다. 그 반대도 아니었다. 그는 지뢰밭을 수색하듯이 발끝으로 조심스럽게 걷지도 않았다. 거침이 없었다. 차분하고 평온한 어조로 말을 이었다. 어쩌면 앞서 다른 사람들과 대화하다가 연습이 된 걸 수도 있다. 어느 경우든 내게 많은 말을 해주지 않았다. 범죄자의 행동이 결백한 사람보다 더 구체적이고 확신을 주는 경우가 많다. 실제로 범죄를 저질렀다면 사전에 준비를 철저히 해서 잘 짜인 이야기를 들려주지만, 결백한 사람은 순간 생각나는 대로 말하기 쉽다. 따라서 그를 관찰하고 분석하기는 했지만 그의 보디랭귀지는 부수적인 요소였다. 그보다는 이야기가 내 전공 분야였다.

　나는 그의 이야기에 집중하면서도 다른 관찰한 정보를 바탕으로 결론을 끌어냈다. 이를테면 프란츠 슈미트는 말끔히 면도했지만 어떤 힙스터 유형, 가령 더운 날인데도 실내에서 모자와 두툼한 플란넬 셔츠를 입는 부류로 보였다. 그의 뒤쪽에 있는 벽 고리에 재킷이 걸려 있는데, 사이즈로 봐서 그의 것이었다. 플란넬 셔츠의 소매를 걷어서 드러난 팔뚝에는 몸의 다른 부위보다 과도하게 근육이 많았다. 그는 말하면서 손끝을 자주 보고 보통 사람들보다 굵은 손가락 관절을 조심스럽게 꾹 눌렀다. 왼손 손목의 시계는 티쏘

티-터치라고, 기압계와 고도계가 내장된 모델이었다. 한마디로 프란츠 슈미트는 등반가였다.

사건 기록에 따르면 프란츠와 줄리안 슈미트 형제는 둘 다 미국 시민권자로 샌프란시스코에 거주하고 미혼이었다. 프란츠는 IT 기업 프로그래머이고 줄리안은 유명한 등반 장비 제조사의 마케팅 책임자였다. 나는 그의 미국식 영어를 들으며 어떻게 그 언어가 세계를 제패했는지 생각했다. 아테네의 국제학교에 다니는 열네 살짜리 내 조카딸이 외국인 친구들과 대화할 때 미국 하이틴 영화에 나오는 말투로 말하던 것도 떠올랐다.

그날 프란츠 슈미트는 줄리안과 함께 빌린 방에서 오전 6시에 일어났다. 포티아에서 차로 십오 분 거리의 마수리라는 마을의 해안가 집이었다. 줄리안은 벌써 일어나 나갈 채비를 했고 그 바람에 프란츠도 잠이 깼다. 줄리안은 평소처럼 근처의 텔렌도스 섬까지 800미터를 헤엄쳐 다녀올 생각이었다. 매일 아침 거르지 않는 일과였다. 그렇게 일찍 수영하러 나가는 이유는 우선 해가 정오부터 줄곧 암벽을 달구기 전에 등반 시간을 충분히 확보하기 위해서였다. 다음으로 줄리안은 알몸 수영을 좋아하는데 6시 30분경까지 해가 뜨지 않기 때문이었다. 마지막으로 줄리안은 해가 뜨고 바람이 거세지기 전에 작은 만의 위험한 암류는 덜 거칠다고 생각해서였다. 보통은 7시쯤 돌아와 아침 먹을 준비를 했는데 이날은 다시 나타나지 않은 것이다.

프란츠는 계단으로 내려가 집 바로 아래 작은 만의 군데군데 허물어진 방파제로 향했다. 방파제 끝에 동생이 늘 가지고 나가던 커다란 수건이 있고 그 위에 바람에 날려가지 말라고 돌멩이가 얹혀 있었다. 프란츠는 수건을 만져보았다. 말라 있었다. 그는 바다를 살피고 통통거리며 해협을 지나가는 어선을 향해 소리를 질러봤지만 갑판 위의 누구도 그의 소리를 듣지 못하는 것 같았다. 그는 집으로 뛰어 올라가 집주인에게 포티아의 경찰서에 신고해달라고 부탁했다.

맨 먼저 도착한 건 산악구조대였다. 주황색 셔츠를 입은 남자들은 전문가답게 진지하면서도 친근하고 정감 가는 어조로 당장 배두 척을 바다로 내보내 수색을 시작했다. 이어서 잠수부들이 왔다. 맨 마지막으로 경찰이 왔다. 경찰은 프란츠에게 줄리안의 옷이 없어지지 않았는지 확인하게 하고는 줄리안이 (아래층에서 아침을 먹는) 프란츠의 눈에 띄지 않고 옷을 갈아입고 집을 나갔을 리는 없다고 보았다.

프란츠와 같이 등반하는 친구들은 칼림노스 쪽 해변을 수색한 후 배를 빌려서 텔렌도스 섬으로 건너갔다. 경찰이 배를 타고 나가 파도가 들쭉날쭉한 바위에 거세게 부딪히는 구역을 수색하는 사이 프란츠와 친구들은 산비탈에 흩어진 집들을 찾아다니며 알몸으로 헤엄쳐서 해변으로 올라온 남자를 봤는지 알아보았다.

프란츠는 수색에 실패하고 방으로 돌아와 저녁 내내 가족과 친구들에게 전화를 돌리며 상황을 알렸다. 기자들에게서도 전화가 왔고 일부는 독일 기자였다. 프란츠는 기자들에게 간략히만 상황을 전했다. 아직 희망을 놓지 않는다는 식으로 말했다. 밤에 거의 잠을 이루지 못했고, 동틀 녘에 경찰서로 나와서 도와줄 수 있느냐는 전화를 받았다. 당연히 그렇게 했고, 그게 지금으로부터 (프란츠 슈미트가 티쏘 시계를 보았다) 여덟 시간 삼십 분 전의 일이었다.

"싸움." 내가 말했다. "전날 밤 싸운 거에 대해서도 말해주세요."

프란츠는 고개를 절레절레 흔들었다. "어리석은 싸움이었어요.

헤미스피어 바에서 당구를 치고 있었어요. 다들 조금 취해 있었고
요. 줄리안이 먼저 함부로 입을 놀리길래 제가 동생을 제지했는데,
정신 차려보니 제가 동생한테 당구공을 던져서 이마를 맞혔더군
요. 동생이 쓰러졌다가 정신을 차리고 헛구역질을 하다가 토했어
요. 뇌진탕인 것 같아서 동생을 차에 태우고 포티아의 병원으로 데
려갔고요."

"둘이 잘 싸웁니까?"

"어릴 때는 그랬죠. 지금은 아니에요." 그는 꺼칠한 턱수염을 문
질렀다. "다만 저희가 술이 센 편은 아니에요."

"그렇군요. 음, 형으로서 동생을 병원에 데려갔군요."

프란츠가 잠깐 코웃음을 쳤다. "순전한 이기심이었어요. 동생을
검사받게 하려던 건 그다음 날로 계획된 장거리 멀티피치 등반을
그대로 진행할 수 있는지 알고 싶어서였어요."

"그래서 차에 태워서 병원에 가셨군요."

"네. 아니, 사실은 아니에요."

"아니라면?"

"마수리에서 조금 벗어나자 줄리안이 좀 괜찮아졌으니 그냥 돌
아가자고 했어요. 제가 검사받아봐도 나쁠 건 없다고 했지만, 줄리
안은 포티아로 들어가면 제가 음주운전 단속에 걸려서 결국 구치
소에 갇힐 거고, 그러면 자기는 등반 파트너가 없어진다고 했어요.
저도 반박할 거리가 없어서 그대로 차를 돌려 다시 마수리의 숙소
로 돌아왔고요."

"두 분이 돌아오는 것을 본 사람이 있습니까?"

프란츠가 계속 턱을 긁적였다. "누가 보긴 했을 거예요. 밤늦은
때긴 했지만 중앙로에 차를 댔고, 그 거리에는 음식점들이 즐비하

고 항상 사람이 많으니까요."

프란츠는 턱에서 손을 뗐다. 자꾸 만지작거리면 긴장했다는 뜻
으로 해석될 수 있다는 것을 깨달아서인지, 아니면 이제 간지럽지
않아서인지는 모른다. "아는 사람을 만나지는 않았어요. 지금 생각
해보니 꽤 조용했던 것도 같아요. 헤미스피어 바는 아직 문을 열고
있었지만 다른 음식점들은 다 저녁에 문을 닫았던 것 같아요. 가을
이라 마수리에는 등반가들이 대부분이고 등반가들은 일찍 자러 들
어가거든요."

"그럼 두 분을 본 사람이 없군요."

프란츠는 똑바로 고쳐 앉았다. "경위님, 뭘 하시려는 건지는 알
겠는데요, 이게 제 동생이 사라진 거랑 무슨 상관이 있는지 말씀해
주시겠습니까?" 그의 목소리는 여전히 차분하고 절제되어 있지만
그의 표정에 처음으로 긴장이 스쳤다.

"네, 말씀드리죠." 내가 말했다. "하지만 스스로도 짐작하실 것 같
은데요." 나는 탁자 위의 서류철 쪽으로 고개를 까딱했다. "여기 보
니 집주인이 당신 방에서 한 사람인지 몇 사람인지는 모르지만 큰
소리가 나서 잠이 깼고 의자가 끌리는 소리가 났다고 하더군요. 방
에서도 계속 싸웠습니까?"

프란츠 슈미트의 얼굴에 가벼운 경련이 지나갔다. 두 사람의 마
지막 대화가 과격했다는 점을 상기시켰기 때문일까?

"말씀드렸잖아요, 맨정신은 아니었다고." 그가 조용히 말했다.
"그래도 잘 때는 다시 사이가 좋아졌어요."

"무슨 일로 싸운 건가요?"

"그냥 별거 아닌 거죠."

"말씀해주시죠."

그가 앞에 높인 물잔을 구명보트라도 되는 양 움켜잡았다. 그리고 물을 마셨다. 그렇게 뜸을 들이며 어디까지 말할지, 뭘 빠트릴지 생각할 시간을 벌었다. 나는 팔짱을 끼고 기다렸다. 그가 무슨 생각을 하는지 알았지만, 그는 내가 그에게서 정보를 얻지 못해도 그날 싸움을 지켜본 사람들에게서 알아낼 거라는 정도는 알 만큼 영리해 보였다. 다만 그가 모르는 건 조지 코스토폴로스가 이미 목격자 중 한 명에게서 그날에 관한 진술을 받아냈다는 사실이다. 그래서 조지가 아테네의 강력반으로 전화한 것이다. 그리고 그 정보가 내 자리까지 온 것이다. 질투 전문가의 책상으로.

"데임dame이에요." 프란츠가 말했다.

나는 그가 이 말을 무슨 뜻으로 썼는지, 뜻이 있기는 한 건지 해석해보려 했다. 영국식 영어에서 'dame'은 영예로운 호칭이자 귀족적인 칭호였다. 하지만 미국에서 'dame'은 레이먼드 챈들러식 비속어로, 'chick' 'broad' 'bird'와 마찬가지로 딱히 비하하는 의미도 아니지만 그렇다고 크게 존중하는 의미도 아니었다. 남자가 가질 수 있는 여자이기도 하지만 남자가 경계해야 할 여자를 의미하기도 했다. 하지만 프란츠의 모국어에서 'dame'은 하인리히 뵐의 《여인과 군상Gruppenbild mit Dame》에 나오는 'dame'처럼 완전히 중립적인 의미였다.

"누구의 여자요?" 내가 빨리 본론으로 들어가기 위해 물었다.

다시 가벼운 미소, 실룩거림이 스치다 사라졌다. "그게 다툼의 주제였어요."

"알겠어요, 프란츠. 그 얘기를 자세히 해주시겠습니까?"

프란츠는 나를 보았다. 망설이는 듯했다. 나는 이미 그를 '프란츠'로 불렀다. 심문 상대와 친밀감을 쌓기 위한, 빤하지만 매우 효과적인 방법이었다. 이제 나는 그에게 살인 용의자가 질투의 화신 프토노스그리스 신화에서 선망과 시샘을 관장하는 정령에게 솔직하게 털어놓도록 유도하는 표정과 몸짓을 보여주었다.

그리스에서는 살인사건 발생률이 낮다. 높은 실업률과 부정부패와 사회불안으로 위기에 내몰린 국가에서 어떻게 그럴 수 있는지 의아할 정도로 낮다. 이런 의문에 재치 있는 답으로 그리스인들은 원수를 죽이느니 차라리 그리스에서 살게 한다는 말이 있다. 또 하나의 답으로 우리 그리스인들은 조직 자체를 구성할 능력이 부족해서 범죄도 조직하지 못한다는 것이다. 하지만 우리에게는 끓는 피가 있다. 우리에게는 '치정범죄'가 있다. 그리고 나는 질투로 인한 살인으로 의심되는 사건에 불려 나오는 사람이다. 사람들은 내가 질투의 냄새를 맡는다고 말한다. 물론 사실이 아니다. 질투는 냄새도 색도 소리도 없다. 대신 이야기가 있다. 나는 이야기에서 무엇이 말해지고 무엇이 생략되는지 귀 기울여 들으면서 앞에 앉은 상대가 절박하고 상처 입은 짐승인지 판별한다. 나는 들으면서 안다. 그 짐승이 바로 나 니코스 발리이기 때문에, 상대가 곧 나이기 때문이다. 내가 바로 상처 입은 짐승이라서 아는 것이다.

그리고 프란츠가 그의 이야기를 들려주었다. 그가 말해주는 이유는, 그 이야기(진실의 이 조각)만큼은 말해두는 것이 좋기 때문이었다. 이 대목을 털어놓고, 이 이야기에서 자연스럽게 이어지는 억울한 패배감과 증오를 풀어놓기 위해서였다. 우리가 생명체로서 갖는 원초적 사명, 곧 우리의 고유한 유전자를 퍼트리기 위해 짝짓기를 해야 하는 사명을 방해하는 것이라면 무엇이든 죽이고 싶은 욕망은 변태적인 것이 아니다. 오히려 그 반대가 변태적이다. 자연의 섭리라거나 신성한 진리라고 주입받은 도덕률, 특정 시기에 공동체의 요구에 따른 실질적인 규칙에 불과한 도덕률에 얽매어 우리의 본능을 거스르는 것이 더 변태적이다.

등반을 쉬는 어느 날, 프란츠는 작은 오토바이를 빌려서 칼림노스 북쪽으로 달려갔고, 엠포리오라는 시골 마을에서 아버지의 식당에서 일하는 헬레나를 만났다. 그녀에게 마음을 빼앗겨 타고난 수줍음을 떨쳐내고 전화번호를 받았다. 두 사람은 엿새 동안 세 번 데이트한 후 팔레오호라의 수도원터에서 연인이 되었다. 헬레나는 손님들, 특히 외국인 관광객들과 엮이지 말라고 엄하게 교육받았기에 둘의 만남을 철저히 비밀로 유지하자고 했다. 칼림노스 북쪽에서는 모두가 그녀의 아버지를 알기 때문이었다. 그들은 조심조심 만났다. 하지만 프란츠는 식당에서 헬레나를 처음 만난 날 동생에게 그 얘기를 했다. 둘이 나눈 모든 말과 모든 표정, 모든 손길, 첫 키스까지도. 프란츠는 줄리안에게 헬레나의 사진과 성벽 꼭대기에 앉아 석양을 바라보는 영상까지 보여주었다.

형제는 어릴 때부터 늘 이런 식으로 시시콜콜한 부분까지 공유하며 모든 경험을 공동의 경험으로 만들었다. 일례로 형제 중 더 외향적인 줄리안은 며칠 전에 포티아에서 어떤 여자의 집에서 몰래 찍은 섹스 영상을 프란츠에게 보여주기까지 했다.

"줄리안이 농담으로 저더러 자기인 척하고 그 여자를 찾아가서 여자가 연인으로서 우리 둘을 구분할 수 있는지 알아보자고까지 했어요. 물론 흥분되는 제안이긴 했지만……."

"거절하셨군요."

"네, 전 이미 헬레나를 만나고 있었고, 사랑에 빠져서 다른 건 생각하거나 말하고 싶지 않았거든요. 그러니 줄리안도 헬레나에게 매력을 느끼는 게 놀랄 일은 아니었죠. 사랑에 빠진 것도."

"헬레나를 만난 적도 없으면서요?"

프란츠는 천천히 고개를 끄덕였다. "전 동생이 헬레나를 만났을 거라고는 생각하지 않았어요. 헬레나한테도 제가 동생이 있다고는 말했지만 일란성쌍둥이라 똑같이 생겼다고는 말하지 않았고요. 저희 형제가 평소에도 그런 얘기는 잘 안 하거든요."

"왜죠?"

프란츠가 어깨를 올렸다. "똑같이 생긴 두 사람이 존재하는 걸 기괴하게 보는 사람들이 있거든요. 그래서 보통은 조금 기다렸다가 얘기하거나 소개해줘요."

"이해가 가네요. 계속하세요."

"사흘 전에 갑자기 제 휴대전화가 사라졌어요. 다 찾아봤어요. 그 휴대전화에만 헬레나 번호가 들어 있었어요. 우리는 항상 메시지를 주고받았기 때문에 헬레나는 제가 자기와 끝낸 거라고 의심할 수밖에 없었죠. 그래서 차를 몰고 엠포리오로 가려고 했는데, 이튿날 아침에 줄리안이 수영하러 간 사이에 개 재킷에서 휴대전화 진동음이 울리더군요. 헬레나가 멋진 저녁 시간을 보내줘서 고맙고 곧 만나기를 고대한다고 보낸 메시지였어요. 그래서 어떻게 된 상황인지 안 거예요."

프란츠는 내가 서툰 연기로 꾸며낸 어리둥절한 표정을 보고 말을 이었다.

"줄리안이 제 휴대전화를 가져간 거예요." 그리고 내가 계속 못 알아듣는 표정이자 살짝 짜증이 난 목소리로 말했다. "줄리안이 제 휴대전화 연락처에서 헬레나의 번호를 찾아서 제 전화로 전화해서 발신자를 저로 한 거예요. 둘이 만나기로 했고, 만나서도 헬레나는 제가 아니라 줄리안인 줄 몰랐고요."

"아하." 내가 말했다.

"수영을 마치고 돌아온 줄리안을 다그치니까 다 실토하더군요. 전 화가 나서 다른 친구들하고 등반하러 갔고요. 그날 밤 그 바에서 다시 만났을 때 줄리안이 자기가 헬레나한테 전화해서 다 해명했다더군요. 헬레나가 속인 걸 용서해주었고 둘이 사랑하는 사이가 됐다고 우겼고요. 저는 당연히 화가 나서…… 네, 그래서 또 싸운 겁니다."

나는 고개를 끄덕였다. 프란츠가 이렇게 솔직하게 털어놓는 것은 여러 갈래로 해석할 수 있었다. 마음속에 질투심이 차올라서 수치스러운 진실까지 다 토해내야 했을 수도 있다. 동생이 실종된 상황에서 그가 의심을 받더라도 말이다. 이 해석이 맞다면, 그리고 그가 정말로 동생을 죽였다면, 죄책감에 휩싸이고 자제력이 떨어져서 얼마 안 가 같은 결과에 이르렀을 것이다. 자백했을 것이다.

이보다 복잡미묘한 해석도 가능했다. 프란츠는 내가 그의 솔직한 고백을 꼭 이런 식으로 해석할 거라고, 그러니까 그가 중압감을 이기지 못하는 사람이라고 받아들일 거라고 내다보고, 그래서 그가 이렇게 솔직하게 털어놓은 뒤에도 살인을 인정하지 않더라도 내가 그의 결백을 믿어줄 거라고 예상했다는 해석이다.

마지막으로 가장 그럴듯한 해석이 있다. 그가 정말로 결백하기에 솔직히 다 털어놓으면서 어떤 결과가 나올지 신경 쓸 필요가 없었다는 것이다.

기타 리프가 들렸다. 무슨 곡인지 바로 알았다. 'Black Dog'. 레드 제플린.

프란츠 슈미트는 일어서지 않고 몸만 돌려서 벽에 걸린 재킷 주머니에서 휴대전화를 꺼냈다. 그가 휴대전화 화면을 보는 사이 기타 리프가 세 번 반복되다가 변주로 넘어갔다. 본햄의 드럼과 지미 페이지의 기타가 어울리지 않는 듯하면서도 완벽하게 어울리는 리프였다. 옥스퍼드 시절에 옆방 친구 트레버는 'Black Dog'의 복잡한 리듬 구조에 대해, 지적 능력보다는 호텔 방에서 술 마시고 난동을 피우는 걸로 더 유명한 레드 제플린의 드러머 존 본햄이 이런 곡을 썼다는 역설을 논하면서 본햄을 슈테판 츠바이크의 소설《체스 이야기》에 나오는 문맹에 가깝고 아둔해 보이는 체스 천재에 비유했다. 프란츠 슈미트도 그런 드러머, 그런 체스 선수일까? 그가 화면을 톡 치자 기타 리프가 멈췄다. 그가 휴대전화를 귀에 댔다.

"네?" 그는 잠자코 들었다. "잠시만요." 그리고 휴대전화를 내게 내밀었다. 나는 휴대전화를 넘겨받았다.

"발리 수사관입니다." 내가 말했다.

"저는 아르놀트 슈미트라고, 프란츠와 줄리안의 삼촌입니다." 독일어 억양의 영어를 서툴게 흉내 내는 클리셰처럼 목구멍에서 올라오는 음성이었다. "변호사입니다. 그쪽에서 프란츠를 붙잡아둔 이유를 알고 싶습니다."

"저희가 이분을 붙잡아둔 게 아닙니다, 슈미트 씨. 이분이 동생을 찾는 데 도움을 주시기로 했고, 저희는 이분이 원하시는 한에서 도움을 받아들였을 뿐입니다."

"프란츠를 바꿔주세요."

프란츠가 잠시 듣고만 있었다. 그리고 화면을 건드리고 휴대전화를 우리 사이의 탁자에 놓고 그 위에 손을 얹었다. 나는 그 휴대전화를 보았다. 그는 피곤하고 집으로 돌아가고 싶다면서 무슨 일이 생기면 연락해달라고 했다.

물어볼 게 생기면? 아니면 시신이 발견되면?

"휴대전화 말입니다." 내가 말했다. "저희가 봐도 되겠습니까?"

"아까 얘기한 경찰관한테 드렸는데요. 비밀번호도요."

"동생 거 말고요. 당신 휴대전화요."

"제 거요?" 근육이 잡힌 손이 탁자 위의 검은 물건을 발톱처럼 움켜잡았다. "음, 얼마나 걸릴까요?"

"실물 휴대전화 말고요." 내가 말했다. "지금 같은 상황에서는 당연히 휴대전화를 가지고 계셔야죠. 지난 열흘간 휴대전화에 기록된 통화 기록과 메시지에 접근할 수 있는 권한을 넘겨달라고 요청하는 겁니다. 통신사에서 정보를 넘겨받기 위한 표준 양도 증서에 서명만 해주시면 됩니다." 나는 어쩔 수 없는 절차라는 뜻으로 미소 지었다. "그러면 저희가 수사할 용의선상에서 당신 이름을 지우는 데 도움이 될 겁니다."

프란츠 슈미트는 나를 보았다. 위쪽 창문에서 들어오는 빛을 받으려는 듯 그의 동공이 팽창했다. 빛이 더 들어오도록 동공이 팽창하는 원인은 공포나 욕정을 비롯해 여러 가지가 있지만 지금 그의 경우는 단지 고도로 집중하는 상태여서인 것 같았다. 체스판에서 상대가 예상치 못한 수를 둘 때처럼.

그의 머릿속이 요동치는 게 보이는 듯했다.

경찰이 휴대전화를 확인하자고 할 줄 알고 이미 보여주고 싶지 않은 통화 기록과 메시지를 삭제했을 것이다. 하지만 통신사에서는 아무것도 삭제하지 않았을 거라고 생각하거나, 아니면 젠장, 그걸 어떻게 하는 거지? 하고 생각했을 수 있다. 물론 거부할 수도 있었다. 당장 삼촌에게 전화해서 그리스 법이든 미국 법이든 독일 법이든 차이가 없고 경찰이 통신 정보를 요구할 법적 권한이 없는 한 그에게는 아무것도 넘겨줄 의무가 없다는 확답을 받아낼 수도 있었다. 하지만 그러다 상황을 악화시킬 수도 있었다. 내가 명단에서 그의 이름을 지우기 어려워지리라는 것도 알았을 것이다. 그의 눈에 당혹감이 스쳤다.

"그럼요." 그가 말했다. "어디다 서명할까요?"

그의 동공이 이미 수축하고 있었다. 머릿속으로 메시지를 다 훑은 것이다. 중요한 정보가 없다는 판단이 섰을 것이다. 그가 패를 다 보여준 건 아니지만 순간적으로 포커페이스를 잃었다.

우리는 함께 방에서 나와서 조지를 찾으러 개방형 사무실을 가로질렀다. 그때 친근해 보이는 골든리트리버가 파티션 사이에서 튀어나와 프란츠 슈미트에게 뛰어오르며 반갑게 짖었다.

"와, 안녕!" 그가 바로 반응하고 쭈그려 앉아 개의 귀 뒤쪽을 긁어주었다. 동물을 진심으로 좋아하는 사람 특유의 능숙한 손길이었다. 골든리트리버도 본능적으로 그 손길을 알아챈 것 같았다. 그래서 그 개는 내가 아니라 프란츠를 선택한 듯했다. 털이 북실북실한 개가 꼬리를 빙빙 돌리며 프란츠의 얼굴을 핥으려 했다.

"짐승이 사람보다 낫지 않나요?" 프란츠가 나를 올려다보며 말했다.

그의 얼굴이 환하게 빛났다. 아까 내 앞에 앉았던 사람과 다른 사람처럼 보였다.

"오딘!" 파티션 사이에서 깐깐한 목소리가 들렸다. 아까 조지한테 기자가 전화했다고 알려준 그 목소리였다. 그녀가 나와서 개의 목덜미를 잡았다.

"죄송해요." 그녀가 그리스어로 말했다. "애도 이러면 안 되는 거 알면서도 이러네요."

서른쯤으로 보이는 여자였다. 작고 다부진, 흰색 리본의 경찰복을 입은 몸이 탄탄해 보였다. 그녀가 시선을 들었다. 눈가가 붉게 충혈되어 있었고 우리를 보고는 뺨도 붉어졌다. 그녀가 낑낑거리는 오딘을 끌고 파티션 안으로 들어가는 사이 개가 발톱으로 바닥을 긁었다. 그리고 훌쩍거리는 소리가 들렸다.

"휴대전화 내역을 조회하기 위한 영장을 프린트하는 데 도움이 필요해요." 내가 파티션을 향해 말했다. "그게 홈페이지에……."

그녀가 말을 잘랐다. "복도 끝에 프린터가 있어요, 발리 경위님."

"네?" 조지 코스폴로스가 말했다. 나는 그의 책상 파티션 사이로 머리를 들이밀었다.

"용의자가 오토바이를 타고 마수리로 돌아가고 있어요." 그리고 나는 프란츠 슈미트의 서명이 있는 서류를 내밀었다. "우리가 자기를 쫓는 걸 눈치채고 달아날까 걱정됩니다."

"그럴 위험은 없어요. 여긴 섬이고 바람이 거세질 거라는 예보가 있었어요. 그럼 혹시 그 사람이……?"

"네. 동생을 죽인 것 같습니다. 통신사에서 자료가 오면 나한테도 바로 메일을 보내주시겠습니까?"

"예. 통신사에다 줄리안 슈미트의 메시지와 통화 기록도 보내라고 할까요?"

"아쉽지만 줄리안의 사망이 공식적으로 확인되지 않는 한, 그건 법원 명령이 필요해요. 그래도 휴대전화는 확보했죠?"

"그럼요." 조지가 대답하면서 서랍을 열었다.

나는 휴대전화를 받아들고 조지의 책상 앞에 앉아서 휴대전화 뒷면에 붙어 있던 포스트잇을 보며 비밀번호를 눌렀다. 통화 기록과 메시지를 훑어보았다.

사건과 직접 관련된 내용은 보이지 않았다. 등반 경로에 관한 메시지 한 통만 '완등'으로 되어 있었다. 등반을 완료했다는 뜻의 등반 은어인 그 단어를 보자 나도 모르게 손에 땀이 났다. 그리고 서로 축하하는 메시지였다. 저녁 식사 약속, 그들 무리가 모일 음식점 이름과 시간이 적혀 있었다. 메시지에는 아무런 갈등도 연애 감정도 보이지 않았다.

갑자기 들고 있던 휴대전화가 진동했다. 남자 보컬이 애절하게 가성으로 울부짖는 2000년대 주류 팝 감성의 노래가 터져나와서 나는 소스라치게 놀랐다. 그리고 잠시 망설였다. 전화를 받으면 줄리안의 친구든 동료든 친척에게 그가 그리스 암벽등반 여행에서 실종되었고 익사로 추정된다고 알려야 했다. 나는 심호흡을 하고 '수락'을 눌렀다.

"줄리안?" 내가 답하기도 전에 저쪽에서 여자가 조용히 물었다.

"저는 경찰입니다." 나는 영어로 답하고 입을 닫았다. 상대가 내 대답을 소화하는 동안 기다려주려 했다. 무슨 일이 생겼다는 걸 인지하는 동안 기다렸다.

"네?" 실망한 목소리였다. "줄리안이 아닐까 생각했는데, 그런데…… 무슨 일인가요?"

"누구십니까?"

"빅토리아 헤셀이에요. 암벽등반 친구예요. 프란츠를 귀찮게 하고 싶지 않아서…… 그래요. 고맙습니다."

그녀는 전화를 끊었고, 나는 번호를 메모했다.

"아까 그 벨소리요." 내가 말했다. "뭐였죠?"

"모르겠는데요." 조지가 말했다.

"에드 시런 노래예요." 파티션 너머에서 개 주인이 말했다.

"'Happier'요."

"고마워요." 내가 말했다.

"우리가 또 뭘 할 수 있을까요?" 조지가 물었다.

나는 팔짱을 끼고 생각했다. "없네요. 아니다, 하나 있네요. 그 사람이 저 안에서 컵으로 물을 마셨어요. 지문을 채취할 수 있을까요? 테두리에 타액이 묻었다면 DNA도 채취하고요."

조지가 헛기침을 했다. 무슨 말을 하려는지 알았다. 당사자의 허락이나 법원 명령이 필요하다고 말할 것이다.

"그 컵이 범죄 현장에 있었을지도 몰라서요." 내가 말했다.

"네?"

"DNA 보고서에서 그 DNA를 특정 이름이 아니라 컵과 날짜와 장소하고만 연결하면 괜찮을 겁니다. 어차피 법정에서는 증거로 채택되지 않을 테니까요. 그래도 반장님이나 나한테는 유용할 수 있어요."

조지가 한쪽 눈썹을 올리며 어리둥절한 표정을 지었다.

"아테네에서는 다들 이렇게 일해요." 내가 거짓으로 말했다. 사실은 아테네에서 **내가** 가끔 써먹는 방식이다.

"크리스틴." 조지가 불렀다.

"네?" 의자 끄는 소리가 나고 관광경찰 제복의 여자가 파티션 너머로 고개를 내밀었다.

"취조실에 있는 컵을 분석실에 보내줄래?"

"정말요? 당사자 허락이 있어야⋯⋯."

"범죄 현장이야." 그가 말했다.

"범죄 현장요?"

"응." 조지가 내게서 시선을 떼지 않은 채 말했다. "이게 우리가 지금 여기서 하는 방식인가 봐."

저녁 7시, 나는 마수리의 호텔 방에 누워 있었다. 포티아의 호텔들에는 빈방이 없었다. 날씨 탓일 것이다. 그래도 나는 괜찮았다. 그리고 여기서 사건의 중심에 더 가까워졌으니. 내 머리 위로 높은 곳에, 도로 건너편의 언덕 위로 누르스름한 석회암 절벽이 우뚝 서 있었다. 달빛 아래 괴괴하게 아름답고 유혹적인 광경이었다. 이번 여름에 이 섬에서 인명 사고가 있었고, 신문에도 났다. 그 기사를 읽고 싶지는 않았지만 읽었다.

이 호텔 건너편에 보이는 높은 산은 거의 수직으로 바다에 떨어졌다.

수색 둘째 날이 저물었고 칼림노스와 텔렌도스 사이 해협에서 멀리 떨어진 바다는 잔잔했다. 하지만 내일 기상예보로 봐서는 셋째 날 수색은 없을 거라고 했다. 바다에서 실종되었다고 추정되는 사건에서는 미국인이든 아니든 수색이 이틀로 제한된다. 바람에 창문이 덜컹거리고 멀리서 파도가 바위에 부서지는 소리가 들렸다.

내 임무도, 그러니까 질투가 관련된 살인사건인지 진단하는 일도 끝났다. 다음 단계인 전략적이고 기술적인 수사 단계는 내 주력 분야가 아니었다. 아테네에서라면 동료들이 해결할 일이었다. 하지만 지금은 악천후로 교대가 늦어지는 바람에 살인사건 수사관으로서 나의 부족함이 드러났다. 한마디로 나는 범인이 누군가를 살해하기 위해 어떻게 범행을 준비하고 흔적을 지우는지를 상상하는 능력이 부족했다. 아테네의 서장은 내가 감성 지능은 높아도 실체적 사실을 상상하는 능력은 부족하다고 지적했다. 그래서 그가 나를 질투 수사관이라고 불렀고, 또 그래서 나는 정찰병으로 파견되어 사건에 빨간 깃발이나 초록 깃발을 꽂고는 곧바로 퇴장한 것이다.

살인사건에는 이른바 80퍼센트 법칙이 있다. 살인사건의 80퍼센트에서 가해자가 희생자와 밀접한 관계이고, 그중에 80퍼센트에서 가해자가 남편이거나 남자친구이고, 살해 동기의 80퍼센트가 질투라는 법칙이다. 따라서 우리 강력반에 신고가 들어와 '살인'이라는 말이 들리는 순간 살해 동기가 질투일 가능성이 51퍼센트라는 뜻이다. 그래서 내가 약점에도 불구하고 중요한 수사관으로 부상한 것이다.

내가 사람들에게서 질투를 읽어내는 법을 터득한 게 정확히 언제였는지 말할 수 있다. 모니크가 다른 사람을 사랑하는 걸 안 순간이었다. 나는 극심하게 고통스러운 질투의 전 과정을 거쳤다. 처음에는 믿지 못하다가 절망에 빠졌다가 분노에 휩싸이고, 자기 비하에 사로잡혔다가 마지막에는 깊은 우울에 빠지며 고통스러운 질투의 과정을 거쳤다. 그전에 이렇게 고문에 가까운 감정을 느껴본 적이 없어서였는지, 고통이 나를 집어삼키는 순간에도 마치 밖에서 나 자신을 바라보는 느낌이었다. 마취도 안 하고 수술대에 누운 환자인 동시에 첫 수업에서 수술대 옆 무리에 끼어 사람의 흉곽에서 심장을 꺼내는 과정을 참관하는 어린 의대생이 된 느낌이었다. 질투라는 극단적 주관성과 냉정하고 관찰 가능한 객관성이 동시에 나타날 수 있다는 게 이상해 보일 수 있다. 내가 찾아낸 유일한 설명은, 나는 질투하는 사람으로서 뒤로 물러나 나를 낯설게 바라보다가 결국 겁에 질려 나 자신을 지켜보는 관찰자가 되었다는 정도다. 나는 평생 남들에게서 자기 파괴적인 모습을 수없이 보면서도 내 안에는 그런 독소가 없을 줄 알았다. 착각이었다. 그리고 놀랍게도 고통과 증오와 자기 비하 못지않게 강렬한 것이 호기심과 매혹이었다. 나환자가 자신의 얼굴이 흘러내리고 곪은 살과 썩은 장기가 기괴하게 드러나는 걸 보면서 공포에 사로잡히듯이. 나는 나만의 나병에서 빠져나오면서 영구히 손상을 입은 건 분명하지만, 그만큼 면역력을 얻었다. 다시는 그런 질투를 느끼지 않게 되었다. 그렇다고 다시는 누구도 그렇게 사랑할 수 없게 되었는지는 모르겠다. 내가 아무도 모니크처럼 사랑하지 못하게 된 데는 질투 말고도 다른 요인들도 작용했을 수도 있다. 어쨌든 모니크 덕분에 나는 직업적으로 지금의 내가 될 수 있었다. 질투 전문가.

나는 어릴 때부터 이야기에 깊이 몰입하는 능력이 남달랐다. 가족과 친구들은 그런 나를 대단하고 감동적이라고 말하기도 하고 또 한편으로는 한심하고 남자답지 못하다고 말하기도 했다. 내게는 하나의 재능이었다. 나는 허클베리 핀의 모험에 빠져드는 게 아니라 **내가** 허클베리 핀이었다. 내가 톰 소여였다. 학교에 들어가 그리스 희곡을 배울 때는 오디세우스가 되었다. 꼭 세계문학의 명작이어야 하는 건 아니다. 실화든 허구든, 지극히 단순하고 서툴게 쓰인 온갖 저속한 불륜 이야기라도 상관없다. 나는 그 이야기 속으로 들어갔다. 첫 문장부터 나는 이야기의 일부가 된다. 스위치를 켜듯이. 이는 곧 내가 이야기 안에서 어색한 음을 빠르게 찾아낼 수 있다는 뜻이기도 하다. 내가 사람들의 보디랭귀지나 말투나 무의식적인 자아 방어 기제를 읽어내는 남다른 재주를 타고나서가 아니다. 중요한 건 이야기다. 투박하고 어설프게 묘사된 인물이라고 해도, 나는 그 이야기에서 주제를 읽어내고 그 인물이 가졌을 법한 동기와 지위를 간파하고 이를 토대로 그 인물의 무엇이 거스를 수 없는 어떤 결과로 이어지는지 찾아낸다. 그런 처지에 놓여 봤기 때문이다. 인간의 질투는 너와 나의 차이를 허물고 계급과 성별, 종교, 교육, 지능, 문화, 양육의 장벽을 뛰어넘는다. 약물 중독자의 행동이 비슷하듯이 우리의 행동도 서로를 닮아간다. 그래서 우리는 내면의 거대하고 시커먼 구멍을 채우려는 욕구에 이끌려 살아 있는 시체들처럼 거리를 헤매는 것이다.

하나 더. 이처럼 상상으로 투사하는 능력은 공감과는 다르다. '이해한다고 해서 관심이 있다는 뜻은 아니다'라고 한 호머의 말처럼. 그 호머 심슨, 맞다. 그러나 내 경우는 불행히도 같은 의미다. 나는 질투하는 사람과 함께 고통받고 또 고통받는다. 그래서 내가 이 직업을 싫어하는 것이다.

바람이 내리닫이 창문의 창틀을 열어젖히려 했다. 내게 뭔가를 보여주려는 것처럼.

나는 잠들어 높은 데서 떨어지는 꿈을 꾸었다. 한 시간쯤 지나서 추락하던 남자가 땅에 닿을 즈음 잠이 깼다.

휴대전화로 이메일이 와 있었다. 프란츠 슈미트가 삭제한 메시지와 통화 기록 출력본이 첨부되어 있었다. 통화 기록에 따르면 프란츠는 동생이 사라지기 전날 밤에 빅토리아 헤셀이라는 사람에게 여덟 번 전화를 걸었지만 상대가 받지 않았다. 나는 그 번호를 확인해서 줄리안의 휴대전화로 짧게 통화한 빅토리아와 동일인인 것을 확인했다. 그러다 높은 데서 땅에 떨어진 사람의 심정, 아득한 오싹함, 살이 돌바닥에 부딪히는, 평생 잊히지 않는 그 소리가 다시 돌아왔다. 프란츠가 헬레나 암브로시아로 등록된 그리스 전화번호로 보낸 메시지를 읽는 순간.

'내가 줄리안을 죽였어.'

엠포리오는 칼림노스 북단의 작은 마을로, 주요 도로가 끊기는 곳이었다. 식당에서 내 테이블로 다가오는 여자에게서 모니크가 보였다. 한동안, 몇 년 동안 어디를 가든 모든 여자의 얼굴과 눈과 미끈한 등줄기에서 모니크를 보았고, 낯선 여자가 건네는 말에서 모니크의 목소리를 들었다. 그러나 세월이 흐르고 모니크의 망령도 끊임없이 내리쬐는 시간의 햇빛에 퇴색했다. 몇 년이 더 지나서는 아침에 일어나 아테네의 거리를 걷다가 문득 망령이 나를 놓아주고 떠난 걸 깨달았다. 그러다 다시 어둠이 내렸다.

이 여자도 아름답긴 했지만 물론 모니크만큼은 아니었다. 아니, 사실은 아름다웠다. 가늘고 긴 다리에 타고난 우아한 몸짓. 부드러운 갈색 눈동자. 하지만 피부가 상했고 턱이 없었다. 모니크에게는 무엇이 없었을까? 이젠 기억나지도 않는다. 정숙함일지도.

"무엇을 도와드릴까요, 손님?"

다소 과하게 정중한 이 표현이, 내게는 영국의 웨이터들이 약간 비꼬면서 자기를 낮추는 말로 굳어진 이 표현이 이처럼 순수하고 젊은 그리스 여자 입에서 나오자 감동적일 만큼 정직하게 들렸다. 가족이 운영하는 작고 아늑한 식당에는 그녀와 나 둘만 있었다.

"헬레나 암브로시아이신가요?"

그녀는 내가 그리스어로 말하자 얼굴을 붉히며 고개를 끄덕였다. 나는 내 소개를 하고, 사라진 줄리안 슈미트 때문에 왔다고 말했다. 그녀의 얼굴에 실망이 번지는 사이 나는 그녀와 프란츠 슈미트의 관계에 대해 아는 만큼 말했다. 그녀는 간간이 어깨너머를 흘깃거리며 주방에서 누가 우리 대화를 엿듣지 않는지 살폈다.

"네네, 그런데 그게 사라진 사람과 무슨 상관이 있나요?" 그녀가 화가 난 듯 수치심으로 얼굴을 붉히며 빠르게 속삭였다.

"당신이 두 사람 모두와 함께였으니까요."

"뭐라고요? 아니에요!" 그녀는 격앙된 목소리로 말하고, 다시 목소리를 낮추어 화가 난 듯 속삭였다. "누가 그래요?"

"프란츠요. 당신이 그 돌의 도시에서 쌍둥이 동생 줄리안을 만났을 때 줄리안이 프란츠인 척했던 겁니다."

"쌍둥이요?"

"일란성."

그녀가 혼란스러운 얼굴이 되었다. "하지만……." 그녀의 머릿속에서 일련의 사건이 연결되며 혼란이 불신이 되었다가 다시 분노로 바뀌는 게 보였다.

"제가…… 형제인 두 사람을 만난 거라고요?" 그녀가 말을 더듬었다.

"모르셨습니까?"

"어떻게 알아요? 정말로 두 사람이었다고 해도 완전히 똑같았는데." 그녀는 머리가 폭발하지 않게 막으려는 듯 두 손으로 관자놀이를 눌렀다.

"줄리안이 돌의 도시에서 당신을 만나고 그다음 날 오후에 당신한테 전화해서 솔직히 다 털어놓았고 당신이 용서해줬다고 형한테 말했다던데, 그게 거짓말인가요?"

"그날 이후로는 둘 중 누구하고도 통화한 적이 없어요!"

"당신이 프란츠한테 받은 메시지는요? '내가 줄리안을 죽였어.'"

그녀는 눈을 연신 깜빡였다. "그 메시지는 이해하지 못했어요. 프란츠가 동생이 있다고는 했지만 쌍둥이라고 하지도 않았고 이름이 줄리안이라고도 하지 않았어요. 그 메시지를 보고 줄리안이란 게 그 사람이 등반한 경로 이름이거나 방에서 나온 바퀴벌레한테 붙여준 이름이겠거니 했고, 나중에 설명하겠지 했어요. 마침 저녁 장사를 마감하고 정리하느라 바빠서 그냥 답으로 이모티콘만 보내고 만 거예요."

"당신이 프란츠에게 보낸 메시지를 봤습니다. 장문의 메시지에 다 짧게 답했더군요. 그런데 줄리안을 만나고 다음 날 아침에 보낸 메시지는 당신이 유일하게 먼저 보낸 것이고 유일하게 당신 쪽에서 어떤…… 애정 같은 게 느껴지던데요?"

그녀가 아랫입술을 깨물었다. 고개를 끄덕였다. 눈에 눈물이 그렁했다.

"줄리안이 프란츠가 아니라고 고백했다고 한 말은 거짓말이라고 해도, 어쨌든 당신은 줄리안을 만나고 난 이후에야 사랑에 빠진 거였군요?"

"그때……." 그녀는 몸에서 기운이 다 빠져나간 사람처럼 앞의 의자에 풀썩 주저앉았다. "그 사람을…… 프란츠를 만났을 때 내심 들떴어요. 조금 우쭐한 기분도 들었던 것 같아요. 우린 팔레오호라에서 만났어요. 사람도 거의 없고, 특히 우리 가족을 아는 사람은 하나도 없는 곳이에요. 순수하게 만났지만 헤어질 때 그에게 굿나잇 키스를 허락했어요. 진심으로 사랑한 건 아니지만요. 그래서 그가…… 줄리안이었겠죠, 만나자는 메시지를 보냈을 때 싫다고 답했어요. 그냥 좋은 감정일 때 그만 만나자고 생각했죠. 하지만 그 사람이 고집을 부렸어요. ……그 전과는 다르게요. 그리고 재미있었어요. 자기비하적 농담도 했고요. 그래서 마지막으로 잠깐 보기로 했어요. 그런데 팔레오호라에서 만났을 때는 전혀 달랐어요. 그 사람도, 저도, 대화를 나누는 방식도, 그 사람이 저를 안아주는 느낌도, 훨씬 느긋하고 장난기가 넘쳤어요. 저는 그 느낌에 물들었고요. 훨씬 많이 웃었어요. 그때는 그냥 서로를 좀 더 잘 알게 되고 더 편안해져서인 줄 알았어요."

"줄리안하고는 잠자리는 했나요?"

"우린⋯⋯." 그녀가 긴장한 듯 얼굴을 붉혔다. "꼭 답해야 하는 건가요?"

"어떤 질문에도 꼭 답하실 필요는 없습니다, 헬레나. 다만 저로서는 정보가 많을수록 사건을 해결하는 게 수월해져서요."

"줄리안을 찾는 것도요?"

"네."

그녀는 눈을 감았다. 집중하는 표정이었다. "네, 그래요, 했어요. 음⋯⋯ 무척 좋았어요. 그날 저녁 집에 돌아와서는 제가 잘못 생각한 걸 알았어요. 사실 저는 사랑에 빠졌고 그 사람을 또 만나야 한다는 걸요. 그런데 지금 그가⋯⋯."

헬레나는 두 손으로 얼굴을 감쌌다. 손가락 새로 흐느낌이 새어 나왔다. 가늘고 긴 손가락이 모니크와 닮았다. 모니크는 자기 손을 들어 보이며 거미 다리 같다고 말하곤 했다.

나는 헬레나에게 몇 가지를 더 물었고, 그녀는 솔직하게 답해주었다.

헬레나는 돌의 도시에서 마지막으로 만난 뒤로 프란츠든 프란츠를 가장한 누구든 다시 본 적이 없었다. 그리고 줄리안과 함께 보내고 다음 날 아침에 프란츠의 전화번호로 곧 다시 만나기를 고대한다고 메시지를 보냈지만 답장을 받지 못했다. 그러다 '내가 줄리안을 죽였어'라고 수수께끼 같은 짧은 메시지를 받았고 스마일리 이모티콘을 보냈다. 마지막 메시지를 보낸 사람이 그녀라서 더는 먼저 연락하지 못했다.

나는 고개를 끄덕이며 연애게임의 규칙이 내 젊은 시절과 크게 달라지지 않은 데 조금 놀랐고, 그녀가 대답하는 태도를 보고 뭔가를 감추려는 의지가 없는 것을 확인했다. 더 정확히 말하면 그녀는 아무것도 숨기지 않았다. 사랑에 빠진 그녀는 사랑이 그 무엇보다도 중요하다고 믿으며 모든 수치심에서 해방된 듯 보였다. 사랑은 가장 달콤한 정신병이지만 그녀에게는 가장 지독한 고문으로 돌변했다. 사랑이 먼저 손을 내밀었다가 순식간에 사라져버렸으니.

나는 그녀에게 내 전화번호를 주었다. 그녀는 생각나는 게 있거나 형제 중 한 사람에게 연락이 오면 전화하겠다고 약속했다. 줄리안이 아직 살아 있을 수도 있다는 희망을 전하자 그녀의 표정이 밝아졌다. 하지만 내가 떠날 즈음 그녀는 다시 울고 있었다.

"빅토리아입니다." 숨이 찬 목소리였다. 등반을 막 마치고 밧줄을 타고 내려와 벨소리가 울려대는 배낭으로 뛰어온 것 같았다.

"니코스 발리입니다. 이 지역 경찰과 함께 일하는 수사관입니다." 나는 렌터카를 타고 엠포리오 외곽의 아스팔트를 점령한 염소 무리를 조심조심 피해가며 통화했다. "줄리안 슈미트의 전화로 잠깐 통화했죠. 몇 가지 여쭙고 싶은 게 있어서요."

"어쩌죠? 제가 정상에 있어서요. 기다려주시겠어요……?"

"어느 정상입니까?"

"오디세우스라는 데예요."

"그쪽으로 가겠습니다. 괜찮으시다면."

그녀가 가는 길을 알려주었다. 아르기논타와 마수리 사이에서 급커브를 돌기 직전에 왼쪽으로 빠지라고 했다. 자갈길 끝에 등반가들의 오토바이가 서 있는 곳에 차를 대라고 했다. 그리고 그 길을 따라, 아니면 등반가들을 따라 산비탈로 팔 분에서 십 분 정도 걸어서 암벽 아래까지 오면 지면에서 5미터나 6미터쯤 위에 떠 있는 너럭바위에 그녀와 등반 파트너가 있는 게 보일 테니, 산비탈에 나 있는 천연의 발판을 따라 올라오라고 했다.

이십 분쯤 지나서 나는 초목이라고는 백리향 두어 포기만 있는 황량한 산비탈에 서 있었다. 이마의 땀을 닦으며 올려다보니 너비 100미터에 높이 40에서 50미터의 석회암 사면이 산비탈을 대각선으로 가로질러 벽처럼 서 있었다. 로프 스무 개 이상이 지면의 확보 지점과 암벽에 매달린 사람 사이에 이어져 있었다. 스포츠 암벽등반이었다. 방법은 단순했다. 두 사람이 한 팀을 이루어 선행자가 등반을 시작하기 전에 로프의 한쪽 끝을 자신의 하네스등반용 안전벨트에 연결한다. 하네스에는 경로를 완수하는 데 필요한 카라비너등반에 쓰는 타원형이나 O자형 강철 고리가 열두 개 정도 달려 있다. 암벽의 경로를 따라 일정한 간격으로 금속 볼트가 박혀 있다. 선행자는 한 지점에 이르면 카라비너를 볼트에 채우고 카라비너에 로프를 끼운다. 밑에서 지탱해주는 사람은 자신의 하네스에 연결된 고정장치에 로프를 끼워서 통과시킨다. 자동차 안전벨트가 롤러 사이로 움직이는 원리와 같다. 선행자가 올라가는 사이 바닥에서 버텨주는 확보자는 밧줄을 살살 풀어준다. 자동차의 안전벨트가 덜컥 걸리지 않도록 서서히 풀어주는 것과 같은 원리다. 그래서 선행자가 떨어지더라도 로프가 휙 당겨지다가 암벽에 고정된 볼트에 걸린다. 지면의 확보자가 로프를 완전히 다 풀지만 않았다면 말이다. 그러니 선행자가 추락해도 로프를 걸어둔 마지막 카라비너에서 한참 아래로 떨어지지 않고 볼트와 아래에서 지탱해주는 사람의 체중에 의해 멈추게 된다. 다시 말해 보통의 스포츠 암벽등반은 그렇게 위험하지 않다. 로프나 다른 안전 장비 없이 오르는 프리 솔로에 비하면. 스포츠 암벽등반과 달리 프리 솔로를 즐기는 사람들은 기대수명이 헤로인 중독자보다도 짧은데, 사실 꽤 적절한 비유다. 거기 잠깐 서 있는 내내 몸이 떨렸다. 완벽하게 안전한 것은 없으며 문제가 될 일은 언제고 문제로 터지는 법이다. 누군가는 머피의 법칙 같은 건 줄 알겠지만 그렇지 않다. 간단한 수학과 논리의 문제다. 물리법칙에 따라 일어날 수 있는 일은 반드시 조만간 일어난다는 뜻이다. 그게 언제냐의 문제일 뿐이다.

나는 몇 미터쯤 걸음을 옮겨 암벽 앞까지 다가갔다. 너럭바위에 있는 여자가 10미터쯤 올라간 사람과 연결된 로프를 붙잡고 있었다. 나는 손과 발로 땅을 짚으며 그 여자가 있는 곳까지 기다시피 올라갔다.

"빅토리아 헤셸이십니까?" 내가 가쁜 숨을 몰아쉬며 물었다.

"잘 올라오셨네요." 그녀가 윗벽에 매달린 등반가에게서 눈을 떼지 않고 대꾸했다.

"시간을 내주셔서 감사합니다." 나는 암벽 틈새에 깊숙이 팬 자리를 손으로 꽉 붙잡고 몸을 살짝 떼서 아래쪽을 흘끔 보았다. 고작 6미터 높이인데도 아래에서 몸을 잡아끄는 느낌이 들었다.

"고소공포증 있어요?" 빅토리아 헤셸이 여전히 날 보지도 않고 물었다.

"없는 사람도 있나요?" 내가 물었다.

"특별히 심한 사람은 있죠."

나는 위에 매달린 그녀의 파트너를 보았다. 그녀보다 꽤 어려 보이는 청년이었다. 불안정한 발놀림과 그녀가 확보 장치와 로프를 단단히 움켜잡은 걸로 봐서는 등반에 관해서라면 그 청년이 그녀

77

에게서 배울 게 더 많아 보였다. 빅토리아 헤셀은 나이를 가늠하기 어려웠다. 서른다섯부터 마흔다섯 사이의 어느 나이로도 볼 수 있었다. 그녀는 확실히 강인해 보였다. 깡마르고 팔다리가 길었지만 짱짱한 운동복 상의 속으로 탄탄한 등판이 보였다. 힘줄이 도드라진 팔뚝과 송진을 묻힌 손, 등반용 반바지. 그녀는 내 정장과 갈색 가죽 구두를 다소 못마땅한 눈으로 훑었다. 내 머리카락이 사방으로 흩날리는 느낌이 들었다. 그녀의 머리카락은 니트 속에 단정하게 들어가 있었다.

"등반하는 사람이 많네요." 내가 암벽을 향해 고개를 까딱하며 말했다.

"평소에는 더 많아요." 빅토리아는 다시 파트너에게 시선을 고정했다. "오늘은 바람이 심해서 다들 그냥 카페에 앉아 있을 거예요." 그녀는 하얀 포말이 일어나는 바다 쪽으로 고개를 까딱했다.

여기서는 거의 다 보였다. 저 아래로 주요 도로와 자동차, 마수리 시내, 작고 까만 개미 같은 사람들이 보였다. 우리 아래로 거의 헐벗은 산비탈에 다른 등반가들이 올라오는 모습이 보였다.

"믿기지 않겠지만, 이런 바람이면 로프가 산 높은 데까지 날려 올라가서 걸릴 수 있거든요." 빅토리아가 말했다.

"그렇다고 하시니 믿어야죠."

"믿으세요." 그녀가 말했다. "그런데 무슨 일이시죠, 발리 씨?"

"아, 그건 파트너가 내려오실 때까지 기다려도 됩니다."

"쉬운 경로라 괜찮아요. 그냥 말씀하세요."

"로프를 잡을 때는 파트너에게 집중한다는 규칙이 있다고 들은 기억이 나서요."

"조언해주셔서 감사하네요." 그녀가 살짝 짜증 난 미소를 띠었다. "그런데 그런 건 저한테 맡겨주시죠."

"그럴까요." 내가 말했다. "그런데 파트너가 방금 마지막 카라비너에 로프를 거꾸로 채운 것 같은데요?"

빅토리아 혜셀이 나를 쏘아보았다. 그리고 내가 말한 카라비너를 보았다. 내 말이 맞고, 로프가 엉뚱한 방향으로 걸린 걸 보았다. 파트너가 떨어진다면 자칫 로프가 카라비너에서 그대로 빠져 계속 아래로 추락할 수 있었다.

"저도 봤어요." 그녀가 거짓말을 했다. "바로 다음번 카라비너에 잘 끼우면 안전해요."

나는 헛기침을 했다. "이제 곧 크럭스등반에서 제일 어려운 구간가 나오는 것 같은데요. 제게 물으신다면 저 친구가 곤란해질 것 같다고 말씀드릴 수 있겠네요. 저기서 떨어지면 저 카라비너가 추락을 버텨주지 못하고 다음 카라비너는 너무 낮게 있어서 바닥에 닿기 전에 멈춰주지 못할 겁니다. 동의하시죠?"

"알렉스!" 그녀가 소리쳤다.

"네?"

"좀 전에 카라비너에 밧줄을 거꾸로 끼웠어. 그만 올라가. 내려와서 바꿔 끼워!"

"그냥 다음 볼트로 가서 거기서 제대로 끼우는 게 나을 거 같은데요."

"아니, 알렉스, 그러지 마……."

하지만 알렉스는 이미 손끝으로 단단히 붙잡은 홀드손잡이에서 손을 떼서 위쪽에 있는 아래로 기운 넓은 홀드로 옮겨갔다. 그에게는 괜찮아 보였을지 몰라도 숙련된 등반가에게는 송진이 너무 많이 묻어 있는 게 보였다. 이전에 여러 등반가가 잡으려다가 놓친 걸로 보였다. 게다가 그가 매달린 위치에서는 후퇴할 수 없었다. 그의 바짓가랑이가 파들거렸다. 바람 때문이 아니라 등반가들이 '재봉틀'이라고 부르는, 언제고 누구에게나 나타나는 스트레스 반응이었다. 빅토리아가 로프를 최대한 짧게 하려고 끌어당겼지만 역부족으로 보였다. 알렉스는 우리가 서 있는 너럭바위 턱에 부딪힐 것 같았다.

"알렉스, 오른쪽 위로 발 디딜 홀드가 있어!" 빅토리아가 소리쳤다. 그녀도 어떤 상황이 펼쳐질지 안 것이다. 하지만 이미 늦었다. 알렉스의 팔이 닭 날개 모양으로 팔꿈치가 위로 올라가려 했다. 힘이 다 빠졌다는 신호였다.

"저 친구, 떨어져요. 당신이 뛰어요." 내가 조용히 말했다.

"알렉스!" 그녀는 소리치면서 내 말은 듣지 않았다. "발을 위로 올려. 그럼 디딜 수 있어."

내가 두 손으로 그녀의 하네스를 붙잡았다.

"아이 씨, 뭐 하는 거예요……." 그녀가 화를 내며 내 쪽으로 반쯤 돌아보았다.

나는 알렉스에게 시선을 고정했다. 그가 비명을 질렀다. 그리고 추락했다. 나는 빅토리아를 잡아 뒤로 끌고 가서 해머던지기를 하듯이 빙빙 돌리다 너럭바위 너머로 던졌다. 그녀의 날카로운 비명에 알렉스가 길게 울부짖는 소리가 묻혔다. 원리는 단순했다. 그녀를 최대한 빨리 더 낮은 곳으로 보내서 그녀의 체중으로 알렉스가 땅에 추락하기 전에 멈추게 해주려던 것이다.

로프의 위쪽으로 이어진 부분과 아래쪽으로 내려간 부분이 양쪽 모두 팽팽해지고 순간 정적이 감돌았다. 주위의 등반가들 사이에 비명과 고성이 오갔지만 바람은 숨죽이듯 잠잠했다.

나는 위쪽을 보았다.

알렉스가 암벽의 조금 위쪽에서 로프에 매달려 있었다. 거꾸로 끼워진 고리에 걸려서 멈춘 것이다. 결국 나는 오늘 누구의 목숨도 구하지 못했다. 나는 너럭바위 끝으로 가서 저 아래 매달린 빅토리아 헤셀을 보았다. 그녀는 2미터 아래에서 확보 기구 아래쪽 로프에 걸려 하네스에 묶인 채 위를 쳐다보았고, 두 눈은 충격으로 까매져 있었다.

"미안합니다." 내가 말했다.

"고맙습니다." 내가 말했다. 빅토리아가 보온병에서 플라스틱 컵 두 개에 커피를 따르고 한 잔을 내게 내밀었다.

알렉스는 위로 더 올라가는 팀에 합류하라고 보내주었고, 그녀와 나는 너럭바위에 앉았다.

"고마운 건 저죠."

"왜요? 어차피 로프가 고리에 걸려서 무사했을 텐데요. 괜히 당신만 무릎을 찧었잖아요."

"그래도 옳게 하신 거예요."

나는 어깨를 올렸다. "그럼 우리 서로 그걸로 위안을 삼을까요?"

그녀가 피식 웃으며 커피를 후후 불었다. "등반을 하시나 봐요?"

"예전에요." 내가 말했다. "암벽을 잡아보지 않은 지가 사십 년이 다 돼가요."

"사십 년이면 긴 세월인데, 무슨 일로?"

"무슨 일이냐고요? 그나저나 여긴 무슨 일이 있었나요? 인명 사고가 났다는 기사를 보긴 했는데요."

유쾌하지 않은 얘기이기는 하지만 빅토리아 헤셀은 내가 여기

온 용건에 관해 말하지 않아도 되는 이 기회를 놓치지 않았다.

"흔한 실수였어요. 그 사람들이 경로의 길이와 로프 길이를 제대로 확인하지 않은 데다 로프 끝에 매듭을 잡지도 않았어요. 하강할 때 아래에서 안전을 확보해야 할 사람이 로프가 얼마 안 남은 줄도 모르고 있다가 때를 놓친 거죠. 로프 끝에 매듭을 지어놓지도 않아서 로프가 확보 기구를 그대로 통과해서 위에 매달린 사람이 추락한 사고였어요. 8미터면 죽지는 않을 것 같잖아요? 그런데 그 사람은 머리부터 돌바닥에 떨어졌어요. 그럼 2미터라도 못 살죠."

"인재였군요." 내가 말했다.

"늘 그렇지 않나요? 로프가 끊어지거나 바위에 박힌 볼트가 헐거워졌다는 말을 마지막으로 언제 들어봤나요?"

"그렇네요."

"끔찍하죠." 그녀가 고개를 저었다. "그래도 변한 건 없어요. 어디선가 읽었는데 인명 사고가 난 장소에 등반가들이 오히려 더 늘어난다고요."

"그래요?"

"대놓고 말은 안 해도, 어느 정도 위험이 도사라지 않으면 사람들이 잘 찾지 않아요."

"아드레날린 중독이라서요?"

"그렇기도 하고 아니기도 해요. 제 생각엔 우리가 중독되는 건 공포가 아니라 통제력이에요. 위험을 완벽하게 다스리고 스스로 운명을 통제하는 느낌요. 살면서 다른 데서는 느껴보지 못하는 통제력을 여기서 얻는 거죠. 또 결정적인 상황에서 실수하지 않는 걸로 소박하게나마 영웅이 되는 거예요."

"그러다 통제력을 잃고 실수하는 날이 오기 전까지는." 나는 이렇게 말하고 커피를 마셨다. 맛있었다. "정말 실수라면 말이죠."

"그렇죠." 그녀가 조용히 말했다.

"그날 밤 프란츠가 줄리안하고 싸우고 당신한테 여덟 번 전화했더군요. 이튿날 줄리안이 사라졌고요. 프란츠가 뭘 원했습니까?"

"몰라요. 그냥 등반 일정을 잡으려고 했을 거예요. 싸웠으니까 등반 파트너가 없잖아요."

"프란츠의 통화 기록을 보니까 회신은 오지 않았더군요. 당신은 대신 줄리안에게 전화를 걸었고요. 왜죠?"

그녀는 플리스 점퍼를 입고 두 손으로 커피잔을 감쌌다. 그리고 천천히 고개를 끄덕였다. "둘이 비슷해요, 프란츠랑 줄리안. 다르기도 하고요. 얘기하기는 줄리안이 더 편해요. 하지만 그때 전화한 건 사람들이 잊고 있던 확실한 가능성을 확인하고 싶어서였어요. 줄리안이 어딘가에 살아 있고 휴대전화도 가지고 있을 거라는 가능성요."

"그렇군요." 내가 말했다. "그래요, 두 사람이 비슷하면서도 다르더군요. 음악 취향도 다른 것 같던데요. 레드 제플린하고……." 그 유행가 가수의 이름을 벌써 잊었다. "그래도 둘이 같은 여자를 좋아하더군요."

"그럴 거예요."

나는 그녀를 보았다. 나의 질투 레이더에 아무것도 걸리지 않았다. 그녀와 연애 감정으로는 얽히지 않았다는 뜻이다. 그녀는 줄리안을 사랑하지도 않고 그와 관계를 갖지도 않았다. 프란츠가 빅토리아에게 연락해서 줄리안과 헬레나를 방해하려던 것도 아니었다. 그럼 뭐였을까?

"무슨 일이 있었을까요?" 그녀가 물었다. "줄리안이 수영하러 나갔다가 사고가 난 걸까요? 술집에서 뇌진탕을 일으켜서?"

나는 그녀가 나를 시험한다는 것을 알았다. 내 답변에 따라 그녀가 다음에 놓을 수가 정해질 터였다.

"그런 것 같지는 않습니다." 내가 말했다. "프란츠가 줄리안을 죽인 것 같습니다."

나는 그녀를 보았다. 어느 정도 짐작한 대로 그녀는 아무것도 모르는 사람이라기에는 충격을 조금 덜 받은 표정이었다. 그녀는 아직 다 삼키지 못한 사실을 숨기려는 것처럼 커피를 입안 가득 들이마셨다.

"어떻게 생각해요?" 내가 말했다.

그녀가 주위를 둘러보았다. 다른 로프 팀의 네 사람은 바람 소리 때문에 잘 들리지 않는 곳에 떨어져 있었다. "그날 저녁에 프란츠가 집에 들어오는 걸 봤어요."

드디어 나왔다.

"잠이 안 와서 그 집에서 길 건너에 있는 제 방 발코니에 나가 있었거든요. 프란츠가 차를 세우고 혼자 내리는 걸 봤어요. 줄리안은 같이 없었고요. 프란츠가 뭔가를 들고 있었는데 옷 같았어요. 문을 따고 주변을 살피더군요. 절 봤을 거예요. 제가 본 걸 알았던 것 같아요. 그래서 저한테 전화한 게 아닌가 싶어요. 해명하려고."

"당신은 그 해명을 듣고 싶지 않았군요?"

"그냥 엮이고 싶지 않았어요. 뭐든 더 확실해지기 전에는, 줄리안이 발견되기 전에는요."

"그다음에는요?"

그녀가 한숨을 쉬었다. "줄리안이 나타나지 않거나 시신으로 발견되면 그때 가서 말하려고 했어요. 그 전에는 더 복잡해지기만 할 테니까요. 괜히 제가 프란츠를 범인으로 몰아세우는 것처럼 보일 수 있잖아요. 우린 친구들끼리 모인 등반모임이고 서로 신뢰해요. 날마다 서로를 믿고 목숨을 맡기죠. 제가 섣불리 행동했다가는 그 모든 게 무너질 수도 있어요. 이해하시나요?"

"이해합니다."

"젠장."

나는 그녀의 시선을 따라 산비탈 아래쪽을 보았다. 저 아래 도로에서 누군가가 산길을 따라 올라오고 있었다.

"프란츠예요." 그녀가 일어서서 손을 흔들었다.

내가 아래를 유심히 살폈다. "확실합니까?"

"동성애 권리 옹호 모자를 보면 알아요."

나는 다시 보았다. 동성애 권리. 레게 스타일이 아니라 무지개 깃발이었다.

"이성애자인 줄 알았어요." 내가 말했다.

"자기가 아니라 남들의 권리를 옹호할 수도 있지 않나요?"

"프란츠 슈미트도 그런 사람인가요?"

"모르죠." 그녀가 말했다. "적어도 장크트파울리와 분데스리가 팬이기는 해요."

"네?"

"축구요. 저 친구네 조부모님이 제가 사는 함부르크 출신이고 함부르크에는 라이벌 구도인 두 클럽이 있어요. 하나는 HSV라고, 활기차고 규모가 크고 친근하고 부유한 클럽이에요. 줄리안이랑 제가 응원하는 클럽이죠. 다른 하나는 분노에 차고 규모가 작고 약간 좌파적이고 불량한 장크트파울리라는 클럽인데, 해골 아래에 대퇴골이 엇갈리게 배치된 문양을 배지에 새기고 동성애 권리를 비롯해 함부르크의 부르주아를 거슬리게 하는 모든 가치를 대놓고 지지해요. 프란츠가 그런 면에 끌린 것 같아요."

저 아래의 형체가 멈춰서 우리를 쳐다보았다. 나는 매복할 생각이 없다는 것을 알리려는 듯 일어섰다. 그는 그대로 서서 우리를 살피는 듯했다. 그에게 손을 흔드는 사람이 빅토리아인 걸 알아보고 옆에 있는 사람이 누구인지 생각하는 것 같았다. 내 정장을 알아봤을 수도 있다. 줄리안을 죽였다고 노골적으로 밝힌 메시지를 내가 발견하고 다시 나타날 거라고 예상했을 수 있다. 그렇다면 해명할 거리를 찾을 시간은 충분했을 것이다. 내 짐작에는 그가 그 메시지는 헬레나의 호기심을 끌려고 보낸 것이고 나중에 헬레나에게 사실은 동생 머리에 당구공을 던졌을 뿐인데 과장해서 메시지를 보낸 거라고 말해주려 했다고 해명할 것 같았다. 그런데 지금 내가 빅토리아와 같이 있는 것을 보고는 그 정도 해명으로는 충분하지 않겠다고 생각한 모양이었다.

그가 다시 움직이더니 아래 방향으로 내려갔다.

"바람이 너무 심해서인가 봐요." 빅토리아가 말했다.

"그래요." 내가 말했다.

그는 렌터카에 타서 자갈길에 먼지를 일으키며 떠났다. 나는 다시 앉아 바다를 보았다. 하얀 포말이 옥스퍼드 시절 창문에 낀 성에 같았다. 이렇게 높이 올라와 있는데도 거센 바람에서 짠맛이 났다. 도망치게 내버려두자, 어차피 어디로든 떠나지 못할 테니.

내가 아직 경찰서에 있을 때 자정 조금 전에 프란츠 슈미트에게서 전화가 왔다.

"어디 계십니까?" 나는 이렇게 물으며 파티션 너머 조지에게 그

86

에게 전화가 왔다는 신호를 보냈다. "전화를 받지 않으시더군요."

"신호가 약해서요." 프란츠가 말했다.

"그렇네요." 내가 말했다.

아테네의 검사에게 연락해 프란츠 슈미트의 체포 영장을 받아 냈지만, 숙소나 해변이나 식당이나 어디서도 그를 찾지 못했고 아무도 행방을 몰랐다. 조지는 경찰차 두 대와 경관 네 명밖에 확보하지 못했고 날씨가 풀리기 전에는 코스 섬 경찰서에서 지원을 받지 못하는 상황이었다. 내가 기지국을 이용해 프란츠의 휴대전화 위치를 추적하자고 제안했다. 하지만 조지는 칼림노스에 기지국이 몇 개 없어서 수색 범위를 좁히기 어렵다고 했다.

"헬레나네 식당에 다녀왔어요." 프란츠가 말했다. "아버지만 계셨는데, 헬레나를 만날 수 없다고 하시더군요. 수사관님하고 상관이 있는 건가요?"

"네, 헬레나와 가족들에게 이번 사건이 종결될 때까지 당신을 만나지 말라고 했습니다."

"그 아버지한테 제 의도는 순수하고 헬레나와 결혼하고 싶다고 말했어요."

"알고 있습니다. 당신이 다녀간 후 그분이 연락을 주셨습니다."

"헬레나의 편지를 제게 주신 것도 얘기하던가요?"

"네, 그 얘기도 했습니다."

"헬레나가 뭐라고 썼는지 궁금해요?" 프란츠는 내 대답을 기다리지도 않고 편지를 읽었다. "프란츠에게. 누구에게나 이번 생에 정해진 짝이 있고, 그런 사람은 평생 단 한 번 만나요. 당신과 나는 서로에게 그 한 사람이 아니에요. 하느님께 당신이 줄리안을 죽인 게 아니길 바란다고 기도하고 있어요. 난 줄리안이 나의 단 한 사

87

람인 것을 알았어요. 그러니 당신에게 무릎 꿇고 부탁할게요. 부디 당신이 할 수 있다면 줄리안을 살려주세요, 헬레나.' 수사관님이 헬레나한테 동생이 사라진 배후에 제가 있다는 식으로 말씀하신 것 같더군요. 제가 동생을 죽였을 수도 있다고요. 수사관님의 그런 행동이 제 인생을 망치는 거 아세요? 저는 세상 무엇보다도, 저 자신보다도 헬레나를 사랑해요. 그녀 없는 삶은 상상할 수 없어요."

나는 잠자코 들었다. 바람 소리에 음성이 지글거리기는 했지만, 배경에 파도 소리가 들렸다. 이 섬의 어디든 될 수 있었다.

"지금으로서 최선은 포티아의 경찰서로 오시는 겁니다, 프란츠. 결백하다면 그게 당신에게도 유리할 겁니다."

"제가 유죄라면요?"

"그래도 자수하는 게 최선입니다. 어디로든 도망칠 수 없어요. 여긴 섬이니까요."

잠시 침묵이 이어지는 사이 파도 소리가 들렸다. 내가 묵는 호텔 방 아래의 파도 소리와는 달랐다. 어떻게 다르지?

"줄리안도 결백한 건 아니에요." 프란츠가 말했다.

나는 조지와 눈길을 주고받았다. 둘 다 알아들었다. '아니었어요' 라고 하지 않고 '아니에요'라고 했다. 하지만 이런 단서는 신뢰성이 떨어진다. 어떤 살인범은 희생자가 아직 살아 있는 것처럼, 아직 자기를 위해 존재하는 것처럼 말한다. 더 정확히 말하면 살인자가 죽은 희생자를 애인처럼 여기는 사례도 있었다.

"줄리안이 거짓말을 했어요. 그날 저녁에 자기 전화로 헬레나한테 전화해서 다 털어놓았고 이제 둘이 사랑에 빠졌다고 말했어요. 제가 싸워보지도 않고 그녀를 단념하게 하려고 거짓말을 한 거죠. 물론 줄리안은 거짓말쟁이에 바람둥이이고 원하는 걸 얻기 위해 등에 칼이라도 꽂을 인간인 것도 알지만 이번에는 더 화가 치밀었어요. 미칠 듯이 화가 났어요. 그게 어떤 느낌인지 모르실 거예요……."

나는 대꾸하지 않았다.

"줄리안은 제가 살면서 가져본 가장 소중한 것을 빼앗아간 거예요." 프란츠가 말했다. "저는 평생 그런 걸 가져본 적 없었어요. 늘 줄리안이 독차지했어요. 이유는 묻지 마세요. 우린 일란성으로 태어났지만, 줄리안한테는 제게 없는 뭔가가 있어요. 세상 밖으로 나오는 길에 줄리안은 그 뭔가를 주워서 갈림길에서 빛의 길로 나가고 저는 어둠의 길로 들어선 채로 그렇게 각자의 길을 걸어온 거예요. 그러다 그 여자까지 빼앗아야 했던 거죠……."

배경의 파도 소리가 내 호텔 앞 바위를 때리던 파도 소리처럼 거칠게 부서졌다. 그런데 이 소리는 더 길게 끄는 느낌이었고, 그 점이 달랐다. 파도가 넘실댔다. 프란츠 슈미트는 해변에 있었다.

"그래서 제가 동생한테 판결을 내렸어요." 그가 말했다. "전 캘리포니아 사람이니 사형까지는 아니고 종신형을 내렸어요. 한 사람의 일생을 망친 죄의 대가로 적절한 처벌이 아닌가요? 수사관님도 그런 처벌을 내리시지 않겠어요? 그래요? 아니에요? 아니면 사형제도에 반대하지 않으시나요?"

나는 대답하지 않았다. 조지가 보고 있었다.

"전 줄리안이 그만의 작은 사랑의 감옥에서 썩게 놔둘 거예요." 프란츠가 말했다. "열쇠는 버렸어요. 종신형이지만…… 지금의 그 삶은 오래가지 못할 거예요."

"동생이 어디에 있습니까?"

"저더러 도망칠 수 없다고 하셨지만……."

"그 사람 지금 어디에 있어요, 프란츠?"

"……정확히 맞는 말은 아니에요. 전 이제 919편 비행기를 타고 여길 떠나요."

"프란츠, 어디인지 말해줘요. 프란츠? 프란츠!"

"끊었어요?" 일어서 있던 조지가 물었다.

나는 고개를 저었다. 가만히 들어보았다. 이제 바람과 파도 소리만 들렸다.

"공항은 아직 폐쇄됐습니까?" 내가 물었다.

"그럼요."

"919 비행편이라고 들어봤습니까?"

조지 코스토폴로스가 고개를 저었다.

"이 사람, 해변에 혼자 있어요." 내가 말했다.

"칼림노스는 사방이 다 해변인데요. 이렇게 폭풍우가 치는 밤에 해변에 나가 있을 사람은 없습니다."

"얕고 길게 뻗은 해변이에요. 파도가 먼바다부터 부서져 한참이나 넘실대며 다가오는 소리예요."

"크리스틴한테 전화해서 물어보겠습니다. 서퍼거든요." 조지가 말했다.

프란츠 슈미트라는 이름으로 빌린 렌터카는 이튿날 아침에 발견되었다.

그 차는 포티아와 마수리의 중간쯤 모래사장이 펼쳐진 해변에서 차를 돌리는 구간에 서 있었다. 바람이 몰아치는데도 육안으로 확인이 가능한 발자국이 차 운전석부터 바다로 곧장 이어졌다. 조지와 나는 돌풍 속에 서서 거대하게 부서지는 파도와 싸우는 잠수부들을 보았다. 해변의 남쪽 끝에 파도가 비스듬히 기울어지고 미끄러운 바위에 부서졌다. 그 바위는 육지 쪽으로 더 이어지다가 수직의 벽으로 우뚝 섰다. 누르스름한 갈색의 석회암 벽이 공항이 위치한 정상까지 이어졌다. 해변 저 멀리서 크리스틴이 골든리트리버를 데리고 발자국을 수색하고 있었다. 그 개가 한쪽 눈만 멀쩡하게 태어나 오딘이라는 이름을 붙여주었다고, 크리스틴이 경찰서에서 휴식 시간에 커피를 마시면서 말해주었다. 내가 왜 그리스 신화의 외눈박이 폴리페모스를 택하지 않고 오딘으로 불렀냐고 묻자, 그녀가 나를 보며 답했다. "오딘이 더 짧잖아요."

조지에 따르면 오딘은 뛰어난 수색견이었다. 크리스틴이 오딘을 프란츠와 줄리안의 방에 데려가 어떤 냄새를 쫓을지 알려주었다. 우리가 해변에 도착하자 오딘은 곧장 차로 뛰어가 조지가 차 문을 열어줄 때까지 앞에 서서 계속 짖어댔다. 차 안에 프란츠 슈미트의 옷가지가 있었다. 신발과 바지, 속옷, 무지개색 장크트파울리 모자, 그리고 휴대전화와 지갑이 든 재킷이 있었다.

"그 사람 말이 맞았네요." 조지가 말했다. "결국 도망쳤습니다."

"그러네요." 나는 거품을 일으키며 부서지는 파도 너머를 보았다. 조지가 이 지역 클럽에서 잠수부 두 명을 불렀다. 그중 한 사람이 다른 한 명에게 수신호를 보내며 뭐라고 말하려 했지만 파도 소리에 덮였다.

"그자가 줄리안의 시신을 여기다 버렸을까요?" 조지가 물었다.

"아마도. 줄리안을 죽였다면."

"혹시 자기 동생에게 종신형을 내렸다고 한 말을 생각하시는 건가요?"

"그자가 그랬을 수도 있죠. 아닐 수도 있고. 줄리안이 그냥 죽는 게 아니라 고통받다 죽게 했을 수도 있어요."

"예를 들면?"

"모르죠. 질투의 분노는 사랑과 같습니다. 그 또한 광기라서 평소에는 꿈도 꾸지 않을 행동을 하게 만들 수 있어요."

나는 파도에 비스듬하고 매끄럽게 깎이고 다듬어진 그 바위로 시선을 옮겼다. 프란츠 슈미트가 물속으로 걸어서 저 바위까지 가서, 다시 발자국이 남지 않을 해변으로 올라와 도망쳤을 수도 있었다. 919편 비행기를 타고 갔을까? 그게 무슨 뜻일까? 공항까지 올라가려면 다시 도로로 나오거나 아니면 저기에서 곧장 위로 올라가야 했을 것이다.

로프 없이.

프리 솔로.

나는 어쩔 수가 없었다. 순간 눈을 감고 트레버가 떨어지는 장면을 보았다.

트레버가 땅에 닿는 걸 보지 않으려고 얼른 눈을 떴다.

그리고 정신을 모았다.

프란츠 슈미트도 여기 서서 나와 같은 것을 보고 같은 생각을 했을 것이다. 공항은 폐쇄되었다고. 모든 출구가 차단되었다고. 이쪽 경로 외에는. 마지막 경로. 무모하게 바다로 헤엄쳐서 나가 물에 빠져 죽는 건 쉽지 않다. 시간이 걸리기도 하고 생존 본능에 굴복해서 다시 돌아오지 않으려면 엄청난 의지가 필요하다.

"얕은 쪽에서 이걸 찾았습니다."

조지와 내가 돌아보았다. 잠수부가 총을 들고 있었다. 조지가 총을 받아 이리저리 돌려보았다. "오래된 것 같은데요." 그가 탄창을 넣는 아래쪽을 찔러보았다.

"루거네요, 제2차 세계대전." 내가 총을 받아들었다. 녹슨 데가 없고 물방울이 진주 모양으로 맺힌 걸로 보아 아직 기름칠이 돼 있으니 바닷속에 오래 들어 있지 않았다는 뜻이었다. 방아쇠울의 안전장치를 눌러 탄창을 빼서 조지에게 주었다. "총알이 다 들어 있다면 여덟 발이에요."

조지가 총알을 빼냈다. "일곱 발 있습니다."

나는 고개를 끄덕였다. 불현듯 무한한 슬픔이 덮쳤다. 기상예보에서 내일 저녁이면 바람이 잠잠해지고 해가 날 거라고 했지만 내 마음에는 먹구름이 잔뜩 끼었다. 보통은 그저 지나가는 구름인지 아니면 새로운 어둠의 시기가 다가오는 전조인지 알았다. 그런데 지금은 몰랐다.

"919입니다." 내가 말했다.

"네?"

"들고 계신 그 총알의 구경이에요."

강력반 반장에게 전화해서 상황을 보고하자 반장은 아테네의 언론들이 이 사건에 관심을 보이기 시작했다고, 기자와 사진기자 여러 명이 코스 섬에 모여 배가 뜰 만큼 날이 좋아지길 기다리고 있다고 전했다.

나는 마수리에 있는 내 호텔로 돌아가 방으로 우조 한 병을 시켰다. 나는 요즘 잘 팔리고 물이 많이 섞인 우조12만 아니라면 아무거나 마시지만, 여기서 내가 좋아하는 우조 피칠라디를 파는 걸 보고 반가웠다.

나는 술을 마시면서 모든 상황이 얼마나 낯선지 생각했다. 두 사람이 죽었는데 시신이 한 구도 없다. 언론이 쳐들어오지도 않고 옆에서 들볶는 상사도 없고 스트레스에 시달리는 수사팀도 없다. 애매모호하게 말하는 병리사나 병리학자도 없고, 히스테리를 부리는 피해자 가족도 없다. 폭풍우와 침묵만 있다. 이 폭풍우가 영원히 이어지면 좋겠다는 생각이 들었다.

우조를 반병쯤 마시고 다 비우지 않으려고 호텔의 바로 내려갔다. 빅토리아 헤셀이 전날 본 다른 등반팀 사람들과 테이블 자리에 앉아 있었다. 나는 바에 앉아 맥주를 주문했다.

"안녕하세요?"

영국식 억양. 나는 몸을 반쯤 돌렸다. 어떤 남자가 미소를 짓고 있었다. 체크무늬 셔츠 차림에 백발이 성성하지만 나이에 비해 몸이 좋은 육십대 정도의 남자였다. 여기서 그런 부류를 여럿 보았다. 영국인 등반가들. 그들은 전통적인 방식으로 등반하던 사람들이었다. 그러니까 암벽에 고정 볼트가 없는 경로를 오르며 바위틈과 구멍에만 의지해 자신의 안전을 확보하는 방식으로 등반했다. 영국 레이크 디스트릭트의 사암처럼 경로의 등급이 등반의 난이도만이 아니라 죽을 위험이 얼마나 큰지로 결정되는 지방에서 잔뼈가 굵은 사람들이다. 비가 오는 곳이든, 혹독하게 추운 곳이든, 날이 뜨거워서 피에 굶주린 모기떼가 알에서 나와서 사람을 산 채로 먹어치울 수 있는 곳이든. 영국인들은 이런 것에 열광했다.

"혹시 저 기억하세요?" 그 남자가 물었다. "셰필드 근처에서 같은 등반팀에 있었는데. 1985년이나 1986년이었을 거예요."

나는 고개를 저었다.

"설마." 그가 웃음을 터뜨렸다. "당신 이름은 까먹었어도 그 지방 사람이던 트레버 빅스랑 같이 등반하시던 거 기억나는데요. 그리고 남들은 다 낑낑대며 오르던 슬로프에서 날아다니던 그 프랑스 여자도요." 그러다 뭔가가 떠오른 듯 그의 얼굴이 굳어졌다. "아, 트레버 일은 참 유감입니다."

"다른 사람으로 잘못 보신 것 같습니다, 선생님."

영국 남자는 입을 벌리고 살짝 놀란 표정으로 잠시 그대로 서 있었다. 머릿속으로 기억의 책을 앞뒤로 뒤적이며 착각한 부분을 열심히 찾는 듯했다. 그러다 뭔가를 찾아낸 듯 천천히 고개를 끄덕였다. "사과드립니다."

나는 다시 바 쪽으로 돌아앉아, 거울 속에서 그 남자가 등반 동료와 그들의 아내들이 모인 자리로 가서 앉는 것을 보았다. 그가 뭐라고 말하면서 내 쪽으로 고갯짓을 했다. 그들은 다시 대화를 이어갔고 등반 경로가 표시된 이 지역의 여행 안내서를 서로 돌려보았다. 괜찮은 인생으로 보였다.

나는 다른 테이블들을 둘러보다가 빅토리아 헤셀과 눈길이 마주쳤다.

그녀는 전형적인 등반가의 저녁 복장, 즉 깨끗한 등반복을 입고 있었다. 낮에는 모자 속에 감춰둔 금발을 길게 늘어뜨렸다. 그녀는 앉은 채로 내 쪽을 돌아보았고, 잠시 그들의 대화에서 붕 뜬 표정이었다. 그녀는 내 시선을 피하지 않았다. 나는 그녀가 뭘 기다리는지 몰랐다. 신호. 프란츠 슈미트 사건에 관한 정보. 아니면 그냥 알은체하는 목례라도.

그녀가 일어서려는 것을 봤지만 내가 먼저 일어나 바에 유로화지폐를 놓았다. 그리고 스툴에서 내려와 그 자리를 떠났다. 내 방으로 올라와 문을 잠갔다.

한밤중에 탕, 하고 요란한 총성 같은 소리가 나서 잠이 깼다. 침대에 일어나 앉아 있는데 심장이 미친 듯이 뛰었다. 창틀에서 난 소리였다. 세찬 바람에 잠금장치가 풀렸던 모양이다. 잠이 달아난 채로 누워서 모니크를 생각했다. 모니크와 트레버. 그리고 날이 밝아서야 겨우 잠에 들었다.

"기상예보에서는 바람이 잠잠해질 거라고 합니다." 조지가 내 잔에 커피를 따르며 말했다. "내일은 코스 섬으로 건너가실 수 있을 거예요."

나는 고개를 끄덕이며 경찰서 창밖을 내다보았다. 섬이 사흘째 외부 세계와 단절되었는데도 항구의 일상은 이상하리만치 아무 영향을 받지 않는 듯 돌아갔다. 세상이 원래 그런 것이고, 삶은 그렇게 계속 이어진다. 심지어 살 만하지 않게 느껴질 때 더더욱.

크리스틴과 경관 하나가 들어왔다.

"말씀하신 게 맞았어요, 조지." 크리스틴이 말했다. "프란츠가 마리네티 씨네 가게에서 루거를 구입했대요. 마리네티 씨가 사진 속 프란츠를 알아보고 줄리안의 실종신고가 들어오기 전날 오후에 프란츠가 그 가게에 다녀갔다고 확인해줬어요. 그냥 수집가인 줄 알았대요. 루거랑 전쟁 때 쓰던 이탈리아제 수갑도 사 갔대요. 마리네티 씨는 당연히 공이치기가 제거되어 못 쓰는 총인 줄 알았다고 하고요."

조지는 고개를 끄덕이고 화가 난 게 아니라 오히려 만족한 표정을 지었다. 사실 프란츠가 어떻게, 무엇보다도 캘리포니아에서 비행기를 타고 오면서 왜 총을 가져왔는지 내가 의아해하자 조지가 포티아의 마리네티 골동품점에 가서 물어보자고 제안했다. 조지에 따르면 마리네티의 지하 보관실에는 칼림노스가 장기간 이탈리아에 이어서 독일의 지배를 받던 시대의 온갖 골동품이 소장되어 있어서 마리네티 자신도 그 안에 정확히 뭐가 들어 있는지 모를 거라고 했다.

"이제 사건이 종결된 건가요?" 크리스틴이 물었다.

조지는 질문을 내게 넘기는 듯 나를 돌아보았다.

"사건은 종결됐습니다." 내가 말했다. "해결된 건 아니지만."

"아니에요?"

내가 어깨를 올렸다. "우선 시신이 없으니 우리가 추정하는 상황이 벌어졌다고 입증할 수 없습니다. 어쩌면 두 형제는 이런 거창한 장난을 벌여놓고 지금쯤 미국행 비행기에 타고 우리를 비웃을지도 모르죠."

"그렇게 생각하지 않으시잖아요." 조지가 말했다.

"절대 아니죠. 그래도 다른 가능성이 있다면 항상 의혹이 남죠. 물리학자 리처드 파인만은 우리는 어느 것도 완전히 확신할 수 없고 그저 다양한 정도의 확신으로 추정할 뿐이라고 했어요."

"그래도 의심할 게 있다면 우리는 뭘 해야 하나요?" 크리스틴이 진심으로 실망한 표정으로 물었다.

"아무것도." 내가 말했다. "합당한 정도로 확신하는 데 만족하고 다음 사건으로 넘어가야죠."

"그러면 기분이……." 크리스틴이 말을 하려다 말았다. 선을 넘는다고 생각한 듯했다.

"좌절감이 드냐고요?" 내가 물었다.

"네."

나는 애써 미소를 지었다. "저는 질투 전문가잖아요. 원래 살인 사건을 수사할 때 처음 하루이틀 정도만 현장에 얼쩡거려요. 막대기를 들고 수맥이 어디로 흐르는지 찾은 다음 본격적으로 땅 파는 일은 남들한테 넘기죠. 답을 끝까지 듣지도 못하고 사건을 떠나는 데는 이골이 났습니다."

크리스틴은 나를 유심히 보았다. 내 말이 믿기지 않는다는 듯이.

"제가 질투할까요?" 그녀가 두 손을 골반에 얹고 도발적인 표정을 지었다.

"모르죠. 먼저 나한테 말해줘야죠."

"어떤 거요?"

"이를테면 당신이 질투하게 만들었을 일들을요."

"말하고 싶지 않다면요? 말하면 너무 상처가 된다면요?"

"그럼 저도 알아낼 방법이 없습니다." 그리고 나는 손뼉을 치며 말했다. "자자, 여러분, 뭐 좀 먹을까요?"

"좋아요!" 조지가 말했다. 하지만 크리스틴은 내게서 눈길을 거두지 않았다. 내가 안다는 걸 아는 눈치였다. 눈가가 붉어진 것에 얽힌 이야기를. 그녀는 질투에 사로잡혔다.

같은 날 나는 프란츠 슈미트의 차와 총이 발견된 해변의 남쪽에서 산으로 이어진 좁은 산길을 따라 돌아다녔다. 높고 접근하기 어려운 석회암 암벽을 보자 옥스퍼드의 크라이스트처치 대성당의 아치형 천장이 떠올랐다. 영국적이고 어둡고 진중한 그 성당은 활기차게 밝은 아테네 대성당과는 사뭇 달랐다. 그래서인지 무신론자인 나도 크라이스트처치에 있을 때가 더 평온했다. 나는 반장과 통화했다. 다음 날 예보대로 바람이 잦아들면 수사관 한 명과 감식반원 두 명을 보낼 테니 나는 아테네로 복귀하라고 했다. 치치피예스에서 여자가 살해됐는데 남편이 알리바이를 대지 못한다고 했다.

나는 반장에게 그 사건에는 다른 사람을 투입하라고 했다.

"피해자의 유가족이 자네를 원한대." 반장이 말했다.

"그건 우리가 결정할 일이잖아요."

반장은 그 가족 이름을 말했다. 해운업계의 거물 집안이었다. 나는 한숨을 쉬고 전화를 끊었다. 내 나라를 사랑하지만 어떤 건 절대 변하지 않는다는 생각이 들었다.

그러다 오버행바위 면이 수직을 넘어 등반자 쪽으로 기울어진 형태 암벽이 내 시야에 걸렸다. 정확히 말하면 그 바위가 내 시야를 사로잡았다. 잘 닦인 확보 지점에서 암벽 안쪽으로 이어진 우아한 라인이 보였다. 여기저기 박힌 금속 볼트들이 햇빛에 반사되어 반짝거렸다. 오버행에 가려서 앵커 지점이 보이지 않았지만, 길과 바닥의 확보 지점 바로 옆이 깎아지른 절벽으로 바다로 떨어져 더 물러날 수도 없었다. 그래도 40미터는 되는 긴 경로로 보였다.

50이나 60미터쯤 아래를 내려다보니 파도가 바위에 부서졌다. 등반가가 앵커 지점에서 내려올 때 바다로 추락하지 않고 바다의 확보 지점으로 안전하게 내려오려면 몸을 앞뒤로 살살 흔들면서 내려와야 했다. 하지만 무척 아름다운 경로였다. 나도 모르게 머릿속으로 위쪽을 훑어가면서 홀드와 형세를 분석하고 그에 따른 등반 동작을 그리기 시작했다. 오랜 세월 폐허 속에 파묻혀 있던 기계에 시동이 걸리는 것 같았다. 아직 작동하기는 할까? 나는 키를 돌리고 가속페달을 밟았다. 몸속의 등반 모터가 마지못해 삐걱거렸다. 그래도 이내 시동이 걸렸다. 툴툴대던 소리도 끊겼다. 이제 근육이 기억하고 뇌가 등반을 떠올리자 기쁨으로 들떴다. 주위에 다른 경로가 보이지 않았다. 등반가들이 장관이기는 해도 그 하나의 경로를 오르기 위해 여기까지 찾아오기에는 너무 먼 길이라고 생각한 모양이었다. 하지만 나라면 인생 마지막 등반이 된다고 해도 이 경로를 올랐을 것이다.

저녁이 되어서도 상상 속의 등반이 아직 몸속에 남아 있었다. 나는 호텔방으로 우조 피칠라디 한 병을 더 주문했다. 바람이 조금 약해지고 파도도 아까만큼 무섭게 석회암을 때리지 않았다. 간간이 찾아오는 완벽한 고요 속에서 아래층 바에서 올라오는 음악 소리만 들렸다. 빅토리아 헤셀이 거기에 있을 것이다. 나는 그대로 앉아 있었다. 10시쯤 잠들 수 있을 만큼 취했다.

다음 날 눈을 떠보니 바람 소리도 들리지 않고 어느덧 익숙해진 바다 틈새와 파이프와 굴뚝에서 나는 불협화음의 피리 같은 소리도 들리지 않았다.

나는 창문을 활짝 열었다. 바다가 흰색 거품 하나 없이 새파랗고 더는 광포하게 울부짖지 않고 조용히 신음했다. 오르가슴 후의 연인처럼 대지를 향해 무겁고 나른한 물결을 뿜어내고 있었다. 바다는 지쳤다. 나처럼.

나는 침대로 돌아가 리셉션에 전화했다.

페리가 운항을 재개한다고 안내직원이 말했다. 다음 배는 한 시간 뒤 출발하고 3시에 이륙하는 아테네행 항공편에 탑승할 시간이 충분하다면서 택시를 불러줄지 물었다.

나는 눈을 감았다. "주문할게요……."

"몇 시로 해드릴까요?"

"택시 말고. 우조 피칠라디 두 병이요."

잠시 침묵이 흘렀다.

"죄송하지만 그 술은 다 떨어진 것 같습니다, 발리 씨. 우조12는 있어요."

"그럼 그냥 됐어요." 나는 전화를 끊었다.

한동안 누워서 바닷소리를 듣다가 다시 리셉션으로 전화했다.

"그냥 그걸로 올려보내주세요."

나는 천천히 꾸준히 마셨다. 눈으로는 텔렌도스의 그림자들을 쫓았다. 그림자들이 어떻게 움직이며 짧아지는지, 오후가 되자 다시 승리의 몸짓처럼 길게 뻗어가는 모습을 보았다. 수사하면서 들은 온갖 이야기들이 떠올랐다. 고백은 그저 청중을 기다리는 이야기라는 흔히 하는 말이 진실이라는 생각이 들었다.

어둠이 내리자 호텔 바로 내려갔다. 예상대로 빅토리아 헤셸이 있었다.

모니크를 만난 건 옥스퍼드에서였다. 그녀는 나처럼 문학과 역사를 전공했지만 나보다 한 학년 위라서 같은 강의를 듣지는 않았다. 그러다 유학생들이 모여서 서로에게 끌리는 자리에서 우리는 금방 친해져서 자주 어울려 다녔고, 내가 용기를 내서 맥주 마시러 가자고 했다.

그녀가 얼굴을 찌푸렸다. "그럼, 기네스여야 해."

"기네스 좋아해?"

"아닐걸. 맥주를 싫어하거든. 굳이 맥주를 마신다면 기네스여야 한다는 거지. 맥주 중에 최악이라고 하지만 지금 내 말투보다는 내가 좀 더 긍정적인 사람이 될 거야."

모니크의 지론은 모든 일을 열린 마음으로 시도해야 하고, 그래야 나중에 새로운 통찰과 분별력으로 거부할 수 있다는 것이었다. 어디에나 적용되는 논리였다. 사상과 문학, 음악, 음식, 술. 거기다 나중에 보니 나한테까지. 우리 둘은 누구보다도 다른 부류였다. 모니크는 내가 만난 사람 중 가장 사랑스럽고 매혹적인 여자였다. 쾌활하고 유머 감각이 뛰어나고 주위의 모두에게 친절해서, 나는 그냥 단념하고 나쁜 경찰 역할을 떠맡는 수밖에 없었다. 모니크는 상류층 배경과 남다른 지능과 악이 오를 정도로 결점 하나 없는 미모에도 늘 꾸밈없이 소탈해서 누구도 그녀를 좋아하지 않을 수 없었다. 그리고 그녀가 바라봐주면, 눈길을 던져주면, 누구라도 어쩔 도리 없이 굴복하고 말았다. 모든 저항을 버리고 사랑에 빠지는 것이다. 그녀는 사랑을 고백하는 남자들에게 능숙하게 배려하고 온화하게 거절해서 모든 것을 시도한다는 원칙의 이면에 다른 뭔가가 있다는, 원칙을 넘어선 자연스러운 뭔가가 있다는 느낌을 주었다. 그녀는 진정한 단 한 사람을 만나기 위해 몸가짐에 조심했고, 그녀가 성 경험이 없는 건 신념 때문이 아니라 성향 때문이었다.

나는 정반대였다. 나는 나 자신의 문란한 성향을 경멸하면서도 거스를 수 없었다. 누군가의 눈에 나는 수줍고 음침해 보이기도 하고 다소 경직되고 뻣뻣해서 그리스인보다는 영국인으로 보일 수 있지만, 나의 외모가 이성에게 매력적으로 보이는 건 맞는 것 같았다. 영국 여자들은 특히 캣 스티븐스와 닮았다는 나의 짙은 색 곱슬머리와 갈색 눈동자에 빠졌다. 여기에 더해서 (그들이 내게 마음의 문과 침실 문을 모두 열어주게 한 것은 외모보다는) 잘 들어주는 능력도 한몫했다. 더 정확히 말하면 나는 듣는 데 관심이 있었다. 내 이야기 이외의 모든 이야기를 호흡하며 살아가는 내게는, 젊은 여자들이 특권층의 성장배경과 어머니와의 힘든 관계, 성적 지향에 대한 의심, 최근에 깨진 불행한 연애담, 아버지가 어린 애인을 들어 앉히는 바람에 지닐 수 없게 된 런던의 아파트, 가짜 딜레마, 그리고 자기만 빼놓고 생트로페로 떠난 그 끔찍하고 뒤통수치는 친구들에 대한 긴 독백을 들어주는 것이 큰 희생이 아니었다. 혹은 (조금 운이 좋을 때는) 자살하고 싶은 갈망, 실존적 강박, 작가가 되고 싶은 은 밀한 야망에 대해서도 들을 수 있었다. 그녀들은 이렇게 자기 이야 기를 털어놓고 대체로 나와 섹스하고 싶어했다. 내가 입을 거의 열 지 않으면 더더욱. 침묵은 늘 내게 유리하게 작용하고, 내게 가장 유리한 쪽으로 해석되었다. 하지만 이런 막간의 섹스가 내 자존감 을 높여주지는 못했다. 오히려 나에 대한 경멸만 키웠다. 그녀들이 나와 섹스하는 이유는 내가 침묵한 덕분에 그들이 나를 마음대로 상상할 수 있었기 때문이다. 내가 어떤 사람인지 드러내는 순간 전 부 잃을 수 있었다. 자신감도 실체도 줏대도 없이 매춘부나 만나고 다니는 남자, 그저 갈색 눈동자에 귀만 열린 남자라는 사실이 들통 날 수 있었다. 그리고 얼마 안 가 그녀들은 나의 우울함과 타고난 음침함이 방 안의 모든 빛을 꺼트려서 빨리 거기서 빠져나가야 한 다는 것을, 도망쳐야 한다는 것을 깨달았다. 그녀들의 잘못이 아니 었다.

하지만 모니크와는 모든 게 달랐다. 내가 달라졌다. 둘이 있으면 내가 먼저 말했다. 처음에 그 맛대가리 없는 기네스를 서로 도와 가며 마시던 순간부터 우리는 줄곧 대화를 나눴다. 여기서 핵심은 '우리'에 있다. 그동안 내게 익숙해진 독백이 아니었다. 대화의 주 제도 달랐다. 우리는 우리 밖 세상의 문제들, 가령 빈곤의 자기 보 존적 기제라든가 도덕성이 (특히 우리 자신의 도덕성이) 일종의 영구 불변의 자질이라고 믿는 인간의 신념에 관해 대화를 나눴다. 우리 가 자신의 정치적, 종교적 신념을 뒤엎을 법한 지식을 습득하지 않 으려고 의식적으로 피하는 성향에 관해서도. 읽은 책과 읽지 않은 책, 양서이므로 꼭 읽어야 할 책, 과대평가된 책, 좋은 책은 아니지만 유용한 책에 관해서도.

우리 자신과 우리의 삶에 대해 대화할 때는 항상 보편적인 주제, 형이상학적 관념이나 개념, 모니크가 말하는 '인간 조건la condition humaine'에 연결해서 이야기했다. 이 표현은 내가 좋아하는 프랑스 작가 앙드레 말로가 아니라 정치철학자 한나 아렌트의 개념이었다. 우리는 이들 말고도 여러 작가 이름을 주거니 받거니 하면서 서로 경쟁하는 것이 아니라 과감히 틀려도 되고 실수를 인정하면 되는 상대 앞에서 자기만의 독창적인 생각을 검증하는 기회로 삼았다. 실제로 불꽃 튀기도 했다. 어느 날 밤에는 그녀의 방에서 밤 늦도록 와인을 몇 잔 마신 후 그녀가 내게 비난을 퍼붓다가 나를 안았다. 그날 처음 우리는 키스했다.

이튿날 그녀가 최후통첩을 날렸다. 자기 남자친구가 될 생각이 없다면 우리는 계속 만날 수 없다고 했다. 그녀가 절박하거나 나를 사랑해서가 아니었다. 그렇게 합의해야 서로 독점적인 성관계를 보장할 수 있고, 그녀에게는 절대적인 요구조건이었다. 그녀는 성병을 병적으로 두려워해서, 사실 성병보다 성병에 대한 공포로 삶이 피폐해지거나 수명이 줄어들 정도였다. 나는 웃음을 터트렸고, 그녀도 웃었고, 나는 그녀의 최후통첩을 받아들였다.

나를 암벽등반의 세계로 이끌어준 사람도 모니크였다. 어릴 때부터 아버지가 베르동과 세이유즈에 있는 전통적인 스포츠 암벽등반 지점으로 그녀를 데리고 다녔다고 했다.

사실 영국에서는 암벽등반을 많이 하지 않고 특히 옥스퍼드 근처에는 암벽등반 장소가 드물다. 하지만 나처럼 레드 제플린의 팬이고 셰필드 공장 노동자의 아들인, 약간 투실투실하고 성격이 서글서글한 빨강머리 룸메이트 트레버 빅스가 고향 근처의 피크 디스트릭트에서 암벽등반하는 친구들이 있다고 했다. 트레버는 자주 나의 윙맨이 되어주었다. 외향적인 성격에 푸근한 유머 감각으로 남녀를 가리지 않고 우리 테이블로 오게 하는 친구였다. 대개는 얼마 안 가 그녀들의 관심이 내게로 넘어왔다. 트레버는 낡았지만 잘 굴러가는 도요타 하이에이스 승합차도 몰았고, 이 차의 가장 큰 장점은 바로 열선 시트였다. 내가 그에게 암벽등반도 할 겸 부모님 집에 가는 길에 두 명 더 모아서 기름값을 나눠 내고 가자고 제안하자 그가 흔쾌히 수락했다.

그렇게 우리의 주말여행 겸 암벽등반이 삼 년간 이어졌다. 차로 두 시간 반 정도밖에 걸리지 않는 거리였지만 주말 동안 등반을 최대한 많이 하기 위해 현지에서 텐트를 치고 자거나 차에서 자거나 날씨가 심하게 나쁘면 트레버의 부모님 집에서 묵었다.

첫해에 얼마 지나지 않아 나의 등반 실력이 트레버를 앞지르기 시작했다. 모니크를 감동시키기 위해, 아니, 적어도 실망시키지 않기 위해 더 열심히 노력하고 몰두한 결과였을 것이다. 하지만 모니크는 우리 둘보다 월등히 뛰어났고, 이후로도 계속 그랬다. 유난히 힘이 세서가 아니라 작고 가벼운 몸으로 발레리나의 기교와 균형감각과 발기술로 날아오르듯 암벽을 타서였다. 그녀는 트레버와 내가 꿈에서나 가능한 방식으로 등반을 이해했다. 나나 트레버는 손으로 잡을 홀드나 발을 디딜 턱이 있어서 힘만 세면 오르는 지점을 찾기 전에는 시작할 엄두도 내지 못했다. 그래도 모니크가 조언하고 격려해주고 자잘한 승리를 함께 나눌 수 있었기에 나와 트레버도 등반을 계속할 수 있었다. 트레버나 내가 또 떨어져서 밧줄 끝에 매달려 낭패감으로 욕을 하면서 내려달라 애원할 때마다 암벽 사이로 메아리치던 그녀의 청량하고 행복한 웃음소리도 한몫했다. 포기하고 싶어서 내려달라고 한 게 아니라 바닥부터 경로 전체를 다시 오르고 싶어서였다.

때로는 (모니크는 나보다 트레버에게 더 격려가 필요하다고 생각했는지) 트레버가 새로운 뭔가를 해냈을 때는 내가 그랬을 때보다도 더 후하게 칭찬해주는 느낌이었다. 그래도 괜찮았다. 그래서 그녀를 그토록 사랑한 것이므로.

삼 년째에 트레버가 등반을 진지하게 생각하기 시작한 것이 눈에 보였다. 내가 우리 방 문틀 위에 손가락 힘을 기르는 용도로 행보드를 붙여놨는데 원래 트레버는 손도 대지 않았다. 그런데 트레버가 거기에 매달리는 게 자주 눈에 띄었다. 트레버는 열심히 연습하는 것을 나한테 들키고 싶지 않은 눈치여서 어떤 때는 내가 무슨 현장을 덮친 기분이 들었다. 하지만 그의 몸에 드러났다. 태양이 내리쬐고 피크 디스트릭트의 암벽도 뜨겁게 달궈져서 우리 둘이 웃통을 벗을 때, 전에는 투실투실하던 그의 상체가 여전히 눈부신 우윳빛이기는 해도 이제는 지방이 싹 걷혀 있었다. 그가 로봇처럼 움직이며 모니크마저 포기한 오버행을 꾸역꾸역 오를 때 잘 발달한 근육이 강철 전선처럼 피부 속에서 꿈틀거렸다. 나는 모니크의 기술을 신중히 연구한 덕에 수직 경로에서는 아직 우위였지만 트레버와 나의 경쟁이 전보다 훨씬 대등해졌다는 데는 의문의 여지가 없었다. 이렇게 시작되었다. 경쟁이.

게다가 그 무렵 나는 과하게 파티를 찾아다녔다. 사람들과 어울려 술을 퍼마셨다는 뜻이다. 아버지는 알코올중독에서 회복하는 중이었다. 나도 어렸을 때부터 알았고, 아버지도 내게 술을 멀리하라고 경고했다. 다만 아버지는 지금 나처럼 행복할 때가 아니라 슬플 때 술을 멀리하라고 경고한 것이다. 어쨌든 암벽등반을 많이 다 닌 데다 모니크도 많이 만나고 파티에도 많이 다녀서 결국에는 학업이 영향을 받았다. 모니크가 먼저 그걸 지적했고, 이 문제로 처음으로 싸웠다. 그리고 내가 이겼다. 사실은 내가 마지막 말을 내뱉었고 그녀가 울면서 떠났다.

이튿날 나는 그녀에게 용서를 구하며 그렇게 심한 말을 한 건 그리스의 사회적 관습 탓이라고, 앞으로 파티도 줄이고 학업이 더 매진하겠다고 약속했다.

한동안은 약속을 지켰다. 그동안 소홀했던 학업을 따라잡기 위해 피크 디스트릭트의 주말 등반도 생략했다. 힘들었지만 꼭 해야 할 일이었다. 시험이 코앞이었고, 아버지가 형만큼 성적을 내기를 기대하는 걸 알았다. 형은 예일대를 나와서 가족 회사에서 이사 자리를 차지했다. 그러나 이렇게 필요에 의해 학업에 매진하느라 내가 진실로 사랑하는 것, 특히 문학을 거의 혐오하게 되었다. 나는 모니크와 트레버가 등반하러 갈 때마다 질투심에 사로잡혀 비가 와서 토요일에 일찍 돌아와 1미터도 못 올라갔다고 말하면 안도감까지 들었다.

내가 계속 학업에 우선순위를 두자 나중에는 모니크가 불평할 정도였다. 내심 기분이 좋았다. 하지만 그것은 기이한 쾌감이었고, 더 기괴한 부작용이 생겼다. 처음부터 내가 모니크에게 미치는 영향력보다 모니크가 내게 미치는 위력이 더 크다고 느꼈다. 나는 그걸 받아들였고 모니크가 내게 과분한 사람이라 어쩔 수 없다고 생각했다. 그러다 결국 내가 우위에 선 것이다. 재미있는 건 내가 모니크에게 덜 집중할수록 우리 사이에 힘의 균형이 더 대등해지는 것 같다는 점이었다. 그래서 나는 다시 나에게 몰두하고 학업에 열중했고, 중요한 시험에 들어가서 다섯 시간 만에 시험장을 나서면서 내가 제출한 시험지로 강사와 아버지만 흐뭇해할 것이 아니라 모니크도 기뻐할 거라고 생각했다. 나는 싸구려 샴페인을 사서 기숙사 1층 그녀의 방으로 달려갔다. 방에서 레드 제플린의 'Whole Lotta Love'가 시끄럽게 흘러나와서 그녀가 노크 소리를 듣지 못했다. 나는 내심 기뻐하면서 (그 음반을 선물한 사람은 나이고 그 순간 내가 느꼈을 기분이 있다면 바로 'whole lotta love(온통 사랑뿐)'였으니까!) 급히 건물 뒤편으로 돌아갔다. 한 손에 샴페인을 들고서도 그녀 방의 창문 앞 나무를 쉽게 오를 수 있었다. 방 안이 보일 만큼 올라가서 술병을 흔들었다. 모니카를 부르며 사랑한다고 말하려는 순간 그 말이 목구멍에 턱 걸렸다.

우리가 사랑을 나눌 때 모니크는 항상 아찔할 만큼 큰 소리를 냈고, 벽이 얇아서 모니크의 소리를 덮기 위해 나는 매번 음악을 크게 틀었다.

나는 모니크를 보았지만, 모니크는 두 눈을 감은 채 나를 보지 못했다.

트레버도 나를 등지고 있어서 나를 보지 못했다. 이제는 근육이 잡힌 우윳빛의 허연 등판. 그의 엉덩이가 'Whole Lotta Love'의 박자에 맞추듯 아래위로 들썩였다.

나는 멍하게 있다가 쨍그랑 소리에 정신이 들었다. 샴페인 병이 저 아래 자갈밭에 떨어져 박살이 났다. 하얀 거품이 일어나는 웅덩이 속에 유리 파편이 튀어나와 있었다. 누가 날 볼 수도 있다는 생각에 왜 당황했는지는 모르겠지만 나는 나무를 타고 내려오기보다 미끄러져 내려와서 발이 땅에 닿자마자 뛰었다. 도망쳤다.

샴페인을 산 가게로 뛰어가 어머니가 보내준 돈을 털어 조니 워커 두 병을 사서 기숙사로 뛰어갔다. 방문을 걸어 잠그고 술을 퍼마셨다.

바깥이 어두워졌을 때 모니크가 방문을 두드렸다. 나는 문을 열어주지 않고 큰 소리로 말했다. 나 자려고 누웠으니 내일 봐도 될까? 모니크는 할 얘기가 있다고 했지만 나는 전염되는 병에 걸려서 그녀에게 옮기고 싶지 않다고 둘러댔다. 그녀는 병이 옮을까 겁나는지 그냥 문 앞에 서서 시험은 잘 봤냐고 묻고는 떠났다.

트레버도 내 방문을 두드렸다. 나는 몸이 아프다고 했고, 그가 문밖에서 뭐 필요한 거 있냐고 물었다. 나는 혼잣말로 '친구'라고 중얼거리고 돌아누우며 '괜찮아'라고 말했다.

"빨리 나아서 금요일에 같이 등반하러 가면 좋겠다." 트레버가 말했다.

금요일. 사흘 남았다. 그 사흘간 나는 세상에 존재하는 줄도 몰랐던 암흑 속으로 뛰어들었다. 그 사흘간 나는 질투의 손아귀에 붙잡혔다. 숨을 내뱉을 때마다 그 손아귀의 힘이 조금씩 더 세져서 신선한 공기를 마시기조차 힘들어졌다. 질투란 그런 것이다. 질투는 보아뱀이다. 어릴 때 아버지가 극장에 데려가 디즈니판 〈정글북〉을 보여주었을 때 나는 혼란에 빠졌다. 어머니가 수도 없이 읽어준 러디어드 키플링의 책에 나오는 보아뱀 카아는 착했다! 아버지는 모든 생명체에는 두 얼굴이 있고 우리 자신의 다른 얼굴도 늘 볼 수 있는 것은 아니라고 설명해주었다. 이제 나는 그 다른 얼굴을 보았다. 사흘간의 산소 결핍으로 뇌가 망가져서 그동안 내 속에 있었는지 몰랐지만 늘 내 성격 밑바닥의 진흙탕 속에 숨어 있었을 생각에 매달리기 시작했다. 그리고 착한 보아뱀 카아의 다른 얼굴을 보았다. 사나운 복수의 환상으로 유혹하고 조종하고 최면을 거는 질투의 얼굴. 온몸에 섬뜩한 전율을 느끼며 위스키 한 모금을 더 원했다.

금요일이 왔다. 나는 우울을 겨우 떨쳐내고 나 자신에게 다 나았다고 말하며 죽음에서 살아온 듯 일어섰고, 이제 나는 예전의 니코스 발리가 아니었다. 아무도 알아채지 못했고, 트레버와 모니크조차 몰랐다. 나는 점심 시간에 아무 일도 없다는 듯 두 사람에게 인사하고 기상예보에서 주말에 날씨가 좋을 거라고 했으니 멋진 주말을 보낼 수 있겠다고 말했다. 같이 점심을 먹으며 트레버와 모니크가 내가 모르는 줄 알고 저희끼리 암호처럼 대화를 나눴지만 나는 귀담아듣지 않고 건너편 테이블에서 새 남자친구에 대해 이야기하는 두 여자의 말에 귀를 기울였다. 그들이 선택한 단어들, 과장된 형용사, 둘 중 하나가 둘 다 아는 친구를 못마땅해하며 흉볼 때 다른 하나가 다소 지나치게 즐거워하며 맞장구치는 모습, 분노로 문장이 짧아지고 신랄해져 평온한 생각의 흐름이 없는 대화를 들었다. 두 여자는 질투에 사로잡혀 있었다. 그토록 단순했다. 새로 깨어난 내 직감은 정신분석이 아니라 순수하고 구체적인 언어분석에서 나왔다. 나는 예전의 내가 아니었다. 나는 어딘가에 다녀왔다. 거기서 뭔가를 보았다. 보고 배웠다. 그렇게 나는 질투 전문가가 되었다.

"참 슬픈 사연이네요." 빅토리아 헤셀이 팬티를 입고 나머지 옷가지를 찾아 두리번거렸다. "그래서 그 두 사람은 커플이 됐나요?"

"아뇨." 내가 말했다. 나는 침대에서 몸을 돌려 옆 테이블에서 처음에는 빈 병을 들었다가 다음으로 거의 바닥이 보이는 우조12 병을 들어 위스키 잔에 따랐다. "모니크는 졸업반이었고, 며칠 후 기

말고사였어요. 시험 성적이 좋지는 않았지만 시험이 끝나고 프랑스의 집으로 돌아갔고, 트레버도 나도 다시는 그녀를 만나지 못했어요. 프랑스 남자랑 결혼해서 아이들도 낳고 브르타뉴의 어딘가에 산다고 들었어요."

"그리고 당신은, 문학과 역사를 전공한 당신은 경찰이 됐네요?"

나는 어깨를 올렸다. "옥스퍼드에서 아직 한 학년이 남았었죠. 하지만 그해 가을 학기에 돌아가서는 다시 파티에 빠져 살았어요."

"실연의 상처로?"

"어쩌면. 기억이 너무 선명했던 거 같아요. 계속 취해 있어야 했던 거 같아요. 한번은 919편도 생각했으니까."

"네?"

"상태가 심각할 때는 피크 디스트릭트 어느 길바닥에서 주워온 이 돌을 꽉 쥐었어요." 나는 주먹 쥔 손을 내밀었다. "고통을 이 돌로 옮기는 데 집중하면 돌이 다 빨아들여요."

"그래서 도움이 됐나요?"

"그래도 919편은 타지 않았으니까요." 나는 잔을 비웠다. "대신 가을 학기에 자퇴하고 아테네행 비행기를 탔어요. 아버지 회사에서 좀 일하다가 경찰대학에 들어갔어요. 아버지와 가족들은 늦게 온 사춘기 반항 같은 건 줄 알았어요. 하지만 나는 내가 뭔가를, 재능인지 저주인지 모를 뭔가를, 내게 어떤 식으로 도움이 될 법한 뭔가를 받은 걸 알았어요. 경찰대학의 규율과 훈련이 날 붙잡아주기도 했고요. 이걸로부터⋯⋯." 나는 우조를 향해 고개를 까딱했다. "내 얘기는 충분한 것 같군요. 당신 얘기를 해줘요."

빅토리아 헤셀이 침대 끝에 서서 세탁한 등산바지 단추를 채우고 믿기지 않는 얼굴로 나를 보았다. "첫째, 난 지금 등반하러 가요.

둘째, 당신이 어제 바에서 네 시간 넘게 나에 대해, 오직 나에 대해서만 말하게 했어요. 다 잊어버렸어요?"

나는 고개를 저으며 기억해내려고 해봤지만 소용이 없었다. "그냥 더 알고 싶어서요." 나는 거짓으로 둘러대고, 그녀도 그게 거짓말인 줄 안다는 것을 알았다.

"귀엽네요." 그녀는 침대를 돌아와서 내 이마 위쪽에 입을 맞췄다. "나중에요, 아마도. 당신한테서 내 향수 냄새가 나요. 그냥 알아두시라고."

"난 후각이 형편없어요."

"난 후각이 엄청나죠. 그래도 걱정 마세요. 씻으면 잘 지워져요. 이따 볼 거죠? 아디오스."

나는 그녀에게 페리와 비행기가 칼림노스에서 다시 출발하기 시작한 지 이틀이 지났고, 나도 아테네행 항공권을 예약했다고 말할지 고민했다. 그래봐야 달라질 건 없었다. 연극을 조금 더 할 뿐이었다.

"아디오스, 빅토리아."

조지는 비행기가 이륙하기 한 시간 전에 약속대로 나를 데리러 왔다. 공항까지는 차로 십 분이나 십이 분 거리고, 내 짐은 여전히 기내용 가방뿐이었다.

"좀 나아졌습니까?" 내가 차에 탈 때 그가 물었다.

나는 아테네로 전화해서 몸이 아프니 치치피예스 사건에는 다른 사람을 투입하라고 말해두었다. 나는 얼굴을 문질렀다.

"예." 나는 이렇게 답했고, 사실이었다. 몸 상태가 그렇게 나쁘지는 않았다. 우조12가 맛은 고약해도 피칠라디만큼 숙취가 나쁘지는 않아서인 듯했다. 게다가 술을 마셔서 머리가 맑아졌다. 한동안 구름도 걷혔다.

나는 조지에게 차를 천천히 몰아달라고 부탁했다. 칼림노스의 마지막 풍경을 감상하고 싶었다. 참으로 아름다운 곳이었다.

"봄에 꽃 피는 계절에 오셔야 해요. 산이 더 생기 있고 화사하거든요."

"이대로도 좋네요." 내가 말했다.

공항에 도착했을 때 조지가 활주로에 아무 비행기가 없는 걸 보니 아테네행 항공편이 지연된 것 같다고 말했다. 그리고 차를 세워놓고 비행기가 착륙할 때까지 그냥 차에 앉아 있자고 했다.

우리는 말없이 차에 앉아 돌의 도시 팔레오호라를 내다보았다.

"옛날에 칼림노스 사람들이 저 위로 피신했어요." 조지가 말했다. "해적을 피해서. 포위가 몇 주씩, 몇 달씩 이어지기도 했어요. 사람들이 밤에 몰래 나와서 위장해놓은 우물에서 물을 길어갔어요. 저기서 아이들이 잉태되고 태어나기도 했다고 합니다. 그래도 감옥이었죠. 당연하게도."

하늘에서 쌩 소리가 났다. 내 머릿속에서도 쌩 소리가 났다.

ATR-72 비행기와 그 생각이 동시에 스쳤다.

"사랑의 감옥." 내가 말했다.

"네?"

"프란츠와 줄리안은 둘 다 팔레오호라의 한 건물에서 헬레나를 만났어요. 프란츠는 동생에게 종신형을 선고하고 사랑의 감옥에 가두었다고 했어요. 그 말은······."

프로펠러의 짧은 굉음이 내 말을 삼키며, 비행기가 우리 뒤에서 흔들렸다. 조지의 얼굴을 보니 내가 어디로 갈 건지 벌써 알아챈 듯했다.

"그럼." 그가 말했다. "아테네행 비행기는 안 타신다는 거죠?"

"크리스틴에게 전화해요. 오딘을 데려오라고 하세요."

멀리서 본 팔레오호라는 그야말로 유령의 도시였다. 거무스름한 잿빛으로 생명 없이 굳어버린 곳, 메두사의 눈길에 돌로 굳어버린 도시 같았다. 하지만 가까이 가서 보니 (살인사건이 그렇듯) 세세한 요소와 미묘한 차이와 색채가 드러났다. 그리고 냄새도.

조지와 나는 폐허를 뚫고 아직 온전히 남은 한 집으로 급히 걸음을 옮겼다. 크리스틴이 그 집의 문 앞에 서 있었고 요란하게 짖어대며 기를 쓰고 안으로 들어가려는 오딘을 붙잡고 있었다. 크리스틴이 산악구조대원 두 명과 먼저 와 있었고, 우리는 무전기로 소통했다. 크리스틴의 보고를 듣고 우리는 속도를 높였지만 아직 100미터나 더 올라야 했다. 그들은 팔레오호라의 유일한 지하실일 만한 곳을 수색했다. 나중에 들으니 예전에 포위당할 때 요새 안에 시신을 매장할 땅이 부족해서 시신을 보관하던 공간이라고 했다.

조지와 함께 몸을 숙여 천장이 낮은 지하실로 들어갔다. 눈이 어둠에 익기 전에 먼저 나를 덮친 것은 악취였다.

나의 노화된 눈이 어둠에 적응하는 데 예전보다 시간이 오래 걸렸을 수도 있다. 그래서 줄리안 슈미트가 내 앞에서 지저분한 모직 담요로 몸의 일부를 가린 나체로 서서히 형체를 드러냈을 때 그나마 감정을 다잡을 수 있었을지도 몰랐다. 산악구조대원 하나가 그 옆에 쭈그려 앉아 있었지만 그가 할 수 있는 게 거의 없었다. 줄리안의 두 팔은 머리 위로 올라가 기도하듯이 두 손을 맞대고 있고 손에 채워진 수갑이 돌벽의 강철 볼트에 매달려 있었다.

"테오도르를 기다리는 중이에요." 조지가 부검실이나 예배당에 있는 것처럼 속삭였다. "테오도르가 수갑을 자를 만한 걸 가져올 겁니다."

나는 바닥을 보았다. 대변과 토사물과 소변이 뒤섞여 웅덩이를 이루었다. 거기서 악취가 난 것이다.

바닥의 그 형상이 기침했다. "물." 그가 중얼거렸다.

산악구조대가 가지고 있던 물을 다 준 것 같아서 내가 다가가 내 물통을 그의 마른 입술에 댔다. 프란츠의 죽어가는 거울 속 모습을 보는 것 같았다. 아니, 줄리안 슈미트는 쌍둥이 형보다 더 야위어 보였다. 당구공으로 맞은 자국처럼 이마에 큼직하게 푸른 자국이 있고 목소리도 달랐다. 프란츠가 줄리안을 죽일 수 없었던 건 동생이 자기와 똑같이 생겨서였을까? 그보다는 스스로 목숨을 끊는 편이 수월했을까? 이렇게 생각할 나만의 이유가 있었다.

"프란츠?" 줄리안이 속삭였다.

"그 사람은 떠났어요." 내가 말했다.

"떠나요?"

"사라졌어요."

"그럼 헬레나는요?"

"안전한 곳에 있어요."

"저기…… 누가 헬레나에게 전해주시겠어요? 나는 괜찮다고."

조지와 나는 눈길을 주고받았다. 나는 줄리안에게 고개를 끄덕였다.

"고맙습니다." 그가 다시 물을 마셨다. 마치 물이 그의 머릿속을 곧장 지나서 흐르는 것처럼 그의 눈에서 눈물이 떨어졌다. "형이 일부러 그런 건 아니에요."

"네?"

"프란츠. 형은…… 형은 그냥 미친 거예요. 전 알아요. 형이 가끔 그래요."

"아마도." 내가 말했다.

조지의 무전기에서 지글거리는 소리가 났고, 그가 밖으로 걸어 나갔다.

잠시 후 그가 다시 머리를 들이밀었다. "구급차 왔어요. 저 아래 도로에서 기다려요." 그가 다시 사라졌다. 악취가 지독했다.

"프란츠는 마음 깊은 곳에서는 당신이 발견되기를 바란 것 같군요." 내가 나직이 말했다.

"그렇게 생각하세요?" 줄리안이 말했다.

그가 프란츠의 죽음을 직감했다는 느낌이 들었다. 그리고 이건 그가 간절히 기도하며 바라던 소식, 그에게 전해야 하는 소식인 것 같았다. 다시 온전하게 살아가기 위해 들어야 하는 말이었다.

"그 사람은 후회한 겁니다." 내가 말했다. "알고 보면 당신이 여기 있다고 말해줬어요. 내가 당신을 구해주기를 바란 겁니다. 내가 얼마나 늦게 알아챌지는 몰랐겠죠."

"너무 고통스러워요." 그가 말했다.

"알아요." 내가 말했다.

"어떻게 해줄 수 없어요?"

나는 주위를 둘러보았다. 바닥에서 회색 돌 하나를 주워서 그의 손에 쥐여주었다. "꽉 쥐어요. 그게 당신에게서 모든 고통을 빨아들인다고 상상하세요."

볼트 절단기가 오고 줄리안이 풀려났다.

나는 헬레나에게 전화해서 줄리안이 산 채로 발견되었다는 소식을 전했다. 문득 이제껏 수사관으로 살면서 사랑하는 사람이 산 채로 발견되었다는 소식을 전한 적이 없다는 생각이 스쳤다. 하지만 헬레나의 반응은 죽음의 소식을 들었을 때와 반응과 크게 다르지 않았다. 잠시 침묵이 흐르는 사이 머릿속으로 잘못 들었을 가능성, 그 소식이 사실일 리 없는 이유를 찾았다. 그러다 (마땅한 가능성을 찾지 못해) 현실을 깨달으며 눈물을 흘렸다. 질투로 범행을 저지른 범죄자로 판명될 사람조차 처음에는 충격을 받은 무고한 사람들보다 더 비통하게 눈물을 흘린다. 하지만 헬레나의 눈물은 달랐다. 기쁨의 눈물이었다. 햇빛이 내리쬐는 날 쏟아지는 폭우였다. 그 눈물이 내 안의 무언가 어슴푸레한 기억을 휘저어놓았고, 나는 목에 무언가 걸린 느낌이 들었다. 헬레나가 흐느끼며 감사를 표하는 사이 나는 목소리가 떨리지 않도록 헛기침을 해야 했다.

오후에 포티아의 병원에 가보니 헬레나가 병상 옆에서 어느새 많이 괜찮아진 줄리안의 손을 잡고 있었다. 헬레나는 그를 살린 게 나의 예리한 지능 덕분이라고 믿는 듯했다. 나는 나의 상상력 부족 때문에 그가 죽을 뻔했다고는 말하지 않았다.

나는 잠깐 줄리안하고 둘이서만 얘기 좀 나누고 싶다고 했고, 헬레나가 내 손을 잡아 입을 맞추고 나갔다.

줄리안이 전하는 상황은 내가 예상한 대로였다.

바에서 프란츠와 싸우고 병원에 가는 길에 또 싸웠다. "제가 거짓말을 했거든요." 줄리안이 말했다. "헬레나한테 전화해서 솔직히 다 털어놨고 헬레나가 절 다 용서해주고 절 사랑한다고 말했다고요. 형이 단념하고 빨리 그 여자를 잊어버리라고 그랬어요. 네, 거짓말이었어요. 하지만 제가 나중에 헬레나한테 전화하면 어차피 결과는 같을 거라고 생각했어요. 하지만 형이 다 거짓말이라고 소리를 지르고 갓길에 차를 세우더니 조수석 사물함에서 포티아에서 산 총을 꺼냈어요."

"전에도 그러는 걸 본 적이 있습니까?"

"형이 격분하는 것도 봤고 저희가 싸우기도 많이 싸웠지만, 그런 건, 그렇게…… 미쳐 날뛰는 건 처음이었어요." 줄리안의 눈빛이 빛났다. "그래도 형을 탓하지 않아요. 제가 그 여자를 사랑하게 된 건 형이 그 여자 얘기를 하고 사진도 보여주고 찬사를 늘어놓고 하늘로 띄워놓아서였으니까요. 제가 그녀를 뺏었죠. 다른 핑계는 없어요. 제가 그 둘을, 형과 그녀를 배신한 거예요. 저라도 형한테 똑같이 했을 거예요. 아뇨, 저라면 그 총을 쐈을 거예요. 그냥 죽였을 거예요. 하지만 형은 제 등에 총을 대고 저한테 호라까지 차를 몰라고 하며 팔레오호라로 올라가게 했어요. 형이 미리 둘러보고 그 지하실을 발견했을 거예요. 그러고는 저한테 포티아에서 산 수갑을 채우고 매달았어요."

"그리고 당신이 죽게 내버려둔 거군요?"

"몸이 썩어 문드러지도록 거기 있을 거라고 하고는 떠났어요. 무섭긴 했지만 그때는 저보다 헬레나가 더 걱정됐어요. 형은 언제나 돌아왔거든요."

"무슨 뜻이죠?"

"어릴 때 싸우면 형이 항상 저보다 힘이 조금 더 셌어요. 저를 가둘 때가 있었어요. 방이나 벽장에요. 한번은 궤짝에 가둔 적도 있어요. 그래도 그때마다 돌아왔어요. 많이 미안해하면서. 겉으로는 티를 낸 건 아니지만요. 이번에도 그럴 줄 알았어요. 이삼일 전까지만 해도. 그러다 문득 정신이 들었고……." 그는 나를 보았다. "제가 심령술 같은 걸 믿지는 않지만 형과 제가 한 경험으로 보면 백 년 안에 쌍둥이끼리의 텔레파시가 있다고 밝혀질지 궁금해요. 어쨌든 형한테 무슨 일이 생긴 걸 그냥 알았어요. 시간이 흐르고 며칠이 지나도 형이 오지 않아서 저도 거기서 죽을 거라는 생각이 들었어요. 그러다 수사관님이 절 구해준 거예요. 제가 평생의 빚을 졌네요."

줄리안은 이불 속에서 손을 뻗어 내 손을 잡았다. 내가 준 돌이 손바닥에 닿았다. "수사관님도 고통을 느끼실 날이 올 테니까요."

나오는 길에 병원 복도에서 헬레나가 나를 불러 세워 자기네 식당에서 식사를 대접하고 싶다고 했다. 나는 고맙지만 코스 섬에서 출발하는 마지막 저녁 비행기를 타야 한다고 말했다.

페리가 출발하기 전에 두 시간 정도 남아서 크리스틴이 마수리의 줄리안의 방으로 옷가지를 챙기러 가는 길을 동행했다.

크리스틴이 그 집에 들어갔다 나오는 사이, 나는 경찰차 옆에 서서 텔렌도스 너머로 저무는 아름다운 석양을 보았다. 꽃무늬 원피스를 입고 장바구니를 든 고령의 여자가 절뚝거리며 지나가다가 멈춰 섰다.

"쌍둥이 중에 한 사람을 찾았다면서요." 그녀가 말했다. "착한 쪽을."

"착한 쪽이요?"

"내가 매일 아침 9시에 청소하고 침대를 정리하거든요." 그녀가 그 집 쪽으로 고개를 까딱하며 말했다. "그 시간에는 다들 등반하러 가는데 가끔 한 번씩 내가 그 형제를 깨웠어요. 하나는 늘 꽥꽥거렸고, 다른 하나는 그냥 허허 웃으면서 내일 와달라고 했어요. 줄리안, 그게 착한 쪽이에요. 다른 쪽은 이름이 뭔지 모르고요."

"프란츠입니다."

"프란츠." 그녀가 그 이름을 불러보았다.

"독일인들이에요." 내가 말했다.

"흠, 나는 그 줄리안이란 사람 말고는 독일인들을 좋아하지 않아요. 전쟁 때도 우릴 그렇게 괴롭히더니 지금도 또 괴롭히잖아요. 우리를 무슨 유럽에 밀린 집세를 내지 않는 세입자 취급하잖아요."

"그렇게 나쁜 이미지는 아니네요." 나는 나의 조국이나 독일이나 거기서 거기라고 생각했다.

"독일인들은 자기네가 달라진 것처럼 굴지." 그녀가 비웃었다. "여성 지도자니 뭐니 하면서. 그래봐야 나치 놈들이고 앞으로도 그럴 거예요." 그녀는 고개를 절레절레 흔들었다. "어느 날 아침에는 침대 옆 테이블에 수갑이 있는 걸 봤어요. 프란츠란 사람이 그걸 어디다 썼는지는 모르지만 파시스트 짓거리나 했겠죠. 그 사람, 죽었나요?"

"아마도." 내가 말했다. "그럴 거예요. 거의 그런 거 같아요."

"거의?" 그녀가 여전히 독일인을 향한 경멸을 머금고 나를 보았다. "그런 거 알아내는 게 경찰이 하는 일 아닌가요?"

"그렇죠." 내가 말했다. "그런데 저희도 아무것도 모릅니다."

그녀가 뒤뚱거리며 멀어졌고, 길 건너에서 작은 웃음소리가 들렸다.

돌아보니 사이프러스 나무 아래 베란다에 빅토리아가 있었다. 난간에 다리를 올린 채 담배를 물고 앉아 있었다.

"한 소리 들었어요?" 그녀가 웃으며 어스름한 곳으로 연기를 내뿜었다.

"그리스어 알아들어요?"

"아뇨, 보디랭귀지로 아는 거죠." 그녀는 느리고 나른한 손짓으로 담뱃재를 떨었다. "당신도 그렇지 않아요?"

어젯밤이 생각났다. 그 시간만큼은 맨정신이었다. 좋은 시간이었다. 서로에게 좋은 시간이었다. 조금 인색하기는 해도 대체로 친절했다. "네, 그래요, 나도 그래요."

"이따 그 바에서 볼래요?"

나는 고개를 저었다. "오늘 밤에 아테네로 떠나요."

"갔다가 오는 거예요?"

이 질문이 무심코 튀어나온 표정이었다. 그리고 그녀는 내가 머뭇거리는 것을 이해했다. 아니, 오해했다.

"아니에요." 그녀가 다시 웃으며 담배를 세게 빨았다. "당신은 아테네에서 결혼해서 자녀들과 개를 키우시는군요. 나도 골치 아픈 일은 만들기 싫고 그럴 일도 없어요."

그녀는 지금의 내 삶에 대해 아무것도 묻지 않았고, 나는 내게 중요한 단 하나의 문제, 바로 과거의 문제에 대해서만 말해줬다.

"골치 아픈 일은 딱히 두려워하지 않습니다." 내가 말했다. "다만 난 늙었고 당신은 앞날이 창창하니까."

"그래요, 난 당신한테 과분하니까."

"내 앞엔 막다른 길밖에 없어요." 내가 미소를 지었다.

"아디오스, 니코스."

"아디오스, 모니크."

차에 타고서야 내가 이름을 잘못 부른 걸 깨달았다.

자정이 넘어서야 내 아파트에 들어갔다.

"나 왔어." 어둠 속을 향해 인사하고 가방을 내려놓았다. 그리고

121

통유리로 둘러싸인 널찍한 공간의 주방으로 들어갔다. 아테네 중심부의 상류층 동네인 콜로나키가 내려다보였다.

주머니에서 조그만 상자를 꺼내고 덮개를 열어서 그 안에 보석처럼 든 회색 돌을 보았다.

컵을 꺼내 들고 냉장고를 열었다. 냉장고 불빛이 쪽모이세공 마룻바닥을 가로질러 책장과 커다란 애플 모니터가 놓인 커다란 티크 책상에 닿았다.

상속받은 재산이었다.

나는 가정부가 만들어놓은 신선한 착즙 주스를 컵에 따르고 컴퓨터로 가서 키보드를 눌렀다. 레이크 디스트릭트의 암벽 앞에 선 세 젊은이의 사진이 모니터를 가득 채웠다.

나는 아이콘들을 클릭하며 주요 일간지 웹사이트들을 돌았다. 모든 신문에서 칼림노스 살인사건의 경과에 관해 크게 다루었다. 어디에도 내 이름은 없었다. 좋다.

나는 검지에 입을 맞추고 모니터 속에 두 청년 사이에 있는 여자의 볼에 대면서 이제 자러 간다고 소리 내어 말했다.

침실로 들어가 회색 돌이 든 상자를 머리맡 선반 위의 다른 돌 옆에 놓았다. 넓고 텅 빈, 차가운 실크 시트가 덮인 침대에 눕는 순간 바다로 헤엄쳐 들어가는 느낌이 들었다.

두 주 뒤 조지 코스토폴로스에게 전화가 왔다.

"바다에서 시신이 하나 나왔습니다. 프란츠가 사라진 해변에서 멀지 않은 바다에서요. 아니지, 사실은 육지네요. 파도가 부서지는 바위에 시신이 꽂혀 있었어요. 날씨가 험악하고 사람들 발길이 닿지 않는 자리이기는 한데 아마 그 바위에서 50이나 60미터 위쪽에 있는 등반 경로로 등반하다가 추락한 거 같아요. 어떤 등반가가 신고했고요."

"어딘지 알 것 같습니다." 내가 말했다. "신원은 확인했습니까?"

"아직요. 시신이 심하게 훼손돼서 신고자가 그게 사람인 줄 알아본 게 놀라울 정도예요. 처음에는 죽은 돌고래인가 싶었어요. 피부와 얼굴, 귀, 성기까지 다 사라졌어요. 그런데 두개골에 총구로밖에 볼 수 없는 구멍이 있어요."

"배에서 조난당한 사람일 수도 있잖아요."

"네, 작년에 이쪽으로 몇 구가 떠밀려오긴 했어요. 그래도 그건 아닌 것 같아요. 시신의 DNA 샘플을 보내놨으니 이틀 후면 답이 올 거예요. 그냥 궁금한 게 있는데요……."

"네?"

"그게 프란츠 슈미트가 물 마신 컵에서 채취한 타액의 DNA 프로파일과 일치하면 우린 뭐라고 발표하죠?"

"신원을 확인했다고 하죠."

"그런데 우리가 DNA를 채취한 게…… 비공식적 방법이라."

"네? 전 프란츠 슈미트한테 물어봤고, 그 사람이 원해서 제공한 걸로 기억하는데요."

전화선 너머에 침묵이 흘렀다.

"원래 그런 식으로……." 그가 입을 열었다.

"네." 내가 말했다. "아테네에서는 그렇게 합니다."

사흘 후 결과가 나왔다.

보도에 따르면 바위에 남아 있던 유해의 DNA는 프란츠 슈미트가 포티아에서 경찰에 자발적으로 제공한 DNA 샘플과 일치했다.

내 이름은 언급되지 않았다.

나는 테이블보 아래로 휴대전화를 쥐고 뉴스를 읽었다. 자기 남편이 약물을 남용한 건 심장약과 여러 약물을 섞어서 복용한 탓이라고, 아마도 회사의 어린 수습직원한테 빠져서 가족을 떠날 계획을 세우느라 정신이 나가서 그런 것 같다고 한창 내게 하소연하는 여자를 방해하고 싶지 않았다.

나는 하품을 겨우 참으며 그 해변 남쪽의 등반 경로를 머릿속에 그려보았다. 칼림노스의 등반 안내서를 구해 읽고 그 경로가 '독수리 요새'라는 곳이고 난이도가 7b 등급인 것을 알았다. 사진만 봐도 환상적이었다. 내가 그 경로를 오를 만큼 몸을 만들려면 우선 몇 킬로그램을 빼고 훈련도 받아야 했다. 그리고 그럴 시간을 내려면 인간들이 서로를 죽이는 걸 잠시 멈추거나 내가 휴가를 내야 했다. 긴 휴가를.

오 년 후

나는 비행기 창밖을 내다보았다. 저 아래 섬은 예전 그대로였다. 포세이돈이 대지를 흔들기 위해 바다로 내던진 누르스름한 석회암 덩어리 같았다.

하늘에는 구름이 잔뜩 끼었다.

봄에는 대기가 다소 불안정하니 가을에 오는 게 낫다고, 엠포리오로 가는 길에 택시 기사가 말했다. 나는 미소를 지으며 산비탈에 만개한 협죽도를 보고 백리향 향기를 맡았다.

택시에서 내리자 헬레나와 줄리안이 어린 페르디난트를 데리고 식당 앞 계단에서 기다리는 모습이 보였다. 줄리안이 활짝 웃었고 헬레나는 나를 놔주지 않을 듯 꼭 안았다. 그동안 이메일은 자주 했다. 주로 헬레나가 근황을 전했고 나는 읽는 쪽이었다. 경청하듯 이메일을 읽고 대화할 때 습관처럼 추가로 질문을 담아 짧게 답장을 보냈다.

헬레나는 처음에는 순탄치 않았다고 적었다. 줄리안이 처음에 보인 모습보다 당시의 일로 타격을 많이 받은 것 같았다. 구조되어 그녀 품으로 돌아온 기쁨이 지나가자 음울하고 폐쇄적이고 까다로운 사람, 그녀가 사랑에 빠진 사람과는 다른 사람이 되어갔다. 그리고 형 얘기를 많이 했다. 그는 프란츠를 변호했다. 헬레나와 그녀의 부모에게 프란츠가 악마가 아니고 단지 사랑에 빠진 사람이었을 뿐이라고 이해시키는 것이 그에게는 중요해 보였다.

상태가 많이 심각해서 그를 떠날까도 생각했다. 그러다 상황을 뒤집는 사건이 벌어졌다. 그녀가 임신한 것이다.

그날부터 줄리안이 마치 잠에서 깨어나 다시 줄리안으로 돌아온 것 같았다. 실종되기 전에 하룻밤을 함께 보내고 이제는 기억도 흐릿해진 그 남자로, 행복하고 선하고 친절하고 따스하고 다정한 그 사람으로 돌아온 것 같았다. 그녀가 기억하는 그날 밤만큼 활기차고 열정적이지는 않았을지라도, 그럼 뭐 어떤가? 아내들은 모두 남편이 연애 초기에는 조금 더 매력적이었다고 기억하지 않나? 가정에 충실하고 다정하고 처자식을 위해 열심히 일하는 것 이상으로 더 무엇을 요구할 수 있을까? 헬레나의 아버지마저 근면하고 믿음직하며 나중에 식당을 물려줄 만한 사위를 얻었다고 인정했다.

헬레나에 따르면 줄리안은 페르디난트가 태어난 날 아이처럼 울었다고 한다. 그리고 그 아이는 아빠를 닮아 사랑을 발산했다. "난

로처럼요." 그녀가 이메일에 적어 보낸 표현이다. "겨울 폭풍이 칼림노스를 강타하는 시기에는 그만한 난로가 없어요."

"'독수리 요새'에 오르실 준비가 되셨나요?" 내가 방에서 짐을 풀고 점심을 먹으러 식당에 들어와 앉자 줄리안이 미소를 지으며 말했다. 문어구이였다. 그 식당의 특선요리로 맛이 훌륭했다. 나는 줄리안이 그 음식에 손도 대지 않는 걸 보고 혹시 문어가 시체를 먹고산다는 속설 때문인가 짐작했다. 물론 속설만은 아닌 것이, 바다의 모든 생명체는 물에 빠져 죽은 것들을 먹고산다.

"모르겠네요." 내가 말했다. "그래도 아테네 주변 암벽에서 조금씩 등반을 연습해보긴 했습니다."

"그럼 내일 일찍 출발하시죠." 그가 말했다.

"경로가 꽤 길더군요." 내가 말했다. "40미터."

"문제없어요. 거기 어디쯤에 80미터짜리 로프를 갖다 놨어요."

"좋습니다."

그의 휴대전화에서 벨소리가 울렸다. 그가 전화를 받으려다 말고 나를 보았다.

"안색이 안 좋은데요, 니코스? 괜찮아요?"

"그럼요." 나는 둘러대고 애써 미소를 지었다. 속이 울렁거리고 온몸에서 식은땀이 나는 게 느껴졌다. "전화받으세요."

그는 한참 탐색하는 눈길로 나를 보았다. 경로가 너무 높아서 그러는가 보다고 짐작하는 것 같았다.

그가 전화를 받자 벨소리가 끊겼다.

"Whole Lotta Love."

언제나처럼 그 노래가 순식간에 나를 사십 년 전 옥스퍼드 캠퍼

126

스의 나무 한 그루로 데려다 놓았고, 실제로 몸이 아파왔다.

줄리안도 등반 때문이 아닌 것을 눈치챈 듯했다. "이 노래를 싫어하시나 봐요?" 그가 통화를 마치고 물었다.

"사연이 길어요." 나는 애써 감정을 추스르며 웃었다. "그런데 레드 제플린을 좋아하지 않는 줄 알았는데요. 벨소리가 좀 더 부드러운 곡이었던 것 같은데요."

"그랬나요?"

"네, 에드 뭐라던가. 에드 칩, 에드 쉽……."

"에드 시런이요!" 헬레나가 말했다.

"맞아요." 나는 줄리안을 보았다.

"전 에드 시런 좋아해요." 헬레나가 말했다.

"당신은요, 줄리안?"

줄리안 슈미트가 물잔을 들었다. "레드 제플린이랑 에드 시런을 둘 다 좋아할 수도 있죠."

그는 내게서 눈을 떼지 않고 물을 한참 들이켰다.

"방금 생각났는데요." 그가 마침내 물잔을 내려놓았다. "내일 일기예보에 비 소식이 있어요. 사실 비구름이 이 섬에도 닿을지 미리 아는 건 불가능해요. 등반 경로가 오버행이긴 해도 바람이 비를 몰고 온다면 암벽이 젖을 거예요. 그냥 지금 출발하는 건 어때요? 여기 머무는 시간도 짧은데 그래야 떠나시기 전에 등반을 해볼 수 있잖아요."

"그래요, 여기까지 내려오셨는데, 저랑 페르디난트만 보면 지루할 거예요." 헬레나가 말했다.

나는 미소를 지었다.

우리는 식사를 마쳤고, 나는 방에 올라가 채비했다. 등반 장비를 챙기다가 창밖으로 줄리안이 페르디난트와 놀아주는 모습을 보았다. 아이가 아빠 주위에서 웃으면서 뛰어다니고 줄리안이 아이를 잡아 휙 돌렸고, 파란색과 흰색의 조그만 모자가 떨어지자 아이가 신나서 꺅꺅 소리를 질렀다. 춤추는 것 같았다. 내가 아버지와 춘 적이 없는 춤이었다. 아니, 그런 적이 있었나? 그랬다면 잊어버렸는지도.

"재밌을 것 같아요?" 줄리안이 물었다. 예전에 프란츠의 차가 발견된 지점까지 함께 운전해서 가 주차한 참이었다.

나는 고개를 끄덕이며 해변을 내다보았다. 오늘은 달라 보였다. 햇빛이 없었다. 파도가 부서지지 않고 평화롭게 속삭이듯 모래사장으로 미끄러지듯 올라왔다.

이십오 분쯤 빠르게 걸어서 곶에 이르러 '독수리 요새'를 올려다보았다. 그 위로 철회색 구름이 걸려 있어서 위압감이 더 컸다. 우리는 등반용 하네스를 착용했고, 줄리안이 내게 카라비너 두 묶음을 건넸다.

"'온사이트경로에 대한 사전 정보 없이 첫 시도로 한 번에 올라가는 방식' 등반을 원하실 수도 있겠다 싶었어요." 그가 말했다.

"고맙지만, 날 과대평가하시는군요. 그래도 어디까지 가나 한번 봅시다." 나는 퀵드로카라비너 두 개가 연결된 장비를 내 하네스에 채워서 로프로 내 몸을 묶고, 레이크 디스트릭트에서 신던 낡았지만 발이 편한 암벽화를 신고 허리에 찬 송진 가방에 두 손을 넣었다. 암벽 쪽으로 두 걸음 다가서지 않고 뒤편의 가장자리로 가서 절벽 아래를 보았다.

"저기가 그를 발견한 곳이군요." 내가 파도를 향해 고갯짓을 했다. 오늘은 파도가 잔잔하기는 했지만 파도 소리는 여전히 시간차를 두고 올라왔다. "하긴 당신은 이미 알았지만."

"네, 알았어요." 뒤에서 그의 목소리가 들렸다. "언제부터 아신 건가요?"

"뭘요?"

나는 뒤돌아 그를 보았다. 그는 창백했다. 햇빛 때문에 그렇게 보인 걸 수도 있지만, 순간 그의 얼굴이 백짓장처럼 하얘 보여서 트레버가 떠올랐다. 요즘 부쩍 트레버 생각을 많이 해서 그런지도 몰랐다.

"아니에요." 그가 말했다. 그가 메마른 표정과 목소리로 말하면서 하네스에 장착된 수동 ATC 브레이크에 로프를 끼우면서 의례적으로 장비 점검을 마쳤다. "수사관님도 오셨고, 카라비너도 채웠고, 로프도 충분히 길고, 수사관님의 매듭도 괜찮아 보이네요."

나는 고개를 끄덕였다.

오버행에 한 발을 딛고 눈에 띄는 첫 번째 홀드를 붙잡았다. 몸에 힘을 주고 다른 발을 올렸다.

처음 10미터까지는 순조로웠다. 몸놀림이 수월했다. 체중을 줄이면서 근육이 살아나 완전히 달라졌다. 나의 등반가 정신도 괜찮았다. 작년에는 볼트가 최소로 박혀 있는 경로에서 몇 번 떨어졌다. 8미터나 10미터쯤 오르다 떨어지고 로프에 매달려 흔들리면서 안도감보다는 완등하지 못했다는 가벼운 실망감만 겪었다. 하지만 여기서는 볼트가 가까이 붙어 있고 설령 떨어지더라도 얼마 안 내려갈 것 같았다. 나는 퀵드로가 충분한지 생각하면서 퀵드로를 볼트에 채우고 로프에 끼웠다.

갈매기가 끼룩끼룩 비명을 지르는 순간 내가 잡은 얇은 석회암 홀드가 깨져서 떨어져나갔다. 나는 아래로 추락했다. 아주 잠시 무중력 상태로 잘못 불리는 상태가 되었다. 로프와 하네스가 이내 허리와 허벅지를 조여왔다. 짧지만 강렬한 추락이었다. 줄리안을 내려다보니 그가 하네스의 브레이크에서 로프가 팽팽히 당겨진 채 땅에 서 있었다.

"죄송해요." 그가 소리쳤다. "너무 빨리 떨어지셔서 잡아드릴 새도 없었어요."

"괜찮아요." 나도 소리쳤고, 오버행이라 암벽에 가까이 붙을 수 없어 팔 힘으로만 밧줄을 잡아당기며 올라갔다. 3미터도 안 되는 높이이고 줄리안이 체중으로 버티면서 당겼지만 로프가 가늘고 미끄러워서 카라비너를 채워둔 볼트까지 올라가자 힘이 다 풀렸다. 손을 보니 이미 살갗이 많이 벗겨졌다.

잠시 숨을 돌리고 계속 올라갔다. 경로에서 가장 힘든 지점인 크럭스에서 퀵드로 하나를 채워야 했지만 그 외에는 몰입감에 빠져들어 생각할 필요도 없고 손과 발이 스스로 미지수가 한두 개인 방정식 문제를 연달아 푸는 느낌이었다. 15미터쯤 올라 정상까지 갔고 앵커에 로프를 걸면서 깊고 평온한 만족감을 느꼈다. 한 번도 떨어지지 않고 올라온 건 아니지만 그래도 마법 같은 등반이었다. 나는 몸을 돌려 풍경을 감상했다. 조지의 말로는 맑은 날에는 터키 해변까지도 보인다고 했지만 오늘은 바다와 나와 내가 오른 경로만 보였다. 그리고 아래로는 내가 구해주었고 이제 나를 구해줄 남자에게로 이어진 로프가 보였다.

"준비됐습니다!" 내가 소리쳤다. "이제 내려줘도 됩니다!"

나는 정지된 듯 무거운 오후의 공기 속으로 하강하기 시작했다. 햇빛은 어느새 옅어졌다. 줄리안까지 이 경로를 오르고 나면 곧바로 출발해야 했다. 그래야 캄캄한 밤에 가파르고 돌이 많은 길에서 내려가지 않을 수 있었다. 그러다 줄리안은 애초에 여기에 오를 생각이 없었다는 생각이 스쳤다. 몇 미터쯤 내려오면서 나를 지나쳐 앵커 쪽으로 올라가는 노란 로프에서 짙은 색 표시를 보았다.

중간 지점이라는 표시였다.

"로프가 너무 짧은데요!" 내가 소리쳤다.

바람은 없지만 파도 소리 때문인지 갈매기가 울부짖는 소리 때문인지 아니면 그저 멍하니 정신이 딴 데 팔려서였는지 줄리안은 내 말을 듣지 못한 채 계속 나를 내렸다.

"줄리안!"

그는 계속 로프를 풀었고, 이제 더 빨리 풀었다.

나는 아래쪽 바다를 보고 다시 경로를 보았는데, 남은 로프가 피리 소리에 춤추는 코브라처럼 구불구불 올라오고 있었다. 그리고 이제야 보였다. 로프 끝에 매듭이 없는 것을.

"줄리안!" 나는 다시 소리쳤다. 이제 그의 표정에서 죽음이 보일 만큼 내려왔다. 이제 알았다. 그는 나를 죽일 것이고 몇 초 후 로프 끝이 브레이크에 걸리지 않은 채 그대로 빠져나갈 것이며 나는 추락할 것이다.

"프란츠!"

순간 탄성 있는 로프가 당겨지며 팽팽해졌다. 하네스가 내 허벅지를 압박했다. 나는 하강하다 멈춘 채 허공에서 위아래로 튕겼다. 줄리안과는 고작 2, 3미터 거리였지만 나는 정상의 앵커에서 수직으로 매달려 있어서 등반로가 이어지는 절벽 허공에 매달려 있었다. 로프가 브레이크를 그대로 통과하면 나는 줄리안을 지나치고 50, 60미터 아래로 파도가 하얗게 부서지는 바위로 떨어져 박살

난 샴페인 병의 내용물 신세가 될 것이다.

"로프가 80미터가 아니었나 봐요." 줄리안이 말했다. "미안해요. 실수하는 게 인간이니까." 미안한 얼굴이 아니었다.

이제 그의 최종회였다. 결말은 브레이크에서 그의 손까지 남은 20센티미터에 달려 있었다. 현재 나를 붙잡아주는 유일한 것. 각도와 브레이크의 마찰력 덕에 그가 나를 그대로 붙잡고 있는 것이 어렵지는 않았다. 그렇다고 영원히 그대로 매달려 있을 수는 없었다. 그가 로프를 놓아도 살인으로 보이지 않고 흔한 등반 사고로 보일 것이다. 로프가 짧아서 발생한 사고.

나는 고개를 끄덕였다. "당신 말이 맞아요, 프란츠……."

그는 대꾸하지 않았다.

"……실수하는 게 인간이죠."

우리는 가만히 서로를 탐색했다. 그는 발을 바닥에 반쯤 딛고 하네스와 로프에 반쯤 무게를 실으며 앉았고, 나는 그의 바로 위에, 저 아래 깊은 바다 위에 매달려 있었다.

"패러독스군요." 그가 한참 지나서 입을 열었다. "이거 그리스말 아닌가요? 페르디난트가 잘 때 어두운 게 무섭다면서 잠들기 전까지 동화를 들려달라고 하는데, 꼭 무서운 이야기만 해달래요. 이런 게 패러독스 아닌가요?"

"아마도." 내가 말했다. "아닐 수도 있고."

"아무튼, 어둠이 다가오는 게 보일 거예요. 이제 당신이 무서운 이야기를 들려주셔야겠어요, 니코스. 그러면 당신도 나도 그렇게 무섭지 않을 수도 있잖아요."

"우리 이 상황부터 먼저 해결하면 어떨까요?"

그가 로프를 잡은 손에 힘을 살짝 풀어서 로프 끝이 브레이크 쪽으로 몇 센티미터 더 미끄러졌다.

"내 생각엔……." 그가 말했다. "해결책은 당신이 들려주실 이야기에 있을 것 같은데요."

나는 마른침을 삼켰다. 아래를 보았다. 60미터 아래로 추락하는 것은 그리 오래 걸리지 않는다. 하지만 추락하는 사이 무수한 생각이 스칠 수 있었다. 게다가 불행히도 시속 123.5킬로미터에 이르기까지는 시간이 걸릴 수 있다. 바다에 떨어져 잠시 살아 있다가 익사하게 될까? 아니면 바위로 떨어져 고통 없이 즉사할까? 그런 장면을 가까이서 본 적이 있다. 그가 땅에 떨어지고 모두가 비명을 지르며 뛰어다니기 시작하기 전 몇 초 동안 정적만 흐르고 드라마가 없는 게 가장 충격적인 대목이었다. 날이 추워졌지만 굵은 땀방울이 촛농처럼 흘렀다. 이런 식으로 내 목숨을 문자 그대로 그의 손에 맡긴 채 그가 가짜 줄리안이라는 사실을 폭로할 계획은 아니었다. 하지만 논리적이기는 했다. 이렇게 되니 모든 것이 더 수월해지기는 했다. 최후통첩이 더 선명해질 것이다.

"좋아요." 내가 말했다. "준비됐습니까?"

"됐어요."

"옛날 옛적에……." 나는 숨을 깊이 들이마셨다. "옛날 옛적에 프란츠라는 남자가 살았는데, 질투가 심해서 쌍둥이 동생 줄리안을 죽여버렸습니다. 사랑하는 헬레나를 차지하려 했어요. 프란츠는 동생을 해변으로 데려가 머리에 총을 쏘고 시신은 바다에 던졌어요. 그러나 프란츠는 헬레나가 줄리안을, 오로지 줄리안만 사랑하고 자신은 원하지 않는다는 걸 깨닫고 머리에 총을 맞고 바다에 빠진 사람이 줄리안이 아니라 자기인 것처럼 꾸몄어요. 그리고 지하실에 들어가 자기 몸을 쇠사슬로 결박하고, 사람들에게 발견되자 줄리안인 척했어요. 줄리안을 실종 신고한 뒤로 계속 거기에 있었어요. 다들 그의 말을 믿었어요. 다들 그가 줄리안이라고 믿었고, 그래서 그는 헬레나를 차지하고, 모두가 행복하게 살았어요. 만족합니까?"

그는 고개를 저으면서도 아직 로프를 붙잡고 있었다. "타고난 이야기꾼은 아니시네요, 니코스."

"인정해요."

"이를테면 당신에겐 증거가 없잖아요."

"왜 그렇게 생각해요?"

"증거가 있었다면 여기까지 혼자 오지도 않았을 테고, 나는 진즉에 체포됐겠죠. 게다가 당신이 경찰을 그만둔 것도 압니다. 요즘 국립도서관에서 책이나 읽으며 시간을 때우신다고요, 맞습니까?"

"아뇨." 내가 말했다. "게나디오스 도서관에 다닙니다."

"이번엔 왜 오셨죠? 진실을 찾았다는 확신이 들지 않아서 마음의 평화를 얻지 못한 노인이 사건을 마저 수사하러 온 건가요?"

"내가 평화를 얻지 못한 건 맞아요." 내가 말했다. "이 사건과는 무관한 일이지만. 그런데 증거를 찾으러 온 건 아닙니다. 증거는 이미 있으니까."

"거짓말." 로프를 잡은 손마디가 하얘졌다.

"아니." 내가 말했다. "바다에서 발견된 시신의 DNA가 심문할 때 프란츠 당신한테서 채취한 DNA와 일치하니까 다들 그걸로 끝난 줄 알았지. 하지만 가능성이 한 가지 더 있었어요. 일란성쌍둥이는 같은 난자에서 나와서 유전자를 공유하고 DNA 프로파일도 같습니다. 그러니 이론상 우리가 발견한 시신은 프란츠일 수 있지만 줄리안일 수도 있어요."

"그래서요? 그게 프란츠가 아니라는 증거는 아니죠."

"그래요. 내 증거는 프란츠 당신이 포티아의 경찰서에서 우리에게 조사받을 때 마신 물잔에 남긴 지문을 받고서야 완성됐어요. 그걸 아테네의 집에 있던 지문에 대조했거든요."

"아테네?"

"정확히 말하면 내 침대 위 선반에 놓인 상자. 당신이 병원에서 내게 준 돌이요. 그래요, 패러독스는 그리스 말이고, 여기서 패러독스는 쌍둥이의 DNA 프로파일이 같다고 해도 지문은 같지 않다는 겁니다."

"그럴 리 없어. 우리 지문을 비교해봤는데 똑같았어요."

"거의 똑같죠."

"우리는 DNA가 같은데 어떻게 그게 가능하죠?"

"지문은 100퍼센트 유전자로만 결정되지 않으니까요. 지문은 자궁 내 환경에도 영향을 받아요. 한 태아와 다른 태아의 상대적 위치, 탯줄 길이 차이. 혈류와 영양분의 접근성이 달라서 손가락이 얼마나 빨리 자라는지가 결정되니까요. 지문이 완전히 형체를 갖출 즈음, 그러니까 임신 십삼 주에서 십구 주 사이의 어느 시점에 정밀검사에서나 발견되는 미세한 차이가 생기는 겁니다. 내가 지문을 정밀하게 살펴봤어요. 어땠을까요? 당신이 줄리안인 척 병원에 누워 있을 때 내게 준 돌에 찍힌 지문과 당신이 경찰서에서 마신 물잔에 찍힌 지문이 정확히 일치해요. 그러니까 두 사람이……."

"……한 사람, 동일인이군."

"그래, 프란츠."

어둠이 내려서 그렇게 보였는지도 모르고, 또 우리의 평소 편향

된 시선이 새로 들어온 정보에 따라 편향을 조율해서 그렇게 보였는지도 모르지만, 내 아래 있는 사람에게서 프란츠가 나오는 것처럼, 그가 가면을 벗고 오랫동안 연기한 역할에서 빠져나오는 것처럼 보였다.

"이걸 아는 사람은 당신뿐인 건가?" 그가 조용히 말했다.

"그래."

바다에서 갈매기가 고통스러운 비명을 질렀다.

사실이었다. 그의 범행과 신원 바꿔치기를 나 혼자 다른 도구 없이 지문과 나의 엉성한 논리와 생생한 상상력만으로 재구성했다.

그는 줄리안을 데리고 병원으로 가던 날 밤에 계속 싸우다가 질투심이 폭발해 순간적으로 줄리안을 죽였을 것이다. 줄리안이 프란츠가 헬레나를 단념하게 하려고 헬레나한테 전화했다는 것, 그들이 쌍둥이이고 그녀를 속인 사실을 밝혔는데도 헬레나가 여전히 줄리안만을 원했다는 것, 그런 줄리안의 주장이 사실일 거라고 나는 생각했다. 하지만 그건 줄리안의 거짓말이었다. 헬레나는 내가 알리기 전까지는 자기가 쌍둥이 형제를 만난 줄 몰랐다. 하지만 줄리안은 그의 직감이 맞다는 걸, 헬레나가 그를 더 좋아한다는 걸 알았다. 여자의 마음을 사로잡는 일에서는 늘 그가 우울한 형보다 나았으므로. 프란츠는 질투에 눈이 멀어 루거를 꺼냈고, 그 자리에서 동생을 쐈을 것이다. 역시나 격분한 채 앞뒤 생각하지 않고 헬레나에게 자기가 줄리안을 죽였다고, 그녀가 마음을 준 사람을 죽였다고 메시지를 보냈을 것이다. 하지만 곧 평정심을 되찾았을 것이다. 이제라도 패를 잘 쓰면 그가 헬레나를 차지할 수도 있겠다는 생각이 들었다. 그는 바닷가까지 차로 갈 수 있는 지점을 찾아내 옷을 다 벗겨 시신을 바다로 던졌다. 다시 마수리로 돌아와 줄리안의 옷과 휴대전화와 소지품을 방에 가져다 놓고 다음 날 아침에 실종신고를 하면서 줄리안이 해 뜨기 전에 수영하러 나갔다고 말했을 것이다. 줄리안이 바다에 빠져 죽었다고 해도 그럴듯했지만 혹시라도 경찰이 전날 밤에 둘이 싸운 걸 알면 시신을 부검할 거라고 보고 헬레나에게 보낸 메시지를 삭제했을 것이다. 그가 밤에 혼자 들어오는 걸 본 빅토리아에게 여덟 번이나 통화를 시도한 기록도 삭제했다. 아마 전화로 빅토리아에게 잘 둘러대 문제가 복잡해질 수 있으니 경찰에는 그가 혼자 들어온 얘기를 하지 말라고 설득하려고 했을 것이다. 그러다 포티아의 경찰서에서 나와 대화한 후 경찰이 통신사를 통해 통화 기록과 메시지를 추적할 수 있다는 사실을 알았다. 그리고 내가 헬레나를 만난 얘기를 듣고 오디세우스의 암벽으로 가던 길에 내가 빅토리아와 같이 있는 걸 본 것이다. 프란츠는 수사망이 좁혀오는 것을 알았을 것이다.

그리고 절박해졌을 것이다.

그에게 마지막 남은 패는 줄리안의 시신이 발견되지 않았다는 것이다. 또 그가 줄리안과 DNA가 같으니 설령 줄리안이 발견되더라도 프란츠의 시신이라고 믿게 만들 수 있었다.

프란츠 슈미트의 유일한 희망은 사라지는 것, 즉 존재하기를 멈추는 것이었다. 그래서 그는 자신의 자살을 연출했다. 그날 해변에서 내게 전화해서 의심의 여지를 없애기 위해 자살을 예고했다. 또 줄리안이 죽지 않았을 수도 있고, 그의 '사랑의 감옥'에서 발견할 수도 있다는 생각을 심었다. 그렇게 우리가 수수께끼를 푸는 동안 그가 먼저 팔레오호라로 올라갈 계획이었지만 내가 수수께끼를 푸는 데 며칠씩이나 걸릴 줄은 몰랐다. 그는 나와 통화한 후 옷과 휴대전화는 차에 두고 알몸에 맨발로 파도 속으로 나가 루거를 던지면서 경찰에 발견되더라도 자살 가능성만 높아질 거라고 생각했다. 그리고 바위 쪽으로 올라갔고 거기서 팔레오호라까지 올라갔다. 한 시간 이상 걸리지는 않았을 것이다. 한밤중이고 폭풍우가 몰아쳐서 도중에 사람을, 적어도 아는 사람을 마주칠 가능성이 최소로 줄었다고 봤을 것이다.

"울 담요는 지하실에 있었을 테고, 팔레오호라까지 올라가려면 옷을 입고 신발을 신어야 했을 텐데." 내가 말했다. "그건 어디다 버렸지?"

프란츠가 로프를 잡은 손의 힘을 풀었고, 노란색 테이프가 감긴 맨 끝부분이 그의 손쪽으로 올라갔다.

"호라." 그가 말했다. "요새의 성벽 아래 쓰레기통. 당신들한테 발견되기 전에 그 자리에 오래 묶여 있는 것처럼 보이려고 먹은 구토제와 완하제 포장지도. 그리고 지하실까지 참고 가서 돼지처럼 똥을 싸고 토했지. 솔직히 당신이 날 찾는 데 그렇게 오래 걸릴 줄은 몰랐어."

"그럼 계속 그 지하실에 있었나?"

"낮에는. 호라에서 보이거나 관광객들 눈에 띌 수 있으니까. 그래도 밤에는 밖에 나가서 맑은 공기를 마셨지."

"'구조'될 날이 머지않은 걸 알고서 벽에 묶여 있었겠군. 수갑 열쇠, 그건 어디다 숨겼지?"

"삼켰어."

"거기서 먹은 건 그거밖에 없었겠군? 그래서 비쩍 말랐던 거고."

프란츠 슈미트는 웃었다. "4킬로그램. 원래 마른 사람은 그 정도로도 확 티가 나지. 힌트를 줬는데도 당신이 알아듣지 못한 걸 알고 조급해지긴 했어. 살려달라고 소리를 지를 정도로. 그러다 사람

138

들 발소리가 들리자 목이 쉬도록 소리를 지르다가 그만 목소리를 잃을 지경이 된 거야."

"그래서 당신 목소리가 달랐던 거군." 내가 말했다. "목이 쉬도록 소리를 질러서."

"아무도 듣지 못했어." 프란츠가 말했다.

"아무도 듣지 못했지." 내가 말했다.

나는 숨을 깊이 마셨다. 하네스에 눌려서 피가 돌지 않았고 발이 이미 수축하기 시작했다. 그가 이렇게까지 털어놓는 데는 두 가지 이유가 있을 것이다. 하나는 어차피 나를 바다로 떨어뜨릴 작정일 것이다. 또 하나는 다 털어놓으면 후련해지기 때문일 것이다. 마음의 짐을 남에게 떠넘기는 것이다. 교회에서 고해성사가 사람들을 끌어당기는 가장 큰 매력 요소인 이유다.

"그렇게 동생의 인생을 뺏었군." 내가 말했다.

프란츠 슈미트는 어깨를 으쓱했다. "줄리안과 나는 서로의 인생을 시시콜콜 다 알았기에 생각보다는 훨씬 수월했어. 헬레나한테 곧 돌아오겠다고 약속하고 집으로 돌아갔어. 가족과 친구들처럼 우리를 잘 아는 사람들이나 줄리안의 직장 동료들과도 거리를 두었고. 그렇게 혼자 지내는 거랑 몇 가지 이상한 상황에 대해서는 그냥 내가 겪은 외상으로 기억을 잃었다는 식으로 둘러댔지. 제일 힘든 건 장례식이었어. 어머니가 날 보고 프란츠가 맞다며 당신이 아마 자식 잃은 슬픔에 정신이 나간 것 같다고 했거든. 추도사가 이어질 때 얼마나 많은 사람이 날 사랑했는지 확인하고 말문이 막혔어. 장례식이 끝나고 직장을, 그러니까 줄리안의 직장을 그만두고 여기 칼림노스로 돌아왔지. 헬레나와 소박하게 결혼식을 올렸고. 우리 집에서는 어머니만 모시기로 했는데 어머니는 오시지 않았어. 어머니는 내가 프란츠한테서 헬레나를 훔쳤고 헬레나가 프란츠를 배신했다고 생각하시지. 페르디난트가 태어나기 전에는 거의 연락을 끊고 살았지. 그러다 페르디난트 사진을 몇 장 보내주니까 그제야 통화가 됐어. 그러니 앞으로 어떻게 될지 더 두고 봐야지."

"그럼 헬레나는…… 아는 게 있나?"

프란츠 슈미트는 고개를 저었다. "그런데 왜 이러는 거지?" 그가 물었다. "나한테 로프를 주고 반대쪽에 당신 몸을 묶고는 내가 당신을 죽여도 아무도 모를 거라고 하는 셈이잖아."

"반대로 이렇게 묻지, 프란츠. 이 무게를 혼자 견디는 게 괴롭지 않나?"

그는 대답하지 않았다.

"지금 나를 죽이면 당신은 계속 혼자야. 격분하다가 순간적으로 저지른 살인만이 아니라 냉혈한처럼 저지른 살인까지 감당해야 해. 그게 당신이 원하는 건가?"

"내게 선택권을 주지 않는군."

"인간에게는 항상 선택권이 있어."

"자기 인생만 걸린 거라면 그럴 수 있겠지. 하지만 난 가족을 생각해야 해. 가족을 사랑하고 가족도 날 사랑해. 그들을 위해서라면 기꺼이 희생할 수 있어. 내 영혼의 평화든 당신의 목숨이든. 이게 그렇게 이상한가?"

나는 추락했다. 순간 로프 끝이 보이다가 프란츠의 손으로 들어갔고, 이제 다 끝났다는 생각이 들었다. 그러다 하네스가 다시 내 허벅지와 허리를 옥죄고 나는 다시 탄성 있는 로프에 매달려 흔들렸다.

"전혀 이상하지 않지." 내가 말했다. 맥박이 가라앉고 최악은 지나갔다. 이제 죽는 게 두렵지 않았다. "당신에게 그걸 제안하려고 온 거니까. 영혼의 평화."

"그건 불가능해."

"내가 당신에게 완벽한 평화를 줄 수는 없겠지. 어쨌든 당신은 동생을 죽였으니까. 하지만 발각될까 두려운 마음, 평생 어깨너머를 돌아봐야 하는 불안감에서 벗어날 정도의 평화를 줄 수는 있어."

그가 웃음을 터트렸다. "이제 다 끝났고 나는 체포되니까?"

"당신은 체포되지 않아. 적어도 나한테는."

프란츠 슈미트는 몸을 뒤로 젖혔다. 로프 끝을 손으로 잡고 있어서 얼마나 더 버틸 수 있는지가 관건이었다. 괜찮았다. 나는 이런 결말을 맞을 준비가 되어 있었다. 내가 받아들일 수 있는 두 가지 퇴로 중 하나였다.

"왜 나를 체포하지 않지?" 프란츠가 물었다.

"나도 같은 것을 받고 싶거든."

"같은 것?"

"내 영혼의 평화. 나 자신한테 같은 걸 하지 않고서는 당신도 체포할 수 없다는 뜻이야."

그의 손등에서 힘줄과 혈관이 꿈틀거렸다. 목 근육이 긴장했고 숨소리가 거칠어졌다. 몇 초밖에 남지 않았다. 몇 초, 내 인생을 결정한 그날의 이야기를 몇 개의 문장으로 들려줄 수 있는 시간.

"그래서 이번 여름에 뭐 할 거야?" 나는 트레버에게 물으며 보온 병 컵을 입으로 가져갔다.

트레버와 모니크와 나는 각자 다른 바위에 앉아서 마주 보고 있었다. 우리 뒤로 20미터 정도 높이의 암벽이 있었고, 우리 앞에는 파도처럼 일렁이는 초원이 펼쳐졌다. 거의 황무지이고 여기저기 소들이 보였다. 오늘처럼 맑은 날에 암벽 정상에 오르면 공장 굴뚝의 연기가 셰필드를 뒤덮은 풍경이 보였다. 우리가 등반을 마칠 즈음 해는 이미 낮게 걸렸고, 우리는 돌아가기 전에 잠시 쉬면서 간식을 먹었다. 나는 델 것처럼 뜨거운 컵을 맨손으로 잡았다. 방금 엘리자베스 아덴의 여덟 시간 지속 크림을 발라서 컵이 미끄러웠다. 이 크림은 1930년대에부터 생산된 여성 화장품이지만 나와 많은 등반가는 이 크림이 여느 특허받은 등반용 크림보다 피부를 강화하는 데 훨씬 효과적이란 걸 알았다.

"몰라." 트레버가 말했다.

오늘은 트레버가 좀처럼 입을 열지 않았다. 모니크도 마찬가지였다. 옥스퍼드에서 차를 타고 오는 길에도, 또 등반하는 동안에도 대화를 주도한 건 매번 나, 실연당한 자였다. 나는 농담을 던졌다. 분위기를 띄우려 애썼다. 둘이 서로 쟤한테 누가 말할지, 네가 할지 내가 할지를 두고 눈짓을 주고받는 게 보였다. 하지만 나는 두 사람이 고백할 타이밍을 교묘히 빼앗았다. 차에서도 침묵이 돌려는 순간 쓸데없는 잡담으로 공백을 메웠다. 등반에 관한 말이 아니었다면 광적으로 들렸겠지만 등반 얘기는 어차피 다 광적으로 흐르니 상관없었다. 모니크가 남은 주말에 기말고사 준비를 해야 해서 당일치기로 온 등반이었고, 두 사람은 돌아가는 길에 폭탄을 터뜨리고 나와 몇 시간 더 같이 차를 타고 가야 하는 상황을 피하려고 집에 거의 다 와서 말할 생각이었던 듯했다. 한편으로는 어서 끝내버리고 싶은 생각도 있었을 것이다. 죄를 고백하고 다시는 이런 일이 없을 거라고 맹세하고 나의 실망감, 어쩌면 나의 눈물까지 받아주고 싶었을 것이다. 그러면 나는 다 용서하면서 다시 아무 일 없던 것처럼 지낼 수 있다고 약속했을 것이다. 어쩌면 우리가 무엇을 잃을지 맛보기를 봤으니 앞으로는 더 가까워질 수도 있다고 생각했을 것이다. 잘못하면 서로를 잃을 수도 있으니.

우리는 온종일 전통적인 등반 경로만 올랐다. 산이 허락하는 지점에 우리가 직접 볼트를 꽂아야 했다는 뜻이다. 당연히 박힌 고정 볼트를 이용할 때보다 위험한 등반이었다. 떨어지면 크랙에 끼운 볼트가 쉽게 빠질 수도 있었다. 그런데 이상하게도 나는 불안한 마음 상태와 달리 수월하게 올라갔다. 마음이 여유로웠고 볼트를 튼튼하고 안전하게 고정하는 것이 더 어려워질수록 위험을 잊었다. 트레버와 모니크에게는, 특히 트레버에게는 정반대인 것 같았다. 트레버가 갑자기 모든 지점에서, 그러니까 수월한 경로에도 볼트를 일일이 박아서 고정하고 싶어했다. 등반이 짜증스러울 정도로 길어졌다.

"넌 여름 계획이 뭔데?" 트레버가 이렇게 물으며 샌드위치를 물었다.

"아테네에 가서 아버지 일 좀 도와드릴 거야." 내가 말했다. "돈 벌어서 프랑스의 모니크 집에 가서 부모님께 인사드리려고."

나는 모니크에게 미소를 지었고, 모니크가 어색하게 미소를 지었다. 그녀는 잊은 모양이지만 사실 석 달 전에 우리는 지도를 펼쳐놓고 포도밭과 작은 봉우리를 짚어가며 마치 히말라야 등반이라도 계획하듯 여름 여행의 세세한 부분까지 신나게 이야기했다.

"우리 너한테 할 말이 있어." 트레버가 목소리를 깔면서 땅을 보았다.

순간 몸이 싸늘해지고 심장이 툭 떨어졌다.

"나도 여름에 프랑스에 가." 트레버가 샌드위치를 우물거리며 말했다.

무슨 소리지? 둘 사이에 있던 일을 말하려던 게 아니었나? 지나간 실수에 관해, 모니크는 내가 오래 소홀히 한 탓에 외로워서 그랬고, 트레버는 순간 마음이 약해져서 그랬다고, 물론 핑계지만 지금은 후회하고 다시는 그런 일이 없을 거라고 용서를 구하고 약속하려던 게 아니었나? 이런 얘기를 하려던 게 아니었나? 트레버가 프랑스에 간다. 그럼 둘이…… 둘이서 내가 모니크랑 짜놓은 경로로 여행한다는 뜻인가?

나는 모니크를 보았지만, 그녀는 바닥만 보았다. 그제야 깨달았다. 눈먼 자는 나였다는 사실을. 하지만 내가 눈이 먼 건 두 사람이 내 눈을 뽑아버려서였다. 내 속에서 크고 사악하고 시커먼 무언가가 솟구쳤다. 막을 수 없었다. 위장이 뒤틀리며 역겨운 냄새가 나는 황록색 토사물이 밀려 올라오려 했다. 빠져나갈 구멍이 없었다. 입과 코와 귀와 눈구멍까지 모두 꿰매어져 있었다. 머릿속에 토사물이 가득 차서 이성적인 생각을 밀어내며 요동치다 마침내 폭발했다.

트레버가 그것을 위해 마음의 준비를 하는 듯했다. 절정의 순간을 위해. 그가 심호흡을 하자 새로이 얻은 떡 벌어진 어깨와 등판이 더 커졌다. 그날 밤 창밖에서 본 하얀 등판이었다. 그가 입을 열었다.

"저기 말이야." 내가 서둘러 말을 가로챘다. "가기 전에 한 군데만 더 오르고 싶어."

트레버와 모니크가 당혹스럽게 눈길을 주고받았다.

"난……." 모니크가 입을 열었다.

"오래 안 걸려." 내가 말했다. "엑소더스만."

"왜?" 모니크가 말했다. "아까 올랐잖아."

"프리 솔로로 해보고 싶어서." 내가 말했다.

둘이 나를 보았다. 완벽한 정적이 감돌아서 100미터쯤 위의 선행자와 확보자가 주고받는 말소리까지 들릴 것 같았다. 나는 암벽화를 신었다.

"장난치지 마." 트레버가 억지웃음 터트렸다.

모니크는 내가 장난으로 그러는 게 아닌 걸 아는 얼굴이었다.

나는 미끌거리고 기름진 손가락을 등반 바지에 쓱쓱 닦으며 일어서서 암벽으로 다가갔다. 엑소더스는 우리가 구석구석까지 잘 아는 경로였다. 로프를 매고는 수십 번 올라봤다. 경로 끝에 표시된 크럭스까지는 쉽게 오를 수 있지만, 크럭스에서는 완전히 집중해 몸의 균형을 버리고 살짝 아래로 기울어진 조그만 홀드로 왼손을 뻗어야 했다. 추락을 막아줄 장치라고는 암벽의 마찰력뿐이라는 뜻이다. 그리고 마찰력이 관건이라 등반가들이 손바닥을 최대한 건조하게 하려고 손을 옮기기 직전에 손에 송진 가루를 잔뜩 묻혀서 지상에서도 그 홀드가 하얗게 보였다.

거기에 매달리면 유일한 선택지는 오른손을 큰 홀드로 옮기고 발로 턱을 디뎌서 남은 몇 미터의 쉬운 구간을 오르는 것이었다. 정상에 오르면 암벽 뒤편으로 로프 없이 간단히 내려가는 경로가 있었다.

"니코스……." 모니크가 불렀지만 나는 벌써 등반을 시작했다.

십 초 만에 나는 암벽에서 높이 올라갔다. 암벽 위쪽에 있던 사람들의 대화도 끊겼다. 그들도 내가 프리 솔로로, 로프도 없고 안전 장비도 없이 등반한다는 걸 안 것이다. 그중 한 사람이 나직이 욕하는 소리가 들렸다. 그래도 나는 계속 올라갔다. 현명하게 판단해서 그냥 내려갈 수 있는 한계점을 지나쳐서 계속 올라갔다. 환상적이어서. 암벽. 죽음. 그것은 세상의 모든 위스키보다도 좋았고 모든 것을 차단하고 모든 것을 잊게 해주었다. 나무에 매달려 트레버와 모니크가 섹스하는 장면을 목격한 이후 처음으로 고통에서 벗어났다. 이제는 실수 하나만으로도, 미끄러지거나 힘이 빠지거나 홀드가 부러지기만 해도, 그길로 떨어져 다치기만 하는 게 아닌 높이까지 올라왔다. 나는 죽을 것이다. 프리 솔로를 하는 사람들은 죽음을 생각하지 않으려고 스스로 세뇌한다고 들었다. 죽음을 생각하면 근육이 경직되고 산소 공급이 차단되며 젖산이 쌓여서 추락할 수 있기 때문이다. 그날의 나는 반대였다. 죽음을 생각할수록 등반이 더 쉬워 보이는 것 같았다.

크럭스에 도달했다. 이제 내가 할 일은 몸을 왼쪽으로 던져 하나 있는 조그만 홀드를 왼손으로 잡아 추락을 막는 것이었다. 나는 멈췄다. 망설여서가 아니라 그 순간을 즐기기 위해. 그들의 공포를 즐기기 위해.

나는 왼발 엄지발가락으로 버티고 서서 오른발을 아래로 늘어뜨려 균형을 잡고 몸을 왼쪽으로 기울였다. 모니크의 외마디 비명이 들렸고, 중심을 잃고 통제력을 놓으며 중력에 나를 맡기자 몸속에서 달콤한 공허가 느껴졌다. 그리고 왼손을 뻗었다. 턱을 발견하고 움켜잡았다. 추락이 시작되려던 순간 멈췄다. 오른손을 크고 단단한 홀드로 옮겨서 턱에 발을 딛었다. 이제 안전했다. 거의 동시에 묘하게도 실망감이 들었다. 다른 두 등반가, 나이든 영국인 둘이 트레버와 모니크 쪽으로 다가갔고, 내가 추락할 위험에서 벗어난 것을 보고 육성으로 화를 냈다. 그들이 뻔한 말을 하는 소리가 들렸다. 프리 솔로를 왜 금지해야 하는지, 암벽등반은 죽음에 도전하는 스포츠가 아니라 위기관리가 핵심이라든지, 나 같은 사람들이 어린 등반가들에게 얼마나 나쁜 선례를 남기는지에 관한 이야기였다. 모니크가 나를 변호하면서 미안한 말이지만 오늘 여기에 어린 등반가는 없다고 대꾸하는 소리가 들렸다. 트레버는 아무 말이 없었다.

나는 이제 안정된 자세로 서서 마지막 몇 미터를 위해 잠깐 쉬면서 근육에서 젖산을 빼내며 익숙한 등반 기법을 썼다. 암벽 쪽으로 오른쪽 골반과 왼쪽 골반을 번갈아 돌려가며 왼손과 오른손으로 번갈아 잡았다. 왼쪽 골반이 암벽에 쏠릴 때 뭔가가 허벅지를 찔렀다. 바지 주머니에 넣어둔 엘리자베스 아덴 크림.

그 후로 몇 년 동안 당시 상황을 재구성하려고, 마음속으로 실타래를 풀어보려고 시도했지만 불가능했다. 그래서 내가 도달한 결론은 우리는 놀라울 정도로 우리가 무슨 생각을 했는지 기억하지 못한다는 것, 꿈을 꿀 때처럼 생각이 새어나간다는 것, 결국에는 실질적이고 역사적인 사실로서 우리가 한 행동에서 무슨 생각을 했을지 유추할 뿐이라는 것이다.

그날 금요일 오후에 잉글랜드 피크 디스트릭트에서 내가 한 일은 암벽에 단단히 붙어서 오른손으로 암벽을 붙잡고 왼손을 바지 주머니에 찔러넣은 것이다. 왼쪽 옆구리와 골반을 암벽 쪽으로 비틀고 서 있어서 저 아래에 있는 사람들에게는 내 왼손과 왼쪽 주머니가 보이지 않았다. 더욱이 그들은 자살 등반의 윤리적 딜레마에 관해 한창 토론하는 중이었다. 나는 주머니에 손을 넣은 채로 크림의 뚜껑을 돌리고 튜브를 짜서 두 손가락 사이로 찐득하고 기름진 크림을 쥐었다. 오른손은 계속 홀드를 잡은 채로 왼손으로 다시 크럭스의 홀드를 잡고 발의 위치를 살짝 바꾸는 척하면서 하얀 크림을 홀드에 문질렀다. 원래 묻어 있던 흰색 송진과 구분이 안 갔다. 그리고 손을 허벅지 안쪽에 닦았다. 두 다리를 모으고 있으면 크림 자국이 보이지 않을 자리였다. 그리고 정상까지 마지막 몇 걸음을 올랐다.

암벽의 뒤편으로 내려와 앞으로 돌아왔을 때 다른 등반가 두 명은 가고 없었다. 그들이 들판으로 난 길로 걸어가는 모습이 보였다. 구름이 서쪽에서 몰려오고 있었다.

"멍청이." 모니크가 씩씩거렸다. 이제 떠나려고 배낭을 메고 서 있었다.

"나도 사랑해." 나는 암벽화를 벗었다. "네 차례야, 트레버."

트레버는 황당한 표정으로 나를 보았다.

소설에서는 위대한 서사의 힘이 표정 하나로 전달되는 예가 많다. 문학에서는 작가가 이런 장치의 도움으로 이야기를 잘 전달할 수 있고 때로 엄청난 효과를 거두기도 한다. 하지만 이미 밝혔듯이 나는 보디랭귀지를 유능하게 해석한다거나 남들보다 예민하게 분위기를 포착하는 사람이 아니므로 그저 그의 행동만 근거로 그가 안다는 걸 알았다. 그는 내가 안다는 것을 알았다. 그리고 이것이 그 나름의 속죄 행위라는 것도 알았다. 방금 내가 한 것처럼 죽음에 도전하는 행위. 그것이 그가 나에 대한 존중을 보여주고 내가 용서할 거라는 희망을 품을 수 있는 유일한 길인 것도 알았다.

"네가 한 그 멍청이 짓을 트레버한테 시킨다고 그게 덜 멍청해지는 건 아니야!" 모니크가 쏘아붙였다. 눈에 눈물이 고여 있었다. 어쩌면 그 눈물 때문에 그 뒤로 길게 이어진 그녀의 말을 듣지 못한 것 같다. 그저 그게 날 위한 눈물인지 궁금해했을 뿐이다. 우리를 위한 눈물인지. 아니면 그녀와 트레버가 걸려든 윤리의 함정 때문이었는지. 그녀가 내세우던 그 모든 가치에 반하는 행동이기 때문에? 아니면 곧 내 등에 칼을 꽂아야 해서? 그들이 가진 것보다 더 큰 용기가 필요해 보이는 행위이기 때문에? 잠시 후 이런 생각마저 멈췄다.

모니크는 내가 더는 그녀의 말을 듣지 않고 그녀가 아니라 그녀의 뒤에, 이제는 그녀 위쪽에 있는 무언가를 보는 것을 알고 돌아섰다. 그리고 암벽을 타는 트레버를 보았다. 그녀는 비명을 질렀다. 하지만 트레버는 이미 후회하고 돌아갈 수 있는 한계점을 넘어갔다. 내가 후회할 수 있는 지점도 넘었다.

아니, 이건 사실이 아니다. 그때라도 나는 경고할 수 있었다. 다른 경로를 찾으라고, 크럭스를 우회할 다른 홀드를 찾으라고 말해줄 수 있었다. 그럴 수 있었다. 그때도 내가 이런 생각을 했을까? 기억나지 않는다. 이런 생각을 한 건 알지만 그게 그때였는지 나중이었는지는 모른다. 나를 무죄로 만들지는 못하더라도 적어도 정상참작이 가능한 상황을 만들어내기 위해 내 기억이 나중에 삽입한 것일까? 역시나 모른다. 어떤 고통이 더 클까? 트레버가 여름에 프랑스에 가서 모니크와 평생 함께 살 수도 있는 조건인 채 살아갈 삶일까? 아니면 내가 결국 처한 운명대로 그들 둘을 모두 잃는 조건인 채로 살아온 삶일까? 그리고 이 삶의 고통은 모니크와 함께 살면서 우리의 결혼이 거짓이고 서로 사랑해서가 아니라 함께 죄책감을 느껴서 성립된 조건이라는 사실을 아는 삶, 결혼을 떠받치는 주춧돌이 그녀가 나보다 더 사랑한 남자의 묘비라는 사실을 아는 조건보다 더 고통스러울까?

나는 트레버에게 경고할 수 있었지만 하지 않았다.

그때로 돌아간다 해도 나의 선택은 변함없을 것이다. 모니크와 함께 거짓과 부정과 죄책감 속에 사는 선택. 그때 그런 삶이 불가능하다는 것을 알았다면 아마 그 자리에서 추락할 사람이 나이기를 바랐을 것이다. 하지만 나는 그러지 않았다. 계속 살아야 했다. 오늘까지도.

그날 그 순간 이후는 거의 기억나지 않는다. 물론 기억의 어딘가에 저장되어 있겠지만 그 서랍은 한 번도 열어본 적 없다.

남아 있는 기억은 옥스퍼드로 돌아가는 차 안이었다. 밤이었다. 트레버의 시신이 실려 내려오고 몇 시간 지나서였다. 모니크와 경찰에게 진술하고 넋이 나간 트레버의 어머니에게 설명했고, 트레버의 아버지가 내지른 고통의 흐느낌이 허공을 가른 지 몇 시간이 지난 뒤였다.

나는 운전대를 잡고 모니크는 말이 없었다. 우리는 노팅엄과 레스터 사이의 M1 고속도로 어딘가를 달리고 있었다. 비가 오고 기온이 뚝 떨어져서 나는 좌석에 열선을 켜고 와이퍼를 켰다. 그러면서 그 비가 다 씻어낼 거라고, 크럭스에 남아 있을, 내게 불리한 증거를 지워줄 거라고 생각했다. 따스해진 차 안에서 모니크가 갑자기 향수 냄새가 난다고 말했다. 곁눈질로 보니 그녀가 내 허벅지 사이를 보고 있었다.

"허벅지 안쪽에 하얀 게 묻었네."

"송진이야." 나는 도로에서 눈을 떼지 않고 얼른 답했다. 모니크가 물을 줄 알고 미리 대답을 준비해둔 것처럼.

우리는 말없이 그 길을 달린다.

"친한 친구를 죽였군." 프란츠 슈미트가 말했다.

충격을 받지도 비난하지도 않는 말투였다. 그저 사실을 담담히 읊조렸다.

"이제 내가 당신을 아는 만큼 당신도 나에 대해 알게 됐어." 내가 말했다.

그가 나를 올려다보았다. 바람에 그의 앞머리가 살짝 들렸다. "이제 내가 당신을 겁낼 이유가 없다는 뜻인가? 그래도 당신은 공소시효가 지났잖아. 그걸로 처벌받지 않아."

"내가 처벌받지 않은 것 같나, 프란츠?" 나는 눈을 감았다. 그가 로프를 놓든 말든 상관없었다. 나는 고백을 마쳤으니까. 물론 그가 내 죄를 용서할 수는 없었다. 하지만 그는, 우리는, 서로에게 혼자가 아니며 유일한 죄인이 아니라는 이야기를 들려주었다. 그렇다고 용서받는 것은 아니지만 그 일이 인간적인 일이 되었다. 인간이라 저지를 수 있는 실수가 되었다. 실수는 언제나 인간적이다. 그리고 적어도 나를 인간으로 만들어주었다. 프란츠도. 그는 이해했을까? 내가 그를, 그리고 나를 인간으로 되돌려놓기 위해 왔다는 걸. 내가 그의 구원자이고 그는 나의 구원자라는 걸. 나는 다시 눈을 떴다. 그의 손을 보았다.

우리가 산을 내려갈 즈음 날이 어두워져서 프란츠가 앞장서고 나를 바로 뒤에 붙어서 걸어야 했다. 좁고 가파른 길에서 그의 발자국을 따라가는 데 정신을 집중하는 사이 저 아래 파도가 철썩이며 먹잇감을 놓쳐서 실망한 맹수처럼 으르렁댔다.

"여기 조심하세요." 프란츠가 일러주었는데도 나는 그가 밟고 간 허술하게 놓여 있던 큰 돌에 발을 헛디뎠다. 그 돌이 산비탈을 굴러떨어지는 소리가 들렸지만 우리는 아무 말도 하지 않았다. 예전에 어떤 안경사가 인체에 관해 가장 예측 가능한 통계치 중 하나는 예순 살에 가까워지면 눈이 빛에 대한 민감도의 25퍼센트 정도를 잃는다는 점이라고 말해준 적이 있다. 내 시력도 이제 더 나빠졌다. 하지만 그 덕에 시야가 넓어진 걸 수도 있었다. 적어도 내 이야기를 더 잘 이해하게 되었다. 우리는 그렇게 계속 걸었고 곶을 돌자 해안가 집들의 불빛이 보였다.

프란츠는 그의 발과 암벽을 이용해 내가 첫 번째 볼트에 조금 더 가까이 다가가게 해주었고, 동시에 로프를 최대한 끌어당겨 매듭을 지어 나를 독수리 요새에서 내려주었다. 내가 조금 허우적대고 흔들리면서 선반 모양 바위의 튀어나온 자리를 붙잡을 즈음 마지막 남은 햇살이 사라졌다.

우리가 차를 세워둔 자리로 가서 차에 타자마자 프란츠가 헬레나에게 전화했다.

"둘 다 무사해, 여보. 등반이 조금 길어졌어." 그가 말했다. 잠시 침묵. 그의 얼굴에 미소가 번졌다. "우리 아들한테 아빠가 금방 집에 간다고, 집에 가서 책 읽어준다고 말해줘. 내가 둘 다 사랑한다고도 말해주고."

나는 바다를 보았다. 때로 인생은 불가능한 선택지로만 가득 찬 것처럼 보인다. 어쩌면 쉬운 선택지를 알아보지 못해서 그렇게 보이는 걸 수도 있다. 딜레마, 표지판 없는 갈림길에 현혹된 탓일 수도 있다. 옥스퍼드 시절에 로버트 프로스트의 명시 〈가지 않은 길〉에 대해 토론하면서 나는 청년의 객기를 숨기지 않고 그 시가 개인주의를 찬미한다고 주장했다. 시인이 마지막 두 행에서 노래한 것처럼 우리 청춘에게 '사람들이 덜 지나간 길'을 택하라고 말하고 '그로 인해 모든 것이 달라질' 거라고 권하는 시라고. 하지만 예순의 노교수는 잔잔히 웃으며 그런 게 순진하고 낙관적인 오독이라고 지적했다. 로버트 프로스트의 시를 칼릴 지브란과 파울로 코엘료 수준으로 끌어내려 대중의 사랑을 받게 하는 관점이라는 것이다. 교수님은 그 시의 약점은 마지막 연이라고 했다. 의미가 양면적이고, 우리가 결국 선택해야 한다는 결론을 내리려다가 실패한 것으로 읽을 수 있다고 했다. 우리는 우리 앞의 길에 대해 아무것도 모른다. 시에서도 눈으로 봐서는 모든 길이 똑같아 보인다고 했으니 어느 길이 '사람들이 덜 지나간 길'인지 알 수 없다. 그리고 우리가 가지 않은 길이 어디로 이어지는지도 알 수 없다. 시인의 말처럼 길은 다시 새로운 길로 이어져 다시는 이 갈림길로 돌아오지 않기 때문이다. 바로 이 지점에 시가 있다고 노교수는 말했다. 비애가 있다고. 이 시는 우리가 선택한 길에 대한 시가 아니라 가지 않은 길에 대한 시라고 했다.

"제목에서 명료하게 드러나지요." 교수가 말했다. "하지만 세상은, 그리고 우리 개인들은 모든 것을 자신의 욕구에 따라 해석합니다. 승자들은 전쟁의 역사를 직접 쓰면서 그들을 정의의 편으로 그립니다. 신학자들은 교회에 최대의 힘을 부여하는 방향으로 성서를 읽고, 우리는 시를 읽으면서 부모의 기대에 못 미치고 부모의 뒤를 잇지 못했어도 스스로 실패했다고 자책할 필요가 없다는 식으로 읽습니다. 전쟁의 실제 과정, 성서의 실제 내용, 시인의 실제 의도는 부차적인 것으로 밀려나죠. 내 말이 맞나요?"

프란츠는 좌석 중간의 콘솔에 휴대전화를 내려놓았다. 하지만 시동을 걸지 않았다. 가만히 앉아 바다를 보았다. 나처럼.

"아직도 잘 모르겠어요." 그가 말했다. "당신은 경찰이잖아요."

"아뇨." 내가 말했다. "내가 경찰이 아닌 이유는 단순해요. 나는 경찰이었던 적이 없으니까요. 경찰로 일했을 뿐이죠. 내 이야기에서 이걸 알아야 해요. 내가 당신이라는 거요, 프란츠. 줄리안이 당신을 배신한 것처럼 트레버가 날 배신했어요. 질투라는 병이 우리 둘을 살인자로 만들었고요. 그리스에서는 종신형을 받아도 십육 년 만에 가석방으로 풀려나요. 나는 지금까지 그 두 배를 복역했어요. 당신도 나처럼 되지 않으면 좋겠군요."

"제가 후회하는지 안 하는지도 모르시잖아요." 프란츠가 말했다. "저는 평화를 찾기 위해 고백하지 않아도 될 수 있잖아요. 당신도 신부님한테 가서 고해성사를 하면 되었을 수도 있어요."

"내가 여기 온 이유가 또 있습니다." 내가 말했다.

"그게 뭔데요?"

"당신은 내가 가지 않은 길이에요. 그 길을 보고 싶었어요."

"무슨 뜻인가요?"

"당신은 그녀를 택했어요. 알았든 몰랐든 당신이 동생을 죽인 이유가 된 그 사람을 선택했어요. 그걸 안고 살아가는 게 가능할까? 난 그게 알고 싶었어요. 당신이 죽인 사람의 묘비의 그림자 속에서 살인을 저지르게 한 사람과 같이 살면서도 행복할 수 있을까? 나는 평생 그게 불가능하다고 믿었어요."

"그래서 다른 길을 보고 그게 가능하다는 것을 아셨으니 이젠 어떻게 하실 건데요?"

"그건 또 다른 얘기죠, 프란츠."

"그 얘기를 듣는 날이 올까요?"

"아마도."

프란츠는 이틀 뒤 나를 공항에 데려다주었다. 그곳에 머무는 동안 우리는 많은 대화를 나누지는 않았다. 우리 둘 다 텅 비어버린 느낌이었다. 나는 주로 헬레나와 페르디난트하고 얘기했다. 마지막 날 저녁에 페르디난트가 내게 잠들기 전에 이야기를 해달라고 졸랐다. 프란츠는 질투하는 기색 없이 문 앞에 서서 흐뭇하게 미소 지었다. 어쩌면 꼬마 페르디난트가 벌써 나한테 이래라저래라 하는 걸 보고 기뻐했을지도 몰랐다. 그래서 페르디난트가 엄마 아빠에게 굿나잇 뽀뽀를 해준 후, 나는 아이의 침대 옆에 앉아 이카루스와 아버지의 이야기를 들려주었다. 다만 우리 아버지가 그랬듯 나도 이 이야기를 내 버전으로 변형해서 이카루스 부자가 크레타 섬의 감옥에서 탈출하는 행복한 결말로 들려주었다.

공항 터미널 앞에 차를 세울 즈음 소나기가 쏟아져서 우리는 차에 앉아 비가 그치기를 기다렸다. 팔레오호라에 잿빛 구름이 덮여 있었다. 프란츠는 오 년 전 경찰서에서 처음 만났을 때와 같은 플란넬 셔츠를 입고 있었다. 셔츠 때문인지 이제 그도 나이가 들어 보였다. 그는 두 손으로 운전대를 잡고 앞유리를 내다보며 뭔가를 말할 용기를 끌어내려는 것 같았다. 나는 너무 거창하거나 어두운 얘기가 아니기를 바랐다. 그가 마침내 입을 열고 나를 보지 않은 채 말했다.

"아까 아침에 페르디난트가 수사관님 아이들하고 그 애들 엄마는 어디 있냐고 물었어요." 프란츠가 말했다. "수사관님은 아무도 없다고 말하니까 이걸 드리래요." 프란츠가 재킷 주머니에서 작고 낡은 테디베어를 꺼내서 내게 건넸다.

그와 내가 눈이 마주쳤다. 우리는 함께 웃었다.

"이것도요." 그가 말했다.

인화지로 뽑은 사진이었다. 사진 속에는 내가 아빠처럼 페르디난트를 들어 올리고 빙글빙글 돌리는 모습이 담겨 있었다.

"고마워요." 내가 말했다.

"수사관님은 좋은 할아버지가 되실 것 같아요."

나는 그 사진을 보았다. 헬레나가 찍은 사진이었다. "부인한테 말할 겁니까? 실제로 무슨 일이 있었는지?"

"헬레나요?" 프란츠가 고개를 저었다. "처음에는 물론 그랬을 수도 있어요, 그래야 했겠죠. 하지만 이제 제게는 그녀가 믿는 이야기를 망칠 권리가 제게는 없어요. 그녀는 그 이야기 위에서 인생과 가족을 꾸려왔으니까요."

나는 고개를 끄덕였다. "이야기." 내가 다시 말했다.

"그런데……." 그가 무슨 말인가 하려다 말았다.

"그런데?"

그가 한숨을 쉬었다. "가끔 아내도 안다는 느낌이 들어요."

"그래요?"

"언젠가 아내가 한 말이 있어요. 제게 사랑한다고 말해서, 저도 사랑한다고 하니까, 아내가 묻더군요. 그녀를 차지하기 위해 그녀보다 조금 덜 사랑하는 누군가를 죽일 만큼 사랑하냐고. 그 말을 할 때 뭔가가 있었어요. 그러고는 제가 답하기도 전에 키스하고 다른 얘기로 넘어갔어요."

"누가 알아요?" 내가 말했다. "누가 꼭 알아야 할까요?"

비가 그쳤다.

비행기에 탑승할 때는 구름의 장막이 걷혔다.

그날 저녁, 아테네의 내 아파트에서 자러 들어가서 침대 위 선반에 테디베어를 올려놓고 선반에 있던 뜯어진 봉투를 집었다. 파리 소인에 두 달 전 날짜가 찍혀 있었다. 나는 편지를 꺼내서 한 번 더 읽었다. 오랜 세월이 흘렀지만 그녀의 필체는 그대로였다.

밤이 깊어서야 겨우 잠이 들었다.

석 달 뒤

"완벽한 날을 선물해줘서 고마워요." 빅토리아 헤셀이 와인 잔을 들었다. "아테네에서 이렇게 근사한 등반을 하게 될 줄 누가 알았겠어요. 또 당신에게 그런 지구력이 있을 줄은."

그녀가 눈을 찡긋하며 내게 이중의 의미를 확실히 전하려 했다.

빅토리아는 내가 칼림노스에서 집으로 돌아오고 며칠 후 연락을 해왔고, 그때부터 우리는 일주일에 한 번은 연락하고 지냈다. 거리가 먼 데다 둘이 함께 아는 친구가 없고 아직 서로를 잘 모르기에 내가 그녀에게 그렇게 쉽게 고백할 수 있었던 것 같다. 살인이 아니라 사랑에 대해. 나는 모니크 이야기를 했다. 빅토리아의 연애사는 조금 더 풍성하고 다채로웠다. 최근에 불꽃을 피운 프랑스인 등반가와 사르데냐에서 만나기로 해서 아테네에 잠깐 들를 계획이라고 적어 보내왔을 때는 솔직히 우리가 그렇게 만나는 게 좋은 생각인지 확신이 들지 않았다. 나는 우리 사이의 거리가 좋다고, 신부님에게 얼굴을 보여주지 않고 고해성사하는 느낌이 좋다고 답장을 보냈다.

"내가 계속 머리에 종이봉투라도 쓰고 있을게요." 그녀가 답장에 적었다. "대신 그거 말고는 아무것도 안 입을게요."

"당신 형의 아파트도 이렇게 화려해요?" 내가 테이블을 치우고 조리대로 그릇을 옮기는 사이 빅토리아가 물었다.

"더 화려하고 더 크지."

"그래서 부러워요?"

"아니. 난……."

"행복해요?"

"만족한다고 말하려던 거였어."

"저도요. 만족하다 못해 내일 사르데냐에 가야 하는 게 애석할 정도예요."

"당신은 기다리는 사람이 있고, 그 지역 등반도 환상적이라고 들었어."

"질투 안 나요?"

"등반? 아니면 당신 남자친구? 그거라면 그 남자가 나를 질투해야지."

"그때 칼림노스에서는 저 솔로였어요."

"그때 얘기했지. 난 당신을 잠시 빌린 운 좋은 남자라고."

우리는 와인 잔을 들고 발코니로 나갔다.

"모니크에 관해서는 어떻게 결정했어요?" 우리가 콜로나키를 내려다볼 때 그녀가 물었다. 거리의 음식점 손님들 소리가 단조로우면서도 행복한 음악처럼 올라왔다.

칼림노스에서 돌아오고 얼마 후 받은 모니크의 편지에 관해 빅토리아에게 말해준 터였다. 모니크가 이제 과부가 되었고 파리로 이사한다는 소식에 관해. 그녀가 나를 많이 생각했고 내가 그녀를 만나러 와주기를 바란다는 내용에 관해.

"응." 내가 말했다. "갈 거야."

"환상적일 거예요." 그녀가 와인 잔을 들었다.

"글세, 그건 모르겠네." 나는 작은 테이블에 잔을 내려놓았다.

"왜요?"

"너무 늦었을 수도 있으니까. 우리는 그때와 다른 사람들이니까."

"그렇게 비관적이면서 왜 가려고 해요?"

"알아야 해서."

"뭘요?"

"다른 길이 어디로 이어지는지, 우리가 가지 않은 그 길. 묘비의 그늘 속에서도 행복할 수 있었을지 알아야겠어."

"무슨 말인지 하나도 모르겠네요. 그래도 그게 가능한가요?"

나는 잠시 대답을 생각했다. "보여줄 게 있어." 내가 말했다.

나는 테디베어와 페르디난트와 함께 찍은 사진을 가지고 왔다.

"귀엽네요." 그녀가 말했다. "이 애는 누구예요?"

"이 애는……." 나는 옳게 말하기 위해 심호흡을 했다. "줄리안 슈미트의 아들."

"역시." 그녀가 말했다.

"아, 닮아 보여?"

"아뇨. 그래도 모자는 보이네요."

"모자?"

그녀가 페르디난트가 쓰고 있는 파란색과 흰색 모자를 가리켰다. "그 클럽 색깔이요. 앞에 있는 그 사각형은 HSV 클럽 배지예요. 내 클럽, 그리고 줄리안의 클럽."

나는 고개를 끄덕였다. 문득 어떤 생각이 스쳤지만 부정했고, 이내 그 생각이 사라졌다. 대신 이렇게 생각하기로 했다. 프란츠는 휴대전화의 레드 제플린 벨소리를 그의 실제 모습을 드러내지 않는, 좀 더 듣기 쉬운 곡으로 이미 바꿔놓았던 것이다. 장크트파울리의 무지개색 모자를 버리고 동생의 옷과 장비를 장착하고 날마다 온종일 주변 사람들에게 거짓말을 한 것처럼. 나는 그럴 수 없었다. 내가 그렇게 양심의 가책을 느끼는 사람이라서는 아니다. 내게는 그런 연극을 계속할 재주도 인내심도 없어서였다. 내가 파리로 간다면 모니크에게 그날 피크 디스트릭트에서 내가 한 일을 털어놓아야 했다.

나는 빅토리아와 함께 걸어서 호텔까지 데려다주었다. 그녀는 비행기가 이튿날 새벽에 출발한다고 했다. 그리고 나는 걸어서 집으로 향했다. 아테네는 영국인들이 오래 보면 정드는 도시라고 부르는 곳이었다. 나는 콜로나키보다 험한 동네들을 지나 멀리 돌아갔다. 어차피 잠들지 못할 것을 알기에.

모니크가 줄곧 의심했을 수도 있었다. 시트에 열선을 켜서 엘리자베스 아덴 크림 향이 강하게 올라온 순간 모니크가 내 허벅지의 얼룩을 보고 건넨 말은 어쩌면 그녀만의 방식으로 내게 알리려 한 것일 수도 있었다. 그녀가 안다는 사실을, 또 그녀가 배신했으니 어떤 식으로든 죄책감을 함께 나누고 우리의 길이 여기서 갈라져야 하는 것도 안다는 사실을.

하지만 인생의 황혼기에 접어든 지금, 우리는 서로를 떠난 그 갈림길로 다시 돌아갈 길을 찾았을 수도 있었다. 이제 우리가 원한다면, 우리에게 용기가 있다면, 그 가지 않은 길로 가볼 수도 있었다. 살인자인 나. 하지만 나는 형기를 다 마치지 않았나? 나는 프란츠에 대해, 그의 행복에 대해 기뻐할 수 있었다. 이제 나에 대해서도 기뻐할 수 있지 않을까?

내가 지나가본 길인지 기억나지 않는 어느 모퉁이에서 길 잃은 개가 좌우도 살피지 않은 채 유유히 길을 건넜다. 뭔가의 냄새를 맡은 것 같았다.

줄서기

새치기하는 인간들은 질색이다.

서른아홉 해 살면서 지겹게 줄을 서왔으니 그럴 만도 하다.

그래서 내가 일하는 세븐일레븐 매장에 손님이 둘뿐이고 앞에 선 나이 든 여자가 지갑을 찾아 헤매는데도, 나는 그 여자 앞으로 밀고 들어오는 청년을 차갑게 노려본다. 청년이 입은 퀼팅 패딩이 몽클레어 패딩인 걸 알아본다. 나도 같은 모델을 찾다가 내 형편에 절대로 사 입지 못할 걸 깨달은 적이 있어서다. 겨울이 오기 직전 구세군 중고매장에서 산 코트도 나쁘지 않았다. 하지만 나보다 먼저 그 코트를 입었던 여자의 냄새가 없어지지 않을 것 같다. 내 앞에 줄 선 사람.

여기서는 늦은 밤에 술 취한 사람이 아니면 새치기하는 사람이 드물다. 이 나라 사람들은 대체로 예의가 바르다. 이렇게 뻔뻔하게 새치기하는 사람을 마지막으로 본 게 두 달 전이었다. 그때 그 세련된 차림의 여자에게 새치기하지 말라고 지적하자 자기는 그런 적 없다면서 사장한테 날 자르게 하겠다고 협박했다.

청년이 나와 눈이 마주쳤다. 살짝 미소 짓는 게 보인다. 창피한 기색이 없다. 마스크도 쓰지 않았다.

"제너럴 코담배 한 통만 사면 돼요." 청년은 '한 통만' 사면 새치기의 명분이 생긴다는 듯 말한다.

"차례를 기다리세요." 내가 마스크 속에서 말한다.

"거기 바로 뒤에 있네요. 오 초면 돼요." 그가 말한다.

"차례를 기다리세요." 내가 재차 말한다.

"그냥 꺼내줬으면 벌써 여기서 나갔겠네."

"차례를 기다리세요."

"차례를 기다리세요." 그가 내 억양을 과장해서 흉내 내며 비아냥거린다. "에이, 아줌마!" 그가 농담이라는 듯 활짝 웃으며 말한다. 내가 여자고 저임금 노동자이며 그의 우윳빛 피부와 피부색이 다른 이민자라서 내게 그런 식으로 말해도 된다고 생각하는 것 같다. 어쩌면 그가 우리 부족의 말이라고 믿는 말투를 따라 하는 걸 수도 있다. 아니면 그가 나쁜 남자를 패러디하는 걸 수도 있다. 나는 그를 가만히 살펴보고는 마지막 가능성은 폐기한다. 그에게는 너무 복잡한 전략이다.

"비키세요." 내가 말한다.

"지하철 타야 한다니까. 어서."

"앞에 계신 분께 그래도 되는지 여쭤보시죠."

"지하철이……."

"지하철은 온종일 와요." 내가 두 층 아래 지하철역에서 때마침 안정적으로 우르릉거리는 소리를 두고 말한다. 여기서 일을 시작할 때 여동생은 내게 테러리스트나 사린가스가 겁나지 않냐고 물었다. 사린가스는 내전 중 우리가 탈출하기 전에 모두에게 공포의 대상이었다. 1990년대에 일본 사이비종교 신도들이 도쿄 지하철

에 살포한 것처럼 우리는 게릴라들이 사린가스를 살포할까 두려워
했다. 아홉 살이던 동생은 밤마다 독가스와 지하철역이 나오는 악
몽을 꾸었다.

"내가 탈 건 십오 분에 한 대씩만 와요." 그가 씩씩거린다. "회의
가 있다니까요, 네?"

"그러면 더 저분께 정중하게 부탁하셔야겠네요." 내가 청년의 뒤
에 서 있는 여자를 향해 고개를 까딱한다. 그 여자는 드디어 신용
카드를 찾아서 계산대에 올려놓은 세 가지 물건을 계산할 준비가
되었다. 청년은 (이십대 중반쯤, 헬스장에 다니면서 무게를 치고 집중체력
프로그램 위주로 운동한 것 같다) 결국 인내심을 잃는다. 지금까지 많
이 참았다고 여기는 듯하다.

"어서, 이 깜둥아!"

심장이 빠르게 뛰지만, 그가 내게 공격적이어서가 아니었다. 그
가 정말 인종차별주의자라서 그렇게 말한 건지, 그냥 나를 가장 아
프게 할 표현으로 도발한 건지는 알 수 없다. 내가 키가 작았다면
난쟁이라고 불렀을 테고 살이 쪘다면 뚱땡이년이라고 불렀을 것이
다. 그가 어떤 편견을 가졌든 상관없다. 내 심장이 빨리 뛴 건 두려
워서다. 우리 매장에서 이 몸만 큰 아이가 순식간에 선을 넘은 걸
보면 그의 자제력에 문제가 있을 수 있다는 뜻이다. 동공이나 보디
랭귀지를 보면 예전에 군인들에게서 자주 보았듯이 뭔가에 취한
것처럼 보이지는 않는다. 물론 근육증강제인 아나볼릭 스테로이드
를 맞을 수는 있지만. 전남편은 내가 화학자라서 세상을 항상 화학
으로 설명하려 한다고 했다. 망치를 든 사람은 모든 문제를 못으로
본다는 말처럼.

맞다, 나는 무서웠지만, 이보다 무서운 적은 많았다. 그리고 화가

났지만, 이보다 화가 난 적도 많았다.

"안 됩니다." 내가 침착하게 말한다.

"정말?"

그가 따스하고 질 좋은 몽클레어 패딩 주머니에서 뭔가를 꺼낸다. 빨간색 스위스 아미 나이프. 그가 큰 날을 뺀다. 아니다, 저건 손톱 다듬는 줄이다. 그가 손을 들어 가운뎃손가락을 쳐들고 손톱을 다듬으며 나를 보고 웃음을 터트린다. 앞니 하나에 큼직하게 검정 얼룩이 있다. 메스암페타민 탓일지 모른다. 메스암페타민에는 법랑질을 부식시키는 무수 암모니아와 적린赤燐 같은 화학물질이 들어 있다. 아니면 단지 그의 치아 위생이 나쁜 탓일 수도 있다.

그가 뒤를 돌아본다. "어이, 아줌마. 계산 좀 합시다."

여자는 입을 벌리고 칼을 바라본다. 무슨 말을 하려는 것 같지만 아무 소리도 나오지 않는다. 그저 딱따구리처럼 빠르게 고개만 끄덕이고 숨이 안 쉬어지는 것 같은 소리를 낼 뿐이다. 마스크 위로 안경에 김이 서린다.

청년이 다시 나를 돌아본다. "됐나? 어서."

나는 숨을 깊이 들이마신다. 어쩌면 내가 이 애를 과소평가했는지 모른다. 세븐일레븐의 CCTV 카메라에는 영상만 녹화되고 소리는 녹음되지 않는다. 법정에서 그가 실제로 '깜둥이'라는 식의 혐오 발언을 했다는 증거로 영상을 제출할 수 없다는 건 알 만큼은 세상 물정을 아는 사람일 수도 있다. 그의 뒤에 서 있던 나이 든 여자가 보기보다 귀가 밝은 사람이라면 모를까. 게다가 손톱 손질을 금지하는 법규는 없다.

나는 천천히 돌아서 코담배를 꺼내며 상황이 끝났다고 생각한다.

말했듯이 나는 날 때부터 줄을 섰고 모든 줄을 기억한다. 어릴 때 엄마와 함께 선 식량 배급줄. 전투가 처음 발발했을 때 UN 트럭을 둘러싼 줄. 동생이 폐결핵 진단을 받은 보건소 앞의 줄. 대학에서 화학과에는 여학생 화장실이 없어서 찾아간 교직원 화장실 앞의 줄. 전쟁이 터졌을 때 마을을 떠나던 피난민의 줄. 엄마가 우리의 전 재산을 팔아서 표를 구한 배를 타기 위해 동생과 내가 선 줄. 전쟁터인 고향에서만큼이나 강간당할 위험이 큰 난민촌의 식량 배급줄. 다른 나라로 가거나, 더 나은 삶의 희망을 제시하는 난민 수용소로 가기 위해 기다리는 줄. 수용소를 떠나서 우리를 받아주고 내가 사랑하는 이 나라에서 일자리를 구하고 이 나라에 기여할 수 있도록 허락받기 위한 줄. 나는 이 나라를 사랑한 나머지 동생과 같이 사는 작은 아파트의 내 침대 머리맡에 나의 영웅인 엄마와 퀴리 부인의 사진 옆에 이 나라의 왕과 왕비의 사진을 붙이기까지 했다.

나는 코담배를 계산대에 놓았고, 청년은 카드리더기에 신용카드를 댄다.

카드 승인 표시가 뜨기를 기다리는 동안 나는 카운터 아래 서랍을 연다. 그 안에는 마스크 상자가 들어 있다. 나는 상자 옆에 있던 작은 병을 따고 마스크 한 장을 꺼내서 한 방울을 떨어뜨린다. 그러는 동안 동생이 떠오른다. 어제 동생이 왕과 왕비의 사진을 떼어냈다. 그들이 새치기했다면서. 신문에 국왕 부부가 온 국민이 기다리는 백신을 먼저 맞았다는 기사가 실렸다. 정부가 국민에게 알리지 않고 왕과 왕비에게 구조선의 일등석을 내준 셈이었다. 일반 국민에게 적용되는 규칙에 따라 그들 차례가 오기를 기다리지 않고.

그리고 사진 속 두 사람은 그 자리를 받았다. 의무라고는 상징으로서 존재하고 전쟁이나 비상시국에 국가를 통합하는 역할이 전부인 두 사람에게 마침내 진정으로 본연의 의무를 다할 기회가 주어졌는데도. 온 국민이 정부의 명령에 따라 연대와 자제심을 보여주며 줄을 서서 기다려야 할 시기에 국민에게 모범을 보여줄 기회가 생긴 것이다. 하지만 국왕 내외, 특권층 왕족들은 그 기회를 잡지 않았다. 대신 새치기 기회를 잡았다. 나는 동생에게 너도 똑같이 하지 않겠냐고 물었다. 동생은 그럴 거라고 했다. 하지만 자기는 선장이 아니라고 했다. 그래서 내가 국왕 내외는 어쩌면 모범이 되려고, 그러니까 국민에게 백신을 맞아도 안전하다는 것을 보여주기 위해서 그랬을 수도 있다고 말했다. 동생은 내게 순진하다면서 그건 알제리인 선장이 난민을 가득 태운 배가 뒤집혔을 때 제일 먼저 구명정에 올라타면서 한 변명과 같다고 말했다.

카드리더기에 결제 승인이 뜬다.

나는 서랍에서 마스크를 꺼내 그에게 내민다.

그가 어리둥절한 표정으로 나를 보며 코담배를 패딩 주머니에 넣는다.

"지하철 타면 필요할 거예요." 내가 말한다. "지금은 의무 사항이니까요."

"시간이 없……."

"공짜예요."

청년이 비웃음을 머금고 마스크를 잡아채고 뛰어간다.

"이제 우리 차례네요." 내가 노부인에게 미소를 지으며 말한다.

밤 11시가 다 돼서야 나는 우리의 원룸 아파트로 돌아온다. 집이 냉골이다. 밤에 퇴근해서 전기가 싼 시간대에만 라디에이터를 켜기 때문이다.

피곤에 지쳐서 불도 켜지 않고 작은 TV를 켠다. 소리는 낮춘다. 동생이 보이지는 않아도 어둠 속 어딘가에 앉아 있다. 동생의 목소리가 집 안을 채운다. 동생은 내가 일하는 곳이 위험하다고 말한다. 두 달 전에 어떤 여자가 열차에서 죽었고 혈액에서 살충제 스프레이에 들어가는 유기 인산 화합물이 극미량 검출되었는데, 그건 사린가스와 다르지 않은 약품이라고 말한다. 그리고 이번에는 저 청년이 똑같은 일을 당했다고 말한다. 동생이 TV 화면을 가리킨다. 화면 속에서 뉴스 앵커가 침통한 표정으로 카메라를 응시한다.

나는 동생의 두서없는 생각을 따라가며 먹을 걸 만든다. 어제 먹다 남은 음식을 데우는 게 전부다. 동생 몫은 따로 만들지 않는다. 동생은 열 살에 치료를 약속받은 환자들의 줄에서 기다리다가 폐결핵으로 죽은 뒤로 아무것도 먹지 못한다. 작년 한 해 동안 전세계에서 폐결핵으로 죽은 사람이 요즘의 이 신종 감염병으로 죽은 사람만큼 많았다. 하지만 당연하게도 폐결핵에 관한 뉴스는 나오지 않는다. 이 부유한 세계의 문제가 아니므로.

"불쌍해." 동생이 훌쩍이며 말한다. TV에 청년이 여름에 친구들하고 돛단배 위에서 찍은 사진이 나온다. 청년이 환하게 웃고 있고, 앞니에 검은 얼룩이 없다.

"쟤 좀 봐." 동생이 훌쩍인다. "저렇게 어린 나이에 죽는 건 참 허망해."

"그러게." 내가 코트의 맨 위 단추를 풀면서 대꾸한다. "쟤는 저기서도 새치기하네."

169

JO NESBØ

SJALUSIMANNEN
OG ANDRE FORTELLINGER

쓰레기

누군가는 쓰레기를 치워야 해.

내가 이 도시에서 쓰레기를 치우는 일을 하기는 하지만 오늘 아침에 왜 갑자기 이 문장이 떠올랐는지 모르겠다. 밤사이 생각난 말인 것 같다. 가끔 술을 많이 마시고 의식을 잃을 때가 있는데 어젯밤이 그런 날이었다.

쓰레기 수거차가 끼익 서자 나는 뒤에 붙은 사다리에서 뛰어내렸다. 사이드미러로 피유스의 한쪽 눈을 보고 아파트 앞 쓰레기통으로 갔다. 전에는 항상 뛰어다녔다. 오전 6시와 낮 1시 반 사이로 정해진 수거 시간보다 빨리 다 돌고 한두 시간 일찍 퇴근해도 본사에서 뭐라고 하지 않던 시절. 그때는 일주일에 나흘 만에 다 돌고 금요일을 통으로 쉬어도 뭐라 하지 않았다. 다 옛날얘기다. 요즘은 오슬로 시의회의 정규 근무 시간을 지켜야 해서 일이 일찍 끝나도 사무실에서 커피를 마시거나 스마트폰이나 하면서 시간을 때워야지 그냥 집에 가서 아내와 잠자리를 갖거나 정원에서 잔디를 깎을 수는 없었다. 무슨 말인지 알 거다.

그래서 이제는 뛰지도 않고 가볍게 조깅조차 하지 않았다. 그냥 걸었다. 여름날 새벽에 오들오들 떨면서 바퀴 두 개 달린 가벼운 종류의 초록색 쓰레기통으로 가서 쓰레기통을 쓰레기 수거차까지 굴려서 쓰레기통을 비우는 장치에 걸었다. 그리고 유압 장치와 전기 장치의 반복적인 찬송가 소리를 배경으로 쓰레기통이 올라갔다가 덜컥 하고 뒤집혔다. 철제 바닥에 쓰레기를 토해내고 이어서 분쇄기가 쓰레기를 짓누르는 것을 지켜보았다. 그런 다음 다시 쓰레기통을 굴려서 제자리에 갖다 놓는데 이때 쓰레기통이 차고 문을 막지 않도록 주의해야 했다. 주민들이 불만을 접수한 적이 있었다. 엿 먹어라 싶었지만 최근 들어 불만이 지나치다 싶게 늘어났다. 그런 일로 '쓰레기 처리 요원' 자리에서 쉽게 쫓겨나는 건 아니지만 사람들이 내게 분노 조절에 문제가 있다고 지적했다. 맞다. 나 분노 조절 장애가 있다. 사실 상사가 한 번만 더 휴게실에 나타나 다른 사내들 앞에서 (맞다, 직원 백오십 명 중에 여자는 딱 한 명이다) 나를 쥐 잡듯 잡으면 그때는 그 작자를 때려눕힐까 봐 걱정이다. 그러면 내 일자리가 날아가는 건 불 보듯 뻔했다.

나는 피유스 옆 조수석에 앉았다. 히터 앞에서 두 손을 비볐다. 7월의 여름 휴가철인데도 새벽 6시의 오슬로는 아직 추워서 밖에서 사다리를 타려면 몸의 열을 조금이라도 올려야 했다. 게다가 피유스하고는 그나마 주거니 받거니가 되었다. 쓰레기 수거차를 같이 타는 인간들하고 항상 대화가 통하는 건 아니었다. 다들 에스토니아어와 라트비아어, 루마니아어, 세르비아어, 헝가리어로 말하고, 짧은 영어로 소통할 뿐이다. 하지만 피유스는 노르웨이어를 곧잘 했다. 그는 노르웨이에 오기 전에 심리학자로 일했다고 주장하지만 사실 그런 얘기는 많이 들었다. 그가 원래 무슨 일을 했든 여기서 일하는 우리보다 똑똑한 건 사실이었고(피유스는 '지적 야망 수준이 높다'고 표현했다), 그는 사전만큼 방대하고 딱딱한 어휘를 구사했다. 그래도 노르웨이어이긴 하고, 어쩌면 그래서 상사가 우리를 같은 수거차에 배정한 걸 수도 있었다. 그렇다고 수거차에서 할 얘기가 많은 건 아니었다. 양쪽 모두 무슨 일을 해야 하는지 빤히 알았으니까. 다만 같은 언어로 말하면 말다툼과 오해가 줄어들까 싶어서였을 것이다. 또 피유스라면 내가 사고를 치지 않게 잡아줄 거라는 믿음도 있었을 것이다.

"이마의 그 상처의 원인은 뭐야?" 피유스가 특유의 딱딱하지만 흠잡을 데 없는 노르웨이어로 물었다.

나는 룸미러로 힐끗 보았다. 눈썹 바로 위에 얼음이 갈라진 것 같은 상처가 나 있었다.

"몰라." 내가 답했다. 사실이었다. 말했듯이 나는 정신을 자주 잃고 어젯밤 일은 하나도 기억나지 않았다. 깨어나보니 아내가 나를 등지고 누워 있었다. 알람 설정을 잊었는지 그냥 습관대로, 평소보다는 조금 늦게 일어났고, 술이 아직 덜 깨서 도요타 코롤라를 몰고 출근할 수 없었다. 집 안 여기저기에 벗어놓은 옷가지를 주워 입으며 제일 빠른 버스를 잡아타야 한다고 생각했다. 물론 욕실 거울로 나의 엉망인 얼굴을 살필 짬도 없었다.

"또 소동을 벌인 건가, 이바르?"

"아니, 어젠 마누라랑 집에 있었어." 나는 손가락으로 이마의 상처를 더듬었다. 축축했다. 새로 생긴 상처였다. 아내와 술 두 잔을 마신 건 기억났다. 아니, 사실 아내는 술을 끊기로 했으니 **내가** 두 잔을 마셨다. 그리고 두 잔을 더 마셨을 테고.

피유스가 수거 트럭을 세웠고, 우리는 차에서 뛰어내렸다. 이 주소지는 바퀴 네 개 달린 대형 쓰레기통 두 개가 나오는 건물이라

둘 다 내려야 했다. 보통 운전자는 상사라 운전석에 앉아 쉴 수 있고 중장비 차량 면허증을 보유하고 같이 다니는 파트너보다 임금도 세 등급 높게 받았다. 하지만 피유스가 힘없는 작은 조국에서 이 나라로 넘어왔을 때 운전대를 잡을 사람은 나이고 자기는 조수로 따라다녀야 한다는 사실을 알았다. 하지만 나는 면허를 상실했다. 여기에는 술에 얽힌 길고도 지루한 사연이 있다. 음주측정기를 든 떠버리 교통경찰이 멍든 눈으로 법정에 나타나 폭행에는 정당한 사유가 없다고 주장한 사건이었다.

나는 큼직한 열쇠 꾸러미를 꺼내 맞는 열쇠를 찾았다. 물론 사무실에는 오슬로 전역의 열쇠 칠천 개 정도가 있다. 사무실 사람들이 열쇠를 제대로 관리하기를 바랄 뿐이다.

"그럼 아내랑 부부싸움을 했군."피유스가 말했다.

"뭐?"

"왜 싸웠나? 불륜이라도 저질렀나? 남편이 바람피우면 여자도 남자만큼 과격해질 수 있어. 특히 자식이 있다면. 그래도 그런 경우라면 보통은 불청객을 공격하지. 그게 옥시토신 호르몬의 작동기제거든. 여자들이 임신하면 옥시토신의 작용으로 일부일처제를 더 옹호하는 성향이 되고 더 공감하고 다정해지지. 그러면서 잠재적 위협 앞에서 더 적대적으로 나가고."

"틀렸어, 틀렸어, 또 틀렸어." 나는 마당에 있던 쓰레기통을 대문 쪽으로 밀었다. "우린 애도 없고, 난 아무하고도 자지 않았어. 그리고 여자들은 일부일처제를 옹호하지 않아."

"아하, 그럼 아내가 바람을 피웠군."

"무슨 소릴 하는 거야?" 나는 쓰레기통을 대문 앞에 세웠고, 피유스는 내 쓰레기통과 부딪히지 않기 위해 밀고 오던 쓰레기통을 멈취야 했다.

그가 어깨를 올렸다. "그래서 싸운 거군. 자네 자리가 위험하다는 생각이 들어서. 뇌에서 편도체가 작동하기 시작한 거야. 싸우거나 도망치거나 얼어붙는다. 아내가 몸집이 작으니 싸우기로 선택한 거고. 아주 자연스러운 현상이야."

아까부터 머리에 피가 몰리는 느낌이 들었다. 너무나도 익숙한 느낌이다. 압력이 상승하면 머리가 터지는 걸 막기 위해 밸브를 열고 압력을 빼낼 방법을 찾아야 했다. 안 그러면 머리가 터져서 누런 뇌수가 허공으로 뿜어져 나와 벽과 자전거, 유모차와 우편함, 그리고 자기가 재수 없는 심리학자라고 주장하는 좆만한 자식에게 떨어질 것이다.

해법은 주로 입을 열어 압력을 가라앉히는 것이다. 비행기를 탈 때 하는 것처럼. 그냥 으르렁거리면 된다. 아무 말이나 으르렁거리면 된다.

"내 편도……." 내가 입을 열었다. 흥분이 가라앉았다. 상당히 차분해졌다. 좋아, 나는 목소리를 조금 키웠다.

"편도체." 피유스가 거슬리는 비웃음을 살짝 머금고 말했다. "여자 이름이라고 생각해봐, 에이미 그……."

이제 더는 참아줄 수 없었다.

"그딴 식으로 말하지 마, 망할 나치 새끼야!" 나는 쓰레기통을 세게 밀어 그 망할 라트비아인이 쓰레기통 두 개 사이에 끼게 만들고 쓰레기통을 돌아 그에게 다가가서 있는 힘껏 걷어차려는데 순간 누군가의 목소리가 마당의 아침 공기를 갈랐다.

"잠 좀 잡시다!"

위쪽을 보았다. 어떤 여자가 2층 발코니에 서 있었다. 기껏해야 마흔 줄일 텐데 벌써부터 자기를 놔버려서인지 오십대에 더 가까워 보였다. 내가 이렇게 말할 수 있는 건 여자가 완전히 발가벗고 있어서였다.

"닥쳐, 옷이나 쳐입어, 더러운 늙은 걸레년아!" 내가 소리쳤다. "됐냐?"

여자가 귀를 찢는 괴성으로 웃어제끼더니 두 손을 들고 한쪽 무릎을 들어 엉덩이를 비틀어 괴상한 누드모델 포즈를 취했다. "당신네 상사한테 전화할 거야!" 여자가 악을 썼다. "신사 여러분, 내일부터 두 분 다 실업수당이나 받게 될 겁니다!"

분노의 붉은 커튼 새로 모든 장면이 그려졌다. 상사가 오래전부터 고대하던 그 메시지를 내게 전하는 장면. '스벤센 이 자식아, 넌 해고야!'

쓰레기통에 내 배를 누르는 느낌이 들었다. 피유스가 반대쪽에서 쓰레기통을 밀면서 대문을 향해 고개를 까딱하며 어서 나가자고 신호를 보냈다.

"저 여자가 진짜 할까?" 대문 밖에서 쓰레기통 바퀴가 아스팔트 위로 덜거덕거리며 굴러가는 동안 내가 물었다.

"응." 피유스가 말했다.

"그럼 다 꼬이는데." 내가 말했다.

"어, 그래?"

"내 코롤라에 EU 차량 검사도 받아야 하고, 마누라한테 이번 크리스마스 휴가는 카나리아 제도에서 보내자고 했거든. 자네는?"

피유스가 어깨를 올렸다. "난 부모님께 돈 보내잖아. 두 분이 그럭저럭 사시긴 해도 그 돈이 안 가면 제대로 잡수지도 못하고 전기 요금도 못 내."

나는 그가 쓰레기통을 유압 장치에 연결하는 걸 도와주었다. "나 같은 건 불평하면 안 된다, 그런 얘기야?"

"아니, 그냥 누구나 각자의 문제가 있다는 거지, 이바르."

어쩌면 그런지도. 내 문제는 화가 치밀면 물불을 안 가린다는 거였다. 어쩌면 나도 클레멘스트러드 폐기장에 있는 것과 같은 맞춤형 광학 탐지기 같은 걸 들고 다녀야 할지 몰랐다. 우리는 그런 무인 폐기물 공장에 쓰레기를 쏟아붓기만 하면 되었다. 쓰레기가 컨베이어벨트 위에서 왈츠를 추면서 지나가면 로봇들이 큰 것과 작은 것을 분류하고 유기물은 소각로로 보내고 유리와 플라스틱과 철근은 재활용으로 보냈다. 나도 좀 흘려보내는 법을 배울 수 있다면.

나는 화를 가라앉히며 피유스와 함께 쓰레기통을 다 비우면서 기억을 더듬었다. 젠장, 어젯밤에 대체 무슨 일이 있었던 거지? 내가 아는 거라고는 많은 일이 있었다는 것뿐이었다. 눈을 떴을 때 평소의 숙취가 아니라 마라톤을 두 번 뛴 느낌이었다. 리사랑 싸웠나? 결혼생활 삼십 년 동안 한 번도 아내에게 손찌검을 해본 적 없는 내가 아내한테 무슨 짓이라도 한 건가? 아까 깼을 때 아내는 내게 등을 돌리고 모로 누워 있었다. 좀 이상한 것이, 평소 아내는 똑바로 누워서 잤다. 그런데 몸싸움이라고 상상이 안 갔다. 다만 지금 떠오르는 건, 곰곰이 생각해보니, 우리가 말다툼을 했다는 것뿐이다. 어젯밤의 거칠고 추악한 말들이 이제야 메아리로 내게 도달한 느낌이었다. 그리고 좀 아까도 그 말 하나를 내뱉었다. 걸레년. 살면서 리사에게 몇 가지 험한 말을 하긴 했지만 걸레년 같은 말은 한 적 없었다.

우리는 쓰레기통을 다시 마당으로 밀고 들어갔다. 발코니의 여자는 거기 없었다.

"들어가서 우리 상사한테 전화하나?" 내가 말했다.

"그 양반, 안 일어났어." 피우스가 말했다. "아직은." 그가 건물 외벽을 쳐다보며 고개를 끄덕였고, 그의 입술이 마치 뭔가를 세는 것처럼 달싹였다. "가자, 이바르."

나는 피우스를 따라 건물 입구로 갔다. 그가 거기 서서 입주민 명단을 살폈다.

"2층, 오른쪽 두 번째 집." 그가 중얼거리고 벨을 눌렀다. 기다리면서 내게 살짝 미소를 지어 보였는데, 이제는 그 미소가 그렇게 거슬리지 않았다.

스피커폰에서 지글거리는 목소리가 나왔다. "누구세요?" 날카로운 목소리였다.

"좋은 아침입니다, 말비크 부인." 피우스가 누군가를 흉내 내는 듯한 말투로 말했다. 자기보다 노르웨이어를 잘하는 사람의 말투였다. "전 이베르센이라는 사람인데요. 오슬로 경찰서에서 나왔습니다. 방금 오슬로 시 위생과로부터 신고 전화가 들어와서요. 2층에 사는 어떤 분의 음란 노출 문제로 신고가 들어왔습니다. 마침 저희가 근처를 순찰하던 중이라 조사해달라는 요청을 받았습니다. 2층에 몇 분 더 사시는 건 알지만 먼저 여쭙습니다. 혹시 아시는 거 있을까요, 말비크 부인?"

한참 말이 없었다.

"말비크 부인?"

"아뇨, 아뇨. 아는 거 없어요."

"없습니까? 그럼, 일단은 더 귀찮게 해드리지 않겠습니다."

긁히는 소리가 나면서 여자가 인터폰을 끊었고, 피우스가 나를 보았다. 우리는 여자가 창밖을 내다보다가 우리 짓인 걸 알아채지 못하게 하려고 재빨리 수거차로 갔다. 차에 타고 출발하고 나서야 웃음을 터뜨렸다. 눈물이 찔끔 날 만큼 웃어댔다.

"무슨 일 있어, 이바르?" 진작 웃음을 멈춘 피유스가 물었다.

"그냥 숙취야." 나는 소매로 코를 훔쳤다. "이제 저 여자가 우리 상사한데 전화할 일은 없겠다."

"그럼." 피유스가 세븐일레븐 앞에 차를 세웠다. 우리가 자주 커피를 사고 첫 담배 휴식을 취하는 곳이었다.

"하나만 묻자." 내가 라지사이즈 커피를 사서 매장에서 가져온 종이컵에 반을 따라 피유스에게 건네며 물었다. "자네보다 노르웨이어를 잘하는 사람을 흉내 낼 수 있는데, 왜 평소에는 그렇게 말하지 않아?"

피유스가 커피를 후후 불었지만 첫 모금을 마시며 얼굴을 찡그렸다.

"그냥 흉내니까."

"음, 다들 그러긴 하지. 그렇게 말을 배우는 거지."

"맞아." 피유스가 말했다. "사실 나도 모르겠어. 그냥 가짜 같아서일 수도 있고. 속이는 거 같아서. 나는 노르웨이어를 익힌 라트비아 사람이고 남들도 내 말을 그렇게 들어주길 원해. 사기꾼처럼 들리지 않고. 내가 말을 잘해서 다들 노르웨이 사람인 줄 알 텐데, 내가 발음이나 문법에서 약간 실수하면 사람들은 의식적으로든 무의식적으로든 속았다고 느끼겠지. 그리고 더는 날 믿어주지 않겠지. 이해가 가나? 그러니 그냥 나만의 뉘노르스크로 말하는 게 제일 편하지."

나는 고개를 끄덕였다. 뉘노르스크는 우리 직장에서 자주 쓰는 표현이었다. 노르웨이 시골 사람들이 쓰는 노르웨이어 방언을 뜻하는 표현과 혼동하지 않기 위한 용어이지만 케밥 노르웨이어와 노르웽글리시, 러시아 노르웨이어와 이민 노동자들이 쓰는 이상하고 알아들을 수 없는 말을 모두 아우르는 용어였다.

"노르웨이에는 진짜 왜 온 거야?" 내가 물었다.

일 년 가까이 같이 다니면서 처음 물어보았다. 아니, 전에도 묻기는 했지만, 이번에는 **진짜로** 물었다. 돈벌이가 더 좋다든가 조국에서는 일자리를 구하기 어렵다는 식의 뻔한 대답 말고 그 이상을 듣고 싶었다. 이런 대답도 어느 정도는 사실이라고 해도 완전한 진실은 아닐 것이다. 정말로 궁금해서 물은 건 이번이 처음이었다.

그는 바로 답하지 않았다. "환자들하고 관계를 가졌어." 그리고 숨을 깊이 들이마시고는 내가 너무 충격받지 않기를 바라는 듯 덧붙였다. "**여자** 환자들. 환자들은 심리학자한테 자기를 다 열어 보이고 취약한 상태가 되거든. 난 그걸 이용한 거고."

"안 좋은 거네." 내가 말했다.

"그래." 그가 말했다. "일부 환자들이 외롭고 불행해했어. 그런데 나도 그랬어. 아내가 암으로 죽은 지 얼마 안 됐을 때였거든. 그런 환자들의 유혹을 뿌리치지 못했어. 서로가 필요했던 거지."

"그런데 뭐가 문제야?"

"우선 심리학자는 환자와 연애 관계로 만나선 안 돼. 결혼했든 안 했든 상관없이. 그리고 그중에는 결혼한 여자들도 있었어."

"음, 그렇군……." 내가 천천히 말했다.

그는 나를 흘끔 보았다. "그중에 누군가가 발설했어." 그가 말했다. "얘기가 새나갔고 나는 해고당했어. 다른 일자리를 찾을 수도 있었어. 리가의 대학에서 강사 자리를 구한다든가. 그런데 그 여자들의 남편 중 몇이 제대로 복수하지 못했다고 생각했는지 시베리아 사람 둘을 고용해서 나를 휠체어 신세로 만들려고 했어. 한 여자가 내게 미리 경고했고, 도망치는 수밖에 방법이 없었어. 라트비아는 작은 나라니까."

"그러니까 자네는 밤낮으로 방탕하게 살아놓고 모든 책임을 비극적인 이야기에 덮어씌우는 부류군."

"그래." 피유스가 말했다. "나쁜 놈 중에서도 나쁜 놈이지. 추잡한 짓거리를 다 해놓고 핑계를 대는 부류. 그러고 보면 자네가 나보다 나은 사람이야, 이바르."

"그래?"

"자네의 그 자기혐오는 나보다 더 정직하니까."

나는 무슨 소리인지 알아듣지 못하고 커피에 집중했다.

"그래, 자네 아내는 누구랑 바람피운 거야?" 그의 물음에 나는 마시던 커피를 계기판에 뿜었다. 머릿속의 압박감이 되살아났다. "진정해." 그가 말했다. "전두엽을 써. 그러면 내가 자네를 도우려 하는 걸 알 거야. 나한테 털어놓는 게 최선이라는 것도 알 거고. 내가 비밀유지조항에 서약한 사람이란 걸 잊지 마."

"비밀유지조항!" 내가 이렇게 말하자 손에 든 컵이 흔들렸다.

"심리학자는 꼭 해야 하거든."

"나도 알아. 그래도 자네는 내 상담사가 아니잖아."

"그야 그렇지." 피유스가 좌석 사이에 항상 끼어 있는 두루마리 화장지를 건넸다.

나는 손과 턱과 계기판 묻은 커피를 닦았다. 화장지를 공처럼 말고 잇새로 쉬 하고 한숨을 쉬었다. "마누라 직장 상사야. 더러운 자식. 게다가 못생겼어. 쓰레기, 그냥 쓰레기야."

"그럼 자네가 아는 사람이라는 거네?"

"아니." 내가 방금 무슨 말을 한 거지? 리사가 우편물 분류 사무소에서 상사와 바람이 났다고? 정말 그랬나? 그래서 우리가 싸운 건가?

"그 남자를 만난 적이 없다는 거야?" 피유스가 물었다.

"응. 아니, 사실은 있어. 아니⋯⋯." 나는 생각했다. 리사가 루드비그센 얘기를 많이 해서 내가 그를 만난 것 같은 느낌이 들 정도였다. 그는 리사의 업무에 칭찬을 많이 해줬고, 지난번 상사는 한 번도 칭찬해준 적이 없었다. 리사는 꽃처럼 피어났다. 리사는 늘 아침에 약하고 칭찬에 목말라했다. 그래서 남편이든 상사든 칭찬을 계속 유지하기 불가능한 수준에 익숙해지지 않도록 적절한 선에서 조절해줘야 했다. 하지만 루드비그센은 그냥 끊임없이 아첨하면서 기대치를 한껏 높여놨고, 나는 그게 단순히 직원의 사기를 높이기 위한 것만은 아니라고 생각했던 것 같다. 아내는 내가 알던 여자보다 상냥해지기만 한 게 아니라 머리도 짧게 다듬고 체중도 몇 킬로그램을 빼고 저녁에는 내가 모르는 친구들과 각종 문화행사를 찾아다니며 밤늦도록 들어오지 않았다. 문득 아내가 나는 들어가지 못할 새로운 삶을 얻은 것 같았고, 아마 그래서 아내의 휴대전화를 보게 된 것 같았다. 그러다 이 루드비그센이라는 사람에게 온 메시지를 보았다. 아니, 슈테판. 리사가 연락처에 입력한 이름이다.

나는 피유스에게 그 일에 관해 털어놓았다.

"메시지에 뭐라고 적혀 있었는데?" 피유스가 물었다.

"**반드시** 당신을 또 봐야겠어."

"'반드시'가 강조되어 있었고?"

"대문자로."

"다른 메시지는?"

"없었어."

"없어?"

"마누라가 지웠겠지. 내가 본 건 하루밖에 안 된 메시지였고."

"아내의 대답은?"

"없었어. 아니면 마누라가 지웠거나."

"누가 볼까 봐 두려웠다면 그 사람이 보낸 것도 지웠어야지."

"답할 시간이 없었을지도 몰라."

"하루 종일? 흠. 아니면 죄책감을 느낄 이유가 없어서, 그래서 지우지 않은 걸 수도 있지. 그 남자가 메시지로 추파를 던졌지만 자네 아내는 관심이 없어서 답하지 않은 걸 수도 있고."

"딱 그렇게 말했어, 그 망할⋯⋯." 나는 숨을 들이마셨다. 걸레년. 한 번 입 밖에 뱉으면 주워 담을 수 없는 말이었다.

"자네는 두려워하는군." 피유스가 말했다.

"두려워해?"

"어젯밤에 무슨 일이 있었는지 나한테 말해줘야 할 것 같아."

"하, 이젠 심리학자가 아니라 경찰 같네."

피유스가 미소를 지었다. "그럼, 말하지 말든가."

"말해주고 싶어도 기억이 안 나. 취해서."

"아니면 억압하거나. 기억해봐."

나는 손목시계를 보았다. 시간이 많이 남았고, 말했듯이 이제는 1시 30분 전에 서둘러 일을 끝낼 이유가 없었다.

그래서 기억해내려 했다. 사실은 피유스의 말이 맞는 것 같아서 두려웠다. 리사가 옆으로 누워 있어서였을까? 뭔지는 도저히 모르겠지만 분명 뭔가가 있었다. 그냥 직감했다. 그 뭔가를 끄집어내야

185

했다. 머릿속에 압력이 팽창할 때처럼. 나는 그 이야기를 꺼내려다가 이내 멈칫했다.

"마음을 편안하게 먹고 처음부터 시작해봐." 피유스가 말했다. "세세한 부분까지 다. 기억은 실타래 같아서 한 가지 기억이 다음 걸로 이어져."

나는 피유스가 하라는 대로 해보았고, 그의 말이 맞았다.

말했듯이 우리는 술 두 잔을 마시고 있었는데, 리사가 갑자기 이번 주말에 외출하겠다고 했다. 나는 버럭 화를 내며 메시지 얘기를 꺼냈다. 원래 그 이상은 말하지 않고 어떻게 나오는지 보려고 했지만 참지 못하고 아내와 루드비그센 사이에 뭔가가 있는 거 다 안다고 소리를 질렀다. 아내는 아니라고 부인했지만, 워낙 거짓말이 서툴러서 애처로울 정도였다. 내가 더 밀어붙이자 아내가 더는 버티지 못하고 무너졌고 울면서 봄에 헬싱키로 회사 워크숍에 갔을 때 술을 많이 마시고 벌어진 일이라고 인정했다. 그래서 술을 끊으려고 한 거고, 그 뒤로는 그런 일이 없었다고 했다. 나는 아내에게 미투사건 같은 건 아니냐고 물었다. 모든 책임이 루드비그센, 어쨌든 아내의 상사였으니 그에게 있는 게 아니냐고 물었다. 절반의 책임이 아니라. 그러자 리사는 응, 어쩌면 그에게 조금 더 책임이 있을지 모르겠다고 했다. 회사 동료 말로는 그날 저녁 내내 그가 자꾸 아내에게 술을 권했다고 했다. 나는 그 말에 화가 치밀었다. 상사가 술을 권하는데 자기 술잔에 침을 뱉을 수는 없지 않나. 이런 일을 넘기는 것도 업무의 일부 아닌가.

"그다음에는?"

"그 사람이 날 자기 집으로 초대했어."

"거기가 어딘데?"

"셸소스바이엔 612번지."

"거길 갔구나!"

"아냐!"

"그럼 주소를 어떻게 알아?"

"그 사람이 말해줬으니까."

"그래도 612번지까지 기억하는 건 너무…… 의심스럽잖아."

아내가 웃음을 터트렸다. 그때 내가 아내에게 걸레년이라고 욕하고 차 키를 집어 들고 뛰쳐나갔다. 더 심한 짓을 저지르기 전에.

"음주운전보다 더 심한 짓인가?" 피유스가 물었다.

"그래, 그거보다 더한 짓." 내가 말했다.

"계속해봐."

"차를 몰고 빙빙 돌았어. 그래, 집으로 돌아가서 아내를 죽여버릴까 생각한 건 맞아."

"그런데 그러지 않았고?"

"그걸……." 나는 손을 들어 엄지와 검지로 뺨을 꼬집었다. 목이 잠기고 목소리가 떨렸다. "그걸 모르겠다는 거야, 피유스."

내가 그의 이름을 부른 적이 있었나? 그의 이름을 몇 번 떠올리고 속으로 부르기는 했겠지만, 입 밖으로 낸 적이 있었나? 아니, 그런 적이 없는 게 확실했다.

"그런데 그랬을 수도 있다는 느낌이 드는구나?"

갑자기 위장 통증이 격렬하게 일어나 반사적으로 몸을 앞으로 숙였다.

한참 수그리고 있는데 그의 손길이 등에 닿았다.

"자, 힘내, 이바르, 다 괜찮을 거야."

"그럴까?" 숨이 턱 막혔다. 완전히 통제 불능 상태가 되었다.

"오늘 자네가 출근할 때 뭔 일이 있었나 보다 했어. 그래도 아내를 죽이지는 않았을 거야."

"자네가 뭘 알아?" 내가 두 다리 사이로 머리를 수그린 채 소리를 질렀다.

"경솔한 짓을 하고 싶지 않아서 아내를 두고 나왔다고 했잖아." 그가 말했다. "한동안 의심하던 무언가를 확인하고 난 뒤였어. 자네는 편도체에서 감당하지 못할 뭔가를 전두엽으로 넘겨서 처리하게 하려고 그 자리를 뜬 거야. 성숙한 행동이야, 이바르. 자네가 분노를 다스릴 줄 알게 됐다는 뜻이야. 집에 전화해서 아내가 괜찮은지 확인하는 게 좋을 거 같아, 알았어?"

나는 고개를 들어 그를 보았다. "자네는 왜 관심을 두는 건데?"

"자네가 관심을 보여줬으니까?"

"뭐?"

"내가 처음 일을 시작해서 자네 차에 배정됐을 때. 자네가 날 도와주면서 영어로 어떻게 하라고 알려줬어. 영어로 말하는 걸 싫어하는 것 같았는데도."

"영어를 싫어하진 않아. 그냥 잘하지 못하는 거지."

피유스가 미소를 지었다. "그거야, 이바르. 자네는 조금 멍청해 보이는 걸 감수하고 내가 조금 덜 멍청해 보이도록 도와줬어."

"넘겨짚지 마, 난 그냥 일을 이해하는 파트너가 필요했을 뿐이야. 안 그러면 내가 힘들어지니까, 알아들어?"

"알아. 아마 자네가 아는 것보다 더 많이. 누가 진심으로 도와주려 할 때는 알 수 있어. 자네도 지금 알잖아? 아니면 내가 그저 수거차 파트너 때문에 나까지 망하기 싫어서 이러는 걸로 보여?"

나는 고개를 저었다. 물론 피유스가 나를 돕는 걸 알았다. 그는 늘 그랬다. 내 뒤를 봐준 게 아까 발코니의 그 미친 늙은 여자 일이 처음은 아니었다. 나는 그냥 외국인이 와서 일자리만 뺏어갈 뿐 아니라 상사 자리까지 올라가는 게 짜증 났을 뿐이었다. 어쩐지 그러면 안 되는 것 같았다. 아무나 그냥 들어와서 정당하게 얻은 게 아닌 무언가를 차지하게 놔둘 수는 없는 노릇이다. 내가 권리를 가진 내 것을 말이다. 그러면 전쟁이 날 수밖에 없다. 그래, 그래, 이렇게 생각하면 안 되는 거 나도 안다. 그러면 곤란한 처지로 몰릴 수 있다는 것도 안다. 다 안다고. 엿이나 먹으라고 해.

"나는 테스테론이 너무 많아." 내가 말했다.

"테스토스테론." 피유스가 말했다. 그래, 그가 또 특유의 거슬리는 미소를 지으며 말했다.

"그거 때문에 자꾸 과격해져." 내가 말했다.

"꼭 그런 건 아니야." 피유스가 말했다.

"여하튼 그게 날 성적으로 흥분하게 하는 게 아니라 공격적이게 해. 리사가 다른 데를 기웃거리는 게 놀랄 일도 아닐지 몰라."

"틀렸어, 틀렸어, 또 틀렸어." 피유스가 말했다. 아 그래, 그는 이제 내 말투를 흉내 냈다. "동물 실험에서는 테스토스테론이 단독으로 공격성을 자극하는 걸로 보이지만, 그건 테스토스테론을 투약한 그 동물이 위기의 순간에 공격성에 기대는 동물이기 때문이야. 그 동물의 뇌가 다른 해결책을 보지 못하기 때문이야. 더 최근의 연구에서는 테스토스테론의 기능이 그보다 광범위하게 나오거든. 결정적인 상황에서 필요한 행동이라면 뭐든 하도록 준비시키는 기능이야. 그게 공격성이나 분노든, 아니면 그 반대든."

"그 반대?"

"세계 평화를 위협하는 외교 위기가 발생했다고 가정해봐. 그러면 공격성을 드러낼 게 아니라 아무리 증오하는 상대라도 나를 낮추어 관용과 공감의 자세로 급히 태세전환을 해야 해. 아니면 달에 착륙시킬 로켓을 통제하는 임무를 맡았다고 가정해봐. 컴퓨터가 고장이 나서 자네가 직접 머릿속으로 속도와 근접각과 거리를 계산해야 해. 화낸다고 될 일이 아니겠지. 이럴 때 우리를 도와주러 나오는 게 바로 테스토스테론이야."

"뭐야, 지어내는 거 아니야?" 내가 말했다.

피유스가 어깨를 올렸다. "스토로 근처에 있었던 거 생각나?"

"스토로?"

"진눈깨비가 내리던 날이었어. 거기서 우리가 벽 쪽으로 후진해서 쓰레기통을 비우려고 했지."

그가 나를 보았다. 나는 고개를 저었다.

"뭐야, 이바르. 수거차가 비탈에 서 있다가 미끄러져 내려온 거."

나는 다시 고개만 저었다.

"그때 내가 수거 트럭에 등지고 서 있었고 자네가 제일 큰 쓰레기통을 옆으로 돌려서 트럭과 벽 사이에 재빨리 끼워놓지 않았다면 난 깔려 죽었을 거야."

"아, 그거. 음, 깔려 죽을 정도는 아니었어."

"내 말은 자네는 즉흥적이면서도 이성적으로 반응할 수 있는 사람인 걸 보여줬다는 거야. 자네는 아드레날린과 테스토스테론이 샘솟는다고 느낄 때 **반드시** 이성을 잃는 게 아니라는 거야. 그러니 걱정 마. 자네는 자네가 생각하는 것보다 똑똑해, 이바르. 그러니 아내한테 전화해봐. 테스토스테론을 이용해 공감을 보여주라고. 계산 능력도 보여주고."

허, 그럴 리가. 나는 아내에게 전화했다.

전화를 받지 않았다.

"주무시나 봐." 피유스가 말했다.

나는 손목시계를 보았다. 8시. 물론 아내가 출근 버스를 타서 전화를 받지 못하는 걸 수도 있었다. 나는 메시지를 넣었다. 기다리는 사이 내 발이 드럼 스틱처럼 바닥을 두드렸다. 해가 떠올라 앞유리를 비추었다. 지옥처럼 뜨거운 날이 되겠군. 나는 재킷을 벗으며 생각했다.

"이동하는 게 좋겠다." 피유스가 키를 돌려 시동을 걸었다.

리사를 처음 만난 건 직업 전문대학에 다니던 시절에 친구네 집에서 열린 파티에서였다.

그날 나는 얀에서 온 녀석에게 덤벼들었다. 그는 내게 존중이 어쩌고 하면서 훈계하려 했다. 내가 쉽게 욱하는 인간이라는 소문을 들어서, 싸움을 잘하는 그가 그 자리에 모인 여자애들 앞에서 잘난 척하고 싶어서 나를 건드린 건 나도 알고 있었다. 그런데 알아도 소용이 없었다. 상대가 턱을 갈기라고 들이민다면 다 소용이 없었다. 짧은 이야기를 더 짧게 줄이자면 그가 나를 두들겨 팼다. 리사가 두루마리 화장지로 내 코에서 흐르는 피를 닦아주며 나를 일으켜 세우고 송에서 내가 살던 기숙사로 데려다주었다. 그리고 밤새내 방에 머물렀다. 다음 날도. 다음 주도. 한마디로 거기서 살았다.

우리는 사랑에 빠질 틈이 없었다. 상대가 정말로 날 원하는지 모르는 상태, 고통스러우면서도 아름다운 불확실성의 상태를 음미할 틈이 없었다. 밀당과 의심과 황홀경, 우리는 이 모든 과정을 건너뛰었다. 바로 연인이 되었다. 더 말할 것도 없다. 누군가는 내가 분에 넘치는 여자를 만났다고 보았다. 적어도 시간이 흐를수록 그렇게 생각했을 것이다. 그때만 해도 리사는 말수가 적고 소심한 편인데다 나중에 살이 몇 킬로그램 붙으면서 생긴 몸매도 없고 심각한 수줍음을 떨쳐내자마자 나 말고도 남들도 알아보게 된 광채도 그때는 아직 없었다.

다들 리사가 내게 좋은 여자라고, 리사 덕에 내가 차분해졌다고, 전처럼 그렇게 '변덕스럽지 않아' 보인다고들 했다. 이건 어릴 때 소아정신과 의사가 내게 불안정하다고 대놓고 말하지 못해서 에둘러 한 표현이기도 했다. 그리고 사실이었다. 리사는 나를 차분하게 눌러주는 법을 알았다. 리사는 내 옆에 없을 때든 내가 술을 퍼마시고 인사불성이 됐을 때든 나를 진정시킬 줄 알았다. 나는 한두 번 중상해죄로 처벌받기는 했지만 짧게 두 번 감방에 들어갔다 나왔을 뿐이다. 그리고 말했듯이 리사에게는 손찌검을 한 적이 없었다. 애초에 그럴 일도 없었다. 이제까지는. 리사가 한 번이라도 나를 무서워했을 리가 없다. 남들 때문에 무서워했을 수는 있다. 친구나 친척들이 나에게 말실수를 할 때처럼. 나는 의사에게 우리 부부가 아이를 가질 수 없다는 말을 들었을 때 리사가 내심 안심한 게 아닌가 의심했다. 젠장, 나 역시 안도하긴 했지만, 그 말을 입 밖에 내지는 않았다. 하지만 리사가 자신의 안전 때문에 나를 두려워한 적은 없었다. 그래서 루드비그센과의 일도 순순히 인정했을 것이다. 하지만 나조차도 내 한계가 어디까지인지 모르고 여기 이렇게 앉아서 내가 정확히 무슨 짓을 저질렀는지 머리를 쥐어짜는 마당에, 리사가 무슨 수로 내 한계를 안다고 자신할 수 있었을까?

내가 열 살일 때 부모님은 토요일 밤에 외출할 때마다 형과 내게 레모네이드를 한 컵씩 주고 나갔다. 부모님이 문을 나서자마자 형이 두 컵 모두에 걸쭉한 침을 뱉었다. 그러면 두 잔 다 자기가 마실 수 있을 줄 알고. 그러나 박살 난 턱으로는 컵에 담긴 주스를 마실 수 없었다. 형이 병원에서 빨대로 마신 거라고는 물밖에 없었다.

어쨌든 지금 내 처지에서 리사는 레모네이드 컵 같은 존재였다. 누가 침을 뱉어서 망친 레모네이드. 다르게 생각할 여지가 없었다. 나는 내 것을 잃었고, 남은 거라고는 쓸데없는 복수심, 그러니까 압력을 빼내는 일뿐이었다. 젠장. 망할.

지금 그것이 돌아오는 느낌이 들었다. 관자놀이가 고동치는 그 느낌.

우리는 셸소스바이엔에 있고 방금 600번지를 지나쳤다.

집과 쓰레기통 들 사이를 오가는 동안 나는 조수석에 올라탔다 내렸다 하며 간간이 뒤쪽 사다리에 붙어 서 있었다. 수시로 휴대전화를 확인하면서.

리사는 회의에 들어갔을 수도 있다.

루드비그센과 함께.

그래, 이런 식으로 생각해서는 안 된다. 리사는 거기 없다. 어떻게 그렇게 확신하는지는 몰라도 그런 확신이 들었다.

우리는 셸소스바이엔 612번지에 이르렀다.

저택이고 이 동네의 여느 집들보다 더 호화롭지도 덜 호화롭지도 않았다. 부모한테 물려받았다면 엄청난 부자여야만 살 수 있는 곳도 아니고 꼭 부자여야 할 필요도 없는 종류의 집이었다. 하지만 새로 매입한다면 수십만 크로네는 들어갈 집이었다. 과수원이 딸린 집은 비싸다. 도시의 동쪽 끝에 있는 우리 동네 같은 데서도.

포치 위 외부등이 켜져 있었다. 슈테판 루드비그센은 전기요금에 신경 쓰지 않거나 뭐든 잘 잊어버리는 부류인 듯했다. 아니면 아직 출근하지 않고 집에 있거나. 그래서 차고로 가는 길에 내 맥박이 빨라졌나? 그가 나와서 리사와 연락이 되지 않아 경찰에 신고했고 지금 경찰이 이쪽으로 오고 있다고 말할 것만 같아서? 또 심장 박동이 빨라져서만 아는 게 아니었다. 불현듯 절대적 확신이 들었다. 어젯밤에 내가 살인을 저질렀다는 확신. 욱신거리는 팔뚝과 양손의 손끝과 누군가의 조그만 울대를 누르던 양쪽 엄지에서만 그런 느낌이 든 게 아니라 마음 깊숙한 곳에서도 느껴졌다. 나는 살인자다. 그리고 누군가의 불거진 두 눈이 애원하며 죽어가면서 체념과 절망 속에서 나를 쳐다보다가 이내 꺼지는 장면이 보였다. 전류가 꺼지면 붉은 경고등도 꺼지는 것처럼.

루드비그센, 그는 알았을까? 지금 저 창문 너머 어딘가 앉아서 나를 보고 있을까? 감히 나오지는 못하고 그 안에 앉아 경찰이 오기만 기다리고 있을까? 나는 여름 아침의 고요 속에서 경찰차의 사이렌이 들리는지 귀를 기울이다가 바퀴 네 개짜리 쓰레기통이 있는 차고의 문을 열었다. 문이 잠겨 있지 않았다. 그 안에 차가 있었다. 번쩍거리는 신형 BMW. 악당들이 BMW를 몰지 않나? 그런데 여기서 악당은 나밖에 없었다. 나는 쓰레기통을 밖으로 끌어냈다. 쓰레기통이 유난히 무거워서 바퀴가 자갈길에 빠지는 바람에 힘껏 밀어야 했다. 쓰레기통을 수거차의 유압장치에 연결했고, 사이드미러로 피유스와 눈이 마주쳤다. 그가 뭐라고 소리쳤지만, 윙윙거리는 리프트 소리에 들리지 않았다.

"뭐?" 내가 소리쳤다.

"저거 네 차 아니냐고?" 그의 말소리가 들렸다.

"미친, 내 차가 무슨 BMW야."

"그거 말고!" 피유스가 소리쳤다. "저거."

그가 그 길에서 더 위쪽을 가리켰다. 거기에 50미터 앞에 흰색 코롤라가 서 있었다. 조만간 EU 차량 검사를 받아야 할 차. 보닛이 눈에 띄게 팬 자국이 있는 차. 주차 단속원과 말다툼하다가 내 주장을 명확히 전달하기 위해 주먹으로 내리친 자리였다.

그러다 내 안에서 여명이 밝았다. '여명이 밝았다'가 맞는 말인 것이, 아주 천천히 일어나는 현상을 뜻하는 표현이기 때문이다. 리사가 나한테 한 그런 짓을 한다는 게 도저히 이해가 안 돼서 그렇게 서서히 깨달은 것이다. 거기에는 루드비그센이 출근할 때 타고 갔어야 할 BMW가 있고, 우리 집 차고에 있어야 할 코롤라가 있었다. 리사가 아침에 일어나 코롤라가 차고에 있는 것을 보고 루드비그센이 기다리는 여기로 끌고 온 것이다.

나는 그 집을 보았다. 그들이 저 안에 있다. 지금 뭘 하고 있을까? 머릿속에서 그들의 모습을 아무리 지우려 해봐도 지워지지 않았다. 죽이고 싶었다. 그들을 살해하고 싶었다. 누군가의 목숨을 빼앗고 처벌받고 싶었다. 이건 분노가 말하는 게 아니다. 아니, 사실은 분노가 말하는 것이다. 하지만 이건 그냥 툴툴 털고 넘어갈 수 있는 분노가 아니었다. 밖으로 나와야 했다. 다른 방법은 없었다. 루드비그센을 없애버려야 했다. 리사…… 이 생각은 끝까지 이어갈 수 없었다. 두 사람이 벌거벗은 채 크고 우스꽝스러운 기둥 네 개짜리 침대에 누워 있는 장면이 떠오르지만, 이 그림에는 어쩐지 앞뒤가 맞지 않는 뭔가가 있었다. 말이 되지 않는 요소. 어디선가 잃어버린 건 알지만 그게 어디였는지 기억나지 않는 느낌이었다.

어쨌든 나는 이 쓰레기통을 비우고 당장 공구함에서 잭을 꺼내서 그 집으로 뛰어 올라가 안으로 들어가 살인자가 될 것이다. 결심이 서자 긴장이 저절로 풀린 듯 묘하게 머리가 가벼워졌다. 쓰레기통이 천천히 올라가는 것을 보는데 전화벨이 울렸다. 전화를 받왔다.

"여보세요." 리사였다.

몸이 얼어붙었다. 휴대전화 너머로 배경 소음을 알아챘다. 리사는 우체국 물류센터에 있었다. 직장에.

"몇 번 전화했더라." 리사가 말했다. "미안. 오늘 여기 정신이 좀 없어. 루드비그센이 어딨는지 아무도 모르거든. 나중에 통화할까?"

"그래." 나는 대답하면서 쓰레기통이 둥그렇게 호를 그리며 정점으로 올라가는 것을 보았다. "사랑해."

잠시 침묵이 이어지는 사이 리사가 당혹한 것을 느낄 수 있었다.

"당신 설마……." 리사가 입을 열었다.

"응, 맞아." 내가 말했다. "상처받았고 속상해." 쓰레기통이 비워지기 시작했다. "그래도 사랑해."

나는 전화를 끊고 코롤라를 보았다. 그늘 속에 서 있고 앞유리에 아직 이슬이 맺혀 있었다. 밤새 거기 서 있었던 것이다.

초록색 쓰레기통에서 쓰레기가 미끄러져 떨어지고 깔대기 모양 수거함의 철제 바닥에 뭔가가 부드러운 철퍼덕 소리를 내며 떨어졌다. 나는 안을 들여다보았다. 거기에, 불룩하게 묶인 비닐봉지와 빈 피자 박스 사이에 파란색 파자마를 입은 희멀겋고 통통한 시체가 있었다. 나는 슈테판 루드비그센을 만난 적이 있는 게 확실했다. 바로 그 사람인 걸 알아보았으니. 실핏줄이 터진 부릅뜬 눈이 나를 지나쳐 허공을 향했다. 목에 난 자국이 검게 변해 있었다. 어느새 안개가 걷히고 해가 떠올라서 갑자기 두 배로 강렬하게 보이는 것과 같았다. 극지방에서 빙하가 녹아내리듯 기억의 풍경이 가속도를 붙이며 선명해졌다.

그가 목이 짓눌린 채 울면서 고백하던 장면이 떠올랐다. 최근 이혼해서 실수했다는 그의 변명도. 그는 부엌칼을 쥐고 내 얼굴을 향해 휘둘렀다. 내가 취해서 빠르게 반응하지 못할 줄 안 모양이었다. 내 이마에 상처가 났고, 나는 그의 손에서 칼을 떨어뜨렸다. 좋은 칼이었다. 그래서 흥미가 동했다. 내게 핑계가 생겼다. 정당방위, 젠장! 그래서 나는 그를 움켜잡아 목숨을 짜냈다. 너무 빠르지도, 너무 느리지도 않게. 그걸 즐겼다는 건 과장일 것이다. 다만 나는 그에게 이해할 시간을 주었다. 후회할 시간. 고통받을 시간. 내가 받은 만큼의 고통을 느낄 시간.

나는 압축기가 반라의 시체를 쥐어짜 태아 자세로 뭉치는 것을 보았다.

나는 사다리에 선 채로 현관으로 이어진 자갈길을 보았다. 끌고 나온 흔적은 없었다. 내가 깨끗이 뒤처리를 하고 집 안팎으로 모든 흔적을 말끔히 지운 것이다.

한밤중에 코롤라를 몰고 와서 그의 집 초인종을 누를 때는 술에 취해 있었더라도, 그가 죽어서 주방 바닥에 쓰러져 있는 모습을 본 순간 술이 다 깼을 것이다. 음주운전으로 집에 오다가 붙잡혀 기록이 남으면 나중에 루드비그센의 실종사건과 연결될 수 있다는 생각을 할 만큼은 깨어 있었다. 그는 사라져야 했다. 흔적 없이 사라져야 했다. 그의 집 초인종을 누르기 전부터 모든 일을 계획했을까? 피유스, 피유스 말이 맞으니까. 내게는 정말로 재빨리 행동하면서도 이성을 잃지 않는 능력이 있었다.

나는 수거차 앞쪽으로 가서 조수석에 올라탔다.

"뭐야?" 피유스가 나를 돌아보며 물었다.

"뭐가?" 내가 물었다.

"뭘 말하고 싶은 거야? 말했듯이 나는 비밀유지조항에 맹세했다니까."

무슨 말을 해야 했을까? 나는 동쪽을, 해가 능선 너머로 떠오르는 쪽을 보았다. 이제 곧 한 바퀴를 다 돌고 나면 우리는 그쪽으로, 클레멘츠루드의 폐기물 처리장으로 갈 것이다. 거기서 로봇 스캐너가 루드비그센을 유기물로 분류하고, 컨베이어벨트가 그를 마땅히 가야 할 지옥으로 보내줄 것이다. 거기서는 모든 흔적과 모든 기억과 우리 뒤에 남은 모든 것이 소멸하고 우리가 잃어버린 무엇도 재활용되지 않을 것이다.

이어서 그 말이 떠올랐다. 평소 혀끝에 맴돌던 그 말. 이번에는 혀에서 음악처럼 흘러나왔다.

"누군가는 쓰레기를 치워야 해." 내가 말했다.

"그건 전적으로 동감이야." 피유스가 말했다.

쓰레기 수거차가 부르르 떨면서 깨어나 출발했다.

자백

"제가 도움이 되는 건가요, 경관님?"

나는 시모네의 커피잔을 테이블보가 덮인 그녀의 테이블에 놓는다. 그녀의 커피잔. 그녀의 테이블보. 그녀의 테이블. 테이블 가운데에 초콜릿이 가득 든 그릇도 그녀의 것이다. 물건들. 죽으면 물건들의 의미가 얼마나 작아지는지 참 묘하다. 어떤 식으로든.

그렇다고 그녀가 살아 있을 때 그런 물건들이 그녀에게 그렇게 중요했던 것도 아니다. 나는 방금 경관에게 이 모든 것을 설명했다. 그녀가 나를 내쫓으면서 원하는 건 다 가져가도 된다고 말한 것도. 스테레오든 TV든 책이든 주방 집기든 **뭐든 다**. 그녀는 마음의 준비가 되어 있었다. 교양 있게 헤어질 결심을 한 것이다.

"우리 집에서는 티스푼 같은 걸로 싸우지 않아." 그녀가 말했다.

나도 싸우지 않았다. 그냥 그녀를 바라보며 그녀가 쏟아내는 공허하고 진부한 말 속에 숨겨진 진짜 이유를 알아내고 싶었다. "우리 둘에겐 이게 최선이야" "각자의 길을 가자" "이제 앞으로 나아갈 때야" 등등의 뻔한 말들.

그녀는 종이 한 장을 테이블에 놓고 원하는 물건에 표시하라고 말했다.

"물건 리스트를 만들어봤어. 이젠 감정에 휘둘리지 말고 상식적으로 행동하자, 아르네. 이걸 통제된 청산 절차라고 생각해봐."

그녀가 말했다. 우리가 지금 결혼이 아니라 장인어른의 자회사를 정리하는 문제에 관해 대화한다는 듯이. 나는 물론 자존심이 상해서 그 리스트를 쳐다보지도 않았다. 빈데렌의 풀이 무성한 그 집에서, 우리가 좋은 날도 함께하고 내 기억에는 나쁜 날도 며칠 함께한 그 집에서 나는 상처가 심한 탓에 아무것도 가지고 나오지 못했다.

그렇게 다 포기한 게 다소 성급한 결정이었을 수 있다. 어쨌든 그녀는 자산이 1,400만 크로네나 되는 부유한 젊은 여자였고 나는 나의 사업 수완을 다소 과신하다 빚더미에 올라앉은 사진작가였다. 시모네는 내가 다른 사진작가 여섯 명과 함께 스튜디오를 차린다고 했을 때 지지해주었다. 금전적으로는 아니라도 적어도 윤리적으로는.

"아버지는 경제적으로 수익이 날 거라고 보지 않으셔." 그녀가 말했다. "당신이 혼자 힘으로 해야 할 것 같아, 아르네. 아버지한테 당신이 할 수 있다는 걸 보여줘. 그래서 수익이 잘 나면 당신 사업에 투자하실 거야."

서류상으로는 그녀의 돈이지만 실질적으로 그 돈을 관리하는 사람은 그녀의 아버지였다. 우리가 결혼할 때 혼전계약서를 써야 한다고 고집한 사람도 물론 장인이었다. 그는 모든 걸 내다봤을 것이다. 그녀가 조만간 더 자라면 이렇게 꿈만 거창하고 '예술적 야망'을 가진 장발의 청년 사진작가에게 싫증을 내리라는 것을.

그래서 나는 그가 나를 얼마나 잘못 봤는지 증명해 보이기로 결심했다. 사업 아이디어 비슷한 거면 아무거나 은행이 알아서 돈을 퍼주던 시절이라 나는 대출로 금메달을 따냈다. 하지만 6개월 만에 시모네의 아버지 말이 옳았다는 것을 증명하고 말았다. 대개 여자들이 우리를 사랑하지 않게 된 시점을 정확히 짚어내는 것은 어렵지만 시모네의 경우는 쉬웠다. 그녀가 현관문을 열었을 때 계단에 서 있던 어떤 남자가 법원 집행부에서 나왔다면서 내 자산을 압류하라는 청구권을 가지고 왔다고 말한 순간이었다. 시모네는 그 남자를 냉랭하면서도 정중하게 대하며 수표를 써주었고, 우리는 차를 지킬 수 있었다. 그녀는 나에게 나갈 때 원하는 물건을 가져가라고 말할 때도 똑같이 냉랭하면서 정중했다. 나는 옷가지와 시트와 베갯잇과 100만 크로네가 조금 넘는 개인 채무를 챙겨서 나갔다.

그때 이 테이블을 챙겨갔어야 했다. 마음에 드는 테이블이었다. 테이블 위의 자잘한 홈집, 광란의 파티가 남긴 기념품 같은 그 흔적들과 내가 거실을 온통 초록색으로 칠하기로 했을 때 튄 페인트 자국도 마음에 들고, 우리가 이 테이블 위에서 처음이자 마지막으로 사랑을 나눌 때 살짝 휜 한쪽 다리도 마음에 들었다.

수사관은 나와 마주 보는 자리의 안락의자에 앉아 있고, 우리 앞 테이블에는 수첩이 손대지 않은 채 놓여 있었다.

"아내가 이 소파에서 발견됐다는 기사를 봤습니다." 나는 커피가 담긴 컵을 든다.

물론 불필요하게 시시콜콜한 정보다. 하지만 모든 신문의 1면에 이 기사가 실렸다. 경찰은 의심스러운 정황을 배제하지 못했고, 아내의 성씨는 언론의 주목을 받을 만했다. 부검 보고서에 따르면 사인은 시안화물, 즉 청산가리 중독이었다. 언젠가 시모네는 아버지의 체인점 사업을 물려받을 생각으로 금세공 수업을 받은 적이 있는데 전에도 자주 그랬듯이 얼마 안 가서 싫증 냈다. 그녀가 작업실에서 몰래 가져온 시안화물 약병은 아직 지하실에 있었다. 짜릿한 흥분을 느끼기 위해 보관하는 거라고 했다. 하지만 아내의 몸에서 검출된 시안화물이 그 병에서 나왔다는 증거는 없고 그녀가 어떻게 섭취했는지 추정할 증거도 없어서 경찰은 추가 조사 없이 자살로 종결하기를 꺼렸다.

"무슨 생각을 하시는지 압니다, 경관님."

소파 커버 속 스프링이 허벅지에 닿는 느낌이 들었다. 오래된 로코코풍 소파, 역시 그녀 취향이었다. 그자도 이 소파에서 그녀를 가졌을까? 그녀의 새 남자, 그 건축가도? 그는 내가 나가고 몇 주 만에 이 집으로 들어왔다. 내가 아직 이 집에 살 때도 이미 이 소파에서 그녀와 섹스했을지도 모를 일이었다. 경관이 내게 무슨 생각하는지 안다는 게 무슨 뜻이냐고 묻지 않아서 그냥 내가 먼저 설명한다.

"아내가 스스로 목숨을 끊을 사람이 아니라고 생각하시죠? 그 생각이 맞습니다. 어떻게 아느냐고 묻지는 마세요. 저는 아내가 살해당한 걸 압니다."

내 눈에 경관은 별로 관심이 없어 보였다.

"게다가 살인이라고 하면 버림받은 남편인 저한테 불리해 보이는 것도 압니다. 저한테 살해 동기가 생기니까요. 제가 아내를 만나러 왔을 수도 있고, 아내가 그 독약을 어디에 두는지도 알았고, 몰래 아내의 커피잔에 그걸 떨어뜨리고 떠났을 수도 있으니까요. 그래서 제가 사는 곳까지 찾아오신 거겠죠. 제 옷과 시모네의 집에서 발견한 섬유가 일치하는지 확인하려고요."

경관은 대답이 없다. 나는 한숨을 쉰다.

"그래도 섬유든 족적이든 지문이든 모두 제 것이 아니니 저한테 불리한 결정적 증거는 없는 거죠. 아마 그래서 똑똑한 누군가가 저를 이 집으로 불러서 제가 범죄 현장에 다시 왔을 때 어떻게 반응하는지 지켜보자고 제안했을 겁니다. 일종의 심리전이죠. 제 말이 맞나요?"

여전히 대답이 없다.

"경찰이 아무것도 발견하지 못한 이유는 간단해요. 저는 여기에 없었으니까요, 경관님. 적어도 지난 일 년 동안에는요. 게다가 가정부가 진공청소기로 꼼꼼하게 청소합니다."

나는 커피잔을 내려놓고 초콜릿 그릇에서 트위스트를 집는다. 코코넛 맛이다. 내가 좋아하는 맛은 아니지만 괜찮다.

"슬퍼지려 하네요, 경관님. 한 사람의 흔적이 그렇게 빠르게, 그렇게 쉽게 지워질 수 있다는 게요. 애초에 존재한 적이 없던 것처럼요."

포장지 양쪽 끝을 잡아당기자 초콜릿이 네 바퀴 빙빙 돈다. 나는 은박지를 벗기고 네 번 접어서 접힌 부분을 손톱으로 꾹꾹 눌러 테이블에 놓는다. 눈을 감고 초콜릿을 입속으로 튕겨 넣었다. 성찬. 죄 사함.

시모네는 초콜릿을 참 좋아했다. 특히 트위스트를. 매주 토요일에 키위 슈퍼마켓으로 장을 보러 갈 때마다 나는 트위스트를 큰 걸로 한 봉지를 샀다. 우리의 몇 가지 안 되는 정해진 일과 중 하나였다. 기회주의와 변덕, 가끔 같이 먹는 저녁 식사와 대체로 같은 침대에서 일어나는 일상 위에 맺어진 관계에서 그것은 닻의 기능을 했다. 우리는 각자의 일 핑계를 댔고, 나는 우리에게 아이가 생기면 모든 것이 달라질 거라고 믿었다. 그랬다면 우리는 화목했을 것이다. 아이. 내가 처음 그 얘기를 꺼냈을 때 시모네가 얼마나 충격을 받았는지 기억난다.

나는 다시 눈을 뜬다.

"우리는 완벽한 트위스트 커플이었어요, 시모네와 저요." 나는 이렇게 말하며 경관이 한쪽 눈썹을 올리고 아리송한 표정을 지을 거라고 기대한다. "트위스트 춤 말고, 그 초콜릿이요." 내가 덧붙인다. 경관은 분명 유머 감각이 없는 사람이다. "저는 감초 맛이랑 누가 맛을 좋아하고 바나나크림 맛은 싫어해요. 그런데 하필 아내는 바나나크림 맛을 좋아했어요. 왜 있잖아요, 노란색과 초록색 포장지로 싼 거. 아, 그래요. 벌써 아시겠군요. ……집에 손님이 오면 초콜릿 그릇을 내놓기 전에 바나나크림 맛을 미리 다 골라내야 했어요. 다음 날 아내가 먹을 수 있게요."

그리고 가볍게 웃음을 더할까 하다가 (예고도 없이) 그 짧은 일화에 감정이 북받친다. 목에 뭔가가 걸리는 느낌이 든다. 아무 말도 할 생각이 없는데 내 입에서 비통하게 중얼거리는 소리가 나온다.

"우리는 서로 사랑했어요, 경관님. 사랑 그 이상이었어요. 우리는 서로가 숨 쉬는 공기였고, 서로를 살아 있게 해주었어요. 아시겠어요? 하긴, 경관님이 어떻게 알아요?"

이쯤 되니 화가 나려 한다. 나는 여기 앉아 나의 가장 내밀하고 고통스러운 생각을 쏟아내며 눈물을 애써 참고 있는데, 경관은 철저히 무표정으로 일관한다. 아무리 그래도 위로의 의미로 고개를 끄덕여주거나 메모라도 하는 시늉 정도는 해줄 수 있지 않나.

"절 만나기 전에 시모네의 삶은 의미도 없고 방향도 없이 내리막길을 걷고 있었어요. 겉으로는 다 괜찮아 보였지만, 외모든 돈이든 소위 친구들까지도 다 실체도 없고 방향도 없었어요. 아시겠어요? 저는 그걸 물건의 공포라고 불러요. 물건은 잃어버릴 수 있고, 물건을 많이 가질수록 잃어버릴까 더 두려워지는 거죠. 아내는 풍요 속에서 허우적대며 죽어가고 있었어요. 숨을 쉴 수가 없었죠. 제가 나타나서 아내에게 숨통을 트여준 거예요. 공기를 준 거죠."

나는 말을 끊는다. 경관의 얼굴이 일렁이는 것처럼 보인다.

"공기요. 시안화물과 정반대요, 경관님. 시안화물이 몸에 들어가면, 호흡기 세포를 마비시키면 숨을 쉬지 못하고 몇 초 만에 질식해 죽어요. 경관님도 아실 텐데요?"

이제 좀 낫다. 다른 얘기를 하자. 나는 마른침을 삼키며 마음을 가다듬고 말을 잇는다.

"그 건축가요, 헨리크 바케. 아내가 그 사람을 어떻게 만났는지는 몰라요. 아내는 제가 집에서 나간 이후에 그 사람을 만났다고 했고, 저도 처음에는 그 말을 믿었어요. 그런데 친구들이 저보고 순진하다면서 그 남자가 거의 동시에 그 집에 들어간 걸 보면 모르겠냐고 했어요. 그런데요, 경관님, 좀 이상하게 들리겠지만, 사실 아내가 다른 사람에게 연정을 품어서 우리 사이가 틀어졌다고 생각하니 오히려 위안이 됐어요. 그러면 시모네와 저의 관계가 저절로 타버려서 소멸한 게 아니라, 사랑이 사랑을 물리친 거라는 뜻이니까요."

나는 경관을 흘끔 보다가 그와 눈이 마주치자 눈길을 돌린다. 평소 나는 감정에 대해, 특히 내 감정에 대해 말할 때 조심하는데, 지금은 내 안의 무언가가 저절로 가속도를 붙여서 멈출 수가 없다. 어쩌면 멈추고 싶지 않은지도 모른다.

"제가 평소 질투하는 남자인 것 같아요. 시모네는 전형적인 미인은 아니었을지 몰라도 그녀 안에는 그녀를 위험한 쪽으로 아름답게 하는 동물적인 기질이 있었어요. 그녀의 눈빛을 보면 집에 고양이하고 단둘이 남은 금붕어가 된 기분이에요. 그래도 남자들이 꼬였죠. 악어 입 주위의 악어새처럼요. 시모네는 그런 남자들의 머리에 무슨 짓을 해놨어요. 아내는…… 음, 경관님도 아내를 보셨잖아요. 나의 검은 죽음의 천사, 제가 아내를 그렇게 불렀어요. 저는 아내가 저의 죽음이 될 거라고, 아내의 광적인 추종자가 저를 죽일 거라고 농담처럼 말하곤 했어요. 사실 제 마음 깊은 곳을 들여다보면 그런 건 두렵지 않았어요. 언젠가 아내가 끈질기게 구애하는 남자 중 한 사람에게 빠질 거라는 예감에 비하면요. 말했듯이 저는 평소 질투하는 남자거든요."

경관은 안락의자에 몸을 더 깊숙이 파묻는다. 사실 놀랍지는 않다. 여태껏 내가 수사에 도움이 될 만한 얘기를 한마디도 꺼내놓지 않았으니. 그래도 내 말을 끊고 싶은 눈치는 아니다.

"그래도 헨리크 바케를 질투한 적은 없어요. 재밌지 않아요? 적어도 그 사람을 미워하거나 그 사람에게 원한을 품진 않았어요. 제가 보기에 그 사람은 저 같은 남자일 뿐이고, 시모네를 세상 그 무엇보다도 사랑한 사람이에요. 사실 저는 그 사람을 경쟁자보다는 한배를 탄 사람으로 생각했어요."

나는 혀를 입속의 한쪽 구석으로 밀어 넣어 코코넛 조각이 박혀 불쾌하게 찌르르한 느낌이 드는 자리를 다듬는다. 경관의 침묵에 귀가 멀 것 같다.

"좋아요. 방금 그 말은 딱히 진실이 아니에요. 저는 헨리크 바케를 질투했어요. 적어도 처음 그를 만났을 때는요. 설명해보죠. 어느 날 그 사람이 제 사무실로 전화해서 만날 수 있느냐고 묻고는 시모네가 제게 줄 서류가 있다고 했어요. 이혼서류였겠죠. 새 애인을 통해 이혼서류를 보내는 아내에 대해 저는 할 말을 잃었지만, 그 사람이 어떤 사람인지 궁금해서 레스토랑에서 만나기로 했어요. 그 사람도 제가 궁금했겠죠.

아무튼 그 남자는 만나보니 정말로 괜찮은 사람이더군요. 비굴하지 않으면서도 예의 바르고, 지적이면서도 조심스럽고, 유머 감각이 뛰어나서 우리가 처한 상황의 재미난 구석을 이해하더군요. 맥주 두 잔을 마시고 나서 그가 시모네 얘기를 꺼냈을 때 저는 그 역시 제가 아내와 거쳐온 문제를 똑같이 겪는 중이란 걸 바로 알았어요. 시모네는 고양이였어요. 자기 좋을 대로 왔다가 가고 제멋대로 굴고 변덕이 심하며 딱히 신의가 두터운 여자는 아니었어요. 그렇게 표현해도 될지 모르지만 그 사람은 시모네 주변에 깔린 모든 남자인 친구들에 대해 불평하면서 시모네가 왜 다른 여자들처럼 여자친구를 사귀지 못하는지 의아해했어요. 그리고 그가 잠든 후 시모네가 술 취해서 들어온 그 모든 밤과 시모네가 그에게 말해주고 싶어 안달하던 새로 만난 온갖 흥미로운 사람들에 대해서도 얘기했어요. 지나가는 말처럼 우리가 헤어지고 제가 그 집을 나온 뒤로 시모네를 만난 적이 있느냐고 물어서 저는 미소를 지으며 아니라고 말해줬어요. 제가 그 사람을 질투하기보다 그 사람이 저를 더 질투할 수도 있겠다 싶으니까 미소가 나오더군요. 참 얄궂지 않나요, 경관님?"

경관은 입을 열려다 말고 턱을 반쯤 떨군 채로 있다. 참 멍청해 보인다. 사실 말을 너무 많이 하지 않기로 마음을 먹었지만 상대의 침묵에 이렇게 영향을 받을 수 있다니 참 재미있다. 처음에는 그 침묵이 위협으로 느껴졌지만, 지금은 **의미심장한** 침묵으로 볼 만한 건 아님을 알 수 있다. 경관은 딱히 관심을 보이거나 집중하는 표정은 아니고, 오히려 중립적으로 텅 빈 상태에 가깝다. 말의 부재, 곧 진공 상태가 내 말을 다 빨아들이는 것 같다.

"우리는 맥주를 한 잔씩 더 마시고 몇 번 크게 웃음을 터트리며 시모네의 몇 가지 기벽에 얽힌 일화도 나눴어요. 시모네가 늘 음식을 주문해놓고 변덕을 부려서 웨이터를 불러 주문을 바꿔야 한다든가. 시모네가 항상 불을 다 끄고 잘 자라고 인사까지 나눈 다음에 화장실에 간다든가. 또 물론 토요일에 장을 보러 가서 깜빡하고 트위스트를 사 오지 않으면 어떤 재앙이 닥치는지에 관해서.

그래서 몇 주 지난 어느 토요일 아침에 키위 슈퍼마켓에서 그 사람을 또 만났을 때 그리 놀라지 않았어요. 제가 그의 쇼핑카트에 든 트위스트 봉지를 대놓고 쳐다보자 우리 둘 다 웃음이 터졌어요. 그가 이혼서류 얘기를 꺼내면서 시모네의 변호사가 기다린다고 하더군요. 저는 요새 일이 좀 많다면서 다음 주에는 서류를 작성할 거라고 했어요. 그 사람이 그 얘기를 꺼내서 제가 조금 짜증이 났던 것 같아요. 아니, 왜 그렇게 서두르죠? 그 사람은 시모네의 침대에서 제 자리를 차지했고, 그거면 된 거 아닌가요? 시모네와 결혼하고 싶어 안달한 사람처럼 보였어요. 그녀의 수백만 크로네하고도요. 그래서 제가 둘이 결혼할 계획이냐고 대놓고 물었어요. 그 사람이 당황한 표정을 지어서 제가 다시 물었어요. 그러자 힘없이 웃으면서 고개를 젓더군요. 그러니 그림이 그려지더군요."

나는 감초 맛 포장지를 손가락 사이로 편다. '라크리스-라크리츠-라크리즈'라고 적혀 있다. 덴마크어와 스웨덴어와 노르웨이어로. 어쨌든 이해하기 쉽다. 이웃 나라들이 거의 같은 언어로 말하는 건 좋은 일이다.

"그의 눈에서 뭔가가, 예전에 거울 속 제 눈에 서려 있던 고통이 보이더군요. 바케, 그 사람도 쫓겨나기 직전이었던 거죠. 시모네가 싫증 난 거였어요. 시간문제일 뿐이고 그 사람도 그걸 알았어요. 그 사람도 이미 쓰디쓴 패배의 열매를 맛본 거죠. 혹시 그 부분도 수사하셨나요, 경관님? 시모네가 그런 계획을 세우고 있었는지 시모네의 여자친구들한테 물어보셨나요? 그걸 알아보셨어야죠. 그러면 그 사람에게 동기가 생기잖아요, 안 그래요? **치정범죄**라고 하던가, 그렇게 부르지 않나요?"

경관의 입꼬리가 살짝 비틀리는 것 같은데 미소를 짓는 건가? 그는 대답이 없다. 당연하다. 수사와 관련된 모든 정보에 대해서는 함구령이 내려졌을 테니까. 그래도 헨리크 바케가 용의선에 오른다고 생각하니 절로 미소가 새어 나온다. 굳이 미소를 숨기려고 애쓰지도 않는다. 우리 둘 다 미소를 짓는다.

"참 얄궂어요, 안 그래요? 제가 이혼서류를 작성하고 보내지 않아서 시모네가 사망한 시점에 우리가 아직 혼인 관계를 유지했으니까요. 그 덕분에 제가 유일한 상속인이 되는 거고요, 경관님. 그러니 헨리크 바케가 정말로 아내를 죽였다면 결국 제 인생의 유일한 사랑을 훔친 남자가 저를 백만장자로 만들어준 셈이죠. 저를요. 이런 게 인생의 작은 아이러니겠죠."

내 웃음소리가 실크 벽지와 오크재 쪽모이세공 마룻바닥에 부딪혀 메아리친다. 나는 조금 과장해서 내 허벅지를 치고 고개를 뒤로 젖히며 웃는다. 그리고 경관의 눈을 본다. 싸늘하다. 상어 눈처럼. 그 눈에 나는 소파에 못 박힌다. 당장 웃음을 멈춘다. 경관이 눈치를 챘을까? 나는 초콜릿을, 다임노르웨이 초콜릿을 하나 더 꺼내 포장지를 벗겼다가 마음을 바꾸어 누가 맛 발리를 집는다. 다임은 다시 포장지로 싸둔다. 집중해야 한다. 아니, 그럴 필요가 없어졌다. 경관을 한번 보는 걸로 족하다.

"트위스트가 좋은 게 포장지예요." 내가 말한다. "마음을 바꿀 수 있다는 거예요. 포장지를 한번 뜯어도 아무도 모르게 다시 포장할 수 있거든요. 보통은 그러기 어렵죠. 자백 같은 것도 그래요. 자백은 일단 포장을 뜯으면 그걸로 끝이니까요. 엎질러진 물이죠."

경관이 고개를 수그린다. 인사하는 모양새다.

"좋아요." 내가 말한다. "게임은 이제 끝내죠."

나는 이제 막 결심이 선 것처럼 말하지만 물론 그런 게 아니다. 사실 아까부터 때를 기다렸다. 그리고 그때가 바로 지금이다.

"지하실에서 시안화물 용액이 든 약병들을 발견하셨다고요, 경관님?" 초콜릿이 혀에서 녹아 속에 든 단단한 부분이 내 연한 입천장에 닿는다. "한 병이 사라졌어요. 제가 이 집에서 쫓겨날 때 한 병 가져갔거든요. 왜 그랬는지 모르겠어요. 기분이 가라앉아서 사실 그만 살고 싶었는지도 몰라요. 시안화물로 시안화수소산청산을 만들거든요. 이건 경관님도 아시겠죠?"

나는 손가락으로 그릇을 뒤져 바나나크림 맛을 찾아서 도로 넣는다. 오래된 습관이다.

"키위 슈퍼마켓에서 바케와 마주치고 이틀 후 트위스트 한 봉지를 샀어요. 약국에서 일회용 주사기를 사서 집에 돌아와 주사기에 시안화물을 채웠어요. 그리고 트위스트 봉지를 뜯고 바나나크림 맛을 꺼내 조심스럽게 포장지를 벗기고 그 독약을 주사한 다음 다시 포장지로 감싸서 트위스트 봉지에 집어넣었어요. 나머지는 간단했어요. 그다음 토요일에 키위 슈퍼마켓 앞에서 바케가 시모네의 포르셰를 타고 와서 주차할 때까지 기다렸어요. 외투 안에 트위스트 봉지를 숨기고 한발 먼저 매장으로 몰래 들어가서 트위스트 진열대 맨 앞에 그 봉지를 놓고 진열대 뒤에서 그가 그 봉지를 집는지 지켜봤어요."

경관은 고개를 수그린 채 앉아 있다. 꼭 독극물로 살해한 죄를 자백하는 사람이 내가 아니라 그인 것 같다.

"신문에서 보니까 헨리크 바케가 시모네를 발견했을 때 처음에는 잠든 줄 알았다더군요. 유감스럽게도 시모네가 죽을 때 그 사람은 거기 없었어요. 뭔가 배웠을 수 있었을 텐데. 삶과 죽음 사이를 건너는 인간을 공부하는 건 흥미롭잖아요, 안 그래요?"

경관은 대답하려고 준비하는 것처럼 보인다. 생각을 많이 해야 하는, 길고도 복잡한 대답을 하려는 것처럼. 내가 말을 이어간다.

"부검 결과가 나오자마자 헨리크 바케가 체포될 줄 알았어요. 그 시안화물이 바케가 직접 사서 그 집에 들여놓은 초콜릿에서 검출된 사실을 알아내는 건 식은 죽 먹기잖아요. 그런데 당신들은 그러지 못했죠, 경관님. 경찰이 그 약물하고 시모네의 위장에서 검출된 초콜릿 잔여물을 연결하지 못하더군요. 초콜릿이 이미 녹아 없어져서요. 그래서 헨리크 바케가 빠져나갈 수도 있겠다 싶었죠."

나는 남은 커피를 마신다. 경관의 컵은 아직 입도 대지 않은 채 놓여 있다.

"하지만 두 번째 시신이 부검대에 오르면 검시관이 알아챌 거예요. 안 그런가요? 살인 무기가 바로 거기 경관님 앞에 줄곧 있었다는 사실을 알지 않겠어요?"

나는 초콜릿 그릇을 향해 미소를 지으며 그를 쳐다본다. 대답이 없다.

"하나 남은 트위스트 드실래요, 경관님?" 침묵이 이어지고 희미하게 부스럭거리는 소리가 나면서 경관 앞 테이블 위에 뭉쳐져 있던 바나나크림 맛 포장지가 노랑과 초록의 장미처럼 펼쳐진다. 그 아름다운 테이블에서.

오드는 객석에서 보면 무대 우측 뒤편에 서 있었다.

그는 평소처럼 숨을 쉬려고 했다.

그렇게 서서 사람들 앞에 나설 생각에 두려워하며, 진행자가 그를 하늘로 띄워주면서 기대감을 잔뜩 끌어올리는 말을 들은 적이 얼마나 많았던가? 오늘 저녁 객석은 이미 한껏 들뜬 분위기일 것이다. 입장권이 그가 쓴 얇은 책 가격보다 비싼 25파운드나 했으니 말이다. 이제는 중고서점에서도 구할 수 없고 인터넷에서 300파운드에 팔리는 그의 첫 저서의 영문판 초판본 정도만 제외하면.

그래서 그렇게 숨 쉬기 어려운 건가? 그 자신은, 살과 피를 가진 인간 오드 림멘은 과장된 명성에 부합하지 않는다는 두려움 때문일까? 과장된 명성에 부응해 **살 수 없다**는 두려움일까? 어쨌든 사람들은 그를 슈퍼맨 같은 존재로 띄워놓았다. 인간 조건을 명확히 분석했을 뿐 아니라 사회문화적 추세를 예측하고 현대인의 병폐를 예리하게 진단하며 초능력을 가진 지성으로 만들었다. 그냥 **글쓰기**일 뿐이라는 걸 모르는 건가?

물론 작가의 생각에는 작가 자신도 이해하거나 보지 못하는 하위 텍스트가 존재하기 마련이다. 오드가 존경하는 위대한 작가들도 마찬가지였다. 카뮈, 사라마구, 그리고 사실 오드는 사르트르조차 그의 깊이를 온전히 이해하지 못한 채 표현의 피상적이고 성적인 매력에 더 관심을 두었을 거라고 의심했다.

백지 혹은 컴퓨터의 무심한 화면, 그것이 주는 도피처와 마주할 때 그는 오드 림멘, 〈보스턴 글로브〉의 평론가가 경의를 표하며 붙인 별명이자 이제 고유명사처럼 굳어진 이름인 '꿈꾸는 오드'가 될 수 있었다. 하지만 현실에서 그는 그저 오드일 뿐이었다. 평균 정도의 지능에 평균보다 약간 뛰어난 언어적 재능을 소유하고 자아비판과 충동성에 대한 통제력은 평균보다 현저히 떨어지는 인간이라는 실체가 폭로될 날을 기다리는 사람. 바로 이 충동조절 능력 결핍이라는 약점 덕분에 그의 감정 세계가 수천, 실제로는 (수백만까지는 아니어도) 수십만의 독자 앞에 그렇게 무방비로 노출된 것이기도 했다. 지면이나 화면은 물러설 여지와 후회하고 수정할 기회를 주는데도 그는 일단 글이 좋으면 그렇게 하지 않았다. 그에게는 문학의 소명이 개인의 안락함보다 중요했다. 그는 지면 위에서나 상상력 속이거나 글 안에서라면 성격적 결함이 맞서고 그만의 안전지대에서 벗어날 수 있었다. 그 안에서는 어떤 주제든 얼마나 내밀하든 그 자체로 외부의 현실과 단절된 안전지대가 되었다. 그는 아무거나 쓰면서 책상 서랍의 맨 아래 칸에 들어가 절대로 출판되지 않을 거라고 스스로를 속일 수 있었다. 그러다 편집자 소피가 원고를 읽어보고 작가로서의 자존심을 매만져주면서 이런 훌륭한 글을 독자에게서 빼앗는 것은 문학의 범죄라고 설득하면, 그냥 눈을 질끈 감고 떨리는 마음으로 혼자 술을 들이켠 뒤 될 대로 되라고 원고를 내주었다.

그러나 무대 위의 인터뷰는 달랐다.

에스더 애벗의 목소리가 멀리서 우르릉거리는 천둥처럼, 무대를 가로지르는 폭풍처럼 그에게 다가왔다. 애벗이 단상에 서 있고 그 뒤로 안락의자가 빙 둘러서 놓여 있다. 무대를 조금이나마 거실처럼 보이게 꾸며놓으면 그가 편안해지기라도 할 것처럼. 꽃이 만발한 초원에 놓인 전기의자 같았다. 빌어먹을.

"작가님은 독자들에게 우리 자신을, 우리의 삶을, 우리와 가까운 사람들의 삶을, 우리를 둘러싼 세상을 보는 새로운 관점을 제시하셨습니다." 사회자가 말했다.

그는 영어 단어들을 대략 알아들었다. 그는 모국어보다 영어 인터뷰를 선호했다. 영어로 억양을 과장해서 말하면 청중으로 하여금 그가 생각을 명료하게 전달하지 못하는 것이 외국어로 말해서라고, 그가 모국어로 말하는 자리에서도 단순한 문장조차 더듬어 광대가 되어버리기 때문이 아니라고 넘겨짚게 할 수 있었다.

"작가님은 우리 시대와 우리 사회와 개인으로서의 우리 자신에 대해 누구보다도 예리하고 단호하게 통찰하시는 분입니다."

다 헛소리다. 오드 림멘은 속으로 말하며 지스타 청바지의 허벅지에 손바닥의 땀을 닦았다. 그가 상업적으로도 성공한 작가가 된 건 전적으로 성적 환상에 대한 묘사 덕이었다. 논쟁적이고 대담하게 묘사하면서도 누군가에게 충격이나 실망을 주는 선을 아슬아슬하게 넘지 않고, 그와 동시에 독자들이 작가와 같은 망상을 즐기면서 느꼈을 수치심을 덜어줄 치료제도 함께 제공하는 묘사였다. 그가 쓴 다른 글도 모두 이런 성적 묘사에 편승했다는 사실을 그는 최근에야 깨달았다. 게다가 오드 림멘은 (그리고 이런 얘기를 함께 나눠본 적은 없지만 그의 편집자도 마찬가지로) 데뷔작 이후 모든 작품에서 주제는 달라져도 이런 성적 환상이 계속 변주된다는 걸 알았다. 이런 성애 묘사는 길고 부적절하게 배치된 기타 솔로 같았다. 대중이 그에게 기대하고 요구하는 요소라는 점 외에는 아무런 연관성이 없었다. 도발을 남발해서 놀라움에 입이 벌어지기는커녕 하품만 났다. 이제는 그조차 구역질이 날 정도의 루틴이면서도 텍스트의 나머지 부분이 굴러가는 데 꼭 필요한 바퀴라고, 달리 도달하지 못할 더 넓은 독자층에 그의 진정한 메시지를 전달하기 위한 요소라고 스스로를 변명해왔다. 하지만 착각이었다. 그는 영혼을 팔았고, 그래서 예술가로서도 흠집이 났다. 그러니 이제 끝내야 한다.

현재 집필중이지만 편집자에게는 아직 보여주지 않은 소설에서 그는 상업적으로 팔릴 요소를 싹 걷어내고 오직 시적인 요소, 몽환적인 비전, 오직 진실만 정제했다. 고통스러운 요소만 남겼다. 더는 타협하지 않기로 했다.

그런데도 그는 여기에 와 있고 잠시 후면 무대 위로, 청중이 빽빽이 들어찬 찰스 디킨스 극장에서 귀가 먹먹할 정도로 박수갈채를 보내며 그의 책을 사랑한 것처럼 그가 입을 열기도 전에 이미 그를 사랑하기로 마음먹은 청중 앞에 나설 것이다. 마치 그와 그의 책이 하나인 것처럼, 그의 글과 거짓이 오래전에 그에 대해 알아야 할 모든 것을 말해준 것처럼.

가장 끔찍한 사실은 그에게 이런 게 필요하다는 거였다. 근거 없는 찬사와 무조건적 사랑이 필요했다. 그는 이런 것에 중독되었다. 그가 사람들의 눈에서 본 것, 그러니까 그가 훔친 장물과도 같은 그 시선은 헤로인과 같았기 때문이다. 그는 그것이 그를 파멸시키고 예술가로서의 그를 타락시키는 걸 알고도 **누려야 했다.**

"……사십 개 언어로 번역되어 세계 각국에서 읽히며 문화적 장벽을 뛰어넘고…….”

찰스 디킨스도 분명 그와 같은 헤로인 중독자였을 것이다. 디킨스는 수많은 소설 작품을 한 장씩 발표하고 다음 장에 들어가기 전에 대중의 반응을 살폈을 뿐 아니라 작가와의 만남 순회 공연을 다니며 저서를 낭독했을 것이다. 그러는 사이 텍스트와 조심스럽게 거리를 두는 지적인 작가나 겸손한 사람 특유의 호감 가는 소심함을 보여주지는 않고, 부끄러움을 모르는 열정을 불태우며 배우로서의 열정과 그에 따른 연기 재능을 과시하려 할 뿐 아니라 지위고하와 지능의 높고 낮음을 막론하고 모든 대중을 유혹하려는 탐욕을 드러냈다. 찰스 디킨스, 사회개혁가이자 빈자들의 수호자인 그가 작품 속 호감이 가지 않는 인물들만큼이나 돈과 사회적 지위를 밝힌 건 아니었을까? 하지만 오드 림멘이 찰스 디킨스에게 반감을 가진 것은 이런 의심 때문이 아니었다. 그에게는 디킨스가 예술을 **공연한** 방식이 거슬렸다. 공연이라는 단어가 갖는 최악의 의미로서 공연했다는 점이. 길거리 장사치와 춤추는 곰의 조합과 같았다. 장사치는 곰이 위험한 것처럼 보이게 하려고 사슬로 묶어놓지만 사실 곰은 고환과 발톱과 이빨까지 다 제거된 상태다. 찰스 디킨스는 대중이 원하는 것을 내주었고 당시 대중이 원한 것이 사회 비판이었을 뿐이다.

찰스 디킨스가 예술의 외길만을 고집했다면 지금보다 나은 작품, 아니 훨씬 훌륭한 작품이 나왔을까?

오드 림멘은 《데이비드 코퍼필드》를 처음 읽었을 때 자기가 썼다면 더 잘 썼을 거라고 생각했다. 훨씬까지는 몰라도 그보다는 나았을 거라고 생각했다. 하지만 지금도 그렇게 생각할까? 아니면 이제 이런 서커스단 같은 현실에 굴복한 탓에 그의 펜과 발톱과 이

빨도 후대에 길이 남을 예술을 창작하기 위한 예리함을 잃었을까? 그렇다면 이제 와서 돌아갈 길이 있을까?

있다. 그는 속으로 답했다. 집필중인 새 소설이 바로 그 길이 아닌가?

하지만 지금 그는 여기까지 와서 몇 초 있으면 무대에 올라가 존경의 시선과 스포트라이트를 한 몸에 받으며, 진부한 말을 기계적으로 늘어놓아 박수를 짜내려 했다. 한마디로 오늘 저녁의 헤로인을 맞으려 했다.

"신사 숙녀 여러분, 그토록 기다리시던 그분이 나오십니다……."

Just do it. 운동화 광고 중 다른 모든 제품 광고를 통틀어 최고의 슬로건이자, 젊은이들이 그에게 글쓰기를 어떻게 시작해야 할지 물을 때마다 그가 매번 하는 답이다. 미룰 이유가 없다, 준비할 것도 없다, 종이에 펜을 대기만 하면 된다. 은유가 아니라 문자 그대로의 의미다. 그는 젊은이들에게 바로 오늘 저녁에 글쓰기를 시작하라고 조언했다. 무엇이든 아무거나 써라. 다만 지금, 바로 오늘 저녁부터 써야 한다.

아우로라와도 그랬다. 그가 다툼과 눈물과 재결합을 끝없이 반복하면서 매번 다시 출발점으로 돌아가던 여정에 마침내 종지부를 찍고 그녀를 떠났을 때처럼. 그냥 하면 된다. 그냥 문밖으로 나가서 다시는 돌아가지 않았다. 그토록 단순하면서도 어려운 일이었다. 일단 헤로인에 중독되면 그냥 양을 줄이면서 **조금만** 복용할 수는 없다. 오드는 형이 그러다가 치명적인 결과를 맞는 것을 보았다. 빠져나갈 길은 하나밖에 없었다. 단번에 끊는 길밖에. 오늘 저녁에. 지금. 내일이라고 더 나아지거나 쉬워질 리가 없다. 더 힘들어지기만 할 뿐이다. 미루다 보면 진창에 더 깊이 빠진다. 하루 더

222

미루면 뭐가 달라지겠는가?

오드 림멘은 무대 옆에 서서 눈이 멀 것 같은 역광을 보았다. 청중은 보이지 않고 암흑의 장벽만 보였다. 아무도 없을 수도 있었다. 아무도 존재하지 않을 수도 있었다. 청중이 아닌 그 역시 존재하지 않을 수도 있었다.

그리고 그것이 있었다. 그를 해방하고 구원해줄 생각. 그의 말馬. 말이 그의 앞에 서 있었다. 그는 한 발을 등자에 올리고 말에 올라타기만 하면 되었다. 그냥 하는 것이다. 아니면 하지 않거나. 사실 그에게 선택지는 이 두 가지뿐이었다. 아니다. 문법적으로 엄격히 따지면 선택지는 하나다. 이제부터 그럴 것이다. 엄격할 것이다. 정직할 것이다. 타협하지 않을 것이다.

오드 림멘은 그대로 돌아서 나갔다. 목에 건 마이크와 송신기를 빼서 황당한 얼굴로 쳐다보는 기사에게 주고 그냥 걸어 나갔다. 계단을 내려가 분장실로 갔다. 진행자 에스더 애벗과 출판사 홍보 담당자와 함께 사전에 몇 가지 질문을 나눈 방이다. 지금 분장실은 비어 있고 천장을 타고 울리는 에스더의 공허한 웅얼거림만 들렸다. 그는 의자에 걸쳐둔 재킷과 과일 그릇에 담긴 사과 한 개를 집어 들고 출연자 전용 출구로 향했다. 문을 열자 좁은 골목의 런던 공기가 훅 끼쳤다. 배기가스와 타버린 금속 냄새, 식당 환기구에서 나오는 치즈 냄새가 뒤섞인 공기였다. 오드 림멘은 그렇게 자유롭고 맑은 공기를 마셔본 적이 없었다.

오드 림멘은 아무 데도 갈 데가 없었다.

오드 림멘은 어디든 갈 수 있었다.

모든 것은 오드 림멘이 찰스 디킨스 극장에서 최신작《언덕》에 대해 이야기하기 위해 무대에 오르기 직전 극장을 떠나면서 시작되었다고 할 수도 있었다.

혹은 〈가디언〉이 그 일을 다룬 기사에서 시작되었을 수도 있다. 그 기사에서는 오드 림멘이 돈 내고 들어온 청중과 캄덴문학축제 주최 측과 그날의 인터뷰를 주선하고 무척 고대했던 젊은 기자 에스더 애벗에 큰 실망감을 안겨줬다고 지적했다. 혹은 〈뉴요커〉가 오드 림멘의 출판사에 연락해 인터뷰를 요청하면서부터 모든 일이 시작되었다고 말할 수도 있었다. 출판사 홍보팀이 오드 림멘이 앞으로 인터뷰를 하지 않을 거라고 밝히자, 〈뉴요커〉는 그의 전화번호를 알려달라면서 그의 마음을 바꾸어보고 싶다고 했지만 그에게는 이제 전화가 없다는 대답만 들었다. 사실 출판사도 오드가 어디 있는지 몰랐다. 그날 저녁에 그가 찰스 디킨스 극장을 나선 뒤로는 아무도 그의 소식을 몰랐다.

이것은 일부만 진실인 이야기이지만 〈뉴요커〉는 **부재중인** 오드 림멘을 다룬 기사에서 다른 작가와 문학평론가와 문화계 인사들이 오드 림멘이라는 작가에 대해 갖는 전반적인 태도와 특히 《언덕》에 대한 의견을 소개했다. 오드 림멘은 프랑스에 있는 부모님의 여름 별장에서 지내던 중 그의 책을 읽었을 뿐 아니라 그를 개인적으로 아는 것처럼 말하는 유명인들의 면면을 보고 놀라지 않을 수 없었다. 그들이 유명한 〈뉴요커〉 지면에 이름을 올리고 싶어서 그의 작품을 아는 척한 것은 그리 놀랍지 않았다. 아마 이틀쯤 전에 통보받고 그의 저서를 두 권 정도 대충 훑어보고 감을 잡았거나 학생 대상의 요약 웹사이트에서 개요만 읽어보았을 것이다. 다만 그들이 오드의 '불가사의한 성격'과 '특유의 카리스마'를 언급한 것이 놀라운 이유는, 그가 북페스티벌이나 북페어나 시상식처럼 피해망상 수준까지 정중해야 하는 자리에서 만나 정중하게 몇 마디 나눈 기억이 어렴풋이 나기 때문이었다. (오드 림멘의 이론에 따르면, 작가들은 펜을 든 예민한 정신이 기관총을 든 아이와 같다는 사실을 누구보다 잘 알기에 다른 작가들을 공격하는 것을 겁낸다.)

하지만 오드 림멘은 금욕적으로 순수하게 살면서 변절이나 지적 사기나 자기 예찬으로 해석될 일체의 행동을 삼간다는 자기와의 약속에 따라 〈뉴요커〉 독자들이 그를 문학계의 컬트 교주처럼 숭배하게 하는 어떤 인상을 바로잡을 권리조차 거부했다.

시작점이 어디였든 이런 상황은 계속되었다. 편집자가 외딴 시골집으로 그에게 전화해서 이런 말을 해주었다.

"일이 커졌어요, 오드. 이거 멈추지 않고 더 커질 거예요."

소피 할은 책의 판매부수만이 아니라 쏟아지는 인터뷰 요청과 페스티벌 초청에 대해, 그리고 《언덕》의 출간에 맞춰 방문해달라는 해외 출판사들의 요청에 대해 전했다.

"난리 났어요. 〈뉴요커〉에 그 기사가 난 뒤로……."

"다 지나갑니다." 오드가 말했다. "잡지사의 기사 하나로 세상이 바뀌지 않아요."

"지금 다 끊고 계셔서 무슨 일이 벌어지는지 모르시는 거예요. 모두가 작가님 얘기를 하고 있어요. **모두요.**"

"아, 그래요? 뭐라는데요?"

"작가님이……." 소피가 짧게 웃었다. "작가님이 살짝 미치셨다고요."

"**미쳐요? 좋은 쪽으로?**"

"**아주 좋은 쪽으로요.**"

오드는 소피가 무슨 말을 하는지 알았다. 그들은 전에 그 이야기를 나눈 적이 있었다. 우리를 매료시키는 작가는 세상을 이해하기 쉽게 드러내면서도 우리와는 조금 다른 렌즈로 세상을 보는 사람들이라는 이야기. 아니지, 우리가 아니라 그들이겠지, 오드 림멘은 생각했다. 편집자 말로는 그가 이미 세상을 다르게 보는 사람들, 지적으로 유별난 사람들의 리그로 넘어갔다고 했으니. 그런데 정말로 그는 그 리그에 속할까? 항상 그랬나? 아니면 그는 그런 효과를 노리고 기인처럼 행동하면서 허세를 부리고 유명인이 되려고 안달하는 평범한 워너비에 불과할까? 그는 편집자가 오드 림멘에 대한 세상의 관심에 대해 읊는 사이 그녀의 말투에서 그에 대한 존경심이 커진 것을 들을 수 있었다. 그녀조차, 그를 가까이서 지켜본, 그야말로 문장 하나하나 단위로 지켜본 편집자조차 단 하나의 사건으로 벌어진 이런 갑작스러운 분위기에 면역력이 생기지 않은 듯했다. 무대로 나가기 직전에 거의 충동적으로 인터뷰 현장을 떠난 그날의 사건. 이어서 그녀는 《언덕》을 다시 읽어보고 그와 함께 만든 그 책이 정말로 얼마나 훌륭한 작품인지 새삼 깨닫고 놀랐다고도 말했다. 오드 림멘은 그녀가 그 책을 다른 관점으로, 다른 사람들의 찬사하는 존경의 관점으로 읽었을 뿐이라고 의심했지만 아무 말도 하지 않았다.

"그래서 무슨 일입니까, 소피?" 그녀가 숨을 고르느라 말을 끊자 그가 물었다.

"워너브러더스에서 연락이 왔어요. 《언덕》 판권을 사고 싶대요."

"농담이죠?"

"테렌스 맬릭이나 폴 토머스 앤더슨한테 감독 맡기고 싶대요."

"맡기고 **싶다?**"

"작가님이 이들 중 누구라도 마음에 들어하시는지 알고 싶대요."

맬릭이나 앤더슨이 내 마음에 드느냐고? 〈씬 레드 라인〉. 〈매그
놀리아〉. 대중을 예술영화로 끌어들이는, 거의 불가능한 일을 해낸
최고의 감독들이다.

"어때요?" 소피의 목소리에 마치 자신이 전하는 말이 스스로도
믿기지 않는 열네 살짜리 소녀처럼 들뜬 떨림이 들렸다. 소피 자신
도 그에게 전달하는 말이 믿기지 않는다는 듯이.

"둘 중 아무라도 아주 마음에 들었을 겁니다." 그가 말했다.

"좋아요, 그럼 제가 워너브러더스에 연락해서……." 소피가 말하
다 말았다. 그 표현을 들은 것이다.

'마음에 들었을 것이다'. 가정법이었다. 특정 조건이 충족되면 일
어났을 일이라는 의미였다. 이제 그녀는 그 조건이 뭔지 궁금했다.
그래서 그가 말해주었다.

"내가 영화 판권을 팔고 싶었다면요."

"그럼…… 작가님은 그러고 **싶지** 않다는 건가요?" 들뜬 떨림이
사라졌다. 이제는 정말로 자기가 하는 말이 스스로도 믿기지 않는
다는 목소리였다.

"《언덕》은 지금 이대로가 좋습니다." 그가 말했다. "책으로요. 편
집자님 말처럼 얼마 전에야 그 책이 정말로 꽤 좋은 책인 게 드러
난 것 같으니까요."

이 말의 반어적 의미를 편집자가 알아들었는지는 알 수 없었다.
여느 때라면 알아들었을 것이다. 소피는 원래 귀가 예민한 사람이
지만 지금 벌어지는 모든 상황에 충격을 받은 상태라 그로서는 알
수 없었다.

"제대로 생각해보신 건가요, 오드?"

"네." 그가 말했다. 이상한 일이긴 했다. 방금 그는 세계 최대의

영화사에서 세계 최고의 감독 두 명에게 《언덕》의 연출을 맡겨 영화로 제작하고 싶다고 연락이 왔다는 말을 들었고, 그러면 이번 책뿐 아니라 과거와 현재에 오드 림멘의 이름을 단 모든 책이 다시 뜰 것이고 그는 일약 세계적인 슈퍼스타가 될 수도 있다. 실제로 그는 큰 영화화 제안을 받을 가능성을 생각해본 적이 있다. 그런 가능성을 꿈꿔봤다는 말이 더 정확하다. 앞서 언급한 섹스 장면 외에 오드 림멘의 소설에는 영화화하기에 마땅한 장면이 없기 때문이다. 사실 그 반대였다. 내면의 독백이 주를 이루어 겉으로 드러난 사건이 적고 전통적인 극적 구조도 거의 갖추지 않았다. 그런데도 영화화 가능성을 진지하게 생각해봤다. 그저 가설적인 상황에 대한 사고 실험에서 몇 가지 주장을 대치시키며 창밖으로 비스케이 만을 내다보았다. 찰스 디킨스라면 신나서 그냥 '예스!'만 외치지 않았을 것이다. 그 늙은 광대였다면 주요 등장인물 하나를 직접 연기하겠다고 나섰을 것이다.

찰스 디킨스 극장 사건 이전의 늙은 오드 림멘도 역시 '예스!'를 외치긴 했겠지만 부끄럽고 씁쓸한 뒷맛이 남았을 것이다. 그는 이상적인 세상이라면 사양하겠다고 하고 작품의 순수성을 지켰을 것이다. 인내심 있는 독자들을 위해, 그러니까 단순화를 받아들이지 않고 문장 하나하나를 자신만의 속도로, 눈이 읽어 내려가는 속도와 사색이 무르익는 속도에 발맞추어 수용하는 독자들을 위해 남기겠다고 했을 것이다. 하지만 돈과 공허한 오락이 지배하는 세상에서 그는 그의 저서와 같은 책(진지하고 문학적인 책)에 주어지는 이런 뜻밖의 관심에 간단히 '노'라고 답할 수는 없었다. 그에게는 그런 (문학적인) 단어들을 그만이 아니라 각자의 글을 통해 뭔가를 말하려고 시도하는 모두에게 전파해야 할 의무가 있기 때문이었다.

그렇다, 과거의 오드 림멘은 이렇게 말하며 영화와 책과 그 자신이 처한 것처럼 보이는 딜레마가 불러일으킨 모든 관심을 은밀히 만끽했을 것이다.

하지만 새로운 오드 림멘은 이런 식의 위선을 거부했다. 그는 이런 상황을 충분히 고민해봤고, 현실이 그의 몽상과 크게 다르지 않게 펼쳐지는 걸 보면서 여전히 믿기지 않아하는 편집자에게 그 부분에 관해 구체적으로 못을 박았다.

"충분히 고민했어요, 소피, 내 대답은 '노'예요. 《언덕》이 두 시간짜리 시놉시스로 축소되게 하지 않을 생각입니다."

"어차피 짧잖아요. 《노인을 위한 나라는 없다》 보셨어요?"

당연히 보았고 소피가 그 작품을 언급할 줄도 알았다. 소피는 그가 코맥 맥카시를 좋아하는 걸 알았고 코엔 형제가 그 짧은 소설을 그가 아는 어떤 영화와도 다르게 소설 원작과 일대일로 연결해서 영화화해낸 사실을 안다는 것도 알았다. 그리고 그 영화 한 편으로 그 전에는 문학계에서만 숭배받던 작가의 저서가 대중적으로 널리 알려진, 그러면서도 문학계 엘리트층에서 명성에도 (크게) 눈에 띄는 흠집이 나지 않은 사실을 안다는 것도 알았다.

"코맥은 그 작품을 애초에 영화 시나리오로 구상하고 썼습니다." 그가 말했다. "코엔 형제도 그 시나리오를 쓸 때 한 명은 책을 펼쳐 잡아주고 다른 한 명은 그대로 옮겨 적다시피 했다고 밝혔고요. 《언덕》은 그렇게 되지 않아요. 아무튼 지금 난 새 책을 쓰고 있어서 이제 전화를 끊고 글 쓰러 가야 합니다."

"네? 오드, 저기요……."

오드 림멘은 파리의 루브르박물관 앞에서 줄을 서 있다가 그녀가 나오는 것을 보았다. 에스더 애벗은 그를 못 본 척하고 싶은 것 같았지만 놀란 표정에서 그를 알아본 게 드러났다.

"와, 또 뵙네요." 애벗은 팔짱을 끼고 걷던 남자를 더 가까이 끌어 당겼다. 오드 림멘을 보자 남자들은 원래 잘 감시하지 않으면 언제라도 사라지는 존재라는 사실이 떠오른 것처럼.

"미안합니다." 오드 림멘이 말했다. "따로 사과드릴 기회가 없었네요."

"없어요? 사과하지 못하게 뜯어말린 사람이라도 있었나 보죠?"

"아뇨, 그건 아니지만. 미안합니다."

"그 말은 그날 작가님 말씀을 들으러 오신 분들께 하셨어야죠."

"그럼요. 그 말이 맞습니다."

그는 그녀가 좋아 보인다고 생각했다. 극장에서 본 모습보다 더 좋아 보였다. 그날은 일에 너무 몰두했을 수 있겠다 싶었다. 인터뷰 상대에게 지나치게 환심을 사려다가 그에게서 유혹의 본능을 일깨우지 못한 것이다. 포식자가 관심을 잃을 때까지 죽은 척하는 먹잇감처럼. 하지만 지금 여기 서 있는 그녀는 여름의 태양에 그을리고 살짝 화가 났으며 바람에 머리카락이 날리며 남자와 팔짱을 낀 그 자체로 매력적이었다. 그를 보자마자 옆에 있는 남자를 더 끌어당기는 게 이상해보일 정도로 매력적이었다. 사실 반대였어야 했다. 오히려 남자 쪽에서 자기와 비슷한 또래의 다른 남자와, 그 〈뉴요커〉 기사 이후로 사회적 지위가 상승한 남자와 마주쳤을 때 은근히 영역 표시를 했어야 했다.

"두 분께 와인을 대접해도 될까요? 제 진심을 보여주고 싶습니다." 오드 림멘이 물었다. 그는 남자에게 묻는 듯 시선을 보냈고, 남자는 정중하게 사양할 말을 찾는 듯했다. 그때 에스더 애벗이 좋을 것 같다고 답했다.

옆의 남자가 신발 속에 압정이 박힌 사람처럼 미소를 지었다.

"다음에 하시면 어떨지요." 그가 말했다. "지금 들어가시는 길이고, 루브르는 아주 넓으니까요."

오드 림멘은 이 어울리지 않는 두 사람을 찬찬히 살폈다. 그녀는 햇살을 담은 눈을 반짝이며 빛났지만, 그는 저기압골만큼 어둡고 무거웠다. 어떻게 이렇게 매력적인 여자가 저렇게 매력 없는 남자에게 빠질 수 있을까? 자신의 시장 가치를 모르는 건가? 사실은 알았다. 아는 게 보였다. 그리고 에스더가 남자친구/남편/애인을 끌어당기는 건 그 남자에게 오드는 그가 생각하는 만큼 위협적이지 않다는 걸 보여주기 위해서였을 것이다. 그러면 그 남자를 왜 이렇게 안심시켜줘야 했을까? 그녀가 문란하고 바람을 피운 전적이 있어서? 아니면 두 사람이 오드에 관해, 이 예측 불허의 작가에 관해 얘기한 적이 있어서? 에스더가 옆에 있는 남자에게 오드 림멘과의 경쟁을 겁낼 이유가 있다고 암시한 적이 있었을까? 남자의 시선에 어린 증오와 두려움이 뒤섞인 표정에는 그런 내막이 숨겨져 있는 걸까?

"루브르에는 자주 와서 봐야 할 건 거의 다 봤습니다." 오드가 그의 시선에 다정하고 평온한 눈길로 응수했다. "가시죠. 괜찮은 부르고뉴 와인을 파는 데를 압니다."

"좋아요." 에스더가 말했다.

그들은 그 레스토랑을 찾았고, 첫 잔이 나오기도 전에 에스더가 그날 극장에서 성사되지 못한 인터뷰에서 나왔을 질문을 던지기 시작했다. 작품의 영감을 어디에서 얻는가? 주요 인물은 작가 자신을 얼마나 반영하는가? 성애 장면은 개인적인 경험에서 나왔는가,

그냥 다 상상인가? 마지막 질문에서 오드는 옆에 있는 남자가 얼굴을 찡그리는 것을 보았다. (그의 이름은 라이언이고, 파리의 대사관에서 일했다.) 오드는 질문에 답하면서도 평소 '연기'할 때처럼 즉흥적으로나 재미있게 답하려고 (대개는 성공적이었지만) 시도하지 않았다. 대신 적절한 시점에서 대화의 방향을 에스더와 라이언에게 돌렸다.

라이언은 대사관에서 무슨 일을 하는지 밝히지 않으려는 뜻을 드러냈고, 그래서 더 은밀하고 중요한 업무라는 암시를 노골적으로 풍겼다. 대신 그는 심리학자 대니얼 카너먼의 점화효과 연구가 국제 외교 기법에 미친 영향에 대해 떠들었다. 단순한 수단으로 경쟁자가 알아채지 못하는 사이 그의 머릿속에 생각이나 아이디어를 심어줄 수 있다는 이론이다. 이를테면 사람들에게 'E A T'가 적힌 포스터를 보여준 다음 'S O _ P'가 적힌 포스터를 보여주면 앞서 'E A T'를 보지 않은 집단에 비해 'SOAP 비누'이 아니라 'SOUP 수프'을 적는 사람이 훨씬 많다는 의미다.

오드는 라이언이 재미있는 사람이 되려고 애쓰는 걸 알았지만 그가 말하는 대중심리학은 이미 오래된 것이라 이내 관심을 에스더에게 돌렸다. 에스더는 런던에서 살면서 문화계의 프리랜서 저널리스트로 일하지만 라이언과 '가능한 한 자주' 만나기 위해 파리를 오간다고 했다. 오드는 에스더가 그가 아니라 라이언에게 하는 말인 걸 알았다. 이런 자막이 달릴 것 같았다. 듣고 있어, 라이언? 우리가 아직 열렬히 사귀는 것처럼 말하고 있잖아. 우리가 바라는 거라고는 함께 더 시간을 보내는 것밖에 없는 것처럼. 이제 만족하니? 이 따분하기 짝이 없는 허세 덩어리야.

오드는 이런 걸 '꿈꾸는 오드'의 망상이라고 생각했다. 하지만 과녁을 크게 빗나가지 않았을 수도 있지 않을까?

"왜 중단했어요?" 웨이터가 세 번째 잔을 따르는 동안 에스더가 물었다.

"중단한 적 없습니다. 전보다 더 많이 쓰고 있어요. 더 잘 쓰는 거면 좋겠고요."

"무슨 뜻인지 아시잖아요."

오드가 어깨를 올렸다. "제가 해야 할 말은 제 책에 다 있습니다. 나머지는 곁가지고 허세죠. 저는 슬프고 가련한 어릿광대일 뿐입니다. 저라는 사람을 드러내봐야 제 작품에는 좋을 게 없어요."

"아뇨, 그 반대인 거 같은데요." 에스더가 잔을 들며 말했다. "사람들이 작가님을 적게 볼수록 작가님에 대해 더 많이 말하는 것 같아서요."

"제 책에 대해서, 라는 뜻이죠?"

"아뇨, 작가님요." 에스더의 시선이 그의 눈에 다소 지나치다 싶게 오래 머물렀다. "자연히 작가님 책 얘기도 하겠죠. 작가님은 컬트-컬트한 작가에서 이제 주류사회의 컬트 작가가 되어가고 있잖아요."

오드 림멘은 와인을 음미했다. 그녀의 설명도 음미했다. 입술을 핥았다. 흠. 아닌 게 아니라 그 자신도 이미 더 많이 원하는 느낌이 들었다. 모든 것을 더 많이.

라이언이 화장실에 갔을 때 오드는 몸을 앞으로 기울여 에스더의 손에 손을 얹었다.

"당신을 조금 사랑하는 것 같아요." 그가 말했다.

"알아요." 그녀가 말했다. 그녀가 모를 줄 알았다. 이 순간까지는 그 자신도 몰랐으니까. 아니면 그녀와 달리 그가 지금까지 깨닫지 못했을 뿐이었나?

"그냥 와인 때문이라면요?" 그가 말했다. "아니면 라이언하고 같이 있으니 당신이 어쩐지 범접할 수 없는 여자로 보이니까 그런 거라면?"

"그게 중요한가요?" 그녀가 물었다. "작가님이 외로워서든 제가 균형 잡힌 얼굴로 태어나서든? 사랑에 빠지는 이유는 다 시시한 거예요. 그렇다고 그 기쁨이 떨어지는 건 아니지 않나요?"

"그럴지도. 날 사랑해요?"

"왜 그래야 하죠?"

"나는 유명한 작가니까. 그거면 충분히 시시하지 않나요?"

"**거의** 유명한 작가죠, 오드 림멘. 부자도 아니고요. 또 제가 당신을 가장 필요로 하는 순간에 절 떠났어요. 틈만 나면 또 그럴 수 있다는 느낌이 들어요."

"그래서 나를 사랑해요?"

"당신을 만나기 전부터 사랑했어요."

둘 다 잔을 들고 서로에게서 눈을 떼지 않으며 술을 마셨다.

"정말 말도 안 돼요." 소피가 휴대전화에 대고 소리를 지르다시피 했다. "스티븐 콜베어예요!"

"대단한 건가요?" 오드 림멘이 등을 기대자 부서질 것 같은 나무 의자가 경고하듯 삐걱거렸다. 그는 창밖으로 늙은 사과나무를 보았다. 어머니가 언젠가 사과가 열린 걸 본 적이 있다고 우기던 나무다. 공기중에는 방치된 정원의 냄새와 비스케이 만에서 불어오는 상쾌하고 선선한 대서양의 바람에 실려 온 바다 내음이 났다.

"대단하냐고요?" 오드 림멘의 편집자가 말문이 막힌 듯했다. "지미 팰런을 제친 사람이에요. 현재 최대의 토크쇼에 초대받으신 거예요, 오드!"

"왜······?"

"《언덕》이 영화화되니까요."

"무슨 말입니까. 영화는 안 된다고 했는데."

"바로 **그거**예요! 지금 SNS에서 다들 그 얘기예요. 다들 작가님의 진정성에 대해 열변을 토하고 있어요. 프랑스에서 다 허물어져 가는 집에 들어앉아 '없음'에 관한 책, 팔리지도 않을 책을 쓰는 사람이 글쓰기라는 예술의 이름으로 세속의 명성과 막대한 부를 거부하다! 지금 세상에서 제일 쿨한 작가가 되셨어요, 아시겠어요?"

"아뇨." 오드 림멘이 거짓으로 답했다. 그는 물론 찰스 디킨스 극장에서의 저녁 이후로 타협하지 않는 금욕적 선택이 지금 이런 현상으로 반드시 이어지지는 않더라도, 그럴 가능성이 농후하다는 정도는 충분히 알고 있었다.

"생각 좀 해볼게요."

"녹화는 다음 주지만 오늘 안에 답해야 해요. 뉴욕행 항공권은 끊어놨어요."

"다시 연락드리죠."

"그래요. 근데 오드, 꽤 기뻐하시는 거 같은데요."

잠시 침묵이 흘렀다. 순간 오드는 그의 진짜 감정을 그녀가 은연중에 알아챘는지 궁금했다. 승리감. 아니, 승리감은 아니다. 그러려면 의식적으로 추구한 목표가 있어야 한다. 그가 추구한 거라고는 어느 누구도 그 무엇도 신경 쓰지 않고, 무엇보다도 자신의 인기에 연연하지 않고 진심을 다해 글 쓰는 환경을 조성하는 것이다.

아무래도 좋다. 최근에 신경내분비학자 로버트 새폴스키의 글을 읽었다. 알코올중독에서 회복중인 사람이 단골 술집이 있는 거리를 지나가기만 해도 뇌의 보상 중추가 어떻게 활성화되는지에 관해 설명하는 글이었다. 술 마실 생각이 전혀 없어도 예전에 술 마시던 시절에 각인된 기대감만으로도 뇌에서 도파민이 분비된다는 것이다. 지금 그에게도 같은 현상이 일어나는 건가? 그에게 세계적인 관심이 쏠릴 가능성만으로도 목덜미의 솜털이 쭈뼛 서는 건가? 그 자신도 알 수는 없지만 예전과 같은 수렁에 빠질 거라는 생각에 당혹스러웠는지, 그는 휴대전화를 더 꽉 부여잡으며 냉정하고 단호하게 '노'라고 말했다.

"아니라고요?" 소피가 되물었다. 약간 혼란에 빠진 듯한 목소리를 보니 소피는 이 말을 기뻐하는 것 같다는 말에 대한 대답으로 이해한 듯했다.

"토크쇼에는 안 나갑니다." 그가 정확히 답했다.

"그럼…… 작가님 책은요. 오드, 솔직히 그 책이 존재한다고 전 세계에 알릴 수 있는 더없이 좋은 기회예요. 진정한 문학이 존재한다고 세상에 알려야죠. 꼭 나가셔야 해요!"

"내가 거기 나간다면 침묵하기로 한 결심을 나 스스로 깨뜨리는 겁니다. 당신 말대로 나의 진정성에 찬사를 보내는 모든 사람을 배신하는 셈이고요. 그럼 난 다시 어릿광대가 되겠죠."(그는 다시 가정법으로 말하는 것을 알아챘다.)

"어차피 배신하는 사람이 없어요. 침묵하기로 약속한 사람은 작가님밖에 없으니까요. 그리고 어릿광대 운운하는 건 작가님의 자만이 하는 말이지, 문학이 **소명**인 사람이 하는 말이 아니에요."

소피의 말투에 전에 없던 날카로움이 서려 있었다. 이제 질린다는 투였다. 이미 질렸다는 투인지도 몰랐다. 소피는 그가 솔직하게 하는 말이라고 믿지 않았다. 찰스 디킨스와 반하는 태도를 취한 그가 찰스 디킨스보다도 더 찰스 디킨스에 가까워진 건가? 그는 원칙을 가진 예술가 역할을 연기할 뿐인가? 글쎄, 그렇기도 하고 아니기도 했다. 새폴스키에 따르면 심사숙고해서 판단하는 뇌 영역인 전두엽은 아마 솔직할 것이다. 하지만 쾌락과 즉각적 보상을 요구하는 중격핵은 어떨까? 두 가지 뇌 영역이 악마와 천사처럼 그의 한 어깨씩 차지하고 그의 귀에 속삭인다면, 그가 어느 쪽 말을 들을지, 그의 진정한 주인은 누구인지 알기란 쉽지 않았다. 오드림멘이 확실히 말할 수 있는 거라고는 그날 저녁에 극장을 떠날 때만큼은 진심이었다는 것이다. 하지만 그가 대중 홍보를 극도로 거부하자 오히려 정반대의 결과가 나오는 걸 깨달은 순간 뭔가 변해버린 건 아닐까? 그는 독신 서약을 하자 역설적으로 섹스 심벌이 된 사제처럼, 스스로에게도 은밀히 그런 결과를 즐기는 것일까?

"오드." 소피가 말했다. "빛을 향해 나가셔야 해요. 아시겠어요? 빛을 향해! 어둠이 아니라."

오드는 헛기침을 했다. "나 지금 책을 써야 해요. 그쪽에는 그렇게 전하세요, 소피. 그래요, 당신 말이 맞네요, 나 기쁘네요."

그는 전화를 끊었다. 뜨거운 손길이 그의 목덜미에 닿았다.

"당신이 자랑스러워요." 그의 옆자리 정원 의자에 앉아 있던 에스더가 말했다.

"그래요?" 오드가 그녀를 돌아보며 키스했다.

"다들 클릭 수와 좋아요만 쫓아다니는 시대잖아요? 솔직히 나도 그렇고요." 에스더가 고양이처럼 유연하게 기지개를 켜며 하품을 했다. "오늘 저녁은 시내로 나갈까요, 아니면 그냥 집에서 먹을까요? 어떻게 생각해요?"

오드는《언덕》의 영화화 제안을 거절한 소식을 흘린 사람이 누군지 생각했다. 소피였는지. 아니면 간접적으로 그 자신인지. 사실 그 소식을 퍼뜨릴 만한 몇몇에게 말한 적이 있다.

그날 밤 그는 잠자리에 들면서 소피가 빛을 향해 나가라고 한 말이 무슨 뜻인지 고민했다. 죽어가는 사람들에게나 하는 말이 아니었을까? 저세상에 도착하면 밝은 빛이 보일 테니 그쪽으로 가라는 말이었을까? 정원의 전등으로 날아들었다가 이내 날개가 타버리는 나방처럼. 그러다 다른 생각도 들었다. 혹시 소피는 그가 작가로서 죽어가고 있다는 의미로 말한 건가?

가을이 왔다. 그사이 오드 림멘의 창조성도 시들어갔다.

그는 다른 작가들이 작가의 벽에 대해 말하는 걸 듣기는 했지만 그런 게 있다고 믿지 않았다. 적어도 그에게는 해당되지 않는 일이라 여겼다. 그는 꿈꾸는 오드이지 않은가. 황금알을 낳는 거위. 마음에 들든 아니든 그에게서 이야기가 술술 풀려나왔다. 그래서 이런 시기가 그냥 지나갈 줄 알고 그동안 에스더와 시간을 더 보내자고 생각했다. 둘이 함께 오래 산책하면서 문학과 영화 얘기를 나누었다. 두어 번 오드의 낡은 메르세데스를 몰고 파리로 가서 루브르를 방문했다.

그러나 몇 주가 지나도 글이 써지지 않았다. 머리가 텅 비었다. 아니, 그보다는 좋은 문학이 되지 못할 것들만 그득했다. 짜릿한 섹스, 맛있는 음식, 좋은 술, 좋은 대화, 진정한 친밀감. 그래서 의심이 들었다. 이런 행복을 누리는 게 문제일까? 이런 행복을 누리느라 그가 늘 탐색하던 음침한 구석으로 들어가기 위한 절박함과 필사적인 용기를 잃은 걸까? 행복에 도취된 것보다 더 심각한 문제는 평온한 안정감이었다. 에스더와 함께라면 그 무엇도 그만큼 중요하지 않다는 사실을 날마다 깨달았다.

그들은 처음으로 싸웠다. 에스더가 집안일을 하는 방식. 물건을 두는 자리. 그가 평소에는 전혀 신경 쓰지 않던 사소한 문제들로. 하지만 그녀가 짐을 싸서 런던의 부모님 댁에 며칠 지내겠다고 말할 정도로 사소하지 않은 문제였다.

오드는 차라리 잘됐다고 생각했다. 꿈꾸는 오드가 다시 깨어나 돌아다닐 수 있을지 보고 싶었다.

일요일 아침에 그는 서재에서 나와 죽은 사과나무 아래 정원 테이블로 갔다가 다시 집으로 들어와 식탁 앞에 앉았다. 소용이 없었다. 별수를 다 써봐도 시시한 문장 두어 줄밖에 나오지 않았다.

그는 에스더에게 전화해서 사랑한다고 말할까도 생각했지만 하지 않았다. 대신 행복과 에스더를 넘겨주고 글 쓰는 능력을 되찾고 싶은지 스스로에게 물었다.

대답은 그리 놀랍지 않았다. 대답이 나온 속도가 놀라웠을 뿐이다. 그렇다, 그는 그런 거래를 원했다.

그는 에스더를 사랑했고, 지금 이 순간 글쓰기에 염증을 느꼈다. 하지만 에스더 없이 살 수 있었다. 글을 쓰지 않으면 죽어가고 시들고 썩어갈 것이다.

문이 열리는 소리가 들렸다.

에스더. 그녀가 마음을 바꿔 앞당긴 열차를 타고 돌아온 것이다.

그런데 발소리를 듣고 에스더가 아닌 걸 알았다.

누군가 거실 문 앞에 서 있었다. 정장 위에 걸친 긴 레인코트는 단추가 풀려 있었다. 짙은 색 머리카락, 땀에 젖은 앞머리가 이마에 착 달라붙어 있었다. 숨을 헐떡이고 있었다.

"당신이 나에게서 그녀를 훔쳐 갔어." 라이언이 갈라지고 떨리는 목소리로 말했다. 그는 한 걸음 앞으로 나와 오른손을 들었다. 그 손에 총이 들려 있었다.

"그래서 날 죽이겠다고?" 오드가 물었다. 그리고 자신의 목소리가 담담해서 내심 놀랐지만 그 순간에 떠오른 생각을 솔직히 말한 것이었다. 사실 무섭기보다는 호기심이 더 컸다.

"아니." 라이언이 총을 돌려 잡더니 오드에게 내밀었다. "당신이 스스로 하길 원해."

오드는 앉은 채로 총을 받아들고 총을 내려다보았다. 검은색 강철 총신을 따라 숫자가 (전화번호가 생각나는) 긴 숫자가 새겨져 있었다. 이제 안전해졌다는 생각이 들자 묘한 기분이 들었다. 위협이 찾아왔을 때만큼 빨리 사라져서 드는 가벼운 실망감.

"이렇게, 말인가?" 오드가 자신의 관자놀이에 총구를 댔다.

"맞아, 그렇게." 라이언이 말했다. 그의 목소리는 여전히 떨렸다. 약에 취한 눈빛이었다.

"내가 사라져도 당신이 그녀를 차지하지 못하는 거 알잖아?" 오드가 물었다.

"그래."

"그런데 왜 날 없애려는 거지? 논리가 맞지 않잖아."

"당신은 스스로 목숨을 끊어야 해. 알았나?"

"내가 거부하면?"

"그럼 당신이 날 죽여야 해." 라이언이 말했다. 이제 그냥 목소리가 갈라지는 정도가 아니라 울음으로 목이 멨다.

오드는 천천히 고개를 끄덕이며 상황을 정리했다. "그러니까 우리 둘 중 하나는 죽어야 한다. 당신은 내가 사는 세상에서는 살 수 없다, 그런 뜻인가?"

"이 자리에서 우리 둘 중 하나를 쏴서 끝내자고."

"아니면 내가 당신을 죽이면 에스더가 그걸 알고 나를 떠날 테고, 그리고 평생 당신을, 다시는 돌아오지 않을 사람을 꿈꾸게 하고 싶은 건가?"

"닥치고 어서 해!"

"내가 계속 거부하면?"

"그럼 내가 당신을 죽일 거야." 라이언은 레인코트 속에 손을 넣어 다른 검은색 총을 꺼냈다. 총의 도색이 미묘하게 탁해 보였다. 그가 손잡이를 움켜쥐는 바람에 플라스틱이 으스러지는 소리가 났다. 라이언은 총으로 오드를 겨누었고, 오드 역시 총을 들어 방아쇠를 당겼다.

순식간에 벌어진 상황이었다. 눈 깜빡할 새. 순식간이라 나중에 오드 림멘의 변호인은 배심원들에게 이것은 뇌보다 빠른 영역인 편도체에서 싸우거나 도망치거나 얼어붙는 반응을 내보내서 나온 반응이었을 것이라고 (가정법을 써서) 설득하려 할 것이다. 우리에게 '이봐, 잠깐만 기다려, 생각 좀 해보자'라고 말하는 전두엽이 개입할 틈이 없었다고 말할 것이다.

오드 림멘은 의자에서 일어나 라이언에게 다가가 그를 내려다보았다. 에스더의 전 남자친구. 방금까지 살아 있던 사람. 이마 오른쪽에 생긴 총구. 그리고 그의 옆에 놓인 장난감 권총.

오드는 허리를 숙여 그 총을 집었다. 무게가 거의 느껴지지 않는 그 총은 손잡이에 금이 가 있었다.

그는 배심원단에게 해명할 수 있었다. 하지만 그들이 믿어줄까? 죽은 남자가 그에게 진짜 총을 주고 정작 본인은 망가진 장난감 총으로 그를 위협했다고? 어쩌면. 그럴 수도. 어쩌면 믿지 않을 수도 있다. 물론 사랑의 고통이 사람을 미치게 만들 수 있다지만, 영국 외교부에서 신임을 얻는 외교관에게 비정상적인 행동 문제나 정신과적 문제가 있었을 것으로 보지는 않을 것이다. 라이언이 극단적인 복수를 위해 자기를 죽여달라고 했다고 주장한다면 허무맹랑해 보여서 상식적인 남녀 배심원에게는 받아들여지지 않을 것이다.

그러다 어떤 생각이 스쳤다. 이 사건이 보도되면 뉴스거리가 될 거라는 생각. 이어서 무수한 거짓 신화가 양산될 것이다. 작가가 사랑의 연극에서 연적을 살해하다. 하지만 이 생각은 전두엽에서 처리될 시간이 있었고, 물론 기각되었다.

그는 문밖으로 나가서 밖을 내다보았다. 대문 앞에 못 보던 푸조가 서 있었다. 제일 가까운 이웃집도 멀리 떨어져 있어서 거실의 총성이 들리지 않았을 것이다. 그는 다시 시체 쪽으로 돌아가 레인코트 주머니를 뒤져 차 키와 휴대전화, 지갑, 선글라스를 찾았다.

그리고 몇 시간 동안 정원에 라이언의 시체를 묻었다. 라이언의 무덤은 제일 큰 사과나무 아래, 오드가 평소 글을 쓰거나 에스더와 식사할 때 테이블을 놓는 자리였다. 그 자리를 고른 이유는 그가 그렇게나 괴상해서가 아니라 사람들의 발길이 자주 닿아 풀이 자라지 않는 게 이상해 보이지 않을 자리여서였다. 게다가 주변에서 개들을 몇 번 보기는 했지만 정원 언저리에서 어슬렁거릴 뿐 집 근처로 온 적이 없어서였다.

보슬비가 내리기 시작해서 그가 그 일을 마칠 즈음에는 옷이 다 젖고 지저분해졌다. 그는 샤워하고 옷가지를 세탁기에 넣고 거실 바닥을 닦고 밤이 오기를 기다렸다. 바깥이 어두워지자 라이언의 레인코트를 입고 라이언의 선글라스를 쓰고 라이언의 장갑을 끼고 에스더의 서랍에서 찾은 짙은 색 모자를 썼다. 그는 레인코트 주머니에 경량 레인재킷을 넣고 밖으로 나갔다.

묘하게 들뜬 기분으로 라이언의 푸조를 몰고 6킬로미터쯤 달려서 벨레트 절벽 꼭대기로 올라갔다. 낮에는, 특히 주말에는 사람들이 많이 찾지만 해가 진 뒤에는 사람이 거의 오지 않는 곳이고, 더군다나 비가 오는 날에는 거기서 사람을 본 적이 없었다. 그는 주차장에 차를 세워놓고 백여 미터를 걸어 전망대로 올라갔다. 절벽 끝에 서서 저 아래, 하얗게 부서지는 파도를 내려다보았다. 주머니에서 라이언의 휴대전화를 꺼내 절벽 아래로 던졌다. 휴대전화가 어둠 속으로 소리 없이 사라지는 것을 지켜보았다. 그리고 레인코트의 한쪽 주머니에서 레인재킷을 꺼내고 다른 쪽 주머니에 차 키와 여권과 지갑이 들어 있는지 확인한 다음 코트를 개서 잘 보이게 바닥에 놓고 바람에 날리지 않도록 돌멩이를 얹었다.

그리고 그의 레인재킷을 입고 집으로 향했다. 내려가는 동안 이런저런 상념이 떠올랐다가 사라졌다. 라이언을 쏠 때 무의식중에 그가 손에 든 총이 장난감 총인 걸 알았을까? 알았다면 왜 방아쇠를 당겼을까? 그의 뇌가 다른 방법을 생각할 시간이 있었을까? 라이언을 쏘지 **않았다면** 어떻게 됐을까? 그러면 라이언이 어떻게 나왔을까? 라이언이 그를 공격했을까? 그러니 여전히 그는 라이언을 쏴야 했을까? 생명이 위협받는다고 느끼지 않았는데도?

10시쯤 오드는 집에 도착해서 커피를 탔다. 그리고 컴퓨터 앞에 앉아 글을 썼다. 계속 썼다. 자정을 지나도록 세상으로 돌아오지 않았다. 그때 초인종 소리가 들렸다.

"안녕." 그녀가 거기 서 있었다.

"안녕." 그가 사랑하는 그녀에게 다가가 키스했다.

"음, 안녕." 그녀가 부드럽게 말하면서 그의 다리 사이에 손을 댔다. "정말 나 많이 보고 싶었나 봐."

경찰은 라이언 블룸버그의 실종을 자살로 추정한다는 사실을 숨기려 하지 않았다. 발견된 모든 증거와 정황 증거가 그쪽을 가리키기 때문만이 아니라 라이언의 친한 친구와 가족들도 그가 에스더와 헤어진 후 크게 상심했고 자살 충동을 드러냈다고 증언했기 때문이다. 그가 최근에 헤클러 운트 코흐 권총을 산 데다 에스더와 새 연인인 오드 림멘이 같이 사는 집 근처에서 자살하기로 선택한 점이 자살 추정을 뒷받침했다.

사건 당일인 그 일요일에 에스더는 런던에 머물고 밤늦도록 돌아오지 않았지만, 집에 있던 오드 림멘은 대문 앞에 푸조가 서 있고 차 안에 웬 남자가 있는 걸 보고 누굴 기다리는 줄 알았다고 경찰에 진술했다. 경찰은 오드의 진술이 라이언 블룸버그의 휴대전화 분석한 결과와 일치한다고 발표했다. 지역 기지국에 잡힌 신호를 통해 라이언 혹은 그의 휴대전화가 새벽에 파리에서 서쪽으로 이동하기 시작했고 오드의 집 근처에서 몇 시간 머물다가 벨레트 절벽 꼭대기 근처에서 마지막 신호가 잡힌 것을 알 수 있었다.

그래서 실종 사건에 관한 경찰 수사는 짧고 강도 높은 수색으로 끝났고, 그 지역의 강한 해류를 고려할 때 시신이 발견되지 않아도 아무도 놀라지 않았다.

에스더는 고민 끝에 런던에서 열린 라이언의 장례식에 참석하지 않기로 했다. 장례식장에 나타나 라이언의 죽음이 그녀의 책임이라고 믿는 그의 친구와 가족들을 자극할까 두려워서였다. 에스더는 블룸버그 집안에 이런 결정을 알리고 나중에 따로 조의를 표하겠다고 덧붙였다.

오드 림멘은 다시 열정적으로 글을 썼다. 그리고 새로운 열정으로 사랑을 나눴다.

"이 영광스러운 날을 기념하며 한잔하자." 또 하루의 석양이 빨강과 주황빛, 연보랏빛으로 물드는 사이 그가 말했다. 그리고 먼지 앉은 사과주를 가지러 지하실로 내려갔다. 그러다 가끔 가장 어두운 구석에 숨어 있고 현재 쓰지 않는 작은 장작 난로 앞으로 갔다. 난로 문을 열고 손을 넣어 헤클러 운트 코흐의 차가운 금속 총신에 손을 대고 손끝으로 일련번호를 쓸어보았다.

"나 임신했어." 에스더가 말했다.

그녀는 사과를 들고 주방 창가에 사과를 들고 서서 비스케이 만을 내다보고 있었다. 검푸른 하늘과 하얗게 부서지는 파도는 다시 겨울 폭풍우가 다가옴을 알렸다.

오드는 펜을 내려놓았다. 아침부터 글을 쓰던 중이었다. 마감을 벌써 몇 주나 넘긴 상태였다. 그래도 다시 글을 썼고, 가장 중요한 일과였다. 게다가 글이 잘 써졌다. 끝내주게 잘 써졌다.

"확실해?"

"거의 확실해." 그녀는 이미 아기가 자라는 게 느껴지는 양 배에 손을 올렸다.

"어, 그럼……." 그는 적절한 말을 찾았다. 순간 작가의 벽이 되살아난 것 같았다. 그는 한 단어, 꼭 들어맞는 한 단어가 있는 걸 알았다. 상황은 볼트와 같다. 거기에 딱 맞는 한 종류의 너트만 존재한다. 서랍을 뒤져서 찾아내느냐의 문제일 뿐이다. 최근 몇 주간 단어들이 저절로 나타났다. 자세히 들여다볼 것도 없이 저절로 떠올랐다. 그런데 갑자기 캄캄해졌다. '환상적', 맞는 단어일까? 아니지, 임신은 사소한 일, 건강한 인간이면 누구나 할 수 있는 일이다. '잘됐다'고 해야 하나? 이 말은 묘하게 폄하하고 반어적으로 들려서 두 배로 불성실한 표현이다. 그는 아홉 달 동안 그녀와 같이 살면서 그에게는 작업이 전부라고, 무엇도 방해가 되어선 안 된다고 설명했다. 그게 아무리 그녀, 그가 세상에서 그 무엇보다 (정확히 말하면 세상에서 어떤 여자보다) 사랑하는 여자라고 해도. '파국적'이라고 해야 하나? 아니다. 그녀는 아이를 갖고 싶어했다. 그녀가 대놓고 말한 적은 없어도 그들이 평생 같이 살지는 않을 것이고, 언젠가는 그녀가 아이 혹은 아이들의 아버지가 될 사람을 찾아야 한다는 암묵적인 전제가 있었다. 하지만 그녀는 떠나지 않고도 그 일을 해냈고, 독립적인 여자니 싱글맘으로도 잘 살 수 있었다. 그러니 '불편할' 수는 있어도 '파국적'이지는 않았다.

"어, 그럼⋯⋯." 그가 다시 말했다.

그는 그녀가 의도적으로 이런 일을 벌였다고 의심했을까? 그를 시험하기 위해 피임약을 잘 챙겨 먹지 않았다고? 그렇다면 그 방법이 효과가 있었을까? 있고말고. 오드 림멘은 스스로 놀랄 만큼 행복한 것까지는 아니어도 기쁘다는 것을 깨달았다. 아이라니.

"그럼 뭐?" 그녀가 한참 지나서 물었다. 그는 여기서도 마감을 넘겼다. 오드는 일어서서 창가에 서 있는 그녀에게 다가갔다. 그녀를 안아주고 함께 정원을 내다보았다. 지난 십이 년 동안 열매를 맺지 못하던 커다란 사과나무에 열매가 맺혔다. 둘이 같이 큼직한 빨간 사과를 수확해 주방으로 옮기며 에스더가 왜 이런 일이 생겼을지 물었다. 그는 평소보다 뿌리에 양분이 더 풍부하게 공급돼서 그럴 수 있다고 답했다. 그녀가 그게 무슨 뜻이냐고 물으려는 것 같았지

246

만 솔직히 뭐라고 답할지 몰랐다. 하지만 그녀는 묻지 않았다.

"기적이야." 오드 림멘이 드디어 맞는 단어를 찾았다. "임신이라니. 아이라니. 정말 기적이야!"

오드 림멘이 세계 최고의 토크쇼에서 출연 제의를 받고 거절했다는 뉴스가 한동안 회자되었다. 하지만 〈뉴요커〉에 기사가 실렸을 때나 그가 영화화 제안을 거절했을 때만큼의 파급력은 없었다. '은둔자 오드 림멘' 이야기가 이미 한번 등장해서 널려 알려졌고, 이번에는 그저 같은 이야기의 변주일 뿐이었다.

오드가 이런 결론에 이른 이유는, SNS를 다시 시작해 뉴스피드를 들여다보고 있어서였다. 그는 이제 예비 아빠로서 스스로 둘러친 고립에서 벗어나 다시 **세상과 소통해야 한다**고 생각했다. 에스더에게도 그렇게 말했다.

그는 에스더와 함께 런던에 갔다. 에스더가 런던에서 문학과 영화와 음악계의 중요한 여성 인사들을 발굴하고 인터뷰하는 프로젝트에 참여해달라는 제안을 받았기 때문이다. 그들은 비좁은 아파트에서 살았고, 오드는 프랑스로 돌아가고 싶은 마음이 간절했다.

날마다 에스더가 일하러 나가면 그는 노트북 앞에 앉아 인터넷에서 그에 관한 글을 찾아 헤맸다. 처음에는 사람들이 그렇게 관심이 많은지, 아니, 사람들이 얼마나 시간이 남아도는지에 충격을 받았다. 사람들은 그의 글을 낱낱이 해부할 뿐 아니라 그가 어디에 살고 최근에 누구와 같이 있는 게 눈에 띄었는지에 관한 뉴스(오드는 그중 90퍼센트가 완전히 거짓이라는 것을 안다), 여자들과 남몰래 낳은 숨겨둔 자식들에 관한 소문, 그가 중독된 약물의 종류, 그의 성적 지향, 작품 속 인물 중 누가 **실제** 그인지 대해 의견을 나눴다. 그는 그런 낙서 같은 글들을 보고 내심 기분이 좋아졌다. 그렇다, 그를 오만하고 현실과 동떨어져 예술가인 척하는 사람이라고 비판하거나 매도하는 사람들조차 그에게 그런 기분을…… 그걸 뭐라고 해야 하나? 살아 있는? 아니다. 의미 있는? 아마도. 주목받는? 맞다, 이 표현이 맞을 것이다. 그런 기분을 안겨주었다. 그는 자신이 이토록 복잡하지 않은 존재하는 사실이 진부하다 못해 서글프다는 걸 인정해야 했다. 그가 남들에게서 그토록 경멸하던 것, 즉 깊은 자기중심성 외에는 보여줄 것도 없으면서 '나 좀 봐!' '나 좀 봐!' 하고 외쳐대는 버릇없는 아이의 집요하고 짜증스러운 비명을 그 자신이 오래도록 갈망한 것이다.

하지만 물론 이렇게 성찰하고 이렇게 (뭐라고 해야 할까?) 자기를 반성한다고 해서 갈망하는 검색을 멈추게 되는 것은 아니었다. 그는 곧 새 책이 출간되니 세상에서 그의 지위를 확인해야 한다고 스스로에게 말했다. 지금까지 그가 쓴 최고의 책일 뿐 아니라 (그건 이미 오래전부터 알았다) 최근에야 깨달은 사실이지만 그의 걸작이기 때문이다. 그의 작품 중 영구히 가치를 잃지 않을 유일한 소설. 걸작이므로 당연히 쉽게 읽히지는 않을 것이다. 작가가 창작에 많은 노고를 쏟았으니 독자도 고생깨나 해야 할 터였다. 작가 오드림멘이 위대한 문학은 독자를 힘 빠지게 할 수 있다는 사실을 모르지 않았다. 그 역시 제임스 조이스의《율리시스》와 데이비드 포스터 월리스의《무한한 재미》를 읽다가 포기할 뻔해서 충분히 이해한다. 그럼에도《무한한 재미》는 결국 그가 좋아하는 소설이 되었기에 그 역시 같은 길을 걸어야 한다는 것을 알았다. 조금도 비켜가지 않고 목표를 정조준해야 한다는 것을 알았다. 하지만 걸작이 되려면 작품이 정확한 맥락 안에서 제시되어야 한다. 세상에 얼마나 많은 걸작이 사라지거나 잊히거나 애초에 발견되지도 않은 채 전세계에서 날마다 쏟아져나오는 책더미 속에 파묻힌 채 사장되는지 아무도 모른다. 그래서 오드 림멘은 그의 맥락적 지위가 어느 정도인지 감을 잡기 위해 SNS에서 몇 년 전 게시물까지 훑어보았다. 작년 한 해 동안 그의 이름이 언급된 트윗과 언론 보도가 감소했고, 그런 글이 있다고 해도 매번 똑같았다. 그리고 그런 글을 쓰는 사람 대다수가 밖에 잘 나가지 않는 부류였다.

앞으로 4개월간 새 책도 나오지 않을 것이고(출산까지는 5개월 남았다), 복스홀브릿지로드에 있는 출판사 회의에서 오드 림멘은 소피와 그녀의 어린 동료(제인 아무개. 성은 기억나지 않았다)와 함께 신작 홍보 행사에 관해 상의했다.

"나쁜 소식은 당연하게도 홍보하기 어려운 책이라는 거예요." 제인이 다들 아는 얘기라는 듯 말했다. 그녀는 현재 유행하는 디자인인 듯한 알이 지나치게 큰 안경을 고쳐 쓰며 잇몸이 드러나도록 환하게 웃었다.

"무슨 뜻입니까?" 오드가 짜증스러운 속내가 드러나지 않기를 바라며 말했다.

"첫째, 뭐에 대한 책인지 두세 문장으로 요약하는 게 거의 불가능해요. 둘째로는 문학에 관심이 많은 독자나 작가님의 고정 독자 외에는 타깃을 찾는 게 어렵고요. 사실 고정 독자는 늘 똑같은 사람들이고요. 그러니까, 어쨌든, 그게……." 제인은 소피와 눈길을 주고받았다. "……꽤나 작고 배타적인 집단이죠."

제인이 숨을 깊이 들이마셨고, 오드는 세 번째도 있다는 걸 알아챘다.

"셋째로, 너무 어둡고 공허한 소설이에요."

"공허해요?" 오드 림멘이 큰소리로 물었다. 어둡다는 말은 거슬리지 않았다.

"디스토피아적이죠." 소피가 거들었다.

"게다가 인물이 거의 없잖아요." 제인이 말했다. "적어도 독자가 감정 이입할 만한 인물이 없어요."

오드 림멘은 두 사람이 마치 말을 맞춘 것을 알았다. 새 책(제목이 《무無》였다)에 그의 트레이드마크인 섹스 장면이 부족하다고 불평하지 않은 건 그나마 다행이었다. 그는 어깨를 올렸다. "원래 그렇게 쓴 겁니다. 받아들이든가 말든가."

"좋아요, 어쨌든 오늘 모인 건 독자들이 이 책을 받아들이게 할 방법을 모색하려는 거잖아요." 소피가 말했다. 이제는 목소리에 날이 서 있었다.

"좋은 소식은 우리한테는 작가님이 있다는 거예요. 작가님은 언론의 관심을 받는 분이시니까요. 다만 작가님이 이번에는 대중 앞에 나타나 이 책을 도울 준비가 됐냐는 거죠." 제인이 말했다.

"소피한테 얘기 못 들었어요?" 오드 림멘이 물었다. "난 대중 앞에 나서지 **않는** 식으로 책을 돕는다는 거? 그게 얼마나 도움이 될진 몰라도 이제는 내 **이미지**가 됐어요." 그는 끌어낼 수 있는 온갖 비난의 어조를 담아 '이미지'라는 단어를 내뱉었다. "마케팅팀에서도 당연히 그 이미지를 해체해서 이 작가의 상품 가치를 잃고 싶진 않겠죠?"

"침묵이 효과적일 수는 있어요." 제인이 말했다. "그런데 그것도 오래되면 지루해지고 역효과가 나요. 이렇게 생각해보세요. 침묵이 **심은** 걸 이제 **거둬들여야** 한다고요. 모든 신문과 잡지가 말을 멈춘 작가와의 첫 독점 인터뷰를 따내려고 줄을 서겠죠."

오드 림멘은 그녀가 무슨 말을 하는 건지 생각했다. 그녀의 말에는 약간 이상한 구석이, 어떤 숨은 모순이 있었다.

"내가 매춘 시장에 나를 내놓을 거라면 왜 독점으로 해야 됩니까?" 그가 물었다. "한바탕 혼음파티를 벌여서 완전한 종합보험을 들어놓으면 왜 안 되나요?"

"칼럼 란이 줄었어요." 소피가 조용히 말했다. 소피와 제인 아무개가 이 얘기도 사전에 나눈 것 같았다.

"그럼 토크쇼는 어때요?" 그가 물었다.

제인이 한숨을 쉬었다. "거기야 다들 나가고 싶어하죠. 영화배우나 유명한 운동선수나 리얼리티쇼 스타가 아닌 이상 하늘에 별 따기예요."

"하지만 스티븐 콜베어가……." 오드 림멘은 이제 짜증이 아니라 비통한 심정이 드러나지 않기를 바라며 말했다.

"그건 그때고요." 소피가 말했다. "문은 열리면 다시 닫혀요. 세상이 그렇잖아요."

오드 림멘은 의자에서 똑바로 고쳐 앉아 턱을 들고 소피를 쏘아보았다. "아니 내가 그냥 호기심에서 물어보는 거지 꼭 다시 미디어의 어릿광대 노릇을 하겠다는 건 아니에요. 그냥 책이 말하게 둡시다."

"케이크는 먹으면 없어져요." 제인이 말했다. "쿨함의 아이콘이면서 대중에게 잘 읽히는 작가가 되기는 어렵죠. 마케팅 예산을 정하기 전에 어느 쪽이 작가님에게 더 중요한지 알아야 해요."

오드 림멘은 천천히, 마지못해 그녀를 보았다.

"그리고 하나 더요." 제인 아무개가 말했다. 《무》는 제목이 별로예요. '없음'에 관한 책을 사 읽을 사람은 없어요. 아직 제목을 바꿀 시간이 있어요. 마케팅팀에서는《외로움》을 제안했어요. 여전히 어둡기는 해도 그나마 독자가 공감할 수 있는 부분이 있어요."

오드 림멘은 소피를 돌아보았다. 유감이기는 하지만 제인 말이 맞다는 표정이었다.

"제목은 그대로 갑니다." 오드 림멘은 이렇게 말하고 일어섰다. 화를 참느라 목소리가 떨리고, 그래서 더 화가 났고, 그걸 누르기 위해 차라리 언성을 높이기로 했다. "그리고 그 제목은 내가 이 빌어먹을 상업 미디어 서커스에 얼마만큼 기여할 생각이 없는지를 말해줍니다. 빌어먹을 미디어에. 그리고 빌어먹을……."

그는 말을 다 맺지 않은 채 성큼성큼 회의실을 가로질러 계단을 내려갔다. 엘리베이터를 기다리다간 그의 퇴장이 우스꽝스러워질 것 같았다. 그는 안내데스크 앞을 지나쳐 복스홀브릿지로드로 나갔다. 물론 비가 오고 있었다. 빌어먹을 출판사. 빌어먹을 도시. 빌어먹을 인생.

그는 파란불에 길을 건넜다.

빌어먹을 인생인가?

그는 최고의 저서를 출간하기 직전이고 곧 아버지가 될 것이며 그를 사랑하는 여자도 만났다(연애 초기만큼 대놓고 많이 표현하지는 않을지라도 임산부의 호르몬 변화가 기분과 욕구에 영향을 주는 건 분명하다). 그리고 인간으로 태어나 가질 수 있는 최고의 직업을 가졌다. 그에게 중요한 것을 표현할 수 있고 사람들이 그의 말을 들어주고 그를 봐주고, 제기랄, 그의 글을 읽어주기까지 하는 직업이지 않은가!

이것이 바로 아까 그들이 그에게서 빼앗으려던 거였다. 인생에서 그가 가진 유일한 것을. 그것이 유일한 것이므로. 그는 나머지 모든 것이 의미 있는 척하면서 살 수도 있었다. 에스더와 아이, 그들과 함께하는 인생. 물론 의미는 있었다. 다만 충분히 의미가 있지는 않았다. 아니다, 전혀 충분하지 않았다. 그는 다 가져야 했다. 케이크를 먹어도 없어지지 않아야 했다. 오늘도 잼을 먹고 내일도 잼을 먹고 싶었다. 그는 과다복용을 하고 또 하면서 이 빌어먹을 인생을 끝내버려야 했다. 지금 당장.

오드 림멘은 갑자기 멈춰 섰다. 그대로 서 있는데, 신호등이 빨간불로 바뀌고 양쪽의 차들이 공격 태세의 짐승들처럼 엔진의 회전 속도를 올렸다.

그리고 여기서 끝낼 수도 있겠다는 생각이 들었다. 이야기의 결말로 나쁘지 않을 것 같았다. 물론이다. 앞서간 위대한 작가들도 이런 결말을 택했다. 데이비드 포스터 월리스, 에두아르 르베, 어니스트 헤밍웨이. 버지니아 울프, 리처드 브라우티건, 실비아 플라스. 이름이 줄줄이 이어졌다. 명단이 길었다. 강렬했다. 죽음은 팔린다. 작가 고어 비달은 동료 작가 트루먼 커포티가 죽자 '좋은 전직轉職'이라고 말했지만, 자살은 더 잘 팔린다. 닉 드레이크든 커트 코베인이든 스스로 목숨을 끊지 않았다면 누가 아직도 그들의 음악을 다운로드할까? 그리고 과연 전에도 이런 생각이 든 적이 없었을까? 라이언 블룸버그가 둘 중 하나를 쏘라고 말했을 때 이런 생각이 스치지 않았을까? 이 책만 끝냈더라면…….

오드 림멘은 도로로 발을 내디뎠다.

그의 옆에 서 있던 사람의 비명이 으르렁대는 차 소리에 먹히기 직전에 그 비명 소리를 들었다. 장벽처럼 늘어선 차들이 그에게 다가오는 것을 보았다. 그래, 라고 그는 생각했다. 하지만 여기는 아니다. 이렇게는 아니다. 단지 운이 나빴다고 볼 수도 있는 시시한 교통사고로 끝내고 싶지는 않았다.

그의 편도체가 도망치기로 결정했고, 그가 건너편 인도에 닿은 순간 차가 아슬아슬하게 스쳐 갔다. 그는 멈추지 않고 계속 달렸다. 런던의 붐비는 인도에서 사람들과 연신 부딪히며 빠져나갔다. 뒤에서 신랄한 영어 욕이 날아왔고, 그중 몇 사람에게는 프랑스어로 더 센 욕으로 받아쳤다. 도로와 다리와 광장을 건너고 계단을 올라갔다. 한 시간쯤 달린 끝에 비좁고 습한 아파트로 들어갔다. 재킷까지 땀에 흠뻑 젖었다.

그는 펜과 종이를 들고 주방 식탁에 앉아 유서를 썼다.

몇 분밖에 걸리지 않았다. 전에도 혼자 수없이 해본 말들이라 새삼 그 말의 무게를 가늠할 필요도 없고 편집할 내용도 없었다. 순간 그것이 돌아왔다. 불꽃. 에스더가 그의 삶에 들어오면서 꺼져버린 불꽃. 라이언을 죽였을 때 잠깐 되찾았다가 에스더가 임신하자 다시 잃을 뻔한 불꽃. 식탁에 자살 유서를 올려두며 그가 쓴 글 중 유일하게 완벽한 글이라는 생각이 들었다.

오드 림멘은 작은 가방을 챙겨 택시를 잡아타고 파리행 급행열차가 한 시간마다 출발하는 세인트판크래스 역으로 갔다.

그 집이 어둠 속에 조용히 그를 기다렸다.

그는 안으로 들어갔다.

무덤처럼 적막했다.

그는 위층으로 올라가 옷을 벗고 샤워했다. 거실 바닥에서 죽어가던 라이언을 떠올리며 화장실에 갔다. 바지에 똥오줌을 싸지른 채로 발견되고 싶지는 않았으므로. 그리고 제일 좋은 정장, 찰스 디킨스 극장에서 입었던 정장을 꺼내 입었다.

그리고 지하실로 내려갔다. 사과향이 났다. 그는 지하실 한가운데 서 있었고, 천장 형광등이 결정을 내리지 못한 듯 깜박거렸다.

형광등이 안정적으로 들어오자 그는 난로로 가서 문을 열고 총을 꺼냈다.

자살에 대해 영화로도 보고 책으로도 읽었다. 중학교 시절에 학교 행사에서 자살에 대한 햄릿의 생각('사느냐 죽느냐')을 낭독하기도 했지만 그날의 낭독이 성공적이지는 않았다. 망설임과 의심, 우리를 이리저리 끌고 가는 내면의 독백. 하지만 오드 림멘은 이제 그런 의심이 들지 않았다. 이쪽이든 저쪽이든 모든 길은 여기로 이어졌고, 이것이 이야기를 끝낼 유일한 길, 올바른 길이었다. 올바른 길이므로 슬프지 않고 오히려 그 반대였다. 이야기꾼으로서 최후의 승리. '펜이 있는 자리에 총을 두어라.' 그리고 다른 작가 나부랭이들은 무대에 올라 청중에게 값싼 사랑을 받으며 자신과 그 자리의 모두에게 거짓말이나 하라지.

오드 림멘은 안전장치를 풀고 관자놀이에 총구를 댔다.

벌써 신문 헤드라인이 보이는 것 같았다.

그 뒤에 이어질, 역사책에 들어갈 그의 자리도.

아니,《무》. 이 소설의 자리도.

그렇게.

그는 눈을 감고 방아쇠에 검지를 걸었다.

"오드 림멘!"

에스더의 목소리였다.

들어오는 소리를 듣지 못했는데, 그녀가 그의 이름을 부르고 있었다. 멀리서 들리지는 않았다. 거실에 있는 것 같았다. 이상하게도 그의 성과 이름을 모두 불렀다. 마치 그의 **모든 것**이 앞으로 나와서 모습을 드러내주기를 바라는 것처럼.

오드는 방아쇠를 당겼다. 불길이 맹렬히 타오를 때처럼 타닥타닥 소리가 났다. 그의 감각기관에서 시간이 늘어난 것처럼 화약이 점화되어 타들어가는 소리를 느린 화면으로 들을 수 있었다. 타는 소리가 크레셴도로 올라가면서 박수갈채가 되었다.

오드 림멘은 눈을 떴다. 적어도 그는 떴다고 생각했다. 그리고 그것을 보았다.

빛.

'빛을 향해 나가세요.' 소피의 말이다. 그가 글을 쓰는 내내 경청하고 신뢰해온 편집자.

그는 빛을 향해 나갔다. 그 빛에 잠시 눈앞이 보이지 않았다. 빛 너머의 어둠 속에 아무도 보이지 않고 점점 커지는 박수갈채만 들렸다.

그는 가볍게 목례를 하고 에스더 애벗 옆 의자에 앉았다. 이 기자는 거칠고 남성적인 태도에도 불구하고 눈빛이 부드러웠다. 몇 분 전에 분장실에서 본 눈빛이다.

"바로 본론으로 들어가시죠, 림멘 작가님." 에스더 애벗이 말했다. "제가 지금《언덕》을 들고 있는데요, 이 책 얘기를 해볼게요. 그 전에, 이렇게 좋은 책을 또 쓰실 수 있을 것 같으세요?"

오드 림멘은 객석에 시선을 던졌다. 맨 앞줄에 아는 얼굴 몇이 보였다. 그들이 잔잔한 미소를 머금고 그를 보았다. 그가 재미있거나 기발한 말을 할 가능성은 이미 배제한 것처럼. 그가 무슨 말을 하든 다 믿어줄 분위기였다. 절반은 저절로 연주되는 악기를 연주하는 느낌이었다. 그저 건반에 손가락을 대고 입을 열기만 하면 되었다.

"무엇이 좋고 좋지 않은지 결정하는 쪽은 여러분이죠." 그가 말했다. "제가 할 수 있는 건 쓰는 것밖에 없습니다."

객석에서 탄식 같은 것이 퍼져나갔다. 한마디 한마디가 의미하는 **진실한 깊이**에 닿기 위해 집중하는 것 같았다. 맙소사.

"그게 바로 선생님이 하시는 일이죠, '꿈꾸는 오드'시잖아요." 에스더 애벗이 앞에 놓인 대본을 섞으면서 말했다. "항상 글을 쓰시나요, 항상 이야기를 지어내세요?"

오드 림멘은 고개를 끄덕였다. "항상. 틈날 때마다 언제든. 방금도 하나 쓰고 있었어요. 무대로 나오기 직전에요."

"정말요? 그럼 지금도 쓰고 계세요?"

객석에서 웃음소리가 잦아들고 기대에 찬 침묵이 흐르는 사이 오드 림멘이 고개를 돌려 그들을 보았다. 살짝 미소를 머금고. 기다렸다. 이렇게 떨리고 숨 막히고 성스러운 순간을……

"아니길 바랍니다."

웃음의 파도가 퍼졌다. 오드 림멘은 너무 활짝 웃지 않으려고 주의했다. 하지만 웃지 않는 것이, 무조건적 사랑이 심장에 직접 주입되는 느낌이 드는 순간조차 그러지 않기가 어려웠다.

JO NESBØ

SJALUSIMANNEN
OG ANDRE FORTELLINGER

귀걸이

"아야!"

나는 룸미러를 보았다. "왜 그러세요?"

"이거요." 뒷자리의 뚱뚱한 부인이 엄지와 검지 사이에 뭔가를 들고 있었다.

"그게 뭔데요?" 나는 시선을 다시 도로로 돌리며 물었다.

"안 보여요? 귀걸이잖아요. 깔고 앉았어요."

"죄송합니다." 내가 말했다. "승객분이 잃어버리셨나 보네요."

"그거야 그렇겠죠. 그런데 어떻게요?"

"네?"

"똑바로 앉아 있는데 귀걸이가 그냥 빠질 리가 않아요."

"모르겠네요." 나는 시내에 하나 있는 교차로에서 빨간불을 보고 브레이크를 밟았다. "손님이 오늘 첫 손님이라. 방금 차를 교대했거든요."

택시가 멈춰서자 나는 다시 룸미러를 보았다. 여자는 귀걸이를 살펴보고 있었다. 뒷좌석 시트 틈새에 끼어 있다가 그녀의 거대한 엉덩이가 쿠션을 양옆으로 짓누르는 바람에 빠져나온 것 같았다.

나는 귀걸이를 보았다. 순간 어떤 생각이 스쳤다. 하지만 곧 그 생각을 떨쳐내려 했다. 저렇게 단순한 모양 귀걸이가 천 가지는 넘을 것이다.

부인은 눈을 들어 룸미러 속에서 나와 눈이 마주쳤다. "이거 진짠데요." 그녀가 귀걸이를 건넸다. "주인을 찾아주셔야겠어요."

나는 아침의 어슴푸레한 빛을 향해 귀걸이를 들었다. 침이 금이었다. 와. 귀걸이를 돌려보니 역시나 로고와 제조사가 새겨져 있지 않았다. 성급히 결론짓지 말자고 속으로 말했다. 진주 귀걸이 한 짝은 여느 진주 귀걸이와 상당히 비슷해 보이기 마련이니까.

"파란불이네요." 부인이 말했다.

이 택시의 주인인 팔레가 야간교대를 맡았기에 나는 10시까지 기다렸다가 택시를 매점 계단 옆 택시 승강장에 세워놓고 그에게 전화했다. 팔레는 이십 년 전에 2부 리그의 그렌란에서 뛰다가 이쪽으로 와서 팀이 삼부 리그에서 벗어나도록 이끌었다. 그러느라 바쁘지 않았다면 (적어도 그의 생각에는) 이 도시에서 열여덟 살에서 서른 살 사이의 가능한 모든 여자를 침대에 눕혔을 것이다.

"내가 우리 팀의 득점왕이라고 봐도 무방하지." 언젠가 펍에서 그가 이렇게 말하며 엄지와 검지로 풍성한 금발의 콧수염을 쓰다듬었다. 그럴지도 모른다, 그가 선수로 뛰던 시절에 나는 아직 어린애였고, 내가 아는 거라고는 그가 꽤 잘 알려진 여자 중 한 명과 결혼했다는 정도였다. 그 여자는 개인택시조합 조합장의 딸이었고, 팔레는 은퇴 후 남들은 거치는 대기기간을 건너뛰고 바로 택시 면허를 받았다. 나는 팔레의 하청 기사로 일하며 오 년째 대기중이지만 그 황금 티켓을 손에 넣을 기미조차 보이지 않았다.

"무슨 일이야?" 내가 근무중에 전화하면 나오는 특유의 위협적인 어조로 팔레가 물었다. 그는 내가 사고를 냈거나 차에 문제가 생겼을까 잔뜩 겁을 먹었다. 정말로 그런 경우라면 다른 차가 와서 박았거나 팔레가 짠돌이라 정기 검사를 받지 않아서 낡아빠진 메르세데스에 기계 결함이 생긴 탓이라고 해도 그는 내 탓으로 몰아붙였을 것이다.

"귀걸이 때문에 연락 온 거 없어요?" 내가 물었다.

"귀걸이?"

"뒷자리요. 시트 틈새에서 나왔어요."

"아니. 연락 오면 알려줄게."

"궁금한 게 있는데……."

"뭐?" 팔레가 자다가 깼는지 짜증 난 목소리로 말했다. 야간 근무는 보통 바 두 곳이 문을 닫고 한 시간쯤 지난 뒤인 새벽 2시쯤 거의 마무리한다. 이후에는 야간 택시가 한 대만 돌아다니며 택시들 사이의 공동 교대 근무 체제로 운영된다.

"어제 벤케가 우리 택시에 탔어요?"

사실 그의 택시이므로 우리 택시라고 하면 팔레가 싫어하는 줄 알지만 가끔 깜빡했다.

"벤케 거야?" 팔레가 하품하는 소리가 들렸다.

"혹시 몰라서요. 비슷해요."

"그럼 왜 직접 물어보지 않고 날 깨웠냐?"

"글쎄요."

"글쎄요?"

"귀걸이는 저절로 떨어지지 않아서요. 똑바로 앉아 있을 때는." 내가 말했다.

"그래?"

"누가 그러더라고요. 어제 벤케가 택시에 탔어요?"

"생각 좀 해보고." 휴대전화 너머로 팔레가 라이터를 켜는 소리가 들렸다. "내 차는 아니지만, 프리트 폴 앞에서 택시 승강장에 있는 걸 본 것 같아. 주변에 물어볼게."

"벤케가 어느 택시를 탔는지 궁금한 게 아니라, 이 귀걸이 주인이 누군지 알고 싶은 거예요." 내가 말했다.

"음, 그건 내가 도와줄 수가 없지."

"당신이 운전했잖아요."

"그래서 뭐? 시트 틈새에 있었다면 며칠 전부터 있었을 수도 있잖아. 그리고 내가 내 차에 탄 손님들 이름을 일일이 기억하는 것도 아니고. 그 귀걸이가 비싼 거라면 주인한테 연락이 오겠지. 브레이크액은 채워놨어? 어제 영업 시작하다가 바다로 들어갈 뻔했잖아."

"손님이 좀 뜸해지면 채워놓을게요." 내가 말했다. 워낙 인색한 인간이라 정비소에도 직접 가지 않고 꼭 나를 보냈다. 하청 기사인 나는 시급을 받는 게 아니라 내가 번 돈의 40퍼센트만 가져갔다.

"2시에 병원 예약 손님 잊지 마." 그가 말했다.

"그럼요, 그럼요." 나는 전화를 끊었다. 귀걸이를 다시 살펴보았다. 내가 착각하는 것이길 바랐다.

뒷문이 열리고 익숙한 냄새부터 나고 목소리가 들렸다. 택시 기사라면 그 부패하고 느글거리게 들큼한 냄새에 익숙해졌을 거라고 생각할 수도 있다. 연금을 타는 날 술을 잔뜩 사서 다른 사회보장 지원을 받는 술꾼의 집에 가서 아침부터 퍼마실 태세인 작자의 몸에 찌든 퀴퀴한 냄새와 방금 마신 술 냄새가 뒤섞인 악취 말이다.

오히려 그 반대다. 해가 갈수록 냄새가 더 역겨워져서 요즘은 속이 뒤집힐 것 같았다. 주류점 봉지 속에서 쨍그랑 소리와 발음이 뭉개진 말소리가 들렸다. "네르가르바이엔 12번지요. 빨리빨리."

나는 시동을 걸었다. 브레이크액 경고등이 일주일 넘게 깜박거려서 페달을 조금 세게 밟아야 했지만 바다로 들어갈 뻔했다는 팔레의 말은 물론 과장이었다. 부두 끝에 위치한 그의 집 차고에서 내려오는 비탈길이 가팔라서 겨울에 위험하기는 했지만. 그리고 맞다, 팔레가 나한테 주말 종일 근무와 주중 야간 근무를 넘기고 자기는 벌이가 좋은 시간대를 차지한 게 짜증이 나고 진력이 나서, (내가 겨울밤 그의 집 차고 앞에 택시를 대놓고 내 차로 옮겨 타고 집으로 돌아가면서) 그가 빙판길에 미끄러져 내가 택시 기사의 면허 대기줄에서 한 자리 앞으로 나가게 해달라고 남몰래 기도한 적은 있었다.

"차 안에서는 금연입니다." 내가 말했다.

"닥쳐!" 뒷자리에서 빽 소리를 질렀다. "누가 돈을 내는데, 당신이야 나야?"

나다, 라고 속으로 대답했다. 나는 매출의 40퍼센트만 가져가는데, 거기서 떼인 세금의 40퍼센트가 당신이 술이나 퍼마시다 죽는 비용으로 들어가. 내가 바라는 최선은 당신이 가급적 빨리 뒈지는 거야.

"뭐라 그랬어?" 뒷자리 승객이 말했다.

"금연이라고요." 내가 계기판의 금연 표시를 가리켰다. "벌금이 500크로네입니다."

"진정해, 젊은이." 연기가 앞으로 넘어왔다. "나 돈 있어."

나는 앞뒤 차창을 다 내리고 500크로네가 미터기로 들어가지 않고 내 주머니로 들어오게 할 방법을 궁리했다. 팔레는 골초라 차 안에서 담배를 피워대니 냄새로 알아챌 가능성이 없었다. 하지만 내가 착한 젊은이라 팔레에게 500크로네를 넘겨주고 나는 한 푼도 가져가지 않을 것도 알았다. 팔레는 택시 내부를 청소했다고 우기지만, 우리 둘 다 그가 청소한 적 없고 차 내부가 하도 더러워서 내가 참다 못해 청소하기 전까지는 아무도 청소하지 않는 것을 알았다.

네르가르바이엔에서 차를 세울 때 미터기에 195가 표시되었다.

술 취한 승객이 내게 200크로네짜리 지폐를 건넸다. "잔돈은 됐어." 그가 말하면서 내리려 했다.

"저기요!" 내가 소리쳤다. "695크로네 주셔야죠."

"195잖아."

"제 택시에서 담배 피웠잖아요."

"내가? 기억 안 나는데. 기억나는 건 찬바람밖에 없어."

"담배를 피웠어요."

"증거 있어?"

그가 차 문을 쾅 닫고 아파트 입구로 갔다. 봉지 속 술병들에서 경쾌한 쨍그랑 소리가 났다.

나는 시계를 보았다. 이미 엉망이 된 근무 시간이 여섯 시간 남았다. 영업을 마치면 처가로 저녁 식사 하러 가기로 했다. 어느 쪽이 더 두려운지 모르겠다. 주머니에서 귀걸이를 꺼내서 다시 살펴보았다. 동그란 회색 진주에 침이 삐죽 꽂혀 있는 모양이 풍선에 달린 끈 같았다. 내가 너무 어려서 5월 17일 국가의 날 퍼레이드에 참가하지 못하고 할아버지 옆에 서서 구경하던 때가 생각났다. 할아버지가 풍선을 사주었는데 내가 잠깐 한눈 판 사이 줄을 놓쳤는지 갑자기 풍선이 위로 높이 떠올랐다. 당연히 나는 울음을 터트렸다. 할아버지는 내가 실컷 울게 놔둔 다음 풍선을 하나 더 사주지 않는 이유를 말해주었다. "네가 운 좋게 강렬히 원하던 것을 얻는다면, 그러니까 기회를 얻는다면 꼭 붙잡아야 한다는 걸 가르쳐주려는 거야. 인생에서 두 번째 기회는 없거든."

할아버지의 말이 맞았는지도 모른다. 벤케를 만났을 때 나는 꼭 갖고 싶었지만 살 형편이 안 되는 풍선을 선물받은 느낌이었다. 기회였다. 그래서 꼭 붙잡았다. 단 일 초도 손의 힘을 풀지 않았다. 너무 꽉 잡았는지도 모르겠다. 이따금 줄이 세게 잡아당겨지는 느낌이 들긴 했다. 그 귀걸이는 조금 과하게 비싼, 적어도 그녀가 내게 선물한 비에른 보리 팬티에 비하면 값나가는 크리스마스 선물이었다. 정말 이게 그중 한 짝일까? 그래 보였다. 사실 내 눈에는 똑같아 보였지만 이 귀걸이에도 확인할 수 있는 표식이 없었다. 어젯밤에 벤케는 내가 잠들고 난 후 집에 들어왔다. 젊은 엄마들인 두 친구와 오래전부터 계획한 술집 순례를 다니기 위해 아이들 없이 밤에 자기네끼리 놀다 온 것이다.

나는 이 기회를 틈타서 아이들이 있어도 얼마든지 인생을 즐길 수 있지 않느냐고 말했다. 하지만 벤케는 툴툴거리며 그만하라고, 자기는 아직 준비가 안 됐다고만 했다. 누구를 위해 준비가 안 됐다는 건지, 나인지 아이인지가 명확하지 않았다. 그녀는 거기까지만 말했다. 그녀에게는 숨 쉴 공간이, 남보다 넓은 공간이 필요했다. 나는 그걸 알았다. 그리고 이해했다. 그래서 진심으로 그녀에게 공간을 내주고 싶었지만 어쩐지 그럴 수가 없었다. 줄을 잡은 손의 힘을 풀지 못했다.

귀걸이는 그냥 떨어지지 않는다, 똑바로 앉아 있을 때는.

벤케가 팔레가 모는 택시 뒷좌석에서 누군가와 뒹굴었다면 엄청 취했을 것이다. 벤케도 팔레가 내 고용주인 걸 알았으므로. 하지만 그녀는 술을 마시면 미친 짓도 서슴지 않았다. 우리가 처음 잤을 때처럼 말이다. 새벽 2시쯤 둘 다 취해서 그녀가 축구장에서 골대에 기대서 하자고 고집을 부렸다. 나중에야 알았지만, 그녀는 그 팀의 골키퍼와 만나다 말다 하는 사이였고 그때 막 그 골키퍼에게 차였다.

나는 휴대전화 화면에서 그녀의 번호를 찾아 잠시 바라보다가 시트 사이의 콘솔로 휴대전화를 던지고 라디오 볼륨을 높였다.

나는 5시에 팔레의 차고 앞에 택시를 세웠다. 5시 30분에 샤워하고 옷을 갈아입고 현관에 서서 벤케를 기다렸다. 벤케는 욕실에서 화장하며 통화하고 있었다.

"알았어, 알았다고!" 그녀가 짜증스럽게 말하면서 밖으로 나와서 나를 보았다. "잔소리할 거면 나중에."

나는 한마디도 하지 않았고, 계속 그럴 수밖에 없다는 것을 알았다. 입을 다물고 풍선 줄을 꽉 잡고 버티기.

"꼭 그렇게 서 있어야 해?" 그녀가 툴툴거리며 검정 롱부츠를 힘겹게 신었다.

"어떻게?"

"팔짱을 끼고."

나는 팔을 풀었다.

"그리고 그 시계 좀 그만 봐." 그녀가 말했다.

"안 봤는……."

"변명할 생각도 하지 마! 갈 때 되면 간다고 말해놨어. 하, 정말 짜증 난다."

나는 밖으로 나가서 차에 탔다. 그녀가 따라 타서 룸미러로 립스틱을 살폈고, 우리는 한동안 말없이 달렸다.

"누구랑 통화한 거야?" 내가 물었다.

"엄마." 벤케가 검지로 아랫입술 아래쪽을 닦았다.

"그렇게 오래? 오 분 있으면 만날 건데?"

"그러지 말라는 법이라도 있어?"

"오늘 또 누가 와?"

"또 누구?"

"당신 부모님하고 우리 말고? 당신이 잔뜩 빼입어서."

"저녁 식사에 초대받았는데 멋지게 보이려고 노력해서 손해 볼 건 없잖아. 그러는 당신이야말로 휴가로 아버지 별장에 가는 게 아니니 그 검정 재킷을 걸쳤어도 됐잖아."

"당신 아버지가 니트 스웨터를 입으실 테니 맞춰드리는 거지."

"아버지는 당신보다 나이가 많잖아. 예의를 좀 차려서 나쁠 건 없어."

"아, 예의, 그래." 내가 말했다.

"뭐?"

나는 별거 아니라는 듯 고개를 저었다. 줄을 꽉 잡기 위해.

"귀걸이 예쁘네." 내가 도로에서 눈을 떼지 않고 말했다.

"고마워." 그녀가 놀란 듯 말했고, 흘끔 보니 그녀가 자기도 모르게 한 손을 귀로 가져갔다.

"내가 크리스마스에 선물한 건 왜 안 했어?" 내가 물었다.

"그건 맨날 하잖아."

"그래, 지금은 왜 안 했어?"

"세상에, 또 시작이야."

그녀가 아직 귀걸이를 만지작거리는 게 보였다. 은귀걸이였다.

"이건 엄마한테 받은 거니까 만날 때 하면 좋아하실 거 같아서. 됐어?"

"그럼, 그럼." 내가 말했다. "그냥 물어본 거야."

그녀가 한숨을 쉬며 고개를 저었고, 말하지 않아도 알 것 같았다. 내가 그녀를 짜증 나게 한다는 걸.

"그래, 자네가 택시 면허를 받을 차례가 곧 온다며?" 벤케의 아버지가 다리 세 개짜리 큼직한 서빙 포크로 로스트비프의 퍽퍽한 부분을 푹 찍어서 자기 접시로 던졌다. 아직 입에 대진 않았지만 퍽퍽할 걸 알았다. 처가에서는 늘 로스트비프를 내주는데 항상 말라비틀어져 있었다. 가끔은 무슨 시험 같은 건가 생각하기도 했다. 내가 접시를 벽에 던지고 더는 못 참겠다고, 그들도 로스트비프도 그들의 딸도 참아줄 수 없다고 선언할 날만 기다리는 건가 싶었다. 그러고는 안도의 한숨을 크게 내쉬려는 게 아닌가 싶었다.

"네." 내가 말했다. "브로르손이 올여름에 삼촌이 은퇴하시면 면허를 물려받을 거고, 제가 그다음 순서입니다."

"그럼 얼마나 걸릴 것 같은가?"

"그다음 택시 주인이 언제 은퇴할지에 따라 다르겠죠."

"그건 아는데, 내가 묻는 건 그게 언제가 될 거냐고?"

"글쎄요. 루드가 제일 나이가 많아요. 쉰다섯쯤일 겁니다."

"그렇다면 앞으로 십 년은 더 영업할 수 있겠군."

"네." 나는 물잔을 입에 대면서 이제부터 신나게 씹힐 것에 대비해서 목이나 축여야 한다고 생각했다.

"얼마 전에 신문에 보니 노르웨이 택시가 세계에서 제일 비싸다 더군." 장인이 말했다. "놀랄 것도 아닌 게, 여기 택시업계가 세계에서 제일 문제도 많으니까. 정치인들이 멍청해서 악당들이 이 업계를 쥐고 흔들면서 다른 교통수단이 없는 국민들에게 강도 짓거리를 하게 놔두니까 국민들이 다른 나라의 절반 수준에도 못 미치는 서비스를 받지."

"오슬로 얘기를 하시는 것 같은데요." 내가 말했다. "또 잊지 마셔야 할 게, 이 나라에서는 택시 운행 비용이 아주 많이 듭니다."

"노르웨이보다 물가 비싼 나라는 많아." 장인이 말했다. "게다가 노르웨이 택시는 제일 비싸기만 한 게 아니라 그냥 아예 차원이 달라. 기사에 보니까 오슬로에서는 주간에 5킬로미터 가는 데 두 번째로 비싼 도시인 취리히보다 20퍼센트나 더 비싸고, 세 번째로 비싼 룩셈부르크보다는 50퍼센트나 비싸다고 하더군. 그래, 나머지야 압도적으로 이기지. 그거 아나? 키이우라고, 세계에서 제일 싼 도시도 아닌 도시에서는 오슬로에서 택시 한 대 부르는 돈으로 두 대만 부를 수 있는 게 아니라는 거. 세 대도 아니고. 다섯 대도 아니고. 열 대도 아니고. 무려 스무 대나 부를 수 있어. 내가 불쌍한 사람 하나를 여기서 기차역까지 태워다주는 돈으로 키이우에서는 한 반 학생들 전체를 태워다줄 수 있다는 거지."

"오슬로 얘기죠." 내가 자세를 고쳐 앉으며 말했다. 바지 주머니 속 귀걸이가 찔렸다. "여기가 아니라."

"그래서 내가 의아한 건 말이야." 장인이 냅킨으로 얇은 입술을 닦는 사이 장모가 그의 물잔을 채웠다. "왜 이 나라 택시 기사는 아무리 자기 소유 택시가 아니라고 해도 연봉을 괜찮게 못 받느냐는 거야."

"예, 저야 모르죠."

"좋아 그럼, 내가 말해주지. 오슬로에서는 택시 면허를 많이 내 줘서 요금을 올려야 그들이 이미 익숙해진 높은 생활수준을 유지 할 수 있고, 그러다 보니 손님이 감소해서 요금이 더 올라가고, 그 래서 다른 교통수단이 없는 소수만 주머니가 털리고, 이런 소수가 택시 승강장에 차를 대놓고 자기는 엉덩이나 긁으며 실업수당으 로 사는 사람들에 대해 불평이나 늘어놓는 택시 기사들을 먹여 살 리는 거야. 사실은 실업수당으로 먹고사는 건 그 기사들이야. 돈을 주는 사람이 승객이다뿐이지. 그래서 우버가 들어와 이미 조금씩 흔들리던 택시 업계의 판을 흔드니까 택시 노조와 탈세를 일삼는 조합원들이 들고일어나서 택시에 세워놓고 앉아 있기만 해도 돈을 벌 수 있는 독점권을 지키겠다고 난리치지. 여기서 유일한 승자는 메르세데스야. 쓰이지도 않는 차를 팔아대니까."

장인의 목소리는 더 커지지는 않았지만 더 힘이 들어갔고, 나는 벤케가 재미있어하며 나를 쳐다보는 것을 느꼈다. 벤케는 자기 아 버지가 나한테 그런 식으로 강압적으로 말하는 걸 좋아했다. 실제 로 벤케는 장인의 행동이나 말투가 진짜 남자다운 거라면서 나한 테도 좀 보고 배우라고 말하기까지 했다.

"어쨌든 그게 제 계획입니다." 내가 말했다.

"뭐가?"

"면허가 나올 때까지 기다렸다가 쓰지도 않을 메르세데스를 사 는 거요." 나는 조금 웃었지만, 그 자리의 아무도 미소조차 짓지 않 았다.

"저기, 아문드도 오슬로 택시 기사들하고 똑같아요." 벤케가 말 했다. "이이도 줄 서서 기다리면서 조만간 좋은 일이 일어날까 기대하는 걸 좋아해요. 이이도 딱히 행동하는 쪽은 아니에요. 제가 아는 행동하는 사람들 몇 사람과는 다르죠."

벤케의 어머니가 목소리를 높여 화제를 돌렸고, 그게 무슨 얘기 였는지는 기억나지 않는다. 그냥 그 자리에 앉아서 역시나 고생스 럽게 살았을 것 같은 맛의 질긴 소고기를 우적우적 씹었다. 그리고 벤케가 몇 사람을 댈 수 있다고 한 게 무슨 뜻인지 생각했다.

"저 펍 앞에서 내려줘." 집으로 가는 길에 벤케가 말했다.

"지금? 9시야."

"애들이 다 와 있대. 오늘 해장술 하러 만나기로 했어."

"좋은 생각이네. 나도 같이……."

"남편과 아이들한테서 잠시 벗어나는 게 핵심이야."

"난 다른 테이블에 앉아도 돼."

"아문드!"

너무 꽉 붙잡지는 말자, 나는 생각했다. 손에 쥐가 날 만큼 붙잡 지는 말자, 모든 감각이 사라져 줄도 느껴지지 않을 테니까.

나는 혼자 집으로 돌아가서 침실로 올라가 벤케가 액세서리를 넣어두는 서랍을 샅샅이 뒤졌다. 보석함을 열어보니 반지와 금목 걸이들이 있었다. 그중 하나는 새것 같은데 전에 본 적이 없는 거 였다. 그리고 귀걸이들을 보았다. 빈 상자가 있었다. 벤케가 오늘 저녁에 착용한 은귀걸이를 담아둔 상자일 것이다. 그리고 회색 진 주에 가느다란 적도처럼 푸른 고리가 감싸고 있는 독특한 디자인 의 진주 귀걸이가 있었다. 벤케는 아버지에게 선물받은 그 귀걸이 를 자신의 토성 귀걸이라고 불렀다. 그런데 내가 선물한 귀걸이도, 귀걸이 상자도 보이지 않았다. 다른 서랍도 다 뒤져보았다. 옷장에도, 세면도구 가방에도, 핸드백에도, 재킷과 바지 주머니에도. 그 귀걸이는 없었다. 무슨 뜻일까?

나는 주방으로 가서 냉장고에서 맥주를 꺼내 식탁 앞에 앉았다. 증거가 없었다. 확신할 수는 없지만 이제는 피할 길이 없었다. 떠오르다 만 생각들을 찬찬히 들여다봐야 하지만 일단 다른 한 짝이 든 상자가 나올 때까지는 미뤄야 했다. 확신이 들 때까지는.

사실 가장 거슬리는 생각은 벤케가 뒷자리에서 뒹굴었다는 의심이 아니었다. 벤케가 어젯밤에 그 택시를 타지 않았다고 말한 팔레의 말이 가장 거슬렸다. 팔레는 왜 거짓말을 했을까? 두 가지 답만 가능했다. 남의 뒷담화를 하기 싫고 벤케가 말하지 말아달라고 부탁했을 수 있다. 아니면 뒷자리의 상대가 팔레 자신이었을 수 있다. 이런 가능성이 떠오르자 이어지는 생각을 차단할 수 없었다. 팔레의 작은 엉덩이가 벤케 위에 올라타서 들썩거리고 벤케가 그의 이름을 외치는 장면이 그려졌다. 축구장에서 내 이름을 외쳤던 것처럼, 결혼하기 전에 우리가 만난 첫해 내내 외쳤던 것처럼. 이 장면이 떠오르자 욕지기가 올라왔다. 정말로 그랬다. 벤케는 내게 일어날 수 있는 최선의 사건이자 최악의 사태였지만 (더 중요하게) 그녀는 내게 일어난 **유일한** 사건이었다. 그녀를 처음 만났을 때 내가 숫총각이었던 건 아니지만, 그전에 만난 여자들은 그냥 아무나 가질 수 있는 여자들이었다. 벤케는 내게 섹스를 허락함으로써 나의 자아상을 끌어올려준 유일한 여자였다. 그러다 세월이 흘러 나보다 나은 남자를 만날 수 있었다는 확신이 들자 당연하다는 듯이 내 자아상을 다시 끌어내리려 했다. 하지만 나는 그녀를 만나기 이전 수준으로 내려갈 생각이 없었다. 벤케는 나의 헬륨 풍선이었고 여전히 그렇다. 내가 줄을 꽉 붙잡기만 하면 **조금** 가벼워진 기분,

조금 상승한 기분이 들었다.

내게는 두 가지 선택지가 있었다. 벤케에게 내가 찾은 증거와 팩트를 들이대며 직접 말하는 방법. 아니면 입을 닫고 그냥 아무 일 없던 것처럼 지내는 방법. 첫 번째 방법은 벤케와 일자리, 둘 다 잃을 위험이 있었다. 적어도 벤케와 잔 사람이 팔레라면.

두 번째 방법은 내 자아상이 추락할 위험이 있다.

당장 내가 선택하고 싶은 방법은 두 번째였다.

하지만 첫 번째 대면하는 방법에는 또 하나의 가능성이 있었다. 벤케는 귀걸이가 어떻게 뒷좌석 틈새로 들어갔는지에 대해 다른 이유를 지어낼 수 있었다. 나 자신도 믿고 싶어질 만한 설명 말이다. 그리고 내가 팔레의 늙었지만 아직은 탄탄한 축구선수 엉덩이를 상상하며 여생을 보내지 않아도 될 만한 설명일 것이다. 어쩌면 내가 그녀에게 대면해서 모든 위험을 걸 줄 아는 사람이라는 것을 보여주면 그녀는 내가 내 인생의 사건을 손 놓고 기다리기만 하는 게 아니라 스스로 행동하고 내 운명의 주인이 될 줄도 아는 사람이라는 것을 분명히 이해할지도 모른다. 면허 규정이 그딴 식인 건 빌어먹을 내 탓이 아니라는 것도.

맞다. 그녀와 대면해야 했다.

나는 맥주를 한 병 더 따고 기다렸다. 땀 흘리며 기다렸다.

냉장고 문에 우리 패거리가 함께 찍은 사진이 붙어 있었다. 팔 년 전 결혼식에서 찍은 사진으로, 다들 꽤 앳돼 보였다. 팔 년 전이라는 걸 감안해도 더 어려 보였다. 세상에, 그날의 나는 어찌나 당당했는지. 그리고 얼마나 행복했는지. 그건 확실히 말할 수 있다. 행복했다고. 그때는 아직 내게 일어나는 모든 일이 무언가의 시작이지 끝은 아니라고 생각하던 나이였다. 그날이, 그 몇 달이, 어쩌면 그 일 년이 삶이 내게 마련해준 행복의 전부일 거라고는 상상하지 못했다. 그때가 정점일 거라고는 상상도 못 해서, 그 순간의 풍경을 음미할 시간을 내지 않고 어딘가에 새로 오를 고지가 있다고 믿으며 살았다. 수천 일 동안 그 자리에 붙어 있는 그 사진을 봤지만 오늘 밤은 그 사진이 나를 울렸다. 정말로. 나는 울었다.

시계를 보았다. 11시. 맥주를 한 병 더 땄다. 고통을 덜어주기는 하지만 미미했다.

네 번째 맥주를 따려는 순간 전화벨이 울렸다.

나는 바로 받았고, 벤케인 줄 알았다.

"밤늦게 죄송해요." 여자 목소리였다. "제 이름은 에이린 한센이에요. 아문드 스텐세트라는 택시 기사님이신가요?"

"네?"

"팔레 입센 기사님한테서 번호를 받았어요. 제가 엊저녁에 그분 택시에서 잃어버린 귀걸이를 찾으신 것 같아서요."

"어떤……?"

"평범한 진주 귀걸이요." 에이린 한센이 말했다. 그녀가 이 주방에 같이 있었다면 덥석 안아주었을 것이다. 내 안의 기쁨이 어찌나 크던지 그녀에게도 그 소리가 들렸을 것만 같았다.

"저한테 있어요." 내가 말했다.

"와, 다행이다! 어머니한테 선물받은 거거든요."

"그런 걸 찾았으니 더 기쁘네요." 나는 이 기쁨과 안도감을 휴대전화 너머의 낯선 사람 에이린 한센과 나눌 수 있어서 얼마나 환상적이냐고 생각했다.

"이상하지 않아요?" 내가 말했다. "어떤 날 나쁜 소식을 들었다가 그게 잘못된 소식이란 걸 알면 그날이 나쁜 소식을 듣기 **전보다** 더 좋아지는 거요.”

“그런 생각을 해본 적은 없지만, 네, 맞는 말인 것 같네요.” 그녀
가 웃었다.

행복해서 그런 건 알지만 에이린 한센은 웃음소리가 좋으니 좋
은 사람일 것 같았다. 사실 꽤 미인일 것 같은 목소리였다.

“그럼 언제, 어디서, 어…… 귀걸이를 받을 수 있을까요?”

나는 당장 그리로, 그녀가 어디에 있든 가져다주겠다고 말하려
다가 마구 샘솟는 생각과 감정을 애써 추슬렀다.

“내일은 제가 낮 근무예요.” 내가 말했다. “전화 주시면 계단 매점
옆 택시 승강장에 있거나 그 근처에 갈 때 연락드리겠습니다.”

“좋아요! 정말 감사드려요, 아문드!”

“별말씀을요, 에이린.”

우리는 전화를 끊었다. 나는 속으로 기쁨의 노래를 부르며 남은
맥주를 마셨다.

자정이 지나 벤케가 스르르 침대로 들어왔다. 내가 잠들지 않은
줄 알았을 텐데도 조용히 조심스럽게 움직였다. 그녀가 내 등 뒤에
누워 숨죽이며 내 소리를 듣는 것 같았다. 그리고 나는 잠들었다.

다음 날 일어났을 때는 기분이 들떠서 좀이 쑤셨다.

“무슨 일 있어?” 벤케가 아침을 먹으며 물었다.

“아무것도.” 내가 빙긋이 웃었다. “내가 사준 귀걸이는 아직 안 했
네.”

“그 얘기 좀 그만할래?” 벤케가 앓는 소리를 냈다. “토릴한테 빌
려줬어. 걔가 그거 보고 나한테 잘 어울린다면서 자기네 회사 파티
때 빌려달래서. 오늘 밤에 만나서 돌려받을 거야, 됐어?”

"사람들이 당신한테 잘 어울린다고 했다니 좋다." 내가 말했다.

벤케가 내게 재미있는 표정을 지었고, 나는 남은 커피를 버리고 발바닥에 날개라도 달린 양 밖으로 나갔다.

첫 데이트 하러 가는 십대처럼 설레면서도 겁이 났다.

팔레의 차고 앞에 차를 세우고 택시로 갈아타서 천천히 비탈길을 내려갔다. 브레이크 페달이 더 헐거워진 느낌이 들어 토드의 정비소에 전화해 내일 수리를 맡겨도 되는지 물었다.

"되지. 오늘 가져오면 우리한테 시간을 더 주는 거고." 토드가 말했다.

나는 답하지 않았다.

"알아들었어." 토드가 말했다. 그가 씩 웃는 소리가 들리는 것 같았다. "팔레가 내일 낮교대이고, 자네가 매번 정비소에서 교대 시간을 허비해서 열받는 거지."

"고마워요." 내가 말했다.

10시에 전화벨이 울렸다.

휴대전화를 보니 에이린이었다.

"안녕하세요." 내가 말했다.

"안녕하세요." 그녀도 이름을 말할 필요가 없었다. 그녀의 번호가 떠서 내가 알아본 걸 아는 듯했다. 그런데 그녀의 목소리가 다소 긴장하고 겁먹은 것 같지 않나? 아닐 수도 있고, 어쩌면 내가 그러기를 바라는 걸 수도 있었다.

우리는 10시 30분에 택시 승강장에서 만나기로 했다. 나는 승객 한 명을 가까운 거리에 태워다주고 택시를 승강장에 주차하고 겔버트와 악셀슨의 택시를 향해 손을 흔들어 먼저 보냈다. 기다리는 동안 아무 생각도 하지 않으려 했다. 이제 모든 환상이, 내 머릿속에서 자리를 차지하려고 싸우던 모든 기대가 허무하게 끝날 테니까. 곧 알게 되겠지.

조수석 문이 열리고, 향수 냄새가 먼저 들어오고 목소리가 들렸다. 6월에 오두막 앞 꽃밭. 8월의 사과. 10월에 바다에서 불어오는 서풍. 물론 과장인 건 알지만 정말로 이런 게 떠올랐다.

"또 인사할게요." 그녀가 약간 숨이 찬 듯 말했다. 빨리 걸어온 것 같았다. 생각보다 나이가 조금 들어 보였다. 목소리가 얼굴보다 젊었다. 말투가 그랬다. 상대도 나에 대해 비슷하게 생각했는지, 아니면 전화 목소리보다 더 매력적으로 보인다고 생각했는지는 알 길이 없었다. 그래도 에이린은 한때는 아름다웠을 것 같았다. 그건 의심의 여지가 없었다. 사귈 수 있는, 라는 표현이 떠올랐다. 그렇다, 실제로 그 표현이 생각났다. 하고 싶은. 정말 그러고 싶었을까? 그래, 하고 싶었다.

"귀걸이 보관해줘서 정말 감사드려요, 아문드."

그녀가 바로 본론으로 들어갔다. 빨리 끝내고 싶은 것처럼. 수줍어서인지 긴장해서인지 내 모습에 실망해서인지 알 수 없었다.

"여기요." 나는 귀걸이 한 짝을 건넸다. "찾으시는 게 맞는지."

그녀는 귀걸이를 살폈다. "오, 맞아요." 그녀가 천천히 말했다. "제 거 맞아요."

"잘됐네요." 내가 말했다. "그렇게 모양이 특이하니까 남은 한 짝하고 꼭 맞는 걸 찾기가 쉽지 않았겠어요."

"맞아요, 맞아요." 그녀가 고개를 끄덕이며 귀걸이만 보았고, 감히 나를 쳐다보지 못하는 것 같았다. 원치 않는 일이 일어날까 봐 두려운 것 같았다.

나는 아무 말도 하지 않았다. 목구멍에서 맥박이 거칠게 고동치는 느낌이라 말을 하면 목소리가 떨릴 것 같았다.

"어, 다시 감사드려요." 에이린이 손잡이를 찾아 더듬었다. 나처럼 그녀도 순간 두려움을 느낀 듯했다. 당연하게도. 그녀는 손가락에 결혼반지를 끼고 있었다. 화장을 했지만 아침 햇살은 자비가 없었다. 나보다 적어도 다섯 살, 어쩌면 열 살은 많아 보였다. 그래도 여전히 하고 싶은 부류였다. 내가 더 젊었을 때였다면 확실히 하고 싶었을 것 같았다.

"팔레 알아요?" 내가 물었다. 목소리가 떨리지 않았다.

그녀는 머뭇거렸다. "어, 알아요, 알아요."

그게 내가 알아야 할 전부였다. '귀걸이는 그냥 떨어지지 않아요. 똑바로 앉아 있을 때는.' 나는 사이드미러를 보았다. 어디 부딪혀서 단단히 조여야 할 것처럼 보였다.

"손님이 오시는 것 같네요." 내가 말했다.

"아, 네. 다시 감사합니다."

"별말씀을."

그녀가 차에서 내려서 광장을 가로지르는 모습을 지켜보았다.

그녀도 모르고 아무도 몰랐지만 나는 방금 감옥에서 나왔다. 나는 이제 밖으로 나와 친숙하지 않은 공기를 마시고 새롭고 두려운 자유를 음미했다. 이제부터 이렇게 살면서 자유를 이용하며 다시는 예전으로 돌아가 사방의 벽 안에 갇히지 않을 것이다. 이제는 나 스스로 해결할 것이다. 그리고 이제부터는 내 행동으로 나 자신에게 입증할 것이다.

5시까지 벌이가 괜찮았다. 팁도 조금 받았는데, 이런 날은 흔치 않았다. 내가 유난히 기분이 좋아 보여서 그럴까? 새로운 내가 되어서?

나는 팔레의 차고에 택시를 세웠다. 공구가 벽에 걸려 있었고, 내가 그 작업을 마치는 데 이십 분쯤 걸렸다.

나는 내 차에 올라타 벤케에게 전화해서 저녁 식사 하면서 같이 마실 화이트와인을, 그녀가 좋아하는 종류로 사 가겠다고 말했다.

"무슨 일 있어?" 그녀가 물었고, 이번에는 아침 먹을 때와 달리 짜증스러운 목소리가 아니었다. 호기심 어린 목소리였다. 왜 아니겠나? 지금 나는 새로운 나이고, 그녀에게도 새로운 나일 테니.

나는 콧노래를 흥얼거리며 한 손으로 운전대를 잡고 달렸다. 운전대. 나는 운전대를 잡는 걸 좋아했다. 다른 손은 바지 주머니에 넣은 채, 아까 차고에 들어가 택시에서 빼낸 브레이크액을 생각했다. 팔레가 에이린에게 무슨 약점을 잡았을지, 아니면 그들이 서로 약점을 잡은 건지 궁금했다. 둘이 얼마나 만났을지도 궁금했다. 내가 그와 귀걸이와 벤케를 연결할 걸 알고 대신 나서달라고 부탁할 만큼 오래된 사이인지 궁금했다. 팔레는 내가 전화해서 귀걸이에 대해 묻자 당장 벤케에게 전화했을 것이다. 그리고 벤케는 당장 남은 한 짝이 든 상자를 숨겼을 것이다. 친구에게 빌려주었다고 둘러댄 건 영리한 수였다. 벤케가 오늘 밤 외출한 건 맞지만 토릴이나 다른 친구를 만나러 간 게 아니라 팔레를 만나 그들의 계획에 따라 내가 에이린에게 준 귀걸이를 받아올 것이다. 하지만 벤케는 팔레에게 그 귀걸이를 받지 못할 것이다. 둘이 같이 뒷자리에 포개져 있을 때 찬 귀걸이를 팔레가 눈여겨봐서가 아니다. 에이린이 그에게 건넨 귀걸이에 가느다란 고리가 푸른 적도처럼 감싼 것을 알아볼 리가 없었다. 설마.

아니다, 팔레는 벤케에게 그 토성 귀걸이를 주지 못할 것이다.

잃어버린 귀걸이도 주지 못할 것이다. 그녀는 그들이 속은 걸, 두 연놈이 속은 걸 영영 모를 것이다. 오늘 오후부터 팔레는 흔히 하는 말로 우리 중에 없을 테니까. 벤케는 자신이 한 짓을 견뎌야 할 것이다. 하지만 그녀는 나를 좋아하게 될 것이다. 새로운 나를. 팔레의 예기치 못한 죽음으로 택시 면허 대기줄에서 바로 다음 차례가 된 나를. 나는 룸미러 속에서 미소를 지으며 한 손으로 운전하고 다른 손은 주머니에 넣고 내가 벤케에게 선물한 귀걸이의 침을 잡았다. 조심스럽고도 단단히 잡았다. 풍선 끈을 잡을 때처럼.

2부

권력

JO NESBØ

SJALUSIMANNEN
OG ANDRE FORTELLINGER

쥐섬

I

깃발을 다는 하네스가 바람에 흔들리며 깃대에 턱턱 부딪힌다. 나는 이 도시를 내려다본다. 기묘하게 평화로운 풍경이다. 90층 높이의 고층빌딩 옥상에서는 저 아래 거리에서 쫓고 쫓기며 뛰어다니는 인간 개미들이 보이지 않는다. 맞다가 땅바닥에 처박힌 사람들이 울부짖는 소리, 자비를 구하며 애원하는 소리, 장전된 라이플총의 딸깍거리는 소리는 들리지 않는다. 하지만 총성은 들린다. 오토바이 한 대가 부르릉거리는 소리도 들린다. 이제 밤이 오고 불빛이 보인다.

이 높은 곳에서는 불빛들이 조그맣게 보인다. 활기찬 손전등처럼 불을 밝힌 차들이 가로등이 나간 지도 일 년이 넘은 도시에 작은 빛을 더했다.

어디선가 기관총 쏘는 소리가 들렸다. 길게는 아니었다. 그들은 어리지만 총이 과열되지 않도록 언제 멈춰야 할지 알았다. 이런 시대에 살아남으려면 뭘 해야 할지 터득했다. 정확히 말해서 같은 욕구를 가진 다른 사람들보다 조금이라도 더 살아남으려면. 음식, 무기, 은신처, 석유, 옷가지, 약품, 남자의 유전자를 다음 세대로 전달할 여자 한 명. 저 아래는 진부한 표현을 빌자면 그야말로 정글이다. 이제는 그 정글이 날마다가 아니라 매시간 성큼성큼 다가온다. 지금 우리가 서 있는 이 건물도 동틀 무렵이면 정글이 될 것이다.

이 높은 곳에서는 형편이 되는 사람들이 대피할 준비를 하고 있다. 상류층, 부자 중에서도 부자들, 여기서 빠져나갈 탑승권을 구할 수 있는 사람들. 나는 여기서 그들을 관찰한다. 열네 명으로 이루어진 마지막 그룹을 지켜본다. 그들은 군용 헬리콥터가 올 것으로 예상되는 바다 방향을 초조하게 흘끔거린다. 이 건물과 '뉴프런티어' 항공모함을 오가며 사람들을 실어 나르는 군용 헬리콥터. 항공모함에는 삼천오백 명을 태울 수 있고, 도중에 항구에 들르지 않고 바다에 떠서 사 년을 버티는 데 필요한 식량과 약품과 각종 물자가 실려 있다. 오늘 밤 출항해서 무기한으로 바다에 떠다닐 예정이다. 탑승권의 가격이 얼마인지는 모르지만 남녀 비율을 맞추기 위해 여자의 표값이 약간 저렴한 것은 안다. 누구도 노골적으로 말하지 않지만, 사실상 상류층을 위한 노아의 방주다.

나의 어릴 적 친구 콜린 로위가 앞에 서 있다. 그의 아내 리자와 딸 베스가 헬리콥터 착륙장 옆에서 눈이 빠져라 헬레콥터를 찾는다. 콜린은 이 나라에서 가장 부유한 기업가 중 한 명이다. 그는 전 세계에서 인터넷 사이트와 부동산을 소유하는데, 우리가 서 있는 이 건물도 그중 하나다. 하지만 그가 방금 말했듯이 짐을 싸는 데 삼십 분도 걸리지 않았다.

"너한테 필요한 건 다 있어." 내가 그에게 장담했다.

이 옥상에는 긴장되고 분주하지만 묘하게 흥분된 분위기가 감돈다. 중무장하고 군복을 입은 사설 민병대원들이 콜린 로위 주식회사에 고용되어 헬리콥터 착륙장과 옥상으로 난 문을 지키고 있다.

1층과 엘리베이터 근처에는 민병대원이 더 많다. 그들의 임무는 갱단이 들이닥치기 전에 피신처를 찾아 이 건물로 몰려드는 사람들을 막는 일이다. 꿈도 야무지게 헬리콥터를 타고 '뉴프런티어'로 갈 수 있기를 희망하는 사람들. 누구나 나 자신과 소중한 사람들을 위해 필사적이다. 우리는 애초에 그렇게 태어났다.

아까 저녁에 이 건물에 도착했을 때 건물의 출입구 주위에 공포와 체념의 냄새가 진동했다. 비싼 정장을 입은 남자가 입구를 지키던 경비에게 지폐가 잔뜩 든 서류 가방을 건네려다가 거절당했다. 보는 눈들이 있어서거나 어차피 그 돈이 내일도 가치가 있을지 알 수 없어서였을 것이다. 그 남자의 뒤에 서 있던 아름다운 중년 여인은 나도 아는 얼굴이었다. 여자는 경비대장에게 자기 몸을 제안하며 출연한 영화의 제목을 읊었다.

"우린 엔트로피로 향하는 중이야." 콜린이 말한다.

"그게 무슨 뜻인지 모르는 거 잘 알잖아." 내가 말한다.

"열역학 제2법칙."

"그래도 몰라."

"너희 변호사들은 아는 게 있긴 하냐?"

"엔지니어들 뒤치다꺼리나 할 줄 알지."

콜린이 웃는다. 십오 년 넘게 로위 주식회사에서 우리가 맺은 파트너십의 공생적 성격을 내가 한마디로 정리한 것이다.

"엔트로피." 콜린이 다시 이 말을 하면서 저 아래 도시의 스카이라인을, 잠시 후면 바다로 넘어갈 태양을 배경으로 들쭉날쭉한 실루엣을 본다. "엔트로피는 폐쇄된 시스템 안에서 일정한 시간에 걸쳐 모든 것이 파멸한다는 뜻이야. 모래성을 쌓아놓고 다음 날 가보면 날씨와 바람에 변형되잖아. 더 환상적인 형태로 바뀌는 게 아니라 그냥 더 납작해지고 시커멓게 돼 있지. 생명이 없고 영혼도 없이. 무無. 이게 엔트로피야, 윌. 가장 보편적인 자연법칙."

"무법의 법칙이네." 내가 말한다.

"법률가다운 표현이군."

"철학자의 표현이야. 홉스에 따르면 법이 없으면, 그러니까 사회계약이 없으면 우리는 최악의 독재보다 더 심각한 혼돈 속에 내던져져. 지금 돌아가는 꼴을 보니 그 말이 맞는 것 같네."

"리바이어던이 온 거지." 콜린이 내 말에 동의한다.

"리바이어던이 뭔데요?" 콜린의 딸 베스가 묻는다. 어느새 베스가 우리 쪽에 와 있었다. 베스는 열일곱 살이고 저 아래 어딘가로 나간 브래드보다 세 살 동생이다. 베스는 내 딸 에이미와 많이 닮긴 했지만 베스를 보고 눈물이 나려 한 건 꼭 그래서만은 아니다.

"존재하지 않는 바다 괴물 이야기야." 콜린이 말해주지 않아서 내가 대신 답한다.

"그게 어떻게 여기 올 수 있어요?"

"그냥 이미지야." 콜린이 딸을 가까이 끌어당긴다. "유명한 철학자가 그 이미지로 법과 질서가 없는 사회를 그렸어."

"지금 여기처럼요?" 베스가 묻는다.

군복을 입은 남자가 다가온다. 콜린이 헛기침을 한다. "엄마한테가 있어, 베스. 금방 갈게."

베스가 시키는 대로 뛰어간다.

"무슨 일인가, 소위?" 콜린이 말한다.

"로위 씨." 희끗희끗하고 짧게 깎은 숱 많은 머리의 군복 입은 남자가 치직거리는 무전기를 들고 있다. 무전기에서 그를 찾는 초조한 목소리가 흘러나온다. "1층에서 사람들을 막기 어렵다고 합니다. 실탄을 써야 할지……?"

"갱단인가?"

"대부분 헬리콥터에 타고 싶어하는 일반 시민입니다, 로위 씨."

"불쌍한 인간들. 최후의 수단으로만 발포해."

"알겠습니다."

"헬리콥터가 오려면 얼마나 걸리나?"

"조종사 말이 이십 분쯤 걸린다고 합니다."

"좋아. 도착하자마자 모두 바로 탈 준비를 해둬. 계속 상황을 보호해."

"알겠습니다, 로위 씨."

소위가 떠나면서 무전기에 답하는 소리가 들린다. "나도 알아, 하사, 그래도 필요한 정도 이상으로는 무력을 쓰지 말라는 명령이야. 알아들었나? 그래, 현재 위치 유지하고……."

그의 말소리가 점점 멀어지고 밧줄이 깃대에 가볍게 탁탁 부딪히는 소리와 저 아래 어두운 거리에서 올라오는 경찰차의 사이렌 소리만 남는다. 콜린도 나도 그게 경찰이 아닌 걸 안다. 해가 넘어가면 경찰이 감히 순찰하지 못한 지 벌써 일 년이 넘었다. 자동화기로 무장한 자들은 반사 신경은 남아 있고 어쩌면 더 강해졌을지도 모를 만큼 약에 취한, 그러나 자제력은 약해진 청년 네 명일 것이다. 자제력이 약해지기만 한 게 아니라 거의 사라졌다. 그런 약탈자들만이 아니라 일반 시민들도 마찬가지다.

이것이 내가 한 행동의 유일한 변명일 수 있다.

아직 오토바이 소리가 들린다. 소음기인지 뭔지에 구멍이 났을 것이다.

나는 가속페달을 밟아 텅 빈 거리를 내달려 도시를 가로질러 남쪽으로, 도살장으로 향한다. 소음기에 총알구멍이 난 자리에서 요란한 굉음이 울려 퍼진다. 저걸 꼭 고쳐야 한다. 석유가 필요하다. 연료계 바늘이 이미 빨간색으로 넘어가 목적지까지 갈 석유가 남았는지 알 수 없다. 오밤중에 우리 갱단도 없는 채로 혼자 도심에서 오도 가도 못 하는 신세가 되고 싶지는 않다. 한순간에 먹잇감이 될 수 있다. 그래도 괜찮다, 석유만 있으면, 엔진이 계속 돌기만 하면, 그나마 먹이사슬에서 조금 위쪽에 있다. 게다가 비탈길에서 내 뒤쪽으로 내가 찾던 것을 보았다. 뚫린 구멍. 저택 요새의 벽에 난 구멍. 저택에 사는 사람들 모두 몇 시간 뒤면 죽을 수도 있고, 아닐 수도 있다. 나는 심판자가 아니라 전달자일 뿐이다. 오토바이 소리가 황량한 고층건물들 사이로 울려 퍼진다. 너무 세게 밟으면 석유가 바닥날 수 있지만, 여기 도시 한복판에서는 오래 머물수록 곤경에 처할 가능성만 커진다. 좀 전에 로워빌딩 앞에서 사람들 무리를 지나쳤는데, 내가 속도를 살짝 늦추는 순간 그중 하나가 나를 잡아채 오토바이를 빼앗으려 했다. 사람들은 짐승이 되었고, 다들 절박하고 분노하고 겁먹었다. 씨발. 이 도시가 어떻게 되어버린 거지? 이 거대한 나라에 무슨 일이 일어난 거지?

II

"헬리콥터 도착 십팔 분 전!" 소위가 소리친다.

"천팔십 초군." 콜린이 말한다. 암산이 늘 나보다 빠르다.

바이러스가 처음 발견되어 팬데믹으로 번지고 세상의 모든 것이 소멸하기까지는 그리 오래 걸리지 않았다. 사람들이 파리처럼 죽어나갔다. 처음에는 바이러스 탓이었지만, 이후에는 경제가 파탄 나고 사회와 정치 제도가 무너진 결과였다. 자연히 가난한 사람들이 팬데믹에 가장 크게 타격을 입었다. 나쁜 뉴스는 항상 그렇게 돌아간다. 그러다 식량 부족 사태가 발생하고 상황은 바뀌었다. 사회가 집단으로 함께 헤쳐나가야 할 상황에서 가진 자들과 가지지 못한 자 사이의 갈등으로 바뀌었다. 처음에는 가난한 사람들이 부자들에게 맞섰다. 이어서 가난한 사람들이 가난한 사람들과 싸우더니 결국 가족과 친구를 제외하고 모두가 적이 되었다. 슈퍼마켓은 텅 비었고, 얼마 후 총포상도 비었다. 총과 라이플총 생산 공장은 맨 마지막까지 가동할 텐데도. 이미 무너져가던 법과 질서가 붕괴했다. 부자들은 농장과 시골 별장에서, 이왕이면 방어하기 수월한 높은 지대에서 사방의 벽 안으로 들어가 바리케이드를 쳤다. 부자 중에서도 콜린 로위 같은 극소수의 최상급 부자들은 팬데믹이 터지기 오래전부터 이미 붕괴의 조짐을 감지하고 미리미리 경계하면서 부동산과 섬을 사들이고 자급자족할 방안을 마련하고 최신 무기를 장착한 사설 군대를 조직해 경비를 세웠다. 얄궂게도 바이러스는 부자들에게 가장 큰 위협이 되는 적인 가난하고 절박한 자들과의 전투에서 부자들에게 유리하게 작용했다. 바이러스는 건강보험 혜택을 받지 못하고 정부의 격리 규정을 준수할 형편도 되지 않은 채 비좁은 환경에서 살아야 하는 가구들 사이로 걷잡을 수 없이 퍼져나갔다. 하지만 팬데믹이 어느 정도 안정세에 접어들고 약탈보다 덜 위험한 요소가 되자 이번에는 중간에 끼인 계층이 가장 큰 타격을 입을 차례였다. 빼앗길 재산은 있지만 재산을 보호할 수단이 없는 사람들 말이다. 그들은 모든 것을 빼앗기자 약탈자로 돌변했다.

가난과 절박함, 폭력, 이 모든 것이 전염병처럼 돌고 돌았다.

　팬데믹이 시작되었을 때 나는 콜린의 IT 회사에서 법조팀을 이끌었다. 바이러스는 동쪽에서, 그러니까 이 나라의 반대편 끝에서 넘어와 대응할 틈도 없이 우리를, 다수의 안전한 중산층을 완전히 휩쓸었다.

　오 년 전에 콜린이 내게 '쥐섬'이라는, 공항에서 멀지 않은 곳에 있고 100헥타르를 넘지 않는 이 작은 감옥 섬을 처음 보여주었을 때 나는 그에게 최후의 심판일을 준비하는 거냐, 최악의 상황과 믿을 사람은 자기밖에 없는 날에 대비하는 거냐고 놀렸다. 이 나라에 콜린 같은 사람들이 유독 많은 건 개인의 자유를 중시하는 문화와 관련이 있을 것이다. 내 운명은 내가 개척하고 아무도 나를 막지 못하는 만큼 아무도 나를 도와주지도 않는다는 문화.

　"이건 그냥 상식이야." 내가 편집증과 같다고 하자 그가 한 대답이다. "나는 엔지니어이고 프로그래머야. 우리는 종말이 가까이 왔다고 떠들며 돌아다니는 히스테리 환자가 아니야. 우리는 우리 업계의 일을 하듯이 일어날 것 같지 않은 상황의 가능성을 계산하는 거야. 한 가지 확실한 건 시간이 충분히 주어지면 일어날 수 있는 모든 일이, 절대적으로 모든 일이 결국 일어날 거라는 사실이야. 내가 살아 있는 동안 사회가 붕괴할 가능성은 크지 않더라도 완전히 무시할 수 있는 수준도 아니야. 그리고 그 가능성에 경제적 손실로나 삶의 질 측면에서나 내가 치러야 할 비용을 곱하면 보험으로 기꺼이 낼 수 있는 가격이 산출되는 법이지. 저건……." 그는 예전에 살인범들을 가두기 위해 지어진 콘크리트 건물이 있는 황량한 바위섬을 향해 손짓했다. "밤에 발 뻗고 자기 위해 치러야 할 얼마 안 되는 비용이지."

그때만 해도 그 건물에 무기가 가득한 캐비닛이 있는지 몰랐다. 콜린과 회사 이사진인 친구들 몇몇이 근시 교정을 위해 레이저 수술을 받은 이유도 몰랐다. 미용 목적이 아니었다. 법과 질서가 붕괴한 세상에서는 안경이나 콘택트렌즈를 구하기 어려울 테고, 인류가 석기시대로 한 걸음 가까워질 생존 투쟁에서는 선명한 시력이 결정적 요소라고 믿기 때문이었다.

"대비해두지 않을 이유가 없어, 윌. 가족을 위해서라면."

하지만 나는 대비하지 않았다.

정부가 교도소를 개방하기로 결정한 결과로 약탈이 시작된 것이 아니다. 현실적으로 교도소는 격리가 불가능한 곳이라 바이러스가 무방비상태로 전파되는 죽음의 건물이 되었다. 그 덕에 풀려난 죄수의 수만 봐서는 이 모든 혼돈의 원인으로 보기에는 모자랐다. 문제는 그런 결정에 따른 정서였다. 정부가 통제력을 잃고 법질서가 유예되었으며 이제 곧 남이 먼저 가로채기 전에 뭐든지 집히는 대로 잡아채야 한다는 정서. 우리가 실제로 벌어지는 상황을 보거나 이해하지 못한 건 아니었다. 그건 비합리적인 공포가 아니었다. 우리는 이번 팬데믹만 잘 넘기면 (일부 국가에서는 이미 진정 국면에 들어가고 있었다) 평상시로 돌아갈 수 있음을 알았다. 하지만 이런 대중의 상식보다 공포가 더 거세졌다. 집단 히스테리가 아니라 공유된 상식이 부족한 탓이었다. 그래서 개인들은 자신과 사랑하는 사람들에게는 합리적이고 상식적이지만 사회 전체에는 파국을 불러올 선택을 했다.

어떤 이들은 약탈자가 돼 순전히 필요에 의한 폭력을 일삼았다.

또 누군가는 (콜린의 아들 브래드처럼) 폭력을 원해서 폭력을 저질렀다.

브래드 로위와 아버지 콜린 로위의 관계는 복잡 미묘했다. 콜린은 첫 자식인 브래드에게 사업을 물려줄 생각이었다. 그러나 브래드는 그만한 재목이 아니었다. 아버지의 지능과 사업 능력을 물려받지 못한 데다 세상을 바꾸려는 포부나 야망도 없었으며 사람들을 끌어당기는 매력이나 재주도 없었다. 그가 아버지에게 물려받은 거라고는 간혹 보이는 끝없는 자만, 그리고 목적을 위해 모두를 희생하려는 의지밖에 없었다. 그가 대학 축구부에서 아버지의 돈으로 코치를 매수해 더 재능 있는 학생들을 제치고 선수로 뽑힌 것도 같은 맥락일 수 있다. 혹은 아버지를 설득해 그가 친구들과 추진한 불우한 학생들을 돕는 프로젝트에 자금을 대게 한 경우도 마찬가지다. 돈은 결국 마약과 여자, 그들이 캠퍼스 밖에 빌린 집에서 난잡한 파티를 벌이는 데 들어갔다. 그러다 브래드가 시험도 보지 않고 서류를 위조해서 시험을 통과한 것처럼 꾸미려다가 발각되자 총장에게 신체적 위협을 가했고, 콜린은 총장으로부터 직접 그 사실을 전해 듣고 아들을 대학에서 자퇴시켰다.

그해 여름 브래드는 완전한 패배자가 되어 집으로 돌아왔다. 나도 그에게 안쓰러운 마음이 들었다. 우리 두 가족은 몇 년 전부터 숲속에 2층짜리 큰 별장을 함께 빌려 다 같이 휴가를 보내곤 했는데, 나중에 콜린이 그 집을 사들였다. 부자 사이가 좋지 않아서 브래드도 우리와 잘 어울리지 못했다. 그는 감정이 없는 아이가 아니라 그 반대였다. 감정이 넘쳤다. 브래드는 아버지를 사랑하고 존경했다. 항상 그랬고, 그의 감정은 남들 눈에도 잘 보였다. 아버지가 아들을 사랑하는 마음보다 훨씬 더 선명하게 보였다. 그러다 브래드의 감정이 급격히 방향을 틀어 절망과 분노, 심드렁한 무관심, 원하는 대로 움직여주지 않는 모두를 향한 분노로 흘러갔다. 분노의 화살은 그의 가족이든 우리 가족이든 별장 직원이든 가리지 않았다. 그때 나는 브래드에게서 콜린의 이면을 보았다. 콜린이 매혹적인 지능과 전염성 강한 열정으로도 사람들을 설득하지 못할 때 나오는 모습, 말하자면 위협적인 인간의 모습을 본 것이다. 콜린의 회사는 눈엣가시인 작은 경쟁사들을 충동적으로 사들여 자산을 해체하고 직원들을 내쫓았다. 내가 두어 번 법적 근거를 들어 콜린의 계획을 무산시키려 하자 그가 불같이 화를 내며 나를 자르려고 한 적도 있다. 나는 어렸을 때부터 봐왔던, 뜻대로 되지 않을 때 그의 눈에 서리는 검은 눈빛을 보았다.

그 눈빛은 그가 원하는 대로 될 때까지 사라지지 않았다.

브래드도 그걸 알아챘을 것이다. 몇 가지 자제력만 버리면 폭력과 협박과 짐승 같은 힘으로 원하는 것을 쟁취할 수 있다는 사실을 깨달았을 것이다. 가령 그가 옆 별장의 윈스턴 형제를 꼬드겨 퍼거슨의 낡은 차고에 불을 지르게 한 일도 있었다. 나중에 형제가 경찰에 진술한 바로는, 불을 지르지 않으면 그들 가족이 잠든 사이 브래드가 별장에 불을 지르겠다고 협박했다.

브래드는 내 딸 에이미에게 환심을 사려다 실패했다. 그가 강렬한 감정에 잘 빠지는 소년이라는 것을 보여주는 일화다. 그는 어릴 때부터 에이미를 좋아했지만 유년기의 사랑이 그렇듯 성장하면서 그 감정에서 벗어나지 못하고 여름에 만날 때마다 감정이 갈수록 커지기만 하는 듯했다. 물론 에이미가 해가 갈수록 사랑스럽게 성장해서일 수도 있지만, 그의 사랑이 보상받지 못하고 계속 거절당하기만 해서 더 자극받았을 가능성이 컸다. 브래드는 에이미에 대한 권리가 자신에게 있다고 생각하는 듯했다.

어느 날 밤에 나는 에이미의 방 앞 복도에서 브래드의 목소리가 들려서 잠이 깼다. 브래드는 에이미에게 문을 열어달라고 했고, 에이미는 거절하는 것 같았다. 그가 이렇게 말했다. "여긴 우리 별장이고 여기 있는 건 다 내 거니까 문 열어. 안 그러면 널 여기서 쫓아내고 너희 아버지도 직장을 잃게 할 거야."

나는 콜린에게 이 얘기를 전한 적이 없다. 나 역시 여자한테 차이고 멍청한 짓이나 멍청한 말을 한 적이 있던 데다, 콜린이 이런 일을 용납할 수 없다는 걸 가르치기 위해 아들을 심하게 잡는 편이어서였다. 그러니 콜린이 아들에게 폭발한 건 에이미에게 협박해서가 아니라 차고에 불을 질러서였다. 브래드는 집행유예와 함께 퍼거슨 씨에게 입힌 심각한 손해에 배상금을 지급하라는 판결을 받고 풀려났고, 이후 콜린은 그 돈을 내고 아들을 집에 가두었다. 이틀 뒤 브래드는 열여덟 살 생일선물로 받은 오토바이를 타고 시내로 떠났다. 아버지의 금고에서 거액의 현금을 챙기고 시내의 아파트 열쇠도 가져갔다.

"뭐, 그나마 녀석이 어디 있는지는 알게 됐군." 콜린이 아침 식사 자리에서 한숨을 쉬며 말했다.

석 달 뒤 콜린이 내게 경찰에게서 그 아파트가 시내의 여러 화재 사건 중 한 사건으로 완전히 전소되었고 시신은 나오지 않았지만 브래드의 흔적도 나오지 않았다는 연락을 받았다고 말했다. 콜린은 브래드의 실종 신고를 내서 경찰이 계속 브래드를 찾도록 압박했지만 그 시점에는 경찰도 거리의 폭행과 방화와 살인 이외에는 수사력을 쏟으려 하지 않았다. 동쪽 해안의 일부 도시에서는 경찰이 서에 바리케이드를 쳤다는 소식도 들려왔다. 무기를 대량으로 보유한 경찰서가 갱들에게 단골 표적이 된 것이다. 심지어 어떤 주에서는 경찰이 출근하지 않고 생존을 위해 고속도로에서 강도짓을 한다는 소문도 돌았다.

정부가 마침내 국가 비상사태를 선포하고 콜린이 아내와 베스를 데리고 쥐섬의 버려진 감옥으로 들어간 후 콜린은 내게 다른 소식통을 통해 브래드 소식을 들었다고 말했다. 콜린 로위의 아들은 현재 자칭 '카오스'라는 약탈자 갱단의 대장이 된 듯했다.

"왜 약탈을 하는 거지?" 콜린이 고개를 절레절레 흔들었다. "그냥 날 찾아오면 필요한 건 다 가져갈 수 있는데."

"개한테는 이런 게 필요할 수도 있지." 내가 말했다. "아버지한테 자기가 혼자 해낼 수 있다는 걸 보여주고 싶었는지도. 이런 시국에 아버지 도움 없이 살아남았을 뿐 아니라 대장이 됐다고. 아버지처럼."

"흠." 콜린이 나를 보았다. "그럼 개가 이런 걸 좋아해서 하는 건 아니라는 거야?"

"어떤 거?"

"혼돈. 약탈. 개가 좋아하는 건…… 파괴야."

"난 모르겠다." 내가 말했다.

사실이었다.

주변 세상이 붕괴하는 사이 하이디와 에이미와 나는 시내에서 최대한 평소처럼 살아가려고 애썼다.

하이디와 나는 법대 시절에 처음 만났고, 모든 것이 순조롭게 흘러갔다. 우리는 단 두 번 저녁 시간을 함께 보내며 서로의 짝인 걸 알았고, 이 년 만에 우리의 직감이 옳았다는 것을 알았다. 우리는 아이를 더 원했지만 십사 년이 지나서야 이제 곧 네 살이 되는 샘이 우리에게 왔다.

바이러스가 출현하고 도시에 봉쇄령이 내려지자 하이디의 회사가 파산했다. 실업률은 5퍼센트에서 30퍼센트로 치솟고 불황은 이미 전문가들이 임계 질량이라고 부르는 수준으로 진입한 시장에서, 하이디는 일자리를 구하는 게 어렵다고 판단했다. 하락 자체가 촉매가 되는 상태가 된 것이다. 따라서 팬데믹이 끝나고 사람들이 감염 공포 없이 다시 자유로이 돌아다닐 수 있게 되자 하이디는 가난한 사람들에게 법률자문을 제공하는 일을 시작했다. 하이디는 주방에서 일했다. 물론 그녀는 그 일로 돈을 받는 경우가 드물었다. 다행히 우리 집에서는 돈이 큰 문제가 아니었다. 팬데믹이 발생하기 직전에 로위 주식회사 이사회는 국내 최대 IT 기업에서 받은 인수 제안을 수락했다. 회사 주식을 소유한 나와 사내 주주들은 평생 일하지 않아도 되었다. 나는 일을 그만두고 몇 주 동안 내가 뭘 하면서 살고 싶은지 고민했다. 그 몇 주 사이 바이러스가 다시 강타했고, 이번에는 내 인생만이 아니라 지구상 모두의 인생을 결정했다.

그래서 나는 내가 할 수 있는 가장 의미 있는 일은 하이디가 사람들을 돕는 걸 도와주는 거라는 결론에 이르렀다.

그날부터 우리 집은 주방뿐 아니라 거실과 서재까지 몰락한 사람들과 별별 인간들의 집결지가 되었다. 그러다 법 제도마저 무너지기 시작했다. 정부와 의회와 법원이 그럭저럭 돌아간다고 해도, 현실적으로 법을 집행하고 법원의 판결을 시행할 경찰력과 범죄자를 수용할 교도소, 나아가 국가에 충성할 군대가 얼마나 더 버텨줄지가 관건이었다. 의회는 군 지도부의 권력을 강화해 재산을, 적어도 공공 재산을 보호하게 했다. 평소라면 고위급 군 장성 집단이 쿠데타로 국가를 차지하기 위한 포석이 될 수도 있는 조치였다. 어쨌든 《리바이어던》의 사회 철학에 따르면) 군사 정권이 무정부 상태보다는 나을 테니까. 하지만 쿠데타는 없었다. 병사와 장교들은 부자들이 만든 사병 조직에 들어갔고, 정규군에 소속될 때보다 다섯 배 더 벌었다.

한편으로 그만큼 부유하지 않은 사람들은 우리 것을, 우리 것이라고 여기는 것을 지키기 위한 방법을 찾았다. 우선 최악의 상황에 대비했다.

하지만 어떤 식으로든 내가 실제로 겪은 상황에 대비할 수 없었을 것이다.

지금 여기 고층건물 옥상에서 헬리콥터 소리가 나는지 귀를 기울이면서도 내 입에서는 아직 밧줄 맛이 나고 차고의 석유 냄새가 나고 그 집에서 내가 사랑하는 사람들의 비명이 들리는 듯하다. 그리고 내가 모든 것을 잃을 거라는 씁쓸한 확신이 든다. 완전히 모든 것을.

"십육 분 전!" 소위가 외친다.

콜린은 옥상 가장자리로 가서 어두워진 거리를 내려다본다. 내귀에는 오토바이 한 대 소리만 들린다. 한 달 전만 해도 이 도시에는 광란의 오토바이족이 넘쳐났지만 지금은 연료 부족으로 강도떼도 거의 걸어 다닌다.

"그러니까 넌 유스티티아가 죽었다고 생각하지 않지? 이마에 구멍이 났는데도?" 콜린이 묻는다.

나는 그를 바라본다. 그의 머릿속 생각은 늘 따라가기 어렵지만우리가 중학교 시절에 처음 만났을 때부터 나는 그의 생각을 따라가는 데 익숙해져서 가끔은 알아들었다. 오토바이 소리를 듣다가자동으로 아들 브래드와 카오스 갱단을 떠올린 것이다. 이 갱단은 로고가 강렬하게 찍힌 헬멧을 썼다. 정의의 여신 유스티티아가 눈을 가린 채 저울을 든 로고. 다만 여신의 이마 중앙에 커다란 총알 구멍이 있고 거기서 피가 흐른다.

"정의의 여신은 의식을 잃은 거야." 내가 말한다. "나는 아직 법의 지배가 효력을 발휘할 거라고 믿어."

"난 늘 그게 순진한 자세라고 생각했어. 얼마 안 가서 우리가 믿을 사람은 가까운 가족뿐이라고. 그래서 결국 우리 중에 누가 옳았지, 윌?"

"사람들이 너의 그 엔트로피에 맞서 싸울 거야, 콜린. 더 좋은 세상을 원하고, 문명사회를 원하고, 법의 지배를 원하니까."

"사람들이 원하는 건 부당성에 대한 복수야. 그래서 법의 지배가 중요한 거고. 법이 작동하지 않으면 사람들은 스스로 복수를 준비해. 역사를 봐, 윌. 철천지원수, 아들과 형제가 아버지와 형제를 대상으로 벌이는 피의 복수. 우리는 거기서 왔고 거기로 돌아갈 거야. 우리의 감정이 그렇게 작동하니까. 그게 인간 본모습이니까. 너도 그렇고, 윌."

"무슨 말인지는 알겠는데 난 동의하지 않아. 나는 복수보다 상식과 인류애를 중시해."

"어련하시겠냐. 넌 그런 척하고 싶겠지만 나는 네가 속으로 어떻게 느끼는지 알아. 너도 그렇고 나도 그렇고 그 느낌이 언제나, 언제나 상식을 이긴다는 걸 알아."

나는 대답하지 않는다. 대신 거리를 내려다보면서 오토바이를 찾아본다. 부르릉 소리가 멀어졌지만 외뿔 모양의 전조등 불빛이 이동하는 모습을 눈으로 좇으며 저게 그것이기를 바란다. 지금은 불빛과 희망이야말로 우리에게 필요한 것이다. 그의 말이 맞다. 콜린은 항상 옳다.

III

오토바이 속도를 줄인다. 대로를 달려서 이쪽으로 오니 인적이 없고 다른 차도 없지만 가급적 이목을 끌지 않으려고 차폭등에만 의지해 달리느라 도로에 구덩이가 있는지 주시해야 한다. 미친 세상이다. 석유가 떨어진 지 한참 되었어도 다들 수류탄은 아직 많이 가지고 있는 모양이다. 날마다 폭발이 더 잦다.

브레이크를 밟는다. 구덩이 때문이 아니라 햇불 때문이다. 어떤 갱단이 다음번 교차로에서 진을 치고 있다. 그들 뒤로 자동차가 소리 없이 불타고 있다.

젠장. 저들이 도로에 스파이크 스트립을 깔아놓았다.

나는 사이드미러를 본다. 아니나 다를까 브레이크등 불빛 속에서 내 뒤로 그들이 보인다. 그들은 건물 양옆에서 나타나 스파이크 스트립을 끌고 오면서 퇴로를 차단한다. 상황을 파악하는 데 이 초가 걸린다. 앞에 여섯 명, 뒤에 여섯 명해서 모두 열두 명이고 그중에 네 명만 무장하고 있고 다들 애처럼 행동하고 어느 갱단 소속인지 표시하는 배지나 옷을 입지 않았다. 불길하게도 그들이 저 스파이크 스트립을 약탈하려고 경찰서를 털었다는, 그러니 겁대가리 없는 놈들일 거라는 생각이 들었다. 다른 말로는 그만큼 절박하다는 뜻이다. 그나마 다행인 것은 그들이 무계획으로 움직이고 그다지 실용적인 구성은 아니라는 점이다. 경험이 많지도 않거나 멍청하거나 쪽수만 많으면 끝났다고 여긴다는 뜻이다.

303

나는 그들과 50미터쯤 떨어져 오토바이를 세우고 시동을 끄고 헬멧을 벗는다. 그리고 그들에게 헬멧이 잘 보이게 든다.

"카오스다!" 나는 이렇게 외치며 그들에게 헬멧에 찍힌 휘장을 보여주려 한다.

"뭐야, 여자잖아!" 누군가의 목소리가 들린다.

"그럼 더 좋지." 다른 누군가가 비웃는다.

"그 스트립 치우고 지나가게 해주면 아무 일 없을 거야!" 내가 소리친다. 예상대로 비웃음이 돌아온다. 나는 헤드라이트를 켠다. 이제 그들이 더 잘 보인다. 여러 인종이 섞여 있고 옷차림도 제멋대로다. 어느 갱단에서도 받아주지 않을 떨거지들이다. 나는 오토바이 옆에 매단 레밍턴 라이플총을 집어 그중에 제일 덩치 큰 녀석을, 헤드라이트 불빛에 아직 앞을 보지 못하고 하필 스파이크 스트립 바로 앞에 서 있는 녀석을 조준한다. 마지막으로 이 총을 쏜 기억을 더듬어 내 두 눈과 총알구멍으로 완벽한 삼각형을 만드는 법을 떠올린다. 물론 지난번에는 표적이 바로 앞에 걸려 있었다. 방아쇠를 당기자 총성이 집들의 벽면에 부딪혀 메아리친다. 녀석은 정확히 뒤로, 스파이크 스트립이 깔려 있는 쪽으로 넘어간다. 나는 속도를 높여서 그의 벌어진 다리를 향해 달리며 라이플총을 다시 총집에 집어넣고 두 손으로 핸들을 잡아 앞바퀴로 그를 타고 넘어간다.

뒤에서 총성이 울리지 않는다.

요즘은 승산 없는 게임에 탄약을 낭비하지 않는다.

애덤의 집 앞을 지나가기로 한 게 의식적인 결정인지는 모르지만, 어차피 다른 길로 가기에는 연료가 부족하다. 아마도 범죄 현장에 다시 가보고 지금 내가 하려는 일을 왜 하는지 거듭 상기하고 싶었는지도 모른다. 어쨌든 어느새 그곳에 와 있다.

정적. 어둠. 나는 오토바이를 멈추지는 않고 속도만 늦춘다.

대문에 난 구멍은 아직 그대로다. 내가 만든 구멍이다.

절단기의 손잡이를 꽉 누르자 대문의 철사가 끊겼다.

등 뒤로 열두 명의 눈빛이 느껴지고 테스토스테론 냄새가 진동하고 신발들이 아스팔트에 가만히 붙어 있지 않고 초조하게 끌리는 소리가 들렸다.

"더 빨리!" 브래드가 초조하게 속삭였다.

나는 그에게 왜 그렇게 서두르냐며 경찰이 올 리가 없다고 말할 수도 있었다.

그에게 대신 해보라면서 나는 최대한 빨리 했다고 말할 수도 있었다.

아니면 여기서 다 때려치우고 현실을 직시하자고, 그러니까 애초에 나쁜 아이디어였다고 말할 수도 있었다.

브래드의 2인자인 나는 그를 설득해 그 일을 그만두게 해야 했다. 그때 이후로 그 생각을 많이 했다. 내가 다르게 행동할 수 있었을까? 아마 못 했을 것이다. 어차피 브래드의 아이디어였고, 나쁜 아이디어라는 사실보다 그의 머리에서 나왔다는 게 더 중요했다. 게다가 그는 내 말이 옳다고 인정해도 갱단 앞에서 체면을 구기고 싶지 않았을 것이다. 그래도 나는 평소 하던 대로 할 수도 있었다. 그러니 내 주장을 그의 생각에 대한 해석으로 전달하면서 그가 내 말이 옳다는 것을 알아채고 (나중에 안 거지만 브래드도 내가 옳다는 것을 알았다) 공로를 가로채게 해줄 수도 있었다. 그런 건 괜찮았다. 멍청한 리더라도 좋은 책사와 나쁜 책사를 구분할 줄만 알면 무리를 잘 이끌 수 있다. 브래드가 바로 이런 능력을 가졌다. 지능 자체는 평범한 수준이지만 남들의 지능을 본능적으로 알아보았다. 상대가 어떻게 그렇게 생각하는지 이해하지 못해도 되었다. 그에게 지능은 그저 상대의 이마에서 자라는 열매 정도로 보였다. 그가 여자인 나를 카오스 갱단의 2인자 자리에 앉힌 것도 나의 킥복서 경력 때문이 아니라 바로 이런 이유였을 것이다.

그런데 내가 이번에 그에게 반박하지도 않고 그를 조종하려 하지 않은 이유는 이번 약탈 계획이 단순히 식량과 무기, 연료, 차고에 있을지 모를 발전기 때문만이 아닌 것을 알아서였다. 브래드는 이 집 사람들을 알았고, 그들에게는 브래드가 가져야 할 무언가가 있었다. 애초에 브래드의 결심을 바꿀 여지가 없었다. 그래서 그냥 입을 다물기로 했다. 카오스에서 내 위치를 지키는 게 생존을 위한 유일한 방법이었다. 잘 알지도 못하는 백인 부자들을 위해 내 위치를 위태롭게 만들고 싶지 않았다.

"됐다!" 나는 철사를 옆으로 구부려 안으로 미끄러져 들어갔고, 철사 끝에 피부와 가죽 재킷이 긁혔다.

나머지 갱단도 내 뒤를 따랐다. 브래드가 안에 들어가 달빛 속에 불 꺼진 집을 보았다. 새벽 2시였다. 요즘도 사람들이 잠이란 걸 잔다면 다들 잠들었을 시간이다.

우리는 무기를 꺼냈다. 물론 우리보다 중무장하는 갱단도 있었다. 특히 경찰이나 군대에서 이탈한 자들의 갱단이나 국경을 넘어온 카르텔 사람들의 갱단이 그랬다. 하지만 보통의 어린 갱단에 비하면 우리는 중무장한 조직이었다. 각자가 AK-47, 글록 17 권총, 전투용 칼을 소지했다. 바주카포 탄환이 거의 떨어져갔지만 브래드와 내가 수류탄 두 개씩 가지고 있었다.

브래드의 눈빛이 사랑에 빠진 남자처럼 이글거렸다. 잘생겨 보이기까지 했다. 잘 때는 잘생겨 보였다. 그러나 깨어 있을 때 그의 표정과 분위기에는 불안한 구석이 있었다. 누가 때리기라도 할 것처럼, 상대가 때리기도 전에 상대를 증오하는 식의 공포가 있었다. 냉정하고 강렬한 혐오와 공포가 한순간에 따스하고 다정하고 섬세한 감정으로 바뀌는 것을 보니 그의 내면이 어떤 풍경일지 궁금해진다. 그리고 안쓰럽게 느껴지기도 한다. 그를 도와주고 싶어진다. 그날 밤 길고 지저분한 금발에 달빛을 받으며 서 있는 브래드는 커트 아무개라는 록스타처럼 보였다. 내 양아버지가 술에 취한 날이면 그의 음반을 틀어놓았다. 그리고 다들 커트처럼 살아야 한다고, 명곡 두 곡을 만들고 스스로 총을 쏴서 죽어야 한다고 고래고래 소리를 질러댔다. 그러나 양아버지는 아무것도 창조하지 못한 채 스스로 총을 쏴서 죽은 부분만 따라 했다.

"준비됐나, 이본?" 브래드가 나를 돌아보며 물었다.

우리의 계획은 내가 덤보를 데려가 현관 앞에서 초인종을 누르는 사이 나머지 갱단이 집 뒤쪽으로 돌아서 안으로 들어가는 것이었다. 나는 왜 그냥 기습하지 않고 굳이 잠든 가족을 깨우는지 납득이 가지 않았다. 다만 브래드가 콜롬비아 여자애와 왜소하고 모자란 어린애가 가면 워낙에 친절한 사람들이라 경계심을 풀 거라고 말한 적이 있다. 브래드는 그 사람들이 남을 기꺼이 돕는 부류라고, 비아냥이 잔뜩 묻어난 말투로 말했다.

나는 고개를 끄덕였고, 브래드가 발라클라바를 끌어내려 내 얼굴을 가려주었다.

나는 초인종을 눌렀다. 일 분쯤 기다리자 현관문 위 카메라에서 작은 불빛이 켜졌다.

"누구시죠?" 남자의 졸린 목소리가 인터폰으로 흘러나왔다.

"전 그레이스라고 하는데요, 에이미랑 같은 반이었어요." 내가 울먹이며 말했다. 이 이름은 브래드한테 들었고, 연기력은 잘 알지도 못하는 콜롬비아인 친부모에게 물려받았다. "얘는 제 동생이에요."

"밤에 밖에서 뭘 하고 있어? 여긴 어떻게 들어왔니?"

"할머니 댁에 음식을 가져다드리려고 했는데 길거리에 갱들이 있어서요. 그러다 에이미네 집이 생각났어요. 철조망을 넘어왔어요. 세르히오 좀 보세요."

나는 덤보의 셔츠에서 미리 찢어놓은 자리를 가리켰다. 하지만 덤보는 라틴계 피가 한 방울도 섞이지 않은 얼굴이었다.

저쪽에서 잠시 말이 없었다. 생각하는 중이리라. 요새는 어둠을 틈타 이 집 저 집으로 음식과 물건들을 나르는 것이 그리 이상한 일이 아니었다.

"잠깐만." 그가 말했다.

나는 가만히 귀를 기울였다. 집 안에서 계단을 내려오는 소리가 들렸다. 성인 남자의 발소리였다.

문이 열렸다. 처음에는 살짝, 그리고 활짝 열렸다.

"들어와, 난 윌이야. 에이미 아빠야."

남자는 파란 눈이고 눈가에 잔주름이 잡혔고, 염소수염을 기르고 머리는 붉은 곱슬머리여서인지 생각보다 젊어 보였다. 브래드 말이 맞는 것 같았다. 남을 잘 도와주는 부류. 그는 신발은 신지 않았지만 낡은 청바지와 그가 다녔을 대학 이름이 찍힌 티셔츠를 입고 있었다. 내가 그의 뒤쪽에 서려고 재빨리 안으로 들어간 사이 그는 덤보를 위해 문을 잡아주었다. 그리고 나는 총을 꺼내서 총신으로 그의 옆머리를 세게 쳤다. 다치게 하거나 때려눕히기 위해서가 아니라 (나는 키가 커서 발뒤꿈치 킥으로 머리를 찰 수도 있었다) 그에게 이 여자애와 키 작은 남자애가 폭력을 사용하고 싶어한다는 점을 분명히 보여주기 위해서였다.

그는 뭐라고 소리를 지르고 피가 흐르는 이마를 손으로 감쌌다. 나는 그에게 총을 겨누었다.

"가족은 건드리지 마." 그가 말했다. "원하는 거 다 가져가, 하지만 제발……."

"우리가 시키는 대로만 하면 이 집에서 아무도 다치지 않아." 내가 말했다. 진심이었다.

IV

이마의 상처에서 피가 흘러 티셔츠로 떨어졌다. 그들이 나를 차고로 끌고 가서 의자에 묶고 의자를 다시 절단용 선반에 단단히 고정했다. 에이미와 반 친구라던 (그 말이 맞을 수는 있다) 소녀가 디젤 발전기를 살펴보았다. 바퀴가 달려 있긴 해도 무게가 150킬로그램이나 나가서 그걸 어떻게 가져갈지 머리를 짜내는 것 같았다.

나는 하이디가 지금 뭘 하고 있을지 생각했다. 하이디도 초인종 소리에 잠이 깼을 테고 무슨 일이 벌어졌다는지 눈치챘을 것이다. 에이미와 샘을 데리고 지하의 안전한 공간으로 갔을까? 우리는 그 공간을 패닉룸이라고 불렀다. 창문 하나 없이 돌벽에 둘러싸이고 튼튼한 문을 안에서 걸어 잠글 수 있는, 일주일 버틸 식량과 물이 구비된 공간이었다. 짙은 색 머리의 키 큰 소녀가 겉으로 보이는 모습만큼 이성적으로 생각할 줄 안다면 꼭 필요하고 옮길 수 있는 물건만 챙겨서 빨리 떠날 것이다. 같이 온 소년은 말 한마디 없이 소녀의 사소한 신호 하나에도 순종했고, 누구보다도 무해해 보여서 사람들을 해치는 걸 즐기는 쪽으로는 보이지 않았다.

그러다 집 안의 다른 쪽에서 하이디의 비명을 듣고 그들 패거리가 더 있는 것을 알았다.

"아까 네가……." 내가 입을 열었다.

"닥쳐." 소녀가 총으로 다시 나를 때렸다.

소년이 소녀를 올려다보았지만, 소녀는 말없이 나만 보았다. 미안한 얼굴이었다.

흰색 아이스하키 헬멧을 쓴 남자가 차고 입구에 서 있었다. 헬멧 앞에 유스티티아 로고가 찍혀 있었다.

"**그분**이 너 들어오래." 그가 말했다. 웃음이 나는 걸 참는 목소리였다.

그분이 누구지? 대장일 것이다.

소년과 소녀는 떠나고 그 남자가 내 앞에 섰다. 그는 러시아제 자동화기를 들고 있었다. 언젠가부터 아무나 들고 다니는 것 같은, 믿을 만한 물건이라고 알려진 종류인 칼라시니코프였다. 일부 국가에서는 국기에도 넣을 만큼 자유를 위한 투쟁의 상징으로 여긴다. 하지만 나는 몸이 떨릴 뿐이다. 둥그렇게 휘어진 탄창 어딘가에는 사악한 구석이 있었다.

"나랑 우리 가족을 풀어주면 5천 달러를 줄게." 내가 말했다.

"그걸 어디다 쓰라고?" 남자가 웃음을 터트렸다. "세븐일레븐이라도 갈까?"

"그럼 내가……."

"아무것도 주지 않으셔도 됩니다, 이 노인네야. 알아서 가져갈 거니까."

그는 선반에서 나의 낡은 오토바이 헬멧을 꺼냈다. 그러더니 아이스하키 헬멧을 벗고 오토바이 헬멧을 썼다. 헬멧 바이저를 두어 번 올렸다 내렸다 했다. 마음에 드는 듯 메고 있던 배낭을 벗고 헬멧을 배낭에 쑤셔 넣었다.

안에서 다시 비명이 들려서 숨이 쉬어지지 않았다. 내가 멍청하게 문을 열어주어 우리 집에 리바이어던을 들여놓은 것이다. 숨을 쉬지 않고 그대로 죽고 싶었다. 하지만 죽을 수가 없었다. 지금은. 그들에게 내가 필요했다. 어서 풀려나야 했다. 나는 소녀가 나를 의자에 묶을 때 사용한 플라스틱 끈을 세게 당겼다. 피부가 찢어지며 따스하고 끈적한 피가 손바닥으로 흘렀다.

하이디가 다시 비명을 질렀다. 그 소리가 커서 한마디가 들렸다. 딱 한마디. "안 돼." 곧 벌어질 일을 예감하고, 절박하고 절망적으로 저항하는 목소리였다.

남자가 나를 보고 칼라시니코프의 총신을 손으로 감싸 쥐고 자위 행위를 하듯 위아래로 까딱거렸다. 그리고 내게 씩 웃었다.

그때 모든 게 시작된 것 같다. 내가 항상 나라고 믿어온 모든 것이 붕괴하기 시작했다.

나는 덤보와 함께 문 앞에 서서 식탁을 보았다. 두툼하고 거친 갈색 판자로 만든 식탁이었다. 투박해 보이지만 큰돈이 들어갔을 게 분명했다. 언젠가 마리아가 〈전원생활〉 같은 잡지를 보여주며 그런 걸 갖고 싶다고 말한 것과 비슷했다. 그런데 내 오토바이에 실을 방법이 없었다. 나는 여자에게로 시선을 옮겼다. 여자는 식탁 위에 묶인 채 누워 있었다. 그들이 어디선가 밧줄을 구해서 여자의 목과 가슴과 배를 식탁 상판에 묶었다. 다리가 식탁 다리에 묶여 있고 잠옷

셔츠는 배 위로 젖혀서 가슴 밑까지 올라가 있었다.

여자 앞에는 용이 아가리를 벌리고 바다에서 솟아오르는 문양이 수놓아진 빨간 가죽 재킷의 등판이 보였다. 라그나의 재킷. 그가 우리 쪽을 돌아보았다.

"왔냐."

라그나는 서른도 되기 전에 다 빠져나갈, 부드러운 갈기 같은 갈색 머리털 아래로 미소를 지을 때조차 사악하고 위험하게 번들거리는 포식자의 눈빛을 가졌다. 특히 웃을 때 더 번들거리는 눈빛이었다. 그는 이 도시를 '사바나'라고 부르고 기다란 강철 체인에 고리를 달아 오토바이에 매달고 다니며 그가 자주 하는 말로 '무리 중 가장 약한 놈을 솎아낼' 때 사용했다.

"진심이야?" 내가 말했다.

"진심이지." 그의 미소가 커졌다. "반대하냐?"

그는 내가 어떻게 참는지 주시했다. 갱단에 들어가려면 치러야 할 대가였다. 갱단의 규칙을 따라야 했다. 다른 것들도 있지만. 하지만 그다음에 나온 말은 규칙에 없는 것이었다.

"그날이 왔다, 덤보." 라그나가 말했다. "네 차례야."

"에?"

"어서. 겁낼 거 없어."

덤보가 휘둥그런 눈으로 나를 쳐다보았다.

"얜 안 해도 돼." 내가 말했다. 긴장된 목소리가 튀어나왔다.

"아니, 해야 돼." 라그나가 특유의 적대적이고 도발적인 눈빛으로 말했다. 2인자는 자기였어야 한다고, 내가 아니라고 말하는 눈빛이었다. 그는 내가 반대하기를 기다렸다가 에이스 패를 내보일 생각이었겠지만 나는 이미 그의 패를 알았다.

"브래드의 명령이야." 결국 그가 먼저 말했다.

"브래드는 어딨는데?" 내가 둘러보며 물었다. 덤보를 비롯해 모두의 눈길이 식탁 위의 여자에게 꽂혀 있었다. 이제야 안락의자에서 커다란 눈망울로 식탁 쪽을 보는 어린 소년이 눈에 들어왔다.

서너 살밖에 되지 않았을 아이가 거기 앉아 엄마를 보고 있었다.

"브래드는 위층에." 그리고 라그나는 덤보로 돌아보며 말했다. "준비됐냐, 꼬맹아?"

올리리 쌍둥이 중 하나가 덤보의 뒤쪽으로 슬그머니 다가가 바지를 홱 잡아 내렸다. 다들 웃었다. 덤보도 웃기는 했지만 원래 남들이 웃으면 따라 웃어서 농담을 이해하지 못한 걸 들키지 않으려고 했다.

"야, 야." 라그나가 말했다. "야, 저거 봐. 난쟁이가 진짜로 준비됐는데!"

웃음소리가 더 커졌다. 덤보의 웃음소리가 남들보다 더 커졌다.

"이본한테 너 준비됐다고 해, 덤보!" 라그나가 나를 보며 말했다.

"나 준비됐어!" 덤보가 웃으며 관심을 한 몸에 받아 흥분한 목소리로 말했고, 흐리멍덩한 눈으로 식탁 위의 여자를 보았다.

"젠장, 덤보." 내가 말했다. "하지 마……."

"명령 불족종이냐, 이본?" 라그나가 웃음기가 밴 목소리로 놀리듯 말했다. "거역하라고 선동하는 거야?"

"준비됐어!" 덤보가 외쳤다. 덤보는 자기가 이해했다고 생각한 문장을 반복해서 말하는 것을 좋아했다. 이제 다들 덤보를 의자 위로 들어 올리고 음악 소리를 키우고 환호성을 질렀다.

피가 끓었다. 복싱 시합에서는 뜨거운 피가 결정하게 놔두면 지는 법이다. 그래서 나는 그냥 조용히, 하지만 그에게 똑똑히 들릴 만큼은 크게 말했다.

"너, 씨발, 이러면 천벌받아, 라그나."

의자 다리가 긁히는 소리가 났다. 여자가 머리를 돌려 아이를 보았다. 눈물이 여자의 얼굴을 타고 흐르고 여자가 뭐라고 속삭였다. 뭐라고 하는지 들리지 않아서 가까이 다가갔다. 여자는 통제력을 잃지 않으려고 애썼지만 목소리가 떨렸다.

"다 괜찮아, 샘. 다 괜찮아. 이제 눈을 감아. 좋은 걸 생각해. 내일 우리 뭐 하고 싶은지 생각해."

나는 앞으로 나가서 샘을 옆구리를 안아 들어 올렸다.

"걔 놔줘요!" 여자가 소리를 질렀다. "우리 아들을 놔줘요!" 나는 여자의 눈을 보았다.

"애가 이런 걸 볼 필요는 없잖아요." 내가 말했다.

그리고 아이를 어깨에 올리고 꽉 붙잡았다. 아이가 버둥거리며 돼지 멱따는 소리를 내서였다. 주방 문 쪽으로 가자 라그나가 내 앞을 막아섰다. 우리는 서로 눈이 마주쳤다. 그가 내 눈에서 뭘 봤는지는 모르지만 잠시 후 비켜섰다.

등 뒤에서 아이 엄마가 "안 돼!"라고 내지르는 비명을 들으며 나는 몸을 수그려 주방 입구를 지나고 복도로 난 다른 문으로 나갔다. 복도를 따라가자 욕실이 나왔다. 나는 욕실 안에 아이를 내려놓고 아무 소리도 내지 말고 손으로 귀를 막고 있으면 엄마가 데리러 올 거라고 말했다. 그리고 문에서 열쇠를 빼서 밖에서 잠갔다.

나는 계단을 올라가 열려 있는 문 두어 개를 지나서 닫힌 문 앞에 섰다. 그 문을 가만히 열었다.

복도의 불빛이 안으로 들어갔다. 브래드가 내 또래의 금발 소녀가 잠든 침대 옆에 앉아 있었다. 소녀는 헤드폰을 쓰고 있었다. 나는 헤드폰의 종류를 알아보았다. 노이즈캔슬링 기능이 뛰어나 밖에서 수류탄이 터져도 잘 수 있게 해주는 모델이었다.

아니, 몇 미터 옆에서 가족이 고문당하는 소리가 나도.

브래드는 한참 그대로 앉아 소녀를 지켜본 것 같았다. 소녀는 예쁘기는 해도 구식 로맨스 영화에 나올 법한 외모로, 내 타입은 아니었다. 하지만 브래드의 타입인 건 분명했다. 브래드가 그렇게 온화하고 꿈꾸는 듯한 눈빛으로 입가에 잔잔히 미소를 머금은 건 본 적이 없었다. 사실 그가 행복해하는 표정을 본 게 처음이었다.

침대에서 잠든 소녀는 깨지 않은 채 불빛에서 돌아누워 있었다.

"여기서 나가야 해." 내가 조용히 말했다. "비명이 차고 밖으로 새나갔어. 이웃들이 경찰을 불렀을지도 몰라."

"시간 있어." 브래드가 말했다. "앤 우리랑 같이 가."

"뭐?"

"앤 내 거야."

"미쳤어?"

내가 큰 소리를 냈는지 갑자기 침대 위의 소녀가 눈을 번쩍 떴다. 브래드가 소녀의 머리에서 헤드폰을 벗겼다.

"안녕, 에이미." 브래드가 벨벳처럼 부드러운, 내게는 낯선 목소리로 속삭였다.

"브래드?" 소녀가 휘둥그런 눈으로 급히 침대 위쪽으로 올라가며 그에게서 멀어졌다.

"쉿." 그가 말했다. "널 구하러 왔어. 아래층에 갱단이 들이닥쳐서 너희 부모님하고 샘을 붙잡았어. 가방에 옷만 챙겨서 나랑 나가자. 창밖에 사다리를 대놨어."

하지만 에이미는 나를 보았다. "뭐 하는 거야, 브래드?"

315

"널 구하잖아." 그가 같은 말을 속삭였다. "놈들이 지금 거실에 있다니까."

에이미가 눈을 깜빡거렸다. 상황을 파악했다. 재빠르게, 요새 모두가 터득한 대로.

"샘을 두고 갈 순 없어." 에이미가 큰 소리로 말했다. "무슨 일인지는 모르지만 날 도와줄 거 아니면 그냥 가." 에이미가 나를 보았다. "근데 넌 누구야?"

"시키는 대로 해." 나는 총을 보여주며 말했다.

그 대목에서 이렇게 말하는 게 맞는지 틀리는지는 몰랐다. 브래드가 납치에 대해서는 아무 지침도 내리지 않았다. 에이미가 침대에서 일어나려는데 브래드가 머리채를 잡아 뒤로 휙 젖히고 그녀의 입과 코를 헝겊으로 눌렀다. 그녀가 버둥거리다가 몸을 떨더니 그의 품속으로 무너졌다. 클로로포름. 나는 그 약물이 다 떨어진 줄 알았다.

"애 옮기는 거 도와줘." 브래드가 헝겊을 주머니에 쑤셔 넣으며 말했다.

"애를 어떻게 하려고?"

"결혼해서 아이들을 낳아야지." 브래드가 말했다.

순간 당연하게도 그가 완전히 돌았다고 생각했다.

"어서." 그가 축 늘어진 여자의 옆구리를 안으며 말했다. 나를 쳐다보는 눈썹이 올라갔다.

나는 꿈쩍도 하지 않았다. 내가 움직일 수 있을지도 알 수 없었다. 침대 위로 포스터가 보였다. 나도 자주 듣는 밴드였다.

"이건 명령이야." 브래드가 말했다. "그러니 결정해."

결정하라. 물론 무슨 뜻인지 알았다. 내가 가진 유일한 가족의 일원이 되고 싶은지 결정하라. 앞으로 내가 받을 유일한 보호를 받으면서. 당장 결정하라.

나는 겨우 몸을 움직였다. 허리를 숙여 그녀의 다리를 잡았다.

오토바이 몇 대가 멀어지는 소리가 들리고, 하이디가 내 코트를 걸치고 비틀거리며 차고로 들어왔다. 작업대에서 칼을 찾아 나를 풀어주었다. 나는 하이디를 끌어안았다. 그녀는 떨리는 몸으로 내 목에 얼굴을 파묻고 눈물에 질식할 듯 울었다.

"놈들이 우리 애를 데려갔어." 하이디의 뜨거운 눈물이 내 티셔츠로 흘렀다. "그놈이 에이미를 데려갔어."

"그놈?"

"브래드."

"브래드?"

"얼굴은 가렸지만 브래드 로워야."

"확실해?"

"걔만 발라클라바를 쓰고 있고 아무 말도 하지 않았어. 걔가 대장이고 위층으로 에이미한테 올라갔어. 여자애랑 남자애가 거실에 왔을 때 놈들 중 한 놈이 브래드의 명령이라고 했어."

"브래드의 명령이 뭔데?"

하이디는 대답하지 않았다.

나는 하이디를 꼭 끌어안았다. 굳이 알 필요가 없었다. 아직은.

갈색 피부의 여자애가 우리 딸 이름이 에이미이고 자기와 동갑인 걸 알았다. 브래드는 갱단의 대장이라는 게 앞뒤가 맞는 얘기였다. 브래드는 정체를 들키지 않으려고 얼굴을 가렸다. 그게 합리적인 선택이었다. 하지만 정체를 들키지 않고 빠져나갈 만큼 영리하지는 않았고, 결국 들켰다. 그 역시 브래드 로위다웠다.

틀림없이 그놈이었다. 브래드 로위. 망가진. 사랑에 미친 놈.

그러니 아주 희미하게나마 희망이 있었다.

V

"구 분 후 헬리콥터가 도착합니다!" 소위가 소리친다. 밧줄이 더 빠르게 깃대에 부딪히고 바람이 거세졌다.

콜린이 어떤 남자에게 신호를 보내자 그가 펜트하우스로 사라졌다가 초록색 병의 목 부분이 비죽 나온 샴페인 쿨러를 들고 나온다.

"작별인사는 근사하게 하는 게 좋겠지." 콜린이 미소를 짓는다. "퇴폐주의자들은 아프레 무아, 르 델뤼주내가 죽은 뒤에는 홍수가 오리라라고 했다지만, 우리에겐 이미 홍수가 덮쳤으니 빈티지 샴페인을 음미할 줄 아는 미각과 목구멍을 가진 사람들은 샴페인이나 마셔야겠지. 목구멍이 잘리기 전에."

"글쎄." 나는 쿨러를 든 남자에게서 잔을 받아든다. "난 그보다는 조금 더 낙관적이야, 콜린."

"넌 늘 그랬어, 윌. 그런 일을 겪고도 인류에 대한 믿음을 잃지 않았다니 존경스럽다. 나도 그런 믿음의 한 조각이라도 가졌으면 좋으련만. 네 심장의 한 조각만이라도. 그게 있으니 네게는 사람의 온기가 있잖아. 내가 가진 거라고는 차갑고 이성적인 두뇌뿐이야. 한겨울에 거대한 돌의 성에서 혼자 사는 느낌이야."

"쥐섬의 네 감옥처럼."

"그래." 콜린이 말한다. "그나저나 그 섬에 왜 그렇게 쥐가 들끓게 됐는지에 대해 새로운 이유를 들었어. 1800년대에 그 섬에 감옥이 생기기 전에는 장티푸스 환자들을 격리하는 병원이 있었대. 사람들은 장티푸스 환자의 시신을 건드리면 자기도 죽는 걸 알아서 육지에 사는 누구도, 심지어 가족조차도 장티푸스 환자의 시신을 처리하고 싶지 않았지. 쥐들이 그걸 안 거야. 어둠이 내리면 쥐들이 찍찍거리면서 병원 뒷문에서 시체들이 던져지기를 기다렸어. 그렇게 그 섬에서는 사람이 죽으면 동트기 전에 시체가 완전히 갉아 먹혔어. 모두에게 만족스러운 방식이었지."

"그 얘기를 믿어? 아직도 쥐들이 거기로 도망쳤다고 생각해? 너처럼."

콜린이 고개를 끄덕인다. "인간의 장티푸스가 쥐에게는 감염되지 않지만, 공포는 감염될 수 있어. 겁먹은 쥐들이 공격적이 되면 우리는 또 그 쥐들을 무서워하면서 무자비하게 살상하는 거야. 바이러스가 우리를 파멸시키는 게 아니라, 서로에 대한 공포가 파멸시키는 거야."

나는 공포에 대해 생각한다. 카오스가 우리 집에 들이닥친 그날 밤의 공포. 하이디와 내가 사건을 신고한 날 밤과 이튿날 경찰서에 가서 상황을 설명하려 했지만 제대로 전달되지 않았을 때의 공포.

책상 앞의 수사관 두 명은 이제 내 눈도, 하이디의 눈도 보지 않고 앞에 놓인 수첩만 보았다. 우리가 방금 말한 충격적인 사건 때문에 그러는 줄 알았다. 딸이 납치당하고 내가 차고에 묶여 있는 동안 아내가 강간당한 이야기 때문에. 나중에서야 우리가 그 갱단의 대장이 브래드 로위, IT 기업가 콜린 로위의 아들이 확실하다고 말해서 경찰이 그런 반응을 보인 거란 사실을 알았다.

"저희가 조사해보겠습니다." 수사반장 가델이라고 자기를 소개한 여자가 말했다. "그래도 너무 기대하지는 마세요."

"기대하지 말라니요? 그럼 우리보고 어쩌라는 겁니까?" 나는 소리를 지르는 줄 모르다가 하이디가 팔꿈치를 잡는 걸 보고 알았다.

"죄송합니다." 내가 말했다. "하지만 우리 딸이 저 밖 어딘가에 있는데 우린 여기 앉아서…… 그리고……."

"이해합니다." 가델이 말했다. "말이 잘못 나왔습니다. 그러니까 제 말은 시간이 걸릴 수도 있다는 뜻이었습니다. 현재 상황으로는 모든 폭력 범죄를 수사할 경찰 인력이 없어서요."

"그래요, 우선순위가 있겠죠." 하이디가 말했다. "이건 이제 막 벌어진 데다 아이가 납치된 사건이고, 저희가 밥상을 차려주듯 범인까지 알려드렸잖아요. 중요도로 따지면……."

"최선을 다하겠다고 약속드릴게요." 가델이 동료와 눈길을 주고받았다. "지금은 살인사건 현장으로 출동하던 길이라서요. 꼭 연락드리겠습니다."

그들이 일어섰고, 나도 일어섰다.

"지문 채취는 안 하십니까?" 내가 말했다. "DNA도요. 이웃들도 만나보고……."

"말씀드렸듯이……." 가델이 말했다.

그날 나는 콜린에게 연락하려고 했지만, 연락이 닿지 않았다.

그의 아들이 열쇠를 훔쳐 갔다던 아파트에도 가봤지만 콜린의 말이 사실이라는 것만 확인했다. 다 타버린 잔해만 있었다.

나는 다시 차를 몰고 거리를 돌았다. 이유는 모르겠지만 차라리 아무 갱단이나 나를 막아서기를 바랐다. 하지만 아무도 나를 막지 않았고, 모든 활동이 멈춘 것 같았다. 휴전이 선언된 것처럼.

다시 집으로 돌아갔고, 하이디와 나는 샘을 가운데 눕히고 나란히 누웠다. 에이미에게는 주지 못한, 완전히 안전하다는 느낌을 샘에게는 주고 싶었던 듯하다.

새벽에 샘이 곤히 잠들었을 때, 나는 하이디에게 그날 일을 마저 말해달라고 했다. 경찰에 제출한 간결한 진술서에는 다 밝히지 않은 세세한 부분까지.

"싫어." 하이디가 짧게 답했다.

나는 하이디를 보면서 어떻게 그렇게 차분하고 침착할 수 있는지 생각했다. 심리적 충격이 심하면 사람이 무감각해질 수 있다는 건 알지만 그런 것과는 달랐다. 하이디는 자신의 몸과 마음을 통제하며 애써 냉정한 평온을 유지하려고 애쓰는 듯 보였다. 어떤 동물은 스스로 체온을 낮게 유지할 수 있는 것처럼.

"사랑해." 내가 말했다.

하이디는 대답하지 않았다. 이해가 갔다. 하이디는 모든 감정을 차단하고 심장을 얼음처럼 차갑게 얼려버린 것이다. 그래야 심장이 몸에서 빠져나와 테이블을 넘어가 바닥으로 떨어지지 않을 것처럼. 그래봐야 우리 중 누구에게도 도움이 되지 않을 테니까. 하이디는 우리를 사랑하기에 우리를 조금 덜 사랑하기로 한 것이다. 그렇게밖에 설명할 수 없었다.

"사랑해." 그가 말했다.

소녀는 답하지 않았다.

나는 열쇠 구멍으로 그들을 지켜보았다. 브래드가 그 소녀, 에이미에게 몸을 기울인 채 앉아 있었다. 에이미는 그의 침대에서 고개를 수그리고 앉아 있었다. 그리고 우스꽝스러울 정도로 큰 체크무늬 골프 바지와 남자 셔츠를 입고 있었다. 브래드가 이 집에 살던 사람들의 옷장에서 꺼내 입혔을 것이다. 그 사람들은 떠날 때 짐을 많이 챙기지 않은 모양이었다.

나는 조심스럽게 주위를 살피며 아래층 주방에 모여 있는 갱단의 소리에 귀를 기울였다. 이렇게 대장을 훔쳐보다 들키고 싶지는 않았다.

나는 다시 열쇠 구멍에 눈을 댔다.

그녀는 꽤 예뻤다. 머리카락이 내려와 얼굴을 거의 가렸는데도 알 수 있었다.

그래서 내가 쟤들을 엿보는 건가?

우리는 약탈을 마치고 곧장 이 집으로 돌아왔다. 나는 브래드의 오토바이를 뒤따라오며 도시의 북쪽 끝 언덕들 사이 좁고 깊은 계곡으로 올라왔다. 한때 코요테의 땅이던 시절에는 시내에서 살 돈이 없는 예술가와 히피들이 여기에 모여 살았다. 지금은 역전되었다. 가난한 사람들이 시내로 들어가고 부자들이 저 아래 바다와 고층건물이 내려다보이는 이 높은 지대의 큰 저택에 산다. 하지만 다시 많은 것이 반대로 돌아가고 있었다. 몇 집은 비었고, 코요테와 들개들이 먹이를 찾아 이 동네 길거리를 어슬렁거렸다.

카오스의 새 아지트는 어느 갱단이 부유한 영화감독의 아내와 여섯 명을 더 살해한 저택의 바로 앞집이었다. 아주 오래전 사건이었다. 우리는 시내에 있는 브래드의 아파트에 불이 나자 이 집으로 옮겼다. 브래드네 아버지의 회사 동업자 중 한 명의 별장인데, 브래드는 팬데믹이 시작되었을 때 이 집 주인이 가족을 데리고 뉴질랜드로 갔다는 말을 아버지에게 들었다. 최후의 심판일에 대비한 부자들 사이에서는 저 아래의, 전세계의 고통을 피해 은신할 수 있을 만큼 멀리 떨어진 곳에 집을 사는 게 꽤 흔한 일인 듯했다. 그렇다고 매번 그렇게 운이 좋을 수는 없는 법이다. TV 뉴스 채널이 폐쇄되기 직전에 뉴질랜드가 바이러스의 타격을 가장 크게 입은 국가 중 하나라는 뉴스가 나왔으니. 브래드는 집주인이 죽었든 살았든 이렇게 큰 저택이 비어 있다는 것은 우리보고 들어오라는 소리라고 말했다.

여기까지 오는 길에 브래드는 오토바이가 기어가다시피 커브를 돌 때 그녀를 붙잡아 똑바로 앉혔다. 그가 그렇게 조심스럽게 운전하는 건 처음 봤다.

그리고 지금 큰 방에서 그녀에게 사랑한다고 말하고 있었다.

분명 전에는 못 보던 낯선 모습이었다.

갱단에서 방을 따로 배정받은 사람은 나밖에 없었고, 다른 갱단원들은 나머지 다섯 개의 방을 나눠 썼다. 얼마 안 가서 사람이 지낼 수 없는 돼지우리가 되어가자 나는 브래드에게 허락을 구해서 모두에게 집안일을 배정했다. 그래서 라그나가 짜증을 냈다.

"내 말 듣고 있어, 에이미?" 브래드가 고개를 숙여 그녀의 눈을 보려 했다. "널 사랑해."

에이미가 고개를 들었다. "난 널 사랑하지 않아, 브래드. 좋아하지도 않고, 한 번도 좋아한 적 없어. 이제 나 좀 집에 데려다줄래?"

"무서운 거 이해해, 에이미. 하지만……."

"난 무서운 게 아니야." 그녀가 단호히 말을 잘랐다. "무서운 건 너지, 브래드."

그가 어색하게 웃었다. "내가 뭘 무서워한다는 거야? 너도 킥복

323

서냐?"

"네가 늘 무서워하던 그분. 너희 아버지. 그 자존심 센 분이 아들한테 실망해서 벌을 줄까 봐 무서운 거잖아, 꼬마 브래드."

브래드의 얼굴에 핏기가 가셨다. "아버지는 신경 꺼. 여기 안 계시니까."

"아니, 여기 계셔. 그분은 항상 네 어깨에 올라타 계시잖아. 네가⋯⋯." 그녀는 고개를 한쪽으로 기울여 브래드가 진지하게 말할 때의 자세를 흉내 냈다. "'널 사랑해'라고 말할 때 그거 네 아버지한테 하는 말이잖아."

이 대화가 좋게 끝날 리 없어 보였다. 그러나 그녀는 계속 말을 이었다.

"그런데 들리는 것 같네. 네 아버지는 널 사랑하지 않⋯⋯."

브래드가 때렸다. 손바닥으로 때렸지만, 그녀의 가느다란 목에서 머리가 홱 돌아갈 정도로 세게 때렸다. 그녀가 손으로 얼굴을 감쌌다. 한쪽 콧구멍에서 피가 나왔다. 나는 브래드를 잘 알고 그가 이성을 잃으면 어떻게 되는지 여러 번 보았다. 그래서 이제부터 에이미에게 닥칠 상황이 나빠지기만 할 거라는 확신이 들었다.

"그딴 식으로 말하지 마." 그가 조용히 말했다. "옷 벗어."

"뭐?" 그녀가 경멸하듯 콧방귀를 뀌었다. "강간이라도 하려고?"

"하나는 알아둬, 에이미. 바깥세상으로부터 널 지켜줄 수 있는 사람이 나뿐이라는 거. 바깥세상은 바로 아래층 주방부터 시작해. 여기서 내가 쟤들을 막아주지 않으면 쟤들이 널 갈기갈기 찢어놓을 거야. 쟤들은 늑대 무리야. 우리가 원래 그래."

"너보다 저 인간들 열 명이 나아, 브래드."

그가 다시 때렸다. 이번에는 주먹으로. 그녀도 그를 때리려고 했지만 그가 팔을 잡았다. 그는 반사 신경이 빨랐다. 힘도 세고 몸 관리를 잘했다. 감정만 다스릴 줄 안다면 훌륭한 파이터가 될 재목이었다.

그가 그녀의 블라우스를 잡아당겼고, 단추가 튕겨서 쪽모이세공 마룻바닥에 흩어졌다. 그는 일어나서 바지를 벗었다. 에이미가 침대에서 뛰어내려 문 쪽으로 도망치려 했지만 브래드가 한 팔로 손쉽게 막아서 다시 침대로 떠밀었다.

"부디 처녀가 아니길 바란다." 브래드가 에이미의 가슴에 올라타서 두 다리로 팔을 눌렀다.

"난 아니지." 에이미가 반항하듯이 말하지만 이제는 목소리가 떨렸다. "그런데 넌 맞지. 강간은 쳐주지 않거든. 그리고 이번에는 하지도 못할……."

그녀의 말이 끊겼다. 브래드가 그녀의 목을 조르기 시작했다. 다른 손으로는 그녀의 헐렁한 바지와 속옷을 끌어내렸다. 그가 손아귀의 힘을 조금 풀었는지 그녀가 캑캑거리며 말을 이었다. "……내가 네 아버지니까. 넌 나도 무서워해. 잠깐만……." 그가 다시 목을 조르기 시작했다.

그는 그녀의 허벅지 사이로 밀어 넣었다. 그의 벌거벗은 엉덩이가 조였다 풀리는 게 보였지만 초조하게 욕설을 내뱉고 움찔하는 걸 보니 하지 못한 것 같았다. 그녀가 발기하지 못하게 저주를 걸었을 수도 있고, 아니면 그가 그 상황을 감당하지 못했을 수도 있다. 아니면 (이건 세 번째 가능성으로 떠오른 생각인데) 그가 진심으로 그녀를 사랑했을 수도 있었다.

"썅!" 그가 악을 쓰며 침대에서 뛰어내렸다. 바지를 추어올리고 단추를 채우며 옷장으로 가서 뭔가를 꺼냈다. 골프채인 걸 알아보기까지 시간이 좀 걸렸다. 그는 두 손으로 골프채를 움켜잡고 어깨 위로 들면서 에이미에게 다가갔다.

나는 문의 손잡이를 돌렸다. 아니, 그랬나? 그럴 시간이 없었을 수도 있고, 문이 안에서 잠겼을 수도 있었다. 아니면 내 마음이 바뀌었을 수도 있었다. 이러나 저러나 내가 뭘 할 수 있었을까? 퍽, 고기 망치로 스테이크를 내리치는 듯 둔탁한 소리가 나고 골프채 헤드가 그녀의 상체에 박혔다. 이어서 타닥타닥, 우드득 (아침 식사로 달걀을 부칠 때 나는) 소리가 났다. 이어서 이마를 내리친 것이다. 그녀는 조용히 침대로 고꾸라졌다.

브래드는 뒤돌아서 곧장 내 쪽으로 걸어왔다. 문이 열릴 때 나는 몇 미터밖에 떨어져 있지 않았지만 그래도 겨우 돌아서서 그가 방에서 튀어나올 때는 그 방에서 멀어지는 게 아니라 그쪽으로 가는 시늉을 했다.

"야!" 그가 말했다. "가서 누굴 좀 데려와. 쟤 지하로 옮기게. 벽이 두껍고 잠금장치가 탄탄한 방으로."

"그런데⋯⋯."

"당장!"

그는 나를 지나쳐 계단을 내려갔다.

VI

에이미가 납치된 지 사흘 지났다. 전화로든 메일로든 사람을 통해서든 콜린과 접촉하려 했지만 연락이 닿지 않았다. 직접 부두로 내려갔다. 부둣가의 섹스클럽들은 아무 일도 없었던 것처럼, 아니면 그런 일이 벌어진 탓에 여전히 성업중이었다. 나는 그중 한 클럽에서 취기가 오른 어부를 만났다. 그는 나를 쥐섬에 데려다준다면서 그 짧은 거리에 터무니없는 가격을 불렀다. 무대 위의 스트리퍼는 내가 관객의 삼분의 일을 데리고 나가자 나를 째려보았다.

우리 배가 그 섬으로 다가가자 해안경비대의 배와 같은 종류의 배가 우리 쪽으로 다가왔다. 아마 진짜 해안경비대였던 것 같다. 앞갑판에 기관총이 세워져 있었다. 그 배가 우리 배 옆에 나란히 섰다. 나는 제복을 입은 남자에게 나의 방문 목적을 큰 소리로 말했다. 그가 무전기에 대고 보고한 뒤 이 분쯤 지나서 우리에게 들어오라고 손짓했다. 우리가 부두에 배를 대는 사이 콜린이 선착장에 나와 환하게 웃고 있었다.

"와, 뜻밖의 손님이네." 그가 나를 끌어안았다.

"계속 너한테 연락하려고 했어."

"아, 그래? 여긴 도시보다 신호가 잘 안 잡혀서. 가자!"

그가 앞장서서 섬 중앙의 거대한 건물로 성큼성큼 걸었다.

"그래서?" 그가 말했다. "가족들은 다 잘 지내지?"

나는 마른침을 삼켰다. "아니."

"아니라니?" 그가 짐짓 놀란 표정을 지었다.

"그 얘기를 하려고." 내가 말했다. "여기가 지금 네 집이야?"

"음, 당분간은. 리자가 여길 싫어해. 내가 이 황량한 돌무더기 섬이 아니라 크고 아름다운 섬을 샀어야 했다고 생각하는 거지. 지금 같은 때는 경관보다 전반적인 여건이 중요하다는 걸 몰라."

우리는 건물 앞에 멈췄다. 나는 고개를 젖혀 풍파에 낡은 커다란 콘크리트 벽을 쳐다보았다.

"집 안에서는 안전한 느낌이 드나?"

"여긴, 물론이지." 콜린이 주먹으로 콘크리트 벽을 치면서 말했다. "이런 벽만 있었다면 프랑스혁명도 막아냈을걸. 게다가 우리 저격수들이 뭐든 접근하면 한밤중에도 찾아내거든."

높은 곳에는 좁은 화살 구멍이 줄줄이 뚫려 있어서 사방으로 시야가 확보되었다. 우리를 둘러싼 바다가 유혹하듯 반짝거리고 번들거려서 여느 평범한 하루 같았다. 하지만 시야에 요트 한 척도 보이지 않았다. 화재가 난 도시에서 올라온 연기가 해수면을 가로질러 떠오는 것만 보였다. 바다는 요트와 서퍼들이 한가하게 떠다니던 시절보다 지금이 더 특별하다고 느끼지 않을 수도 있었다. 사실 인류가 지구라는 행성에서 돌아다니기 시작한 이래로 그 어느 날보다 더 특별할 건 없는지도 몰랐다.

"뭐 좀 먹자. 내가 주방에 가서 뭐 좀 만들어달라고……."

"아냐." 나는 갈색쥐 한 마리가 비스듬한 바위로 날쌔게 지나가는 것을 보았다. "여기 왜 왔는지 말할게. 브래드가 우리 집에 쳐들어왔어."

"뭐?"

"에이미를 데려갔어."

"뭐라고?" 그가 짐짓 충격을 받은 척 말했다.

"그리고 경찰은 손 놓고 있어. 아무것도 할 수 없는 건지도."

"언제……?"

"사흘 전."

"왜 진작 말하지 않았어? 맞다, 인터넷 연결 문제가 있었지."

콜린은 여러 재능을 가졌지만 연기에는 소질이 없었다. 내가 그날 밤의 악몽에 대해, 하이디가 내게 말한 데까지 전하는 사이 그가 고개를 절레절레 흔들어 보였다. 내 이야기가 끝난 뒤에는 더는 충격받은 척하지 않았다.

"이 얘기를 경찰한테도 똑같이 했어." 내가 말했다. "그런데 우리가 말하는 자가 콜린 로위의 아들이란 걸 알고는 아무것도 받아 적지 않았지." 내가 숨을 깊이 들이마셨다. "너도 다 아는 얘기 같은 걸 보니 경찰이 너한테 곧바로 연락했겠지."

"경찰이 나한테 연락을 해?"

"제발, 콜린. 난 널 잘 알아. 너희 회사 변호사잖아. 경찰 내부에 네 연줄이 어디까지 닿아 있는지도 알아."

콜린이 잠시 나를 뜯어봤다. 여느 때처럼 그의 판단은 정확했다.

"윌, 네가 알아야 할 건 말이야, 넌 내 친구지만 브래드는 내 아들이라는 거야."

"이해해, 그리고 널 용서해. 하지만 브래드가 에이미를 풀어주게 해줘. 그리고 경찰이 브래드를 체포하게 해줘."

"잠깐만." 콜린이 말했다. "얘기가 더 있어. 경찰이 전해준 바로는, 그게 브래드라는 유일한 증거는 그날 밤 누군가가 개 이름을 불렀다는 것뿐이던데. 너도 그 애를 알아본 건 아니라면서? 바로 옆에서 자라다시피 한 애를 못 알아봤다고? 보디랭귀지, 눈빛, 목소리를 못 알아봐?"

"무슨 말을 하려는 거야, 콜린?"

"내 말은 네 딸이 납치당했을 때 넌 절박한 상태였다는 거야. 넌 뭔가, 아니 뭐든 나올 때까지 찾아보고 또 찾아봤겠지. 그리고 네가 찾은 건 결국 이 도시에서 제일 흔한 이름을 스치듯 들은 게 전부야. 그래야 뭐라도 매달릴 거리가 생기니까. 그런데 나는 브래드를 잘 알아. 개가 천사가 아닌 건 하느님도 아시지만 이런 짓을 할 애는 절대 아니야, 윌."

"그럼 걜 찾아봐. 가서 얘기해!"

"걔가 어디 있는지 아무도 몰라. 아무하고도 연락하지 않아. 사실 나도 브래드가 걱정돼. 너만큼이나……."

"그럼 경찰한테 브래드를 찾아보라고 하면 되잖아." 그가 의미도 없는 말을 마치기 전에 내가 끼어들었다.

"증거도 없고 혐의점도 없어. 이건 내가 아니라 경찰이 한 말이야. 누구도 실제로 벌어졌다고 생각하지 않는 사건에 수사 인력을 투입하게 할 수는 없어."

"아니, 넌 할 수 있잖아!"

"나도 못 해, 월. 하고 싶어도 못 해."

"아니. 하고 싶지 않은 거겠지. 브래드가 범인일까 두려운 거야."

"걘 범인이 아니야."

"그럼 걔가 범인으로 밝혀질까 봐 두려운 거야."

"뭐 그럴 수도 있겠지, 그래."

나는 낭패감에 주먹으로 콘크리트 벽을 쳤다. "법원은 아직 그 자리에 있고 재판도 열려, 콜린. 그리고 난 내 목숨을 걸고 브래드가 공정하게 재판받게 할 거야. 그래, 걔가 정말로 우리 애를 죽였더라도. 듣고 있어?"

"그럼 나 역시 내 목숨을 걸고 아들이 납치범도 아니고 살인범도 아니라고 맹세해, 월. 내 목숨을 걸고. 듣고 있어?"

나는 다시 바다를 보았다. 고요한 바다는 우리와 같은 운명이 매일 매 순간 펼쳐지는 것을 지켜보았다. 그리고 한결같이 반짝였다.

"그래, 들었어." 내가 말했다. "네가 네 목숨을 걸고 맹세한 거."

쥐가 물에 젖은 비스듬한 바위를 잽싸게 가로질렀고, 기다란 꼬리가 햇빛에 빛났다.

나는 (간다는 말도, 몸짓도 없이) 선착장으로 내려가 나를 기다리는 배에 올랐다.

그날 밤 나는 차를 몰고 시내의 거리를 돌아다니며 에이미든 내게 뭐라도 말해줄 수 있는 누구든 찾아다녔다. 이튿날에는 다시 시내 경찰서를 찾아가 새로 들어온 소식이 없는지 알아보고 거듭 수사를 요청하고 경찰들에게 브래드 로위가 배후에 있다고 알리려 했다. 이번에도 나는 닫힌 문과 닫힌 귀와 마주했고, 결국에는 경찰서에서 나가달라는 요청까지 받았다.

쇼핑몰 앞 대형 주차장을 가로질러 가면서 내 차에 기대어 선 사람을 보았다. 가델 수사반장이었다.

"수색은 어떻게 됐습니까?" 그녀가 물었다.

나는 고개를 저었다.

"조언 하나 해드릴까요? 저한테 들었다고 말하지 마시고요."

나는 그녀를 보고 고개를 끄덕였다.

그녀는 서류철에서 종이 한 장을 꺼내서 내게 건넸다.

나는 찬찬히 살펴보았다. 주소가 있고, 아는 이름이 있었다.

"이 사람은 로위의 동업자예요." 내가 말했다. "에이미가 여기 있을 것 같아요?"

가델이 어깨를 으쓱했다. "이웃들에게 민원이 들어왔어요. 마약, 총성, 밤 늦은 파티. 브래드 로위 일당이 그 집으로 들어간 거 같습니다."

"그런데 아무 조치도 취하지 않은 겁니까?"

"소음에 대한 불만 신고는 지금 저희한테 우선순위가 높지는 않으니까요."

"그래도 총소리랑 불법 점유는 꽤 심각한 문제가 아닌가요?"

"집주인한테 직접 들어온 민원이 아니니까요. 게다가 저희가 알기로는 그 집 사람들은 총기 면허를 받았더군요."

나는 고개를 끄덕였다. "제가 가서 확인해보죠."

"저라면 안 할 거 같은데요." 가델이 말했다.

"네?"

"총기가 그렇게 많은 집이라면 무턱대고 가서 초인종을 누르는 게 좋은 방법은 아니겠죠. 더구나 혼자 가서는 안 되고요."

나는 그녀를 보았다. "어차피 도와주시지 않을 거잖아요."

가델은 선글라스를 벗었다. 한쪽 눈을 가늘게 뜨고 햇빛을 바라보았다.

"지난 몇 달 사이 그런 소리를 한 사람이 그쪽만은 아니었어요."

"저만이 아니라고요?"

"네." 그녀는 내게 서류철을 건넸다. 나는 서류철을 펼쳐서 하나씩 넘겨보았다. 보고서였다. 무장 강도. 상해. 중상해. 강간. 스무 건 정도, 아니 서른 건일 수도 있었다.

"무슨 연관이 있습니까?"

"모두 브래드 로위 일당 짓이에요." 가델이 말했다. "그중에서 간추린 거긴 하지만, 관심 있어하실 거 같아서요."

나는 다시 그녀를 보았다. "어떤 위험을 감수하고 이렇게 해주시는지 압니다, 반장님. 그런데 왜 이렇게 해주시는 건가요?"

그녀는 한숨을 쉬었다. 선글라스를 다시 썼다. "우리가 이 망한 세상에서 무슨 일을 하든, 왜 하는 걸까요?"

그리고 떠났다.

그날 오후 내내 나는 서류철의 불만 신고 서류에 서명한 사람들을 거의 다 만나보았다.

우선 강간 사건 피해자들부터 연락했다. 피해자나 그들 아버지나 남자 형제들의 동기 수준이 가장 높고 그들을 설득하는 것이 수월할 것 같아서였다. 그러다 가렐이 내게 준 서류철은 이미 복수할 이유가 충분하고 신체적으로나 정신적으로 복수할 수 있는 사람들만 추려낸 일종의 정예 명단이라는 생각이 들었다. 적어도 혼자가 아니라면 복수에 나설 사람들이었다.

"자경단 말입니까?" 그렇게 만난 사람 하나가 물었다.

나는 그 단어를 음미했다. 원래는 내가 반대해온 모든 것을 표상하는 말이었다. 적어도 사법제도가 작동하는 사회에서는 그랬다. 그러나 더는 사법제도가 힘을 쓰지 못한다면 자경단은 본래의 의미가 아니라 공정성을 확보하기 위한 최선의 대안이 되었다. 따라서 법을 어기는 게 아니라 비상시국에 법을 보완하기 위한 시도로 보아야 했다.

나는 그들에게 이런 측면을 설명하려 했지만 내가 쓰는 법률 용어로 인해 그들이 나의 추론을 따라오기 힘들었을 수 있다.

"그러니까 자경단이란 거죠?" 그가 말했다. "나도 하겠습니다."

그날 저녁에 나는 하이디에게 성인 남자 열다섯 명이 날 도와줄 거라고 말했다. 그중 한 명은 우리에게 무기를 공급하기로 했다고도 말했다.

하이디가 기뻐하거나 적어도 강도 사건 이후로 깊이 빠져든 우울하고 무관심한 감정에서 빠져나올 줄 알았는데, 그냥 나를 모르는 사람처럼 쳐다보기만 했다.

"에이미를 찾아." 이 말이 다였다. 그리고 침실 문을 닫았다.

나는 거실에서 잠을 청하면서 한밤중에 어디선가 어떤 짐승이 끊임없이 울부짖는 소리와 수류탄 터지는 소리를 들었다. 한 블록 밖인지 열 블록 밖인지는 가늠할 수 없었다. 어떤 짐승인지는 몰라도 덩치가 큰 놈 같았다. 전날 밤에 동물원에 화재가 나서 동물들을 살리기 위해 모두 풀어줬다는 뉴스를 접했다. 좋은 방안이군, 하고 나는 생각했다. 하지만 저 동물이 먹을 수 있는 거라면…….이 생각을 채 끝내기도 전에 다시 총성이 들리고 짐승의 울음소리가 뚝 끊겼다.

"여기 보시는 건 저의 가장 기본적인 권리입니다." 대머리 남자가 곤충을 핀으로 꽂은 수집품 정도로밖에 보이지 않는 것을 가리키며 말했다. 다만 확대되어 더 기괴해 보였다. 벽면 전체에 총이 잔뜩 걸려 있었다. 권총, 라이플총, 자동화기, 자동권총, 누가 무릎을 꿇고 앉은 것 같은 형상의 삼각대에 거치된 대형 기관총까지.

"저 자신을 지킬 자유요."

대머리 남자가 우리에게 만족한 미소를 지었다. 그는 이름을 밝히고 싶지 않다면서 그냥 뚱보라고 불러달라고 했다. 이틀 전에 서명한 열다섯 명 중 세 명이 이탈했다. 놀랄 일은 아니었다. 처음에는 복수할 기회라면서 열의를 보이다가 나중에 이성적으로 판단한 것이다. 분풀이가 될지는 몰라도 개인적으로 무슨 도움이 될까? 더욱이 어떤 위험을 감수해야 할까? 법원이 범죄자들을 처벌할 때는 압도적인 공권력을 가지므로 감수할 위험도 적다. 하지만 우리 개인은 어떨까? 복수를 위한 복수를 감행한다면 어떻게 될까?

"저들은 우리한테 무기가 있는 걸 알고, 그래서 여길 덮친 겁니다." 뚱보가 말했다. "그래도 이 비밀의 방은 찾지 못해서 결국 저들이 가져간 건 칼라시니코프랑 수류탄밖에 없습니다. 자, 여러분, 마음껏 고르세요."

"저들이 당신 가족에게 무슨 짓을 했습니까?" 빳빳하게 다린 파란 셔츠를 입은 아프리카계 미국인 음악 교사인 라슨이 물었다. 뚱보가 그에게 선택한 총을 장전하고 준비하고 탄창을 갈아 끼우는 법을 보여주던 참이었다.

"방금 말했잖아요." 뚱보가 말했다.

"저들이…… 어, 라이플총을 훔쳤다고요?"

"수류탄도."

"수류탄. 고작 그걸로 복수하겠다는 겁니까?"

"누가 복수한다고 했어요? 난 그냥 나쁜 놈들을 쏘고 싶고, 지금은 명분이 좋잖아요, 안 그래요?"

"좋죠." 라슨이 조용히 말했다.

뚱보의 얼굴이 붉어졌다. "그러는 그쪽은요?" 그가 코웃음을 치며 물었다. "저들이 볼보라도 뺏었습니까?"

나는 속으로 욕을 하며 눈을 감았다. 이 사람들이 단결해도 모자랄 판에 이런 갈등은 곤란했다. 나는 보고서를 꼼꼼히 읽어봐 어떤 상황이 벌어질지 알았다.

"저들이 제 아내를 죽였어요." 라슨이 말했다.

눅눅한 지하실에 정적이 흘렀다. 다시 눈 떠보니 모두의 시선이 파란 셔츠와 정장 바지를 입은 남자에게 꽂혔다. 보고서에 라슨은 아내와 함께 장 봐온 식료품을 들고 비밀 식품창고 앞 인도에 서 있었다고 적혀 있었다. 그들 가족은 성인인 친척 여덟 명과 함께 나갔고, 평소에도 안전을 위해 함께 움직였다고 했다. 오토바이 갱단이 그들에게 접근하자, 남자들은 소지한 무기를 꺼냈다. 칼과 낡은 라이플총이었다. 하지만 오토바이들이 속도를 줄이지 않고 그대로 지나쳤다. 그들은 그렇게 위험한 상황이 끝난 줄 알았는데, 마지막 오토바이를 탄 자가 체인을 던졌고 체인에 달려 있던 갈고리 모양의 고기 걸이가 라슨의 아내의 허벅지에 꽂혀 그녀를 질질 끌고 갔고 남자들이 그녀를 도우려고 쫓아간 사이 갱단이 오토바이를 세우고 식량 봉지를 집어갔다.

"아내의 허벅지 동맥이 뚫렸어요." 라슨이 말했다. "아내는 길바닥에서 피를 흘리며 죽어가는데, 그 도둑놈들은 햄과 통조림을 쓸어 담더군요."

라슨의 거친 숨소리와 마른침 삼키는 소리만 들렸다.

"그럼 놈들이……?" 누군가가 조심스럽게 물었다.

"네." 라슨이 감정을 추스르며 말했다. "죽은 유스티티아가 박힌 헬멧을 쓰고 있었습니다."

그 자리의 남자들이 고개를 끄덕였다.

그중 한 사람이 헛기침을 했다.

"저기요, 그 기관총…… 작동합니까?"

이틀 후 우리는 준비를 마쳤다.

이라크 바스라에서 시가전을 치른 전직 해병대원 피트 다우닝의 지시에 따라, 우리는 라이플총 사격장에서 사격을 연습했다. 다우닝과 나, 그리고 건설 엔지니어인 정은 정이 건설계획서비스팀 지인에게 구한 그 저택 도면을 검토했다. 다우닝이 라이플총 사격장 지하에 빌린 방에서 작전을 짜고 우리에게 설명했다. 그는 그 저택에 납치된 사람이 몇 명 더 있을 수 있다면서 이 작전의 초점이 에이미와 나한테만 맞춰진 점이 드러나지 않게 했다. 웃기게도 그는 그 말을 마치고 나를 돌아보며 이렇게 덧붙였다.

"저기, 윌 애덤스, 그래도 되겠죠?"

나는 고개를 끄덕였다.

"고맙습니다." 그리고 다우닝은 그가 그려온 커다란 도면을 둘둘 말았다.

나는 일어섰다. "그럼 자정에 여기서 만납시다. 잊지 마세요, 어두운색 옷이요."

남자들이 일어서서 줄지어 나갔다. 그중 몇이 내 옆을 지나면서 고개를 숙였다. 그제야 나는 그들이 나를 이 작전의 대장으로 생각하는 걸 알았다. 내가 먼저 나서서였을까? 아니면 그 이상 무언가가 작용했을까? 내가 우리 작전의 실질적인 부분만이 아니라 도덕적이고 사회적인 책임의 차원을 설명하려 해서였을까? 정의는 그냥 주어지는 것이 아니라 쟁취하는 거라는 말 한마디가 혼자서는 느끼지 못하던 투쟁의 갈망을 불러일으켰을까? 이제 도덕적인 동기가 생기자 투쟁의 의지를 자각한 걸까? 그럴지도. 그들은 내가 하는 말이 모두 진심에서 우러난 말인 것을 알아챘을지도 모른다. 그리고 바다 괴물 리바이어던이 우리 모두를 집어삼킬 만큼 거대해지기 전에 놈의 머리를 자르는 것이 우리 모두의 책임이라는 사실을 깨달았을 것이다.

하지만 차 세 대가 줄지어 좁고 구불구불한 길을 따라 언덕 위 저택을 향해 올라갈 때는 아무도 그런 생각을 하지 않았을 것이다. 나는 뒷자리에서 두 사람 사이에 끼어 앉아 내가 뭘 할지, 이 작전에서 나의 실질적인 역할에만 집중했다. 죽고 싶지 않다고도 생각했다. 차 안의 다른 사람들의 땀 냄새에서 나의 냄새와 같은 냄새를 맡았다. 공포의 냄새.

VII

총소리와 고함소리와 복도에서 분주히 오가는 발소리에 잠이 깼다. 처음에는 또 술판을 벌이다 도를 넘었나 보다, 누가 라그나와 시비가 붙었나 보다 생각했다.

누군가가 내 방문을 열려고 하는 소리가 들렸다. 문은 평소처럼 잠겨 있었다. 누가 몰래 들어와 날 강간할까 봐 그런 건 아니었다. 우선 그들은 내가 그들을 제압할 수 있는 것을 알았다. 다음으로 그랬다가는 브래드한테 목이 잘릴 걸 알았다. 마지막으로 우리가 그들과 같은 대상에게, 즉 여자에게 관심이 있는 걸 알면 아무도 나한테 성적으로 끌리지 않는다. 그래도 요새 부쩍 마약 파티가 늘어나는 걸 보면 누구라도 나를 강간하려고 달려드는 건 시간문제였다. 그러니 문을 잠가두지 않을 이유가 없었다. 하지만 내 입장에서 갇힌 건 그들이지 내가 아니었다.

나는 침대 옆으로 다리를 내리고 침대 밑에 넣어둔 칼라시니코프를 집었다. 복도에서 나는 말소리가 우리 갱단 애들 소리가 아니고 충격 수류탄이 터지는 굉음이 두 번이나 나서였다. 오늘 밤은 오스카가 불침번을 서기로 했는데, 도대체 무슨 일이지? 오스카가 잠든 건가?

이제 문 손잡이를 돌리려는 시도가 멈췄다. 그들이 지나쳐 간 건가? 순간 문밖에서 둔탁한 총성이 들리고 채찍질 같은 소리가 나더니 총알이 내 머리를 스쳐 벽에 가서 박혔다.

나는 총을 들고 안전장치를 자동으로 밀어서 발포했다. 방 안이 어둑어둑한데도 일제사격으로 문에 구멍이 나고 하얀 나무 파편이 튀는 것이 보였다. 밖에서 누군가가 무겁게 쓰러지며 비명을 질렀다. 나는 신발을 신고 바지와 재킷을 챙겨 입고 창가로 달려갔다. 저 아래 잔디밭에 오스카가 대자로 뻗어 있고 그 옆에 칼라시니코프가 놓여 있어서 마치 달빛 아래 일광욕이라도 하는 것처럼 보였다. 나는 재빨리 계산했다. 저쪽이 몇 명인지는 몰라도 오스카가 우리에게 경고하기도 전에 그를 먼저 제거했고, 저들에게는 충격 수류탄이 있었다. 그냥 아마추어 무리가 아니었다. 그러면 우리는 어떤가? 공격할 줄은 알지만 방어하는 연습을 해본 적 없이 약에 취한 애들일 뿐이었다. 빨리 결정하지 않으면 나도 당할 판이었다.

주머니에 오토바이 열쇠가 있었다.

젠장, 나한테는 갈 데도 있다. 마리아가 자기 집에 들어와 같이 살자고 했다. 이번 일과 별개로 마리아의 제안을 고민한 적이 있지 않았나? 그래, 카오스가 나를 한 번 살려주었지만, 어차피 모두가 서로를 구해주지 않았나? 갱단의 열두 명이 함께 모여 있어서 서로를 보호한 셈 아닌가? 충성심이든 갱단의 규율이든 이런 게 아니었다. 다 좆 까라고 해라. 여기서 누구 하나 날 위해 뭐든 희생한 적이 있나? 전혀.

나는 창문을 열고 밖으로 넘어가 창틀을 두 손으로 잡고 매달렸다가 손을 놓았다. 저 아래 화단의 장미는 오래전에 죽어 없어지고 그 자리에 크고 흉한 블랙베리 덤불이 있었다. 철조망에서 뒹구는 느낌이었다.

나는 숨을 깊이 들이마시고 충격 수류탄의 안전핀을 뽑은 뒤 다우닝에게 고개를 까딱했다. 그도 내게 고개를 까딱하고는 내가 도면에서 큰 방으로 지목한 방 손잡이를 돌리고 살짝 밀어서 열었다. 나는 그가 시범을 보여준 대로 몸을 낮게 숙이고 수류탄을 마룻

바닥으로 최대한 소리가 나지 않게 굴렸다. 다우닝이 문을 다시 닫고 넷을 세었다.

문이 닫혔어도 귀가 먹먹해지는 소리가 나고 열쇠 구멍으로 섬광이 번쩍였다.

다우닝이 문을 세게 걷어찼고, 우리는 안으로 들어가 그가 가르쳐준 대로 문 양옆을 한쪽씩 맡아서 섰다.

맥박이 요동치고 나는 손전등 불빛으로 에이미를 찾아 방 안을 훑었다. 불빛이 창문을 가로지를 때 창밖 잔디밭에서 누군가가 오토바이를 향해 뛰어가는 것이 보였다. 불빛을 계속 옮겨가며 비추는데 조각상으로 보이는 뭔가에 잡혔다. 창백한 소년이 침대에서 똑바로 앉아 마비된 사람처럼 정면을 응시하고 있었다. 충격 수류탄의 효과라고 다우닝이 설명한 적이 있다.

브래드였다.

다우닝이 손을 들라고 소리쳤지만, 브래드는 아직도 폭발음에 귀가 먹먹한지 넋 나간 사람처럼 멍하니 우리를 쳐다보기만 했다. 다우닝이 개머리판으로 그의 얼굴을 가격했고, 원뿔 모양의 불빛 속에 끈적한 피와 침이 튀었다.

나는 브래드를 침대로 밀쳐 눕히고 올라탔다. 그는 저항하지 않았다.

"나야, 윌 아저씨. 에이미 어딨어?"

그는 눈만 끔뻑거리며 나를 보았다.

나는 다시 물으면서 내가 고른 권총 총구를 그의 이마에 대고 눌렀다.

"네가 그런 거 알아." 내가 말했다. "너희 보초는 죽었어. 다음 차례가 되고 싶어, 브래드?"

"갠⋯⋯." 그가 입을 열었다.

그가 이 초쯤 지나 말을 이었다. 그사이 내 몸은 나무에 붙은 나뭇잎처럼 떨렸다.

"갠 여기 없어요. 시내를 떠나자마자 풀어줬어요. 집에 안 들어갔어요?"

브래드가 자기 아버지의 표정 연기를 물려받았는지는 모르지만, 나는 그가 거짓말하는 걸 알았다.

나는 총으로 그를 때렸다. 또 때렸다. 아마도. 다우닝이 나를 말려서 정신을 차려보니 내 밑에 깔린 브래드의 얼굴이 피투성이 가면처럼 변해 있었다.

"우리 애가 죽었어요." 내가 말했다.

"아직 모르잖아요."

나는 눈을 감았다. "죽지 않았다면 이놈이 거짓말할 리 없어요."

나는 넓은 차고 처마 밑에 서 있던 오토바이에 올라탔다. 거기서 잔디밭 너머로 브래드의 방과 춤추듯 흔들리는 손전등 불빛이 보였다.

그들이 그를 잡았다.

나는 시동을 걸려고 했다. 몇 초 안에 그 집에서 빠져나갈 수 있었는데 어떤 생각에 발길이 떨어지지 않았다. 덤보를 두고 떠난다는 생각, 그 애를 버리고 가야 한다는 생각이었다. 덤보가 우리 갱단의 유일한 흑인인 허버트와 함께 쓰는 방을 보았다. 불이 켜져 있었다. 그들이 아직 그 방까지 가지 않았을 수도 있었다. 나는 오토바이에서 내려서 급히 잔디밭을 가로질러 그 방 창문 아래로 갔다. 까치발로 서서 안을 들여다보았다. 덤보가 팬티와 티셔츠 차림으로 침대에 앉아 발을 흔들며 방문을 바라보고 있었다. 허버트는 보이지 않았다. 내가 유리창을 두드리자 덤보가 소스라치게 놀랐지만, 창틀에 바짝 댄 내 얼굴을 보자 미소를 지었다.

덤보가 창문을 열고 말했다. "허버트가 무슨 일인지 보려고 나갔어. 넌⋯⋯."

"어서 신발 신어!" 내가 속삭였다. "우리 여기서 나가야 해!"

"하지만⋯⋯."

"당장!"

덤보가 시야에서 사라졌다.

나는 덤보가 운동화끈을 잡고 낑낑대는 걸 보면서 속으로 초를 셌다. 쩍쩍이가 붙은 운동화를 사줬어야 했다.

"꼼짝 마." 바로 등 뒤에서 누군가가 말했다.

나는 돌아섰다. 대머리 남자가 망원 조준기가 달린 라이플총을 들고 서 있었다. 나는 멈추지 않고 계속 몸을 돌렸다.

"내 말 안 들⋯⋯." 그가 입을 열다 라이플총을 떨어뜨렸고 말과 호흡이 끊겼다. 내가 그의 가랑이를 가격해서였다. 나는 그가 땅에 쓰러지는 것을 보고 다시 창문으로 돌아섰다. 덤보가 창턱에 서 있었다.

"뛰어!" 내가 말했다.

나는 떨어지는 그를 붙잡았지만 너무 무거워서 우리 둘 다 잔디밭에 나뒹굴었다. 우리는 다시 일어났고, 내가 앞장서서 오토바이 쪽으로 뛰었다.

창밖에서 뚱보의 목소리가 들려서 밖을 내다보았다.

다리 긴 소녀와 짤따랗고 안짱다리인 소년이 잔디밭을 가로질러

뛰고 있었다. 그들이다. 확실했다. 그들의 모든 것(얼굴, 몸, 동작)이 내가 차고에서 묶여 있던 날의 기억에 선명히 새겨져 있었다. 그들이 오토바이 앞에 이르자 소녀가 그중 한 대에 올라타고 소년이 뒤에 탔다. 소녀가 뭔가를 찾아 주머니를 뒤졌다. 열쇠를 찾는 것 같았다. 소녀의 재킷 속 흰색 티셔츠 위로 빨간 점이 춤을 추었다.

레이저.

나는 창문을 열었다. 뚱보가 잔디밭에 엎드려 라이플총의 개머리판을 뺨에 대고 있었다.

"쏘지 마!" 내가 소리쳤다. "우린 살인자가 아니야."

"닥쳐." 그가 고개를 들지 않고 외쳤다.

"명령이야!"

"미안한데 쟤들은 내 악당이에요."

"당신이 쏘면 나도 쏴." 내가 말했다. 조용히. 그래서인지 그가 멈추고 눈을 들었다. 그를 향한 총구를 보았다. 그가 쳐다보는 사이 오토바이의 부르릉 소리가 커졌다가 작아지다가 사라지고, 그사이 오토바이는 대문을 지나 계곡으로 내려갔다.

나는 총을 내렸다. 이유는 모르지만 내 마음 한구석에서는 그가 그들을 쏘기를 원했다. 그래야 내가 그를 쏠 수 있으니까.

"헬리콥터가 사 분 후 도착합니다!" 소위가 소리친다. "탑승하실 분들은 모두 지금 준비하세요!"

나는 그의 말을 듣는 둥 마는 둥 한다. 이 고층건물 옥상에서 작별인사를 하려고 기다리다가 다른 생각이 들어서다. 누굴 쏘고 싶었다는 생각. 나라는 사람과 전혀 어울리지 않는 사람이 되어볼 핑곗거리를 제공해줄 상황을 원한다는 생각. 더는 내가 누군지 모르겠다는 생각. 나는 헬리콥터 소리가 나는지 귀를 기울이고 있는 그 자리의 운 좋은 사람들을 보았다. 그들에게서 죄책감의 기미를 찾아본다. 아무것도 보이지 않는다.

모두가 거실로 모이는 동안 다우닝과 라슨이 그 집의 나머지 공간을 수색했다.

우리 중 한 명이 심하게 부상을 당했고, 저쪽은 보초 한 명이 죽고 네 명이 부상을 당했다.

"이 사람 병원에 데려가야 해요." 정이 문을 관통한 사격에서 총상을 입은 남자를 두고 말했다.

"안 됩니다. 그게 계약이었어요." 뚱보가 말했다. 사타구니가 아픈 듯했다.

"그래도……." 정이 말했다.

"됐어요. 경찰이 우리를 주시하길 원하지 않아요." 뚱보가 단호하게 나왔다.

"병원에 데려갑시다." 내가 말했다.

뚱보가 나를 돌아보았다. 그의 얼굴이 화가 나서 붉으락푸르락했다. "말도 안 돼! 허, 악당들이 탈출하게 놔두신 분이죠."

"그 애들을 죽일 이유가 없었어요. 도망치고 있었잖아요."

"우린 여기에 처벌하러 온 겁니다, 애덤스. 당신은 딸을 찾으러 왔고요. 우릴 이용해 딸을 찾는 데 도움을 받으려고 했어요. 거기까진 괜찮은데 우릴 희생해가면서까지 선한 사마리아인 행세는 하지 마시죠. 어디 여기 사이먼한테 그 여자애가 총을 맞지 않아도 된다고 말씀해보시죠."

나는 사이먼을 보았다. 통통한 체형에 온화한 말투, 선한 눈매에

344

전염성 있는 웃음을 가진 요리사였다. 그래, 우리는 함께 웃은 적도 있다. 사이먼과 그의 가족은 죽은 유스티티아가 그려진 헬멧을 쓴 갱단의 방문을 받았다. 갱단이 바주카포를 쏘았고, 그 집은 몇 초 사이 불길에 휩싸여 지옥이 되었다. 그의 아내와 아들은 아직 병원에 있었고, 심한 화상을 입어서 살아남을지 알 수 없었다.

"어떻게 생각합니까, 사이먼?" 내가 말했다. "저 사람이 여자애를 죽이게 놔뒀어야 했을까요?"

사이먼이 나를 한참 바라보다가 입을 열었다. "모르겠네요."

"정이 루벤을 병원에 데려가는 거 도와주시겠습니까?" 내가 물었다.

사이먼이 고개를 끄덕였다.

다우닝과 라슨이 돌아왔다.

"뭐가 좀 나왔어요?" 뚱보가 물었다.

둘은 대답하지 않았다. 그들은 내 눈을 보지 못했다. 내가 아직 부여잡았을 실낱같은 희망의 끈마저 사라졌다.

에이미는 지하실의 잠긴 방에서 더러운 매트리스에 쓰러져 있었다. 도망치지 못하게 가둔 것이 아니라 시신을 숨긴 것이었다. 나는 아이를 보았다. 심장이 멎을 것 같았다. 나의 뇌는 단순히 눈에 보이는 이미지를 입력했다. 다른 이유로 죽은 게 아니라면 사인은 명백했다. 이마가 으스러져 있었다.

나는 지하실 복도를 따라갔다. 라슨과 다우닝이 나를 기다리고 있었다.

"우리가 저들을 심문합니다." 나는 천장과 그 위층으로 갱단이 손이 묶인 채 바닥에 앉아 있는 쪽으로 고갯짓을 하며 말했다.

"그 전에 먼저······." 라슨이 입을 열었다.

"아뇨." 내가 말을 잘랐다. "바로 시작합시다."

죄책감 문제는 금방 해결되었다. 우리는 오래된 수법을 썼다. 단순하지만 효과적인 수법이었다. 변호사로 일할 때 나는 경찰이 그런 수법을 쓴다고 비난했다.

우리는 갱단원들을 각기 다른 방에 집어넣고 한동안 기다리게 한 다음 두 사람이 함께 들어가서 다른 갱단원들과는 얘기가 끝난 것처럼 말했다. 내가 대표로 말했고, 첫마디는 매번 똑같았다.

"누구라고는 말하지 않겠지만 방금 너희 중 한 명이 내 딸 에이미를 죽인 자로 널 지목했어. 그게 누군지는 알 거야. 나는 널 쏠 거야. 사적인 감정을 담아 기꺼이. 네가 앞으로 오 분 안에 다른 자가 범인이라고 날 납득시키지 못하면."

괜한 엄포를 놓는 것처럼 들려서 그중 일부는 금방 숨은 의도를 간파할 것이다. 그래도 100퍼센트 확신하지는 못할 것이다. 다른 갱단원들도 이런 수법을 간파할 거라고 확신하지 못할 것이다. 그러니 이런 계산이 나올 것이다. 굳이 내가 왜 입을 다물고 이런 협박을 당해야 하지? 어차피 딴 놈이 발설할 텐데?

네 명을 심문한 끝에 그중 둘이 브래드를 지목했다. 여섯 명째에 이르자 침실에서 골프채로 저지른 짓이라는 것까지 밝혀졌다. 나는 두 방 중 브래드가 있던 방으로 가서 우리가 밝혀낸 사실을 알렸다.

그는 플라스틱 케이블 타이로 손이 뒤로 묶인 채 가죽 의자에 기대 앉아 하품했다. "그럼 절 쏘셔야겠네요."

나는 마른침을 삼키고 기다렸다. 계속 기다렸다. 눈물이 나왔다. 내 눈물이 아니라 그의 눈물이었다. 눈물이 오래된 회색 티크재 책상에 떨어졌다. 나는 눈물이 목재에 스며드는 것을 보았다.

"그러려던 게 아니에요, 애덤스 아저씨." 그가 훌쩍거렸다. "전 에이미를 사랑했어요. 항상 사랑했어요. 그런데 걘……." 그가 떨리는 숨을 깊이 들이마셨다. "걘 늘 저를 무시했어요. 저를 자기에게 어울릴 만큼 괜찮은 사람으로 봐주지 않았어요." 그리고 피식 웃었다. "저요, 이 도시에서 두 번째로 부자인 분의 아들이자 상속자예요. 어떻게 생각하세요?"

나는 아무 말도 하지 않았다. 그가 눈을 들어 나를 보았다.

"걔가 절 증오한다고 말했어요, 애덤스 씨. 그런데 그건 우리 둘다 공감하는 감정이에요. 저도 저 자신이 증오스럽거든요."

"이게 네가 생각하는 자백이냐, 브래드?"

그가 나를 보았다. 고개를 끄덕였다. 나는 라슨을 보았다. 라슨이 고개를 까닥하며 나와 같은 생각이라고 알렸다. 우리는 일어나서 밖으로 나갔다. 밖에 다우닝이 기다리고 있었다.

"자백했어요." 내가 말했다.

"이제 어쩌시려고요?" 라슨이 물었다.

나는 숨을 깊이 마셨다. "감옥에 넣어야죠."

"감옥?" 다우닝이 코웃음을 쳤다. "목을 매달아야죠!"

"제대로 생각한 겁니까, 윌?" 라슨이 물었다. "당신이든 나든, 저놈을 경찰에 넘겨봐야 내일 아침이면 풀려나 버젓이 거리를 활보할 거예요."

"네, 난 저 애를 그만의 감옥에 넣을 겁니다."

"무슨 소리예요?"

"쟤가 에이미를 가둔 곳에 가두려고요. 그 안에 들어앉아 있게 할 거예요. 내가 사건을 준비해서 기소할 때까지요."

"그러면…… 콜린 로위의 아들을 판사와 배심원 앞에 세우시겠다는 건가요?"

"그럼요. 모두가 법 앞에 평등하니까요. 이게 이 나라가 세워진 토대니까요."

"미안한 말이지만 단단히 착각하시는 거 같은데요, 애덤스." 다우닝이 말했다.

"네?"

"이 나라는 힘이 곧 정의라는 원칙 위에 세워졌어요. 그게 지금의 현실이고, 원래도 그랬어요. 나머지는 그저 대중을 위한 연극일 뿐이죠."

"글쎄요." 내가 말했다. "힘이 한 번은 올바른 쪽에 설 수도 있을 겁니다."

순간 고성이 들렸다. 집 뒤편에서 나는 소리였다.

우리는 당장 밖으로 뛰어나갔지만 너무 늦었다.

"흑인 녀석이 자백했어요." 뚱보가 말했다. 그는 활활 타오르는 횃불을 들고 있고, 그 불빛에 이마의 땀이 번들거렸다. 우리처럼 그도 키 큰 떡갈나무 쪽을 바라보았다. 나머지 남자들이 우리 주위에 서 있었고, 다들 말이 없었다.

소년이 제일 낮은 나뭇가지에 매달려 있었다. 목에 올가미가 걸려 있었다. 소년은 키가 크고 마르고 열여섯 살쯤 되어 보이고 '카오스'라고 찍힌 티셔츠를 입고 있었다.

"허버트." 그 집의 창문에서 갈라진 누군가가 외쳤다. 돌아보았지만 아무도 보이지 않았다.

"우린 이미 자백을 받았습니다." 내가 말했다. "당신은 엉뚱한 사람의 목을 매단 겁니다."

"그 자백이 아니에요." 뚱보가 말했다. "저놈이 그날 화재를 냈다고 자백했어요. 그리고 저 애를 목매단 건 제가 아니에요, 저 사람이지."

그는 목매달린 소년의 바로 아래에 서 있는 남자를 가리켰다. 요리사 사이먼이었다. 사이먼은 두 손을 맞대고 시신을 바라보며 뭐라고 중얼거렸다. 기도하는 것 같았다. 그의 가족을 위해. 죽은 이들을 위해. 그 자신을 위해. 우리 모두를 위해.

우리는 카오스 일당을 어떻게 처리할지에 대해 함께 논의한 적이 없었다. 관심이 온통 에이미를 구출하는 데 있었고, 갱단원들이 저항하면 일말의 자비도 베풀지 않을 거라고 생각했다. 우리 중 대다수가 원하는 만큼 복수하려면 그들을 고문하거나 살해할 거라고 생각했다. 하지만 저들이 지금처럼 항복하면 어떻게 할지에 대해서는 얘기해본 적이 없었다.

사실상 세 가지 선택지가 있었다. 처형하기. 불구로 만들기. 아니면 풀어주기.

뚱보만이 처형에 한 표를 던졌다.

몇 사람은 오른손을 자르는 식의 신체 절단이 적절하다는 의견을 냈지만 자기가 자르겠다고 나서는 사람은 없었다. 신체가 훼손된 채 사지 멀쩡하게 기능하는 청년들이 원한을 품고 시내에서 어슬렁거리는 그림이 딱히 끌리지는 않아서였을 것이다.

다우닝이 채찍질을 하자고 제안했고, 이 방법이 가장 큰 지지를 얻는 것 같았다. 분풀이가 되면서도 나중에 저들에게 복수심을 남기지 않을 방법으로 보였다.

나는 이 '피의자들'이 공정한 재판을 받게 해주지 않는 한 어떤 처벌도 내려서는 안 된다고 주장했다. 그래야 우리와 그들이 구별될 수 있다고도 말했다. 우리는 복수를 거부하여 선조들이 이 땅에 세운 정의의 원칙에 충실할 뿐 아니라 이 청년들에게 혼돈의 시절에도 문명화된 방식으로 행동할 수 있고 품위를 되찾을 수 있다고 모범을 보여줄 수 있을 거라고도 말했다. 나 개인적으로는 가능하다면 브래드 로위를 우리의 가장 근본적인 정의의 원칙에 따라 처리하겠다고 약속했다.

그들이 내 말에 설득됐는지는 모른다. 사실은 라슨이 짧게 몇 마디로 내 의견을 지지해준 덕이었는지 모른다. 아니면 바람이 불어 나무에 매달린 흑인 청년이 흔들리고 나뭇가지에서 신음 같은 소리가 나서 우리의 시선이 자꾸만 그쪽으로 가서였는지도 모른다.

우리는 논의를 중단한 뒤 브래드만 남기고 모두 풀어주었다.

"이렇게 한 걸 후회할 날이 올 겁니다." 뚱보가 이렇게 말을 하는 사이 오토바이들의 후미등이 도시의 깊어가는 어둠 속으로 사라져 갔다.

VIII

에이미는 시내의 한 교회에서 장례를 치르고 땅에 묻었다. 가구도 거의 없는 소박한 교회였지만 이상할 정도로 온전히 보존되어 약탈자들이 주님의 집만큼은 성스럽게 놔둔 것만 같았다. 우리는 장례식을 알리거나 누구를 초대하지 않았다. 하이디와 샘과 나 이외에 참석한 사람은 다우닝과 라슨과 정뿐이었다.

그날 오후 나는 하이디에게 정과 라슨과 다우닝의 가족과 함께 콜린의 언덕 위 저택으로 거처를 옮기자고 설득했다. 카오스 일당이 얼마나 쉽게 우리 집에 쳐들어왔는지, 그런 일이 또 생기지 않으리란 보장이 없고 반드시 또 일어날 거라고 설득했다. 사람이 많을수록 안전하다고도 말했다. 하이디는 안 된다며 지금은 비어 있다고 해도 남의 집이고 남의 사유지라고 말했다. 나는 우리가 누구보다도 재산권을 존중하는 사람들이지만 현재로서는 이 권리를 잠시 유예해도 된다고 말했다. 게다가 브래드의 재판이 열리기까지 사적으로 감금할 공간이 필요하다고 말했다.

이튿날 우리는 필요한 짐만 챙겨서 언덕 위의 그 집을 요새로 만드는 작업에 착수했다.

시내에 있는 법무부 장관의 크고 하얀 집무실은 경외심을 일으키는 건축학적 위엄과 국민의 세금으로 지었지만 납세자들을 자극하지 않기 위해 유지해야 할 지루한 진지함 사이에서 적절한 균형을 잡았다.

아델 매시슨 법무부 장관의 집무실은 업무를 위한 공간이지, 방문객과 동료들에게 권위와 지위를 과시하기 위한 공간이 아니었다. 단순한 책상에는 서류가 높이 쌓여 있고 전선이 사방으로 연결된 구형 컴퓨터 한 대가 놓여 있으며 책장에 법학 서적이 꽂혀 있고 창문은 채광용일 뿐 풍경으로 주의를 분산시키지 않았다. 그리고 인생에서 일보다 소중한 것이 있으니 이제 일을 마무리하고 집으로 가라고 재촉할 만한 가족사진 한 장이 없었다.

매시슨은 높이 쌓인 서류 너머 등받이 높은 가죽 의자에 앉아 있었다. 안경 너머로 빼꼼이 나를 보았다. 다른 법무부 인물들만큼 대외적으로 알려지지는 않았지만 법조인들 사이에서 존경받는 사람이었다. 그녀가 그나마 알려진 건 권력자들과 뒤가 구린 사람들을 끝까지 잡아내는 특유의 진정성과 집념 덕이었다. 한 기자는 매시슨의 인터뷰나 기자회견에서는 네 가지 답변만 나온다고 썼다. '네' '아니오', 그리고 약간 길게 '저희도 그건 모릅니다', 정말로 길게 '그 점에 대해선 답변할 수 없습니다'가 전부라는 것이다.

"변호사시잖아요, 애덤스 씨." 그녀가 내 말을 다 듣고 말했다. "이 사람이 당신 딸을 살해했다고 입증할 수 있다면 왜 여길 찾아오셨나요? 왜 이 사건을 경찰로 가져가지 않았습니까?"

"이젠 경찰을 믿을 수 없어서요."

"지금 시절이 수상하죠. 그건 의심의 여지가 없어요. 그나마 법무부는 신뢰하시는 것 같네요?"

"장관님을 직접 통하면 이 사건이 재판정에 가기까지 적어도 한 단계는 줄어드니까요."

"부패를 염려하시는군요. 그런가요?"

"이 청년의 아버지는 콜린 로위입니다."

"그 콜린 로위요?"

"네."

그녀는 윗입술에 손가락을 대고 이어서 메모했다. "그 청년이 지금 어디 있는지 아십니까?"

"네."

"어딘데요?"

"사적으로 감금되어 있다고 말씀드리면 절 기소하셔야 할 테고, 그러면 그 애에 대한 재판이 위험에 빠지겠죠. 아닌가요?"

"사적 구금은 당연히 심각한 범죄이고 그런 식으로 자백을 받아 냈다면 법원이 사건을 기각할 수도 있습니다."

"독수독과 원칙, 독이 든 나무에 맺히는 열매 같은 거죠."

"네, 관련 법규를 잘 아시네요. 하지만 사건이 말씀하신 그대로 발생했고 자백도 받아냈고 강요에 의한 자백이 아니라고 확인해줄 증인이 있다면 우리 사건이 강력해지죠."

그녀는 이제 '당신'이 아니라 '우리'라고 말했다. 콜린 로위라는 이름 때문일까?

"그리고 갱단에서 브래드를 살인범으로 특정할 증인을 적어도 한 명은 확보하셔야 합니다." 그녀가 말했다.

"그건 어려울 수 있겠네요. 그래도 저희 중에 몇 명은 그들이 브래드 짓이라고 말하는 걸 들었습니다."

"그건 간접 정보고, 변호사이시니 법정에서는 증거로서 충분하지 않은 거 아시잖아요. 제가 이 사건을 법정에 가져가려면 저 역시 배심원만큼 합리적 의심의 여지가 없는 유죄라는 평결에 이른다는 확신이 서야 합니다."

나는 고개를 끄덕였다. "브래드를 특정해줄 한 사람을 찾아오겠습니다."

"좋습니다." 아델 매시슨이 손뼉을 쳤다. "전 이제 가봐야 합니다. 그럼 계속 연락합시다. 법치주의가 완전히 끝나지는 않았다는 걸 세상에 보여줄 수 있는 좋은 기회가 될 겁니다."

"저도 그러길 바랍니다." 나는 그 사무실에 걸린 유일한 사진을 보았다. 약간 옆으로 기울어진 채 걸려 있는 작은 사진이었다. 유스티티아 사진이었다. 눈을 가린, 공정한, 이마에 총알구멍이 없는.

나는 법무부 장관실에서 나와 시내의 경찰서로 가서 가델 수사반장과 면담을 요청했다. 그녀는 나와 쇼핑몰 앞 주차장까지 동행했고, 거기서 나는 브래드 로위가 살인범이라고 특정한 갱단원을 찾아오면 그를 법정에 세울 수 있게 되었다고 말했다.

"그 자식을 잡고도 굳이 법정에 세우신다고요?" 그녀가 물었다. 무신론자가 기독교도에게 물 위를 걷는 기적을 정말로 믿느냐고 물을 때의 놀라움이 묻어나는 말투였다.

"그 갱단원을 찾아야 해요." 내가 말했다. "도와줄 수 있어요?"

그녀는 고개를 저었다. 안 된다는 뜻인 줄 알았는데 이렇게 말했다. "확실히 눈과 귀를 열어두겠지만……." 이어서 무슨 말이 나올지는 알았다. "너무 기대하시는 마세요."

그녀에게 고맙다고 말하고 떠나는데 왠지 그녀가 내 뒷모습을 보면서 계속 고개를 저을 것 같았다.

건축 엔지니어인 정은 그 저택을 난공불락의 요새로 개조하는 작업을 책임졌다.

부지 주변에 벽을 세우고 두 개의 대문을 보강하고 집과 담장 사이에서 엄폐물이 될 만한 것을 모두 제거했다. 창문에는 총을 쏠 틈을 뚫어놓고 방탄 금속판을 덧댔고, 벽과 문과 지붕은 수류탄을 막도록 강화했다. 외부에서 들어오는 길에는 지뢰와 동작센서가 달린 부비트랩을 매설했다. 지하실에 통제실을 만들고, 여기서 부지 전체를 감시하고 1층 기관총과 수류탄 투척기를 원격으로 제어하기 위한 장치를 갖추었다. 카메라가 달린 드론도 두 대 마련해 역시나 지하실에서, 아니 다우닝의 주장으로는 우리의 작전실에서 원격으로 제어했다.

한마디로 누구든 이 저택을 함락하고 싶다면 포병대와 폭탄이 필요하다는 뜻이었다.

만에 하나 누군가 저택으로 침입했다고 해도 다우닝은 야간투시경이 있었다. 그는 이라크 바스라의 적군 구역에서 전우들과 함께 전력을 끊고 밤을 아군 삼아 테러리스트 소탕 작전을 벌인 적이 있다고 했다. 라슨과 정과 나는 가족들이 잠들고 불을 다 끈 후 야간 투시경 훈련을 받았지만 사실 훈련만으로도 어지럽고 속이 메스꺼웠다. 한번은 정이 사전 경고 없이 불을 끄자 해를 정면으로 바라보는 것처럼 눈이 부셔서 몇 시간 동안 앞이 잘 보이지 않았다.

정은 퇴각해야 할 상황에 대비해 땅굴을 뚫자고 제안하기도 했다. 나는 그 제안을 한참 고민한 끝에 비용이 너무 많이 든다고 말했다. 거짓말이었다.

다우닝은 해병대의 옛 전우들에게서 식량과 약품을 무기와 맞바꿀 수 있는 무기고에 관한 정보를 얻었다. 우리는 거래를 성사시켰다. 라슨과 나는 지하의 두꺼운 석벽으로 된 안 쓰는 세면장에 탄약을 보관했다. 정이 내려와 살피다가 석벽에 난 구멍을 가리키며 거기가 그가 만든 개인용 상하수도관이 지나는 자리라고 말했다. 부지 아래 잡풀이 무성한 비탈로 나가는 하수도가 생길 뿐 아니라 정이 계곡 더 아래쪽 상수도 본관에 연결한 송수관도 있었다. 그럴 리는 없겠지만 포위 병력이 우연히 하수관을 발견하고 그 관이 우리 집으로 연결된 것을 알면 그 관을 통해 수류탄을 투척할 가능성이 있었다. 하지만 정은 석벽이 과하다 싶게 두꺼워서 우리가 크게 피해를 보지는 않을 거라고 했다. 물론 고성능 폭발물만 아니라면.

정은 예의 그 건조하고 현실적인 말투로 말하며 반어법인지 유머인지를 알려주는 표정도 짓지 않았다. 그래서 라슨과 나는 웃었고, 정이 슬픔 가득한 눈길로 우리를 봐서 더 크게 웃었다.

우리는 탄약을 브래드의 방으로 쓰는 세탁실에 옮기기로 했다. 그곳을 감방으로 정한 이유는 그가 에이미의 시신을 넣어둔 곳이기 때문이었다. 나는 브래드가 그 안에서 자기가 한 짓을 끊임없이 되새기며 양심이 가책에 시달리기를 바란 것 같다.

모든 작업을 마치고 나는 브래드의 새 감방 앞에 서 있었다. 브래드는 매트리스에 누워서 내가 같이 넣어준 책들 중 한 권을 읽고 있었다. 갇혀 지낸 며칠 새 벌써 마르고 창백해졌다. 우리가 잘 먹여주고 매일 정원에서 산책하게 해주었는데도.

"이게 뭐예요?" 그가 머리 뒤쪽의 벽에 난 구멍을 가리켰다.

"하수가 지나가는 자리야." 내가 말했다.

"저 같은?" 그는 책을 내려놓고 주먹을 쥐고 어깨가 닿을 때까지 그 구멍 속으로 팔을 집어넣었다.

"사람은 하수가 아니지." 내가 말했다.

"제가 여길 통과할 만큼 마르면 어디로 나가는데요?"

"폴란스키의 집 아래 비탈." 내가 그에게 왜 그런 말을 해줬는지 모르겠다. 아니, 사실은 그때도 알았을까? 나는 탄약상자에서 떨어진 노끈을 주웠다. 그걸 감아서 주머니에 넣었다.

브래드가 피식 웃었다. "제가 그걸로 목이라도 맬까 봐요?"

나는 대답하지 않았다.

그는 팔꿈치에 기대고 누웠다. "그냥 절 처형하고 다 끝내시면 안 돼요?"

이상했다. 그는 누워 있고 내가 서 있고, 그는 내 권력에 의해 갇혀 있는데도 그가 나를 내려다보는 느낌이었다.

"우린 너희 같은 사람들이 아니니까." 내가 말했다. 그리고 그의 눈을 보았다.

"곧 그렇게 되실걸요. 살고 싶다면."

"내가 바라는 건 너희가 우리처럼 되는 거야. 우리보다 더 나은 사람이 되든가."

"제가 평생 감옥에 갇힌다면 그런 게 무슨 상관이에요?"

"네가 다른 사람에게 영향을 미치는 결정을 내려야 할 날이 다시는 오지 않을 거라는 보장이 없어, 브래드."

"그럼 기회를 주세요. 절 풀어주세요. 약속할게요. 얼마를 요구하시든 아버지가 다 해드릴 거예요. 아니, **제가** 다 요구할게요!"

나는 고개를 저었다. "이건 너보다 더 큰 무언가가 걸린 문제야, 브래드."

"제발요! 아버지의 그 빌어먹을 돈보다 큰 게 어딨어요?"

"악이 아니라 선을 택하는 것. 그게 더 크지."

브래드는 웃음을 터뜨리며 책을 밀쳤다. 그 책이 내 쪽의 돌바닥에 떨어졌다. "거기 써 있는 것처럼. 진보좌파 놈들의 헛소리예요. 내 생각엔 그래요."

나는 바닥에 떨어진 책을 보았다. 토마스 빙햄의 《법의 지배》. 진보좌파의 헛소리? 최소한 그런 의견을 밝힐 만큼은 읽었다는 뜻인데. 그럴 수도 있었다. 부디 나와 우리 모두가 브래드의 지적 능력을 과소평가했기를 바랐다.

"복수하고 싶지 않다는 말인가요?" 그가 물었다. "그럼 거짓말하시는 거네요!"

"그럴지도. 어쨌든 널 처형해도 충분한 복수가 되진 않아. 그래, 난 네가 후회하길 바란다. 네가 세상에서 제일 사랑하는 사람을 잃고 나만큼 고통스럽길 바란다. 그래, 네가 가족을 지키지 못해서 나와 같은 죄책감에 시달리기를 바란다. 나라고 더 나은 인간은 아니거든. 그래도 우리 인간에게는 더 큰 목표를 위해 눈앞의 만족을 포기할 줄 아는 능력이 있어."

"꼭 저 책처럼 말하시네요."

"읽어." 내가 말했다. "읽고 나서 더 얘기하자."

나는 밖으로 나가서 문을 잠갔다.

침실에 가보니 하이디와 샘이 크리스마스 선물로 받은, '콜린 삼촌'이라고 적힌 라벨이 붙은 트랜스포머 로봇 두 개를 가지고 놀고 있었다. 하이디와 나는 그때 포장지를 뜯는 샘의 표정을 보고 그 선물을 빼앗고 폭력을 미화하지 않는 무해한 장난감으로 바꿔주면 아이의 작은 가슴이 아플 거라고 생각했다.

"당신은 재밌나 봐." 하이디가 말했다.

말투에 가시가 있었다. 라슨하고 내가 웃으며 대화하는 소리를 들은 모양이었다.

"글쎄, 나름대로 노력하는 거야." 내 말투에도 단단한 가시가 있었다.

"그 애랑 얘기해봤어?" 하이디가 물었다.

'그 애'는 브래드였다. 하이디는 이제 그의 이름을 입에 담지 않았다.

"그냥 살펴봤어." 거짓말로 둘러댔다. 큰 소리로 웃은 걸로도 부족해 방금 우리 딸의 살인범과 의미 있는 대화를 나눴다고 말해야 할까? 사실 나는 이미 하이디에게 에이미의 죽음을 극복하고 우리를 위해, 샘을 위해 앞을 보자고 말했다. 하지만 하이디는 섬세한 사람들은 슬픔이 갈 데까지 가게 놔두어야 하고 슬픔은 사랑의 반작용이라고 했다. 그러니 내가 그만큼 슬픔을 느끼지 못한다면 나는 말만큼 에이미를 사랑하지 않은 게 되었다. 하이디의 말에 나는 상처받았다. 왜 아니겠는가. 그리고 하이디도 그걸 알고 사과했다. 나는 사람마다 애도하는 방식이 다르다고 말했고, 하이디의 방식이 더 바람직할 수 있고 하이디는 내가 미루는 것을 지금 온전히 겪는 중이라고 말했다. 하이디는 내 말이 진심인 걸 믿지 못하는 눈치이면서도 내가 그녀와 합의점을 찾으려고 애쓰는 모습은 마음에 들어하는 것 같았다.

"아빠, 여기!" 샘이 뛰어와 내 무릎에 안겼다. 아이는 트랜스포머 로봇을 내 얼굴 앞에 들고 으르렁거렸다. "나는 데버스테이터 약탈자다! 나는 변신할 수 있다!"

아이가 로봇의 부품을 비틀자 포크 모양의 무기가 나왔다. 그러다 아이가 장난감에 흥미를 잃고는 내 눈을 똑바로 보며 물었다. "아빠도 변신할 수 있어?"

나는 웃으면서 아이의 머리카락을 헝클었다. "그럼 할 수 있지."

"그럼 보여줘."

나는 얼굴을 찡그려서 항상 아이를 웃게 만드는 데 성공한 표정을 지었다. 아이가 나를 빤히 쳐다보았다. 왠지 실망한 표정이었다. 그리고 두 팔로 나를 안고 내 목에 얼굴을 묻었다. 나는 눈을 들었고, 하이디가 피곤한 미소를 지었다.

"아빠가 변신하지 않아도 괜찮다고 생각하는 거야." 하이디가 말했다.

우리는 그 저택의 부지 안에서만 지내면서 서로의 신경을 긁지 않으려고 주의했다. 네 가족이 모여 사는데도 시내의 집보다 공간은 넓었다. 그러나 어쩐지 비좁게 느껴졌다. 에이미가 납치된 뒤로 하이디는 샘을 계속 옆에 끼고 있어야 했다. 직접 데리고 나갈 수 없으면 샘이 혼자 아이들과 넓은 정원에서 뛰놀지 못하게 했다. 나는 하이디에게 당장은 여기가 세상 그 어디보다 안전하다고 안심시키려 했지만 소용이 없었다.

"우린 공격받을 거야." 정원에 앉아 샘이 라슨의 두 아이와 노는 걸 보면서 하이디가 말했다. 아이들이 정원에서 뛰놀 수 있게 지뢰와 부비트랩을 꺼두었다. 천진난만한 아이들의 웃음소리를 듣고 아이들이 우리가 그렇게 필사적으로 만들어온 안전한 공간에서 즐겁게 뛰노는 모습을 보자 안도감이 들었다. 하이디는 강간당한 얘기를 아직 꺼내고 싶어하지 않았다. 내가 이유를 물으면서 다 털어놓는 게 좋을 것 같다고 말하자 하이디는 기억나는 게 거의 없다고 답했다. 어떤 여자애가 그 자리에 있었고 고맙게도 그 애가 샘을 데리고 나간 건 기억나지만, 이후로는 기억이 다 지워지고 샘과 에이미 생각뿐이었다고 했다. 그러니 털어놓을 것도 거의 없다고 했다. 그 기억이 그녀의 무의식 저 깊은 어딘가에 들어 있다면 그대로 있게 놔두는 게 나았다. 당장 중요한 건 하이디가 괜찮으냐는 거였다. 하이디가 그날의 기억을 억압할 수 있는 이유는 극심한 고통을 겪으면 적어도 일시적으로는 그보다 작은 고통이 덮이는 기제로 보였다. 육체적 고통이 작동하는 방식과 마찬가지였다. 극심한 고통은 물론 에이미를 떠나보낸 것이었다. 워낙에 강인하고 너그럽고 이타적인 여자라서 여느 때라면 엄마를 잃은 라슨의 아이들에게 엄마 노릇을 해줬을 텐데 지금은 그 집 아이들을 애써 외면하려는 것처럼 보였다. 대신 정의 어린 아내가 그 역할을 맡았다.

"그럴지도 모르지." 내가 동의했다. "하지만 그들은 더 쉬운 상대를 찾아갈 거야."

"갱단 말고." 그녀가 말했다. "그 사람. 콜린. 그 사람이 우리를 찾아낼 거야."

"우리가 눈에 띄지 않으면 못 찾아." 내가 뛰노는 아이들에게 근심 어린 눈길을 던지며 말했다. 우리가 흑인 소년 허버트를 묻어준 뒤뜰에서 아이들이 땅을 파고 있었다. 브래드는 그 소년의 성을 모른다고 했고, 어차피 이름을 넣지도 않으니 중요한 문제는 아니었다. 사적으로 린치를 가한 흔적을 노출하지 않기 위해 묘지에 십자가도 꽂지 않았다.

"아빠나 엄마는 잃어버린 자식을 끝까지 찾아다녀." 하이디가 말했다.

나는 대꾸하지 않았다. 맞는 말이어서.

이튿날 경찰서에 갔다가 좋은 소식을 들었다. 가넬 수사반장이 그 갱단에서 케빈 반켈이라는 자를 추적했는데, 이미 감옥에 수감되어 있어서 찾는 게 어렵지는 않았다고 했다. 그자가 최근에 경찰을 살해하고 강도질하다가 붙잡혔다. 진술 과정에서 카오스 소속이라고 스스로 밝혔다. 필로폰 중독인 그는 카오스에서 나눠주는 돈으로는 필로폰을 충분히 구하지 못해 혼자 나와서 도둑질을 했다. 그는 스트립클럽 앞에서 기다리다가 처음 나오는 남자에게 접근해서 이마에 총을 대고 지갑을 내놓으라고 했다. 목격자들에 따르면 상대가 침착하게 자기는 경찰이라면서 케빈에게 그냥 갈 길 가라고 하자 케빈이 방아쇠를 당기고 지갑을 잡아채서 달아났다. 한 시간 후 거리에서 필로폰을 사려다가 체포되었다. 재판은 끝났고 종신형이 내려졌다.

가넬 반장은 내게 케빈 반켈의 범인 식별용 사진을 보여주었지만 나는 그 얼굴을 바로 알아보지 못했다. 브래드를 살인범으로 지목한 자가 아닌 건 확실했다.

"제가 그자를 만나봤습니다." 가델이 말했다. "브래드가 한 짓인 걸 기꺼이 증언하겠대요. 필로폰을 달라는 조건으로."

"뭐라고요?"

"물론 안 된다고 했죠. 아델 매시슨 장관은 마약을 주고 받아낸 증거로는 사건을 기소하지 않을 테니. 그래도 감형을 제안해볼 수는 있어요."

나는 사진을 보고 고개를 저었다. "이자는 거기 있지도 않았어요."

"네?"

나는 사진을 가델 쪽으로 밀고 날짜를 가리켰다.

"이건 저희 집이 습격당하기 이틀 전 사진이에요. 그때 이자는 갇혀 있었어요. 이자가 원하는 건 마약뿐이에요. 마약 1그램만 준다면 엄마도 팔아먹을 사람이에요."

"젠장." 가델이 말했다. 나만큼이나 실망한 표정이었다.

잠시 희망을 보았다가 다시 빼앗기면 기분이 이상하다. 나는 경찰서에 들어갈 때와 같은 처지로 그곳을 떠났지만 이제는 하루가 더 암울해 보였다.

그날 밤 나는 덤보를 데리고 그 저택에서 도망쳐 나와 마리아의 집으로 들어갔다.

마리아는 내가 누굴 데려간다는 말에 달가워하지는 않았지만 계약의 일부로 받아들였다. 우리의 계약은 한 지붕 아래서 식탁과 침대를 함께 쓰는 것만이 아니라 내가 모두를 보호하고 (필요하다면) 밖에 나가서 먹을 걸 구해오는 것이었다. 마리아는 어떻게 구할 거냐고 물었지만 나는 한 번도 내 방법을 말해준 적이 없다.

한 가지 수법으로 한적한 도로를 찾아 덤보를 도로 한복판에 눕

헌다. 요즘은 사람들이 도로에 쓰러져 있는 사람을 도와주려고 차를 세우지 않지만 그래도 사람을 피해 돌아가려고 속도를 늦추기는 했다. 그사이 내가 오토바이를 타고 반대편에서 나타나 가벼운 교통 체증을 유발한다. 타이밍을 잘만 맞추면 그 차가 덤보 옆에 잠시 멈추는데, 그때 덤보가 벌떡 일어나 밑에 깔고 있던 산탄총을 들고 "손 들어!"라고 소리친다. 덤보가 좋아하는 말이자 언제든 어디서든 아무 때나 외치는 말이다. 운전자들은 내가 산탄총을 든 키 작은 남자와 한패인지 알 길이 없으니 가속페달을 밟아 나를 들이받고 도망칠 생각을 하지 못했고, 그렇게 망설이는 몇 초 사이 나는 내 산탄총을 꺼낸다.

이날도 우리는 이 수법으로 작업하러 나왔다. 운전자는 차 안에 앉은 채 손을 들고 있었다. 덤보의 산탄총이 그의 이마를 겨누는 사이 나는 차에서 식료품을 다 꺼내고 플라스틱 호스를 연료탱크에 끼웠다.

"손 들어!" 덤보가 세 번째로 소리쳤다.

"이미 들고 있어요." 운전자가 절망적으로 말했다.

"손 들어!"

"덤보!" 내가 소리쳤다. "이제 그만."

나는 플라스틱 호스의 반대편 입구를 입에 물고 석유를 조금 빨아올려서 도로에 세워둔 석유통으로 옮기려 했다.

그 일에 집중하느라 그들이 오는 소리를 듣지 못했다. 그러다 귀에 익은 목소리가 큰 소리로 말하는 소리가 들렸다. "레즈비언년이 저렇게 잘 빠는 줄 몰랐네?"

순간 석유가 입에 들어가 기침하며 뱉어내면서 뒤돌아 레밍턴 라이플총을 쏘려고 했다. 이미 늦었다.

저쪽은 세 명이었다. 올리리 쌍둥이 중 하나가 덤보의 이마에 총을 겨누었고, 다른 쌍둥이가 내게 칼라시니코프를 겨누었다. 나머지 한 명은 아까 그 목소리의 주인공으로, 등판에 바다 괴물이 수놓아진 빨간 가죽 재킷을 입고 있었다.

"라그나." 내가 말했다. "오랜만이야."

"그렇게 오래는 아니지 않나?" 그가 미소를 지었다.

나는 일어서려 했다.

"꿇어앉아 있어, 이본. 그게 너랑 잘 어울려. 저 난쟁이한테 산탄총 내려놓으라고 해. 안 그러면 다 죽여버릴 거니까."

나는 마른침을 삼켰다. "시키는 대로 해, 덤보. 여기 우리 걸 뺏어가려는 거야?"

라그나가 체인을 휘둘렀다. "너라면 안 그러겠어?"

나는 어깨를 으쓱했다. "상황에 따라 다르겠지."

"이를테면 2인자란 년이 우리 갱단이 공격받는 동안 도망친 상황이라면?"

"맞아." 올리리 쌍둥이들이 동시에 답했다.

"승산이 없는 싸움이었어." 내가 말했다. "내가 너희를 위해 할 수 있는 게 없었어."

"없었다고? 그래도 저기 그 난쟁이는 구했네?" 라그나가 덤보 쪽으로 고개를 까딱했다. "네년이 얘 훈련을 아주 잘 시켜놔서 쓸모 있는 일을 할 줄 아는 것 같단 말이야. 우리가 이 녀석을 써먹을 수 있었어."

"거긴 어떻게 됐는데?" 내가 물었다.

라그나는 내가 도로에 내려놓은 식료품 봉지를 들여다보았다.

"놈들이 허버트를 린치하고 브래드를 가둬놨어. 우리는 풀어주고, 멍청한 놈들."

"그럼 너희도 벌써 반격했겠네."

라그나가 어이없는 표정으로 나를 보았다.

"그자들이 브래드를 잡고 있다며? 카오스는 곤경에 빠진 카오스 멤버를 버리지 않잖아." 그리고 내가 쌍둥이들을 향해 말했다. "라그나가 브래드를 구해주려 했지, 아냐, 친구들?"

이번에는 올리리 쌍둥이들이 아무 말도 하지 않았다.

라그나의 작은 눈이 더 작아졌다. 그러다 내 입에서 이런 말이 튀어나왔다. "안 했어? 아, 나랑 브래드가 밀려났으니 이제 네가 대장 질 할 수 있어서 좋았나?"

라그나의 손마디가 하얗게 변하며 체인을 잡은 손아귀에 힘이 들어갔다. "넌 늘 말이 많아, 이본. 칼라시니코프가 널 겨눌 때는 입을 함부로 놀리면 안 된다고 아무도 말해주지 않았나 봐?"

나는 마른침을 삼켰다. 그 여자애, 에이미란 애가 생각났다. 그 여자애한테도 누가 말해주지 않았나?

"브래드네 아버지를 만나서 우리 상황을 알렸어." 라그나가 쌍둥이 쪽을 흘끔 보면서 말했다. 쌍둥이들이 들었는지 보려는 것 같았다. "그분이 알아서 처리하시겠데."

"네가 브래드네 아버지를 찾아갔다는 거야?"

라그나가 어깨를 으쓱했다. "그분이 우릴 찾았다는 게 맞겠지. 아무튼……." 그리고 봉지에서 사과를 꺼내서 한 입 베어 물었다. "이젠 내 손을 떠난 일이야." 그가 얼굴을 찡그리며 사과를 던졌다. 사과가 도로에 튕겨 떨어졌다.

"부둣가에서는 아직 난쟁이 섹스에 돈 주는 거 알아?"

나는 대꾸하지 않았다.

"잊지 마, 내가 너 살려준 거야, 이본, 이 떠버리 년아."라그나가
말했다. 그리고 돌아서서 모퉁이 쪽으로 걸어갔다. 우리한테 몰래
접근하려고 그쪽에 오토바이를 세워둔 것 같았다. "봉지 챙겨와!"
그가 어깨너머로 소리쳤다.

"알았어!" 내게 총을 겨누던 쌍둥이 중 하나가 소리쳤다. "총도
가져가?"

"야, 그걸 말이라고 하냐?"

올리리 쌍둥이들이 우리 총을 빼앗아 뒷걸음치며 라그나를 뒤따
라갔지만 칼라시니코프의 총구는 계속 덤보와 나를 향했다.

라그나의 오토바이에 시동 걸리는 소리가 났다. 특유의 거친 소리
였다. 그리고 그들이 모퉁이를 돌았다. 이 초쯤 지나서야 무슨 상황
인지 알았다. 내가 일어서서 덤보한테 비키라고 소리치기도 전에 라
그나가 고기걸이를 휘두르는 게 보였다. 으스러지는 소리와 함께 고
기걸이가 덤보의 어깻죽지 뒤판을 찍었고, 고기걸이의 뾰족한 끝이
앞판의 쇄골 아래로 튀어나왔다. 덤보는 길게 끌면서 헉하는 숨소
리를 내뱉으며 매달려 있던 차창에서 떨어졌다. 아스팔트 위에서 두
번, 세 번 튕기다 울부짖는 소리가 모퉁이 너머로 사라지고 그의 모
습도 내 시야에서 사라졌다. 나는 뒤돌아서 내 오토바이에 올라타고
그들을 쫓아가려 했다. 하지만 쌍둥이들이 으르렁거리며 내 쪽으로
달려오고 총알이 내 오토바이를 긁고 지나가는 소리가 났다.

잠시 후 그들이 떠나고 매연도 사라진 후 나는 신성하고 저주받
은, 한때 오토바이였던 물건의 바퀴 옆에 무릎을 꿇고 주저앉았다.

"태워드려요?" 아직 차 안에 있던 남자가 물었다.

나는 눈을 감았다. 울음이 나올 것 같았다. 여기는 울기 위한 도시
가 아니고, 지금은 울 때가 아니었다. 결코 아니었다. 그래도 나는

울었다.

늦은 밤이었다. 온종일 카오스 일당을 찾아다니다 별 소득 없이 집으로 돌아가는 길이었다. 브래드 로위를 범인으로 특정해줄 사람을 찾아야 했다.

법무부 장관실이 있는 건물 앞을 지나면서 사무실 몇 곳에 불이 켜진 걸 보고 충동적으로 거의 텅 빈 주차장에 차를 대고 벨을 눌렀다. 응답한 사람에게 아델 매시슨의 집무실을 호출해달라고 부탁했다. 잠시 후 인터폰에서 장관의 목소리가 들렸다.

"안 그래도 연락하고 있었어요." 매시슨이 말했다 "지금 퇴근하려는 참인데 오 분만 기다려줄래요?"

사 분 후 매시슨이 문 앞으로 나왔다. 그녀가 입은 옷, 블라우스까지도 지난번과 같았다. 그녀는 곧장 주차장으로 향했다. 신발 안쪽이 달아서 안짱다리가 더 심해 보였다.

"브래드 로위를 찾는 거 도와줄 수 있습니까?" 그녀가 말했다.

"그건 말씀드렸듯이……."

"지난번에 내가 궁금하지 않은 건 말해주지 않으시더군요. 우리 계속 그렇게 합시다. 그자가 재판장에 나오게 할 수 있습니까? 돼요, 안 돼요?"

"됩니다." 내가 얼떨결에 답했다.

"좋아요. 그의 직계가족에게 기소 사실을 고지했고, 이제 당신한테도 알렸어요. 그러니 당신도 그렇고 당신이 에이미를 찾았을 때 도와준 사람들이 증인으로 나서야 해요."

"그 말씀은 설마……?"

우리는 빨간색 페라리 앞에 멈췄다. 그녀가 차 문을 열 때까지도 그 낮고 섹시한 스포츠카가 그녀 것인 줄 몰랐다.

"아무것도 약속하진 못합니다." 그녀가 말했다. "그래도 장담할 수 있는 건 검찰이 충분히 검토한 끝에 브래드 로위를 살인죄로 기소할 증거가 충분하다는 결론에 이르렀다는 겁니다."

IX

습격은 동트기 직전에 시작되었다.

그들은 철저히 준비하고 이 저택의 도면을 완벽하게 숙지하고 우리가 무력에 맞설 상황까지 모두 고려한 듯했다.

그들은 위장한 채 수면을 가르는 돌고래처럼 미끄러지듯 담장을 타고 넘어왔다.

"저놈들, 프로네요." 다우닝이 의자에 기대 앉아 모니터를 들여다보며 말했다.

담장 외벽의 경보기가 작동한 지 이 분도 채 안 되었다. 경비를 보던 다우닝이 우리를 깨웠고, 지금은 모두 지하실에 모였다. 여자와 아이들이 브래드를 감금한 방 건너편의 안전실에 들어가 문을 잠그는 사이 다우닝과 정과 라슨과 나는 반대편 끝 통제실에서 계속 상황을 주시했다. 우리의 위장 카메라(야간투시경이 달린 평범한 게임 카메라)에 침입자들이 담장 안쪽에 모였다가 흩어지며 여러 갈래로 이 저택에 다가오는 모습이 잡혔다.

"서른 명쯤 되네요." 다우닝이 말했다. "총기 종류는 여러 가지이지만 가벼운 자동 라이플총이에요. 수류탄이나 화염방사기가 보이지 않는 걸 보니 신속하게 정밀 타격하겠다는 뜻이에요. 죽일 사람만 죽이겠다는 거죠."

브래드를 제외하고 전부겠지. 나는 속으로만 생각하고 입 밖에 내지 않았다.

"야간투시경은 제 거랑 같은 구형 모델이네요. 노련한 베테랑들이에요. 적으로서는 최악이죠."

"저쪽 숫자가 너무 많아요." 라슨이 말했다. 목소리가 떨렸다. "이제 지뢰를 가동해야 하지 않을까요?"

"그건 2번 시나리오예요." 다우닝이 키보드 옆면을 두드리며 말했다. "라슨, 그게 무슨 뜻인지 기억해요?"

라슨이 마른침을 삼켰다. "저쪽에서 먼저 공격을 개시하기 전까지는 지뢰와 부비트랩을 터트리지 않는다." 그가 조용히 말했다.

"맞아요. 정?"

"네?" 정은 여자와 아이들이 안전실에 들어가 안전하게 문을 잠그는 것을 확인하고 막 들어온 참이었다.

"지뢰와 부비트랩이 터지기 시작하면 담장에 전류를 흘려 보내세요. 한 놈도 도망치지 못하게."

"네, 알겠습니다."

"애덤스, 드론으로 상공 뷰를 보여줘요."

"네, 알겠습니다." 나는 방금 익힌 군대식 말투로 답했다.

"그리고 라슨, 기관총 준비됐습니까?"

"네." 그가 똑바로 고쳐 앉으며 리모컨의 조이스틱을 잡았다.

다들 실제로 느끼는 것보다 조금 더 강해 보이려 애썼다. 그러면서 우리가 대비한 상황이 드디어 벌어진다는 데 흥분한 것 같았다.

"자 그럼, 2번 시나리오. 저들이 움직이면 제가 셋부터 카운트다운을 할 테니 제로에서 행동 개시합니다. 질문 있습니까?"

일동 침묵.

"준비됐습니까?"

네, 셋이 동시에 답했다.

상황이 영화처럼 펼쳐지지 않는 경우가 대부분이다.

하지만 이번에는 그렇지 않았다.

그리고 몇 초간은 (나중에 녹화 영상을 돌려보니 실제로 몇 초밖에 지나지 않았다) 극장 대형 스크린에서 본 장면만큼 비현실적이었다.

그들이 습격하고 우리가 투광조명등을 켰을 때, 지뢰가 터지기 시작하고 신체 부위가 공중으로 튀어 오를 때, 부비트랩 산탄총이 침입자를 하나씩 쓰러트릴 때, 그들 중 일부가 필사적으로 퇴각하면서 이제는 전류가 흐르는 담장을 넘어가려 할 때, 내가 드론 카메라로 그들의 몸이 움찔거리며 땅으로 떨어지는 장면을 본 뒤 라슨의 기관총 총알들로 인해 시체들이 계속 움찔거리는 것을 보았을 때, 실제로 저 밖에서 벌어지는 상황이라고는 도저히 믿기지 않았다.

잠시 후 폭발과 사격이 끊기고 갑자기 사위가 고요해졌다.

밖에서 부상자 몇이 도와달라고 비명을 질렀다. 라슨이 (다우닝 옆 의자에 앉아 컴퓨터 게임을 하듯이 조이스틱으로 기관총을 쏘다가) 총격을 중단했다. 이제 그는 모니터를 보았고, 그중에는 내 드론에서 전송하는 영상이 있었다. 그는 영상을 보면서 정조준했다. 집중 사격으로만 발사했고, 총성이 울릴 때마다 도와달라는 비명이 하나씩 끊겼다.

얼마 안 가 죽음 같은 정적만 감돌았다.

우리는 화면을 보았다. 사방에 시체가 널려 있었다.

"우리가 무찔렀어요." 정이 조심스럽게, 자기 입에서 그 말이 나오는 게 스스로도 믿기지 않는다는 듯 말했다.

"이야!" 라슨이 함성을 지르며 만세를 했다. 그의 머릿속에서 오랫동안 꺼져 있던 전구가 갑자기 다시 켜진 것만 같았다.

나는 드론을 담장 너머로 보냈다. 언덕에서 100여 미터 아래쯤 장갑차 세 대가 시동을 켠 채 조용히 서 있었다. 눈에 익은 SUV도 한 대 보였다.

"바깥에 병력이 더 많습니다." 내가 말했다. "확성기로 문을 열어 줄 테니 시신을 수습해 가라고 말할까요?"

"잠깐만요." 다우닝이 말했다. "저거 봐요."

그가 경고등을 가리켰다. 그중 하나가 켜져 있었다.

"누가 주방 창문을 깨뜨렸어요." 그가 말했다.

나는 드론을 다시 담장 안으로 가져왔다. 과연 주방 창문 셔터가 쇠지렛대로 비튼 것처럼 한쪽으로 비틀려 있었다.

"좀 하나가 방어선을 넘었군요." 다우닝이 말했다. 그는 야간투시경을 쓰고 라이플총을 들었다. "애덤스, 여기 좀 맡아줘요."

다음 순간 그는 밖으로 나가서 어두운 복도로 사라졌다.

우리는 서로를 보았다. '방어선을 넘은 좀'이란 우리가 배운 용어였다. 병사가 부대와 독립적으로 작전을 펼친다는 뜻이었다. 명령을 기다리지 않고 갑자기 주어진 기회에 쏜살같이 대응하는 것이다. 우리는 가만히 귀를 기울였지만 다우닝의 발소리가 들리지 않았다. 그가 시범으로 소리 없이 걷는 닌자 보법을 잠깐 보여준 적은 있지만, 우리에게는 백병전 기술을 훈련할 시간이 없었다. 우리는 오로지 담벼락을 난공불락의 성벽으로 만드는 데만 몰두했다.

우리는 쿵 소리에 흠칫 놀랐다.

이어서 누군가가 지하실 계단에서 굴러떨어지는 소리가 났다.

가만히 기다렸다. 나는 팔이 아플 만큼 자동화기를 움켜잡았다.

열까지 세고도 다우닝이 노크하지 않아 나머지 두 사람을 돌아보았다.

"다우닝은 죽었습니다." 내가 말했다.

"방어선을 넘은 졸이 안전실은 뚫지 못할 겁니다." 정이 자신 있게 말했다.

"그래요, 그자가 브래드는 빼낼 수 있겠네요." 내가 말했다. "제가 가볼게요."

"미쳤어요?" 라슨이 속삭였다. "방어선을 넘은 졸은 야간투시경을 썼어요. 당신한테 불리해요, 윌!"

"그러니 저한테 기회가 생기는 거예요." 나는 이렇게 말하면서 총이 장전되어 있고 안전장치가 풀려 있는지 점검했다.

"무슨 소립니까?"

나는 제어반을, 정확히는 그 저택의 모든 전등을 통제하는 스위치를 가리켰다.

"제가 나가면 불을 켰다가 팔 초 후 다시 끄세요. 그리고 오 초 간격으로 켰다 껐다 하세요."

"그래도……."

"윌이 하자는 대로 하시죠." 정이 말했다. 그는 내 말을 알아들은 것 같았다.

나는 문을 열고 어둠 속으로 나갔다. 불이 켜졌다. 나는 닌자는커녕 코뿔소처럼 계단으로 뛰어갔다. 다우닝이 계단 아래에 쓰러져 있었다. 야간투시경에 가려서 그의 눈이 보이지 않지만 이마에 구멍이 난 걸 보면 죽은 게 확실했다. 나는 속으로 조용히 초를 세면서 그가 쓴 야간투시경을 벗겼다. 적이 다가오는 소리를 듣기보다 감각으로 느꼈다. 그러면서 적이 불빛에 눈이 부셔서 그 자리에 멈추고 야간투시경을 벗으면서 충분한 시간 동안 지체하기를 바랐다.

육, 칠.

내가 야간투시경을 쓸 때 불이 다시 꺼졌다.

이제 멀어지는 발소리가 들렸다. 적이 후퇴하고 있었고 야간투시경을 다시 써야 했을 것이다.

나는 그 소리를 따라가며 발소리를 더 죽이려 했지만 어차피 그 역시 움직이고 있으니 내 소리를 듣지 못할 것 같았다.

나는 오른쪽에 안전실이 있고 왼쪽에 브래드를 감금한 방이 있는 T자 교차점에 이르렀다. 다시 초를 셌다. 삼, 사……. 야간투시경을 올리고 모퉁이를 돌아 오른쪽으로 빠져나가는 순간 불이 들어왔다.

아무것도 없었다.

다시 돌아보니 그가 7, 8미터 앞 브래드가 감금된 방 앞에 서 있었다. 검은색 옷을 입고 따로 위장하지 않았다. 그는 아무것도 보이지 않는지 불빛이 있는 내 쪽을 돌아보며 발라클라바 위에 쓴 야간투시경을 벗으려 했다.

발라클라바 덕분에 마음이 편해졌는지 나는 무릎을 꿇고 그를 조준하고 발포했다. 놀랍게도 총알이 한 발도 그를 맞히지 못한 모양이었다. 그가 야간투시경을 벗어 바닥에 던지고 총을 쏘았다. 총성이 석벽에 부딪혀 귀가 먹먹했다. 통증은 느껴지지 않고 왼팔이 눌리는 느낌만 들었다. 누가 나를 다정하게 밀친 정도의 느낌이었다. 그러다 왼팔의 힘이 빠지고 라이플총이 바닥에 떨어졌다.

방어선을 넘은 졸은 내가 무력한 것을 알았지만 총을 난사하지 않고 총을 어깨에 고정하고 조준했다. 그에게는 적의 이마에 총알을 박아서 쓰러뜨리는 것이 명예가 걸린 문제인 것 같았다.

나는 오른팔을 들어 손바닥을 그를 향해 벌렸고, 순간 그가 머뭇거렸다. 이런 보편적이고 시대를 초월한 항복의 몸짓이 그에게서 어떤 본능을 건드린 듯했다. 내가 생각하는 자비란 그런 것이다.

오⋯⋯.

다시 어두워졌다. 무릎 꿇은 자세이던 나는 바닥에 엎드려 옆으로 굴렀고, 그가 총을 쐈다. 나는 야간투시경을 다시 쓰고 푸르스름한 토사물 같은 녹색 불빛 속에서 그의 형상을 봤다. 오른손으로 라이플총을 들어 방아쇠를 당겼다. 한 발. 또 한 발. 두 번째 총알이 맞았다. 세 번째도. 네 번째는 빗맞아서 그의 뒤쪽 벽에 맞고 튕겼다. 하지만 다섯 번째 총알은 적중한 것 같았다. 여섯 번째도.

불이 두 번 더 들어왔다가 꺼지고 난 후 탄창이 비었다.

나중에 그들이 사망자와 부상자를 수습하고 내가 야간투시경을 벗고 나서야 이런 생각이 들었다. 어지럼증과 메스꺼움이 느껴지지 않는다. 오히려 그 어느 때보다 균형 감각이 생기고 상황을 장악한 느낌이며 머리가 더 맑았다.

새벽녘에 하이디가 에이미가 사라진 뒤로 처음으로 침대에서 내 옆에 다가와 나를 안아주었다. 나는 그녀에게 키스했고, 우리는 사랑을 나눴다. 평소보다 더 서로를 아끼는 마음으로.

X

기습 공격을 물리치고 며칠 후 나는 쥐섬에 다시 찾아갔다. 이번에도 콜린이 선착장에서 기다리고 있었다. 그는 수척해 보였다. 살이 빠진 건 아니고 지쳐 보였다.

감옥 건물로 가는 길에 쥐들이 우리 앞에서 뛰어다녔다.

"저놈들은 더 늘었군." 내가 비스듬한 바위를 내려다보며 말했다. 지난번에 왔을 때는 바위가 흰색이었는데 지금은 검은색으로 보였다. 어선을 타고 오면서 파도가 바위에 부서져서 그렇게 보이는 줄 알았는데 쥐들이 새카맣게 덮고 있어서였다.

"밤에 헤엄쳐서 건너오는 것 같아." 콜린이 내가 어디를 보는지 알고 말했다. "저놈들이 겁을 먹었어."

"뭐에?"

"다른 쥐들한테. 육지 쥐들이 먹을 게 떨어지니까 서로 잡아먹기 시작했거든. 그래서 작은 놈들이 이쪽으로 건너오는 거야."

"여기서도 서로 잡아먹지 않을까?"

"결국에는 그렇게 되겠지."

우리는 중세의 저택 같은 성채로 개조한 공간으로 들어갔다. 리자가 2층으로 올라가는 계단 끝에서 기다리고 있다가 내게 악수를 청했다. 전에는 늘 서로 안아주었다. 이건 팬데믹이 터지면서 사라진 또 하나의 습관이었다. 이제 우리 사이에는 그래서만은 아니지만. 에이미는 떠나고 브래드도 없지만 두 아이가 고통스러울 정도로 여기에 있었다.

리자는 할 일이 있다면서 자리를 떴다. 콜린과 내가 가구가 거의 없는 널찍한 식당에 들어선 순간 기이할 정도로 큰 쥐가 다른 문으로 사라졌다.

"엄청 크네." 내가 말했다.

"그래도 아직은 우리를 보고 도망치지, 우리가 도망칠 만큼은 아니잖아." 콜린이 말했다. "어차피 시간문제겠지만." 그가 한숨을 쉬었다.

우리는 자리에 앉았고 일하는 사람 둘이 다가와 우리의 무릎에 흰색 냅킨을 놓아주고 김이 모락모락 나는 냄비에서 바로 음식을 덜어주었다.

"일반 접시에는 음식을 담아둘 수도 없어." 콜린이 말했다. "저놈들이 구석구석 퍼져 있어서 음식 냄새만 맡으면 다 노리거든. 우리가 쏴 죽이는 속도보다 더 빠르게 번식해."

나는 앞에 놓인 갈색 스튜에 든 힘줄투성이 고깃덩이를 보았다. 우리가 평소 먹는 동물의 고기일 거라고 믿었지만 한번 그런 생각이 머릿속에 박히자 상상이 멈추지 않았다.

"와줘서 고마워." 콜린이 말했다. 그 역시 입맛이 없어 보였다. "모든 걸 고려할 때."

"너희가 우릴 공격했어." 내가 말했다. "너희가 우리 중 한 명을 죽였고."

"너희는 우리 쪽 열아홉 명을 죽이고 내 아들을 감금했잖아."

"걘 구금된 거야." 내가 말했다. "공정한 재판을 기다리는 중이야. 검찰이 너한테 브래드가 기소될 거라고 알렸는데도 넌 우리를 공격했어. 그 애가 유죄 판결을 받을 걸 알아서겠지."

"너는 법 위에 서려고 해."

"넌 법을 믿지 않는 줄 알았는데."

"그래. 그래도 넌 믿는다며, 윌. 남자는 자신의 원칙을 저버렸을 때만 비난받는 거야. 남의 원칙이 아니라."

"혹은 원칙이 아예 없을 때나."

콜린이 억지로 미소를 짜냈다. 나는 그 이유를 알았다. 우리가 자라면서 자주 나누던 대화였다. 우리가 학교 토론 대회를 휩쓸던 시절부터 시작되었고, 나중에는 내가 가끔 지나치게 성급해지는 그의 사고 과정에 반박하는 역할을 맡아 일하면서 더 발전한 우리만의 대화법이었다. 언제나처럼 그가 마지막 말을 해야 했다.

"원칙을 세우지 않는 것도 원칙이야, 윌. 나는 그 어떤 원칙도 나와 내 가족의 생존을 위협하게 놔두지는 않겠다는 원칙을 지키는 거야."

나는 내 손을 내려다보았다. 평소 손이 자주 떨렸다. 팬데믹이 시작될 즈음부터 그랬던 것 같다. 그런데 지금은 떨리지 않았다. "원하는 게 뭐야, 콜린?"

"브래드를 원해." 그가 말했다. "그리고 그 저택도."

나는 웃음을 터트리지도 미소를 짜내지도 않았다. 그저 냅킨을 식탁 위에 올려놓고 일어섰다.

"잠깐만." 콜린도 일어섰다. 손을 들었다. "아직 내 제안을 듣지 않았잖아."

"넌 내가 원하는 걸 줄 수 없잖아, 콜린. 이해가 안 가?"

"너야 그렇다 쳐도 하이디와 꼬마 샘은? 내가 그들에게 새로운, 더 나은 삶을 줄 수 있다면, 더 나은 사회, 법의 지배를 따르는 사회를 건설할 기회를 준다면 어때? '뉴프런티어'라고 들어봤나? 항공모함이야. 그 배가 조만간 출항해. 삼천오백 명이 그 배에 탈 거고. 내가 표를 석 장 구했어. 한 재산이 들어갔지. 지금은 돈을 아무리 많이 줘도 표를 구할 수 없지만. 내 표 세 장을 가져가. 대신에 브래드랑 그 저택을 내줘."

나는 고개를 저었다. "표는 너나 가져, 콜린. 브래드가 처벌받지 않고 빠져나가게 놔둔다면 에이미의 명예를 우롱하는 거야."

"허, 천하의 윌 애덤스도 우리 수준으로 추락하네. 넌 지금 인류를 위해 원칙을 고수하려는 게 아니잖아. 네 딸을 위해 복수하려는 거야."

"그렇게 말해도 할 수 없어, 콜린. 내가 어떻게 생각하든 하이디는 결코 너의 그 제안을 받아들이지 않을 거야."

"여자들은 이런 문제에서는 대체로 남자들보다 현실적이야. 여자들은 공동체에 돌아가는 혜택을 잘 알고 남자들이 자존심과 명예에 집착하는 걸 비웃지."

"그렇다면 아내가 내게 반박하기 전에 내가 먼저 답하지. 싫어."

배로 돌아가는 길에 쥐들은 전처럼 우리 앞에서 잽싸게 달아나지 않았다.

"내가 널 인질로 잡아서 브래드와 맞교환하자고 할까 봐 겁나지는 않았나?"

나는 고개를 저었다. "그 집에 있는 모두가 내가 돌아가지 않더라도 어떤 협박에도 타협하지 않기로 약속했거든. 그러면 브래드를 어떻게 할지에 대해 내가 아무런 지침을 남기지 않았어도, 너나 나나 그 애가 어떻게 될지 알지."

"브래드는 네가 세우려는 그 법정에 서지 않아."

물론 그는 그 생각을 했다.

"여길 떠나고 싶은 건 쥐 때문인가?" 내가 물었다.

콜린이 고개를 끄덕였다. "베스가 아파. 장티푸스 같아. 쥐한테 물려서 옮았을지도 몰라. 저 망할 것들을 죽이면서 우리는 죽이지 않을 방법을 찾아내느라 별짓을 다 해봤어. 쥐와 인간이 DNA를 97퍼센트나 공유하는 거 알아? 언젠가는 쥐인간이 출현할 거야. 아직 없다면."

"네 아내는 항공모함에 타면 호전되겠지." 내가 말했다. "이 나라 최고의 명의들도 할인가에 표를 받았다더군."

"맞아." 콜린이 말했다. "한데 넌 쥐들의 세상에서는 아무 의미도 없을 걸 알면서도 너의 그 원칙을 지키겠다고 가족한테서 표를 빼앗으려 하잖아?"

나는 대꾸하지 않고 어선에 올라타고 돌아보았다. 배가 섬에서 멀어지는 사이 점점 작아지는 콜린을 보았다.

그런데 아직 뭔가가 석연치 않았다. 나는 콜린을 누구보다도 잘 알았다. 그에게 복안이 없다면 나를 그렇게 순순히 보내줄 리가 없었다.

XI

밤이다. 오토바이를 타고 남쪽으로 달리는데 라그나와 올리리 쌍둥이들이 덤보를 끌고 간 그날이 떠오른다. 그날의 일들이 어떻게 달라질 수 있었을까? 아니, 그럴 수나 있었을까? 나는 지금 도살장을 향해, 이 이야기의 끝을 향해 달린다. 내 뒤에는 스파이크 스트립과 나를 말리던 남자가 있다. 윌 애덤스를 처음 만난 집과 머지않아 폭도들에 점령될 것 같은 로위 주식회사의 건물이 있다. 모든 것은 이미 운명으로 정해지고 나 같은 사람들은 그저 따르는 수밖에 없는지도 모른다. 연료계에 빨간불이 들어왔다. 괜찮다, 연료가 떨어져 계획대로 끝내지 못할지도 운명에 맡기자. 예기치 못한 상황은 언제든 벌어지는 법이니. 덤보가 사라졌다가 일주일 만에 나타난 것처럼.

덤보를 다시 만날 희망을 버렸을 때 내 휴대전화가 울렸다. 마리아가 공포에 질린 얼굴로 날 깨우며 휴대전화를 가리켰다. 지난 두 달간 네트워크가 거의 끊기고 통신사 한 곳만 운영되어 전화벨이 울린 적이 없었다.

전화를 받자 덤보의 목소리가 나왔다. "여기서 전화 한 통은 허락해주네."

덤보는 시내 교도소에 들어가 있었다. 마지막으로 운영되는 교도소이고 구류 처분을 받은 수감자만이 아니라 장기수도 수용되는 곳이었다. 한 시간 후 우리는 널찍한 면회실에서 두꺼운 유리벽을 사이에 두고 마주 앉아 수화기를 들고 있었다. 덤보는 줄무늬 죄수복을 입고 있었다. 나는 레트로 패션이라며 덤보가 피식 웃게 해주었다. 웃으라고 하는 말인 걸 알아들은 것이다.

이어서 덤보는 그간의 상황을 말해주었고, 우리 둘 다 더는 웃지 못했다.

라그나 일당은 덤보를 카오스의 새 아지트로 끌고 갔다. 덤보의 설명대로라면 그곳은 공항으로 가는 도로의 유전 근처 버려진 도살장이 확실했다. 어느 저녁에 라그나가 어떤 남자를 도살장으로 데려와 덤보와 같은 방을 쓰던 사람들한테 밖에 나가 있으라고 했다.

"라그나가 나를 보고 내가 완벽하다고 했어." 덤보가 말했다. "그 남자가 날 데려갈 수 있었어. 우리 갱단에 살 집을 주고 라그나한테 새 오토바이를 주고 칼라시니코프 열두 개랑 바주카포 오십 개랑 수류탄 오십 개를 구해주면. 또 필로폰 150그램하고 로히프놀 이백 알하고 항상…… 아니, 항생……."

"항생제." 내가 말했다.

"그래, 그리고……."

"그만해도 돼." 내가 말했다. 덤보는 가끔 세세한 부분, 중요하지 않은 부분까지 놀랍도록 정확히 기억했다. "그런데 그 남자가 하룻밤 널 차지하겠다고 그 많은 걸 주진 않았을 거야, 안 그래?"

"응." 덤보가 말했다. "앞으로 평생."

"그럼, 부둣가 클럽에서 나온 사람이네."

"아니, 쥐섬에서 왔댔어."

"그리고? 너한테 뭘 해달랬어?"

"응. 라그나가 그렇게 말했어."

"라그나가 뭐랬는데?"

"라그나가 곧 경찰이 오면 내가 골프채로 그 여자애 머리를 때렸다고 말하랬어. 그리고 판사한테도 똑같이 말하고."

나는 덤보를 보았다. "네가 그렇게 안 해주면?"

덤보의 커다란 눈망울에 눈물이 그렁그렁하고 목소리가 떨렸다. "날 쥐섬의 쥐들한테 먹이로 던져준댔어."

"그럼 넌 당연히 그렇게 하겠다고 했겠지. 하지만 판사가 그 말을 들으면……."

"그런다고 하지 않았어." 덤보가 목소리가 잠긴 채 말했다. "싫다고 했어. 그럼 난 평생 감옥에 있어야 할 거야. 그러기 싫었어."

"이해해. 하지만 경찰에 네가 했다고 말했으니까 여기 있는 거 아니야? 그건 아주 똑똑하게 잘했어. 네가 판사한테 그들이 널 협박했다고 말하기 전에는 널 쥐들한테 먹잇감으로 줄 수 없잖아."

"아냐!" 덤보가 소리치면서 유리벽에 이마를 박았다. 가끔 자기 생각을 제대로 전달하지 못해서 당혹스러울 때 그렇게 했다. 나는 교도관이 우리 쪽으로 오는 것을 보았다.

"진정해, 덤보."

"그 사람들은 날 협박하지 않았어. 널 협박했어! 내가 시키는 대로 하지 않으면 이븐을 죽인댔어."

나는 그 말을 한 단어씩 씹었다. 나쁜 새끼들. 그들은 상대에게 대체 불가한 게 무엇인지를 알아내기만 하면 되었다. 그것만 알면 상대를 손에 넣은 셈이다.

뒤에서 교도관이 헛기침을 했다. 나는 손을 유리벽에 댔다.

"여기서 꺼내줄게, 덤보. 약속해. 꼭 꺼내줄게. 알았니?"

덤보가 유리벽 너머에서 내 손에 손을 맞댔고, 눈물이 볼을 타고 굴러떨어졌다.

"일 분입니다. 헬리콥터가 일 분 후 착륙합니다!"

이렇게 높은 고층건물 옥상에서 우리가 샴페인 잔을 기울이는 사이 저 아래에서는 우리가 알던 문명이 붕괴하고 있으니 어쩐지 부조리한 느낌이다. 하긴 샴페인이 없다고 해서 덜 부조리해지는 건 아니었다.

소위가 다가와 콜린의 귀에 뭔가를 속삭이고는 다시 헬리콥터 착륙 지점으로 뛰어간다. '뉴프런티어' 갑판으로 날아가 새롭게 시작하려고 마지막 남은 부유층과 특권층이 기다리고 있다.

"폭도들이 내부로 진입했다는군." 콜린이 말한다. "하지만 우리 쪽에서 엘리베이터 케이블을 끊어서 계단으로 싸우면서 올라와야 할 거야. 참, 오래된 성이나 대성당 계단이 왜 죄다 시계 방향으로 휘감으며 올라가는지 알아?" 늘 그렇듯 콜린 로위는 대답을 기다리지 않고 말을 잇는다. "방어하는 쪽이 오른손으로 칼을 쓸 수 있으니 공격하는 쪽보다 유리해서야."

"흥미롭군." 내가 말한다. "말이 난 김에 넌 목이 잘릴 위험 없이 내려갈 방법이 있는 건가? 헬리콥터를 타지 못한 사람들을 위한 방법 말이야."

"물론. 걱정 마, 다 잘 될 거야. 저기, 저기 온다."

불빛이 흔들리며 우리 쪽으로 다가온다. 나는 아래의 샴페인 잔을, 그리고 잔 밑에서 터져서 올라오는 기포를 본다. 불변의 물리법칙.

"저기, 콜린, 너도 공포에 감염됐나? 쥐들처럼?"

콜린은 조금 놀란 표정으로 나를 본다. 그는 아직 계획한 건배사를 위해 잔을 들지 않았다. 우정을 위해, 가족을 위해, 행복한 삶을 위해. 세 가지 단골 문구.

"무슨 생각 해?" 그가 묻는다.

"네가 덤보의 자백을 돈으로 샀을 때 말이야. 너 겁먹었나?"

콜린이 고개를 젓는다. "아버지가 자식이 걸린 문제에서 얼마나 이성적으로 판단할 수 있을지는 나도 몰라. 하지만 라그나라는 자가 연락해서 거부하지 못할 제안이 있다고 했는데 결국 그자 말이 맞았지. 거부할 수 없었어."

"양심이 걸리지는 않았나?"

"뭘, 알다시피 내 양심은 네 것만큼 왕성하지 않아. 그러니 아니, 딱히 거슬리지 않았어. 라그나 말로 덤보는 지능이 많이 떨어지는 애라 자기를 변호하지도 못하고 어차피 법적으로 처벌받을 일도 없다더군."

"그렇게 단순한 문제가 아니잖아, 콜린. 너도 알 텐데."

"네 말이 맞아. 내가 단순하기를 바란 거겠지. 아무튼 내가 보기에 덤보란 애는 어떤 처벌이든 받아 마땅했어. 라그나 말이 그 애가 하이디를 강간했다더군."

나는 샴페인 잔 기둥을 꽉 붙잡아 부러뜨릴 뻔했다. 주황빛으로 물드는 저녁 하늘을 배경으로 헬리콥터가 빌딩숲 사이로 날아온다. 메뚜기 같다. 여름방학에 할머니 댁 농장에서 집으로 가져온 완두콩 색깔의 귀여운 메뚜기 표본하고 비슷하다. 잼 병 뚜껑에 구멍을 뚫어서 그 안에 메뚜기를 담아 집으로 가져왔다. 그런데 집에 와보니 메뚜기는 죽었다. 이후 몇 년 동안 아버지는 가족 모임마다 그때 얘기를 꺼내며 내가 슬퍼하면서 나 자신을 벌주려고 핀으로 손끝을 찌른 일화를 이야기했다. 그때는 어른들이 왜 웃는지 이해할 수 없었다.

"그 뒤로 일어난 일들에 대해 생각하는 중이야." 내가 말한다.

"내가 그 일과 무관한 건 너도 알 거야." 콜린이 한숨을 쉰다.

"그래도 넌 막을 수 있었어."

"우리가 저지르고도 넘어간 죄악을 일일이 열거하면 한도 끝도 없어, 윌. 물론 내 상상력이 모자라서 라그나가 얼마나 냉정한 인간인지 짐작하지 못했다고 비난할 수는 있겠지만. 하지만 그자가 미리 물어봤다면 나는 절대로 그런 일이 벌어지게 놔두지 않았을 거야."

이제 헬리콥터 소리, 날개가 공기를 채찍질하는 소리, 엔진이 윙윙거리는 소리가 들렸다.

다음 날, 내가 법원에 간 날은 비가 왔다. 덤보는 만나지 못했지만 덤보의 변호인이 앰버 앤 도허티 법률회사의 마빈 그린이라는 사람이라고 들었다. 그날 남은 하루를 꼬박 들여 그 법률회사를 찾아갔다. 법원에서 알아낸 주소지에서 현재는 이전했는지 그래피티로 뒤덮인 건물에 있었다. 건물 안에는 들어가지 못하고 인터폰으로 그린이 자리에 없다는 말만 들었다. 어디서 그를 만날 수 있냐고 물으며 그가 담당한 사건과 관련된 정보를 가져왔고 시급한 용무라고 하자 인터폰 너머의 사람은 웃기만 했다. 모퉁이 펍에 가보라고, 거기 없으면 퇴근했을 거라고 했다. 나는 펍으로 가서 바텐더에게 그린이 방금 떠났다는 말을 듣고 다시 사무실로 찾아가 한바탕 소동을 피운 끝에 그의 집 주소를 받아냈다. 비가 억수로 쏟아져서 오토바이로 언덕을 올라가자니 개천에서 물속을 거슬러 올라가는 느낌이었다.

주소지는 지난번에 우리가 쫓겨난 저택에서 멀지 않았다. 하지만 이 집은 규모가 작아서 거의 방갈로 수준이며 옛날에 이 지역으로 처음 올라온 예술가들이 직접 지었을 법한 집이었다. 그래도 강철 대문이 달려 있고 담벼락 위에 유리가 박히고 철조망이 둘러쳐 있었다.

나는 초인종을 눌렀다.

"누구세요?" 벽에 붙은 스피커폰에서 거칠고 뭉개진 목소리가 흘러나왔다.

나는 눈을 들어 대문 기둥에 달린 카메라를 보면서 이름을 대고 그린 씨가 가브리엘 노튼이라는 내 친구 덤보를 변호하는 데 도움이 될 정보를 가져왔다고 말했다.

유리잔 부딪히는 소리가 났다. "말해봐요." 그가 말했다.

"안에 들어가서요?"

"'말'을 하라고요. 난 모르는 사람을 집 안에 들이지 않습니다."

그래서 나는 문밖에 서서 빗속에서 내가 할 말을 다 했다. 덤보는 에이미를 죽이지 않았고 돈 많은 부자의 아들 브래드 로위의 죄를 덮기 위한 모략으로 희생양이 되었다고 말했다. 한참 설명했다. 그러다 저쪽에서 중간에 말을 끊지 않고 듣고 있다는 신호도 없어서 그린이 인터폰을 그냥 끊었나 싶기까지 했다. 하지만 누가 뛰쳐나와서 나를 내쫓지 않으니 계속 말을 이었다. 그리고 나는 덤보와 내가 서로 모르던 때에 우연히 화재에서 서로의 목숨을 구해주고 그때부터 붙어 다니게 된 경위도 말했다. 우리는 함께 갱단에 들어갔고, 그렇게 지금까지 살아남았다고 말했다. 그리고 덤보가 지은 죄가 많을지는 몰라도 에이미를 죽이진 않았다고 말했다. 살인이 일어났을 때 나도 그 집에 있었으니 덤보의 알리바이를 대줄 수 있다고 했다.

나는 말을 마쳤고 몸이 푹 젖어 이를 딱딱 부딪치며 초인종 아래 구멍 뚫린 황동 명패를 보았다. 브래드가 에이미를 죽이는 장면을 직접 목격했다는 말도 할까 하다가 브래드의 아버지가 이 싸움판에 작정하고 뛰어들었으니 잘못하면 내 목숨만이 아니라 덤보와 마리아의 목숨까지 위험해질 수 있다는 생각이 들었다. 내 목표는 덤보를 빼내는 것이었다. 브래드가 어떻게 되든 상관없었다.

"그린 씨?" 내가 말했다.

조용했다. 그러다 젖은기침 소리가 났다. 아까 그 거친 목소리지만 조금 덜 뭉개진 목소리가 나왔다. "널 증인으로 부르려면 주소가 필요해."

나는 마리아와 같이 사는 집 주소를 대고 호수를 또박또박 불러주었다. 이미 오래전부터 세상만사에 무심한 술고래 변호사조차 똑똑히 알아듣게.

"뭘 아는지 아무한테도 말하지 말고 여기 온 것도 알리지 않는 게 신상에 좋을 거야." 그가 말했다. "내가 연락할 테니 먼저 연락하지 말고."

오토바이를 타고 내려오다가 커브에서 멈춰야 했다. 코요테가 한 마리가 도로 한복판에서 꼼짝 않고 서서 나를 쳐다보았다. 두 눈에 빛이 반사되어 순간 유령인가 싶었다. 코요테는 보통 도망치는데 이놈은 그대로 버텼다. 나처럼. 레밍턴을 꺼내서 쏠까 하다가 (안 그래도 요새 고기가 부족해서 푹 고아 먹을 수 있을 것 같았다) 라그나와 쌍둥이들이 총을 뺏어간 게 생각났다. 코요테가 가주기를 기다렸지만 꼼짝하지 않았다. 대신 두 마리가 더 가로등 쪽으로 살금살금 다가왔다.

최근 들어 코요테들이 도로에 많이 나타났다. 코요테뿐 아니라 짐승이 늘어났다. 그리고 사람은 줄어들었다. 밤에 오토바이를 타고 이 동네 저 동네를 다녀도 사람 하나 보이지 않았다. 다들 집 안에서 숨은 건가? 팬데믹 때처럼? 아니면 이 도시를 떠나 시골로 내려갔나?

나도 모르게 백미러를 보면서 뒤에도 코요테가 있는지 확인했다.

없었다. 아직은.

나는 엔진 회전 속도를 올리고 스로틀 밸브를 열고 코요테들을 향해 경적을 울리며 달렸다.

코요테들은 겁먹은 것 같지 않았다. 마지못해 길을 비켰다. 내가 스쳐 지나갈 때 그중 한 마리가 내게 달려들었다.

XII

지난번에 쥐섬에서 다녀오면서 콜린이 '뉴프런티어' 항공모함 탑승권을 제안했지만 거절했다는 말은 하이디에게 전하지 않았다.

387

하이디가 그런 거래에 동의할 것 같아서가 아니었다. 하이디도 나처럼 브래드가 죄에 대해 재판을 받아야 한다고 생각할 건 확실했다. 그보다는 하이디가 그런 딜레마에 놓이지 않게 하고 싶었다. 샘에게 더 나은 삶의 기회가 주어질지 모르는 상황, 사실은 꽤 확실한 선택지를 박탈하는 것이 옳은 결정인지 고민하게 하고 싶지 않았다.

나는 콜린이 이제 어떻게 나올지 기다렸다. 그에게 브래드를 풀어줄 복안이 있고 그 방법이 통한다면 나는 그의 제안을 거절한 걸 두고두고 후회하지 않을까? 아니면 앞으로도 정신이 똑바로 박힌 사람이라면 마땅히 보였을 올바른 반응이었다고 믿을 수 있을까? 결국 내 딸의 살인범이 정당한 처벌을 받는 것을 본다 해도 만족하지는 못하겠지만 적어도 내 영혼이 피폐해지지는 않을 거라고 믿을 수 있을까?

그러다 올 것이 왔다. 그의 다음 행동.

내가 정원에 있을 때 아델 매시슨에게서 전화가 왔다. 연결 상태가 좋지 않은 상태에서 그 소식을 들었다. 가브리엘 노튼, 덤보라는 자가 에이미를 살해했다고 자백했다는 소식이었다. 노튼이 자백을 철회하거나 무죄를 입증할 증거를 찾지 못하면 매시슨은 브래드 로위에 대한 기소를 계속 진행할 수 없다고 했다.

나는 콜린 로위가 손을 썼을 거라고 말했다. 덤보라는 자가 갱단을 위해 총대를 멘 것이거나 종신형보다 더 큰 무언가로 협박당했을 거라고 말했다.

"그럴 가능성도 배제할 수 없겠죠." 매시슨이 말했다. "하지만……."

두말할 것도 없었다. 덤보가 거짓말을 하거나 조종당한다고 입증하지 못하면 우리가 할 수 있는 게 많지 않았다.

나는 나무에 기대 하이디와 샘이 듣지 못할 만큼 멀리 있는지 살피면서 생각을 정리했다. 아델 매시슨은 차분히 기다려줬지만 나는 입만 벌렸다 다물었다 할 뿐이었다. 한마디도 더 나오지 않았다.

"유감입니다." 잠시 후 매시슨이 말했다. "우리는 그 덤보라는 자가 다시 말을 바꾸거나 법정에서 자기가 살인범이라고 설득하지 못하기를 바랄 수밖에 없어요. 다만 경찰에서는 타격 지점과 골프채의 각도가 노튼이 난쟁이라는 사실과 맞지 않는 것 같다고 하더군요."

"난쟁이요?"

"미안해요, 키가 작다고요. 아니, 요새 완곡한 단어로 뭐라고 부르든요. 그런데 이런 기술적인 정황 증거는 그다지 중요하지 않아요. 자백이 나왔다면."

나는 듣는 둥 마는 둥 했다. 그리고 생각에 잠겼다. 그러니까 자백한 자는 그날 저녁에 그 소녀가 우리 집 초인종을 누를 때 옆에 있던 소년이었다. 그리고 그 둘은 우리가 그 저택을 접수한 밤에 내가 풀어준 애들이다.

"제가 만나보겠습니다." 내가 말했다.

"뭐든 해보셔야죠." 매시슨이 말했다.

"진심입니다. 그날 우리 팀 누군가가 그 애랑 어떤 여자애가 오토바이를 타고 도망칠 때 쏘려고 해서 제가 막았습니다. 그 애가 그걸 알 수도 있어요. ……어, 제가 그 애들 목숨을 구해준 거요. 저한테 빚졌다고 생각하게 만들 수 있을 것도 같아요."

매시슨은 대꾸하지 않았다.

"계속 소식 전할게요." 내가 말했다.

"그럼 이만." 매시슨이 다시 만날 일 없는 사람에게 작별인사를 하듯이 말했다.

XIII

몸수색을 받고 널찍한 면회실로 들어갔다. 다른 면회객 네 명은 이미 안에 들어가 유리벽 너머의 수감자와 수화기로 대화하고 있었다. 팬데믹 기간에 마리아를 만나러 병원에 갔을 때와 같은 풍경이었다. 교도관이 8번 자리로 가리고 손짓했다. 덤보는 아직 나오지 않았다.

나는 덤보에게 그의 변호인을 만났고 내가 증인으로 채택되어 그의 알리바이를 대줄 수 있게 되었다고 말하려고 기다렸다. 우리가 같이 있었다는 말만 하고 내가 열쇠 구멍으로 브래드가 한 짓을 목격한 얘기는 하지 않을 거라고, 그러면 다 잘 될 거라고, 우리는 거짓말을 하는 게 아니라 그냥 다 말하지 않는 것뿐이라고 말할 생각이었다.

8번 자리로 가서 앉으면서 맨 끝 1번 자리의 유리벽 너머로 얼핏 낯익은 얼굴을 보았다. 케빈 반켈. 그 멍청한 꼴통이 종신형을 사는 곳이 여기였다.

나는 자리에 앉아 덤보가 문으로 나오기를 기다렸다.

케빈은 면회객과 할 얘기가 많아 보이지 않았다. 그들은 각자의 자리에 앉아 있었다. 여자는 의자에 구부정하게 앉았고, 케빈은 떡진 머리에 필로폰에 의해 갈색으로 찌든 뭉툭한 치아를 드러내고 앉아 있었다.

그때 수감자들 쪽 뒤편 문이 열리고 덤보가 지난번과 같은 줄무늬 죄수복을 입고 나왔다. 나를 보자 그의 얼굴이 환해졌고, 나 역시 그랬을 것이다. 유리벽에 막혀 들리지는 않지만 덤보 뒤에 있던 교도관이 뭐라고 말하며 내 앞의 의자를 가리켰다.

덤보가 내 쪽으로 다가오는 사이 내 시야 가장자리에서 어떤 움직임이 보였다. 나는 곧바로 돌아보지 않았다. 케빈이 갑자기 면회를 중단하기로 한 듯 출구 쪽으로, 덤보 쪽으로 걸어갔다. 그가 가까워졌을 때 바지 뒤춤에 손을 넣는 게 보였다.

나는 벌떡 일어나 소리쳤지만 그 망할 유리벽이 천장까지 거의 닿아 있어서 내 소리가 막혔다.

금속 같은 것이 번쩍했다. 케빈이 손을 낮게 휘두르며 덤보의 배를 찌르고 칼을 뺐다. 덤보가 몸을 숙였다. 두 손으로 배로 감쌌지만 뭉툭한 손가락 새로 피가 새어 나왔다. 케빈이 덤보의 머리채를 잡아 자기 쪽으로 당겨서 목이 드러나자 둥글게 베어버렸다. 피가 물보라처럼 뿜어나와서 바닥에 후드득 떨어졌고, 덤보가 바닥에 피를 내뿜으며 앞으로 고꾸라졌다. 교도관 두 명이 뛰어 들어왔고, 케빈은 그 자리에서 칼을 떨어뜨렸다. 금속을 납작하게 다듬은 물건으로 보였다. 그는 항복하듯 두 손을 번쩍 들었다. 교도관 두 명이 케빈을 바닥에 쓰러뜨려 제압하는 사이 다른 교도관이 뛰어 들어와 덤보의 목에서 벌어진 상처를 손으로 눌렀다. 분수처럼 솟구치던 피가 이제 혈압이 사라진 듯 힘없이 새어 나왔다.

덤보의 눈이 나를 향했지만 이미 초점 없이 흐릿했다. 그의 뇌에서 돌아야 할 피가 바닥에 다 쏟아져서 의식을 잃은 것이다. 그래도 나는 수화기를 들고 다른 손을 유리벽에 대고 말했다. "다 괜찮아. 나만 봐, 덤보. 다 괜찮아."

그러다 무표정한 시선 위로 또 막이 한 겹 덮이는 듯했다. 그는 죽었다.

나는 면회실에 붙어 있는 대기실에 막 도착해 의자를 찾아 앉아서 가브리엘 '덤보' 노튼을 만나려고 기다렸다. 아까 범인 식별용 사진을 보고 내 의심이 맞았음을 거듭 확인했다. 그날 우리 집 앞 계단에서 본 그 소년이었다. 나를 결박할 때 옆에서 거들던 소년. 그리고…….

그 다른 일에 대해서는 생각하지 말자. 내가 계획한 목적을 달성하려면. 나아가 공감과 이해, 그리고 가장 어려운 용서를 위해 그 소년과 관계를 형성하기 위한 인류애와 자비를 찾으려면.

먼저 찾아온 면회객이 누군지는 듣지 못했지만 덤보의 변호인은 아니었다. 변호인은 면회실을 이용하지 않았다.

갑자기 문 안에서 비명과 고함과 의자가 끌리는 소리가 났다.

대기실의 교도관이 문의 구멍에 눈을 대고 문이 잠겨 있는 것을 확인했다.

"무슨 일입니까?" 내가 물었다.

"칼부림이에요." 그가 돌아보지도 않고 말했다.

잠시 후 그가 문을 잠금장치를 열었고, 안에서 면회객 다섯 명이 쏟아져 나왔다. 다들 허옇게 질려서 몸을 덜덜 떠는 듯했지만, 그 중에 공격당한 사람은 없어 보였다.

한 명이 울고 있었다. 아니, 눈물이 소리 없이 얼굴을 타고 줄줄 흘렀다. 그녀는 눈물에 가려서 나를 알아보지 못한 듯했다.

나는 재빨리 주어진 사실들 사이의 관계를 연결해보았고, 선명한 그림이 드러났다.

나는 그 소녀를 쫓아갔다.

그녀는 나를 인지하지 못한 채 거리로 나가서 오토바이에 올라탔다. 나는 앞에서 막아섰다.

"덤보가 죽었나?" 내가 물었다.

그녀는 자동으로 오토바이의 짐 바구니에서 뭔가를 잡으려 했다. 무기를 잡으려 한 것 같지만 아무것도 없었다.

"네가 죽였니?" 내가 물었다.

나는 그 사람을 빤히 보았다. 정말로 그 사람, 에이미의 아버지였다. 이제야 알아보았다. 덤보를 죽인 게 나냐고 묻는 건가?

"아뇨." 나는 목소리를 전혀 조절하지 못했다. "아저씨가 그런 거 아닌가."

"나였다면 그때 저택에서 그 민머리 남자가 레이저총으로 너희를 쏘려고 했을 때 그냥 쏘게 놔뒀지."

나는 무슨 말을 해야 할지 몰랐다. 아니, 알았다. 그래, 레이저 조준기를 단 라이플총을 든 남자가 총을 쏘지 못하게 누군가가 말렸을 때 들은 목소리가 그의 목소리인지 생각했다. 그 애들은 살인자가 아니라고 소리치면서, 내가 잘못 본 게 아니라면 그때 그는 자기 총으로 그 남자를 겨냥했다.

"그럼 누구 짓이지?" 그가 물었다.

"몰라요." 나는 시동을 걸었다.

"그래도 넌 내 딸을 죽인 게 덤보가 아닌 걸 알아."

뭐라고 답해야 하지? 덤보는 죽었고, 이제 내가 구해줄 사람은 없었다. 나 말고는 아무도.

"전 아무것도 몰라요." 나는 이렇게 말하면서 엔진의 회전수를 올

393

렸다. 그는 아직 그 자리에 바보처럼 서 있었다.

"넌 그게 브래드 짓인 거 알아." 그가 말했다. 그가 두 손으로 내 오토바이 핸들을 잡으며 나를 보았고, 그의 눈이 각성제를 먹은 사람처럼 이글거렸다.

나는 대답하지 않았다.

"어서." 그가 말했다. "넌 그들과 달라."

"누구와?"

"너희 갱단 애들. 카오스. 넌 더 나은 걸 원해, 그렇지?"

"그냥 내 레밍턴 라이플총을 되찾고 싶을 뿐이에요." 내가 말했다. "다른 건 좆도 관심이 없어요. 비켜요, 아저씨."

"난 그 저택에서 지내고 있어. 네가 나처럼 정의를 원한다면 와서 말해줘. 우리가 서로를 도울 수 있을 거야."

나는 클러치를 풀었고, 그가 옆으로 풀쩍 뛰었다. 나는 가속페달을 밟고 그대로 떠났다. 올리리 쌍둥이들이 오토바이에 총을 난사했을 때 생긴 총알구멍에서 배기가스가 탁탁 쾅쾅 소리를 냈다. 빠르게 달려서 눈물이 옆으로 흘러 헬멧 속으로 들어가 관자놀이를 가로질렀다.

라그나다. 라그나 짓이었다. 케빈한테 그런 짓을 시킬 인간은 라그나밖에 없었다. 한 가지 의문은 라그나는 내가 덤보에게 자백을 철회하라고 시킬지 어떻게 알았냐는 거였다. 하긴 그렇게 복잡한 셈법이 아니긴 했다.

집에 돌아와 거리에 있는 구급차를 보자 내가 의심하는 연관성이 더 선명해졌다. 요즘 같은 시기에 구급차를 보는 일이 드물어서 놀라면서도 또 한편으로는 짐작이 가는 구석이 있었다.

나는 오토바이에서 내려서 구급차 뒷문으로 들것을 싣고 있는 두 남자에게 다가갔다.

"누가⋯⋯." 내가 입을 열었지만 그들은 들것을 집어넣고 올라탔다. 내 면전에 문을 쾅 닫고 사이렌을 요란하게 울리며 떠났다.

돌아보니 우리 아파트 입구에 구급차가 서 있던 자리에 길게 이어진 핏자국이 보였다. 나는 마른침을 삼켰다. 내 탓이다. 또 내 탓이다.

덤보의 변호를 맡은, 타락한 술고래 변호사에게 우리 집 주소를 알려준 사람은 나였다.

아니, 그렇게 복잡하지는 않았다.

출입문이 열려 있고 예쁘고 어린 여자가 나왔다.

"무슨 일 있었어?" 내가 물었다.

"네 거랑 같은 헬멧을 쓴 남자." 그녀가 말했다.

"바다에서 올라오는 괴물이 그려진 빨간색 가죽 재킷?"

"응."

"그리고?"

"그 사람이 쇠지렛대로 우리 복도 끝에 있는 집으로 쳐들어갔어."

"그런데?"

"그 사람이 들어갔을 때 그 집 아저씨가 칼을 가지고 있었어. 그걸 휘두르기 전에 오토바이 남자가 칼라시니코프로 쐈어. 그 사람 아내를 만나봤는데 남편이 살아날 것 같대."

그녀는 눈물을 닦았고, 나는 그녀의 어깨를 감싸 안아 내 쪽으로 당겼다.

"무서워." 그녀가 훌쩍였다.

"알아, 마리아."

사방이 조용해서 구급차 소리가 아직도 들렸다. 사이렌이 커졌다

작아지기를 반복하며 계속 주파수를 찾으려 하지만 못 찾는 것처럼 울리며 멀어져갔다.

나는 그 남자를 생각했다. 그는 딸 에이미와 닮았다. 그가 차고에 묶여서 앉아 있을 때, 집 안의 비명이 들리자 얼굴에 떠오른 표정이 생각났다. 사랑하는 사람이 겪는 고통을 생각하며 고통스러워하던 표정.

"그럼, 그게 네가 아니었구나. 덤보를 죽이라고 시킨 건 라그나였나?" 내가 말한다. 헬리콥터가 다가오는 소리 너머로 내 말이 들리게 하려고 목소리를 키워야 한다.

"나중에야 그 친구가 말해주더군. 말했듯이 나라면 그런 짓을 허락하지 않았지. 살인은 안 돼." 콜린이 한숨을 쉬면서 하늘을 쳐다보았다. "그래도 물론 나한테도 죄가 없지는 않지."

"뭐?"

"나도 덤보의 변호인인 마빈 그린하고 연락했어. 요새는 좋은 변호사를 구하기가 어렵거든. 다들 이 도시를 떠났으니, 그린처럼 피신할 돈이 없고 총기를 잃은 알코올중독자에게나 의지할 수밖에. 그 사람은 구슬리기도 쉽고 많은 걸 요구하지도 않았어. 그에게 덤보를 변호하는 데 너무 애쓰지 말고 그 멍청한 애가 자백한 내용을 혼동할 수도 있으니 법정에 세우지 말라고 했어. 그런데 그린한테 전화가 왔어. 어떤 여자애가 찾아와 덤보의 알리바이를 댈 수 있다고 했다는 거야. 내가 그 여자애 주소를 알아냈지." 콜린은 숨을 깊이 들이마셨다. "있잖아, 전력이 끊기기 전에는 도시의 밤하늘이 얼마나 아름다운지 몰랐어."

"계속해." 내가 말한다.

"그래서 라그나한테 다시 연락했지. 무기와 필요한 물건을 넘겨 줄 테니 덤보가 자백을 철회하지 않게 하라고 했어. 브래드가 기소 당하지 않게 확실히 하라고."

"그러니까 네가 그자한테 덤보와 그 여자애를 죽이라고 지시한 거군."

콜린이 고개를 저었다. "그냥 그 여자애가 입을 닫고 덤보가 형을 받고 사건이 종결되면 그걸로 충분했어. 그런데 라그나가 제멋대로 극단적인 조치를 취한 거야. 그자가 나중에 한 말처럼 죽은 자는 말이 없으니까. 라그나는 아주 기세등등하게 나를 찾아와 자기가 한 짓을 늘어놓더군. 그 여자애는 잡지 못했어. 그 애가 그런을 믿지 못하고 엉뚱한 주소를 준 것 같아. 어쨌든 그게 중요한 건 아니라더군. 덤보의 입을 영원히 막아놨으니 이제 자백을 철회할 수도 없게 됐다면서. 그자는 내가 왜 그렇게 화가 났는지 이해하지 못하더군……."

"넌 이번 일에 일말의 죄책감도 느끼지 않지, 콜린?"

그가 어깨를 올리고 아랫입술을 삐죽 내밀었다. 뻔한 말을 못 알아듣는 척할 때 늘 그런 표정이었다.

"내가 선택한 건 아니잖아. 그자가 자유의지로 한 짓이야."

"넌 그자의 사악한 본성을 무제한으로 허락했어. 어떤 결과가 나올지 알면서. 그건 네 자유의지로 선택한 거야, 콜린."

"난 그자가 그 여자애와 대화나 좀 할 줄 알았지 그렇게……." 그가 두 팔을 넓게 펼쳤다. "그래, 내가 순진한 건지 모르지만 난 사람들의 학습 능력을 믿어. 변화하고 좋은 것을 선택하는 능력."

"알려줘서 고맙군." 내가 말한다.

"뭘 말이야?"

"네가 자유의지가 경험과 결합하면 악인도 선한 행동을 선택하게 할 수 있다고 믿는다는 거 말이야."

"넌 아니야?"

"아니, 나도 그래." 내가 말한다. "그러니 교도소에서 수감자들을 풀어줬는데도 사회가 안전하기를 바라는 거겠지. 너와 네 가족을 위해 그게 맞기를 바라자, 콜린."

"지금 무슨 소리야, 윌?"

이제는 헬리콥터 소리 때문에 서로 악을 써야 한다. "나는 너의 생존도 나나 우리 모두와 마찬가지로 인간이 자비와 지혜와 용서라는 자질을 배우는 능력에 달려 있다고 말하는 거야. 특히 우리와 가까운 사람들이 이런 자질을 배우는 능력에 달려 있다고."

"그건 전적으로 동감해!" 콜린이 별과 하늘에서 내려오는 헬리콥터를 향해 말하면서 드디어 샴페인 잔을 든다.

XIV

덤보가 살해당한 직후 교도소 앞에서 이본을 만난 지 이십사 시간 만에 그녀가 우리 집 문 앞에 서 있었다.

"와줘서 고맙다." 내가 말했다.

그녀는 대답 대신 어색하게 웅얼거렸다. 나는 얼마 전에야 일부 사람들, 인구의 일정 정도는 고맙다는 인사를 주고받는 데 익숙하지 않은 것을 알았다.

그녀가 이름을 말해주었고, 우리는 거실에 서서 하이디와 샘이 정원에서 독수리와 비둘기 놀이를 하는 것을 내다보았다. 하이디는 손가락을 독수리 발톱처럼 구부린 채 굵고 위협적인 목소리를 내면서 샘에게 다가갔다. 하이디가 뭐라고 하는지는 들리지 않고 샘이 신나서 깍깍 내지르는 소리만 들렸다.

"착한 아이네요." 그녀가 말했다. "어떻게……." 그녀는 질문을 더 이어가지 못했다.

"쟤는 다 잊어버린 것 같아." 내가 말했다. "이해가 가니?"

이본이 어깨를 으쓱했다. "잘 모르겠지만 애들한테는 모든 일이 새롭고 극적이죠. 우리 어른들한테는 사소해 보이는 일상적인 일들도요. 아저씨네 가족이 폭행당하는 걸 보는 게 말벌에 쏘이거나 아저씨네 테디베어가 눈 한쪽을 잃어버리는 것보다 심각한 일인지 저는 잘 모르겠어요."

나는 소녀를 보았다. 경험에서 나온 말인 것 같았다.

"아이들이 성폭력을 당하면 트라우마에 시달리는데 포경수술을 받으면 그러지 않는 이유는 뭘까?" 내가 물었다.

"모르겠어요." 그녀가 말했다. "다만 자연스럽고 필요한 고통이라고 여겨지면 고통과 수치심을 받아들이는 게 수월할 거 같기는 해요. 아무 의미 없는 전쟁에서 고문당하면 미칠 수 있지만, 마취하지 않고 이를 뽑은 사람은 미치지 않잖아요. 아기를 낳는 여자도 그렇고."

나는 고개를 끄덕였다. 이제 하이디가 샘을 붙잡았고, 둘이 웃으며 풀밭에서 굴렀다. 하이디가 웃는다. 끔찍한 그날 밤 이후 들어보지 못한 소리였다.

"맥락이야." 내가 말했다.

"네?"

"어디선가 읽었는데, 어떤 사람들은 우리 마음이 고통을 정당화해주는 맥락에 그 고통을 넣을 수만 있다면 고통을 더 잘 견딘다고 믿더군."

이본이 고개를 끄덕였다. "네, 누가 제 생각을 대신 써줬네요."

"하지만……." 나는 숨을 들이마시고 두 손을 모아 깍지를 꼈다. "나한테 에이미를 잃은 고통과 너한테 덤보를 잃은 고통은 의미 있는 맥락에 넣을 수 있는 종류의 것이 아니야. 그러니 우리는 고통을 감내할 다른 방법을 찾아야 해, 내 말이 맞지?"

"복수."

나는 내 손을 내려다보았다. 콜린은 내가 중요한 말을 하기 전에 늘 손을 깍지 낀다고 했다. 그리고 변호사가 중요한 말을 하려고 할 때는 대개 나쁜 소식이라고도 했다.

"그것도 한 방법이지." 내가 말했다. "인간의 복수 욕구는 우리를 다른 동물들과 구별해주지만, 진화의 관점에서도 그게 합리적이야. 남의 아이를 죽이면 복수로 이어지는 걸 모두가 안다면 그 아이의 생명이 더 안전해지겠지. 하지만 그 아이의 죽음에 대한 유죄 여부에 관해 분쟁이 일어난다면 복수는 또 다른 복수를 낳지. 그리고 그 복수는 다른 복수를 낳고. 이런 식으로 피에 굶주린 복수의 소용돌이가 일어나, 가령 아이슬란드 인구가 대량으로 감소한 것과 같은 일이 발생하지. 또 알바인아에서도 같은 일이 일어났고. 아이슬란드에서는 최고 지성들로 법정을 세우고 거기서 유무죄를 판결하고 적절한 형을 선고하고 처벌을 집행하면서 문제를 해결했어. 그사이 복수 욕구가 많이 해소됐었지. 이 개념은 정의를 실현하는 데 법정을 활용하는 방법의 토대가 되었을 뿐 아니라 법이 만인에게 공평하다는 사회적 인식을 다지는 데도 도움이 되었지. 그래서 강한 자가 항상 옳다는 폭압적인 체제가 종말을 맞은 거야.

국가가 가장 강력한 세력일 때는 폭압적이고 잔혹한 자들도 법의 권위 앞에 순응해야 하지. 정의와 상식과 인간애가 기본 원칙이야. 이게 내가 원하는 것이고, 내가 브래드를 사적으로 처형하지 않고 재판정에 세우려는 이유야."

그의 말을 제대로 알아들었는지는 모르지만 대강은 알 것 같았다.

원래 도로의 규칙은 모든 운전자에게 공평하게 적용되어야지, 충돌 사고가 발생할 때 흥분한 당사자끼리 해결하는 것이 최선이 아니다.

"그럴듯하네요." 내가 말했다. "그런데 저쪽에서 이미 판사를 매수하고 법의 힘이 정당하지 않으면 어떻게 해요? 그냥 손 놓고 흘러가는 대로 놔두나요? 아니면 맞서 싸워야 하나요?"

윌(그가 이름을 불러달라고 했다)은 나를 보며 턱을 긁적였다.

"아내와 아들이 들어온다. 너랑 마주치지 않는 게 좋을 것 같다. 따라와."

나는 그를 따라 지하실로 내려갔다. 그가 그 공간을 꽤 많이 바꿔놓았다. 그는 배의 함교와 녹음 스튜디오의 조정실을 섞어놓은 것 같은 방으로 나를 데려갔다.

"뭐가 필요하니? 네가 원하는 걸 얻으려면."

"무기요."

"무기?"

"라그나가 제 레밍턴 라이플총을 뺏어갔어요. 하지만 이 일을 하려면 좀 더 묵직한 게 필요할 거 같아요."

윌이 고개를 끄덕였다. 그는 잠시 나갔다가 기관총을 가지고 돌아왔다. 그리고 그 총을 어떻게 작동하는지 직접 보여주었다. 그 총은 분대 하나를 소탕할 수 있으면서도 내가 들 수 있을 만큼 가벼웠다. 그는 내 앞 식탁 위에 수류탄 네 개를 늘어놓았다.

"이거면 됐니?"

"고맙습니다. 그런데 왜 절 도와주시는 거예요? 저도 아저씨네 가족을 공격한 일당이었는데."

그가 나를 똑바로 보았다. "우선 그 대신 날 위해 뭘 해달라고 할 거야. 둘째로는 그때 내 아내가 그럴 일을 당했을 때…… 넌 가담하지 않은 거 알아서야. 네가 샘을 데리고 나가줬다고……." 그의 목소리가 잠기고 거칠어졌고, 그가 눈을 두 번 깜빡였다. 위층에서 그의 아내와 아이의 소리가 들렸다. 그가 헛기침을 했다.

"셋째로는 널 보면 에이미가 생각나서야."

그의 눈에 눈물이 고이고 다정한 눈빛이 되었고, 순간 그가 내 머리를 쓰다듬어줄 것만 같았다.

"똑같은 투지. 똑같은 정의감. 우리 세대가 죽고 다음 세대가 세상을 이끌어갈 때 너 같은 사람들이 앞장서면 좋겠다, 이본. 브래드나 라그나 같은 사람들 말고."

나는 천천히 고개를 끄덕였다. 그날 내가 강간을 막기 위해 크게 한 건 없지만, 그가 날 좋게 생각해줘서 나쁠 건 없었다. "제가 할 수 있는 한 최선을 다할게요, 애덤스 씨. 그런데 제가 뭘 해주길 바라시나요?"

그가 고통과 절망의 표정으로 천천히 아주 상세하게 말했다. 그에게는 몹시 어려운 결정이고 여전히 의구심을 떨쳐내지 못해 망설이는 듯했다. 이번에는 내가 그의 머리를 쓰다듬어주고 싶었다.

"좋아요."

그가 놀란 표정으로 물었다. "한다고?"

"네. 할게요."

그는 아내와 아들이 근처에 없는지 살피고 나를 따라 오토바이가 있는 데까지 나왔다.

"이게 무시무시한 계획으로 보이지 않니?" 내가 물었다.

"당연히 무시무시하죠." 이본이 분해된 기관총을 오토바이 옆 짐바구니에 넣었다. "무시무시한 일은 무시무시한 자들에게 맡기는 거고요."

이본이 오토바이에 올라탔다. "계획대로 될지는 장담하지 못해요, 윌. 그래도 성공한다면 아저씨의 그 법정 없이도 정의에 가장 가깝게 다가가겠죠."

"모든 게 완전히 붕괴하고 처음부터 다시 시작할 때 그런 법정을 다시 세우는 건 네 몫이야."

이본이 눈을 굴리며 정의의 여신이 처형당하는 그림이 새겨진 헬멧을 썼고, 오토바이가 짐승처럼 으르렁거리며 출발했다.

나는 이본이 모퉁이를 돌아 시야에서 사라질 때까지 바라봤다.

계곡을 내려오는 사이 코요테가 한 마리도 보이지 않았다. 코요테는 위험의 냄새를 맡는다고 들었다. 영리한 짐승이다.

XV

애덤스 씨 저택에 다녀온 날 오토바이 앞에 장착해 그 가벼운 기관총을 달리면서 쏠 수 있게 준비했다. 마리아가 휘둥그런 눈으로 나를 보면서 전쟁터에라도 나가느냐고 물었다.

"응." 내가 답했다.

도살장은 시내 남쪽의 공업지대에, 거대한 개미가 앞다리 위로 상체를 올렸다 내리는 것처럼 까딱거리는 석유 펌프로 둘러싸인 벌판에 있었다. 그 낡은 석유 펌프들은 (역시나 개미처럼) 인류가 지옥으로 떨어지든 말든 제 할 일이나 계속해나가는 것처럼 보였다.

오후의 해가 내 뒤로 낮게 깔릴 무렵 나는 도살장 앞마당에 들어섰다. 시간을 신중히 선택했다. 덤보 말로는 그들이 날이 저물어 습격하러 나가기 전에 도살장 중앙홀에 모여서 다 같이 식사한다고 했다. 한자리에 모여 있어야 했다. 그게 나의 유일한 기회였다.

낮에 미리 정찰을 해두었다. 그들이 경비를 세우지 않는다는 것과 중앙홀 한쪽 끝에 커다란 미닫이문이 항상 열려 있는 것을 확인했다. 전기가 들어오지 않으니 에어컨을 돌릴 수 없어서일 것이다. 그래도 된다고 생각한 듯했다. 여기서는 큰 위협을 느끼지 못했을 것이다.

나는 오토바이를 탄 채로 중앙홀로 들어갔다. 축구장 두 개를 합친 것만큼이나 넓은 직사각형 공간이었다. 높은 천장의 창문에서 빛이 내려왔다. 천장에는 고기걸이가 매달린 레일과 철제 와이어가 있었지만 당연히 고기는 없었다. 먹어치운 지 오래됐을 것이다. 매끄러운 콘크리트 바닥이 배수구 쪽으로 기울어졌다. 핏물이 말라붙기 전에 흘러 내려가게 하기 위한 구조인 듯했다.

오토바이들은 중앙홀의 먼 쪽 끝에 서 있고 갱단은 중앙홀 가운데의 기다란 식탁에 예수와 제자들의 그림처럼 둘러앉아 있었다. 다만 그들 사이에 예수는 없었다. 나는 이 초 만에 열한 명까지 셌다. 라그나는 없었다.

그중에 두 명이 벌떡 일어나 자기네 오토바이를 세워둔 쪽으로 뛰기 시작했다. 신참들이었다. 내가 누군지 모르는 걸 보니.

나는 총을 쏘았다. 그들 바로 앞쪽을 겨냥해 발사해서 그들이 콘크리트가 튀는 것을 보면서 오토바이에 매단 총을 가지러 갈 시간이 없다는 것을 깨닫게 해줬다. 그들은 바닥으로 몸을 날렸다.

"그대로 엎드려 있어!" 내가 소리쳤다.

벽에 메아리가 울렸다. 그들은 꼼짝않고 엎드려 있었다.

나는 천천히 앞으로 나갔다. 식탁에서 5, 6미터쯤 떨어져 양쪽에 매달린 고기걸이 사이에 멈춰, 아직 모두에게 기관총을 겨눌 수 있게 했다.

"원하는 게 뭐냐?" 올리리 쌍둥이 하나가 물었다. 오토바이에 타기 전에는 누가 누군지 알 수 없었다.

"내 라이플총 내놔." 내가 말했다. "내 갱단도."

"네 갱단?" 다른 쌍둥이가 말했다.

"내 갱단." 내가 다시 말했다. "브래드가 없을 때 카오스의 대장은 나야."

누군가가 큰 소리로 웃었다. 역시나 신참이었다.

"라그나는 어딨어?" 내가 물었다.

마치 대답이라도 하듯 으르렁거리는 엔진 소리가 들렸다. 독특하고 거칠게 으르렁거리는 소리. 오토바이들이 서 있는 쪽을 보니 라그나가 빨간색 야마하를 타고 우리 쪽으로 돌진하고 있었다. 한 손으로 운전대를 잡고 있었다. 다른 손으로는 권총 손잡이가 달린 번쩍이는 새 칼라시니코프로 보이는 총기를 들고 있었다. 저걸 어디서 구했지? 짐작 가는 데는 있었다. 그가 50미터 정도 앞까지 다가왔을 때 나는 오토바이 앞머리를 그쪽으로 돌리고 총을 쏘았다.

한 발도 맞추지 못했지만, 그가 급히 브레이크를 잡았다. 이제야 내가 가진 게 기관총인 걸 본 모양이었다. 내가 압도적인 화력을 가졌다는 뜻이다.

"저년 덮쳐!" 그가 소리쳤다. "저년 혼자 너희 다 죽이진 못해."

"그래도 몇 명은 죽일 수 있지." 내가 식탁 앞에 둘러앉은 사람들한테만 들리게 말했다.

"명령이야!" 라그나가 소리쳤다.

"지금 그 자리에 그대로 앉아 있으라는 게 명령이야." 내가 말했다. "난 너희 모두 산 채로 필요하니까."

그들이 나를 보았다. 아무도 움직이지 않았다. 물론 그들이 나를 새 대장으로 받아들였다는 건 아니다. 아직은. 하지만 지금 이 순간 명령을 내리는 건 기관총이지 라그나가 아니었다. 그리고 라그나가 진 것 같았다.

하지만 라그나는 이 바닥 생리를 알았다. 그는 오토바이 발판을 차고 내려서 칼리시니코프를 머리 위로 들었다.

"너랑 나, 총 없이!" 그가 소리치며 휘어진 탄창을 분리해 옆으로 던졌다. 탄창이 바닥에 튕기며 미끄러졌다. "아니, 겁나려나, 킥복서 아가씨?"

물론 거절하고 당장 그를 쏠 수도 있었다.

하지만 갱단이 여자를 대장으로 받아들이게 하려면 방아쇠를 당기는 것 이상을 증명해야 했다.

나는 오토바이에서 내려 기관총을 집어 들고 식탁으로 가서 탄띠를 풀어 그들 앞에 던졌다. 순간 뒤에서 요란한 굉음이 들려서 돌아보니 라그나가 오토바이에 다시 올라타 머리 위로 고기걸이 체인을 휘두르며 내 쪽으로 달려오고 있었다. 나는 그를 향해 걸어가 양쪽에 걸린 고기걸이 사이에서 기다렸다. 수없이 본 광경이었다. 그의 기술을 알기에 그가 체인을 던지려 할 때의 몸짓을 읽을 수 있었다. 그리고 그가 던지는 순간 나는 두 손으로 기관총으로 앞을 막았다. 체인이 총신 끝에 걸려 한 번 휙 감겼고 고기걸이가 총신 중앙에 매달린 채 내게 일 초 정도 대응할 시간을 주었다. 나는 총신을 양쪽 고기걸이 두 개에 끼워놓고 그중 하나를 라그나의 고기걸이와 연결한 다음 총을 놓고 한 걸음 뒤로 물러섰다. 천장 대들보 옆 도르래와 와이어에서 우르릉 소리가 나며 흔들리다가 와이어가 팽팽해지더니 라그나의 야마하와 기둥 사이가 일직선으로 연결되었다. 야마하의 엔진이 굉음을 내다가 뚝 끊겼고, 두 바퀴가 헛돌았다. 라그나가 핸들 너머로 완벽한 호를 그리며 10미터쯤 떨어진 곳으로 날아가 고기걸이가 줄줄이 걸려 있는 자리 아래로 쿵 하고 떨어졌다.

나는 그쪽으로 걸어갔다.

그가 나에게 등을 보인 채 누워 있었다. 의식이 없어 보였다. 하지만 내가 다가가자 가죽 재킷 등판의 바다 괴물이 꿈틀대더니 그의 손이 허리춤에서 뭔가를 잡으려는 게 보였다. 나는 뛰어가 그가 돌아누우려는 순간 그의 손을 걷어찼다. 번쩍거리는 권총이 (고가의 글록 같았다) 공중에서 빙그르르 돌며 날아갔다. 어차피 그를 제압할 수 있었겠지만 보는 눈들이 있었다. 대장이 되겠다는 여자가 충분히 강한지, 충분히 효율적인지, 충분히 무자비한지 확인하고 싶어하는 갱단이 지켜보고 있었다. 그래서 나는 바닥에 널브러진 라그나에게 단순하고 효과적인 킥을 날렸다. 이어서 그가 몸을 가누기도 전에 뒤에서 리어 네이키드 초크를 걸어 왼팔로 그의 목을 감고 오른팔로 단단히 고정한 채 마치 달래기라도 하듯 이마를 그의 뒤통수에 바짝 붙여 밀었다. 그리고 목을 졸라 뇌로 들어가는 혈류를 차단했다. 라그나는 십 초 만에 의식을 잃었다. 나는 그를 풀어주고 바로 위에 걸려 있던 고기걸이를 끌어당겼다. 15미터 떨어진 식탁 쪽을 보니 모두 지켜보고 있었다. 라그나를 뒤집어 엎드리게 하고 빨간 가죽 재킷을 걷어 올렸다. 구역질을 참으며 고기걸이를 그의 허연 등에 꽂았다. 벽으로 가서 L자형 손잡이를 돌리자 라그나가 공중으로 올라가고 피가 그의 등을 타고 바지의 허리띠 쪽으로 고르고 안정적으로 흘렀다. 그를 바닥에서 50센티미터쯤 위에 매달아놓고 그의 야마하로 가서 체인을 풀고 그걸로 그의 손을 등 뒤로 묶었다. 라그나는 의식을 되찾고 나를 향해 욕설을 퍼붓고 비명을 지르며 몸을 비틀어 풀려나려 하다가 이내 멈추었다. 고기걸이가 근육과 조직을 파고드는 느낌이 들었을 것이다.

나는 식탁 쪽으로 돌아가 그들 앞에 섰다. 그들의 눈에 질문이 보였다. 이제 누가 그들을 이끌 것인가? 누가 그들에게 다음 식사를, 옷을, 보금자리를, 적들로부터 안전하게 지낼 수 있는 은신처를 제공할 것인가? 저기 고기걸이에 매달린 패배자는 아니라는 정도는 분명해졌다. 그런데 그녀, 어린 여자가 그들을 이끌 수 있을까?

"너희가 내 물건을 가져갔어." 내가 말했다. "레밍턴 라이플총. 누가 가지고 있지?"

물론 그들도 어쩔 수 없이 그 총을 가진 자를 돌아보았다.

"너." 내가 크고 붉은 여드름이 난, 열다섯 살을 넘기지 않았을 소년에게 말했다. "가서 가져와. 당장."

그는 일어서서 오토바이 쪽으로 걸어갔다.

"뛰어!"

그가 뛰었다.

"너희 나머지는 나를 따라와." 나는 뒤돌아서 라그나 쪽으로 갔다. 뒤에서 아무 소리도 들리지 않아 순간 이런 생각이 들었다. 젠장, 내가 졌군. 그러다 날붙이가 부딪치는 소리와 의자 다리가 긁히는 소리가 났다.

우리는 라그나 주위에 반원으로 둘러섰다. 라그나는 숨을 거칠게 토해내며 고통으로 일그러진 얼굴이지만 입은 꾹 다물었다. 덤보가 목이 잘렸을 때와는 비교도 되지 않을 양이지만 그의 부츠에서 피가 일정하게 떨어지며 비스듬한 경사를 타고 원래의 용도에 맞게 가장 가까운 배수구로 흘러갔다.

"여기 이자는 우리 중 한 명에게 저지르지도 않은 살인죄를 자백하라고 강요했다." 내가 라그나를 가리키며 말했다. "그러고는 사람을 시켜서 그를 해치우게 했어. 카오스에는 규칙이 많지 않지만 그나마 있는 건 우리가 가진 전부야." 나는 큰소리로, 생각보다 더 크게 말했다. 교회에 있는 느낌을 주는 메아리를 덮기 위해서 그랬던 것 같다. "제1 규칙: 하나는 전체를 위하고 전체는 하나를 위한다. 이 규칙을 따르면 우리는 천하무적이 된다. 따르지 않으면 카오스는 한 달 안에 역사 속으로 사라진다."

나는 모두를 둘러보았다. 그중 몇몇이 고개를 끄덕였다.

뛰어오는 발소리가 들렸다. 여드름 소년이 내 레밍턴을 건넸다.

"라그나." 내가 말했다. "이들이 네 배심원단이야. 기소된 대로 유죄를 인정하나?"

그가 신음하면서 한쪽 다리를 차자 몸이 반쯤 돌아갔다.

"아니군. 좋아." 내가 말했다. 나는 라이플총에 장전하고 들었다. "그럼……"

그가 쌕쌕 소리를 냈고, 나는 총을 내렸다.

"우리 모두를 위해 한 일이야." 그가 거의 들리지 않는 소리로 말했다. "카오스를 위해. 우린 무기도 구하지 못하고 아무것도 구하지 못했어. 덤보가 자백을 철회했다면."

"케빈에게 덤보를 죽이라고 하면서 얼마를 제안했지?"

"많이는 아니야." 그가 속삭였다.

"아니, 케빈은 이미 종신형이라 잃을 게 없었어."

"잃을 게 없어." 라그나가 말했다. 이제 그의 머리가 힘없이 매달려 있었다.

"넌 이 자리의 누구에게도 갱단의 식구를 해치울 거라고 알리지 않았지?"

"그 모든 무기랑, 먹을 거랑……." 라그나가 턱이 가슴에 닿은 채 신음했다. "내가 없었으면 우린 아무것도 구하지 못했어."

"덤보를 구했겠지."

라그나는 대답하지 않았다. 그의 몸이 다시 빙 돌아서 원래대로 돌아왔다.

"좋다." 내가 모두에게 말했다. "내가 이자에게 사형을 선고하는 데 반대하는 사람 있으면 손 들어."

아무도 들지 않았다.

"사형수는 선택할 수 있어. 죽을 때까지 거기 매달려 있든가, 총을 맞든가."

라그나가 살짝 고개를 들었다. 눈꺼풀이 더 무거워 보였다. 그가 하는 말을 들으려고 집중해야 했다. "총으로 쏴."

나는 라이플총을 들어 기분 좋게 서늘한 개머리판에 뺨을 댔다. 라그나가 힘들여 다시 살짝 고개를 들었다. 마치 내가 할 일을 수월하게 해주려는 듯이. 나는 그의 이마에 조준하고 총알구멍이 두 눈과 삼각형을 그리게 하려고 했다.

그리고 발사했다.

XVI

아침에 공항에서 아델 매시슨 장관과 가델 수사반장을 만났다. 공항은 팬데믹 기간에 폐쇄되었다. 이후 민간 항공사 대다수가 파산하는 바람에 다시는 문을 열지 못했다.

나는 활주로에 차를 세워놓았다. 일렁이는 아지랑이를 뚫고 내 쪽으로 달려오는 차들이 망령들처럼 보였다. 가까워질수록 차들의 윤곽이 선명해졌다. 한 대는 경찰차이고 다른 한 대는 낮은 빨간색 스포츠카였다. 내 양옆으로 한 대씩 멈춰 섰고, 모두가 차에서 내렸다.

"와주셔서 감사합니다." 내가 말했다.

"별말씀을요. 그런데 시간이 많지 않습니다." 아델 매시슨이 말했다.

"왜 여기죠?" 가델이 아직 선글라스를 쓴 채로 말했다.

"여기가 시야가 좋아요." 나는 그들이 내 차 조수석에 놓인 칼라시니코프를 본 걸 알았다. "오늘 오후부터 브래드 로워가 자유의 몸이 될 거라고 알려드리려고요. 제가 그의 가족을 보내 그를 데려가게 했습니다."

매시슨이 고개를 끄덕였다. "가델 반장님과 저는 이걸 단순히 당신이 가진 정보로 받을 겁니다. 혹시 모를 불법 감금과 어떤 식으로든 연관이 있다는 의미로 받아들이지 않겠습니다."

"저도 그렇게 해석할 수 있게 말했습니다."

"그럼 우리와는 아무 문제가 없겠군요." 아델 매시슨이 말했다.

"물론 브래드 로위가 어떻게 해석하느냐는 다른 문제죠. 혹시라도 그자가 저를 고발한다면 제가 어디 있을지 아실 겁니다."

"얘기 끝났으면 저는 한 시간 뒤 재판이 있어서요." 매시슨이 말했다.

나는 손을 내밀었다. 그녀는 일단 내가 불순한 의도나 기껏해야 고리타분한 예의를 차리는 것처럼 내 손을 그냥 쳐다보기만 했다. 그러다 가볍게 손을 맞잡아 악수했다. 가델은 매시슨이 페라리로 돌아가는 동안에도 계속 그대로 서 있었다.

"왜죠?" 그녀가 물었다.

"그 질문에는 전에도 답하지 않았나요?"

"법정과 법치주의에 대한 존중? 그런 말은 안 믿어요. 솔직히 말하죠. 제가 보기에 당신은 남들처럼 복수심으로 움직이는 것 같아요."

"눈에는 눈, 이에는 이." 나는 매시슨의 빨간색 드림카가 아지랑이 속에서 몽환적으로 떠나는 것을 보았다. "모세의 율법에 나오는 말이죠. 우리가 아는 최초의 율법 중 하나죠. 가해자는 남에게 입힌 피해만큼의 벌을 받아야 한다는 법입니다. 그런데 가해자가 남의 가족을 해쳤다면 그건 어떻게 갚을 수 있나요? 가장 큰 피해는 목숨을 잃은 당사자가 아니라 사랑하는 사람을 잃은 사람들에게 가잖아요. 뒤에 남아 상실감과 고통과 죄책감을 안고 살아갈 사람들요. 가해자도 똑같은 고통을 받으면서 살아야 마땅하죠."

"눈에는 눈이라." 가델이 말했다.

"좋은 율법이에요." 내가 말했다.

가델이 떠나고 나는 차로 돌아와 총을 보았다. 기다렸다. 아지랑이 속을 응시하며. 기다렸다.

그리고 그것이 왔다. 커다란 검정 SUV, 그날의 습격 이후 그 저택에서 멀어져가던 차. 콜린 로위의 차.

브래드는 내가 그를 풀어주고 곧 그가 사랑할 만한 누군가가 데려갈 거라 말하자 울었다.

"전 그럴 자격이 없어요." 그가 매트리스에 눈물을 뚝뚝 떨구며 훌쩍였다.

"너 여기 있은 지 한참 됐어." 나는 이제부터 하려는 말을 위해 마음을 추슬렀다. "누구나 한 번은 더 기회를 얻을 자격이 있어."

"그거 아세요, 애덤스 아저씨? 잠깐 여기 있으면서 아저씨한테 배운 게 제가 어릴 때부터 아버지한테 배운 것보다 많아요." 브래드가 입을 벌리려다 다시 다물고 울음을 터트렸다. "에이미가 죽은 거 정말 죄송해요. 제가 해드릴 수 있는 게 없는 것도 알아요. 그래도……."

나는 그의 어깨에 손을 얹었다. "네가 해줄 수 있는 게 있어. 정과라슨이 가족이 어제 이 집에서 나갔어. 이 방으로 탄약을 다시 옮기려는데 도와줄 힘센 남자가 필요해."

브래드가 어리둥절한 표정으로 보았다.

"하이디하고 나는 지하실 다른 공간에 식량을 저장해야 하거든." 내가 거짓으로 둘러댔다. "여기는 하수관을 타고 쥐들이 올라올 테니. 이 방은 그냥 무기고로 쓰려고."

"전 준비됐어요."

브래드는 왜 그냥 하수관을 막지 않고 탄약과 수류탄과 다이너마이트와 석유를 이 방으로 옮기려는 건지 묻지도 않았다.

다 옮기고 나서는 우리 둘 다 땀에 젖고 피로에 지쳤다. 남자들끼리는 힘든 육체노동을 함께하면 끈끈한 정이 생긴다는 말이 맞는 것 같았다. 내가 맥주를 권했지만 브래드는 사양하며 맥주가 부족한 거 안다면서 대신 물이나 좀 마실 수 있냐고 물었다. 언젠가 어느 법의학 정신과 의사가 사람들이 흔히 하는 실수에 대해 해준 말이 생각났다. 사람들은 흔히 가난한 사람들을 자주 도와주다가 연쇄 아동 성추행범으로 돌변하는 남자에게 속았다고 착각한다는 것이다. 사실은 사람들이 실수하거나 속은 게 아니라고 했다. 그 남자의 선한 면이 진심으로 가난한 사람들을 도와준 것이지, 그가 저지르는 다른 악행을 덮기 위해 위장하는 것이 아니라고 했다. 한마디로 인간은 선하기만 하지도 악하기만 하지도 않다는 것이다. 브래드도, 그의 아버지도, 나도.

로위 빌딩에 밤이 내리고 거대한 곤충 모양의 헬리콥터가 귀가 먹을 정도로 굉음을 내며 착륙 준비를 한다. 우리가 말없이 서서 지켜보는 사이 우리의 머리 모양도 넥타이도 드레스도 소용돌이치듯 날린다. 콜린의 잔에서 튄 샴페인 몇 방울이 차가운 진눈깨비처럼 내 얼굴을 때리고 나의 벌어진 입에 들어와 달콤 쌉싸름한 맛이 난다.

헬리콥터가 내려오고 엔진이 꺼지자, 회전 날개가 아직 돌아가는 사이 귀청을 찢을 듯 왱왱거리던 소리가 서서히 가라앉고 음량도 음고도 감소한다.

콜린이 나를 본다. 그의 옆에 리자와 베스가 서 있다.

"마지막 팀입니다. 지금 타세요!" 헬리콥터 안에서 누군가가 소리친다.

십여 명이 그쪽으로 모여든다.

콜린이 등을 똑바로 펴자, 내 눈에 눈물이 차오른다.

닷새 전에 라슨의 가족과 정의 가족이 짐을 챙겨 떠날 때도 그랬다. 라슨은 남쪽 지방에 작은 농장을 사들였다. 직접 식량을 길러먹을 수 있고 도시보다는 세상의 붕괴에 영향을 덜 받을 만한 곳이었다. 정은 낚싯배를 사고 가족이 지낼 곳으로 등대를 샀다.

나흘 전에 브래드가 우리 저택을 떠날 때도 눈물이 차올랐다.

왜 이렇게 눈물이 날까? 불변의 진실, 이제 돌아갈 길이 없다는 확실성은 항상 우리 내면 깊숙한 곳의 무언가를 건드리기 때문일까? 이별이든 죽음이든 혹은 우리를 갈라놓고 서로를 떼어놓는 시간과 사건과 인생 그 자체의 거대한 해류 때문일까?

나는 콜린에게 손을 내민다.

"잘 가." 내가 말한다.

"고마워." 콜린은 내 손을 잡고 나를 끌어당긴다. "내 아들을 풀어줘서 고마워."

"윌!" 하이디가 부른다. 그녀는 샘의 손을 잡고 헬리콥터 문 옆에 서 있다. "여보, 어서 와."

"그리고 나한테 그 저택을 넘겨줘서 고마워." 콜린이 말한다.

"고마워할 사람은 나지. 탑승권 말이야." 내가 말한다. "모두가 탈수 없어서 안타까울 뿐이야."

"우리가 뒤에 남는 게 맞아." 콜린이 말한다. "브래드는 마음이 정리되면 우리한테 돌아올 거야. 자기를 대하는 네 태도를 보고 생각이 많았을 거야, 윌. 넌 우리 모두에게 생각할 거리를 줬어."

"윌, 여보, 더는 못 기다린대!"

"지금 가!" 나는 소리쳐 답하고 어릴 적 친구의 눈을 본다. 선택은 자유이면서도 냉혹하다. 자유롭게 선택한 줄 알지만 사실 행동할 시간이 다가왔을 때 뇌에서 그 순간 가능한 모든 정보와 모든 의향을 취합해 이미 선택을 내리는 것이다. 나는 다시는 콜린을 보지 못하고 그의 웃음소리를 듣지 못하고 그의 냄새를 맡지 못하고 그와 악수할 때나 포옹할 때의 온기를 느끼지 못할 것이다. 물론 내가 틀릴 수도 있고 틀리기를 바란다. 하지만 내 영혼 깊은 곳에서는 그를 다시 만날 거라 바라지도 믿지도 않는 것 같아 두렵다. 그래도 내 눈에 그의 눈만큼 눈물이 차오른다.

헬리콥터가 옥상에서 떠올라 선회하는 사이 나는 저 아래에 손을 흔들며 서 있는 세 사람을 보다가 하이디와 나 사이에 앉아 내 팔을 잡아당기는 샘을 돌아본다.

"우리 어디 가요, 아빠?"

나는 손으로 가리킨다. "저기."

"저기가 뭐예요?"

"서쪽."

"서쪽이 뭐예요?"

"미래."

"미래가 뭐예요?"

"곧 다가올 일들이지. 있잖아…….." 나는 아들의 머리 위에 손을 올려서 나비처럼 퍼덕거리다 아들의 목을 간지럽힌다. "지금 여기 왔네!" 내가 소리치자 아들이 꼼지락거리며 까르르 웃는다. "이제 끝났어!" 나는 간지럽히던 손을 멈춘다. 그리고 손을 다시 아들의 머리 위로 가져간다. "하지만 더 많은 게 올 거야." 아들이 또 간지럽히는 줄 알고 벌써 웃고 있다. 나는 아들을 간지럽히다가 하이디와 눈이 마주친다. 두 눈이 흐릿하지만 웃고 있다. 나는 다시 손을 든다.

"그건 이제 다 끝났어." 나는 하이디에게서 시선을 거둔다. "하지만 앞으로 더 많은 게 올 거야……."

XVII

나는 타는 듯한 햇빛을 피해 그늘진 곳으로 찾아 들어가 윌 애덤스가 브래드 로위를 풀어주기를 기다렸다. 드디어 담장 너머로 그들의 목소리가 들렸다. 느긋하고 화기애애한 소리. 세상에, 마치 오랜 친구 사이처럼 들렸다.

"날 데리러 올 사람이 너였구나." 브래드의 뒤로 저택의 문이 닫혔다. "난 또 아버지가 데리러 온 줄 알았지."

브래드가 잠시 그대로 서서 나와 오토바이를 보았다.

"넌 그날 밤 우릴 버리고 도망쳤어." 그가 말했다.

"그때는 상황이 다 끝났잖아." 내가 말했다. "거기서 도망치는 수밖에 없었어."

브래드가 생각에 잠겼다. 그리고 고개를 끄덕였다. "맞아. 나였어도 그랬겠지. 그래서 이제 어떻게 돼?"

"우리도 그게 궁금해."

"무슨 소리야?"

"네가 카오스의 대장이잖아. 다들 네가 우릴 위해 무슨 계획을 세웠는지 알고 싶어해."

브래드가 놀란 눈으로 나를 보았다.

나는 오토바이를 향해 고개를 까딱했다. "내가 뒤에 탈게. 운전하고 싶을 테니."

브래드가 환하게 웃었다. 그가 내 어깨에 팔을 둘렀다. "네가 믿을 만한 애인 줄은 알았다. 솔직히 네가 레즈비언만 아니었어도 내 여자로 만들었을 거야. 그런데 우리 어디 가는 거야?"

"놀이공원." 내가 말했다.

내가 갱단에 브래드를 데리러 다녀올 것이고 이제부터는 그가 대장이라고 하자 반응이 제각각이었다. 그들은 나와 함께 지내는 데 만족한다면서 내가 왜 제일 좋은 오토바이와 무기와 음식과 방과 여자를 제일 먼저 선택할 수 있는 엄청난 특권을 스스로 포기하려는지 이해가 가지 않는다고 했다.

그래도 그들은 내가 시킨 대로 했다. 브래드와 내가 대문을 지나서 전날 갱단이 차지한 버려진 작은 놀이공원으로 들어가는데 '환영해, 브래드'라고 적힌 현수막이 대문에 걸려 있었다. 우리에게는 발전기 두 대와 고기 8킬로그램과 술 10리터가 있었다.

사실 그 장소는 어두워지면 조금 섬뜩했다. 그래도 우리는 저녁을 먹은 후 놀이공원 전체를 화려한 색의 조명으로 밝혔다. 회전목마와 범퍼카에서 쟁쟁거리는 음악이 흘러나오고, 소년들이 공기총으로 작은 풍선을 터트리는 부스에서 총소리와 떠들썩한 응원 소리가 나왔다. 심지어 불에 탄 공포의 집 잔해에서는 테이프에 녹음된 긁는 듯한 목소리가 무서운 이야기를 중얼거렸다. 브래드와 나는 회전목마에서 나란히 말에 올랐다. 말들이 삐걱거리며 서로 박자가 맞지 않게 오르내리는 사이 우리는 천천히 빙글빙글 돌았다. 회전목마의 손풍금 소리 너머로 내가 브래드에게 다시 물었다. 넌 우릴위해 무슨 계획을 세웠어?

그가 눈을 굴리며 알코올에 뭉개진 발음으로 말했다. "윌 애덤스 그 개자식하고 빌어먹을 일당을 다 죽일 거야."

"왜?"

"왜? 그 자식이 날 가뒀잖아. 그게 이유지!"

"그 사람이 허버트를 죽여서가 아니고?"

브래드는 툴툴거리며 위스키병을 입으로 가져갔다. "그것도 있지. 그래도 누구도 브래드 로위를 가둘 순 없어. 아무도 건방진 애새끼를 대하듯 훈계하지 않고. 자기가 우월한 사람인 양 행동하지못해. 자기가 무슨⋯⋯." 그는 얼굴을 일그러뜨리고 손짓을 섞어가며 말하려 했지만 무슨 말을 하려는 건지 알아듣기가 쉽지 않았다.

"신성한 사람처럼?" 내가 말했다.

"맞아. 윌 애덤스는 무슨 성직자처럼 설교하지만 그냥 좆같은⋯⋯." 그는 술병을 들고 마치 그 속에 든 단어를 잡으려는 것처럼 흔들었다.

"위선자?"

"맞아!" 그는 떨어지지 않으려고 말을 꽉 붙잡았다. "그 자식하고그 친구들, 그자들은 아빠가 날 구하라고 보내준 사람들을 그냥 죽인 게 아니라 도륙했어."

"그 사람들이 스스로 방어했다는 뜻이겠지?"

브래드가 내게 눈을 흘겼고, 나는 입을 닫았다.

"그 사람을 어떻게 죽이려고?" 내가 물었다. "그 집을 요새로 만든댔어."

"어, 그래도 브래드 로위에게는 답이⋯⋯." 그가 술병 주둥이로관자놀이를 툭툭 쳤다. "여기에 들어 있지."

"그래서 뭔데?"

"라그나가 우리 아버지한테 받아온 바주카포가 몇 개지?"

"오십 개."

"한 개." 브래드가 큰 소리로 웃으며 빈 술병을 던졌다. 어둠 속 어딘가에서 병이 박살 나는 소리가 들렸다. "딱 한 개만 있으면 돼. 하수관으로 쏘아 올리면 그 집 지하실에 무기를 쌓아놓은 방으로 들어가거든. 그리고, 콰광! 그 집 전체가……." 그가 말 위에서 중심을 잡고 두 손과 팔을 들고 양 볼을 부풀리며 보여주었다.

나는 고개를 끄덕였다. "그 하수관이 얼마나 똑바로 이어졌는데? 곧게 이어져 있지 않으면 도중에 터질 텐데."

"그걸 알아내야지." 브래드가 말했다. 목소리에 확신이 조금 떨어졌다.

나는 한숨을 쉬었다. "나보고 알아내라는 거야?"

"할 수 있어?"

"항상 일을 처리하는 사람이 누구지, 브래드?"

"너지, 이본." 움직이는 회전목마에서도 그의 고약한 술 냄새가 내 얼굴에 훅 끼쳤다. "너는 여기 다른 얼간이들이 하지 못할 일을 해내잖아."

"나흘만 줘." 내가 말했다.

"나흘? 왜……?"

"도시계획 부서에 아는 사람이 있는데, 지금 자리를 비우고 나흘 뒤에 돌아온대. 하수관이 직선으로 이어져 있는지, 정확히 어디로 들어가는지 알아볼게. 그래야 엉뚱한 집을 날려버리지 않지. 알았어?"

"너 없이 씨발 내가 뭘 하겠냐, 이본?"

"내 말이. 그런데 그렇게 하고 싶은 거 맞아?"

주위의 불이 꺼지고 손풍금 소리가 늘어지다가 섬뜩하게 음이 어긋나는 사이 회전목마가 창백한 달빛 아래 서서히 속도를 늦추었다.

"뭐야?"

"연료가 떨어졌어." 내가 말했다. "그런데 내가 물으려던 건…… 정말 그 사람들 죽이고 싶은 거야? 어쨌든 애덤스 씨가 너를 풀어줬잖아."

"젠장, 이본, 너 모르겠냐? 그래서 열받는 거야. 난 말이야……." 그가 침을 삼켰고, 눈에는 술꾼의 눈물이 고였다. "아빠를 모욕한 자를 내가 직접 처단한 걸 아빠한테 보여주고 싶어. 아빠가 개자식이긴 해도 난 아빠를 사랑해. 엄마도, 동생도 사랑해. 하지만 아빠는…… 나한테 실망했어." 말들이 이제 완전히 멈추었고, 브래드의 말이 아래에 있어서 내가 그를 내려다보게 되었다. 그는 몸을 꼿꼿이 펴고 말했다. "하지만 일단 내가 그 요새를 날려버리고 아빠가 하지 못한 일을 해내면, 그럼 내가 진짜로 뭘 할 수 있는지 아시게 될 거야. 알아듣냐?"

갑자기 요란하게 덜컹 하는 소리와 환호성과 불빛과 음악이 돌아오고 회전목마도 다시 천천히 돌기 시작했다. 브래드의 말이 다시 나보다 위로 올라갔다.

그날 밤 갱단 전체가 공포의 집에 들어가 잠을 청했다. 다음 날 아침, 쨍한 햇빛 속에 서 있는데 브래드가 내게 다가왔다. 그의 핏기 없는 얼굴에 지독한 숙취가 드러났다.

"어젯밤에는 내가 조금 흥분했던 거 같다." 그는 회전목마의 말들에게 돈을 던지며 서 있었다. "그냥 다 없던 일로 할까?"

"애덤스 말이야? 그럼." 나는 마음이 놓였다.

"그거 말고. 아빠에 대해 떠든 거. 잊어줘. 이건 명령이야. 그냥 넌 그 하수관에 대해서나 알아봐."

나는 오토바이를 타고 도시를 벗어나 버려진 고속도로를 달린다. 아스팔트가 오토바이 전조등과 달빛을 모두 삼킨다. 나는 몇 주 동안 그 자리에 방치된, 불에 탄 자동차의 잔해를 지나친다. 며칠이 지나서야 누군가가 운전석의 숯덩이가 된 시신을 치웠다. 무슨 사연으로 그리 됐는지는 몰라도 연료 탱크는 오래전부터 비어 있었다. 브래드가 내게 그 저택으로 연결된 하수관에 대해 알아보라고 시킨 지 나흘 지났다. 이제 다 해결되었다. 연료계가 이제 왼쪽으로 한참 넘어가 있었다. 오토바이도 이제 이야기를 마친 후 엔진이 알아채주기만 기다리는 것 같았다. 석유 펌프가 보인다. 나는 속도를 늦춘다. 저 위로 높은 곳에서 헬리콥터 소리가 난다. 눈을 들어보니 하늘에서 불빛 하나가 바다 쪽으로 이동하고 있다. 도살장으로 들어가기 한참 전부터 음악 소리가 들린다. 파티가 한창이다. 또 다른 파티.

나는 중앙홀 앞에 멈춰 선다. 쌍둥이들이 에릭을 부축하고 있다. 에릭은 내 라이플총을 가져간 소년이다. 에릭이 취해 비틀거리면서도 바주카포를 어깨에 단단히 붙이고 있다. 표적은 200미터쯤 떨어진 곳에 서 있는 녹슨 카라반으로 보인다.

나는 오토바이에 탄 채로 천천히 중앙홀로 들어간다. 거대한 스피커 한 대에서 꽝꽝 울려대는 음악은 역시나 '위 아 더 챔피언'이다. 젠장, 저 노래 정말 싫다. 다들 식탁에 둘러앉아 그 노래를 따라 부른다. 또 누군가는 고기걸이 아래서 춤을 추며 돌아다닌다.

브래드는 식탁 한쪽 끝에 혼자 앉아 발을 의자에 올린 채 굵게 만 대마초를 손에 들고 있다. 그가 기대에 찬 표정으로 나를 본다.

나는 서두르지 않는다. 오토바이를 세운다. 바지의 허벅지 쪽을 쓸어내린다.

"늦었네." 내가 옆에 앉자 브래드가 말한다.

"오는 길에 장애물 몇 개를 만나는 바람에." 스파이크 스트랩 위에 대자로 쓰러져 있던 남자를 그대로 넘어 달리던 순간의 감각이 떠올랐다. 그리고 나는 출구 쪽으로 고개를 까딱한다. "저거 봤어? 쌍둥이들이랑 에릭이……."

"내가 허락한 거야. 그래서?"

"도시계획 부서의 지인한테서 도면을 받아왔어." 나는 가죽 재킷의 지퍼를 열고 안주머니에서 종이를 꺼낸다. 내가 그 저택에 들어갔을 때 윌 애덤스에게 받은 것이다. 나는 그 집에서 기관총을 받아 오고 그가 해달라는 일을 해주기로 했다.

"하수관은 그 집에 직선으로 올라가. 넌 그냥 바주카포를 하수관에 집어넣고 방아쇠를 당기기만 하면 돼. 내가 그쪽으로 가서 경사로에서 하수관이 빠져나오는 데를 찾아냈어. 지형이 평평하지 않고 조금 올라가야 하지만 아무한테도 들키지 않고 올라갔다가 내려올 수 있어."

"완벽해!" 브래드가 웃으며 말한다. "그래서 어떻게 생각해?"

"뭘?"

"그거 하는 거."

나는 어깨를 올린다. 윌 애덤스는 브래드를 유도하거나 조종하려고 해서는 안 된다고 강조했다. 두 가지 선택지를 모두 열어놓고 브래드가 정말로 자유롭게 선택하게 놔둬야 했다. 애덤스의 말처럼, 우리는 삶의 어떤 순간에 우리이기에 내릴 수 있는 선택만큼 자유롭다. 핵심은 그 선택이 브래드의 선택이어야 한다는 것이다. 그러니까 브래드는 자신을 처벌할 수도 있고, 자신을 구원할 수도 있다.

"결정은 네가 해야지." 내가 말한다.

"그건 알지만, 그래도 훌륭한 리더는 조언을 구한다는 말은 너도 들어봤을 거야. 물론 조언을 받아들일지 말지는 리더의 몫이지만."

"카오스가 이걸로 뭘 잃거나 얻는 게 아니라면 난 아무것도 조언할 수 없어. 네 마음과 머리가 가는 대로 해야지, 브래드."

그는 짜증이 난 듯하다. "알았다. 난 이미 그렇게 하기로 결정했어. 그냥 네 의견을 듣고 싶었을 뿐이야."

밖에서 요란한 굉음이 나다가 일순간 실내에 정적이 감돈다. '챔피언'을 부르던 녀석조차 잠시 입을 다문다. 창밖에서 난로 불빛이 타오르고 에릭과 쌍둥이들의 함성이 들린다.

"새벽에 할까 해." 브래드가 말한다. "어떻게 생각해?"

"새벽 좋네."

"그런데 기습 공격은 새벽에 한다는 거 다들 알잖아. 그 집 사람들이 더 경계하지 않을까?"

"그럴지도."

"그래도 새벽이 최선이겠지?"

"새벽이 항상 최선이지."

브래드가 고개를 끄덕인다. 그리고 나를 한참 뜯어보고는 일어나서 소리친다. "파티는 끝났다, 카오스! 술을 다 들이켜라! 해 뜨기 한 시간 전에 출발한다!"

그는 환하게 웃으며 두 팔을 펼친다. 그들에게 환호성을 멈추라고 요구하는 동시에 계속 찬사를 보내라는 몸짓이다. 그는 행복해 보인다. 진실로 행복해 보인다. 이때가 그의 행복한 모습을 본 마지막 순간이었다.

나는 잠이 깬다. 하이디와 샘의 차분하고 고른 숨소리가 들린다.

선실은 아직 어둡지만 커튼 가장자리로 회색 띠가 보인다. 콜린 로위의 탑승권으로 상갑판에 방 세 개짜리 큰 선실을 얻은 게 놀랍지는 않다. 하이디가 기쁨의 눈물을 흘렸다. 나는 시계를 본다. 이제 곧 해가 수평선에 걸리며 여정을 시작할 것이다.

하이디가 내 곁으로 파고든다.

"무슨 일이야?" 하이디가 졸린 목소리로 속삭인다.

"그냥 꿈꿨어."

"무슨 꿈인데?"

"생각 안 나." 내가 거짓으로 말한다.

꿈속에서 나는 브래드와 이본 옆에 서 있었다. 브래드는 웃고 있고 이본은 심각한 얼굴이었다. 우리는 거기 서서 불에 타는 저택을 바라보았다. 브래드는 비명 소리와 함께 불길에 휩싸인 세 사람이 정원을 가로질러 우리가 서 있는 비탈길로 뛰어오는 것을 봤다. 브래드는 더 크게 웃었다.

"지옥불에 타버려라, 애덤스!" 브래드가 환호했다.

나는 그를 돌아보며 불타는 사람들이 누군지 안 보이냐고 물었지만, 브래드는 나를 보지도 내 말을 듣지도 못했다. 불길에 휩싸인 형체들이 더 다가왔고, 그중에 제일 키가 큰 사람이 그보다 작은 두 사람을 붙잡은 채 우리 앞에 무릎을 꿇었다.

"브래드." 제일 큰 형체가 말했다. "우리랑 같이 불에 타자. 우리랑 같이 불에 타자."

그제야 브래드의 눈이 휘둥그레졌다. 그의 웃음이 끊기고 입이 벌어졌다.

그가 돌아보았다. 이제 그에게 내가 보인다.

"당신." 그가 말했다. "당신 짓이야."

"아니." 내가 말했다. "난 네게 선택권을 주었을 뿐이야. 불을 지르기로 선택한 건 너야."

브래드가 앞으로 달려간다. 그가 무릎을 꿇고 세 덩어리의 형체를 끌어안아 그들과 함께 화염에 휩싸이려는 듯 보였다. 하지만 이미 늦었다. 시커먼 숯덩이가 된 그들이 그의 품 안에서 바스러졌다. 브래드는 땅에 남은 재를 보았다. 재 속에 손을 묻고 영혼이 고통스러운 듯 울부짖었고, 그사이 재가 바람에 날아가버렸다.

"그래도 좋은 꿈이었는지 말해줄 수 있어?" 하이디가 묻는다.

나는 곰곰이 생각한다.

"아니." 이번에는 진실을 말한다. "안 돼. 이리 와……."

우리는 밖으로 나가 갑판에서 걷는다. 나는 아직 잠든 샘을 안고 있다. 사방이 잿빛이고 바다이거나 하늘뿐이고, 육지도 수평선도 보이지 않는다. 단세포 생물, 모든 것이 여기서 시작되었다고 한다. 그 순간 태양이 수평선에 떠오른다. 세상이 마법처럼 행태와 색채를 얻으며 우리의 눈앞에 새로운 우주가 탄생한다.

"우리의 첫 일출이네." 내가 속삭인다.

하이디도 똑같이 말한다. "우리의 첫 일출이네."

기억 파쇄기

파리가 날아와 내 손등에 앉는다. 나는 파리를 가만히 바라본다. 파리의 평균 수명은 이십팔 일이다. 파리도 알까? 그래서 수명이 늘어나면 좋겠다고 생각할까? 사랑하는 이들과 자신이 살면서 이룬 것들과 최고의 나날, 순간에 대한 모든 기억을 지우는 대가로 수명을 연장해준다면 파리는 어떤 선택을 할까?

지금 내게는 그런 걱정을 할 여유가 없다. 손을 움직이자 파리가 날아간다.

나는 잊어야 한다. 신속히 잊어야 한다.

나는 파쇄기가 놓인 책상 앞에 앉는다. 잠시 눈을 감고 윙윙 소리를 듣는다. 천장에 달린 환풍기 소리일 수도 있다. 여행 가방에서 나는 소리일 수도 있다. 아니면 거리의 사람들 소리일 수도 있다. 또 스파이 드론 소리일 수도 있다. 들리는 말로는 군대에 아직 그런 드론이 있다고 한다.

어쨌든 드론이 오래전부터 나를 따라다녔고, 이번에는 도망칠 수 없다는 걸 안다. 여기 엘아이운의 악취가 진동하고 푹푹 찌는 아파트에서 끝날 것이다. 천장의 총알구멍과 파편으로 패인 자리

사이에 환풍기가 천천히 돌아간다. 다 태워버릴 듯 뜨거운 사막 공기를 조금 휘저을 뿐이다. 시로코 바람이 창문과 발코니 앞에 걸려 있던 묵직한 모로칸 베르베르 러그 옆 틈새로 밀고 들어왔다.

아파트 한구석의 냉장고 앞에 갈색 가죽 여행 가방이 놓여 있다. 폭탄이다. 가방이 열리면 모든 것이 산산조각이 나고 우리가 아는 것과 알면 안 되는 것이 모두 사라진다. 하지만 그 전에 가방에 들어 있는 것을, 그게 무엇이든 다 파괴해야 하고 뇌세포까지 다 파괴해 날개가 자라게 해야 한다. 그래야 위대한 비행의 시간이 온다. 그 전에 내가 아는 모든 것을 잊어야 한다.

그러려면 우선 기억해내야 한다. 제거해야 할 기억을 모두 소환해야 한다.

파쇄기 화면에 뜬 허연 얼굴이 그리스 비극의 가면처럼 보인다. 나는 눈을 깜빡이지 않으려고 애쓰면서 화면에 비친 내 얼굴을 들여다보며 눈동자가 가면의 구멍과 같은 선상에 오게 하려고 머리를 이리저리 움직인다. 간접적으로든 직접적으로든 그들이 이 공식에 이르게 할 만한 모든 흔적을 제거해야 한다. 나는 집중하려고 애쓴다. 당장 기억나는 부분만 지울 수 있기 때문이다. 나머지는 모두 그들이 나의 뇌에서, 내가 죽은 뒤에도 재구성할 수 있을 것이다. 가장 효율적이고 완벽하게 삭제하는 방법은 파쇄기에 기억의 그림을 시간순으로 넣는 것이다. 그래야 연상되는 기억도 함께 파괴되기 때문이다. "생선 내장을 긁어내는 작업이라고 생각하세요." 우리 연구팀에 지시를 내리던 하사관의 말이다. "다만 여기서 생선이 **당신**이에요."

좋아. 우선 그 아이디어부터.

아이디어

그 아이디어는 한밤중에 떠올랐다. 나는 아내 옆에서 자다가 소변이 마려워 잠에서 깼다. 아내를 깨우지 않으려고 조용히 일어나 욕실로 갔다. 우리는 라이네르스트라세에서 산다. 이 도시에서 아직 전기가 들어오고 물이 나오는 동네다. 밖에 비가 내렸다. 비가 오지 **않았다면** 기억나지 않았을 테니 비가 온 걸 안다. 나는 잠이 덜 깬 채로 소변을 보는데 발기가 되려는 걸 알았다. 무슨 꿈을 꾸었는지 기억해보았지만, 성적 흥분을 일으킬 요소는 없었다. 나의 연구자의 뇌가 내 몸에서 산화질소와 노르에피네프린이 분비되는 것을 기록했다. 화장실에 서 있는 사이 생각이 떠돌며 새로운 꿈을 만들어냈다. 나는 죽었고, 내 상태는 최후의 전쟁이 종전한 직후의 공개 교수형에서 '천사의 욕정'이라고 불리던 상태가 되었다. 의학도인 나는 천사의 욕정, 곧 교수대에 선 일부 사형수가 가랑이 사이로 도드라질 정도로 발기하는 현상에는 복잡한 화학적 이유가 아니라 단순한 생리적 이유가 작용한다고 배웠다. 밧줄이 목을 조르며 소뇌에 강한 압박을 가해 음경의 지속발기증을 유발한다는 것이다. '천사의 욕정'이라는 이름을 누가 붙였든, 죽음에도 쾌락과 기쁨과 나아가 해방감이 있을 수 있다는 생각을 해보았을 것이다. 하지만 생각만 했을 것이다. 어쨌든 죽음은 궁극의 엄숙한 사건이다. 죽음은 늘 우리가 가는 길에 도사리며 우리가 평생 도망치려 하지만 끝내 우리를 찾아내는 적이다. 단지 시간의 문제일 뿐이다.

그날 밤에 내가 욕정과 소멸, 욕망과 죽음의 연관성을 찾으려 한 이유는 자명했다. 우리 연구팀은 한동안 '하데시트'의 치료제를 개발하기 위한 연구를 해왔다. 치명적인 성병인 하데시트는 최후의 전쟁이 발발하기 직전에 발생해서 한 세기 전의 HIV처럼 아프리카 인구를 대량으로 살상한 후 우리가 사는 동쪽 연방과 서쪽 연방까지 넘어왔다. 우리는 이미 HADES1을 개발해 일부 환자들의 생명을 연장하고 나머지 집단의 사망률을 조금 낮췄지만, 여전히 사망률이 90퍼센트에 육박하기에 현재 HADES2라는 새로운 약물을 연구하고 있었다. 그래서 이 질병이 어떻게 전파하는지 파악하는 연구도 진행했다. 구강성교를 자주 하고 섹스 파트너를 자주 바꾸는 사람들이 남들보다 하데시트에 감염될 위험이 현저히 높다는 연구 결과는 그리 놀랍지 않았다. 그러다 나는 연구 데이터의 두 번째 열을 분석하다가 이 연구의 추가적인, 상당히 놀라운 측면을 발견했다.

우리는 사망한 매춘부와 포르노 배우들의 소규모 집단을 구성했는데, 그중 일부는 하데시트에 감염되어 사망하고 나머지는 다른 이유로 사망했다. 이들 집단의 데이터로 사망률과 감염 위험이 시간에 걸쳐 변화하는 추이를 알아보려 한 것이다. 하데시트 바이러스는 치료약에 대한 저항성을 강화할 뿐 아니라 살아 있는 모든 유기체가 영생을 추구하며 생존 전략을 찾듯 새로운 생존 전략도 개발했다. 앞서 말했듯 하데시트로 인한 사망률이 90퍼센트가 넘는다는 점에서, 평균보다 섹스를 많이 하는 집단의 평균 수명이 일반 인구보다 길다는 결과는 의외였다. 이 집단이 하데시트에 취약하고 매춘부들이 건강한 생활을 하지 못한다는 점에서 더 오래 살 것이 아니라 더 적게 살 것으로 예상되기 때문이다.

물론 데이터에서 이해할 수 없는 연결성과 양상이 나타나고 연구에서 검증하려는 가설과 무관한 현상이 데이터와 연결되는 건

특이한 일이 아니다. 동료 연구자 중에도 다수가 이런 식으로 결과에 꿰맞추며 연구를 밀어붙이다가 비웃음을 샀다. 주사위를 던지면서 텔레파시로 점 네 개가 나오게 할 수 있다는 가설을 검증하다가 비정상적 규칙성에 의해 점 다섯 개가 나오면 애초에 점 네 개에서 하나를 더한 숫자가 나오는지 검증하려고 했다고 우기고 싶어지는 것이다. 물론 연구 윤리로는 말도 안 되는 소리다. 원칙은 검증하려던 가설을 검증하고, 질문한 것에 답해야 한다는 것이다. 어떤 답이 나오든 결과에 맞춰서 질문을 바꾸다 보면 어떤 답이든 오용될 수 있고, 전혀 다른 분야에서 획기적인 무언가한 것처럼 보인다. 그날 밤 내게 바로 이런 일이 일어났다.

나는 산화질소와 노르에피네프린에 대해 생각하다가 꿈결 같기는 해도 지금도 선명한 순간에 어떤 연결성을 보았다. 나는 연구의 고전적인 함정에 머리부터 떨어지는 격이라고 해도 그 연결성을 무시할 수 없다는 걸 알았다. 게다가 내가 범하려는 이 연구자의 죄를 아무에게도 말할 수 없다는 것도 알았다.

나는 변기 물을 내리고 거실로 나갔다. 라이네르스트라세에 마지막으로 불 켜진 가로등 불빛이 유리창에 흐르는 빗줄기에 필터링되어 거실로 들어왔다. 불빛이 거실 벽에 걸린 형 위르겐의 사진을, 벽난로에 걸린 코끼리 라이플총을, 어느 해인가 클라라가 나의 생일 선물로 준 펜을 비추었다. 나는 그 펜을 집고 종이를 찾아서 거칠게 떠오른 아이디어를 적었다. 그리고 클라라가 순진무구하게 잠들어 있는 침대로 돌아갔다. 나는 평온하고 여전히 아름답지만 너무나 빠르게 노화하는 클라라의 얼굴을 보고 알람 시계를 한 시간 반 전으로 돌려놓았고, 그게 어떤 상징적인 행위 같았다.

이튿날 아침에 맨 먼저 실험실에 들어가자마자 나의 새 가설을 검증하기 위해 수치를 면밀히 검토했다.

가설

섹스와 수명 연장의 연관성을 처음 생각한 날로부터 석 달 후 나는 나의 상사이자 안토일 메드의 CEO인 루드비히 코퍼의 사무실에 앉아 있었다. 그는 두 시간 정도 거의 끼어들지 않고 내 얘기를 들어주었다. 지금 그는 손을 깍지 끼고 안경 너머로 나를 보았다. 안경다리 없이 코에 걸치는 형태로, 지그문트 프로이트가 썼을 법한 안경이다.

"내가 틀렸으면 정정해주게." 코퍼가 평소대로 말했다. 그렇다고 끼어들어도 된다는 뜻은 아니었다. "그럼 그 얘기는 결국 산화질소와 노르에피네프린을 결합한 물질이 노화를 지연시켜서 질병과 싸울 수 있다는 거잖아. 그게 세포 수준에서 일어나는 현상이라는 거고. 나아가 이론적으로 이 물질이 노화 과정을 완전히 **중단**시킬 수 있다는 거고."

"산화질소와 노르에피네프린이 성적 흥분 상태에서 남녀 모두의 성기의 혈관에 영향을 미치는 것은 잘 알려져 있습니다. 그런데 이들 물질이 면역계에도 중요하다는 겁니다. 노르에피네프린과 다른 물질 두 가지를 결합하면 노화 과정이 지연됩니다. 그리고 저는 이들 물질을 적절히 결합해 노화 과정을 완전히 중단시키지 못할 이유를 찾지 못했습니다."

"그러니까……." 그가 나직이 말했다. "불멸이라는 건가?"

내가 헛기침을 했다. "그러니까 몸이 노화로 퇴화하지 못하게 막고 궁극적으로는 무해한 다른 질병으로 죽지 않게 막아주는 겁니다. 죽을 방법이야 그밖에 무수히 많지만요."

"불멸이라." 코퍼가 내 말을 듣지 못했다는 듯이 거듭 말하면서 등받이가 높은 의자에 기대어 생각에 잠긴 듯 창밖을 보았다. "성배를 찾는 모험!"

우리 둘 다 한참 입을 열지 않았다. 창밖으로 뒤셀도르프의 공장 굴뚝에서 나오는 연기가 조용히 하늘로 피어올랐다. 저런 것들이 오십 년 전에 거의 사라졌다고 생각하니 기분이 묘했다. 마침내 코퍼가 입을 열었다.

"자네가 뭘 요구하는 건지 아나, 야손 씨?"

"네." 내가 말했다.

"우리 회사 전체의 명성에 먹칠할 수도 있어."

"잘 알고 있습니다."

"내가 안 된다고 하면?"

"그럼 전 사직서를 내고 이 자료를 경쟁사에 넘기겠죠."

"그러지 못할 거야. 이 자료의 기반이 되는 데이터는 우리 안토일 메드의 재산이니 우린 자네뿐 아니라 자네가 자료를 보낼 그 회사까지 고소할 거야."

"당연히 여기 걸 쓰진 않죠. 새 데이터를 구하면 되니까요. 게다가 이제 뭘 찾아야 할지 아니까 더 좋은 데이터를 구할 수 있겠죠. 제 아이디어는 아무도 빼앗아갈 수는 없어요. 그건 여기 들어 있으니까요." 나는 검지로 관자놀이를 톡톡 쳤다.

코퍼가 거의 들리지 않는 소리로 투덜대고는 한숨을 크게 내쉬었다. "그래도 영생이라니. 말이 되나, 야손 씨."

"물론 앞으로도 더 오래 연구해봐야 제 가설이 맞는지 확신할 수 있을 겁니다." 내가 말을 이었다. "하지만 저는 연구자로서 제 명성과 경력을 여기에 걸겠습니다."

"물론 그렇겠지. 자네 생각이 옳다면 의학계에서든 생물학계에서든, 어쩌면 양쪽 모두에서 노벨상이 기다리고 있을 테니. 또 자네가 틀렸으면 그냥 다시 시작하면 그만인 거고. 하지만 회사로서는……."

"회사로서는 제가 옳으면 회사 가치가 두 배가 아니라 천 배는 뛸 겁니다. 제가 옳을 가능성이 2퍼센트만 돼도 회사로서는 일단 해보는 게 재정적으로 합리적인 선택인 거죠."

"에거 집안 사람들과 다른 주주들한테는 그럴지 몰라도, 우리 직원들의 생계를 그런 식으로 위험에 빠트리는 건……."

"경쟁사에서 이 약을 개발하면 우리 직원들의 위험은 더 커지겠죠. 결국에는 이 약이 다른 모든 약의 60에서 70퍼센트를 대체할 테니까요. 이쪽 분야에서 대학살이 벌어질 겁니다. 여기서 유일한 질문은요, 코퍼 이사님, 대학살극의 어느 쪽에 서시겠냐는 겁니다."

코퍼는 고민할 때 손바닥으로 희끗희끗한 곱슬머리를 매만지는 습관이 있었다. 그러면 정전기가 뇌에 자극을 주기라도 하는 것처럼. 지금 그가 그러고 있었다. "만약에 말이야." 그가 한숨을 쉬었다. "만약에 자네가 요구하는 인력을 할당한다면 아무도, 그 사람들의 남편이나 아내 들도 자네가 무슨 일을 하는지 알면 안 된다는 단서를 달아야 해."

"그렇겠죠."

"일단 다니엘 에거 회장님께 말씀드려볼게. 이사진에도 알릴지는 그분이 결정하실 테고. 그동안은 자네와 나 둘만의 비밀이야, 야손 씨."

"물론이죠."

나흘 후 나는 코퍼의 사무실로 다시 호출받았다.

"에거 회장님과 나는 당분간 이 일을 비밀로 유지하기로 했네." 그가 말했다. "내부적으로도 마찬가지야. 아는 사람이 적을수록 좋아. 이렇게 예산이 많이 들어가는 사업을 숨길 수는 없으니. 다른 사업으로 위장해야 해."

"그렇겠죠."

"일단 하데시트 프로젝트의 연장선으로 보일 거고, 실무적인 이유로 아프리카에서 진행한다고 공표할 거야."

"아프리카요?"

"스페인령 사하라의 엘아이운에 우리 회사 건물이 있어. 오프브로드웨이 같은 거지. 산업 스파이와 언론의 눈을 피하기 위해서야. 그쪽이 자원에 대한 접근성이 높다고 설명할 거야."

"알겠습니다. 맨해튼 프로젝트처럼 수많은 두뇌를 사막에 격리하는 거군요."

"그래." 코퍼가 창밖을 내다보았다. "다만 당시는 인류를 완전히 파멸시킬 폭탄을 발명하려는 거였지. 하지만 이번엔……." 그가 나를 똑바로 보았다. "정반대잖아, 안 그런가?"

폭탄

창문의 러그가 바람에 펄럭일 때마다 디젤 냄새와 하얀 햇살이 들어왔다. 마지막 전기차가 고철 더미에서 최후를 맞이하고 사하라 사막 유전이 다시 열린 지도 여러 해가 지났다. 멀리 어딘가에서 사이렌이 울부짖는다. 구급차인지 경찰차인지 군대의 비상 대응 차량인지 알 수 없다.

탕탕, 연이어 두 번 총성이 울렸다. 누군가 총을 쏘고 응사하는 소리일까, 바리케이드에 두 개의 구멍이 뚫리는 소리일까? 부디 식민지 지배자의 군대가 게릴라군을 추격하는 소리이거나 그 반대이기를 바란다. 나를 쫓는 소리만은 아니기를.

엘아이운은 항상 답변보다 질문이 많은 곳이다.

손목시계가 째깍거린다. 결혼식 날 클라라에게 받은 예물이다. 시계가 느리게 가기는 해도 충분히 느리지는 않다.

회사가 결정을 내리고 석 달 뒤 나는 직접 선발한 연구원 스물두 명과 함께 세미 트레일러 석 대에 연구 장비를 잔뜩 싣고 엘아이운으로 들어왔다. 우리 프로젝트의 공식 명칭은 HADES2이고 내부에서는 '앙크'라고 불렀다. 연구원들은 비밀유지조건으로 연구하는 데 익숙한 데다 아무도 각자의 연구에 필요한 정보 이상은 몰랐지만, 이 프로젝트의 관련 정보를 경쟁사에 넘기며 요구할 수 있는 금액이 천문학적이라는 정도는 알았다. 이런 이유로 나는 우리 회사의 회장이자 전직 대령으로 군에 아직 연고가 있는 다니엘 에거를 통해 누구든 외부로 나갈 때 거쳐야 하는 기억 파쇄기를 구했다. 모든 연구원은 계약서에서 최종 보고서를 제출하고 나면 기억 파쇄기 절차를 거친다는 조항에 동의했다. 기억 파쇄기는 세계대전 당시 군대가 3급 이상의 기술을 개발하고 사용하는 독점권을 갖던 시대에 개발된 장치다. 이제는 용도가 사라졌지만 적에게 포로로 잡혔을 때 악용될 여지가 있는 정보를 아는 장교들에게 사용되었다. 장교가 고문을 견디거나 명령에 따라 소지해야 하는 청산

가리로 목숨을 끊는다 해도 러시아-유럽 연합 내의 적들이 육체적으로 죽은 사람의 몸과 파손된 뇌에서 기억을 추출하는 엑소르를 개발했기 때문이다. 기억 파쇄기와 엑소르의 대결. 이것은 세상을 끔찍한 상태로 전락시키고 민간인의 삶에서 기술을 금하게 만든 기술전쟁의 수싸움과 반격의 단면이었다. 물론 공공 의료 분야에 종사하는 우리 같은 사람들은 가끔 트라우마 환자를 치료하면서 기억 파쇄기로서 기억을 제거할 수 있지만 그마저도 특권층만 누릴 수 있었다.

연구 프로젝트는 영화나 건축과 같아서 기한이나 예산 안에서 마무리되는 법이 없다.

하지만 앙크는 해냈다.

주된 이유는 이 프로젝트의 팀장인 내가 두 번의 결정적 갈림길에서 위험한 결단을 내리며 나아갈 방향을 제시하고 그 방향에 자원을 집중했기 때문이다. 그중 하나라도 가망 없는 길로 드러났다면 프로젝트 전체가 무산되었을 것이다. 나의 수석 연구조교인 베르나르 요한손은 내 결정에 의문을 던질 수 있을 만큼 나 이외에 이 프로젝트의 전체적 개요를 파악하는 유일한 인물이었다. 그가 이렇게 물었다. "왜 그렇게 서두르세요?"

그는 두 번의 갈림길 모두에서 두 번 다 두 집단으로 나눠서 진행했어야 했다고, 맨해튼 프로젝트 방식으로 나갔어야 한다고 생각했다. 그가 옳은 것이, 사실 우리에게는 그만한 인력과 자금과 시간이 있었다. 아니, **그들**에게는. 내게는 시간이 없다고 요한손에게 알릴 수는 없었다. 그에게 알릴 수 있는 것은 우리가 그것을, 궁극의 약물을 발견하고 얻을 희열이었다.

그것은 (흔히 답을 알고 보면 그렇듯이) 놀랄 만큼 단순했다. 하지만 참신한 사고 과정이 필요하다는 점에서 복잡하기도 했다. 진화 과정에서 특정 종이 새롭고 건강하고 적응력이 뛰어난 개체를 낳는 식으로 생존하는 사이 낡은 종은 폐기되고 멸종된다. 하지만 기존 개체의 세포 재생은 포괄적이라서 학습 능력까지 업데이트된다면 이론적으로는 한 개체가 거듭해 그 자신을 재생하지 못할 이유가 없다. 원래는 새끼에게 처음부터 모든 것을 가르쳐야 하지만 이렇게 재생된 개체는 생존 투쟁에서 결정적으로 유리한 경험을 이미 완벽하게 갖춘다. 그런데 왜 이런 종이 오래전부터 존재하지 않았을까? 내 짐작에는 하나의 종이 이 수수께끼를 풀 만큼 똑똑해지려면 오랜 시간이 걸려서인 것 같다. 그리고 이제 곧 모든 수수께끼가 풀리게 되었으니 우리가 (말하자면 자연이) 올바른 길에 올라선 셈이다. 이제는 지능도 자연스럽고, 생존 본능도 자연스럽고, 따라서 영생도 자연스러운 것이 된다.

지금까지는 나 스스로 확신을 얻으려고 한 말이기도 했다. 나는 엘아이운에서 어느 얼어붙은 듯 추운 새벽 6시에 현미경에서 고개를 들고 베르나르 요한손에게 이렇게 말했다. "찾았어." 이어서 질문을 옳은 방향으로 돌렸다. "우리가 정확히 뭘 한 거지?"

우리는 커튼처럼 걸린 러그를 들추고 사막을 내다보았다. 태양 가장자리의 붉은 아지랑이가 지평선으로 올라오자 요한손이 인류의 새로운 날이 시작되었다고 말했다. 나는 저 태양이 1945년에 뉴멕시코 사막에서 원자폭탄이 처음 폭발할 당시의 섬광과 같으리라 짐작했다.

"노벨상일까요?" 요한센이 말했다.

아마도. 확실히. 하지만 인류의 완전히 새로운 날은 내가 찾던 것이 아니었다.

우리는 실험실을 전속력으로 해체하고 파쇄기를 비롯해 몇 가지만 남기고 실험용 쥐들를 상자에 담아 유럽의 집으로 떠났다.

쥐

"애들은 실험에 사용된 아프리카 피그미 쥐 스무 마리입니다." 나는 어둠을 향해 말했다.

프로젝터의 레버를 누르자 새로운 이미지가 화면에 떴다. "실험을 시작할 때는 모두 한 살로, 피그미 쥐의 평균 수명에 해당하는 나이였습니다. 우리는 그중 열 마리에게 약물을 주사했습니다. 두 달 뒤 열 마리 모두 살았지만, 주사를 맞지 않은 열 마리는 모두 죽었습니다."

어둠 속에서 헛기침 소리가 났다. 회의실에는 코퍼와 나만 있었고, 나머지 열한 개의 의자는 당분간 비어 있을 예정이었다. 그런데도 그는 내게서 멀찍이 떨어져 앉았다.

"내가 틀렸으면 정정해주게, 야손 씨. 그러니까 핵심은 화학 공식이라는 거잖아. 그 공식이 물론 길기야 하겠지만 어쨌든 공식이라는 거지."

"이 공식은 백열다섯 가지 기호로 이루어집니다." 내가 말했다.

"그게 학술 논문이나 컴퓨터에 기록되지 않고 단지……." 어둠 속에서 움직임이 보였다. 그가 검지로 관자놀이를 톡톡 두드리는 것 같았다. "자네 머릿속에 들어있다는 거군."

"엘아이운에서 가져온 자료는 모두 파쇄했습니다. A 코드 보안 청산 자격이 없는 사람들, 그러니까 저랑 베르나르 요한손이랑 멜리사 워스를 제외한 모두의 기억이 파쇄됐습니다."

"멜리사……?"

"워스입니다. 실험실 실장요."

"좋아. 그래도 이사회는 자네가 쥐 몇 마리의 생명을 몇 달 더 연장한 사실에 회사의 운명을 걸지는 않을 거야."

"이 쥐들은 지금도 다 살아 있습니다." 내가 말했다. "인간으로 치면 백오십 살이 넘었습니다. 열 마리 모두요."

"자네가 공식을 잊어버리거나 교통사고로 사망해서 아무것도 남기지 않고 끝날 위험도 있다는 점을 유념하게. 이 연구에 적절한 기록 문서가 없다는 게 매우 이례적이야."

"기록이 있습니다, 코퍼. 저는 예기치 못한 상황에 대비해 바이오메모리 다운로더를 사용할 수 있다는 계약서에 서명했습니다."

그가 코웃음을 쳤다. "바이오메모리 다운로더는 이제 없어."

"한 대는 있습니다."

"엑소르 말인가?" 그가 코웃음을 쳤다. "그걸 사용하는 비용이 얼마고 성인 한 명을 완전히 검색하는 데 걸리는 시간이 얼마나 되는지 아나?"

"네, 그게 파리의 폐허 어디선가 녹슬어가고 있다는 소문을 들었습니다. 그래도 작동하기는 하고, 군대에는 그걸 작동하는 기술을 가진 사람들이 있습니다. 그러니 제 뇌만 있으면 거기서 공식을 추출할 수 있습니다. 사실 뇌 전체가 필요한 것도 아닙니다. 뇌의 일부만 있으면 됩니다."

루드비히 코퍼는 뭐라고 툴툴거리며 손목시계를 보려고 팔을 들었다. 그는 1960년대에 금지된 방사능 물질이 함유된 아날로그 시계를 다시 차고 있었다. 당시에는 어두운 데서 빛나게 해주는, 더 발전되고 발암성이 적은 방법이 발견됐지만, 훗날 이 새로운 기술이 소실되었다. "이사회에서 뭐라고 하는지 보자고, 랄프. 회의 끝나고 전화하지."

그날 밤 11시에 클라라와 나는 소파에 앉아 화이트와인을 마시며 TV로 〈타이타닉〉을 보았다. 백오십 년도 더 전에 침몰한 배가 아직 바다 밑바닥에 가라앉아 있다 생각하니 기분이 묘하다. 한때는 저런 식으로 영화를 만들 수 있었다는 것도 묘하다. 기술과 지식과 문명의 발전이 당연시되던 시절이었다. 사람들이 암흑의 중세 시대를, 특히 콘크리트를 만드는 법을 잊은 시대를 망각한 모양이었다.

클라라가 눈물을 닦았다. 클라라는 레오나르도 디카프리오가 케이트 윈슬렛에게 마지막으로 키스하는 장면이 나올 때마다 울었다. 클라라는 자기가 우는 이유는 두 사람이 이제 막 서로를, 운명의 상대를 만나 고작 며칠과 몇 시간을 함께 보냈을 뿐인데 불가피한 파국으로 치달아서라고 했다.

클라라가 내 삶과 우리 집으로 걸어 들어온 건 내가 열여덟 살이었을 때였다. 그녀는 세 살 위 형 위르겐과 함께 왔고, 형은 가족에게 새로운 연인을 자연스럽게 보여주었다. 클라라는 금발의 곱슬머리이고 활기찬 성격에 돌도 녹일 미소를 가졌다. 예의 바르고 도와주려 하고 공감을 잘하고 같이 있으면 편안한 사람이라 우리 가족 모두 당장 그녀에게 빠져들었다. 하지만 나는 물론 가족과 같은 방식으로 매료된 게 아니었다. 클라라는 순수한 매력을 발산하고 다른 꿍꿍이속이 없는 사람이지만 이따금 나를 보고 웃어줄 때면 그 반짝이는 푸른 눈 안쪽에 음침하고 열정적인 심연이 느껴졌다.

그래도 그것이 나와 연관이 있을 거라고는 생각하지 못했다. 우선 나는 형에게 의좋은 동생이었다. 게다가 나는 여자들에게서 그런 감정을 잘 끌어내는 부류가 아니었다. 예외적으로 동료 두 명에게 관심을 받은 적은 있지만, 아마 내가 지적이고 유쾌하고 평온한 사람인 줄 알고 관심을 가졌을 것이고, 게다가 내가 나를 깎아내리는 유머를 구사하고 나를 부정하기까지 하는 습성도 도움이 되었을 것이다. 어쨌든 클라라가 형과 결혼하면서 우리는 형수와 시동생의 역할에 충실했다. 이십 년 동안 나는 그녀를 향한 변치 않는 사랑을 가슴속에 숨겼고, 그녀도 마찬가지였다. 나는 그녀와 형이 아이를 갖지 못한다는 소식에 안타까워했고, 위르겐이 병에 걸렸을 때도 과장해서 걱정했다. 십 년 전만 해도 형을 살릴 약이 시중에 나와 있었고, 의학 연구계의 내 인맥이나 불법적인 경로를 통하면 정치계와 학술계와 군대의 주요 인물들을 위해 비축된 약에서 구할 수도 있었다. 하지만 나는 약을 구해보려 하지 않았다. 나 자신에게 핑계를 댔다. 잘못하면 감옥에 갈 수도 있고, 사회 전체의 미래를 위해 훨씬 중요한 인물에게 필요한 약으로 내 가족을 살리려 한다면 부도덕하고 이기적인 행동이라고.

형의 장례식을 치르고 며칠이 지나고 몇 주가 지나고 몇 달이 흐르는 사이 나는 클라라의 곁에서 거의 떠나지 않았다. 우리는 모든 것을 함께했다. 함께 식사하고 책을 읽고 영화관에 가고 산책했다. 비엔나와 부다페스트를 여행하며 레스토랑과 카페와 박물관에 다녔다. 미래가 한 방향으로만 향한다고 믿었던 앞선 세대의 순진한 신념이 기록된 기술 박물관에도 갔다. 우리는 저녁마다 손을 잡고 퇴락해가는 도시의 돌바닥에서 거닐며 모든 것에 대해, 그리고 아무것도 아닌 것에 대해 이야기했다. 우리 둘 다 쉰 살을 바라보았다. 나는 여전히 검은 머리칼이 풍성했지만 클라라는 흰머리가 듬성듬성 나 있었고, 환하게 웃던 입가와 빛나던 눈가에 깊은 주름이 잡혔다. 나는 그렇게 노화가 빠르게 진행되는 원인을 남편을 잃은 슬픔에서 찾았다. 그러던 어느 날 우리가 여행을 마치고 집으로 돌아오는 길이었다. 나는 강 유람선의 뱃머리에서 우리 둘만 있을 때 클라라에게 그녀를 향한 마음을 털어놓았다. 그녀를 항상 어떻게 생각했는지 말했다. 그녀는 처음부터 알고 있었고 그녀도 나를 똑같이 생각해왔다고 말했다. 그녀에게 키스할 때 행복감이 차오르는 동시에 이상하게 우울감도 들었다. 우울한 이유는 이십 년이나 걸려서, 러시아-유럽 연합의 기대 수명의 거의 절반에 걸려서야 겨우 행복을 찾아서였다.

형이 세상을 떠나고 사 년이나 지났는데도 우리는 가족들을 생각해서 일 년 더 기다렸다가 결혼했다.

나는 남자로서는 더없이 행복했지만, 텔로미어 연구는 지지부진했다. 텔로미어는 인간의 최대 가능 수명을 결정하는 듯 보이는 염색체 말단의 흰색 영역을 가리킨다. 실험실에서의 좌절감이 클라라와 같이 있을 때의 즐거움과 극명한 대조를 이루며 연구에 집중하는 날이 점점 짧아져서였을까? 아니면 어떤 예감이 든 걸까? 우리가 연구 과정에서 관찰한 허친슨-길포드 증후군, 즉 이른바 조로증을 겪는 아이들 증상이 클라라에게서도 보여서였을까? 나는 이 의문을 떨쳐냈다. 허친슨-길포드 증후군은 유전으로 결정되고 태어날 때부터 증상이 나타나기 시작해서였다.

클라라가 골반에 문제가 생겨서 병원에 다녀온 날 진료를 본 의사가 정말 마흔아홉 살이 맞냐고 물었다는 말을 듣고 나는 그 의사에게 전화했다. 의사는 X선에 팔십대로 보이는 사람의 몸이 찍혔다고 확인해주었다. 나는 클라라에게 다른 전문의 진료를 잡아주었다. 그 의사가 조로증의 또 하나의 원인인 베르너 증후군이라고 확인해주었지만 이것은 더 나이가 들어야 나타나는 증상이었다. 의사는 클라라가 고령으로 사망하기까지 오 년 남았다고 진단했다. 오 년 뒤면 고작 쉰네 살이다.

클라라는 체념하며 운명을 받아들였다.

나는 아니었다.

"우리에게 주어진 시간을 받아들이자." 클라라가 나를 위로하려 했지만 내 눈물은 멈추지 않았다. "우리가 긴 시간을 같이 보낼 수는 없어도 최고의 시간을 보내면 돼, 안 그래?"

나는 일을 그만두고 클라라와 시간을 더 보내려 했지만 두 달쯤 지나 생각이 바뀌었다. 수명은 내 전문 분야였다. 손 놓고 앉아서 사랑하는 사람이 내 눈앞에서 스러져가는 모습을 지켜보는 것 말고도 내가 할 수 있는 일이 있지 않을까? 그래서 나는 그 어느 때보다 더 오래, 더 집중적으로 연구하면서 사냥꾼인 동시에 사냥감의 심정으로 매진했다. 그러다 이사회가 경기 침체로 단기 수익 전망이 좋지 않은 사업에는 자금을 지원할 수 없다고 판단했고, 나는 그렇게 하데시트 연구로 발령이 난 것이다.

클라라에게는 나의 새로운 발견에 대해 말하지 않았다. 우리 연구팀의 다른 연구원들의 가족처럼 클라라도 내가 성병 치료제를 발견하러 아프리카로 떠난 줄 알았다. 그녀는 내가 다시 집으로 돌아온 것만으로도 기뻐했다. 우리는 소파에 나란히 앉아 절대로 침몰하지 않을 것 같던 배가 침몰하는 장면을 보았고, 나는 그녀를 훔쳐보았다. 클라라는 내가 타준 차를 들어 입으로 가져가며 사랑스러운 푸른 눈에 맺힌 눈물을 닦았다.

복도에서 전화벨이 울렸다.

나는 나가서 전화를 받았다.

"이사회에서 해보라는군." 코퍼가 말했다.

나는 숨을 깊이 들이마셨다. 그제야 내가 숨을 참고 있던 걸 알았다.

"그런데 그쪽에서 우려하는 점이 있어."

"뭔가요?"

"약 성분에 관한 서류가 없다면 의학 위원회에서도 절차가 길어질 수 있고, 인간 대상 임상 실험을 시작해도 된다는 허락이 떨어지기까지 몇 년이 걸릴 수도 있다는 거야. 투자 규모와 불확실성과 수익 창출 전까지 기간을 고려하면……"

"저더러 공식을 내놓으라는 건가요?"

"그래."

나는 거실에 있는 클라라를 보았다. 그녀가 차를 마시려고 고개를 숙였다. 자연히 자기 기만적인 생각이 들었다. 이제는 그런 생각에 익숙해졌다. 클라라의 고개는 항상 굽혀 있고, 과거의 우아함은 이미 사라진 지 오래였다.

"인간에게 효과가 있다고 입증하는 자료가 이미 존재한다면요?" 내가 물었다.

"무슨 소린가?"

"제가 이미 그 화합물이 인간의 노화 과정을 멈춘다는 사실을 입증할 수 있는 위치에 있다면요?"

저쪽에서 코퍼가 숨을 참는 소리가 들렸다.

"그럴 수가 있나?"

클라라가 찻잔을 내려놓았다. 그녀는 내가 타준 차를 좋아했다.

특히 아프리카에서 가져온 새로운 향이 나는 차를.

"곧이요." 나는 이렇게 말하고 전화를 끊었다.

저 아래 거리에서 분노에 찬 떠들썩한 말소리가 들린다. 스페인어, 아랍어, 베르베르어. 지금은 그런 걸 생각할 수 없다. 벽난로 위에 무용하게 걸려 있던 코끼리 총이라도 가져왔어야 했나? 아니다. 나는 혼자이고, 나를 방어할 기회도 도망칠 기회도 없다. 사람들은 어떤 대가를 치르든 살고 싶어한다. 아니, 그렇게 믿는다. 그 대가가 무엇이고 결과가 어떨지도 모르기에. 여행 가방에서 나는 소리가 더 커지고 더 끈질기게 들린다. 똑딱똑딱, 초가 흐르고 지팡이가 다가온다. 그들이 가져갈 만한 것은 모두 사라져야 한다. 초토화 작전이다. 클라라만을 위해서가 아니다. 나를 위해서만도 아니다. 인류를 위해서. 부끄럽지만 이런 배신행위는 내가 평생 한 일 중 가장 품위 있는 일이다.

배신

코퍼는 내게 공식을 달라고 끈질기게 압박하면서 그 자신도 이 사회에서 압박을 받는다고 핑계를 댔다. 하지만 나는 누군가 금전적 이득을 위해 누설할 위험이 크다면서 요지부동으로 버텼다.

"그걸 판단하는 건 자네 역할이 아니야."

"그럴지도 모르죠, 그래도 할 겁니다."

"내 말은 자네에게는 그럴 **권리**가 없다는 뜻이야. 자네의 의무는……."

"제 의무는 신에 대해, 그리고 인류에 대한 겁니다, 루드비히." 내가 코퍼의 성을 부르자 그가 의자에서 떨어질 뻔했다. "안토일 메드에 대한 의무가 아닙니다. 러시아-유럽 연합에 대한 의무도 아니고요. 이번 발견은 어느 한 기업이나 국가보다 큽니다. 공식을 먼저 손에 넣는 쪽이 독점해 정치적 이득을 위해 이용할 수 있습니다. 제가 이 공식을 가져갈 수 있는 곳이라면 유엔밖에 없어요. 그런 게 아직 존재했다면요. 공식을 넘기느니 차라리 죽겠습니다."

코퍼는 나를 한참 바라보다가 의자에서 일어나 떠났다.

나는 긴장으로 떨면서 그대로 앉아 있었다.

그의 표정에는 슬픔이, 고통에 가까운 뭔가가 서려 있었다. 의사들이 환자들의 혈액 샘플을 가지고 우리를 찾아오고 우리가 그 환자들이 하데시트에 걸렸다고 통보할 때 그 의사들의 얼굴에서 본 것과 같은 표정이었다.

나는 클라라에게 혈액과 조직 샘플을 주기적으로 채취하면서 베르너 증후군 치료제를 연구하는 동료에게 보내는 거라고 둘러댔다. 실험실에서 클라라의 샘플을 분석하면서 그 약물이 쥐에게 미치는 효과와 같은 효과가 인체에도 나타난다는 결과를 확인했다. 노화가 지체될 뿐 아니라 완전히 멈추는 듯 보였다.

하지만 그 약물에는 처음에 쥐에게도 나타난 부작용이 있었다. 실험실의 멜리사가 쥐들의 활동량이 줄어들고 공동 우리에도 나가지 않고 무기력해 보인다고 보고했다. 쥐들이 보여준 유일하게 활동적인 반응은 연구 조교가 먹이를 줄 때 이빨을 드러낼 때였다. 나는 아프리카 피그미 쥐들이 우울증을 앓는 성향이 어느 정도인지 모른다. 그건 클라라도 마찬가지다. 한동안 나는 클라라의 갑작스러운 기분 변화와 무관심과 전반적인 의욕 상실이 자기가 곧 죽을 거라고 생각해서 나타난 줄 알았다. 하지만 차에 그 약을 타기 전에는 이런 증상을 본 적이 없고, 이런 변화가 하룻밤 새까지는 아니어도 빠르고 확실하게 진행되어 투여량을 줄이기로 했다. 그래도 효과는 없었다. 오히려 기분 변화와 비관주의가 더 심해지기만 하고 약에 대한 중독 증세까지 나타나는 듯했다. 멜리사도 내 조언에 따라 쥐 두 마리에게 앙크의 투여량을 줄였지만 역시 쥐들의 행동에 뚜렷한 효과가 나타나지 않았다고 보고했다. 항우울제를 투여하기 시작하자 그제야 효과가 나타났다. 다행히 클라라에게도 비슷하게 혼합한 약물을 차에 타서 주자 같은 결과가 나왔다.

어느 날 백발의 이사회 회장 다니엘 에거가 내 사무실에 찾아왔다. 안토일 메드의 지분을 60퍼센트 소유한 에거 집안의 수장인 에거 회장은 항상 트위드 정장에 운동화를 신고 지팡이를 짚고 다녔다. 지팡이의 용도는 불분명했다. 그는 천천히 걷는 게 아니라 빠르게 걸으니 말이다.

그는 자리에 앉아 지팡이의 매끄러운 윗부분에 손을 얹고 그냥 나를 쳐다보았다.

"상상해보게." 그가 한참 후 입을 열고 미소를 지으며 진주처럼 하얀 이를 드러냈다. 정말 진주로 만들어졌나 싶을 정도였다. "내 앞에 있는 그 뇌 속에 인류가 태초부터 물어온 질문의 해답이 들어 있다고. 죽음을 피할 방법 말이야."

"아마도요." 내가 말했다.

"하지만 가장 놀라운 대목이 그게 아니야, 야손 씨." 에거는 손수건을 꺼내 지팡이 끝을 닦기 시작했다. "가장 놀라운 건 자네는 과학자이면서 과학에서 가장 중요한 원칙을 배신할 준비가 되었다는 점이야. 지식은 공유되어야 한다는 원칙 말이네."

"오펜하이머와 그의 연구팀이 원자폭탄에 관한 지식을 히틀러나 스탈린과 공유했어야 했다고 보십니까?"

"오펜하이머는 적어도 그의 상관인 서구연합의 의장하고는 공유했어. 자네에게도 같은 의무가 있어, 야손 씨. 자네가 그 지식을 발견하도록 자원을 제공하고 임금을 준 건 이 회사 이사회와 회장이야. 자네의 발견은 우리 회사의 재산이야."

"제 의무는……."

"하느님과 인류에 대한 거라고? 자네가 했다는 말을 코퍼에게 들었어."

"물론 제가 죽기 전에는 공식을 밝혀야겠죠. 그때가 되면."

"그때가……." 에거가 손수건을 트위드 재킷의 안쪽 주머니에 넣으며 말했다. "자네 생각보다 빨리 올 수도 있어."

덩치 큰 남자 둘이 몸집에 비해 작아 보이는 정장을 입고 내 사무실 문 앞에 있었다.

나는 헛기침을 했다. "지금 협박하시는 겁니까, 회장님?"

그가 멀거니 나를 보았다. "코퍼 말로는 자네가 비밀을 유지하기 위해 죽을 준비도 됐다더군."

"이 발견이 엉뚱한 손에 들어가면 득보다 실이 클 수 있어서 우려하는 겁니다. 세 차례의 세계대전이 별것 아닌 이유로 일어났잖아요, 회장님. 목숨 하나 버리는 건 일도 아니에요."

에거가 한숨을 쉬었다. "하느님과 순교자라. 정반대이지만 참 인류가 좋아하는 두 역할이군. 자네는 두 역할을 모두 맡으려는 거군. 그건 옳지 않아. 하느님 노릇을 하겠다면 환영이지만 순교자는 다른 사람에게 맡겨."

"누구를 말씀하시는 건지?" 나는 불길한 예감이 들었다.

그가 미소를 지었다. "클라라 야손이 완벽한 순교자가 되겠더군."

순식간에 입이 바짝 말랐다. "무슨 말씀을 하시는 겁니까?"

"하느님이 아드님을 희생해 인류를 구원하실 수 있었다면 자네는 아내 정도는 희생해야겠지. 안 그런가?"

"전 아직 이해가 안 가는데……."

"이해할 텐데." 에거가 지팡이 끝을 가리키며 말을 이었다. "이게 뭔지 아나? 아니지, 알 턱이 없지. 이건 검은코뿔소 뼈야. 검은코뿔소는……."

"사진은 본 적 있습니다."

"……멸종됐어. 이건 마지막 한 마리의 뼈야. 조부께 물려받은 지팡이야. 그분도 걷는 데는 지장이 없었어. 다만 나처럼 그분도 이걸 들고 다니면서 영원한 삶은 없고 좋든 싫든 모든 것이 사라진다는 진리를 명심하려 했어. 아니면 유대인들 말대로, 적어도 미국에 사는 유대인들 말대로, **모든 것은 지나간다**는 사실을 기억하려 했지. 하지만 이제는 죽음이 반드시 찾아오는 것이 아니게 되었으니 때 이른 죽음은 그 어느 때보다 비통한 일이 될 거야. 자네의 죽음이든 자네가 함께 영생을 누리고 싶은 사람의 죽음이든." 에거는 나를 보았고, 그의 잿빛 눈빛에 얼음이 박혀 있었다. "그 공식을 내놔, 야손. 여기서 당장. 안 그러면 자네가 라이네르스트라세의 집으로 돌아갈 즈음 자네 부인은 거기에 없을 거야. 그리고 결국 찾아내면, 찾아낼 수나 있을지 모르지만, 자네 부인은 십자가에 매달려 있을 거야. 지금 내가 비유적으로 말하는 게 아니야. 숲속에서 나무 십자가에 손발이 박힌 채 매달려 있고 머리에는 가시 면류관을 쓰고 있을 거야. 그리고 성서에서 셋째 날에 부활하는 이야기는 빼고. 이제 어쩌시렵니까, 하느님?"

나는 마른침을 삼켰다. 그를 보았다. 포커 플레이어가 가진 걸 다 건 상대 플레이어를 바라보듯이. 저 양반이 허세를 부리는 걸까? 다니엘 에거, 이 도시의 가장 중요한 인물이자 존경받는 시민이자 우리 사회의 실질적인 기둥인 그가 마피아 보스와 같은 수법으로 나를 협박했다. 그는 전쟁중에 장교였으니 사회의 우두머리 수컷으로서 특권을 가졌다고 믿는 건가? 그래서 남들보다 한참 앞서 나가고 싶어하는 건가?

나는 체념한 듯 고개를 끄덕이고 책상 서랍에서 종이 한 장을 꺼내서 적기 시작했다.

세상을 원소와 분자의 결합, 압력과 온도로 표시하는 화학 기호가 가득한 공식을 적는 데 사 분 가까이 걸렸다.

나는 에거에게 그 종이를 내밀었다.

그의 눈이 기호들을 훑었다.

"성서군." 그가 말했다. "그런데 이건 뭔가?" 그가 제목에서 T자 위에 고리 모양이 달린 기호를 가리켰다.

"상형문자 앙크입니다." 내가 말했다. "고대 이집트에서 불멸의 상징입니다."

"멋지군." 그가 종이를 한없이 조심스럽게 접어서 트위드 재킷 안주머니에 넣었다.

나는 그가 복도에서 사라질 때까지 지켜보았다. 그는 지팡이를 돌렸고, 지팡이가 쪽모이세공 바닥에 닿을 때마다 경쾌하게 탁탁 소리가 났다. 시계 초침처럼.

카운트다운이 시작됐다.

에거가 속은 걸 알아채기까지 얼마나 걸릴지 알 수 없었다. 우리 연구팀의 연구원들조차 내가 에거에게 적어준 공식이 틀렸다고 말하지는 못할 것이다. 각자 부분적으로만 알고 있었다. 하지만 시간이 길어지면 당연히 앞뒤를 맞춰보고 내가 그 종이에 적은 공식이 맞지 않는 걸 알게 될 것이다.

클라라를 숨길 곳을 찾아내는 데 꼬박 일주일이 걸렸다.

젊은 의학도 시절에 정신병원에서 다른 학생들과 회진을 따라다녔다. 지옥이 연상되는 정신병원은 폐쇄병동 환자들의 악몽이나 망상과 일치할 수밖에 없는 공간이었다. 어두컴컴한 복도에는 소독약과 대변 냄새가 진동했고, 잠긴 문 안에서는 가슴을 후벼파는 비명과 신음이 흘러나왔다. 음식이 들어가는 구멍으로 창백한 얼굴들, 텅 비고 겁먹고 최면에 걸린 듯 자기 영혼의 어둠과 혼돈을 응시하는 얼굴들이 보였다. 우리 의대생들에게 병원을 둘러보게 해준 사람은 우리의 공포에 질린 표정을 보고 우리가 무슨 생각을 하고 어떻게 느끼는지 보고는 항상 이런 건 아니라고 했다. 마지막 세계대전 이전에는 국가마다 정신병자들을 더 존엄하게 살게 해주기 위한 자금과 기술을 보유했다고 말했다.

내가 클라라를 위해 찾아낸 장소는 바로 그것, 존엄을 지켜주는 병원으로 보였다.

요양원으로 불리는 그곳은 바다가 내려다보이는 언덕 위에 있었다. 맑고 깨끗한 산 공기와 널찍한 구내 공간, 넓고 통풍이 잘되는 방들, 환자 한 명에 간호사 두 명, 매일 정신과 의사와의 면담. 무엇보다도 과거 스위스라고 불리던 지역에 위치하고 일종의 자치권을 유지해서 환자들에게 특권을 제공할 수 있는 곳이었다. 이를테면 자체 재량권으로 환자의 신원을 당국이나 다른 누구에게 보고할 필요가 없었다. 자연히 상류층에 적합하게 설계된 서비스였고, 상류층만 비용을 감당할 수 있었다.

나로서는 저축한 돈을 다 갖다 바쳐도 클라라를 그곳에 오래 둘 수는 없었다. 그러다 라이네르스트라세의 우리 집이 생각났다. 몇 세대에 걸쳐 우리 집안의 소유였고, 클라라와 나는 그 집을 사랑했다. 하지만 아이들이 있는 가족이 살기에도 충분히 넓었다. 사실 클라라와 내게는 방 두 칸에 주방 하나면 족했다. 우리에게 서로만 있으면 되었다.

"이제 헬스장을 보여드릴게요." 여자 관리자가 계속 이어갔다.

"감사합니다만, 체코프 씨. 충분히 봤습니다." 내가 말했다. "서류에 서명하겠습니다. 내일 아내를 데려올게요."

사막의 바람이 비밀을, 그 공식을 속삭여 저 밖으로 퍼트린다. 클라라가 가끔 내게 기대어 금기된 말을, 내 귀에만 들리도록 내뱉은 말을, 내 안에서 산화질소와 노르에피네프린이 타오르게 만드는 그녀만의 공식을 속삭여줄 때처럼. 그런 말은 한동안 내게 영생을 주었다. 그것 말고 다른 말은 생각하고 싶지도 않다. 내가 그녀를 데리러 갔을 때 내게 퍼부은 증오의 말들은 생각하고 싶지 않았다. 아니, 그래도 **생각해야 한다**. 그녀의 분노를 생각하고, 그녀가 나를 어떻게 모욕하고 손톱으로 벽지를 할퀴고 거기서 내보내달라고 비명을 지르고 무섭게 눈을 부라렸는지 생각해야 한다. 내가 결국 그녀에게 진정제를 투여해서 차에 태운 일도 생각해야 한다. 또 밤새 차를 몰고 가는 동안 뒷좌석에서 잠든 평화로운 얼굴도 생각해야 한다. 집으로 가는 구불구불한 비탈길에서 차가 과열되기 시작했지만 어쨌든 우리는 그 집에 도착했다. 내가 요양원을 떠날 때 클라라는 그 앞 계단에 서 있고 양옆의 간호사들은 언제든 그녀를 제지할 태세로 붙잡고 있었다. 클라라는 미동도 하지 않았다. 두 팔을 축 늘어뜨리고 있었다. 눈에서 크고 무거운 눈물을 떨구며 그녀가 작은 소리로 내 이름을 부르고 또 불렀다. 집으로 돌아가는 내내 그 소리가 맴돌았다. 두 번쯤 다시 차를 돌려서 다시 데려올까 생각했다.

이 모든 기억을 떠올려야 했다. 떠올려야만 뇌에서 삭제되고 그래야 그들을 클라라를 숨겨둔 곳으로 안내할 기억의 흔적을 완전히 지울 수 있었다. 쓸데없이 에둘러 가지 않고 신속하게 생각하고 모든 면에서 완벽하게 떠올려야 했다. 그래야 모든 것이 사라질 테니까. 시계가 점점 더 크게 째깍거린다. 똑딱똑딱. 다니엘 에거의 지팡이 소리가 가까워진다. 그러니 그날의 방문에 대해 생각해야 한다.

방문

클라라를 스위스에 데려다 놓고 두 주쯤 지난 어느 늦은 밤에 초인종이 울렸다. 이미 고된 하루를 보낸 터였다. 체코프가 전화해 요양원 의사들이 투약을 중단하고 싶어한다고 전했다. 클라라의 주치의인 내가 매일 저녁에 주사하라고 지시하면서 맡긴 약 얘기였다. 베르너 증후군 치료약이라고 말하고 주었지만, 그들은 그 약이 클라라의 정신증 삽화의 원인이라고 보고 잘 모르는 약을 중단하지 않으면 클라라에게 심각한 조현병이 발병할 실질적 위험이 있다고 의견을 보냈다.

산성비가 끝도 없이 퍼부어 기와를 뚫고 우리 집을 야금야금 갉아먹었다. 나는 이 집을 내놓았다(잔디밭에 매물 표지판도 세웠다). 요란한 빗소리를 뚫고 초인종이 울려서 처음에는 집 보러 온 사람인 줄 알았다. 다니엘 에거가 그 공식이 진짜가 아니라는 걸 벌써 알아냈을 리는 없었다.

하지만 나는 문을 살짝 열고 베르나르 요한손이 서 있는 걸 보고는 아예 불가능한 얘기는 아니라고 생각했다.

"저기요?" 그가 말했다. 그의 매끄럽고 묘하게 달걀을 닮은 머리통에서 빗물이 뚝뚝 떨어졌다. "안 들여보내주실 건가요?"

나는 문을 열었다. 그가 안으로 들어와 외투를 벗어서 가볍게 털었다. 우리가 부다페스트에 갔을 때 클라라가 산 터키산 러그에 빗물이 떨어졌다. 우리는 거실에 앉았고, 그는 클라라와 내가 늘 앉던 소파에 앉았다.

"그래, 무슨 일로 왔나?" 내가 물었다.

요한손이 웃음을 터트렸다. "와, 엄청 사무적인 말투네요, 랄프."

"그럴지도, 그럼 본론으로 들어갈까?"

그가 자세를 고쳐 앉았다. 금요일 밤에 그가 그렇게 불쑥 우리 집에 들르는 것을 지극히 자연스러운 척할 수도 있지만, 사실 그와 십오 년을 같이 일하면서 나눈 그 어떤 친교 행위와도 전혀 닮지 않은 행동이었다. 따라서 그가 방문한 이유는 두 가지로밖에 볼 수 없었다. 하나는 그가 (지구상에서 삼 주 만에 그 공식이 가짜라는 걸 알아낼 수 있는 유일한 사람으로서) 내게 경고하러 온 것이다. 다른 하나는 그가 그걸 악용하고 싶은 것이다.

당연하게도 두 번째 이유였다.

"우리 둘 다 부자로 만들어줄 사업 제안을 가져왔어요." 그가 억지 미소를 짜냈다. 그도 나만큼이나 불편해 보였다.

요한손은 에거가 그 공식을 가져온 것을 보고 처음에는 (우리 연구에 대한 그의 완벽에 가까운 지식에 따라) 진짜 공식이라고 믿었고 에거한테도 그렇게 말했다고 했다.

"하지만 그 공식에 따라 연구를 해보다가 당신이 유능한 거짓말쟁이처럼 진실에 최대한 근접하게 공식을 만들어낸 걸 알았어요. 그 공식에서 생략된 부분이 결정적인 요소라서 데이터에 대한 지식이 있는 저 정도는 되어야 공백을 메우거나 의도적인 실수를 바로잡을 수 있겠더군요."

"미안하지만 그럴 수 있을 것 같진 않군, 요한손." 나는 그 공식에 결함이 있다는 지적을 부정할 이유를 찾지 못했다. 어차피 화학이고 요한손은 바보가 아니었다.

그는 천천히 고개를 끄덕였다. "제가 상하이로 가서 인도차이나에 그 공식의 거의 완벽한 버전을 준다면 그쪽에서는 제게 무한한 자원과 세계 최고의 연구팀을 붙여주고 그들을 위해 수수께끼를 풀어주는 대가로 제게 막대한 부를 챙겨줄 겁니다."

"성공한다는 보장은 없지."

"시간만 충분히 주어지면 머지않아 성공하겠죠." 요한손이 차를 마셨다. "당신이 동참해주면 상황이 훨씬 빠르게 진전될 테고, 그들도 돈을 더 많이 낼 겁니다. 그러니 저랑 동업하자는 겁니다. 오십 대 오십으로 나누고요."

나도 모르게 웃음이 터졌다. "내가 부자가 되고 싶었다면 자네 제안대로 하겠지만 나 혼자 하면 된다는 생각은 안 해봤나?"

"해봤습니다." 요한손이 말했다. "제 제안에 크게 관심을 보이지 않으실 것도 알았고요. 그래서 저로서는 협박할 거리가 필요했습니다." 유감스러운 말투이지만 표정은 야비했다.

"아, 그래?"

"제 제안을 거절하신다면 우선 전 이 프로젝트를 인도차이나에 팔 겁니다. 그러면 거기 사람들이 주식 시장을 띄우기 위해 연구 내용을 공개할 테고, 그렇게 정보가 흘러나가면 프로젝트를 진행하기 위한 자금이 조성될 겁니다. 그리고 안토일 메드 이사회에는 그 공식을 판 사람이 당신이라고 알릴 겁니다. 그러면 협조할 생각이 없어 보이는 당신과 달리 저는 신뢰받겠죠. 에거의 반응은……." 요한손이 다시 차를 마셨다. 단지 뜸을 들리려는 것만은 아니었다. 사실 그는 상황이 요구하는 만큼 잔혹해지는 과정을 즐기는 것 같았다. 그는 더는 맛이 없다는 듯 잔을 내려놓았다. "……신속하고 고통이 전혀 없지는 않겠지요." 그가 말을 맺었다.

"생각을 많이 했군, 요한손. 그런데 잊은 게 하나 있어. 내가 죽는 걸 두려워하지 않는다면? 아니, 더 정확히 말해서 앙크가 백오십 년 전 플루토늄 분열만큼이나 중요해서 인류에게 더 나은 세상을 만들 기회를 줄 뿐 아니라 하루아침에 세상을 파멸시킬 가능성도 안고 있다면? 지구상의 토양이나 대기 중에는 인류 전체를 위한 앙크를 생산할 만큼의 **드레이란**이 없어. 그러면 영생을 얻을 사람을 누가 결정하지? 선택받은 자들에 속하지 못하는 걸 누가 받아들일 수 있을까? 사고나 자살이나 살인으로만 사망한다면 지구상에 한 세대 안에 인구 과잉이 되지 않게 하기 위해 엄격한 산아제한이 필요할 거야. 게다가 누가 출산의 특권을 누리고 누가 누리지 못할지는 또 누가 결정하지? 한마디로 앙크를 국제기구에서 주관하지 않으면 연합과 연합이 대립할 뿐 아니라 모든 인간이 자기를 위해 모두와 전쟁을 벌여서 이웃과 가족이 서로 등을 돌릴 거야. 내 죽음은 그저 대양에 피 한 방울 더하는 정도야. 하지만 내가 이 공식을 공개하면 피바다가 되겠지. 그러니 어디 해봐, 요한센."

그는 여기까지도 다 생각했다는 듯 고개를 끄덕였다. 적어도 **내가** 이런 생각을 했을 거라고 짐작했다는 듯이. "랄프, 제가 아는 당신은 공리주의자예요. 물론 고결한 생각이죠. 서부연합에서 말하듯이 개인이 **대의를 위해** 자기를 희생한다는 개념이죠. 그래서 제가 항상 당신의 지성뿐 아니라 당신의 인품과 타인을 사랑할 줄 아는 능력을 존경한 겁니다. 그나저나 클라라는 어딨나요?"

나는 대답하지 않고 아무런 표정도 짓지 않았다.

"알겠어요." 그가 나직이 말했다. "그들이 부인을 찾아낼 겁니다. 공식도 찾아낼 거고요. 그들이 당신한테 엑소르를 쓸 겁니다. 당신의 뇌를 추출할 거예요."

"말도 안 돼." 내가 말했다.

"그래요?"

이후 몇 초간 들리는 소리라고는 창밖에 영구히 갈색으로 변한 잔디밭에 떨어지는 빗소리뿐이었다. 엑소르는 군에서 통제했다. 소문에 의하면 한때 루브르 박물관이 있던 자리의 벙커에 보관되어 있고 일개 분대 전체가 감시하고 있다고 했다. 기억을 추출하기 위해 뇌 전체가 필요한 것이 아니라 뇌의 미세한 한 조각만으로도 전체 기억 저장소에 도달할 수 있다고 했다. 다만 그러려면 일 년 이상의 시간이 걸리고 같은 기간에 대도시에 들어갈 만큼의 에너지 비용이 들어갈 수 있다고 했다. 그래도 기술 연구가 대개 그렇듯이 요한손 말이 맞았다. 장군들에게 영생을 줄 수 있는 약을 얻기 위해서라면 그들은 당연히 엑소르를 사용할 것이다.

나의 뇌는 데카르트의 방식으로 문제에 접근하면서 처음에는 직관을 이용하고 다음으로 연역법을 이용했다. 그렇게 도출된 결론은 실망스러웠지만, 한편으로는 (이상하게 들릴지 몰라도) 묘한 해방감을 주었다. 한 가지 해법만 존재하기에 내 뇌를 의심과 심사숙고와 망설임으로 괴롭힐 필요가 없었다.

"예전에 사냥꾼들이 아프리카에서 고향으로 돌아오면서 트로피를 가져왔어." 나는 일어섰다. "코뿔소, 얼룩말, 사자, 영양의 머리를 박제해서 여기에 걸었지." 나는 벽난로 위의 벽을 가리키며 말했다. "그러다 아프리카에 큰 포유동물이 남지 않아서 나는 대신 이걸 가져왔어."

나는 마라케시의 시장에서 산 묵직하고 낡은 코끼리 총을 꺼냈다. "장사꾼 말로는 아프리카에 마지막 남은 코끼리를 죽인 총이라더군. 벽난로 위에 사자머리 대신 이 총을 걸어둘 때의 그 역설이 마음에 들었어. 더는 할 일이 없어진 총의 사체, 정복당하고 이제 벽에 걸린 채 모두의 비웃음을 사는 물건이 된 거지. 우리는 모두 죽지만 그 전에 전체를 위해, 공동체를 위해 쓸모 있는 일을 할 수 있다면 어떨까? 그래, 난 공리주의자일 거야. 실제로 나는 원하든 원하지 않든 인류에게 해를 입히기보다 유익한 행동을 할 의무가 있다고 믿거든."

나는 코끼리 총의 약실을 잡아당겼다. 녹슨 기계가 거슬리는 소리를 내며 마지못해 복종했다. 나는 총신을 응시했다.

"랄프." 요한센이 불안한 목소리로 말했다. "어리석은 짓 하지 마세요. 당신을 쏴봐야 소용이 없어요. 공리주의적인 행동인지는 몰라도 엑소르는 당신이 죽고 한참 뒤에도 당신의 뇌에서 데이터를 추출할 수 있어요."

"내가 하려는 말은, 도덕적으로 올바른 행위에 꼭 도덕적인 동기가 필요한 건 아니라는 거야. 가령 지금 이 행위의 주된 동기는 나의 자만, 아내에 대한 사랑, 자네에 대한 증오야." 나는 베르나르 요한손 쪽으로 총구를 돌리고 그의 머리를 겨냥해 쏘았다. 총성은 컸지만 요한손의 이마에 난 구멍은 총알의 큼직한 구경에 비해 놀라울 정도로 작았다.

"그래도 공리주의자의 관점에서는 옳은 일이지." 나는 시체를 돌아 지나가며 클라라의 소파가 다시는 예전처럼 되지 않을 거라고 생각했다.

스페인령 사하라로 다시 돌아오기까지 긴 여정이었어. 며칠 동안 애벌레들이 걸신들린 것처럼 먹어치우며 조용히 꿈틀거리는 소리가 나는데 여행가방에서 나는 소리인지 내 머릿속에서 나는 소리인지 모르겠어. 그러다 별안간 그 소리가 잠잠해졌어. 커피포트에서 물이 끓기 직전에 조용해지듯이. 이어서 낮게 우르릉거리는 소리가 났어. 그 소리가 점점 커졌어. 드디어 그것이 끓고 있어, 내 사랑 클라라. 계단에서 사람들의 말소리와 묵직하게 발을 끄는 소리가 들려. 그들은 나를 두려워하지 않고 세상의 모든 힘을 가진 줄 알지만 꼭 그런 것만은 아니야. 누구도 그런 힘은 갖지 못해. 우리는 태어난 순간부터 죽어가니까.

이것은 마지막 생각이고, 그 편지에 관한 거야. 쥐들에 관한. 안톤에 관한. 그 결정에 관한. 그러니까 클라라, 나 이제 당신을 떠나야 해.

결정

날이 밝아 클라라와 같이 자던 침대에서 깨면서 처음 든 생각은 이 모든 것이 악몽이라는 것이다.

하지만 클라라는 보이지 않고 요한손의 시체만 거실 소파에 쓰러져 있었다.

나는 밤새 고심하다가 시체 하나를 처리하는 게 참 어렵다는 사실을 깨달았다. 시체를 바다에 버리거나 숲속에 파묻는 식으로 처리하려면 실행 과정에 문제들이 생기고 사소해 보여도 모든 문제가 모이면 체포될 위험이 엄청나게 커진다는 사실을 깨달았다.

가장 신경 쓰이는 문제는 내가 살인죄로 유죄판결을 받는 것이 아니라 나의 뇌가 없더라도 그들이 요한센의 뇌로 엑소르를 돌릴 수 있다는 거였다. 그런 식으로 전체 공식을 알아내지는 못해도 상당히 근접해서, 요한손이 정확히 짚은 대로, 조만간 해결책을 찾아낼 수 있었다.

시계를 보았다. 요한손은 전형적인 젊은 연구자답게 범행 계획과 나를 찾아온 사실을 비밀로 지켰을 것이니 그들이 그를 찾기 시작하기까지 시간이 좀 걸릴 터였다.

나는 시체를 욕실로 끌고 가 욕조에 집어넣고 터키산 러그를 덮었다.

그리고 출근했다.

나는 연구실에 앉아 타자기의 키보드를 보았다. 옆에는 신문이 놓여 있고 헤드라인은 얄타에서 열리는 4개 연합의 회담에 관한 것이었다. 그 생각이 떠올랐다. 그러다 그 생각을 떨쳐내고 다시 생각하고 다시 떨쳐냈다. 지금 다시 그 생각으로 돌아왔다. 타자기에 종이를 끼우고 만반의 준비를 마쳤다. 에거가 옳았다. 연구자로서 지식을 공유하고 싶은 욕구는 본능에 가깝다. 앙크로 인류 전체에 이롭게 하고 싶다면 한 가지 방법밖에 없었다. 공식을 인류 전체에, 예외없이 모두에게 동시에 공유해서 어느 하나가 이 지식을 이용해 권력을 강화할 수 없게 하는 방법이었다. 물론 드레이란 같은 자원을 차지하기 위해 전쟁을 일으킬 가능성은 있지만, 일단 얄타에서 전세계의 지도자들이 모이는 동안 그들에게 공식을 나눠주어 그들이 서로 합의에 이르러 법안을 통과시키고 자원을 공평하게 분배하기로 결정한다면 바람직하게 끝날 수도 있었다.

인간의 본성을 믿기만 하면 되는 일이었다. 키에르케고르가 말한 '믿음의 비약'처럼. 그러니까 경험과 논리로는 믿기지 않는 무언가를 믿으려고 스스로를 납득시켜야 한다. 아니면 대안이 없다. 연구자로서 꽤 유능하기는 해도 특출하지는 않은 내가 이렇게 생명을 연장하고 이론적으로 영생을 얻게 해주는 공식을 우연히라도 발견할 수 있었다면, 내가 비밀로 지키든 아니든 앞으로 다른 누군가도 이런 공식을 발견할 수 있을 것이다. 일어날 수 있는 일은 결국 일어난다.

그래서 나는 공식이 담긴 문서를 4부 인쇄해 4개 연합 지도자에게 한 부씩 나눠주기로 했다. 이 문서에는 공식과 공식에 대한 설명, 그리고 모두에게 배포하는 이유까지 담긴다. 이 문서가 인터넷이 있던 시절만큼 얄타까지 그렇게 빠르게 도착하지는 못할 것이다. 그래도 내 편지의 제목과 안토일 메드의 연구팀장이라는 서명이 있으면 적어도 4개 연합의 전문가들에게 읽힐 것이다. 그들은 그 문서가 무엇에 관한 것이고 시급히 처리할 사안이라는 걸 바로 알아챌 것이다. 그리고 꼭 알타여야 했다.

나는 타자기의 첫 키를 눌렀다. 연구실 문이 열렸다.

평소라면 노크도 없이 들어왔다고 야단쳤겠지만 멜리사 워스의 심란한 표정을 보고 마음을 다잡았다. 그런 표정이라면 한 가지 용건밖에 없었다. 베르나르 요한손의 무단결근.

"쥐들이요." 멜리사가 말했다. 그러고 보니 그녀의 눈에 눈물이 맺혔다. "쥐들이. 쥐들이……."

"걔들이 뭐?"

"서로를 죽이고 있어요."

멜리사와 나는 실험실로 뛰어갔다. 쥐들이 공격성을 드러내기 전에 서로 어울려 지내도록 마련된 널찍한 공동 우리 앞에 연구원들이 모여 있었다.

쥐 여섯 마리가 피투성이가 된 채 톱밥 속에 죽어 있고, 나머지 네 마리는 각자의 우리에 갇혀 있었다.

"그냥 프로그램대로 진행하고 있었어요. 약물 용량을 최소로 줄였고, 개별 우리에서 먹이를 줄 때 공격성을 보이지 않아서 공동 우리로 연결된 슬라이드를 열었어요. 모두 동의한 대로요. 그런데 쥐들이 바로 서로에게 달려들었어요. 전부 다요, 기다렸다는 듯이. 순식간에 벌어진 일이라 개별 우리로 다시 넣을 새도 없이 그만……." 멜리사의 목소리가 갈라졌다. 그녀는 처음부터 이 프로젝트를 함께해왔고 기적이 일어나는 과정을 지켜본 당사자 중 한 명이며 이 프로젝트에 연구 인생을 바친 사람이었다.

"다 꺼내." 내가 말했다. "냉동시켜."

나는 사무실로 돌아왔다. 각 연합의 대표들에게 보낼 편지를 마무리할 생각이었다.

하지만 책상 앞에 앉아 빈 종이를 보고 있어도 마음의 눈에는 죽은 쥐들이 보였다. 나는 아까의 상황에 그리 놀라지 않았다. 왜 놀라지 않았을까? 쥐들의 공격성이 앙크의 부작용으로 보이는 문제와 약물의 투여량을 줄였는데도 쥐들이 계속 공격성을 드러내는 문제는 차원이 달랐다. 이 약물이 뇌의 화학 작용을 영구히 변형시키는 것이 가능할까? 다른 의문이 꼬리에 꼬리를 물었다. 실험실의 쥐들 사이에는 공격성의 범위가 복잡하지 않고 서로 으르렁거리는 행위와 죽이는 행위의 차이가 사소할 수 있다. 그런데 앙크가 인간 행동에는 어떤 영향을 미칠까? 클라라의 행동은 단독 사례일 뿐이고 전혀 다른 요인에 의한 결과일 수 있었다. 클라라가 살인 성향을 보이는 것도 아니었다. 아니, 그랬나? 내가 클라라에게 앙크와 함께 항우울제를 투여하는 것을 중단했다면 어떻게 됐을까?

공장 굴뚝의 연기가 붉게 물들인 태양이 지붕 너머로 저물어갔다. 나는 아직 편지를 시작하지도 못했다. 대신 나는 우리의 연구 자료를 다시 검토하기 시작했다. 앙크의 어떤 성분이 공격성을 유발했을까? 그렇다면 앙크에서 노화 과정을 늦추는 효과에는 영향을 주지 않으면서 공격성만 제거할 수 있을까?

그날 밤 10시에 연구원들이 모두 퇴근한 후 나는 실험실로 가서 죽은 쥐 두 마리의 혈액 샘플을 채취했다. 그리고 내 혈액 샘플도 채취해 혈액 분석기로 돌렸다. 결과지를 보고 내 생각이 맞았다는 결론에 이르렀다. 노화를 늦추는 활성 성분이 공격성을 일으키는 성분과 같았다. 실제로 같은 성분이고, 동전의 양면이다.

하지만 혈액 분석에서는 다른 결과도 나왔다. 쥐의 혈액에서 앙크 수준이 예상보다 낮았다. 사실 모든 쥐가 같은 날 주사를 맞았다. 나는 냉장고에서 캡슐을 꺼내 현미경 아래에 놓았다. 일 분도 안 되어 캡슐 뚜껑에서 구멍 두 개를 발견했다. 맨눈에는 보이지 않지만 현미경으로 보니 거대한 구멍이 보였다. 누군가가 현미경으로 봐야만 보일 정도로 미세한 피하 주사기로 캡슐에 구멍을 낸 것이다. 그중 한 구멍으로 앙크를 추출했고, 다른 구멍으로 다른 액체, 아마 물을 주입했을 것이다.

연구팀장인 나는 연구원들의 출근 카드에 접근할 수 있었고, 출근 카드에서 어떤 양상이 나타나는지, 최근에 실험실에서 마지막으로 카드를 찍은 사람이 동일인인지 알아보았다. 앙크는 유효기한이 짧고 아프리카 피그미 쥐에게는 다량을 투여할 필요가 없어서 약을 꾸준히 생산하기는 해도 극소량만 생산했다. 달리 말하면 도둑도 지속적으로 미량을 빼돌려야 했다는 뜻이다.

나는 찾으려던 것을 찾았다. 이름. 안톤, 조용하고 수줍으며 서른아홉 살이지만 아직 연구 조교로 일하는 인물이었다. 야망이 없는 건지 생물학 시험의 마지막 관문을 통과하지 못해서인지는 알 수 없다. 건강 문제였을 수도 있다. 사실 지난 몇 년 동안 길게 병가를 낸 적도 있다. 어쨌든 우리 실험실에서 오래 일하고 마지막에 실험실을 정리하는 업무를 맡아 그가 열쇠를 가지고 있던 데다, 출근카드를 보면 작년 한 해만 해도 일주일에 이틀 저녁은 그가 혼자 실험실에 남아 있었다.

나는 한참 고민한 끝에 코퍼에게 전화해 내가 알아낸 사실을 알렸다.

그리고 사무실 불을 끄고 집으로 돌아갔다.

두 시간쯤 지나서 소파에 앉아 맥주를 마시며 TV를 보는데 그 뉴스가 나왔다. 기자가 푸른색 경광등을 깜빡거리는 경찰차 앞에

서서 사건을 보도했다. 경찰이 39세 남자를 자택에서 체포하려고 시도했고, 다니던 회사에서 도난 사건을 저지른 혐의이며, 그 남자가 경찰 두 명을 칼로 공격해서 그중 한 명에게 치명적인 상해를 입혔다는 내용이었다. 남자는 현재 집 안에서 바리케이드를 쳤다. 무장 경찰이 도착해 대화를 시도하지만 남자는 대화할 의지도 없고 바리케이드를 풀고 나올 생각도 없어 보였다. 흥분한 기자가 뒤쪽의 집을 가리키며 그 남자가 창문 앞에 나타나 피 묻은 칼을 휘두르며 협박과 욕설을 퍼부었다고 보도했다. 그러다 갑자기 스튜디오의 앵커가 등장해 심각한 어조로 중상을 입은 경찰이 방금 병원에서 사망했다는 소식이 들어왔다고 보도했다.

나는 TV 속 영상을 보았다. 경찰은 경찰차 뒤에 숨어서 안톤의 집 쪽으로 총을 겨누었다. 그들은 아직 모를 수 있지만, 조만간 안톤이 동료 경찰을 죽였다는 소식이 전해질 것이다. 그들이 방아쇠를 조금 더 세게 잡는 것처럼 보였다. 더 볼 필요도 없었다. 결과는 이미 정해진 셈이다. 나는 TV를 껐다. 빈 맥주병을 테이블에 놓고 옆에 놓인 주사기를 보았다. 내가 앙크를 집에 가져온 것은 도둑질이라고 할 수 없었다. 인체에 대한, 클라라에 대한 실험에 박차를 가하기 위해서 한 일이었다. 그리고 클라라가 비록 불안한 부작용처럼 보이는 증세를 겪긴 했지만 긍정적인 반응을 보였다. 그래서 나 자신에게도 투여했다. 지금까지 한 달 반 동안 앙크를 투여했지만 우울 사고의 징후나 공격성이 높아지는 징후는 발견하지 못했다. 물론 연구 관계자가 본인의 기분을 인지하지 못한 채 그 기분을 합리화하고 상황 자체가 어렵거나 폭력적으로 반응할 수밖에 없다고 믿는, 자신의 정신이나 행동에는 아무런 문제가 없다고 믿는 경우일 수도 있었다.

욕조의 시체가 생각났다.

어릴 때부터 누구에게 손을 대본 적이 없던 내가 사람을 죽였다.

앙크. 지금까지는 몰랐지만 이제 선명하게 보였다. 앙크는 영생을 위한 처방전이 아니고 혼돈과 죽음의 처방전이다. 다행히 당분간 이 처방전은 비밀이다. 이 처방전에는 관련 성분만이 아니라 정확한 조제법과 필요한 압력과 온도가 담겨 있고, 자료만 봐서는 공식을 재현할 수 없다. 그러니 그들은 나를 찾아서 내 뇌에 들어 있는 조제법을 추출하려 할 것이다.

기억 파쇄기. 아직 엘아이운에 있다.

나는 당장 공항에 전화했다. 운 좋게도 이튿날 비엔나까지만 가면 거기서 매주 운항하는 런던행 항공편을 구할 수 있고, 런던에는 이틀에 한 번 운항하는 마드리드행 항공편이 있었다. 마드리드에서는 즉석에서 방법을 찾아야 했다. 우선 항공권을 예매했다.

다음으로 스위스로 전화했다. 체코프와 연결되자 나는 늦은 시간에 전화해서 미안하다고 말하고 내가 보내준 약을 클라라에게 절대로 투여하지 말라고 말했다. 그 약이 클라라의 정신 상태의 직접적인 원인일 수 있다는 사실을 발견했다고 알렸다. 그리고 피해가 영구적이지 않기를, 시간이 지나면 클라라가 예전 모습으로 돌아오기를 바랄 뿐이라고 말했다.

나는 침실로 가서 짐을 쌌다. 옷 몇 벌과 루블화 몇 장과 클라라와 나의 결혼사진을 챙겼다. 밤새 운전하면 날이 밝을 즈음 비엔나에 도착할 수 있었다. 욕실에 들어가 세면도구를 챙기면서 거울 속으로 내 뒤로 욕조를 보았다.

나는 돌아서서 러그를 걷고 베르나르 요한손을 보았다. 이마에 난 구멍. 욕조 바닥으로 흐른, 시커멓고 엉겨붙은 피. 나 자신이야 어떻게든 사라질 수 있어도, 그들이 나와 가까운 사람의 시체를 찾아내면 분명 뇌에 엑소르를 실시할 것이다. 그리고 그들이 공식의 공백을 채우는 데 얼마나 걸릴까? 백 년? 십 년? 일 년? 그런데 시체를 숨길 시간이 없었다.

죽은 남자는 나를 지나쳐 천장의 한 지점을 쳐다보았다. 아직 천사들이 내려와 데려가주기를 기다리는 것처럼. 그의 영혼을 데리고 날아가기를.

날아가기를.

나는 마른침을 삼켰다.

꼭 해야 할 일이었다.

나는 다시 침실로 올라가 오래된 가죽 여행 가방을 꺼냈다.

그리고 지하실로 내려가 톱을 가져왔다.

여정

복도에서 누군가가 내 이름을 부른다.

단단한 뭔가가 문을 쾅쾅 두드린다. 총의 개머리판일 수도 있다.

여정. 그 여정을 기억해야 한다. 비엔나. 런던. 마드리드. 그리고 수송기로 마라케시로 날아가서 거기서 트럭을 얻어탔다.

운전자가 서툰 러시아어로 여행 가방에 든 고약한 냄새가 나는 게 뭐냐고 물었다. 나는 사람 머리이고 도끼로 두개골을 쪼깨고 사흘간 햇빛에 내놔서 파리가 꼬였다고 말했다. 파리들이 머리통의 모든 구멍으로 파고들어 알을 슬었고 알이 애벌레가 되어 지금은 뇌를 먹어치우는 중이라고 말했다. 운전자는 내 농담에 웃으면서도 이유를 알고 싶어했다.

"그 사람이 천국에 갈 수 있게요." 내가 말했다.

"그럼 종교가 있어요?"

"아직은. 그 사람이 천국에 잘 올라가는지부터 확인하고요."

이후 운전자는 아무 말도 하지 않았다. 하지만 나를 엘아이운에 내려주고 내가 마지막 남은 루블화를 건네자 차창 밖으로 몸을 내밀고 빠르고 조용하게 말했다. "그들이 당신의 뒤를 밟고 있어요, 세뇨르."

"누가요?"

"저도 모릅니다. 마라케시에서 들었어요." 그리고 그는 트럭에 기어를 넣고 시커먼 디젤 연기의 구름 속으로 사라졌다.

그 아파트에 들어서자 후텁지근한 공기가 벽처럼 나를 덮쳤다. 수개월 동안 여기서 먹고 자고 일했다. 고통에 빠지고 희망에 들뜨고 울고 웃고 엉뚱한 길에 들어서기도 했지만 결국 우리는 기적을 이뤄냈다. 하지만 그보다도 집에 돌아가 클라라와 같이 있고 싶었다. 나는 창문과 문을 열고 기억 파쇄기의 먼지를 털었다. 스위치를 켜보고 안도의 한숨을 내쉬었다. 배터리가 남아서 전원을 켤 수 있었다. 여행 가방에서 결혼사진을 꺼내 테이블 위 파쇄기 옆에 올려놓고 숨을 깊이 들이마시며 정신을 집중했다. 사막의 바람이 불어와 창문에 걸쳐놓은 묵직한 러그가 흔들렸다. 그리고 나는 처음부터 시작했다.

이렇게 되는 것이다. 뱀이 제 꼬리를 물어 원이 완성된다.

나는 눈을 감는다. 이제 모든 것이 그 안에 있다. 지우고 삭제하고 사라져야 할 모든 것이. 클라라도. 나의 사랑하고 사랑하는 아내 클라라, 부디 날 용서해줘.

문이 박살 나며 벌컥 열리고 나는 '삭제'라고 적힌 커다란 버튼을 누른다. 그다음부터는 기억이 나지 않……

나는 천장에 달린 환풍기를 본다. 환풍기가 천천히 돌아가지만 나는 움직이지 못한다. 두 가지 소리가 들린다. 낮게 왱왱거리는 소리와 규칙적으로 톡톡 두드리는 소리. 두 개의 얼굴이 시야로 들어온다. 모래색 위장 군복 차림의 두 사람이 내게 기관총을 겨누고 있다. 질문이 많지만 적어도 그중 두 가지는 답을 안다. 왱왱거리는 소리가 무슨 소리인지는 모르지만 톡톡 두드리는 소리는 바로 알아들었다. 다니엘 에거, 내가 일하는 회사 안토일 메드의 회장의 지팡이 소리다.

"풀어줘." 누군가가 말한다. 에거의 목소리다.

나는 몸을 다시 움직일 수 있게 되어서 일어나 앉는다. 주위를 둘러본다. 나는 어둑어둑한 방에서 맨바닥에 앉아 있다. 창문에 걸린 러그의 틈새로 빛이 들어온다. 여기가 어디지?

에거가 내 앞의 의자에 앉아 있다. 그도 다른 사람들처럼 군복 차림이다. 그가 가족 기업을 물려받기 전 대령 시절에 입던 군복이라기에는 새것처럼 보인다. 얼굴이 햇빛에 살짝 그을었다. 그가 매끄러운 검정 지팡이 끝에 턱을 괸 채, 차갑고 지적인 눈으로 나를 본다.

"공식은 어딨나?" 그가 갈라진 목소리로 묻는다. 감기에 걸렸을 수도 있다.

"공식?"

"그 약물의 공식, 멍청아."

그가 마치 내 이름이라도 부르듯 차분히 말한다. 멍청이라고? 내가 뭘 잘못했지?

"그건 제가 코퍼한테 보낸 보고서에 있습니다."

"무슨 보고서?"

"무슨 보고서라뇨? HADES1에 대한 연구 보고서죠. 매주 제출해서……."

"앙크!" 에거가 으르렁거렸다. "지금 앙크 얘기를 하는 거잖아."

나는 그를 보고 무장한 남자들을 본다. 무슨 소리지?

"앙크요?" 나의 뇌는 이 단어가 숨어들었을 곳을 탐색한다.

에거가 기대에 찬 눈빛으로 나를 본다. 그리고 나의 뇌가 거기서, 이 단어가 숨어 있는 기억의 서랍에서 이 단어를 발견한다.

어린 시절에 이집트에 관한 책을 읽었을 때의 서랍이다. "영생을 뜻하는 상형문자, 말씀인가요?"

햇빛에 그을린 에거의 얼굴이 더 벌겋게 달아오른다. 그가 뒤에 있는 책상을 돌아본다. 거기 기계가 있는데 무슨 기계인지 모르겠다. 민간 기술이 붕괴하기 이전 시대의 개인용 컴퓨터처럼 보인다. 에거가 기계 옆에 있는 뭔가를 집어서 내 앞에 내민다.

"공식을 내놓지 않으면 이 여자를 찾아서 죽일 거야."

나무 액자에 든 사진이다. 사진에서 나야 당연히 알아보지만 여자는 모르겠다. 우리는 결혼식 복장이다. 나는 그 상황을 기억해내려 한다. 무슨 축제의 한 장면이거나 그냥 장난친 걸 수도 있다. 아무리 기억해내려 해도 나이가 들었어도 예쁜 그 여자의 얼굴은 아무 기억도 소환하지 않는다. 그래도 에거는 진지하게 협박한다. 그가 제정신인지 의심하지 않을 수 없다.

"정말 죄송합니다, 회장님." 내가 말한다. "무슨 말씀을 하시는 건지 전혀 모르겠습니다."

그의 얼굴이 떠오른 표정이 정확히 무슨 의미인지 해석하기 어렵다. 분노? 증오? 당혹감? 공포? 말했듯이 알 수가 없다.

"회장님." 누군가 말한다. 방 안의 저쪽 끝에 상사 계급장을 가슴에 단 남자가 서 있다. 그가 총으로 낡은 가죽 여행 가방을 가리킨다. "여기서 왱왱거리는 소리가 납니다."

다른 남자들이 벽 쪽으로 뒷걸음질친다.

"브라운!" 에거가 소리친다. "폭탄인지 확인해."

"시행하겠습니다!" 한 남자가 앞으로 나온다. 그는 예전에 휴대전화라고 불리던 물건과 비슷한 금속 장치를 들고 있다. 그걸로 여행 가방 옆면을 훑는다. 이제야 여행 가방이 내 눈에도 들어온다. 내가 위르겐 형한테 물려받은 가방이다. 저건 내가 가져온 거지? 그러다 갑자기 이런 생각이 든다. 왜 아무것도 선명해지지 않지, 왜 직소퍼즐에서 조각들이 빠진 게 아니라 퍼즐이 통째로 사라진 느낌이지? 책상 위에 있는 모니터가 달린 장치, 저건 트라우마 환자에게 사용하는 것을 본 적이 있는 기억 파쇄기라는 장치와 비슷하지 않은가? 기억의 특정 부분을 잘라서 트라우마나 특정 주제와 연결된 기억을 삭제하고 나머지는 그대로 남겨두는 장치가 아닌가? 내가 저 장치를 나한테 썼을까? 에거가 아까 조제법에 대해 물었다. 내가 기억에서 그 조제법을 제거했을까? 폭탄을 만드는 조제법인가? 그럼 저 안에 든 게 폭탄……?

"가방에 아무것도 없습니다." 금속 장치를 든 남자가 말한다.

"열어." 에거가 말한다.

에거 주위의 남자들이 벽에 붙어 선다. 내 심장이 빠르게 뛴다.

"공식을 찾지 못하면 우린 다 죽어." 에거가 소리쳤다. "당장!"

남자가 앞으로 나와 여행 가방의 자물쇠 두 개 모두 튕겨 올리고 덮개를 열기 전에 심호흡을 한다.

왱왱거리는 소리가 이제 귀청을 찢을 듯 요란하게 울리더니 검은 폭풍이, 움직이는 밤이 보인다. 일 초쯤 지나서야 그게 뭔지 알아챈다. 그것이 하나의 검은 덩어리로 천장을 향해 올라가 검은 파편으로 흩어지고 다시 더 작은 파편으로 부서진다. 파리 떼다. 살쪄서 무거운 파리 떼. 파리 떼가 방 안을 가득 메우자 이제 여행 가방 안에 든 것에 시선이 쏠린다.

사람 머리.

두개골이 벌어져 있다. 눈과 입술과 볼, 얼굴의 부드러운 부위는 다 사라졌다. 애벌레 한 세대가 다 먹어치우고 이제 성체로 자랐을 것이다. 대머리이고 독특한 달걀 모양의 두상 때문인지, 나는 한때 나의 대리인이자 조수로 고용한 명석한 연구원 베르나르 요한손인 것을 알아본다.

바람 한 점에 러그가 안쪽으로 펄럭이며 햇빛이 한가득 쏟아져 들어와 따스한 공기가 내 얼굴에 닿는다.

"파리잖아!" 에거가 비명을 지른다. "햇빛으로 날아가잖아! 파리를 잡아!"

남자들이 어리둥절한 표정으로 그를 본다. 그리고 눈을 들어 파리 떼가 이미 마법처럼 사라진 쪽을 쳐다본다. 이제 천천히 빙글빙글 돌아가는 천장의 환풍기 주위에 몇 마리만 남아 있다.

남자 하나가 그 파리들을 공격한다.

"안 돼!" 에거가 소리친다. 거의 울먹이는 목소리다.

내가 일어나 창가로 가서 러그를 옆으로 젖히지만 아무도 나를 제지하지 않는다.

나는 산비탈을 내다본다. 저 아래 옥상들이 있고 마을이 계속 아래로 이어지다 한 지점에서 뚝 끊기고 그 너머로 사막이 펼쳐진다. 그 너머에는 모래만 있어서, 그리고 해가 떠올라 하늘로 올라가거나 내려와 지평선 너머로 넘어가기만 해서 내가 어느 방향을 보고 있는지 분간하기 어렵다. 무척 아름답다. 하늘을 생각하니, 이제 짧은 생애에서 (파리의 평균 수명은 이십팔 일이다) 처음으로 자유로이 날아오르는 파리들에 대해서도 생각이 든다. 베르나르 요한손의 머릿속에서 먹은 것을 품고서. 나는 눈을 감고 총을 든 남자들이 뒤에 있는데도 무한한 자유를 느낀다. 무엇인지는 모르지만 그 무언가가 벗겨져서 이제 가볍게……. 음, 파리만큼 가볍게 느껴진다.

그들이 나를 가두지 않을 거라면 그냥 여기서 나를 쏠까? 그럴지도. 그렇다면 내가 잊어버린 무언가, 내가 파쇄해야 한다고 생각한 무언가 때문일 테고, 그것은 내가 이 방 안에서 발견한 몇 가지 단서를 연결할 때 떠오르는 이미지일 뿐이다. 그리고 그들이 쏘기 전에 내 생애를 요약한다면 나는 무슨 말을 할 수 있을까? 내가 내 인생을 바쳐서, 이십팔 일을 바쳐서 HADES1라고, 인류의 고통을 덜어줄 무언가의 출발점이 되는 약을 개발했다고. 그러니 완전히 헛산 것은 아닐 수 있다. 그거면 됐다. 아쉬운 건 없다.

그런데 내 안의 어딘가에서 알 수 없는 공허감이 느껴진다. 외과 수술로 장기를 떼어낸 것만 같다. 그 기분을 표현할 다른 방법이 없다. 그리고 거기서, 그 공허감에서 사실은 아쉬운 것이 있다는 느낌이 든다.

사랑을 알았더라면. 내 인생에서 한 여자를 가졌더라면.

"제자리에." 내가 말했다.

"준비." 페테르가 말했다.

"출발!" 우리는 동시에 외치며 달리기를 시작했다.

수리올라 비치와 인명 구조원 의자 사이 보이지 않는 결승선까지 200미터 남짓을 늦게 통과하는 사람이 맥주를 사기로 했다. 이틀 후 팜플로나에서 열리는 소몰이 축제에 참가하기 위한 훈련이자 리허설이었다.

나는 처음 몇 미터는 전력을 다하지 않았다. 그럴 힘이 없어서가 아니라 내가 거뜬히 이길 수 있어서 페테르의 기분이 상하게 하지 않을 선을 지키고 싶었다. 페테르 코아테스의 유전적 혈통은 지는 연습을 충분히 시켜주지 않았다. 페테르는 과학자와 모델과 사업가 집안 출신으로, 집안 사람들이 모두 성공하고 부유하고 (적어도 내가 만난 몇 사람은) 유난히 하얀 이를 가졌다. 다만 운동을 딱히 잘하는 집안은 아니었다. 나는 페테르 뒤에서 2미터 정도의 거리를 유지하며 그의 에너지는 넘치지만 효율적이거나 우아해 보이지는 않는 달리기 자세를 관찰했다. 근육이 잡히고 허벅지 힘이 좋고 등판이 넓지만, 결코 과체중이 아닌데도 어딘가 무거워 보였다. 혼자서 남보다 무거운 중력장을 통과하는 사람처럼 보였다.

우리의 코스가 비치 의자 두 개와 비스케이 만의 차가운 바다에서 돌아오는 해수욕객들 사이로 좁아지는 지점에서 나는 페테르 뒤에 바짝 붙어서 달려야 했고 그의 맨발에서 튕긴 모래가 내 배로 튀었다. 뒤에서 스페인어 욕이 들렸지만 우리 둘 다 속도를 늦추지 않았다. 나는 페테르의 오른쪽으로, 바다에 더 가까워졌고, 그쪽 모래가 발밑에서 더 단단하고 기분 좋고 시원하게 닿았다. 함께 여행 계획을 세우면서 페테르는 내게 산세바스티안에는 유럽 최고의 레스토랑이 몇 군데 있을 뿐 아니라 스페인의 여름에 더위가 극성인 시기에도 비교적 선선하다고 말했다. 산세바스티안은 더 세련되고 태양을 덜 숭배하는 여행객들의 휴가지였다. 다행히 우리가 전날 도착한 후 구름이 덮이고 산들바람이 불어서 파리 여행과 열차 여행에서 겪은 숨이 턱턱 막히는 더위가 기분 좋게 누그러졌다.

나는 속도를 조금 올려서 페테르 옆에서 나란히 달렸다. 결승선까지 50미터도 안 되는 거리에서 벌겋게 달아오른 그의 얼굴에 벌써 승리의 표정이 떠올랐다가 내가 옆에 따라붙은 걸 알고는 불안한 표정으로 변했다. 내게는 아직 선택권이 있었다. 그가 이기게 해줄 수도 있었다. 승리가 주는 보상보다 그가 패했을 때 돌아올 대가가 더 크므로, 이 게임은 그가 내게 가르쳐준 것처럼 넓게 보면 플러스가 마이너스로 상쇄되는 제로섬 게임이 아니었다. 그렇다고 일부러 져준 걸 알면 그가 더 기분 나빠할 수도 있었다. 페테르가 힘에 부친 듯 헉헉대는 모습을 보면 에너지를 다 쏟아부었다는 뜻이므로 나도 그를 존중하는 의미에서 전력을 다해야 할까? 내 마음 한구석에는 다른 모든 면에서 나보다 우월한 그를 약올리고 싶은 마음이 있을까? 30미터 남았다. 선택의 순간이다. 선택은 자유다. 아니, 과연 그럴까? 내가 하려는 행동은 이미 별들에 기록된 운명 같은 게 아닐까?

나는 전력을 다해 이 초 만에 그를 앞질렀다. 그가 다시 날 따라잡으려 하지만 힘에 부친 듯했다. 달리는 자세가 점점 흐트러지고 출발할 때는 그나마 유지하던 리듬마저 잃었다. 내가 안정적으로 속도를 유지해 그가 너무 크게 지지 않게 해주려 해봐도 그는 점점 더 뒤처졌다. 대여섯 걸음만 가면 결승선이다. 그런데 그 순간 뭔가가 내 다리를 쳐서 나는 중심을 잃고 앞으로 쏠렸다. 넘어지지 않으려고 버티는 사이 페테르가 유유히 나를 앞질러 가는 것을 보았다.

그가 내 쪽으로 다가왔다. 손을 머리 위로 들고 하얀 이를 반짝이면서. 나는 일어나 앉아서 모래를 뱉어냈다.

"반칙이야!" 나는 기침을 하면서 침을 더 모았다.

페테르가 요란하게 웃었다. "반칙?"

나는 침을 뱉고 또 뱉었다. "뒤에서 다리를 거는 짓, 그건 명백한 반칙이지."

"그래서? 그러지 말라는 규칙이 있었나?"

"뭐냐, 그건 기본이지."

"기본이란 건 없어, 마르틴. 규칙은 건축물과 같아. 건축물은 건축해야 생기지. 그전에는⋯⋯." 그가 주먹 쥔 손을 들고 손가락을 하나씩 펴면서 강조했다. "문제를 해결하는 능력, 신속히 판단하는 능력, 경직된 사고방식 너머를 보는 능력, 역효과를 낳는 도덕 개념을 무시하는 능력, 그리고⋯⋯." 그가 씩 웃으며 손을 내밀어 나를 일으켜 세워주려 했다. "뒤에서 다리를 거는 능력도 다리를 빨리 움직이는 능력만큼 훌륭한 능력이야."

나는 그의 손을 잡고 일어섰다. 몸에서 모래를 털었다. "좋아, 인정하지. 이 순간 너의 평행우주 중 한 곳에서는 뒤에서 다리를 거는 사람이 나고, 일장 연설을 하는 사람도 나고, 가서 맥주를 살 사람은 **너**라고, 나 혼자 상상으로 위안을 삼아야겠네."

페테르가 웃음을 터트리며 내 어깨에 팔을 둘렀다. "내가 살게. 대신 네가 다녀와. 그럼 됐지?"

"평행우주는 존재한다니까." 페테르가 말하면서 맥주를 한 모금 마시고 몸을 꿈틀거렸다. 수건을 두른 몸을 모래밭에 더 깊이 파묻었다.

"좋아." 나는 누워서 맥주 마시는 고난이도 기술을 구사하며 잿빛 하늘을 보았다. "내가 너의 양자물리학과 상대성 이론을 이해하지 못하는 것도 알겠고, 평행우주가 만들어질 만큼의 암흑물질이 있다는 말이 맞는 것도 알겠는데, 평행우주의 수가 무한하다니 그건 이해가 안 가."

"우선 이건 내 물리학 이론이 아니라 알베르트 아인슈타인의 이론이야. 그리고 아인슈타인의 동료이고 그만큼 명석했지만 과소평가된 마르셀 그로스만의 이론이기도 하고."

"난 그로스만이 아니잖아, 페테르. 그러니 날 이해시키고 싶으면 방정식과 숫자는 쓰지 말아줘."

"하지만 세상은 방정식과 숫자야, 마르틴." 페테르는 햇빛에 바랜 앞머리 아래 푸른 눈으로, 하얀 이를 빛내며 내게 미소를 지었다. 언젠가 어떤 여자가 나한테 그의 치아가 진짜가 맞냐고 물은 적이 있다. 내가 과학자의 두뇌나 치아에 끌려서 페테르의 가장 친한 친구가 된 건 아니었다. 왜인지는 나도 모른다. 그의 선천적 재능과 물려받은 재산에 따라오는 자연스럽고 유쾌한 자신감에 끌렸을 수도 있다. 페테르가 큰 어려움 없이 모두의 기대를 충족시킬 걸 알아서일 수도 있다. 다만 그를 움직이는 힘은 왕성한 호기심이지, 가족이 그에게 거는 거창한 기대가 아니었다. 따라서 그가 어쩌다 도시 반대편 가난한 동네 출신의 예술학도를 제일 친한 친구로 선택했는지가 더 명확히 설명된다. 그가 내게 끌린 것이지, 그 반대가 아니었다. 아마 내가 그에게 호기심을 자극하는 무언가를, 그의 집안에는 없는 한 가지를 대변해서였을 것이다. 섬세하고 불안한 예술가 정신, 수학과 물리학에서는 그에게 한참 뒤떨어지지만 논리의 경계를 넘어 다른 무언가를 창조할 수 있는 정신 말이다. 감각의 음악. 아름다움. 기쁨. 온기. 뭐, 아직 나는 거기까지 가지 못했지만 적어도 노력하는 중이었다.

그리고 이번 여행에서 내가 내건 조건을 그가 받아들인 것도 호기심 때문이었을 것이다. 내 여행 경비를 내주지 않는다는 조건이었다. 내 형편에 맞게 한정된 예산으로 여행해야 한다는 의미였다. 따라서 인터레일 패스를 사서 베를린에서 출발해 유럽을 돌면서 밤에는 기차나 저렴한 숙소에서 자고 식사는 적당한 가격의 음식점이나 취사가 가능한 숙소에서 해야 했다. 다만 페테르가 한 가지 예외를 달았다. 산세바스티안(우리의 목적지로, 산페르민 축제와 소몰이 행사가 열리는 팜플로나의 바로 전 역이다)에 도착하면 세계에서 가장 유명한 아르작 식당에서 식사하고 돈은 자기가 내겠다고 했다.

"스티븐 호킹이 죽었을 때 평행우주에서 연구하고 있었다고 하면 설득이 되려나?" 페테르가 말했다. "왜 그 물리학자 있잖아, 휠체어 타고 다니던……."

"호킹이 누구였는지는 나도 알아."

"아니, 누구인지 안다고 해야지. 계산이 맞아떨어지면 호킹은 아직 평행우주에서 살고 있어. 우리도 다 그렇고. 그러니 사실 우리는 영원히 사는 거야."

"계산이 맞아떨어지면!" 내가 낮게 신음했다. "그나마 기독교에서는 예수에 대한 믿음에 따라 영생이 주어진다고 하잖아."

"정말로 재미있는 게 뭔지 알아? 때가 되면, 그러니까, 우리가 우주와 우주 사이에서 제어된 방식으로 이동할 수 있는 때가 오면, 예수라는 존재도 확인될 거라는 거야."

"뭐? 그럼 제어되지 않은 방식으로는 이미 이동한다는 말이야?"

"물론. 스티븐 와인버그라고 들어봤어?"

"아니, 이런저런 걸로 노벨상을 받았겠지." 내가 말했다. 내 맥주가 떨어졌고, 나른하게 출렁이는 바다를 바라보던 나는 우리 뒤의 바를 돌아보았다.

"물리학으로." 페테르가 말했다. "그 사람 이론에 따르면 우리는, 사실 진동하는 원자의 집합으로서 평행우주와 같은 주파수로 진동할 때가 있대. 라디오를 듣다가 갑자기 배경에서 다른 주파수가 들릴 때 있잖아. 그 순간 우주가 갈라지고 우리는 한쪽 현실이나 다른 쪽 현실로 들어갈 수 있는 거야. 미치오 카쿠가 누군지 알아?"

나는 그 이름을 아는 척하려 했지만 모르는 이름이었다.

"뭐냐, 마르틴. 왜 그 서글서글하고 일본인처럼 생긴 교수, TV에 나와서 끈이론을 설명하던 사람 있잖아."

"그 머리 긴 멋쟁이 아저씨?"

"그래, 그 사람. 그 사람은 데자뷔는 사실 우리가 평행우주를 몰래 엿본 걸 **수도 있다**고 믿어."

"우리가 가봤던 곳?"

"우리가 지금 **있는 곳**이라니까, 마르틴. 우리는 무한한 평행우주에서 살고 있어. 이곳의 현실은……." 그는 손으로 파라솔과 비치의자와 해수욕객들을 가리켰다. "그런 평행우주의 현실보다 더 현실적이지도, 덜 현실적이지도 않아. 그래서 시간 여행이 가능해지지. 평행우주가 있는 한 시간의 역설이 개입하지 못하니까."

"시간의 역설, 자기모순이 시간 여행을 불가능하게 만든다는 거야? 이를테면 시간을 거슬러 올라가서 자기 엄마를 죽일 수도 있으니까?"

"그래, 대신 이렇게 생각해봐. 시간을 여행한다면 정의상 우주가 둘로 나뉘고, 평행우주나 다른 우주에 두 명의 네가 존재하는 거야. 한 번에, 동시에 죽을 수도 있고, 살 수도 있지."

"넌 그걸 다 이해한다는 거냐?"

페테르가 잠시 생각에 잠겼다. 그리고 고개를 끄덕였다. 오만이 아니라 코아테스 집안의 정확한 자기 확신이었다.

나는 웃음이 터졌다. "그럼 네가 시간 여행을 성취할 방법을 찾아낼 거라는 뜻이야?"

"운이 좋다면. 우선 세른 연구소부터 들어가야지."

"그런데 스물다섯 살짜리가 사람들을 시간 여행 보내고 싶다고 하면 거기서 뭐라고 할까?"

페테르가 어깨를 올렸다. "아폴로 11호가 달에 착륙했을 때 휴스턴 통제실의 평균 나이는 스물여덟 살이었어."

나는 일어섰다. "난 일단 바까지 가는 여정을 계획하고 있고 맥주를 더 가지고 올 거야."

"같이 가자." 그가 일어섰다.

순간 비명이 들려서 페테르가 고개를 돌렸다. 손으로 햇빛을 가리고 보았다.

"뭐지?" 내가 물었다.

"누가 물에 빠졌나 봐. 저기." 그가 손가락으로 가리켰다.

우리가 수리올라 비치에 간 이유는 산세바스티안의 서핑 비치여서였다. 서핑을 하고 싶어서가 아니라 젊은 사람들이 많아서였다. 그건 힙한 비치 바가 있다는 뜻이었다. 하지만 그만큼 파도도 더 크다는 뜻이었다. 저 멀리 높이 솟은 푸른 파도 사이에서 분홍색 수영모가 출렁거리는 게 보였다. 이번에는 우리 뒤쪽에 있던 여자가 비명을 질렀다. 나는 자동으로 인명 구조원 의자, 비치에서 조금 더 아래쪽에 있는 기둥 위에 높이 올라간 의자를 보았다. 의자가 비어 있었고, 바다 쪽으로 뛰어가는 인명 구조원도 보이지 않았다. 나는 페테르를 기다리지 않고 바로 뛰기 시작했다. 페테르는 어떤 이유에선지 수영을 할 줄 몰랐다.

나는 무릎을 높이 올려 얕은 물을 헤치고 최대한 멀리까지 뛰어가서 헤엄치기 시작했다. 물속으로 들어가기 전에 마지막으로 (아직 시야가 확보될 때) 분홍색 수영모에 시선을 고정했다. 그리고 다시 수면으로 올라와 내 방식의 자유형, 혼자 익혔지만 제법 효율적인 영법으로 헤엄치면서 그 사람이 보기보다 더 멀리 있을 수 있으니 페이스를 잘 조절해서 팔동작을 하는 사이사이 적절히 호흡의 리듬을 찾아야 한다고 생각했다. 얼마나 멀리 떨어져 있을까? 50미터? 100미터? 물에서는 거리를 가늠하기 어렵다. 팔을 열 번 저을 때마다 한 번씩 짧게 숨을 쉬면서 맞는 방향으로 가고 있는지 확인했다. 오늘은 파도를 탈 만큼 파도가 높지 않아서 서퍼들이 없는 것 같았지만 그 소녀(이제 어린애인 것을 알아볼 수 있었다)를 물속으로 가라앉히기에는 충분히 큰 파도였다. 그리고 내가 파도의 깊은 골로 내려갈 때마다 소녀가 사라졌다. 이제 10미터나 20미터쯤 남았다. 소녀는 이제 비명을 지르지 않았다. 비명은 처음에 딱 한 번 들렸다. 누가 자기를 구조하러 오는 걸 봤거나, 아니면 이제 비명을 지를 힘조차 남지 않은 것이다. 아니면 애초에 아무 일도 아닌데 그냥 비명을 질렀을 수도 있다. 물고기가 발을 스치는 정도였을 수도 있다. 하지만 마지막 가능성은 버렸다. 다음번 파도에 내 몸이 떠오르자 분홍색 수영모가 저 아래의 깊은 골 속으로 사라지는 것 보았기 때문이다. 그러다 수영모가 다시 떠올랐다. 그리고 다시 사라졌다. 나는 폐에 공기를 가득 채우고 발차기를 해서 물속으로 들어갔다. 해가 나고 물이 맑았다면 소녀를 금방 찾을 수 있었겠지만, 산세바스티안은 구름으로 유명한 곳이라 어스레한 빛 속에서 거품과 녹색 그림자만 보였다. 나는 계속 헤엄치며 더 깊이 들어갔다. 물이 더 어둡고 차가워졌다. 나는 죽음에 대해 자주 생각하는 편은 아니지만 이번에는 생각했다. 그런데 수영모가 나를, 아니, 그 소녀를 살렸다. 수영모가 그렇게 쨍한 색깔이 아니었다면 소녀를 보지 못했을 것이다. 소녀는 검정 수영복을 입고 있고 피부색도 짙었다. 나는 그쪽으로 가까이 다가갔다. 소녀는 잠든 천사의 모습으로 물속에 가볍게 떠서 깊은 곳까지 미치는 파도의 미약한 메아리에 흔들리고 있었다. 무척 고요했다. 무척 외로웠다. 소녀와 나뿐이었다. 나는 한 팔로 소녀의 가슴 아래 갈비뼈를 감싸고 빛 속으로 끌고 나갔다. 내 팔에 닿은 소녀의 온기와 느리게 뛴다고 믿고 싶은 심장 박동이 느껴지는 것 같았다. 그러다 이상한 일이 일어났다. 수면 위로 올라가기 직전에 소녀가 내 쪽으로 고개를 돌리고 크고 검은 눈으로 나를 보았다. 죽음에서 깨어난 사람처럼,

인간이 물속에서 호흡하는 우주로 건너간 사람처럼. 다음 순간 우리의 머리가 물의 세계에서 공기의 세계로 올라가는 사이 소녀는 다시 눈을 감고 내 품 안에서 미동도 없이 떠 있었다.

나는 소녀의 머리를 가슴에 끌어안고 누운 자세로 해변 쪽으로 헤엄쳤다. 해변에서 터져 나오는 함성이 들렸다. 얕은 물가에 이르자 페테르와 인명 구조원과 의사라고 밝힌 남자가 우리 쪽으로 다가와 모두가 함께 소녀를 마른 땅으로 옮겼다. 나는 얕은 물가에 누운 채 기침을 하며 물을 뱉어내고 기운을 차리려 했다.

"배이워치, 매애앤."

나는 눈을 떴다. 빨간 수염에 햇빛에 벌겋게 익은 얼굴이 나를 내려다보고 있었다. 환한 미소 속에 조잡하게나마 치아가 갖춰진 게 보였다. 그가 입은 킬트는 지저분했고 (내가 잘못 본 게 아니라면) 스코틀랜드 축구 대표팀 유니폼 색깔의 파란 셔츠 역시 꼬질꼬질했다.

"당신은 진정한 구세주야." 그가 발음이 뭉개지기는 했지만 알아들을 수는 있는 스코틀랜드식 영어로 말하며 나를 일으켜 세웠다. 일단 일어선 뒤에는 내가 그를 부축해야 했다. 그가 고래고래 소리를 지를 만큼 만취 상태였기 때문이다.

"문제는 나도 좀 구해줄 수 있느냐는 거요, 베이워치 맨. 팜플로나에 가려면 20유로가 필요하거든."

"돈은 있어요. 그런데 나도 그 돈이 필요해요." 내가 말했다. 이 말은 사실이었다.

나는 해변에서 더 위쪽에 모여든 사람들을 보았다. 그중에 스코틀랜드 남자의 복장을 능가하는 차림새의 중년 여인이 눈에 띄었다. 히잡에 비키니 차림이었다. 그녀가 의사와 페테르 쪽으로 몸을 숙이고 있었고, 사람들 틈에서 페테르가 소녀 옆에 무릎을 꿇고 앉은 모습도 보였다. 여자는 울다가 욕하기를 반복했지만 아무도 여자에게 관심을 주지 않는 듯했다. 스코틀랜드 남자를 돌아보니 이미 다른 해수욕객들 쪽으로 떠났다. 나는 사람들이 모인 곳으로 갔다.

"어때……?"

"숨을 쉬고 있어." 페테르가 내 쪽을 보지도 않고 말했다. "구급차를 기다리는 중이야."

그가 소녀의 얼굴을 쓰다듬으며 얼굴의 일부를 가려서 내 쪽에서는 소녀의 이마밖에 보이지 않았다. 이마에, 반짝이는 검은 헤어라인 바로 아래에 솜털 같은 머리카락이 가벼운 바람에 이미 말라서 흔들렸다.

누군가 내 팔을 잡아서 보니 히잡에 비키니의 여자가 내게 뭐라고 말했다. 아랍어이거나 페르시아어이거나 튀르키예어인 것 같기도 했다. 아니면 그 여자가 그쪽 세계에서 온 사람으로 보여서 내가 그렇게 짐작했는지도 모른다. 어쨌든 나는 여자의 말을 한마디도 알아듣지 못했다.

"영어로 말씀해주실래요?" 내가 말했다.

"러시아어?" 여자가 물었다.

나는 고개를 저었다.

"딸." 그녀가 소녀를 가리켰다. "미리암."

"구급차요." 내가 말했다. 그녀는 알아듣지 못했는지 나를 보며 같은 외국어 억양으로 몇 마디 더 쏟아내더니 내 팔을 꽉 붙잡았다. 내가 집중하기만 하면 언어의 장벽도 넘을 수 있다는 듯이.

"병원요." 내가 운전하는 시늉을 해봤지만 소용이 없었다.

멀리서 사이렌 소리가 들리다가 바람에 잦아들었다. 나는 그 소리가 들리는 쪽을 가리켰다. 여자의 얼굴이 밝아졌다.

"아하, 병원요." 여자가 말했다. 내가 방금 말한 발음과 크게 다르지 않았다. 여자가 어디론가 사라졌다가 가방 두 개를 들고 돌아왔을 때 구급대원들이 해변의 바들이 늘어선 곳 앞에 세워둔 구급차에서 들것을 들고 뛰어왔다. 의사와 소녀의 어머니가 들것 옆에서 따라갔다. 페테르와 나는 그들을 바라보고 서 있었다. 그러다 페테르가 말없이 수건에 놓여 있던 휴대전화를 집어 들고 구급차 쪽으로 뛰어갔다. 놀랍게도 그가 소녀의 어머니에게 말을 걸었다. 그가 휴대전화의 키패드에 뭔가를 입력하고 여자에게 보여주자 그녀가 그렇다는 듯 고개를 끄덕였다. 이어서 그녀가 그의 뺨에 입을 맞추고 구급차에 올라탔고, 구급차가 곧바로 출발하며 이번에는 사이렌을 울리지 않았다.

"저 여자랑 어떻게 대화한 거야?" 페테르가 돌아왔을 때 내가 물었다.

"아까 네가 러시아어 하냐고 묻는 거 들었어."

"**너** 러시아어 해?"

"조금." 그가 미소를 지었다. "우리 학교에서 선택과목이야."

"러시아어를 선택한 이유는……?"

"물리학 분야에서 진짜 훌륭한 연구 절반은 러시아어로 쓰였으니까."

"그렇겠군."

"저 사람들은 키르기스스탄에서 왔대. 그쪽에서는 마흔이 넘은 사람은 다 러시아어를 조금씩 하거든."

"어쨌든, 네가 러시아어를 하니까 저분이 기뻐하는 것 같더라."

"아마도."

"너한테 입을 맞췄잖아."

페테르가 웃었다. "내 러시아어는 형편없어. 내 말을 듣고 자기 딸을 구해준 사람이 나인 줄 아는 것 같아. 그런데 내가……."

"너?"

페테르가 다시 미소를 지었다. 그는 잘생긴 청년이지만 함께 여행하는 동안 (그에게는 비정상적인 스파르타 식단 때문인지) 어린애 같은 볼살이 조금 빠지고 최근까지도 약간 통통하던 구릿빛 몸에 근육이 잡혔다.

"내가 바로잡아주지 않았어."

"왜?" 나는 이렇게 물었지만 왜인지는 대충 짐작이 갔다.

"그 소녀의 얼굴." 그가 미소를 풀지 않고 말했다. "그 눈. 의식이 돌아오고 그 눈을 뜨면……." 그의 목소리가 꿈꾸는 것처럼 들려서 내가 아는 페테르, 본인 말대로 감상에 빠질 시간이 없는 그 사람과 조금 달라 보였다. "네가 그 여자 눈을 봤어야 했어, 마르틴."

"나도 봤어." 내가 말했다. "그 여자가 잠깐 눈을 떴어. 아까 물속에서."

페테르가 이마를 찌푸렸다. "그 여자가 널 본 거 같아? 자길 구해준 사람이 너인 걸 알아볼까?"

나는 고개를 저었다. "물속에서는 얼굴이 많이 달라 보여. 내가 그 여자를 알아볼 수 있을지도 모르겠군."

페테르가 해를 향해 얼굴을 돌렸다. 눈부시고 싶은 사람처럼. "혹시 반대하나, **친구야**?"

"뭘?"

"내가 그 여자한테 헤엄쳐간 사람 행세하는 거."

나는 대꾸하지 않았다. 뭐라고 답해야 할지 몰랐다.

"나 참 바보야." 페테르가 눈을 감고 미소를 띤 채 말했다. 입가에서 미소가 떠나지 않았다. "매일 몇 년을 수영하면서도 절대로 세계챔피언이 될 수 없다는 걸 안다면 우리는 무슨 꿈을 꿔야 할까? 물론, 언젠가는 물에 빠진 사람을 구해주고 영웅이 될 수도 있겠지. 어쩌면 훈장까지 받고 훗날 자식들에게 그걸 어떻게 받았는지 무용담을 들려줄 수도 있겠지. 안 그래?"

나는 어깨를 올렸다. "마음 깊은 곳 어딘가에는 그런 어리석은 꿈을 꿀 수도 있지, 맞아."

"마침내 그 꿈이 이루어지려는 순간 내가 너한테서 그 공로를 가져가겠다고 부탁하는 거야. 다 그 사랑스러운 눈 때문에. 나도 참 대단한 친구 아니냐!" 그가 웃으며 고개를 절레절레 흔들었다. "나 무슨 일사병 같은 거 걸렸나. 그 여자 엄마한테 전화번호를 달랬어. 나중에 전화해서 괜찮은지, 의사가 괜찮다고 하는지 물어보려고."

"세상에. 너……."

"그래, 마르틴! 나는 저 눈을 꼭 다시 봐야겠어. 저 눈썹을. 저 이마를. 저 창백한 입술을. 그리고 저 몸을……. 쟤 완전 님프야."

"내 말이. 너한텐 너무 어린 거 아니야?"

"너 미쳤냐? 우리 스물다섯이야. 우리한테 너무 어린 나이라는 건 없어!"

"걘 열여섯 살도 안 돼 보이던데, 페테르."

"키르기스스탄에서는 열네 살이면 결혼해."

"그 애가 열네 살이면 결혼할래?"

"그럼!" 페테르가 내 어깨를 잡고 흔들었다. 정신 나간 인간이 나라는 듯이. "나 사랑에 빠졌어, 마르틴. 나한테 이런 일이 몇 번이나 있었는지 알아?"

나는 답을 생각했다. "두 번 반이지. 네가 나한테 솔직하게 말한 거라면."

"없어!" 그가 말했다. "거짓말 아니야. 사랑을 안다고 착각했을 뿐이야. 이젠 알아."

"좋아 그럼." 내가 말했다.

"좋아 그럼 뭐?"

"알았다고. 그 애를 구해준 사람이 너라고."

"정말이야?"

"그래, 나 좀 그만 잡고 흔들어줄래? 그 애가 열여덟 살 미만이면 포기하겠다고 약속하면, 그럼 거래하는 거야."

"그럼 너 절대로, 절대로 그 애든 그 애 엄마든 아무한테도 말하지 않겠다고 맹세하는 거지?"

나는 웃음을 터트렸다. "절대로 안 해."

그날 밤 이상한 꿈을 꾸었다.

페테르와 나는 올드타운의 작은 호텔에서 방 하나를 빌렸다. 열린 창문 바로 아래로 보행자 거리에 늘어선 음식점들에서 올라오는 사람들의 말소리와 웃음소리와 거리의 온갖 소음과 옆 침대에서 자는 페테르의 고른 숨소리가 뒤섞여 내가 꾸는 꿈의 소재가 되었다.

나는 (그리 놀랍지 않게도) 물속에 있고 사람이라고 생각한 뭔가를 안았지만, 그것이 눈을 떴는데 짙은 색의 핏발 선 생선 눈깔이었다. 아까 우리가 저녁을 먹은 음식점 앞 생선 진열대에서 페테르가 들여다보던 생선 눈깔하고 비슷했다. 페테르는 내게 생선을 고를 때 눈깔을 보면 그 생선에 관해 알아야 할 건 다 알 수 있다고 말하며, 신선도와 지방 함량을 확인하려고 생선 몸통을 조심스럽게 눌러보았다. 손톱으로 비늘을 살짝 긁기도 했다. 양식 생선은 그러면 비늘이 우수수 떨어진다는 이유였다. 페테르는 내게 이런 음식점의 요리와 와인에 관해서도 온갖 상식을 알려주었다. 그를 만나기 전에 나는 내가 살아온 환경이 교양이 부족하다고 생각해본 적이 없었다. 우리 집도 미술과 음악, 영화, 문학의 최신 흐름에 대해서는 잘 아는 편이지만 클래식과 연극에 관해서는 그가 한참 앞섰다. (페테르가 열두 살부터 체계적으로 익힌 분야였다) 페테르는 셰익스피어와 입센의 긴 대사를 인용할 수 있는데 가끔 보면 내용과 의미에 대한 이해가 부족했다. 그는 가장 강렬하게 정서적이고 미학적으로 고상한 글조차 과학적 방법론으로 해부하는 것 같았다.

나는 그 소녀의 물고기 눈을 보고 소스라치게 놀랐다. 미끈거리는 생선 몸통이 내 품에서 빠져나갔고, 소녀는 저 아래 어둠 속으로 헤엄쳐 내려갔다. 수영모는 분홍색이 아니라 빨간색이었다.

나는 점멸하는 불빛에 잠이 깼다. 누가 손전등으로 눈꺼풀을 이리저리 비추는 것만 같았다. 눈을 떠보니 커튼 틈새로 햇살이 스며들고 커튼이 아침 바람에 흔들리고 있었다.

나는 침대에서 일어나 가구가 거의 없는 큰 방에서 맨발에 나무 바닥의 서늘함을 느끼며 바지와 티셔츠를 꿰입으면서 옆 침대에 꼼짝도 하지 않고 누운 페테르의 등에 대고 말했다.

"아침 먹을 시간이야. 갈 거야?"

툴툴거리는 반응을 보니 전날 밤 마신 와인의 여파가 큰 모양이었다. 페테르는 술이 약했다. 어쨌든 나보다는 숙취가 심했다.

"뭐 좀 사다 줘?"

"더블 에스프레소." 페테르가 갈라진 목소리로 중얼거렸다. "사랑해."

나는 햇빛 속으로 나가서 길가의 문을 연 음식점을 찾았다. 놀랍게도 관광지에서 흔히 접하는 맛대가리 없는 유럽 음식과 달리 꽤 괜찮은 조식이 나왔다.

나는 누가 놓고 간 바스크어 신문을 넘겨보면서 전날 해변의 영웅에 관한 기사가 실렸는지 찾아봤지만, 바스크어는 다른 언어들과 많이 달라서 한마디도 짐작할 수 없었다. 키르기스어도 그랬을까? 이렇게 부르는 게 맞나, 키르기스어라고? 하지만 파키스타니라고 하지, 파키라고는 하지 않는다. 이런 생각을 하다가 아무런 결론에 이르지 못한 채 아침을 다 먹고 트리플 에스프레소를 테이크아웃 컵에 받아 호텔방으로 돌아갔다.

방에 들어가 페테르의 빈 침대 옆 테이블에 커피를 놓으며 바닥 러그가 사라진 것을 보았다.

"러그 어디 갔어?" 나는 욕실을 향해 물었다. 페테르가 안에서 양치질을 하는 소리가 났다. 혹시 하얀 치아의 비법이라도 숨겨놨나 싶어 그의 양치질 법을 자세히 관찰할까 생각한 적도 있다.

"치웠어. 거기다 토했거든." 욕실에서 대답이 들렸다.

그리고 페테르가 욕실 문 앞에 나타났다. 과연 몰골이 엉망이었다. 얼굴은 흙빛이 되어, 태닝이 염소에 씻겨나간 것처럼 얼룩덜룩했고, 눈 주위에 희미하게 다크서클이 생겼다. 불과 하루 전에 행복에 취해서 생전 처음 사랑에 빠졌다고 말하던 그 청년보다 열 살은 많아 보였다.

"와인 때문에?"

그가 고개를 저었다. "생선."

"정말?" 내 뱃속이 어떤지 살폈지만 난 괜찮은 것 같았다. "오늘 저녁은 괜찮을 거 같아?"

페테르가 인상을 찌푸렸다. "모르겠다."

우리는 넉 달 전 아르작에 자리를 예약했다. 마지막 순간에 겨우 예약이 됐다. 우리는 메뉴를 다운로드해 기차로 유럽을 돌아다니며 식사의 시작부터 끝까지 몇 가지 버전으로 열심히 계획을 세워두었다. 내가 오늘의 식사를 손꼽아 기다렸다 해도 과언이 아니다.

"너 방금 죽었다 살아난 사람처럼 보여." 내가 말했다. "뭐냐, 라자루스, 고작 상한 생선 가지고……."

"생선 때문만은 아니야." 그가 말했다. "미리암네 엄마가 방금 전화가 왔어."

그의 얼굴이 심각해져서 내 미소가 사라졌다.

"상태가 생각보다 안 좋은가 봐. 병원에 좀 와달래. 러시아어를 알아듣는 사람이 아무도 없대."

"미리암? 그럼 그 애가……?"

"몰라, 마르틴. 어쨌든 당장 가봐야겠어."

"같이 갈게."

"아니." 그가 단호히 말하면서 폭신한 로퍼에 발을 넣었다. 그가 사는 동네 사람들이 많이 신는 것이었다.

"아니라고?"

"병원에서 면회객은 한 번에 한 사람씩 받는대. 그래서 나 혼자 와달래. 뭐라도 더 알게 되면 전화할게."

나는 방 한가운데 러그가 걸친 자리의 허연 직사각형 안에 서 있었다. 미리암에 대해 더 알게 되면 전화한다는 뜻인지, 아니면 레스토랑에 예약해둔 우리의 식사에 관해 더 알게 되면 전화한다는 뜻인지 생각했다.

나는 밖으로 나가다가 호텔 뒤 주차장 쓰레기통에서 둘둘 말려서 비죽 튀어나온 러그를 보았다. 토한 생선 냄새가 떠올라 급히 지나쳤다. 온종일 산세바스티안 거리를 정처 없이 걸었다. 부자들을 위한 도시가 맞는 것 같았다. 러시아인 속물도, 끈질기게 따라붙는 아랍인도, 떠들썩한 미국인도, 우리나라의 우쭐대는 졸부도 없었다. 여기는 부를 당연하게 여기면서도 자기가 특권층인 것을 아는 사람들을 위한 도시였다. 자신의 지위가 자랑스럽지도 수치스럽지도 않은 사람들, 부자라는 사실을 애써 숨길 필요도 없고 과시할 필요도 없는 사람들. 그들은 남들의 차와 달라 보이지 않지만 알고 보면 두 배는 비싼 차를 탄다. 산세바스티안과 같은 휴양도시에서 그들은 높은 산울타리와 녹슨 연철 대문이 달린, 페인트칠을 한 번 해야 할 것 같은 널찍한 여름 별장에서 소박하고 느긋하고 고상하게 지낸다. 옷은 편안해 보이고 모르는 사람이 보기에는 별다른 특징이 없지만 알고 보면 세월이 흘러도 변치 않는 세련미가 풍긴다. 페테르는 알지만 나는 가볼 생각도 안 하고 갈 형편도 못되는 매장에서 산 것이다. 상류층 사람들은 노동계급과 가난한 사람들에 대해 많이 알고 깊이 매료될 수도 있다. 그런 계층에서 출발해서 일어선 증조부를 자랑할 수 있을 때면 더더욱. 그러나 상위 중산층, 그러니까 상류층으로 이어진 사다리의 발판을 짚고 오르고 싶어 안달인 사람들에 대해서는 완전히 무지할 때가 많다. 마치 도시에 살면서 가까운 곳의 가장 기초적인 삶의 풍경에는 무지한 채, 멀리 떨어진 이국적인 풍경에는 정통한 도시 사람들과 같다.

산세바스티안의 넓은 길에서 걷다 보니 여기저기서 스페인어와 바스크어와 프랑스어, 그리고 아마 카탈로니아어일 것 같은 말소리가 들렸다. 북유럽 언어는 거의 들리지 않았다. 덕분에 여기서는 외부인으로 돌아다닐 수 있었다. 페테르가 어울리는 사람들 무리에서 혼자 붕 떠 있을 때처럼. 페테르의 친구들은 내게 예의를 갖추어 친근하게 대하고 환영해주며 나는 들어갈 수 없는 방인 줄 모르는 것처럼 언제나 문을 활짝 열어주었다.

"우리 가을 무도회에 꼭 와야 해, 마르틴. 정말 거기는 **모두**가 오거든!"

그러나 '멈춤' 신호는 올바른 '복장'에서 시작되었다. 복장이란 입는 옷이라는 뜻이지만 그들의 맥락에서는 단순히 디너재킷이면 되는 게 아니라 **올바른** 디너재킷이어야 했다. 입는 방법과 온갖 자잘하고 은밀한 요소들에 의해 외부인의 민낯이 까발려질 수 있었다. 흘깃거리는 시선에는, 겉으로는 환영해주는 듯하면서도 외부인에 대한 미묘한 경멸이 담겨 있을 수 있고, 외부인이 자기네 서열에 끼어들려고 한다면서 마치 누구나 그들 사이에 끼고 싶어하는 게 당연하다고 생각하는 속내를 내비친다. 그들은 자신의 위치가 어딘지 알고 그게 먹이 사슬의 꼭대기라는 걸 알기 때문이다. 물론 그들보다 높은 자리에 또 누군가가 있고, 그들의 관심은 온통 그 한 단계 바로 위 자리에 집중되어 있지만 말이다.

이런 면에서 페테르는 친구들보다는 조금 더 여유가 있는 편이었다. 그렇다고 목표가 정해진 뒤에도 경쟁하지 않는다는 건 아니다. 다만 그는 사회적 야망보다는 호기심과 열정에 더 이끌리는 사람인 것 같았다. 물론 이미 수용된 사람은 수용되고 싶은 욕구가 적은 법이니, 페테르가 그렇게 세련되고 호감 가는 사람으로, 아니, 미워하기 어려운 사람으로 보이는 것일 수 있다. 덕분에 그가 친구로 선택해준 내게도 콩고물이 떨어졌다.

페테르와 어울려 다니는 여자들은 특히 나를 좋아하는 것 같았다. 그의 인정이 나의 입장권이자 나를 '흥미로운' 사람, 나아가 다소 '위험한' 사람으로 보이게 만들었다. 물론 우리 동네에서 나를 아는 애들이 들으면 박장대소할 소리였다. 나는 심하지는 않아도 아직 이스트엔드 억양으로 말했고, 페테르는 나를 소개할 때 '지망생'이라는 마땅한 수식어는 빼고 그냥 예술가로 소개했다. 나는 그 무리의 여자들 몇과 크게 가슴 아픈 일 없이 하루나 사흘 밤을 보냈다. 여자들도 나만큼이나 별다른 조건 없이 깔끔하게 만나는 관계에 만족하는 듯했다. 아마 자기네 친구들한테 얘기할 때는 '외도' 정도로 표현할 것이다. 사실이 그랬다. 그들의 일상에서 옆으로 살짝 비켜난 사건이었다. 당연히 그들은 도시의 동쪽 변두리 출신 예술가 지망생이라는 진지하지 않은 사람과 진지하게 엮일 마음이 없었을 것이다. 아무리 귀엽고 호감이 가는 남자라고 해도.

그중에 페테르의 옛 연인이 있었다. 말에 관심이 많은 여자였다. 페테르의 집에서 열린 파티에서 그 여자가 내가 조부모의 농장에서 늙은 말을 탔다는 얘기를 듣고 언제 같이 말 타러 가자고 했다. 나는 먼저 페테르에게 그래도 될지 물어봐야 할 것 같다고 말했다.

페테르는 그냥 웃었다. "가봐." 그리고 주먹으로 내 이두박근을 쳤다. 그래서 그가 하라는 대로 했다. 어느 순간에는 승마복을 입은 상류층 여자와 건초더미 위를 뒹구는 게 에로틱한 클리셰로 느껴졌지만 그렇다고 재미가 덜하지는 않았다. 오히려 더 재미있을 수 있었다. 그러다 흥분해서 페테르한테도 무슨 일이 있었는지 열정적으로 들려주다가 문득 내가 상황을 오판한 걸 깨달았다. 순간 그의 안면 근육이 미세하게 경직되면서 거의 알아채지 못할 정도로 미소가 굳어졌다. 그래서 나는 시도는 해봤지만 결국 못 했다고 거짓말로 둘러댔다. 그러면 왜 페테르가 나를 더 좋아할 거라고 생각했는지는 모른다. 사실 그 이야기를 전하면서 나는 친한 친구의 첫 여자친구를 유혹하는 데 전혀 거리낌이 없다는 식으로 말했기 때문이다. 그리고 그녀가 우리의 작은 '외도'에 관해 아무 말도 하지 않기만 바랐다. 찰나의 순간에 그에게서 뭔가를 봤다. 그의 굳은 미소에서 뭔가를 보았다. 낯설지만 낯익은 것이고, 내가 몰랐지만 어쩐지 거기 있는 건 알고 있던 페테르의 일면이었다.

호텔로 돌아가보니 뒷마당의 쓰레기통은 비워졌다. 나는 우리 방으로 올라가 침대에 누웠다. 눈을 감고 창밖에서 들리는 소리에 귀를 기울였다. 그 소리에는 내가 전에도 알아챈 뭔가가 있었다. 자연의 소리든 도시의 소음이든 하루 동안 변화하면서 어떤 정해진 틀과 집단의 활동과 햇빛에 의해 정해진 규칙적인 주기를 따르는 것 같다는 점이다. 지금은 마침 막이 진동하면서 나는 메뚜기와 매미의 떨림음이 들렸다. 수컷들이 본능적으로 내야 하는 짝짓기를 위한 격렬한 신호, 성적 본능의 노예가 된 신호였다.

자다 깨보니 방 안이 어둡고 입속이 서걱거렸고, 방금까지 꾸던 꿈은 기억에서 빠져나갔다. 다만 하늘을 나는 러그가 나왔던 것 같았다.

손목시계를 보았다. 8시 30분. 레스토랑은 9시에 예약되어 있었다. 휴대전화를 확인했다. 페테르에게 연락이 온 건 없었다. 전화를 걸었지만 받지 않았다. 나는 그냥 물음표만 찍어서 메시지를 보냈다. 십 분 정도 기다리다가 옷을 갖춰 입고 밖으로 나갔다.

택시를 타고 가서 9시 5분에 아르작 레스토랑 앞에서 내렸다. 레스토랑은 주거용 건물로 보이는 건물 1층에 있었다. 출입문의 좁은 아치형 차양에 레스토랑 이름이 적혀 있었다. 네온 간판도 없고 미슐랭 별 세 개 음식점이라는 표시도 없었다. 나는 페테르에게 메시지로 별일 없기를 바란다면서 아르작 앞에 와 있고 혹시 모르니 먼저 들어가서 우리 자리에서 기다리겠다고 보냈다.

이번에는 바로 답이 왔다.

'안 돼. 일단 호텔로 돌아가. 병원에서 곧장 호텔 갈 테니 거기서 만나자. 아르작은 다음에 데려갈게.'

나는 휴대전화를 주머니에 넣고 다시 택시를 잡으려고 도로를 보았지만 지나가는 차가 한 대도 없었다. 그래서 그 유명한 레스토랑에 들어가 사정을 말하고 택시를 잡아줄 수 있느냐고 물어보기로 했다. 빨간 조끼를 입은 지배인이 나를 맞이했다. 나는 오늘 저녁에 페테르 코아테스 일행이 오지 못할 거라면서 코아테스가 병원에 문병하러 갔다고 설명했다. 지배인이 앞에 놓인 저녁 시간의 좌석 배치도를 살피는 사이 나는 레스토랑 안을 둘러보았다. 소박하지만 고상하고 세련되면서도 집처럼 아늑한 분위기였다. 우리 부모님도 형편이 된다면 이런 공간을 좋아했을 것이고, 그래서 어쩐지 전에 와본 것 같은 묘한 기분이 들었는지도 모른다.

"코아테스 씨와 일행분은 이미 와 계시는데요, 손님." 지배인이 걸쭉한 스페인 억양으로 말했다.

나는 입을 벌린 채 멍하니 서 있었다. 지배인이 나를 보았다.

"착오가 있는 거 같은데, 직접 가셔서 말씀 나눠보시겠어요?"

"네." 나는 생각할 겨를도 없이 바로 답했다. "네, 감사합니다."

그리고 지배인을 따라 들어가며 바로 후회했다. 분명 다 착오였을 것이다. 지배인이 착각했거나 누군가가 우리가 예약한 자리에 앉았을 수도 있다. 어쨌든 당장 내가 할 수 있는 건 없었다. 나는 휴대전화로 페테르의 메시지를 다시 확인하면서 내가 오해한 건 아닌지 보았다. 그리고 눈을 들었을 때 그녀가 보였다. 그 얼굴을 보리라고는 생각지도 못해서 완전히 충격이었다.

페테르는 나를 등지고 앉아 있었다. 그의 몸짓으로 봐서는 뭔가에 대해, 모르긴 몰라도 공간과 시간에 대한 우리의 제한적인 개념에 대해 열변을 토하는 것 같았다. 그녀는 말이 없었다. 그녀의 눈길이 그의 어깨를 지나 배회하다가 나와 눈이 마주쳤다. 그녀는 전기 충격이 훑고 지나가는 듯한 표정이 되었다. 나도 마찬가지였다. 그녀는 수수한 검정 드레스를 입고 있었다. 두 눈이, 어쩌면 동공만이 다소 넓적한 얼굴 안에서 부자연스러울 만큼 크고 검게 보였다. 입도 크고 입술은 도톰했다. 나머지는 다 작았다. 코도 작고 귀도 작고 어깨도 작고 드레스 속으로 도드라진 가슴도 거의 없었다. 그렇게 깡마르고 소녀 같은 몸매 때문에 지금 보이는 얼굴보다 더 어리다고 생각한 것 같았다. 그녀는 페테르나 나와 비슷한 또래로 보였다.

그녀가 나와 눈이 마주쳤다. 그녀가 물속에서 나를 본 순간의 몽환적인 기억이 떠올라 정신이 들었다. 그녀는 전혀 아파 보이지 않았다. 페테르는 우리 셋이 현재 사는 이곳보다 더 현실적이라고 생각하는 현실에 관해 설명하느라 여념이 없었지만, 그녀의 얼굴에서 표정 변화를 알아채고 돌아보기까지는 시간문제였다.

그때 내 머릿속에서 충돌하며 내가 그렇게 반응하게 한 온갖 생각과 어렴풋한 짐작을 다 설명할 수는 없다. 하지만 나는 급히 그녀에게서 시선을 거두었다. 마치 찾으려는 게 있던 것처럼 두리번

거리다가 발길을 돌려 그곳을 떠났다.

페테르가 자정을 삼십 분쯤 넘기고 방으로 돌아왔을 때 나는 자는 척했다.

그는 문간에 서서 가만히 듣다가 조용히 옷을 벗고 불도 켜지 않은 채 침대로 들어갔다.

"페테르?" 나는 막 깬 것처럼 웅얼거렸다.

"미안. 그 사람들이 놔주지 않아서."

"그 여자는 어때? 미리암이라고 했나?"

"아직 몸이 많이 약하지만 괜찮아질 거야." 그는 어둠 속에서 하품하는 소리를 냈다. "잘 자, 마르틴. 나 완전 지쳤다. 그리고 미안해. 팜플로나에 가면 괜찮은 레스토랑을 찾아보자."

나는 그에게 말할 뻔했다. 레스토랑에서 두 사람을 봤다고. 그래서 그를 우쭐하게 하고 호탕하게 웃게 하면서 나는 그의 선택을 존중하고 세계 최고의 레스토랑에 자리를 잡았으면 당연히 결혼하고 싶은 여자를 데려가는 게 맞다고 말할 생각이었다. 나도 당연히 그렇게 생각한다고. 인생을 바꿀 중요한 순간이라면 친구와의 의리 정도는 무시할 수도 있다고. 어차피 넉 달 전만 해도 고급 레스토랑에는 관심도 없던 친구가 아니냐면서.

그런데 페테르가 어떤지 과도하게 미안해하는 것 같았다. 나한테 거짓말을 하고 나를 속이고 싶지 않아서였을까? 내가 상처받지 않게 하려고 그렇게 성가신 상황을 만든 걸까? 물론 나는 상처받지 않았다! 아니다, 조금은 상처받았다. 그가 나의 배려심을 믿지 못해서, 평생의 사랑이 될지 모를 여자를 더 데려가고 싶다고 말하면 내가 이해해주지 않을 거라고 넘겨짚어서 상처받았다.

503

하지만 나는 이런 말을 하지 않았다. 왜인지는 모르겠다. 어쩐지 지금 말할 사람은 그이고 내가 거짓을 폭로하는 역할을 떠맡아서는 안 될 것 같았다. 어쨌든 초침은 계속 돌아갔다. 그러다 어느 시점이 되자 너무 늦어버렸다. 지금 와서 말하면 같이 웃어넘길 일이 아니게 되고 그가 체면을 구길 수 있었다. 어쨌든 나도 그 몇 초 동안 거짓말을 한 것이다. 아무것도 모르는 척하면서 그가 거짓말을 더 키우고 상황을 더 복잡하게 꼬아버리게 내버려두었기 때문이다. 그러니 지금 그의 거짓말을 건드리면 우리 사이에 의심이 싹트기 시작할 것이다.

나는 눈을 감았다. 혼란스러웠다. 몹시 혼란스러웠다.

눈을 감자 그녀의 눈동자가 보였다. 그녀는 무엇을 알았을까? 나에 대해, 페테르에 대해 무엇을 알았을까? 그녀를 구해준 사람이 페테르라는 허구를 간파했을까? 나를 기억할까? 나를 알아봐서 그런 눈빛이었던 건가? 그렇다면 왜 페테르에게는 레스토랑에서 나를 봤다고 말하지 않았을까? 아니. 아니, 그녀가 나를 기억할 리가 없다. 그때는 의식이 거의 없었다. 나는 페테르의 깊고 고른 숨소리를 들었다. 그리고 잠들었다.

이튿날 아침에 페테르와 나는 호텔에서 체크아웃하고 택시를 타고 기차역으로 가서 팜플로나행 기차에 탔다. 승객이 가득 찼지만 다행히 우리는 미리 예매를 해두었다. 내륙지방을 지나 고지대로 올라가는 여정은 한 시간 반 정도 걸렸다. 우리는 9시 조금 넘어서 기차에서 내렸다. 구름 한 점 없는 하늘에서 햇살이 비추기는 하지만 공기가 아직 선선하고 산세바스티안보다 시원했다.

우리는 숙소를 찾아갔다. 개인 주택으로 시내의 여느 집들처럼 산페르민 축제 기간에 관광객들에게 방을 빌려주는 집이었다.

산페르민 축제 기간에는 다채로운 행사가 열렸다. 가톨릭 신자와 현지인들을 위한 종교 행렬과 포크댄스와 연극 공연이 이 축제의 핵심이었다. 유혈 스포츠 마니아들을 위한 행사로는 헤밍웨이의 소설 《오후의 죽음》에 나오는 팜플로나의 플라자 데 토로스에서 열리는 투우 경기가 있었다. 그 외의 모든 사람을 위해서는 매일 아침 구시가지의 비좁은 돌바닥에서 출발해 투우장까지 이동하는 소몰이 행사가 있었다.

페테르와 나는 축제가 열리는 아흐레 동안 소몰이에 두 번 참여하기로 했다. 두 번째는 뭐가 어떻게 돌아가는지 대충 알 테니 첫 번째와 많이 다를 거라고 생각했다. 아니다, 페테르는 이렇게 말했다. "두 번의 첫 경험을 하는 느낌인 거야." 나는 이 생각은 하지 못했다. 무언가를 두 번째로 경험하는 일에도 나름의 처음이 있다는 생각.

우리는 집주인을 만나 작지만 깨끗한 방 두 개에 짐을 풀고 시청청사의 발코니에서 정오에 축포를 쏘아 축제의 시작을 알리는 엘추피나소 행사가 열리기 전에 아침을 먹으러 나갔다. 우리는 광장에서 환호성을 올리며 노래하는 수천 명과 함께 있었고, 그들 다수가 사진에서 본 것처럼 흰색 셔츠와 바지를 입고 빨간 스카프를 목에 둘렀다. 열광적인 분위기 속에서 산세바스티안에서 있었던 일을 다 잊었다.

우리 숙소는 시청 광장에서 100미터도 떨어지지 않은 곳에 있었지만 좁은 골목을 막아선 인파를 뚫고 지나가느라 이십 분이나 걸렸다. 여기서는 산세바스티안보다 더 많은 언어가 들렸다. 손님들이 길거리로 쏟아져 나온 어느 바 앞에서 우리는 상그리아도 한 잔

받았다. 이유는 없고 우리가 그저 거리의 상인에게 빨간색 손수건과 바스크 모자를 사서 하고 있어서였다.

"나 행복해." 달콤한 상그리아를 다 마시고 새로 사귄 스페인 친구들과 영원한 우정을 맹세하고 앞으로 이동하면서 페테르가 말했다. 나는 그가 이른 아침부터 오 분에 한 번씩 휴대전화를 들여다보는 걸 눈치챘지만 아무 말도 하지 않았다. 우리는 방에 들어가 잠깐 눈 붙이고 일어나 추로스에 브랜디를 마시러 다시 나왔다. 음악 소리와 사람들의 물결을 따라가며 주위에서 들리는 온갖 언어로 말을 붙여봤다. 자정 즈음에는 분수가 있는 작은 광장에 이르렀다. 젊은 사람들 몇이 인간 피라미드를 쌓고 그중 한 명이 5미터 높이에서 자갈 바닥으로 뛰어내렸다. 아래 있던 예닐곱 명의 남녀가 만든 인간 안전망이 뛰어내린 사람을 받아냈다. 그들은 다시 똑같은 재주를 부렸고, 사람들이 그때마다 환호성을 올렸다. 그러다 어느 순간에 페테르가 피라미드 꼭대기에 올라가 있었다. 그리고 팔을 옆으로 펼치고 발을 구르며 뛰었다. 하지만 그가 균형을 잃고 머리부터 곧장 떨어지자 내 심장이 멎는 것 같았다. 지켜보던 사람들 사이에 탄식이 나왔다. 페테르는 내 앞에 겹겹이 늘어선 사람들 틈으로 사라져 보이지 않았다. 정적. 그러다 금방이라도 별이 쏟아질 듯한 하늘로 함성이 올라갔다.

"너 미쳤어!" 페테르가 내 앞에 나타나자 내가 소리를 질렀고, 우리는 서로 끌어안았다. "너 죽을 뻔했잖아!"

"페테르 코아테스는 이미 백만 번 죽었어." 그가 말했다. "이 우주에서 젊은 나이에 죽어도 아직 무수히 많은 다른 우주가 있고, 거기서는 다 잘 풀릴 수 있어."

이튿날 아침에 나는 이 말을 곰곰이 곱씹으며 흰옷을 입은 젊은
사람들과 어느 집 담벼락의 움푹한 곳에 놓인 작은 동상 앞에 서
있었다. 우리는 산페르민의 수호성인인 듯한 동상을 향해 기도하
는 소리를 들었다. 이제 7시 30분이고 숙소에서 나오면서 보니까
사람들이, 주로 젊은 남자들이 집마다 담벼락을 따라 돌바닥에 앉
아 숙취로 자고 있고 간밤의 서늘한 산 공기를 피해 온기를 찾아
서로 다닥다닥 붙어 있었다. 이제 다들 일어나 오늘의 소몰이에 나
갈 준비를 마쳤다. 스페인어 한 문장으로 된 기도문은 축복을 구하
고 황소로부터 지켜달라는 내용이었다. 페테르와 나는 최선을 다
해 참가했다.

소몰이가 시작되기까지 삼십 분쯤 남아서 우리는 에스프레소와
브랜디를 마시려고 어느 제이크 바로 갔다. 카운터에는 아까 본 사
람들이 둘둘 말아 들고 다니던 신문 하나가 놓여 있었다. 신문을
훑으며 바스크어 단어 몇 개만으로 내용을 짐작하려다가 포기하
고 사진만 들여다보았다. 대부분 어제의 개막식과 오늘의 소몰이
를 다루는 기사였다. 그중에 오늘 거리에 나올 황소로 보이는 여섯
마리의 사진과 함께 관련 통계 자료가 있었다. 좋게 말해서 무서워
보였다. 신문을 넘겼다. 눈으로 지면을 훑다가 어느 사진에서 시선
이 멈췄다. 러그 사진이었다. 산세바스티안의 우리 호텔방에 깔려
있던 것과 같은 종류였다. 그리고 사진 아래 달린 설명에 마을 이
름이 있었다. 페테르를 돌아보니 화장실 쪽으로 사라지는 뒷모습
만 보였다. 그래서 나는 옆에 있던 남자에게 몸을 기울이며 정중하
게 영어로 그 문장을 번역해달라고 부탁했다. 그는 고개를 저으며
미소를 지었다. "전 스페인 사람이라서요."

바 주인이 (브랜디를 따르느라 바쁘면서도) 우리가 하는 말을 들은

모양이었다. 그가 신문을 자기 쪽으로 돌리고 잠시 들여다보았다.

"경찰이 산세바스티안의 시립 쓰레기 폐기장에서 신원 미상의 시신을 발견했대요. 시신이 러그에 말려 있었고요."

바 주인은 카운터의 반대쪽 끝으로 갔고, 나는 그대로 앉아서 사진을 들여다보았다. 지극히 평범한 종류의 러그였다. 페테르가 주인에게 러그값을 치르면서 보니 금액이 작아서 어차피 세탁할 필요도 없었겠다고 말했다.

페테르가 핏기 없는 얼굴로 돌아왔다.

"속 괜찮아?" 내가 물었다.

그가 고개를 끄덕이며 미소를 지었다. 휴대전화를 손에 들고 있었다. 밤새 복도 화장실에 들락거리다 들어보니 그의 방에서 조용조용 말소리가 새어 나왔다. 우리가 여행하는 동안 그가 집에 있는 가족과 통화하는 걸 본 적 없으니 분명 그 여자, 미리암과 통화하는 거라고 짐작했다. 소몰이가 끝난 후 물어보기로 했다. 그냥 툭 던지듯이. "아 참, 어젯밤에 너 통화하는 거 들리던데. 누구야? 미리암?" 그러면 페테르가 모든 이야기를 꺼낼 수 있을 것이다. 적어도 조금은 풀어져서 평소대로 즉흥적이고 솔직하게 말할지도 몰랐다. 물론 페테르는 친근했고, 평소의 모습 그대로였다. 그런데 지금은 어쩐지 조심하는 분위기, 경계하는 기색이었다. 미안하기도 하고 상황을 숨기려다 보니 그러는 거라고 짐작했다. 그런데 막상 페테르를 보자 미리암 얘기를 꺼내면 안 될 것 같았다. 다른 무엇에 대해서도.

페테르는 운동선수가 경기를 시작할 때처럼 길고 무겁게 숨을 내쉬었다. "갈까?"

8시 정각에 멀리서 대포 소리가 울려 퍼졌다. 올드타운의 아래쪽에서 나는 소리이고 황소들이 풀려났다는 신호였다. 우리는 이 축제의 첫 참가자들에게 적절하다고 알려진 지점에서 오십여 명과 함께 있었다. 전체 800미터 코스의 중간쯤이었고, 이제부터는 황소가 나타날 때까지 신경을 곤두세우고 기다리면서 너무 빨리 출발하지 않는 게 중요했다.

우리가 기다리던 골목 바리케이드로 올라간 여자 두 명이 우리를 내려다보았다. 웃으면서 가죽 술병 두 개로 상그리아를 뿌렸다. 우리의 하얀 셔츠가 붉게 물들었다. 내가 그들을 향해 소리쳤다. "이따 제이크 바에서 봐요." 그러자 그 여자들과 주위의 사람들이 함성을 올리며 우리 쪽으로 키스를 날렸다.

"이제 집중해." 페테르가 내 귀에 대고 속삭였다. "잘 들어봐." 표정이 심각했다. 이제는 나도 그 소리를 들었다. 천둥이 몰려오듯 낮게 고동치는 소리였다. 주위의 몇 사람이, 아마도 우리처럼 처음 참가한 관광객들이 흥분을 이기지 못하고 먼저 뛰기 시작했다. 그때 앞 지점에서 출발한 사람들이 50미터쯤 떨어진 모퉁이를 돌아 나오는 게 보였다. 그들 뒤로 황소들이 나타났다. 사람들이 서로를 담벼락으로 밀치며 그 거대한 짐승들이 맹렬히 질주하며 지나갈 길을 터주었다. 황소들이 지나간 자리에 몇 사람이 넘어지고 그 위에 또 사람들이 넘어졌다. 황소 한 마리가 힘없이 쌓여 있는 사람들을 들이받기 시작했고, 꽤 떨어진 우리 자리에서도 황소의 하얀 뿔이 벌겋게 물들고 인간이 쌓인 더미에서 아까 가죽 술병에서 상그리아가 뿌려지듯 피가 뿜어져 나오는 게 보였다. 나도 황소들이 바닥에 쓰러져 움직이는 것이라면 무엇이든 공격한다는 말을 들은 적이 있다. 그래서 넘어지더라도 움직이지 말아야 하고 짓밟혀도

움직이면 안 된다는 말도 들었다.

그러다 흰옷을 입은 남자 둘이 뛰기 시작했다.

"지금이야!" 나는 이렇게 외치며 출발했다. 거리 왼편의 담벼락을 따라 달렸다. 페테르가 나와 나란히 달렸다. 반쯤 돌아보니 큰 뿔이 달린 거대한 짐승이 보였다. 흰 반점이 있는 걸 보니 황소들과 함께 풀려나 황소들을 진정시키고 길을 안내해주는 암소였다. 암소 바로 뒤에서 다른 것이 따라왔다. 시커멓고 거대한 것. 심장이 멎는 것 같았지만 어쩌면 그 반대였을 수도 있었다. 심장이 그 어느 때보다 빠르게 뛰었을 수도 있었다. 0.5톤의 근육과 뿔과 테스토스테론과 분노의 덩어리였다. 그러다 문득 내가 지금 페테르를 밀치면, 그가 중심을 잃을 정도만 밀치면 그가 미끄러운 돌바닥에서 미끄러지면, 그가 아무리 죽은 척을 해도 우리 뒤로 달려오는 살인 기계의 표적이 되겠다는 생각이 스쳤다.

"여기야!" 내가 소리쳤다. 그리고 옆 골목을 막아선 바리케이드를 가리키면서 그쪽으로 뛰어가 나무를 쌓아 만든 바리케이드의 윗부분을 붙잡았다. 페테르도 나와 똑같이 했다. 위에서 사람들의 손이 열심히 우리를 끌어 올려 반대편으로 넘겨서 노래하는 구경꾼들 속으로 떨어뜨렸다. 누군가가 응급 처치를 하듯 가죽 와인 술병을 내 입술에 갖다 댔다. 페테르도 같은 일을 당하고 있었다. 우리는 웃고 숨을 헐떡이고, 또 웃고 숨을 헐떡였다.

우리는 방에 돌아가 끈적한 상그리아와 아드레날린 냄새가 진동하는 땀과 먼지를 씻어냈다. 페테르가 샤워하고 난 뒤 내가 샤워하러 가면서 복도에서 마주쳤을 때 그는 허리에 수건 한 장만 둘렀고 왼쪽 가슴 근육에 작은 문신이 있었다. 하트가 M자를 둘러싼 그림이었다.

"와!" 내가 문신을 가리키며 말했다. "그건 언제……?"

"산세바스티안에서." 이 한마디뿐이었다.

"그럼 너 정말 진지한 거야?"

"응."

"그런데 새로 했으면 반창고를 붙여야지……."

"새로 한 거처럼 보이고 싶지 않았어." 그가 말했다. "그래서 타투이스트한테 원래 있던 것처럼 보이게 해달라고 했어."

자세히 보니 꽤 잘된 문신이었다. 정말로 조금 빛바래 보였다.

페테르는 모자란 잠을 조금 더 자고 싶어했고, 나는 아침 먹으러 나가서 아까 그 여자들이 바에 왔었는지 보겠다고 했다. 나는 좁은 골목을 비집고 지나가다가 두 사람이, 남자 하나와 여자 하나가 소몰이 중에 황소 뿔에 들이받혀서 병원에서 사투를 벌인다는 소문을 들었다.

제이크 바 앞을 지나는데 어떤 여자의 목소리가 들렸다. "올라, 소몰이 아저씨!"

나는 손으로 햇빛을 가리며 보았다. 역시나 어둑한 바 안에 바리케이드 위의 두 여자가 있었다. 나는 안으로 들어가 바게트와 물한 병을 주문했고, 두 여자는 스페인어와 영어를 섞어가며 신나게 떠들었다. 둘 다 여기 사람이고 팜플로나 외곽의 시골 마을에서 왔다고 했다. 영어를 상당히 잘하고 체격이 좋고 다정하고 반짝거리는 눈빛의 금발 여자는 바르셀로나에서 공부하는 중이라고 했다. 그녀는 산페르민 축제 때마다 고향에 돌아오지만 정작 팜플로나 사람들은 (그들의 부모를 포함하여) 관광객과 흥청거리는 파티, 전반적인 소란에 질려서 마을을 떠나 축제가 끝날 때까지 다른 지방에서 지낸다고 했다.

"산페르민 축제 때는 마을에서 열리는 파티가 더 시끌벅적해요." 그녀가 말했다. "술도 훨씬 싸고요. 여기는 맥줏값이 산페르민 때는 완전히 미쳤어요. 우리랑 가요!"

"고마워요. 그런데 갈 데가 있어서요." 내가 말했다. "내일은 어떠세요?" 나는 금발 여자에게 전화번호를 받고 바게트를 먹고 일어섰다.

기차역에서 내가 탈 기차를 한 시간 동안 기다렸다. 산세바스티안에는 시에스타 시간에 도착해 가게와 음식점이 거의 다 닫혀 있었다. 나는 택시 기사에게 경찰서로 가달라고 했다.

기사는 강가의 케이크 조각처럼 생긴 모더니즘 (아니, 포스트모더니즘이라고 해야 하나) 건물 두 개 앞에 내려주었다. 이십 분 뒤에 나는 이마 알루아리스라는 사복 경찰의 사무실에 앉아 있었다. 나이는 나보다 많은, 삼십대 중반쯤으로 보였다. 키가 작고 다부진 체형에 엄격한 인상이고 갈색 눈은 좋아하는 것을 보면 부드럽게 풀릴 듯 보였다. 그녀는 이 분 정도 내 말을 듣더니 어떤 번호로 전화를 걸었고, 잠시 후 젊은 남자가 들어와서 통역자라고 자기를 소개했다. 그 말에 조금 놀란 게, 알루아리스 수사관의 영어가 나쁘지 않아서였다. 그래도 살인사건이므로 일말의 오해의 소지도 남기고 싶지 않았을 모양이다.

나는 친구와 내가 신문에 난 사진과 같은 러그를 가지고 있었고, 친구가 거기다 토해서 호텔 뒤편의 쓰레기통에 버렸다고 설명했다. 두 사람은 호텔 주소를 보고 바스크어로 몇 마디 나눴다. 알루아리스는 손끝을 맞대고 나를 보았다.

"왜 여길 찾아오셨습니까?" 그녀는 천천히 무겁게 입을 열었다.

나도 그만큼 천천히 진지하게 고민하고 답해야 한다고 알리려는 듯이."

"그건⋯⋯." 나도 모르게 상대의 느린 리듬에 맞추었다. "수사에 도움이 될까 싶어서요."

알루아리스는 천천히, 그리고 진지하게 고개를 끄덕였지만 어쩐지 조롱하는 미소를 참는 것도 같았다. "보통은 같은 러그를 봤다고 말하려고 팜플로나에서 여기까지 오지는 않죠. 그 러그가⋯⋯." 그녀가 아직 가만히 서 있는 통역자를 향해 말했다.

"비슷해서요." 통역자가 말했다.

"신문에 난 것과 비슷하다고 해서요."

나는 어깨를 으쓱했다. "혹시나 러그에서 토한 흔적을 발견하셨을까 싶어서요. 아니면 제 발에서 떨어진 각질이나. 맨발로 딛고 다녀서요. 그래서⋯⋯." 나는 그들을 보았다. 내가 무슨 말을 하는지 알아들은 것 같지만 여전히 나의 추론을 대신 마무리해주지 않았다. "잘못하면 DNA로 저희가 용의자가 될 수도 있으니까요."

"당신이나 당신 친구가 경찰에서 DNA 검사를 받은 적 있습니까?"

"아뇨. 전 없습니다. 제 친구도 법집행기관과 얽힌 적이 없을 거 같고요." 이미 늦었다. 짜증스럽게도, 나는 'has'라고 말할 할 자리에 'have'라고 말한 걸 알았다. 그래도 '법집행기관'이라고 꽤 고상한 표현을 쓰긴 했다. 그런데 나는 지금 왜 이런 생각을 하지? 내가 그들에게 어떤 인상을 주는지가 왜 중요하지?

"러그에는 토한 흔적이 없었습니다." 알루아리스가 말했다.

"아." 내가 말했다. "어, 그렇다면⋯⋯."

"⋯⋯사건이 없는 겁니다." 그녀가 대신 말을 맺었다.

내 기분이 뭐지? 가벼운 실망감일까?

이마 알루아리스는 머리를 한쪽으로 기울였다. "그래도 당신을 용의자에서 배제하기 위해 DNA를 채취하는 데 동의하시겠습니까, 다아스 씨?"

"물론이죠. 사건에 대해 말씀해주실 수 있다면요."

"무슨 뜻입니까?"

"죽은 사람요. 여자입니까, 남자입니까? 사인은요? 용의자는 있습니까?"

"우리는 그런 식으로 거래하지 않습니다, 다아스 씨."

얼굴이 확 달아올랐다. 그녀는 내가 이렇게 얼굴이 벌게지자 동정심이 많은 사람이라 그런 거라고 해석했는지, 생각을 바꾸어 이렇게 답했다.

"이십대 중반 남자예요. 알몸이고 아무 흔적도 서류도 없습니다. 그래서 신원을 알 수 없는 겁니다. 둔기로 머리를 맞았어요. 용의자는 아직 없고요."

"감사합니다." 내가 말했다.

"방금 말한 내용은 뉴스에 이미 나왔어요." 그녀가 말했다.

"바스크어로 말했겠죠." 내가 말했다.

처음으로 그녀가 미소를 보여주었다. 내 짐작대로 눈동자가 부드럽게 변했다.

내 DNA 샘플을 제출할 과학수사과가 마침 시에스타 시간이라 알루아리스와 함께 오후에 다시 오기로 했다. 그동안 나는 택시를 타고 도노스티아 대학병원에 갔다. 큰 병원이지만 접수처 앞의 줄은 짧았다. 그래도 데스크 너머 여자에게 도움을 구하는 데는 시간이 걸렸다. 나는 미리암이라는 환자가 물에 빠지는 걸 구해주었고 그 환자가 이 병원으로 실려 왔으며 퇴원하기 직전에도 만났고 그녀가 어머니와 함께 여행중인데 반지를 두고 가서 그녀의 전체 이름과 가능하다면 전화번호를 알고 싶다고 설명했다. 미리암이 키르기스스탄 출신이라는 사실과 입원 날짜와 대략적인 시각을 댔다. 접수처 직원은 못 미더운 눈치이면서도 일단 나를 응급실로 보냈다. 응급실에 가서도 같은 거짓말을 반복해야 했지만, 이번에는 한 번 연습한 터라 더 자신 있게 말할 수 있었다. 하지만 유리벽 안의 젊은 여자는 그냥 고개만 저었다.

"가까운 가족이라는 증거를 보여주시지 못하면 환자에 관한 정보를 드릴 수 없습니다."

"하지만……."

"더 하실 말씀이 없으면 지금 많이 바빠서요."

그녀는 흰 바지와 흰 셔츠를 입고 있었다. 그 여자가 황소들 앞에서 뛰어가는 장면이 그려졌다. 그리고 뿔에 박히는 장면도. 흰옷의 여자 뒤로 캐비닛에서 서랍을 뒤적이던 여자가 우리의 대화를 들은 것 같았다. 그녀는 데스크로 와서 앞 여자의 어깨너머로 기울여 키보드를 두드렸다. 두 여자 모두 모니터를 보았고 모니터 불빛이 두 번째 여자의 안경에 반사되었다.

"그 시간에 수리올라 비치에서 환자 한 분이 들어오신 것 같네요, 맞아요." 그녀가 말했다. 나는 흰 가운의 가슴 주머니에 든 ID 카드에서 이름 앞에 닥터가 붙은 걸 보았다. "죄송합니다만 저희 비밀유지의무가 엄격해서요. 메시지와 연락처를 남겨주시면 환자에게 전달하겠습니다."

"앞으로 며칠 안도라를 등반하려고 이제 출발할 거라 전화든 이메일이든 연락처가 없습니다." 나는 거짓말로 둘러댔다. "입원 기록에 스페인인 의사가 구급차를 같이 타고 갔다는 내용이 있을 거예요."

"네, 그분이 누군지 알지만, 저희 병원에서 일하시는 분이 아니에요."

"그래도 그분한테는 환자 정보를 줄 수 있고, 그 정보를 제게 줄지 말지는 그분이 결정할 수 있잖아요. 그분한테 제가 물에 빠진 그 여자를 해변으로 데려온 사람이라고 말할 수 있어요."

의사는 망설이며 나를 찬찬히 살폈다. 단지 잃어버린 반지 때문에 이러는 게 아닌 걸 알아챈 듯했다. 그리고 휴대전화를 꺼내서 번호를 눌렀다. 스페인어로 짧게 통화하면서 계속 나를 주시했다. 상대에게 나를 묘사하는 것처럼. 그녀는 전화를 끊고 키보드 옆 노트에서 종이 한 장을 뜯어 모니터를 보면서 뭔가를 적었다. 그리고 종이를 내게 건넸다.

"행운을 빌어요." 그녀는 스페인어로 이렇게 말하고 짧게 미소를 지었다.

"여보세요?"

처음 듣는 목소리이지만 나는 단번에 그녀인 걸 알았다.

병원 앞에 서서 따스한 바람을 맞으며 휴대전화를 귀에 댔다.

"마르틴입니다." 내가 말했다. "페테르의 친구예요."

"당신이군요." 이 말이 전부였다.

"지금 산세바스티안에 있고 경찰서에 가야 하는데 그 전에 두 시간 정도 시간이 나서요. 커피 한잔 마시고 싶은 마음이 있어요?"

"마음이 있냐고요?" 그녀가 웃었다. 즉흥적으로 터져 나온 기분 좋은 웃음, 마냥 듣고 싶은 웃음소리였다.

"마시고 싶으신지." 내가 말했다. "커피 한잔 마시고 싶으세요?"

"커피를 마실 마음도 있고, 마시고 싶어요, 마르틴."

"당신이군요." 그녀가 또 이렇게 말했다. 반 시간 후 그녀가 전날 내가 아침을 먹은 바의 노천 테이블 옆에 서 있었다. 바람이 거세서 헐렁한 히피 드레스와 까만 머리카락이 흩날렸다. 그녀는 한 손으로 얼굴로 흘러내린 머리카락을 넘기려 했지만 소용이 없고 큰 입과 짙은 눈동자가 머리카락에 일부 가려졌다. 나는 일어서서 손을 내밀었다. 그녀는 가냘픈 체구에 키는 내가 기억하는 것보다 컸다. 조금 전에 그녀가 탁 트인 광장을 가로질러 바를 향해 오는 모습을 보았는데 엉덩이를 씰룩이며 느릿느릿 걷는 자세에서 패션 무대에 선 적이 있을지도 모른다는 생각이 들었다.

"와주셔서 아주 기뻐요." 내가 말했다.

우리는 자리에 앉았다. 그녀는 한숨을 쉬고 미소를 지으며 숨김도 두려움도 없이 한참이나 나를 보았다. 피부색은 진하고 살짝 얽은 부위만 좀 더 옅은 색이었다. 그 레스토랑에서 본 얼굴만큼 아름답지는 않지만 아마 그날은 화장했을 것이다. 그래도 페테르가 본 그것을 나도 보았다. 두 눈. 눈이 강렬하게 빛나며 그녀에게서 과도할 정도의 존재감을 드러냈다. 그리고 하얀 앞니 두 개가 비뚤어져 있었다. 물론 눈썹도. 자연스럽게 치켜 올라간 두툼한 눈썹이 새의 깃털 같았다.

"우리 본 적 있어요." 그녀가 말했다.

"기억하시네요?" 나는 웨이터를 부르며 말했다.

"당신은요?"

나는 그녀를 다시 보았다. "해변에서는 좀 달라 보였어요. 눈을

517

감고 계셨으니."

"해변 말고요." 그녀가 말했다.

"주문하시겠습니까, 세뇨르?" 웨이터가 스페인어로 말했다.

나는 고개를 들어 에스프레소 두 잔을 주문하고 미리암을 보면서 주문이 맞는지 확인했다.

"트리플요." 그녀가 말했다.

"저도요."

웨이터가 떠났다.

"왜 여기예요?" 그녀가 말했다.

"여기서 아침을 먹었거든요. 페테르랑 제가 저기서 지냈어요." 나는 광장 끝 쪽의 호텔을 가리켰다. 4층에 우리가 묵던 방의 창문이 닫혀 있었다.

미리암이 돌아보았다. "와, 좋아 보이네요. 여기 아침 식사는 어땠어요?"

"아침 식사요?"

"전 아침 식사를 좋아해요. 안타깝게도 유럽 어디를 가나 다 비슷비슷해요. 적어도 우리가 가본 도시에서는요. 비싸기만 하고 아무 맛도 안 나죠."

내가 고개를 끄덕였다. "여기는 괜찮아요. 커피도 맛있고."

그녀가 아직 호텔을 바라보고 있어서 그녀를 더 훔쳐볼 수 있었다. 목, 목구멍. 뼈가 앙상해 비쩍 마른 고양이가 생각나는 쇄골.

"저기서 지내는 데 돈이 많이 들었나요?" 그녀가 물었다.

"아뇨, 저렴했어요. 위치에 비하면. 그래도 방은 소박해요."

"소박한 게 좋아요." 그녀가 나를 돌아보았다. "엄마랑 지금 지내는 데보다 저렴한 데를 찾고 있어요."

그래, 소박한 게 좋지. 나는 속으로 말했다.

"모델 일을 하시나요?" 내가 물었다.

"와." 그녀가 눈을 굴렸다.

나는 웃었다. "예, 예, 여자 꼬실 때 쓰는 뻔한 말인 거 압니다. 왜 그렇게 물었는지 궁금해요?"

"제가 말라서?"

"모델처럼 걸어서요. 그리고 그게 A 지점부터 B 지점까지 가는 데 딱히 효율적인 방법은 아니라서."

"제가 수영할 때도 조금 비슷하네요."

"게다가 모델들이 옷은 잘 못 입어서요. 취향이 없어서 못 입는 게 아니라 자기는 외모와 피상적인 것에 조금도 신경 쓰지 않는다는 걸 보여주고 싶어하는 것 같아요. 게다가, 물론 모델들은 아무리 지루한 옷도 멋지게 소화한다는 걸 보여주려는 거죠."

"제 드레스가 별로라는 뜻인가요?"

"글쎄요, 어떻게 생각해요?"

"내가 보기에 당신이 똑똑하고 재미있는 사람이라고 날 설득하려고 다소 무리하시는 거 같아요."

"무리하는 거 말고는 제가 어떤가요?"

해가 구름 사이로 틈새를 찾아내자, 그녀는 눈을 깜빡이다가 감고 커다란 선글라스를 꺼냈다.

"모델들은 일할 때 걷기 불편한 옷을 많이 입어야 해서 쉴 때는 남들 이목을 끄는 옷보다 편한 옷을 선호하죠. 그러면서도 플리마켓에서 산 옷이나 할머니의 옷장에서 꺼낸 옷도 우리가 입으면 최신 유행이 되기를 바라죠."

"시도는 좋았어요. 그런데 이제 보니 당신은 모델이 아니에요."

그녀가 웃었다. "아니에요?"

"당신이 거짓말을 숨기려고 선글라스를 꺼낸 건 아니겠지만, 일단 선글라스를 쓰니까 이 기회에 거짓말을 좀 해봐도 좋겠다고 생각한 것 같아요."

그녀는 작고 둥글고 불안정한 철제 테이블 끝에 팔꿈치를 얹고 손바닥으로 턱을 괸 채 내게 미소를 지어주었다. "이제야 좀 똑똑하고 흥미로워 보이네요."

"거짓말 자주 해요?"

그녀가 어깨를 으쓱했다. "자주는 아니고, 그럴 때가 있죠. 그쪽은요?"

"비슷해요."

"친구들이나 여자친구한테 거짓말하시죠?"

"그건 각기 다른 질문인데."

그녀가 웃었다. "그러네요. 그럼 친구들은?"

나는 페테르를 생각했다. 내가 몰래 산세바스티안에 가고 미리암에게 연락해서 지금 여기서 그녀와 마주 앉아 있는 상황에 대해서도 생각했다. 그녀를 만나고 싶었다면 페테르에게 전화번호를 물어보면 될 일이었다. 그렇다고 번호를 받았을 거라는 건 아니지만. 그가 먼저 거짓말을 했으니 나도 조금 거짓말을 하면 안 되나?

"항상 하죠." 내가 말했다.

"항상요?"

"농담이에요. 소크라테스의 역설이에요. 크레타 사람들은 항상 거짓말을 한다고 말하는 크레타 사람에 대한 거요. 결국에는 사실일 수 없다는……."

"그 말을 한 사람은 소크라테스가 아니라 에피메니데스였어요."

"아? 제가 거짓말쟁이라는 건가요?"

그녀는 웃지 않고 약간 툴툴댔다. 내 귀가 뜨거운 걸 보니 얼굴이 빨개진 것 같았다.

"그래서 당신은 뭐 하는 사람이에요?" 내가 물었다.

"학생이에요."

"역사? 철학?"

"영어도요. 조금씩 다요. 아무것도 아니기도 하고."

그녀는 한숨을 쉬고 숄을 꺼내 그녀의 엄마처럼 머리에 둘렀지만 미리암은 흩날리는 머리카락을 간수하기 위해 그러는 것 같았다. "그리고 난민이기도 하고."

"무슨 일로 도망쳤어요?"

해가 다시 사라지고 갑자기 바람이 불어왔다. 이내 서늘해졌다.

"남자요." 그녀가 말했다.

"그 얘기 좀 해줘요."

웨이터가 우리 앞에 커피잔을 내려놓았다. 그녀는 선글라스를 벗고 그녀의 커피잔을 보았다.

미리암은 카자흐스탄의 알마티에서 부모님과 함께 산 어린 시절에 대해 들려주었다. 나는 아버지가 알마티, 아니, 당시 명칭으로는 알마아타에 관해, 그리고 스케이트 세계 신기록이 세워진 일에 관해 이야기해준 기억이 났다. 산 위에서 희박한 공기와 거센 바람이 특수한 각도로 내려와 아이스링크를 도는 사이 선수들의 등을 떠밀어줘서 세계 기록이 나왔다고 했다. 미리암의 아버지는 석유산업에 종사했고, 그들 가족은 넓고 인구 밀도가 낮은 그곳에서 신흥 금융 상류층이 되었다.

"부패와 검열, 수도를 자기 이름으로 개명한 독재자, 세계에서 해안선 없는 국가 중 가장 큰 국가. 그래도 우린 거기서 행복했어요. 아버지가 사라지기 전까지는."

"사라져요?"

"아버지가 정부 관료에게 뇌물을 주고 석유 시추권을 확보한 미국인들을 폭로하겠다고 협박했거든요. 아버지가 저한테 전화도 조심하라고 경고하시던 생각이 나요. 그러다 어느 날 회사에서 집으로 돌아오지 않으셨어요. 우리 가족은 아무 소식도 듣지 못했고, 아버지도 다시는 연락하지 않았어요. 어머니는 우리가 누리던 특권이 하나씩 사라지는 걸 보셨고, 우리는 집이 석유회사 소유라는 통보를 받고 그 집에서 쫓겨났어요. 그때 저는 외가가 있는 키르기스스탄으로 휴가를 보내러 가는 줄 알았지만, 다시는 집으로 돌아가지 못했어요."

미리암은 키르기스스탄을 카자흐스탄의 더 아름다우면서도 더 가난한 버전으로 묘사했다. 그리고 더 개방적인 곳이기도 했다. "적어도 사람들이 독재자에 대해 험담하는 것을 두려워하지 않았거든요." 그녀가 웃었다. 하지만 더 고리타분하기도 했다. 수도 비슈케크조차 그랬다. 예를 들어 그곳에서는 '알라 카추'라고, 신부를 납치해 혼인을 올리는 풍습이 공공연하게 자행되었다. 공식적으로는 법 위반이지만 전체 혼인의 삼분의 일은 남편이 신붓감을 납치하고 남편과 시집이 여자에게 강제로 결혼하게 만든 결과로 간주되었다.

"외가는 돈이 있었어요. 아주 많지는 않아도 저를 모스크바에서 공부시킬 정도는 있었어요. 집으로, 엄마가 사는 키르기스스탄으로 돌아올 때마다 그곳의 삶이 제게는 점점 더…… 멀게 느껴졌어요. 그래서……." 그녀는 두 손을 던졌다. 길고 가느다란 손가락과 물어뜯은 손톱. "알다시피 카자흐스탄에서는 사람들이 나라 이름에서 '스탄'을 떼고 싶어해요. 그런 유형의 나라들과 엮이고 싶지 않은 거죠. 시골 억양을 감추려 하는 올리가르히들과 엮이기 싫은 거죠. 음, 키르기스스탄에서는 애쓰지 않아요. 사람들이 주어진 그대로에 만족하고 행복해요. 저는 거리에서 남자들한테 별별 소리를 다 들었어요. 그냥 듣고 흘렸어요. 그래서 사촌들하고 호텔 바에서 술을 마실 때 그 키 작은 남자가 빤히 쳐다보는 것도 몰랐어요. 어느 날 저녁에 우리가 평소처럼 길을 지나는데 남자 둘이 절 붙잡았고 또 다른 남자들이 제 사촌들을 붙잡아서 저만 차로 끌려갔고 그 차가 떠났어요."

그녀는 모든 걸 있는 그대로 전하면서 마치 흥미롭고 재미나기까지 한 이야기처럼 말하려 했다. 그러나 목소리의 미세한 떨림을 숨기지는 못했다.

"저는 뒷자리에서 두 남자 사이에 앉았어요. 그들에게 뭐 하는 짓이냐고 묻자 그들은 제가 조수석에 탄 남자의 아들과 결혼해야 한다고 했어요. 저는 울음을 터트렸고, 조수석의 남자가 돌아보며 저를 위로하는 것처럼 미소를 지었어요. 그는 결혼식 의복을 차려입고 있었고, 쉰 살 정도로 뚱뚱하고 진짜 이보다 금니가 더 많은 남자였어요. 날이 따스해서 땀을 많이 흘리고 있었어요. 그 남자가 그랬어요. '내 아들이 아가씨를 사랑해줄 거고, 아가씨도 내 아들을 사랑하게 될 거다.' 그게 다였어요. 우리는 도착해서 큰 집으로 들어갔어요. 집 앞에 남자들이 서 있었어요. 경비를 서는 것 같았어요. 그중 하나가 총을 들고 있었고요. 그때는 몰랐지만 조수석의 남자는 캄치 콜예프라고, 비슈케크에서 묘지를 관리하는 마피아의

523

우두머리였어요. 묘지를 원한다면 그 남자한테 사야 했어요.

　문 바로 안쪽에 깡마른 청년이 있었어요. 그는 검은 정장에 남자들이 결혼식과 장례식에서 쓰는 칼팍이라는 전통 모자를 쓰고 있었어요. 그는 나만큼이나 겁먹은 얼굴로 저를 쳐다보기만 했어요. 그 남자 뒤로 결혼식 하객으로 보이는 사람들이 모여 있었고, 노파가 (그 남자의 할머니 같았어요) 제게 흰색 숄을 씌워주려 했어요. 할머니가 그걸 씌우게 놔두면 제가 결혼식에 동의한다는 뜻이었어요. 알라 카추에 관한 무시무시한 소문은 들었지만, 그 일이 저한테 벌어질 거라고는 상상도 못 했어요. 하지만 제가 들은 이야기처럼 저도 겁먹고 감히 저항하지 못했어요. 하객들이 모두 박수를 쳤어요. 저는 아라크(보드카) 한 잔을 받고 잔을 비워야 했어요. 그렇게 예식이 시작됐어요. 휴대전화는 빼앗겼고, 누가 계속 저를 감시하고 있어서 누구에게든 알리거나 도망치는 게 불가능했어요. 저는 울고 또 울었고, 여자들이 저를 달래주려 했어요. 여자들이 그러더군요. '애를 낳으면 괜찮아져. 다른 생각할 일들이 생기니까. 그리고 콜예프 집안이 널 보살펴줄 거야. 좋은 사람들이고 돈도 많고 힘도 있어. 넌 여기 이 방에 있는 사람들보다 운이 좋으니 눈물을 닦으렴, 아가.' 저와 방금 결혼한 남자에게 왜 하필 저냐고 물었어요. 그는 얼굴이 빨개진 채로 대답했어요. '호텔 바에서 널 몇 번 봤어. 네가 너무 아름다워서 말도 못 붙였어.' 그래서 그의 아버지가 결혼하고 싶은 여자를 고르라고 했을 때 절 지목했고, 그들이 사전에 조사해서 제가 결혼하지 않은 걸 알아냈어요. 이 얘기를 듣는데 저만큼이나 그가 불쌍해지더군요. 그러다 바깥에 어둠이 내리고 신랑과 저는 위층의 신혼 방으로, 마치 감옥에 들어가는 죄수들처럼 끌려 올라갔어요."

미리암은 피식 웃었고, 눈물 두 방울이 (한쪽 눈에서 한 방울씩) 뺨을 타고 흘렀다. 눈물이 투명해서 거의 보이지 않을 정도였다.

"우리는 방에 갇혔고, 경비와 여자 셋(남자의 친척들)이 방 앞에 앉아 안에서 무슨 일이 일어나나 지켜보는 것 같았어요. 저는 그에게 제발 건드리지 말아달라고 애원했지만, 그는 저를 바닥에 쓰러뜨리고 옷을 벗기려고 했어요. 그런데 벗기지 못했죠. 왜소하고 저보다 힘이 그리 세지 않아서이기도 하고, 너무 취해서이기도 했어요. 하지만 그가 제 귀에 대고 네가 첫날밤을 치르지 못하게 하면 도움을 청해야 한대서 그냥 하게 놔뒀어요. 우리는 침대로 들어갔고, 그가 삽입을 시도했지만 너무 취해 있었어요. 그는 불쌍하게도 울 것 같은 얼굴로 아버지가 자길 죽일 거라고 했어요. 그래서 제가 그를 달래며 아무 말도 하지 않을 거라고 속삭였고, 그가 고맙다고 했어요. 그리고 제가 밖에 있는 사람들 들으라고 격정적인 소리를 몇 번 냈고, 그가 웃음을 터뜨리려고 해서 제가 베개로 그의 얼굴을 눌러야 했어요. 베개를 치우다가 순간 그가 질식해 죽은 게 아닌가 싶었어요. 그는 금방 코를 골기 시작했어요. 그리고 여자들이 떠나는 소리가 들릴 때까지 기다렸다가 침대에서 몰래 빠져나왔어요. 그의 짙은 색 정장을 입었어요. 말했듯이 그 사람이 몸집이 작았거든요. 신발은 너무 컸어요. 지갑을 열어 집에 갈 택시비만큼 돈 몇 장을 뺐어요. 그 사람의 칼팍을 머리에 쓰고 그 안에 머리카락을 집어넣고 창문으로 빠져나와 창턱에 매달렸다가 풀밭으로 떨어졌어요. 날은 어둡고 비가 오기 시작하고 하객들도 하나둘씩 떠나고 있었어요. 키르기스스탄은 이슬람 국가이지만 술을 금하는 코란의 계율이 결혼서약만큼 엄격하지 않았어요. 저로서는 다행이었죠. 그냥 걸어서 술 취한 하객과 경비들을 뚫고 대문으로 빠져나왔는데도 아무도 저를 잡지 않았어요. 거기서 더 내려가서 택시를 잡아타고 집으로 돌아갔어요. 이튿날 어머니와 저는 짐을 싸서 돈 몇 푼만 들고 제일 빠른 이스탄불행 비행기를 탔어요."

"도망친 거군요?"

미리암이 고개를 끄덕였다. "콜예프 집안은 제가 결혼한 그 남자와 같이 살지 않는 걸 절대로 용납하지 않았을 거예요. 명예와 체면의 문제거든요. 체면이 없으면 제아무리 콜예프라 해도 아무것도 아니게 되죠. 그들에게는 사실상 다른 선택지가 없어요."

"그래도 당신은 납치된 거잖아요! 경찰에 신고해서 보호를 요청하지 그랬어요?"

미리암이 피식 웃었다. "당신은 딴 세상에 살고 있어요, 마르틴. 그쪽은 콜예프 사람들이고 엄마와 저는 카자흐스탄에서 온 돈 한 푼 없는 여자들이에요. 당국이 보기에 저는 키르기스스탄 하객들이 참석한 법적으로 정당한 결혼식에서 도망친 여자고, 그 사람들은 자유롭게 한 결혼이라고 증언하겠죠. 제가 결혼서약을 깨뜨린 거라고."

나는 납치의 목격자들을 찾을 수도 있지 않았냐고 반박하려다가 그녀의 말이 옳다는 생각이 들었다. 나는 딴 세상에 살고 있고, 내가 사는 세상에서는 힘이 곧 정의는 아니다. 적어도 항상 옳지는 않다.

"이게 다 얼마나 된 일이에요?" 내가 물었다.

"석 달 전. 그렇게 도망쳐서 살아남았죠. 콜예프 사람들이 가까이 왔다는 느낌이 들 때마다 옮겨 다녔어요."

"여러 도시로?"

미리암이 고개를 끄덕였다.

"지금 도피 자금으로 얼마나 버틸 수 있어요?"

그녀가 어깨를 으쓱했다.

"지옥 같겠네요." 내가 말했다.

"제일 괴로운 건 제가 엄마 인생까지 망쳤다는 거예요. 이번이 두 번째죠. 어떤 때는 엄마가 그냥 쉬운 길로 가자며 저한테 결혼을 받아들이라고 말하기를 바라기까지 했어요. 그러면 저 혼자 도망쳐서 부딪혀볼 수 있었으니까요. 하지만 엄마는 자기가 거기 남았다면 콜예프 사람들이 엄마를 이용해서 저를 찾아낼 걸 아셨어요. 그래서 이렇게 됐고, 저는 엄마의 목에 걸린 맷돌 같은 존재예요. 그러니 엄마가 저를 책임지듯 저도 엄마한테 책임감을 느껴요." 미리암이 말했다.

맷돌과 익사가 연결되어서였을까? 순간 황당한 생각이 스쳤다. 그날 미리암이 파도 속으로 헤엄쳐 들어가 엄마의 목에서 맷돌을 풀어주려 했다는 생각. 그러나 미리암에게 그렇게 물어보고 싶진 않았다. 나는 하늘을 보았다. 바다에서 한참 떨어진 곳인데도 공기 중에 짠맛이 났다.

"표정이 안 좋네요." 그녀가 잔을 입으로 가져가며 말했다. "당신에게 죄책감 같은 걸 넘긴 게 아니면 좋겠네요. 그럴 생각은 없었어요."

"죄책감요?"

"당신이 우리 모녀를 도와주지 못하는 거 알아요. 그래서 커피를 마신다고 한 게 아니에요."

물론 나는 죄책감을 느꼈다. 하지만 다른 이유가 있었다. 나는 페테르에게 산세바스티안에서의 내 계획을 알리지 않았을 뿐 아니라 다시 돌아가서도 말할 생각이 없었다.

"그럼 왜 커피를 마신다고 했어요?" 내가 물었다.

그녀는 고개를 모로 기울였다. "당신이 페테르의 친구라서."

"페테르가 당신을 도와줄 수 있을 것 같아서?"

그녀는 고개를 끄덕였다. "그 사람이 그러고 싶댔어요."

"그래서 그 친구랑 아르작에 간 건가요?"

그녀가 다시 고개를 끄덕였다.

"그 친구가 물에 빠진 당신을 구해줘서가 아니고요?"

그녀는 대답 없이 얼굴로 흘러내린 머리카락을 쓸어넘기고 나를 보았다.

"내가 아르작에 들어갔을 때 날 알아봤죠?" 내가 물었다.

"원래 어떻게 알아서요?"

"그렇군요, 원래 어떻게 아느냐?" 내가 물었다. 나는 페테르와 한 약속, 그가 그녀를 구해준 사람인 걸로 해준다는 약속을 깰 생각이 없었다. 하지만 그녀가 나를 기억한다면, 물속에서 서로를 바라본 그 몇 초의 순간을 기억한다면, 그건 약속을 어기는 게 아닐 것이다.

"어쨌든 거기서 날 본 건 기억하죠?"

"왠지 낯이 익었어요." 그녀가 말했다. "그보다는……."

"데자뷔?"

"맞아요. 꼭 그런 느낌으로 만난 적이 있는 것 같았어요. 그 레스토랑에 가본 적이 없는데도요."

"평행우주를 엿본 것처럼."

"당신도 그런 데 관심이 있어요?"

나는 웃었다. "페테르가 그걸 연구하겠대요. 그 친구가 어디까지 가나 봐야죠. 그런데 당신이 전화로 뭔가를 말했어요. '당신이군요'

라고. 내가 나타날 걸 안 것처럼. 이것도 데자뷔인가요?"

"아마도. 당신 목소리……." 그녀가 경계하는 눈빛으로 광장을 보았다. "솔직히 잘 모르겠어요. 사실 혼란스럽네요, 안 그래요?"

나는 지갑을 꺼냈다. "난 이제 경찰서에 가봐야 해요." 내가 말했다. "같이 가실래요?"

"왜요?"

"진술하러……."

"아뇨. 내가 왜 당신하고 같이 가요?"

나는 어깨를 올렸다. "페테르는 내가 여기 온 거 몰라요. 그냥 모르는 채로 두기로 할까요?"

"아뇨." 그녀가 말했다. "저는 거짓말은 안 해요. 적어도 친구한테는."

"그 친구가 그래요? 친구래요?"

"네."

"그 친구가 당신을 사랑한다면?"

"그럼 그건 그 사람 사정이죠."

"당신은 어쩔 건데요? 그 친구가 당신과 어머니를 도와주게 할 거예요?"

그녀는 뜻밖에 모욕당한 표정으로 나를 보았다. "자꾸 날 떠보는데, 당신과 내가 그렇게나 가까운 사이인지 모르겠군요, 마르틴."

"방금 나한테 당신의 가장 내밀하고 사적인 이야기를 해줬잖아요, 미리암. 내가 원한다면 이 정보를 콜예프 사람들한테 꽤 큰돈을 받고 넘길 수도 있어요. 하지만 당신은 날 믿어요. 왜 믿는지 알아요?"

"아뇨." 그녀는 자리를 뜨려는 듯 의자를 뒤로 밀었다.

"날 믿지 않는다는 거예요, 아니면 왜인지 모른다는 거예요?"

"후자요." 그녀가 퉁명스럽게 말했다.

"본능이죠." 내가 말했다. "당신은 페테르가 날 보내서 당신의 마음을 염탐하게 한 거라고 의심했을 수도 있어요. 그런데 그게 아닌 거 알잖아요."

"그럼 여긴 왜 왔어요?"

"당신을 사랑해서."

머릿속에서 하늘이 무너지는 것 같았다. 그 말이 진실이 아니라서가 아니었다. 물속에서 그녀의 눈을 본 순간부터 그녀와 사랑에 빠졌다. 어쩌면 그 전부터였다. 그래, 그 전부터. 물속의 만남은 두 번째로 일어난 일이었다. 어떻게 표현하기는 어렵지만, 이것이 나의 데자뷔였다. 산세바스티안의 구름과 해와 하늘이 그렇게 무너진 이유는 내가 그 말을 입 밖에 꺼내서였다. 현실 너머로 발을 디딘 것만 같았다. 유리 천장이나 가짜 하늘을 뚫고 밖으로 나가듯이, 〈트루먼쇼〉의 현실에서 외부의 현실로 나가듯이. 가짜 현실보다 더 현실적이지 않을 수도 있지만, 어쩌면 밖에도 가짜 하늘과 숨어서 지켜보는 관객이 있을 수도 있지만, 두 가지 현실이 동시에 주어지면 한 가지만 있을 때보다 조금 더 진실해질 거라는 확신은 있었다. 미리암이 일어섰다. 눈을 들어 그녀의 얼굴을 보았지만 어느새 지평선 가까이 내려온 해로 인해 눈이 멀 것 같았다. 그녀가 사라질 때까지 아무것도 보이지 않았다.

"다 끝났군요." 이마 알루아리스 수사관이 같이 부검실에서 나와서 복도를 따라 엘리베이터로 가면서 말했다. "축제가 다시 달아오르기 전에 팜플로나로 돌아가셔야겠네요."

내가 고개를 끄덕였다. 오래 걸리지는 않았다. 라텍스 장갑을 낀 남자가 기다란 면봉으로 내 입속을 한번 훑었고, 알루아리스의 말처럼 그걸로 끝이었다.

"하나만 더요." 알루아리스가 엘리베이터 버튼을 누르며 말했다. "사망자가 누군지 물어보셨잖아요."

"전 그냥 궁금해서……."

"직접 보실래요?"

엘리베이터 문이 우리 앞에서 열렸고, 그녀가 내게 먼저 타라고 손짓했다. 그리고 내 뒤에서 따라 타고 지하 1층 버튼을 눌렀다.

"법의학과가 이 건물 지하에 있으니 오래 걸리지는 않을 거예요." 그녀가 말했다.

"그럴 필요는 없……."

"피해자가 혹시라도 당신이 본 적 있는 사람인지 확인하려는 겁니다. 저희한테 도움이 될 겁니다."

우리는 말없이 서 있었다. 엘리베이터가 낮게 우르릉거리며 내려갔다. 페테르가 언젠가 지적했듯이, 대기가 없으면 소리도 나지 않는 걸 알면서도 영화에서 우주의 소리라고 여기는 음향 효과 같은 소리였다.

우리는 지하층으로 내려가 복도를 지났다. 조명도 약하고 사람도 적었다. 층고가 낮고 기온도 낮았다. 그런데도 땀이 나기 시작했다. 손이 축축해지고 심장이 더 빠르게 뛰었다.

문 두 개를 지나서 알루아리스가 목에 매달린 카드를 카드리더기에 대자, 갑자기 우리는 얼음처럼 차가운 방으로 들어와 있었다. 외과의 복장의 남자가 하늘색 시트가 덮인 철제 테이블을 가리고 서 있었다. 그 시트 속에 시체가 있는 것 같았다. 그 남자가 서 있는 자세와 알루아리스와 그가 말없이 짧게 고개를 끄덕이는 것을 보고 우리가 온 게 이미 계획된 일인 걸 알았다. 그가 제막식을 거행하듯이 시트를 옆으로 젖힐 때, 나는 두 사람의 시선이 시신이 아니라 나를 향한 것을 알았다. 내 반응을 보기 위한 자리였다. 나도 그걸 알기에 놀라는 반응에서 적어도 일부는 누그러뜨리거나 숨길 수 있었다.

"충격받으신 것 같네요." 알루아리스가 말했다.

"죄송해요." 내가 말했다. "시체를 본 게 처음이라서요."

"이 사람을 보신 적이 있나요?"

나는 생각하는 척했다. 그리고 천천히 고개를 저었다.

"없습니다. 죄송해요."

나는 경찰에 팜플로나 숙소 주소를 주고 경찰서에서 나왔다. DNA 검사 결과가 나오기 전 십사 일 동안 거처를 옮기게 되면 소재를 알리겠다고 약속했다. 택시를 타고 기차역으로 가면서 내 손을 보았다. 손이 아직 떨리고 있었다.

팜플로나행 마지막 기차는 이미 떠났지만 산페르민 축제 기간에는 버스가 많은 걸 알고 있었다. 하지만 버스 터미널 매표소로 가는 길에 버스가 모두 매진이고 가장 빠른 좌석이 엘엔시에로라는 소몰이 행사가 시작하는 시간에 도착하도록 맞춰 출발하는 새벽 버스라는 말을 들었다. 나는 다시 거리로 나와 택시를 잡고 팜플로나까지 요금이 얼마인지 물었다. 기사는 내가 가진 돈을 한참 웃도는 금액을 말했고, 내가 흥정하려고 하자 미안하다는 듯이 어깨를 으쓱하며 말했다. "산페르민 축제잖아요." 그래서 나는 그에게 산세바스티안에서 적당한 가격에 묵을 수 있는 숙소로 데려다 달라

고 했고, 기사는 내가 새벽 5시 30분 버스를 예매하는 동안 기다려
주었다.

나는 숙소 두 곳을 가보았다. 두 곳 다 빈방이 없고 다른 곳들도
모두 예약이 찼다고 했다. 그래서 나는 택시 기사에게 페테르와 내
가 묵었던 호텔로 데려다 달라고 했다. 더블룸이지만 앞서 다녀본
싱글룸보다 더 비싸지도 않았다. 나는 뒷마당으로 갔다. 주인이 문
을 열어주면서 나를 알아보는 것 같지 않았다. 매년 새로 오는 손
님을 수백 명씩 상대하다 보면 그럴 법도 했다.

"만실이에요." 그는 이 말만 했다.

나는 지난번에 우리가 묵은 방이 한 시간 전만 해도 빈방으로 표
시됐다고 말했다.

"네, 그런데 지금은 다른 손님이 보고 계세요." 그가 엉터리 영어
로 말했다.

"여기로 할게요." 뒤에서 귀에 익은 목소리가 들렸다.

나는 돌아보았다.

미리암이 호텔 주인의 아내와 함께 서 있었다.

"얼마나요?" 집주인이 물었다.

"무기한으로요." 미리암이 이렇게 말하고 나를 보았다.

"네?"

"죄송해요." 미리암이 내게서 눈을 떼지 않고 말했다. "오래 있을
것 같네요."

"이렇게 빨리 또 보게 될 줄은 몰랐네요." 우리가 시내를 감아 도
는 넓은 강의 강둑을 따라 걸을 때 미리암이 말했다. 강 이름이 우
루메아라고 그녀가 알려주었다.

"다시 만날 줄은 알았어요?" 내가 물었다.

미리암이 어머니한테 전화해 다음 날 방을 옮기자고 해서 그날 밤은 내가 그 방에서 묵을 수 있게 되었다.

"어, 페테르하고 친한 친구라면서요, 그러니 맞아요." 그녀가 말했다.

나는 미소를 지었다. "그래요? 진짜 친한 친구는 친구의 여자친구에게 사랑한다고 말하지 않겠죠?"

"페테르랑 나는 연인이 아니에요."

"아니, 친구가 선택한 여자이거나."

"나는 선택받고 싶지 않아요."

"그래도 이번에는 그 목소리가 옳을 수도 있잖아요. 당신 귀에 대고 당신은 운이 좋았고 눈물을 흘릴 필요가 없다고 속삭이는 목소리요. 페테르는 좋은 친구예요. 당신과 어머니를 도울 수 있을 만큼 부자이기도 하고."

그녀가 멈추고 강 쪽으로 돌아서서 건너편 강둑을 보았다.

"그렇게 간단한 문제가 아니에요." 그녀가 말했다.

"그건 압니다." 내가 말했다. "당신은 어머니만이 아니라 당신 자신도 책임져야 하죠. 도덕적 딜레마죠. 페테르에게 도움을 받으려면 그에게 둘 사이에 뭔가 생길 수 있다는 희망을 줘야겠죠. 말하자면 거짓말을 해야 하겠죠."

그녀가 콧방귀를 뀌었다. "그게 왜 거짓말이에요? 그 사람을 사랑할 수 있을지 아닐지 당장 알 수 없잖아요."

"아니, 당신은 알아요."

"네?"

"당신은 날 사랑하니까."

그녀가 웃음을 터트리고 고개를 절레절레 흔들며 다시 걸음을 옮겼다. 나는 금방 그녀를 따라잡았다.

"맞아요." 내가 말했다. "아직 모를 뿐."

"서양의 당신네와 여기 우리의 차이가 뭔지 알아요? 우리는 낭만적인 책이나 영화를 아주 좋아하지만, 당신네는 그런 게 진실이라고 믿는다는 거예요."

"그럴지도." 내가 말했다. "그래도 가끔은 정말로 실현되는 이야기도 있어요. 지금도 그런 이야기 중 하나고요."

"그런 식으로 접근한 여자가 얼마나 돼요, 마르틴?"

"두 명이에요. 거짓말이 아니지만 제가 착각한 걸 수는 있어요. 그런데 두 번 다 이런 이야기는 아니었어요. 이번에는 착각이 아니에요. **우린** 착각하는 게 아니에요."

"**우리**? 당신은 나에 대해 아무것도 몰라요, 마르틴. 우리가 서로를 안 지 얼마나 됐는지 알아요?"

"아뇨." 내가 말했다. "생각해봤는데 잘 모르겠어요. 당신은?"

그녀는 걸음을 늦췄다. 그러다 완전히 멈췄다. "무슨 뜻이에요?"

나는 어깨를 올렸다. "당신을 처음 본 순간부터, 당신과 처음 얘기한 순간부터, 이 데자뷔가 계속 느껴졌어요. 지금 일어나는 모든 일이 언젠가 일어난 적이 있는 것 같은 느낌."

"아 그래요? 그럼 이제부터는 어떻게 되는데요?"

"이제 당신이 내게 그걸 물어볼 거고, 나는 사전 지식이 짧아서 노래할 때 아무리 생각해도 가사가 떠오르지 않는 것과 같다고 말할 거예요. 다만 그 구절에 이르기 직전에 가사가 떠오를 테니 그냥 음악이 이끄는 대로 가면 된다는 것만 알아요. 게다가 나는 이 말을 하기 직전에 이 말을 할 걸 알았어요."

"말뿐이네요. 다 빈말이에요. 그걸로는 안 돼요." 그녀는 손을 저었다. "말만 번지르르하게 말고 구체적인 걸 내놔요."

"우린 오늘 밤 같이 잘 거예요."

"꿈도 야무지시네요!" 그녀가 소리치면서 나를 때리는 시늉을 했다.

"아뇨, 그런 뜻이 아니에요." 내가 말했다. "옷은 입고요. 키스도 하지 않을 거예요."

"아하, 그렇게 말해서 당신과 같이 자는 걸 허락하게 하는 거네요? 고맙지만 당신 같은 남자들 많이 만나봤어요. 엉큼하시긴."

주머니에서 휴대전화가 진동했고, 페테르가 또 내게 연락하는 거라는 걸 알았다. 뭐라고 답해야 할지 몰라서 전화를 받지 않았다. 오늘 밤에는 돌아가지 않을 테니 그에게 해줄 말이 없었다. 산세바스티안에 오기 전에는 팜플로나의 떠들썩한 '움직이는 축제'에 붙잡혀 전화가 왔는지 몰랐다고 둘러댈 생각이었다.

미리암이 팔짱을 끼고 몸을 떨었다. 바람이 잦아들지 않았고, 이제는 구름의 밀도가 높아져서 저녁 해를 완전히 가렸다.

"엄마한테 가봐야겠어요." 미리암이 말했다.

"정말요? 오늘 밤에 방을 내준 게 감사해서 저녁 사려 했는데."

그녀는 짜증스럽게 신음하며 고개를 저었다.

"나는 아르작 같은 데는 데려갈 수 없어요." 내가 말했다. "그래도 그 바의 타파스가 아침 식사만큼 괜찮다면, 놓친 걸 후회하실 텐데요."

그녀는 고개를 모로 기울여 우아한 눈을 가린 머리카락을 쓸어 넘기며 나를 보았다. "후회요?" 나를 보는 눈빛에 뭔가가 있었다. 뭔가를 찾는 듯한 눈빛. 뭔가를 알아본 눈빛이거나.

"내가 과장하는 걸 수도 있지만." 내가 말했다. "그래도…… 꽤 괜찮은 식사가 될 수 있어요."

그녀가 고개를 끄덕였다.

"좋다고요?" 내가 믿기지 않는 표정으로 말했다.

"엄청 배고파요." 그녀가 말했다. 그녀는 이미 돌아서서 걸음을 옮겼다.

저녁을 먹으면서 나는 그녀에게 나에 대해 두서없이 말해주었다. 현실감각이 부족하고 무절제하며 분석적으로 사고하는 데 한계가 있는 성향에 대해. 다소 지나치다 싶게 생생한 상상력과 창작욕에 대해. 동시에 나의 예술적 재능이 거창한 야망에 미치지 못한다는 의구심에 대해. 내가 사랑에 얼마나 서툰지에 대해. 우리가 지금보다 어렸을 때 페테르의 전 여자친구와 바람을 피운 일에 대해. 좋은 얘기든 나쁜 얘기든 이렇게 기회가 주어졌을 때 다 털어놓아야 할 것처럼 말했다.

"요약하자면 당신은 어리석고 자기중심적인 사람이라는 거네요." 그녀가 레드와인을 한 모금 마셨다. 그녀는 길고 가느다란 다리를 꼬고 등을 활처럼 구부리고 좁은 어깨를 앞으로 내밀어서 마치 가벼운 장애가 있는 사람과 같은 자세를 취했다. 아르작에서 보았을 때는 덜 아름다워 보였는데 지금은 훨씬 더 아름다웠다. 그때는 조명이 더 은은해서였는지도. 자세도 더 편안해서였는지도. 어쩌면 지금은 나랑 같이 있어서 그런 건지도.

"맞아요, 난 어리석고 자기중심적이에요." 내가 말했다.

"그렇게 말하는 건, 그러면 더 호기심을 주는 사람으로 보일 거 같아서인가요? 솔직히 당신은 **나쁜** 남자로는 안 보여요, 마르틴."

"그럼 뭐로 보여요?"

"사실은 꽤 좋은 남자애."

"어떻게 그렇게 나보다 나이가 더 많은 사람처럼 말할 수 있나요? 다섯 살 어린 사람이 아니라."

"우리 동갑이에요."

"어떻게 알아요?"

"페테르한테 당신네 둘이 동갑이라고 들었어요."

"그렇군요. 그 친구가 나에 대해 또 뭐라고 하던가요?"

"많이는 안 했어요. 내가 산페르민 축제에는 정말 혼자 온 거냐고 물을 때까지는 당신 이름이 나오지 않았으니까."

"그럼 그 친구가 혼자 왔다고 했군요?"

"아뇨, 그렇게 말한 건 아니지만 그런 인상을 주려고 한 것 같기는 해요. 당신이 존재하지 않는다는 인상. 어쨌든 당신 얘기를 피했어요."

"이상하네요." 나는 술잔을 들었다.

"이상할 건 없죠. 그 사람이 날 차지하기로 했고, 당신네 둘이 주로 같은 여자를 좋아한다면."

"아직도 내가 좋은 남자애 같아요?"

"내가 보기에 당신은 잘못인 줄 알고도 일을 저지르지만 그래도 나중에 양심의 가책을 느끼는 거 같아요."

"네, 그래요, 늘 그렇긴 해요. 당신은 단점이 뭐예요?"

"난 훔쳐요." 그녀가 머뭇거리지 않고 답했다.

"훔쳐요?"

"네. 습관 같은 거예요. 딱히 도벽이 있는 건 아니고 그냥 그런 짜릿한 순간이 필요한 거 같아요. 그래서 주로 필요하지도 않은 물건을 훔쳐요."

"순진한 남자애의 마음 같은 거요?"

"너무 뻔한 말이네요." 그녀가 웃었고, 우리는 잔을 부딪쳤다.

날이 어두워지고 구름에서 불길하게 우르릉 소리가 났다. 그사이 우리는 타파스를 다 먹었고, 그녀가 자기 이야기를 들려주었다. 모스크바에서 만난 남자친구들에 관해, 싱가포르로 넘어가 영자신문사의 기자가 되려던 계획에 관해. 하지만 파도 속으로 헤엄쳐 들어가 익사할 뻔한 이유에 관해서는 언급하지 않았다. 그러다 그녀가 휴대전화를 집었다. 화면이 켜지며 어둠 속에서 그녀의 얼굴을 비추었고, 그녀가 인상을 찌푸렸다.

"어머니예요?"

내가 묻자 그녀가 전화를 받지 않고 옆으로 치웠다.

"네." 그녀가 심드렁하게 말했다.

"흐음." 내가 말했다.

"흐음?"

"훔치는 건 잘하는지 몰라도 거짓말은 나보다도 못하네요. 페테르였죠?"

그녀가 한숨을 쉬었다. "어제부터 메시지가 스무 번은 온 것 같아요."

"너무 많아요?"

그녀가 얼굴을 찡그렸다. 나는 답장을 몇 번이나 했느냐고 묻고 싶었지만 참았다.

"고마워요." 그녀가 빈 접시를 향해 고개를 까딱하며 말했다. "맛있었어요."

"더 마실래요?"

"안 돼요. 엄마가 기다리세요."

나는 계산서를 달라고 손짓했다. 그녀는 내가 신용카드 영수증에 서명하는 것을 보았다.

"크리스토퍼." 그녀가 말했다.

내가 눈을 들었다.

"당신 이름이 크리스토퍼인지 알았어요." 그녀가 미소를 지었다.

"언제요?"

"당신을 봤을 때."

"페테르가 말해준 건지……."

"베이워치 매앤!"

킬트에 스코틀랜드 축구 대표팀 셔츠를 입은 오자 다리 남자가 우리 테이블 옆에 서 있었다. 그는 비틀거렸고, 입에서 시원한 자동차 워셔액 냄새가 났다.

"나의 영웅! 내일 엔시에로에 가려면 10유로가 필요해요. 두 분께 사랑의 노래를 불러드릴게."

"꺼져!" 웨이터가 손가락으로 광장을 가리키며 소리쳤다.

나는 그 스코틀랜드 남자에게 5유로 지폐를 주었고, 그는 비틀거리며 어둠 속으로 사라졌다.

"저 사람, 소몰이 전까지는 술이 깨면 좋을 텐데요." 내가 말했다.

"아, 저 사람 안 갈걸요. 온종일 여기서 살아요." 웨이터가 눈을 굴렸다.

우리는 일어섰다. 갑자기 바람이 일어나 미리암이 가볍게 몸을 떨었고, 이번에는 가벼운 돌풍이 아니었다. 주변의 수풀에서 쏴쏴 바람 소리가 점점 커졌다.

"택시를 잡읍시다." 하늘을 보니 번갯불이 번쩍했다. 문자 그대로 하늘의 문이 벌컥 열린 것 같았다. 번갯불이 가늘게 불타는 틈새처럼 보이고 그 너머 무언가, 다른 세계를 잠깐 보인 것만 같았다. 틈새가 요동치더니 비가 쏟아졌다. 빗줄기가 파라솔과 테이블, 돌바닥을 때렸다. 모두가 일어나 뛰기 시작했다. 미리암과 내가 몇 초 후 비를 피해 광장과 호텔 뒤뜰 사이의 아치형 길로 들어갔을 우리는 이미 흠뻑 젖었다.

"지금 택시 잡기는 글렀네요." 내가 말했다.

"비가 곧 그칠 거예요." 그녀가 말했다.

나는 하늘을 보았다. "아마도. 당신 떨고 있어요."

"당신도요."

나는 방 열쇠를 들었다. "올라갑시다. 일단 가서 몸을 말려요."

우리는 문을 땄고, 나는 전등을 켰다. 새 러그는 깔리지 않았다.

"샤워해요. 몸이 좀 녹을 거예요." 내가 말했다.

미리암은 고개를 끄덕이고 욕실로 들어갔고, 나는 이틀 밤을 잔 침대에 앉았다. 빗소리와 샤워 소리가 포개지며 내 안에서 행복감과 당혹감이 뒤섞였다. 전화벨이 다시 울렸다. 페테르였다. 그에게 전화해야 하는 건 알았다. 이제 변명거리를 수정했다. 바리케이드의 스페인 여자 둘과 함께 그들의 마을로 갔고 나와 금발 여자가 죽이 잘 맞아서 거기서 밤을 보낼 것 같다고 말할 생각이었다. 페테르가 이 이야기를 믿어줄 것이다. 아닌가? 시신 안치소에서 본 시체가 떠올랐다. 더는 아무것도 확실치 않았다. 욕실에서 물소리가 끊겨서 나는 휴대전화를 주머니에 넣었다. 미리암이 듣는 데서 페테르한테 거짓말할 수는 없었다. 그런 상황은 감당할 자신이 없었다.

미리암은 욕실에서 흰 수건을 두르고 나와 급히 방을 가로질러 다른 침대로 가서 이불 속으로 쏙 들어가 몸을 떨었다.

"갑자기 찬물만 나왔어요." 그녀가 신음했다. "미안."

"괜찮아요." 내가 말했다. "난 이미 젖었으니 나가서 뭘 좀 사 올게요. 필요한 거 있어요?"

"페테르한테 전화하러 나가는 거군요." 그녀가 말했다.

"그것도 있고."

"거짓말하려고." 그녀가 나직이 말했다.

"왜요? 우린 아무 짓도 안 했는데."

"그래도 거짓말을 할 거잖아요. 그래도 난 괜찮다고 말하려는 거예요."

나는 밖으로 나가 계단을 내려갔다. 입구에 서서 휴대전화를 꺼냈다. 페테르의 이름을 입력하고 통화 버튼을 누르려다 말았다. 어떤 사실을 깨달아서였다. 빗소리가 커서 페테르가 그 소리를 들을 테고, 팜플로나 인근에도 지금 비가 오는지 알 수 없었다. 사실 비가 올 가능성이 없었다. 여행을 시작하기 전에 우리는 두 도시가 거리상으로는 가깝지만 한 해 중 특히 지금 시기에는 산세바스티안에서 팜플로나보다 비가 두 배 많이 온다고 읽었다.

나는 광장을 내다보았다. 광장이 텅 비어 있는데 빗소리를 뚫고 누군가가 갈라진 목소리로 노래하는 소리가 들렸다. 내 기억이 맞다면 그 노래는 'Mull of Kintyre'였다. 그리고 그쪽에, 맨 끝 쪽에 스코틀랜드 남자가 문 닫힌 가게의 차양 아래에서 혼자 서서 기타를 튕기고 있었다.

나는 광장을 가로질러 뛰어가 차양 아래로 들어갔다. 그가 활짝 웃으며 기타 연주를 멈추었다.

542

"베이워치 매앤, 뭐 듣고 싶어요?"

"스페인 음악이든 바스크 음악이든, 뭐든 연주할 수 있어요?"

그는 대답 대신 당장 'La Bamba'를 불러제꼈다.

"통화가 끝날 때까지 계속 노래해줘요." 내가 말했다. 그가 고개를 끄덕였다. 나는 통화 버튼을 눌렀고, 페테르가 두 번째 신호음이 울리기 전에 전화를 받았다.

"마르틴! 너 죽은 줄 알았다!"

"난 **네가** 죽은 줄 알았어." 나도 모르게 이 말이 튀어나왔다. 페테르는 내 말을 무사하고 자기가 얼마나 걱정했는지 늘어놓았다. 나는 내 사정을 말했다.

"그래, 들어보니 거기 파티가 제대로 열렸나 봐. 네 목소리가 잘 안 들려."

스코틀랜드 남자가 노래를 끝낼 것 같아 나는 계속하라고 손짓했다.

"행운을 빌어줘, 페테르. 그럼 내일 보자!"

"너한텐 행운까지는 필요 없지, 이 나쁜 자식아." 그는 짧게 웃었지만, 평소와 같은 진실한 웃음이 아니었다. "소몰이에는 맞춰 돌아와라."

"물론."

"약속하는 거지?"

"그럼."

잠시 침묵. 우리 주위에서 비가 퍼부었고, 나는 스코틀랜드 남자가 쉰 목소리로 부르는 'La Bamba'에 묻혀 빗소리가 들리지 않기만 바랐다.

"너 사랑에 빠졌니, 마르틴?"

나는 깜짝 놀랐다. "아마도." 나는 대답하면서 마른침을 삼켰다.

"어째 목소리가 그런 것 같아서."

"그래?"

"응. 나도 이제 그게 뭔지 알잖아. 지금 네 목소리가 딱 그래."

나는 다시 마른침을 삼켰다. "그럼 이만." 내가 말했다.

"그래."

나는 물에 젖은 10유로짜리 지폐를 스코틀랜드 남자의 기타에서 튕겨 나온 기타 줄에 끼우고 다시 광장을 가로질러 돌아왔다.

"그 사람이 뭐래요?" 내가 방에 들어가자 미리암이 물었다. 그녀는 코까지 이불을 끌어당겨 덮고 있었다.

"나더러 사랑에 빠진 사람 목소리래요."

"음, 어쨌든 추워 보이긴 하네요. 가서 몸을 말려요."

나는 욕실로 가서 옷을 벗고 하나 남은 수건으로 몸을 닦으며 온기를 찾으려 했지만 소용이 없었다. 그렇게 서 있는데 변기 옆 벽에 큼직한 벌레가 기어가고 있었다. 벌레가 절뚝거리며 다리를 질질 끌고 가는 것처럼 보였다. 나는 벌레의 고통을 끝내주려고 가까이 갔다가 벌레의 다리가 붙어 있고 그 뒤로 가느다란 흔적이 길게 남은 걸 보았다. 나는 허리를 숙여 변기 뒤편을 들여다보았다. 배관 아래로 청소할 때 걸레가 닿지 않을 자리에 검은 무언가가 작은 웅덩이를 이루고 말라붙어 있었다. 손을 대보자 뭔지 알 것 같았다. 거무스름한 겉면에 껍질 속은 끈적거렸다. 나는 불빛 아래 손끝을 살폈다. 의심할 여지가 없었다. 피였다.

"당신 창백해 보여요." 내가 수건을 머리에 감고 침실로 나가자 미리암이 말했다.

"자외선 차단제를 50짜리를 발라서 그래요."

미리암이 피식 웃으며 이불을 걷었다. "이리 와서 몸 좀 녹여요."

나는 이불 속으로 들어가 그녀 옆에 바짝 붙어 누웠다.

"손은 그쪽에 놔두시고요." 미리암이 이렇게 말하고 옆으로 돌아 누워 내 목덜미에 코를 묻었다. 그녀는 조그만 난로 같았고, 그녀가 내뿜는 온기가 바깥의 추위보다 더 소름 돋게 했다.

나는 마법을 깨뜨릴까 두려워 미동도 하지 않고 누워 있었다. 혹은 꿈에서 깨어날까 두려워서. 어쩐지 그렇게 느껴졌다. 달콤하고도 섬뜩한 꿈속에 있는 느낌이었다. 피와 러그와 안치소의 시체. 그리고 또 다른 사실 하나.

"저기." 내가 말했다. "페테르가 병원에서 당신을 만난 날 문신한 거 알았어요?"

"아뇨. 어떤 문신인데요?"

"그 얘기 안 했어요?"

"네. 왜 물어요?"

"아니에요. 내 이름이 크리스토퍼인 건 그 친구가 말한 거죠?"

"아뇨. 그 이름이 맞아요?"

"중간 이름이에요."

"그래요?" 그녀가 웃었다. "그래도 신기하네요."

"네. 신기하죠."

내 착각인지는 몰라도 그녀가 내게 조금 더 가까이 달라붙는 느낌이 들었다. 우리 중 누구도 이제 춥지는 않았다. 그래도 나는 움직이지 않았다. 그녀도 그랬다. 밖에서는 세차게 퍼붓던 비가 잔잔한 보슬비로 내렸다. 스코틀랜드 남자의 갈라지고 괴로운 목소리가 아직 들렸다. 이런 날 밖에 나돌아다니는 사람은 그 남자밖에 없었을 것이다. 그가 부르는 노래는 소절이 많은 긴 노래였던 것 같다.

"저 노래 들어본 적 있어요." 내가 말했다. "어디서였는지는 기억 나지 않지만."

"저 사람이 우리한테 아일랜드 민요라고 했어요." 미리암이 말했다. "빨간 모자의 '메로우'에 대한 노래라고."

"메로우?"

"아일랜드어로 인어래요."

빨간 모자를 쓴 인어. 내가 꾼 꿈이 떠올랐다. 차갑고 어두운 물속을 뚫고 수면 위 빛으로 올라오는 꿈. 그때 다른 무언가도 수면으로 올라왔다.

"저 사람이 **우리**에게 말해줬다면 당신하고 어머니?"

"나랑 페테르요. 우리가 식사한 레스토랑에서 멀지 않은 곳에서 저 사람이 연주하고 있었어요. 페테르가 50유로를 주고 '빨간 모자를 쓴 메로우The Red Capped Merrow'를 다시 불러달라고 했고요."

나는 눈을 감으며 속으로 욕했다.

페테르가 아무리 음악을 몰라도 'La Bamba'를 부른 남자가 그와 미리암이 들었던 노래를 부른 사람이란 건 알았을 것이다. 좋아, 설령 알았다고 해도 스코틀랜드 남자가 팜플로나로 가서 거기서 버스킹을 시작했다고 둘러대면 되었다. 이렇게 된 거 걸리면 그냥 걸리는 거였다. 이렇게 생각하니 이상하게 마음이 편해졌다.

"물론 50유로는 너무 컸어요." 미리암이 말했다. "페테르가 나한테 잘 보이려고 그런 것 같진 않았어요. 아마 그가 그런 건…… 뭐라고 해야 하나? 의무감?"

나는 고개를 끄덕이고 머리 뒤로 깍지를 꼈다. "그 말이 맞는 거같네요. 페테르는 돈이 유용하고 돈이 있는 게 현실적으로 좋다는 걸 알지만 돈이 사람들에게 강렬한 인상을 준다거나 남들을 초라하게 만드는 건 몰라요. 오히려 그에게 특권이 있는 걸 난처해했어요. 내가 보기에 그 친구는 가끔 그런 특권을 짐이자 책임으로 느끼는 것 같아요. 한번은 나보고 부럽다고 하더군요."

"부럽다뇨?"

"자세히 설명하지 않았지만, 나한테는 그에게 없는 무언가, 보통 사람의 순수성, 돈과 권력이 없으니 책임감도 느낄 필요가 없어서 생기는 자유가 있다고 보는 것 같아요. 하지만 내가 그 친구한테서 보는 것과 마찬가지예요. 그 친구는 실제로 자기한테 세상에 윤리적 책임이 있다고 믿고, 그가 물려받은 재산은 보이지 않는 손이 세상에 작용한다는 증거라고 믿으니, 오히려 특유의 순수성이 엿보이죠."

"당신은 그렇게 믿지 않죠?"

"나는 혼돈을 믿어요. 혼돈을 감당하지 못해 무에서 연결성을 발견하는 우리의 능력을 믿어요."

"운명을 믿지는 않나요?"

"믿어야 해요?"

"당신과 내가 이렇게 한 침대에 누워 있을 거라고 당신도 예상했잖아요."

"당신도 그 예상을 들었고, 그래서 무의식중에 나를 침대로 불러들인 걸 수도 있어요. 어쨌든 난 우리가 옷을 입고 있을 거라고 했어요."

"우린 수건을 걸치고 있네요. 그리고 키스는 하지 않았고."

나는 그녀에게 몸을 돌리려다 미묘한 저항감을 느끼고 멈추었다. 대신 천장을 보았다.

"어쩌면 우리가 항상 그러는지도 몰라요." 내가 말했다. "우리가 믿는 이런저런 예상이 정말로 실현되게 하려고 애쓰면서 사는지도 몰라요. 그런 게 우리 인생인지도."

둘 다 말이 없어지고 빗줄기가 서서히 약해지는 소리를 들었다. 이제 곧 사람들이 다시 거리로 나올 것이다. 택시가 돌아다닐 것이고 미리암은 어머니에게 갈 것이다. 나는 시계를 보았다. 두 시간 후면 버스를 타기 위해 일어나야 하지만 괜찮았다. 어차피 오늘 밤에는 잠들지 못할 테니.

비가 완전히 그쳤다. 스코틀랜드 남자의 노랫소리는 끊겼지만, 광장 여기저기에서 다른 목소리들이 들렸다. 그녀가 일어날 줄 알았는데 가만히 누워 있었다. 너무나 조용해서 열린 창문 밖 홈통에서 빗방울 떨어져 아래 자갈길로 깊고 무거운 한숨처럼 떨어지는 소리가 들렸다. 나는 마음을 정했다.

"지금부터 하려는 얘기는 당신에게 겁을 줘서 페테르와 떨어지게 만들려는 게 아니에요." 내가 말했다. "그냥 당신도 알아야 할 것 같아서."

"무슨 얘기인데요?" 그녀가 이런 순간을 예상한 것처럼 말했다.

"내 생각엔." 나는 마른침을 삼켰다. "페테르가 누굴 죽인 것 같아요."

"그렇군요." 그녀가 말했다. "그렇다고 해도 그 사람이 나쁜 사람이 되는 건 아니에요."

"아니에요?" 내가 놀라서 말했다.

"그러길 바라요. 나도 사람을 죽인 적이 있거든요."

사람들이 모두 집으로 돌아가고 새들은 아직 깨어나지 않아서 미리암이 그녀의 얘기를 마칠 즈음 바깥은 여전히 고요했다. 그녀는 친구들에게 거짓말을 하지 않는다고 말했을 때 진심이었다고 했다. "하지만 마르틴, 그때 당신은 친구가 아니었어요. 지금은 친구지만."

그녀와 혼례를 올린 남자가 첫날밤을 치르지 못했다는 건 사실이 아니었다. 그가 사람들을 부르겠다고 협박하자 그녀는 그가 하는 대로 놔두었다. 폭력 없는 강간, 그녀는 그날 일을 이렇게 불렀다. 그녀는 세세한 기억을 다 막아놓고 그의 입에서 풍기던 보드카 냄새만 기억했다. 그들이 일을 치르고 침대에 눕자마자 그는 곯아떨어졌다. 그다음부터 실제로 벌어진 일은, 그녀가 베개로 그의 얼굴을 덮은 거였다. 그리고 베개를 떼지 않았다. 그녀는 왜소한 그에게 올라타 무릎으로 그의 팔을 누르고 저항이 멈출 때까지 베개를 계속 눌렀다.

"그의 몸에서 힘이 다 빠져나가고 내가 과부가 되었다는 확신이 들 때까지요." 그녀가 말했다.

"이튿날 공항에서 경찰에 잡힐 줄 알았어요. 그러다 콜예프 집안 사람들이 경찰서에 갈 리가 없다는 생각이 들었죠. 그래도 우리가 비행기를 늦게 탔다면 그 사람들한테 붙잡혔을 거예요."

미리암과 어머니는 이스탄불에 있는 친구들 집에서 지냈다.

"그러다 어느 날 문 두드리는 소리가 들리고 누군가가 우리에 대해 물었어요. 엄마 친구들은 콜예프 사람들인 걸 알고 더는 우릴 숨겨줄 수 없다고 했어요. 그때부터 우리는 유럽을 떠돌았어요. 돈이 많이 들지만 다행히 솅겐 지역 안에만 있으면 여권을 제시할 필요가 없어요. 비행기도 타지 않고 승객 명단을 보관하는 교통편은 이용하지 않았어요. 하지만 그 사람들이 우리가 지내는 호텔에 두 번 나타났고, 그때마다 우리는 겨우 도망쳐 나왔어요. 이제 우리는 투숙객 기록을 디지털로 보관하지 않는 싸구려 호텔에서만 지내요. 그래도 아무런 흔적도 남기지 않기란 불가능해서 그들이 우리를 찾아내는 건 시간문제예요. 그들과 마주치지 않을 수 있는 유일한 방법은 더는 마주칠 대상이 없다고 알리는 거였어요. 내가 죽는 거요. 그래서 그날……." 그녀가 마른침을 삼켰다. "그래서 내가 엄마한테 수리올라 비치에 가자고 했어요."

나도 마른침을 세게 삼켰다. "스스로 물에 빠지고 싶었군요."

그녀가 천천히 고개를 끄덕였다.

"어머니가 자유롭게 사시게 하려고." 내가 말했다. 내 목소리가 잠겼다.

미리암은 나를 봤다. 그녀 표정을 보고 내가 착각한 걸 알았다.

"내가 익사한 것처럼 꾸미려 했어요." 그녀가 말했다. "난 수영을 잘해요. 모스크바에서 대학 수영팀에 있었어요. 원래는 떠들썩한 상황을 만들어서 내가 물에 빠져 사라진 걸 본 목격자를 만들려고 했어요. 그리고 잠수로 멀리까지 헤엄쳐 가려고 했죠. 자는 잠영을 잘해요. 동쪽 끝 지점까지 가려고 했어요. 그쪽에는 길이 없고 사람이 없거든요. 그쪽 바위 뒤에 옷가지와 신발이 든 가방을 숨겨놔서 그걸 갈아입고 버스를 타고 빌바오까지 가려고 했어요. 가짜 이름으로 방을 예약해 일주일 정도 지내려고 했죠. 엄마가 실종신고를 하고 신문에 기사도 나게 하기로 했고요."

"그러면 콜예프가 추적을 중단할 테니까."

그녀가 고개를 끄덕였다. "그런데 당신이 너무 빨랐어요. 나는 잠수하면서 생각했어요. 이제 우리에게 익사의 증인이 한 명 생겼다고. 그런데 당신이 저 아래 어둠 속에서 날 발견했죠."

"당신 수영모 때문에."

"그땐 뭘 어째야 할지 몰랐어요. 계획이 엉망이 됐으니까. 그래서 일단 구조받고 실종 계획은 다른 날로 미루기로 했어요."

"지금은 그 계획을 포기한 건가요?"

그녀가 고개를 끄덕였다.

"이젠 페테르가 도와줄 테니 계획이 필요하지 않겠군요."

그녀가 다시 고개를 끄덕였다.

"페테르는 콜예프에 대해서는 아직 모르고요, 그렇죠?"

"그 사람한테도 납치와 강제 결혼 얘기는 했어요."

"그래도 당신이 남편을 죽인 건 모르죠."

"그자를 내 남편이라고 부르지 말아요!"

"알겠어요. 그러면 당신은 처음부터 당신을 구해준 게 나지 페테르가 아닌 걸 알았군요."

그녀는 쓸쓸히 웃었다. "당신은 날 구해준 게 아니에요, 마르틴. 내 계획을 망친 거지."

"그래도 당신은 페테르를 위해 구조받은 아가씨 역할을 했죠."

"**그 사람**이 영웅 역할을 한 거죠!"

"그래요, 모두가 거짓말을 하는군요. 하지만……." 내 얼굴에 손이 닿는 느낌이 들었다. 내 입술에 손끝이 닿는 느낌.

"쉿." 그녀가 속삭였다. "우리 잠깐만 조용히 있으면 안 돼요?"

나는 고개를 끄덕이고 눈을 감았다. 그녀 말이 맞았다. 우리는 쉬어야 했다. 생각을 정리해야 했다. 어떻게 그렇게 짧은 시간에 이렇게나 많은 일이 일어났을까? 이틀 전만 해도 페테르와 나는 팜플로나의 소몰이에 참가하러 가는 친구들이었다. 페테르보다 앞서 그의 아버지와 삼촌이 다녀갔으니, 그는 인정하지 않겠지만 그

행사는 그 집안 남자들의 통과의례 같은 거였다. 나한테는 순수한 낭만이자 헤밍웨이의 《태양은 다시 떠오른다》를 실제로 체험할 기회였다. 아버지는 이 책이 젊을 때 읽고 즐겨야 하는 책이라고 했다. 헤밍웨이가 청춘의 작가이니 나이가 들면 매력이 떨어진다면서. 하지만 나는 고작 삼 분 동안 짧게 팜플로나의 거리를 질주한 게 아니었다. 모든 골목이 바리케이드로 막혀 있는, 황소 뿔이 점점 다가오는 거리에서 계속 달리는 기분이었다. 페테르의 말처럼 일어날 수 있는 모든 일은 언제든 일어나고, 모든 일이 동시에 일어났다. 시간은 환상이기도 하고 아니기도 하다. 무한한 현실에서 다른 모든 것처럼 시간도 무의미하기 때문이다. 머리가 어지러웠다. 나는 추락했다. 심연으로 떨어지며 그 어느 때보다 행복했다.

그녀의 호흡이 차분해지며 이제 내 호흡과 리듬이 맞고 그녀의 몸이 내 몸과 함께 들썩이는 소리가 났다. 잠시나마 우리가 하나가 된 것 같았다. 이제 그녀의 몸이 내게 온기를 전하는 것도 아니고 그 반대도 아닌 채로 우리는 **한 몸**이 되었다. 얼마나 시간이 흘렀는지, 오 분인지 반 시간인지 모르지만, 내가 다시 입을 열었다.

"시간을 되돌려 뭔가를 바꾸고 싶다고 생각해본 적 있어요?"

"네." 그녀가 말했다. "그래도 그럴 순 없죠. 우리에게 자유의지가 있는 것 같지만, 사실 우리가 우리인 채로 똑같은 상황에서 똑같은 정보를 갖는다면 그저 같은 행동을 반복하며 살아갈 뿐이에요. 당연하게도."

"하지만 **지금의** 당신이 과거로 여행할 수 있다면요?"

"아하. 사이코패스 같은 옛 학교 선생한테 반 전체 앞에서 복수하거나 결과를 아는 투자처에 돈을 다 넣는 거요?"

"아니면 이전 삶에서 놓친 페널티킥을 성공한다든가." 내가 덧붙였다.

"재밌는 상상이네요." 그녀가 말했다. "시간의 역설에 부딪히기 전까지는. 과거를 바꾸면 미래도 바뀌니 결국 성립되지 않죠."

"지금 우리가 사는 우주에서 시간을 거슬러 여행하다가 우리가 정한 어느 시점에 평행우주로 넘어간다면? 거기서 그 시점까지의 삶이 이제껏 살아온 삶과 똑같다면? 우리가 이미 다른 사람으로 존재하는 우주라면?"

"내가 둘이 된다는 건가요?"

"네. 그렇다면 시간의 역설이 걸림돌이 되지 않겠죠."

"그럼 완전히 미친 현실이겠네요."

"모든 현실이 미치지 않았나요?"

그녀가 웃었다. "아, 맞아요!"

"문제는 당신이 페널티킥을 다시 차고 싶어도 이전 현실의 당신이 이미 와 있으면 또 실축하기 쉽다는 거죠. 그러니 일단 그 사람부터 제거해야겠네요."

"어떻게요?"

"그 사람 자리를 아무도 모르게 차지하고 싶다면 가장 좋은 방법은 당신이 한 방법으로 하는 거예요. 주인공이 영원히 사라지게 하는 거죠."

"스스로 물에 빠지는 거요?"

"잠들었을 때 베개로 얼굴을 덮는 거요."

"어, 그렇군요. 마르틴?"

"네?"

"우리 지금 무슨 얘기하는 거예요?"

"페테르가 다른 현실로 넘어간 얘기요. 이틀 전까지는 여기 이

553

현실과 똑같았던 현실로요. 그리고 여기의 현실, 그러니까 지금 여기서 그 친구는 우리가 아침을 먹는 동안 스스로 목숨을 끊었다는 얘기요."

"여기서요? 이 침대에서? 베개로?"

"아마 욕실에서 그랬을 거예요. 여기의 페테르가 샤워하거나 화장실을 이용할 때요. 방금 도착한 페테르가 둔기 같은 걸로 여기의 페테르를 때렸고, 피가 났어요. 변기 아래에 피가 있는 걸 보면. 새로 온, 그러나 더 오래된 페테르는 피를 다 닦고 바닥의 러그로 시신을 감싸서 건물 뒤편의 쓰레기통에 던졌어요. 그날 그 쓰레기통 비우는 날인 걸 알았거든요."

"마음에 드네요." 그녀가 웃었다. "그런데 왜 그랬을까요? 왜 돌아왔을까요?"

"그가 살던 우주에서 뭔가를 바꾸려고요."

"그럼 그 뭔가?"

"당신을 얻지 못한 거. 당신은 그 친구가 놓친 페널티킥이에요."

"그럴듯한데요! 그걸로 영화 한 편 나오겠어요." 그녀는 이렇게 말하며 자기가 내 가슴에 손을 얹은 걸 인지하지 못하는 듯했다.

"아마도." 나는 다시 눈을 감았다. 괜찮았다. 그대로 두어도 괜찮았다. 밖에서 다시 비가 내리기 시작했다. 미리암은 한숨을 길게 내쉬었다. 나는 눈을 뜨지 않고도 그녀의 휴대전화 화면이 켜진 걸 알았다.

"엄마한테 밤새 여기 있겠다고 말씀드려야 해요." 그녀가 말했다. "괜찮아요. 엄마는 제가 이 방을 빌린 것만 아세요. 당신이 여기 있는 건 몰라요."

나는 대답으로 웅얼거렸다. 감은 눈 안쪽에 다시 그 알몸의 시체가 보였다. 관자놀이의 상처. 흠결 하나 없는 하얀 피부. 문신도 없는. 페테르. 이제 막 생애 처음으로 사랑에 빠진 사람. 첫 번째 실수, 그녀를 얻지 못하게 만들 실수를 저지를 틈도 없던 사람. 그저 평온히 잠든 소년 같았다.

내가 실수했다.

잠들어버렸다.

휴대전화 알람 소리에 깨보니 밖은 아직 어두웠다.

그녀를, 나를 등지고 누운 그녀를 보았다. 검은 머리카락이 베개 위에 펼쳐졌다.

"가야겠어요." 내가 말했다.

그녀는 움직이지 않고 말했다. "페테르한테 우리가 만났다고 말할 거예요?"

"아뇨, 약속했잖아요."

"약속이야 했지만 둘이 친한 친구니까. 뻔하죠. 어쨌든 이젠 우리 셋 다 거짓말쟁이인 게 드러났네요." 그녀는 돌아누워서 내게 미소를 지었다. 어둠 속에서도 치아가 보였다.

"팜플로나의 그 사람이 내 친구이기나 한지 모르겠어요." 내가 말했다. "그래도 내가 당신을 사랑하는 건 알아요."

"그거야말로 아침의 그 여자를 존중하는 거죠." 그녀가 중얼거리고 다시 내게 등을 돌렸다.

밖으로 나와보니 택시를 탈 돈이 부족했다. 버스 정류장까지 뛰어가는 동안 몸에서 열이 나서 어두운 방에서 입었을 때는 아직 축축하고 차갑던 옷이 어느새 말랐다.

팜플로나행 버스 안에는 묘한 분위기가 감돌았다. 승객이 세 부류로 나뉘었다. 우선 친구들끼리 소몰이 행사에 참가하기 위해 흥을 돋우며 소리를 질러대고 긴장을 감추려고 큰 소리로 웃고 떠들며 서로 어깨를 치고 이미 상그리아와 브랜디를 걸친 부류가 있었다. 다음으로는 잠들었거나 잠들려고 애쓰는 승객들이 있었다. 세 번째로는 나처럼 혼자 앉아 창밖을 내다보며 생각에 잠긴 승객들이 있었다. 모든 상황을 이해하려고 애쓰다 매번 포기하고 다시 시작해야 하는 부류. 그러다 페테르에게 전화가 와서 사고의 흐름이 끊겼다. 전화를 받으면 버스를 탄 걸 들킬 수 있어서 받지 못했다. 도착하기까지 아직 한 시간 넘게 남아서 그 동네 버스라고 하기에는 앞뒤가 맞지 않았다.

버스가 팜플로나 외곽에 도착해서야 그에게 전화했다.

"난 또 네가 늦잠이라도 잔 줄 알았지." 그가 말했다.

"설마. 십오 분 뒤에 제이크 바에서 볼까?"

"난 벌써 와 있지. 이따 봐."

휴대전화를 주머니에 넣었다. 그의 말투에 뭔가가 있었나? 석연치 않은 구석, 뭔가를 아는 건가? 전혀 감이 잡히지 않았다. 진짜 페테르였다면 감이 왔을 텐데. 방금 통화한 남자는 낯선 사람이었다. 머리가 터질 것 같았다.

제이크 바에 손님이 가득했고, 그야말로 빨간색과 흰색으로 입은 온갖 부류의 남자들과 몇몇 여자들 사이를 비집고 지나가야 했다. 페테르는, 아니, 페테르라고 주장하는 남자는 카운터 앞에 앉아 있었다. 일찍 시작한 것 같았다. 그는 처음 보는 모자를 쓰고 커다란 선글라스를 끼고 있었다.

"즐겨." 그가 브랜디가 가득 든 잔을 가리켰다.

나는 망설였다. 그리고 잔을 들어 단숨에 들이켰다.

"겁나?"

"응." 내가 말했다.

그는 카운터에 놓인 신문을 향해 고개를 까딱하고 말했다. "오늘 나오는 소들은 갈라바네스 농장 거래. 사람들 말이 거기 소들이 진짜 살인마들이래."

"그래?"

"그 사람들이 모르는 건 그들이 살해당할 표적이라는 거지. 오늘 오후에."

"그런 건 모르는 게 나을지도." 내가 말했다.

"그니깐." 그가 나를 보았다. 나도 그를 보았다. 이제 알 것 같았다. 그가 산세바스티안의 욕실에서 나와서 토했다고 했을 때 그의 얼굴에 핏기가 없고 갑자기 나이 들어 보인 이유가 그때는 그냥 속이 안 좋아서인 줄 알았다. 그는 어디에서 왔을까? 어느 시간에서? 어느 장소에서?

"늦었다." 그가 손목시계를 보지도 않고 말했다. "가자."

우리는 전날과 같은 자리로 가서 기다렸다. 그게 우리의 계획이었다. 두 번째 참가할 때는 최대한 첫 번째와 똑같이 할 것. '가능한 많은 변수를 그대로 유지해야 해'라고 페테르가 말한 적이 있다. 그래야 경험 자체에 더 몰입할 수 있고 새롭고 낯선 정보를 처리하는 데 시간을 허비하지 않을 수 있다고 했다. 같은 일을 하면서도 다른 방식으로 하겠다는 뜻이었다. 이 페테르는 지난 이틀간 뭘 했을까? 그가 떠나온 우주에서 그와 나, 아니 그 우주의 나는 똑같은

이 장소에서 황소들을 기다리고 있었을까? 물론 그가 이 우주로 들어온 순간부터 모든 것이 달라지기 시작했고, 사건의 경과가 완전히 평행하기를 멈추었다. 그러면 그는 얼마나 달라졌을까? 그리고 얼마나 달라지고 싶었을까? 감당할 수 없었다.

우리 옆에 있던 청년이 갑자기 울음을 터트렸다. 버스에서 요란하게 떠들던 미국인들 중 하나였다. 그래, 감당할 수 없었다. 나는 페테르를 돌아보며 네가 누구인지, 더 정확히는 네가 누가 아닌지 안다고 말하려 했다. 순간 황소들이 풀려났다는 소식이 전해졌다.

입이 바싹 타들어갔다. 나는 출발 자세로 몸을 수그렸다. 사람들이 왜 소몰이 경로를 따라 골고루 퍼져서 기다리다가 달리지 않는지 이해가 가지 않았다. 사실 어디든 비슷하게 괜찮은 장소로 보였다. 하지만 다들 우르르 무리 지어 있었다. 머릿수가 많을수록 안전하다고 여기는 모양이었다.

"내가 네 뒤에 바싹 붙어서 뛸게." 페테르가 말했다. "너랑 황소들 사이에."

떠들썩한 소음과 사람들의 함성이 점점 가까워졌고, 공기 중에 공포와 피 냄새가 났다. 어제 거리에 비가 쏟아질 때 공기를 밀어내고 나무를 흔들고 버스럭거리는 소리를 내어 미리 경고한 것처럼. 관광객 몇 명이 우리 무리를 깨뜨리고 먼저 뛰기 시작했다. 밤중에 우리 방 앞의 홈통에서 떨어지던 빗방울처럼.

이어서 그들이 나타났다. 모퉁이를 돌아나왔다. 황소 하나가 돌바락에서 미끄러져 옆으로 쓰러졌다가 다시 일어섰다. 황소가 쓰러졌던 자리에 누군가가 쓰러져 있었다. 흰옷을 입은 민머리 남자가 선봉에서 달리는 황소 바로 앞에서 뛰었고, 둘둘 말아 쥔 신문으로 황소를 모는 듯하더니 그걸로 황소의 이마를 때리고 겨우 균형을 잡았다. 우리 주위의 무리가 움직이기 시작하고 나도 달리고 싶었지만, 뒤에서 누가 내 재킷을 잡아챘다.

"기다려." 페테르가 내 뒤에서 침착하게 말했다.

입이 바싹 말라서 대답이 나오지 않았다.

"지금이야." 페테르가 말했다.

나는 달렸다. 어제처럼 거리의 중앙에서 살짝 왼쪽으로 치우쳐 달렸다. 앞만 보았다. 엎어지지 않으려고 온 신경을 집중했다. 나머지는 내 통제 밖이었다. 오로지 내 앞에 놓인 길만 느꼈다. 거기에 아무것도 없었다. 새하얀 공포에 다른 건 모두 사라졌다. 그리고 내 밑으로 다리가 사라졌다. 선명하고 명백한 발 걸림이군. 이것이 내가 자갈길로 엎어지기 전에 생각한 전부였다.

쓰러진 채 가만히 있어야 하는 걸 알았다. 하지만 0.5톤짜리 황소가 우리 뒤를 바짝 따라오는 것도 알기에 왼쪽으로 굴렀다. 그림자 하나가 나를 덮쳤다. 거대한 배 한 척이 태양을 덮듯이. 이어서 그것이 지나갔고, 위를 보니 그 거대한 짐승의 좁고 시커먼 궁둥이가 보였다.

그것이 멈추었다. 그리고 돌아섰다.

갑자기 사방에 정적이 흘렀다. 어찌나 조용하던지 외마디 비명에 (바리케이드 위의 여자가 무슨 일이 벌어질지 안 것 같았다) 뼛속까지 시렸다.

황소가 나를 보았다. 두 눈이 죽어 있었고, 나를 본다는 것 이외에 아무런 표정도 드러내지 않았다. 황소가 콧김을 뿜었다. 앞발굽으로 돌바닥을 긁고 뿔을 낮게 내렸다. 나는 움직이지 않았다. 하지만 이 방법이 더는 통하지 않았다. 나는 이미 황소의 눈에 띄었다. 나는 무리에서 떨어져 있었다. 검은 근육 덩어리가 몸을 풀고 내 쪽으로 돌진해왔다. 나는 죽은 목숨이었다. 눈을 감았다.

누군가가 내 발을 붙잡고 잡아당겨서 내 몸이 이리저리 쓸리고 턱이 돌바닥에 부딪히고 긁혔다. 뒤통수가 어딘가에 부딪혀서 순간 세상이 캄캄해졌다가 나는 다시 눈을 떴다. 어느 집의 담벼락에 부딪힌 듯했다. 페테르가 내 위에 서서 아직 내 발을 잡고 있었다. 몇 미터 떨어진 곳에 민머리 남자가 신문을 들고 황소를 이리저리 유인하며 역시나 신문 뭉치를 든 다른 남자의 도움을 받아 황소의 주의를 끄느라 여념이 없었다. 페테르는 황소와 나 사이에 서 있었다. 암소가 지나가자 황소가 나에게 흥미를 잃고 암소의 뒤꽁무니를 쫓아갔다. 다른 소들이, 암소와 황소 다섯 마리가 우리를 지나치며 우리를 무시했다. 사실은 그 행사로 지쳐 보이고 어서 여길 빠져나가 조용하고 평화로운 곳으로 가고 싶은 것처럼 보였다.

나는 어느 집의 담벼락에 기대앉았고, 페테르가 내 옆에 쪼그려 앉았다. 나는 숨을 몰아쉬었다. 숨을 들이마시고 다시 내쉬었다. 그리고 다시 마셨다 내쉬었다. 맥박이 서서히 가라앉는 사이 거리가 텅 비어가고 사람들이 투우장으로 향했다.

"이게 계획이었어?" 내가 잠시 후 말했다.

"계획이라니?"

"이거. 내가 황소들 앞에서 넘어지고 넌 날 구조하는 거. 처음부터 이럴 계획이었어?"

그가 뭐라고 말하려는 것 같았다. '무슨 소리야?'라거나 '난 모르겠는데'. 하지만 그는 내가 이미 다 알아낸 걸 눈치챘을지 모른다.

"아니." 그가 말했다. "이건 계획이 아니었어."

"아니라고?"

"널 구하는 건 계획에 없었어." 그가 담벼락에 머리를 기댔다. 나도 같이 기대며 지붕들 사이로 구름 한 점 없는 하늘을 보았다.

소몰이 경로의 골목들에서는 이미 바리케이드를 풀기 시작했다.

"산세바스티안에 갔어?"

"응." 내가 말했다.

"왜?"

"거기서 무슨 일이 있었는지 알아봐야 했어."

"그래서 알아냈어?"

"네 시신을 봤어."

"그건 내가 아니야. 적어도 완전히는."

"그럼 그건 뭔데?"

"설명하기 어려워. 나이긴 한데 나라는 느낌이 들지 않는 존재야."

"그래서 그를 죽일 수 있었던 거야?"

"응. 그래도 쉽진 않았어. 고통스러웠어."

"그래도 죽이는 걸 포기할 만큼 고통스럽진 않았단 거네?"

"미리암을 얻지 못하는 고통이 더 컸으니까. 그건 필요한 자살이었어."

"널 죽여서까지 미리암을 얻으려고 했다는 거네?"

"페테르가 둘이라면 혼란스러웠을 테니까."

"담배 있어?"

그는 다리를 쭉 펴서 주머니에 손을 넣고 담뱃갑에서 두 개비를 꺼냈다. 우리 둘의 담배에 불을 붙였다.

"첫 번째 페테르가 뭘 잘못했는데?" 내가 물었다.

"그 친구는 너랑 미리암이 서로에게 꼭 맞는 사람들일 수 있다는 걸 간과했어." 그가 담배를 빨았다. "'수도 있었다'는 빼지. 너희 두 사람은 서로 꼭 맞는 사람들이야. 산세바스티안에서 그 여자를 만났어?"

"어떨 거 같아?"

"너희는 한 쌍의 매미야. 당연히 서로를 찾아냈겠지."

"내가 그녀를 찾았어."

"그래, 수컷 매미만 노래하니까."

나는 그를 다시 보았다. 그는 아까 황소를 기다릴 때보다 더 나이 들어 보였다. 몇 분 사이에 십 년은 더 나이 들어 보였다.

"어떻게 된 거야?" 이렇게 묻고 나도 담배를 한 모금 빨았다. "시간 여행을 하는 법을 알아낸 거야?"

"십일 년 걸렸어." 그가 말했다. "나랑 스위스의 소규모 연구팀이 함께 매달렸지. 시간을 여행하는 게 아니라 평행우주나 사건의 과정 사이를 여행하는 거야. 평행우주의 뒷문으로 슬쩍 들어가는 길을 발견하기는 했는데, 문제는 우리가 들어가고 싶은 우주를 어떻게 찾느냐는 거였어. 그런 우주가 무한하고 대다수는 차갑게 죽어 있거든. 하나의 우주에서는 아무것도 바꿀 수 없어. 사건의 과정은 고정되어 있거든. 가령 원자 하나를 옮기면 새로운 우주가 생기는 거야. 어느 시점까지는, 가령 넌 미리암을 구한 다음 날 아침까지 네가 사는 우주와 똑같은 우주를 찾아서 그쪽으로 이동하면 새로운 우주가 탄생하고 너는 원래의 우주에서 사건의 과정을 바꾼 것처럼 **느끼지만** 사실 그건 새로운 우주야. 정말로 새로운 우주가 아니라고 해도 어쨌든 너는 그 우주를 처음 경험해. 이해돼?"

"아니."

"나는 네가 사는 우주와 비슷한 우주들을 찾아내는 방법을 발견했어. 우린 그걸 동기화된 서식지라고 불러. 내가 넘어온 우주에서 나는 이걸로 노벨상을 받을 거야."

나는 웃었다. 그냥 웃음이 터졌다.

"그래서 넌 내가 미리암을 구조한 직후에 이 우주로 들어왔다는 거야? 왜 그 전에 들어오지 않고?"

"완벽한 시작점은 내가 미리암의 목숨을 구하는 시점이거든. 그러니까 내가 그녀의 목숨을 구한 사람이라고 그녀가 **믿는** 시점. 그래서 우선 네가 필요했어." 그가 숨을 마셨다. "알다시피 난 수영을 못하니까."

나는 고개를 저었다. "아니지, 그냥 네가 아무것도 하지 않아도 미리암을 얻을 수 있는 우주를 찾아내면 되잖아?"

"물론 어딘가에 그런 우주도 존재하겠지만 찾는 게 불가능해. 동기화된 서식지에는 비슷하지만 다른 우주만 포함되거든. 그러니 나는 이런 비슷한 우주 중 하나로 들어가서 새로운 우주를 창조하거나, 아니면 그 안에서 새로운 우주를, 결국 내가 미리암을 차지하는 우주를 경험해야 했어."

"넌 정말 '사랑을 찾는다'는 말에 완전히 새로운 차원을 부여하는구나." 이 말이 입에서 나오자마자 괜한 농담을 던지려 한 게 후회되었다. 페테르는 못 알아들은 듯했다.

"사랑은 가장 위대해." 그는 이렇게만 말하고 공중으로 올라가는 담배 연기를 눈으로 좇았다. "너랑 내가 나란히 앉아 이렇게 대화를 나누는 우주는 무한히 존재해. 거기서는 담배 연기가 꼭 저렇게 감겨 올라가고. 하지만 이렇게 같은 대화를 나눠도 연기가 약간 다른 방향을 감겨 올라가거나 한 단어가 다른 단어로 대체되는 우주가 무한히 존재하는 거야. 다만 나의 동기화된 서식지에는 그런 우주들이 들어설 공간이 없어. 내가 들어갈 수 있는 그 모든 우주에서는 네가 미리암을 차지해. 그리고 나는 나만의 해피엔딩을 만들기 위해서는 그런 우주들을 거쳐야 해."

"사랑이 가장 위대하니까?"

"가장 위대하지."

"사랑은 인류가 번식하고 자신의 유전자와 가까운 친족을 효율적으로 보존하기 위해 발달시킨 감각에 불과해."

"알아." 페테르가 돌바닥에 담배를 비벼 껐다. "그래도 그보다는 위대해."

"이번 우주의 너를 죽이고 싶을 만큼 위대하다는 거야?"

"응."

"너의 친한 친구인 나도?"

"이론적으로는. 하지만 현실적으로는 보다시피 아닌 것 같군."

"처음에 넌 날 죽이려다가 날 구해줬어. 왜지?"

그는 꺼진 담배를 보면서 계속 바닥에 비볐다. "네가 말했듯이 넌 나의 친한 친구니까."

"넌 날 죽일 수 없었던 거야."

"그렇다고 해두자." 그는 고개를 들고 미소를 지었다. "가서 아침 먹을까?"

우리는 제이크 바에 갔다. 나는 오믈렛을, 페테르는 햄과 커피를 시켰다.

그는 소몰이에서 뛰면서 선글라스와 모자를 벗어 던진 모양이었다. 지금 보니 그 두 가지가 없어졌고, 그의 금발의 채도도 약간 달라졌다. 삶은 달걀처럼 하얗던 눈가가 거무스름하게 그늘져 있고, 눈동자는 약간 흐릿하고 누르스름하며 실핏줄이 보였다. 하지만 치아는 여전히 희었다.

"그럼 내가 네 말을 제대로 이해한 거라면 내가 미리암을 차지하고 넌 평생 불행해진다는 거네." 내가 말했다.

"그럴 가능성이 높지만 지금 이 우주는 내가 경험하는 새로운 우주라는 사실을 잊지 마. 내가 아는 거라고는 내가 이 우주로 들어온 시점까지는 똑같이 지나왔다는 거뿐이야. 이제 내가 여기로 넘어왔으니 균열이 생겼지."

"그래서 우주가 무한하다는 거야? 사람들이 우주와 우주 사이를 이동하면 균열이 생기기 시작하고……."

"우리도 몰라. 하지만 가능하지. 일어날 수 있는 모든 일은 일어났어. 원래는 하나나 두 개의 우주만 존재했고, 그러다 사람들이 통로를 발견하고 팽창하기 시작했을 거야."

"그렇다면 이런 우주는 인간의 창조물이네."

"그 반대는 뭔데?"

"자연의 창조물. 아니면 물리 법칙의 결과."

"인간도 자연에서 창조된 거고, 자연은 물리 법칙으로 창조돼. 모든 것이 물리학이야, 마르틴."

주머니에서 휴대전화 진동이 울렸지만 받지 않았다.

"그래서 이제 넌 뭘 하려고?" 내가 물었다.

"다른 우주로 이동하는 방법을 알아내기 위해 연구팀을 만들 거야. 이번에는 연구가 더 빠르게 진척되겠지. 나는 이미 대부분의 연구 분야에 익숙해졌으니까."

"그리고 다른 우주로 가서 거기서 미리암을 차지하려고?"

그가 고개를 끄덕였다.

음식이 나왔다.

페테르가 날카로운 스테이크 나이프를 집었지만, 햄을 보기만 하고 건드리지 않았다. "난 정말 네가 그녀를 차지하기를 바란다, 마르틴. 그리고 널 죽일 뻔한 걸 유감으로 생각하고 있어." 그는 다른 손으로 테이블에 지폐 한 장을 놓았다. "이제 난 사라져야 해. 행운을 빈다, 친구야."

"뭘 하려고?"

"소몰이 끝나고 보통 뭐 해?"

"자겠지."

"그럼 난 잘게." 그는 나이프를 왼손으로 옮겨 쥐고 일어서서 내 오른손을 잡았다. "하나 더. 나 깨우지 마. 해질 때까지 내 방에 오지 마, 알았어?"

그는 내 손을 꽉 쥐었다가 놓아주고 바 안의 다른 손님들 사이를 헤치고 사라졌다.

"야!" 나는 그를 쫓아 뛰어가고 싶었지만 파나마 모자를 쓴 덩치 크고 떠들썩하고 술에 취한 미국인이 내 앞을 막았다. 겨우 빠져나와보니 페테르는 어디에도 보이지 않았다.

'잘 모르겠으면 왼쪽으로 가라.' 아버지의 신조였고, 나는 그 말을 따랐다. 나는 사람들과 부딪히고 페테르의 이름을 부르며 달렸다. 사람들이 밤이면 조각상에서 뛰어내리던 광장을 지나서 산페르민 조각상이 있는 벽감 앞까지 계속 달렸다.

페테르는 사라졌다.

나는 숨을 헐떡이며 벽에 기댔다. 교활한 자식. '유감으로 생각하고 있어'라니. 그는 후회한다고 말한 게 아니라 나를 죽일 뻔한 게 **유감**이라고 했다.

휴대전화가 다시 진동했다. 나는 휴대전화를 꺼내며 페테르에게 온 것이기를 바랐다. 해외 전화번호 한 개. 메시지 두 개.

'정말로 날 사랑해요?'

그리고 '정말, 정말?'

"올라, 유명인 아저씨!"

휴대전화에서 눈을 들자 교외 마을에서 온 스페인 여자 둘이 팔짱을 끼고 있었다. 금발 여자가 다가와 내 양 볼에 입을 맞추었다.

"너 진짜 무서웠겠다." 그녀가 말했다. "그래도 운이 참 좋았어!"

"뭐?"

"너 황소한테서 구조됐을 때."

"아…… 너희 거기 있었어?"

"아니, 아니. 너 TV에 나왔잖아. 너 유명해, 마르틴!"

여자들은 내 얼빠진 표정을 보고 웃으면서 나를 끌고 방금 빠져나온 바로 데리고 들어갔다. 벽걸이 TV 화면에 오늘 소몰이 행사의 하이라이트가 나왔다.

"저런 걸 찍는지도 몰랐네." 내가 말했다.

"공식적으로 황소들 앞에서 달리는 건 불법이지만 경찰들이 눈감아주는 것도 이해는 가. 그래도 전국 TV에서 소몰이 축제를 방영해. 이게 스페인이야!" 두 여자는 눈물이 뺨에 흐르도록 웃으면서 외부에서 가져온 상그리아 병에서 술을 따랐지만 바텐더도 뭐라 하지 않았다. 나는 화면에서 내가 뛰어가고 선글라스와 모자를 쓴 페테르가 바로 뒤에 있는 장면을 보았다. 그러다 갑자기 내가 비틀거렸지만 사람이 많아서 뒤에 걸려서 비틀거린 건지 확인할 길이 없었다. 그리고 카메라가 황소를 잡아서 나는 화면에서 사라졌다. 황소가 달리다가 멈출 때까지는. 그러다 그것을 보았다. 황소 뒤로 바리케이드 꼭대기로 기어오르는 두 남자. 그중 하나는 아직 선글라스와 모자를 쓰고 있는 페테르였다. 그가 바리케이드 너

567

머로 뛰어내리고 사라졌다!

　카메라가 황소의 시선을 따라갔다. 그 시선에 닿은 나를 잡았다. 이어서 내가 넘어진 자리의 담벼락에 기대선 사람이 보였다. 이제 앞으로 나와서 두 손으로 내 다리를 잡고, 황소가 내게로 돌격하며 무언가를 찾듯이 뿔을 내리는 사이 나를 잡아끌어 바닥에 우아한 반원을 그리며 휙 돌렸다. 투우사가 망토를 휘두르듯 예리한 각도로 휙 돌려서 내 쪽으로 돌진해오는 황소에게 방향을 바꿀 틈을 주지 않았다.

　페테르였다. 다른 페테르. 세 번째 페테르. 두 번째 페테르보다도 더 나이 든 페테르. 황소가 주위가 흐트러진 채 그 자리를 떠나고 세 번째 페테르와 내가 화면에서 사라졌다. 그 순간 나는 뭔가를 깨달았다. 세 번째 페테르가 **유감**이라고, 다른 누군가를 대신해서 사과하듯이 말한 이유는 두 번째 페테르가 거의 완벽하게 일말의 가책도 없이 나를 죽이려 했기 때문이었다. 세 번째 페테르는 미리암을 차지하기 위해서가 아니라 날 구하러 여기에 온 것이다.

　나는 마른침을 삼켰다.

　바텐더가 나를 보았다.

　"브랜디요." 내가 말했다.

　"어디예요?" 미리암이 물었다.

　"그 시골에서 열리는 파티요." 나는 하늘을 보며 답했다. 이제 막 해가 넘어갔고 별이 뜨기에는 아직 일렀다. 나는 양해를 구하고 동네 댄스 밴드가 연주하는 광장에서 빠져나왔다. 올리브나무 한 그루 앞에 멈췄다. 내 뒤로 집들이 있고 멀리서 떠들썩한 소리가 나고 내 앞에는 포도밭이 산까지 줄줄이 뻗어 있었다. 나는 어스름

속에서 그녀에게 전화했다.

"술 마셨어요?"

"조금." 내가 말했다. "페테르랑 통화했어요?"

"그 사람이 엄마한테 전화했어요. 똑똑하죠. 엄마가 전화를 받았고, 내가 바로 옆에 있어서 전화를 바꿔줬어요. 엄마는 아무것도 몰라요. 그저 그 사람을 사위 삼고 싶어해요."

"페테르가 뭐래요?"

"내가 산세바스티안에서 당신을 만난 걸 알던데요. 좋은 시간을 보냈냐고 물었어요. 소몰이 중에 당신을 놓쳤는데 당신이 아직 호텔로 돌아오지 않았다고 했어요. 당신이 내 메시지에 답하지 않아서 걱정됐어요. 그래서 전화한 거예요."

"전화 온 거 봤어요."

"왜 더 빨리 전화하지 않았어요?"

"그게…… 정신없는 하루였어요. 나중에 얘기해줄게요. 사람들이 기다려요."

"아, 그래요? 페테르가 한 말이 맞네요."

"페테르가 뭐라고 했는데요?"

"당신이 어떤 아가씨들이랑 파티에 갔을 거라고. 그래서 그 사람 말이 맞을 것 같아서……."

장난 반 비난 반의 말투에 미소가 지어졌다.

"질투해요?" 내가 물었다.

"바보 같은 소리 마요, 마르틴."

"조금 질투한다고 말해줘요. 그래야 나도 기분이 좋아지죠."

"당신 취했어."

"말해줘요, 제발."

이어지는 침묵 속에서 나는 귀를 기울였다. 해가 지면서 매미들의 노랫소리도 끊겼다. 그랬거나, 아니면 내가 떠나온 곳에서처럼 인간의 귀에는 들리지 않는 고주파수로 노래하거나. 나는 그것에 대해, 진동에 대해, 우리에게 보이지도 들리지도 우리가 알지도 못하는 주위의 모든 일에 대해 생각했다.

"조금 질투가 나요. 당신 때문에." 그녀가 말했다.

나는 눈을 감았다. 온기가, 행복감 같은 것이 나를 감쌌다.

"내일 아침 일찍 산세바스티안으로 돌아갈게요." 내가 말했다.

"아침 같이 먹을래요?"

"좋은 아침 식사?"

"버스든 기차든 타면 전화할게요."

"좋아요."

"잘 자요."

"잘 자요."

"그리고 또?"

대답이 없었다. 그녀가 전화를 끊었다. 그래도 그 말을 했다.

"나도요, 정말로, 정말로."

휴대전화를 주머니에 넣는 순간 벨이 다시 울렸다.

"네?" 나는 아직 미소를 머금은 채 전화를 받았지만 미리암이 아니라 다른 여자의 목소리였다.

"디아스 씨? 산세바스티안 경찰서의 이마 알루아리스인데요. 지금 어디 계시죠?"

혀가 타들어갔다. 당장 전화를 끊고 싶은 충동을 애써 눌렀다.

"팜플로나에 있는데요." 내가 말했다. 애매하기는 해도 거짓말은 아니었다.

"저도요." 알루아리스가 말했다. "당신과 할 얘기가 있어서요."

"무슨 일로요?"

"무슨 일인지 아실 텐데요."

"제가…… 용의자 같은 건가요?"

"정확히 어디로 가면 될까요, 다아스 씨?"

경찰 두 명이, 하나는 사복이고 다른 하나는 제복인 두 사람이 나를 차에서 내리게 했다. 그리고 다른 경찰차 두 대를 지나쳐 페테르와 내가 방을 빌린 집 쪽으로 데려갔다. 제복 경찰이 범죄현장의 접근 금지 테이프를 들어주었고, 우리는 대문을 지나 집 안으로 들어갔다. 그들은 내 방이 아니라 페테르의 방으로 데려갔다. 그리고 문 앞에 나를 멈춰 세웠다. 안에 사람들이 많았고, 그중 두 명은 머리부터 발끝까지 흰옷을 입고 있었다. 침대 발치에 서 있는 키 작고 다부진 체격의 인물에 가려서 침대가 보이지 않았다.

아까 나를 데리러 왔을 때 수사관이라고 자기를 소개한 사복 경찰이 헛기침을 했고, 다부진 체격의 사람이 뒤돌아섰다.

"급히 와주셔서 감사합니다." 이마 알루아리스가 말했다.

빨리 온 건 **당신들**이라고 말하고 싶었지만, 나는 그냥 고개를 끄덕였다.

"우선 시신부터 확인해주시겠습니까, 다아스 씨." 그녀가 옆으로 비켜섰다.

그 와중에도 무관해 보이는 생각이 꼬리에 꼬리를 무는 건 뇌가 스스로 보호하려는 건지, 아니면 현실에서 도피하는 건지 알 수 없었다. 하얀 이불과 시트와 피라고밖에 볼 수 없는 적갈색의 뭔가에 푹 젖은 베갯잇을 보자 산페르민 축제에 잘 어울리는 조합이라는

571

생각이 들었다. 스테이크 나이프가 페테르의 목 한쪽에 꽂혀 있는 모양이 투우사의 칼자루가 황소의 양쪽 어깨뼈 사이에 꽂힌 모양과 비슷했다.

"제 친구입니다." 나는 떨리는 목소리로 말했다. "페테르 코아테스요."

알루아리스의 시선이 내게 꽂힌 걸 알았지만 이번에는 정말로 충격을 받아서 충격을 받은 척 연기할 필요가 없었다.

"어떻게 된 건가요?" 내가 물었다.

알루아리스의 시선이 나한테서 사복 경찰에게로 넘어갔다. 그는 고개를 끄덕이고 바스크어로 뭐라고 말했다. 그러면서도 한편으로는 충격받지 않았다.

"뭐라는 건가요?" 내가 물었다.

"저기 두 여자가 모두 당신이 오늘 아침부터 자기네와 같이 있었다고 말했다는군요." 알루아리스가 말했다. 그녀는 뭔가를 가늠하듯이 생각에 잠겼다가 다시 말을 이었다. "당신 친구가 자살한 것 같습니다. 검시관에 따르면 사망 시각은 10시에서 12시 사이로 추정된다고 합니다. 집주인 여자가 발견했고요."

"그렇군요." 나는 이 말만 했다. "자살인지는 어떻게 아시는 건가요?"

"나이프 손잡이의 지문을 채취했는데, 유일하게 나온 지문이 본인 것과 일치해요."

일치한다. 하지만 그의 것이 아니다. 나이프는 제이크 바에서 가져온 것이다.

"흥미로운 건 저 시신이 산세바스티안의 시신과 상당히 유사하다는 겁니다. 그 사람하고 쌍둥이라고 해도 믿겠어요. 어떻게 생각해요? 그렇다면 그때 왜 아무 말도 하지 않았습니까?"

나는 고개를 저었다. "페테르한테 쌍둥이 형제가 있다는 말은 들어본 적이 없고, 사실 둘이 그렇게 닮은 것 같지 않습니다. 제 말은 산세바스티안의 시신이 더 젊었어요. 그건 직접 보셔서 아실 텐데요. 게다가 머리가 더 길고 머리색은 더 옅었어요. 저런 문신도 없었고요." 나는 가슴에 새겨진 흐릿한 M자를 가리켰다.

"똑같은 문신 없어도 쌍둥이일 수는 있죠."

나는 어깨를 올렸다. "왜 둘이 닮았다고 생각하시는지는 알 것 같습니다. 제가 바스크 사람들을 구분하기 쉽지 않은 것처럼요."

그녀는 날카로운 눈빛으로 나를 보았다.

나는 어깨를 올렸다.

그녀가 수첩을 꺼냈다. "당신 친구가 왜 스스로 목숨을 끊고 싶었는지 짐작 가는 거 있습니까?"

나는 고개를 저었다.

"산세바스티안에서 누군가를 죽여서 죄책감에 시달렸을 수 있을까요?" 그녀가 물었다.

"그렇게 의심하시나요?"

"시신을 감싼 러그는 두 분이 함께 쓴 방에서 나온 겁니다. 거기서 당신 DNA도 나왔어요."

"그렇다면 저도 용의자겠네요."

"살인자는, 미치지 않았다면 경찰서에 스스로 걸어 들어와 결정적인 증거를 제공하고도 자백하지 않지 않습니다. 그리고 당신은 미치지 않았고요, 다아스 씨."

아, 그런가요. 난 미친 게 맞는데요. 그리고 내가 아는 상황을 당신에게 들려주면 당신도 날 미쳤다고 생각하겠죠. 평행우주에서는 내가 지금 하는 행동을 똑같이 할 수도 있고 그 많은 우주에서, 무한한 우주에서 지금 정확히 이런 이야기를 들려주고 정신병원에 감금되어 있을 겁니다.

"두 분이 산세바스티안에 도착한 시점부터 페테르 코아테스의 행적에 관해 아시는 대로 정확히 들어야겠습니다." 그녀가 말했다.

"제 진술을 듣고 싶으시면 말씀드려야겠지만, 제가 지금 몹시 피곤해요. 술이 다 깬 것도 아니고요. 내일 해도 될까요?"

알루아리스는 사복 경찰과 눈길을 주고받았다. 그의 머리가 상황을 판단하듯 살짝 까딱거렸다. 그리고 이내 고개를 끄덕였다.

"좋습니다." 그녀가 말했다. "당신을 붙잡아둘 이유가 없네요. 당신은 어느 사건에서도 용의자가 아니니까요. 게다가 현재 주요 용의자가 사망했으니 서두를 이유도 없고요. 여기 산세바스티안의 경찰서로 내일 오전 10시까지, 괜찮습니까?"

"좋습니다."

해가 빛나고 수면에 비친 햇살이 눈부셔서 나는 선글라스를 벗고 눈물을 닦았다.

인적 없는 언덕 위 끝자락에 앉아 수리올라 비치를 내려다보았다. 나는 친한 친구를 떠올렸다. 그리고 저 아래 바다에서 헤엄치던 사람도. 우리 둘 다 어떤 대가를 치르고서라도 얻어야 했던 그 여자도. 어쩌면 그는 그녀를 떠났을 것이다. 적어도 어떤 우주에서는 그랬을 것이다. 나도 마찬가지다. 하지만 지금은, 이번 우주에서는, 이 이야기에서는 그런 건 중요하지 않다. 그래서 나는 눈물을 닦고 이 이야기로, **내** 이야기로 돌아갔다. 나는 쌍안경을 집어서 저 바다 속 분홍색 수영모를 발견했다. 그녀의 비명은 들리지 않지만,

쌍안경을 300미터쯤 떨어진 백사장에 조준해서 보니 앞의 이야기에서처럼 그녀의 어머니가 뛰어다니며 해수욕객들에게 자기 딸을 도와달라고 소리쳤다. 나는 안전요원의 높은 의자 쪽으로 쌍안경을 돌렸다. 이번에도 앞의 이야기처럼 미리암과 어머니는 안전요원이 비치 뒤편의 화장실에 갈 때까지 등장을 미뤘다.

서퍼가 바다로 뛰어들고 보드에 엎드려 미리암 쪽으로 헤엄친다. 하지만 이번에 미리암은 더 멀리 헤엄쳐 나가서 서퍼가 닿기 전에 사라졌다. 이번에 그녀는 수면 아래로 완전히 잠수해서 시야에서 사라졌다. 나는 초를 세었다. 십, 이십, 삼십, 사십. 그녀의 폐활량이 꽤 인상적이었다. 사실 전날 우리가 이 작전의 모든 과정을 시연했을 때 나는 꽤 놀랐다. 서퍼는 그녀가 사라진 지점으로 헤엄쳐가서 보드에서 뛰어내려 물속으로 들어갔다. 나는 쌍안경을 50미터나 60미터 정도 더 가까이 옮겨와서 내가 있는 자리 바로 아래 해변을, 황량하고 아름답지 않은 해안가에서 바다로 평행하게 뻗어나간 바위를 바닷물이 잔잔하게 적시는 자리를 보았다. 그녀는 이미 수영모를 벗었고, 나는 이 초간 수면을 가르고 올라와 숨을 들이마시고 다시 파도 속으로 사라지는 머리를 겨우 알아보았다.

나는 풀밭에 누웠다. 잠시 후 그녀가 여기로 올 것이다. 다른 사람으로 변장한 채. 그래도 같은 사람이다. 그리고 우리는 이 나라에서 몰래 빠져나가 다른 현실로 넘어갈 것이다. 새로 출발해서 새로운 기회를 얻을 것이다. 나는 아직 초를 세고 있었다. 이제는 거꾸로 세고 있었다. 이전의 나의 삶에서 남은 시간을 세고 있었다. 귀청을 찢을 듯한 고음이 귀에 닿았고, 메뚜기나 귀뚜라미라기에는 심하게 고음이었다. 외로운 수컷 매미 한 마리가 암컷을 찾으며 몇 킬로미터 밖에서도 들릴 정도로 소리를 내고 있었다. 저 작은 생명체에게는 참으로 먼 길이네, 나는 생각했다.

벌써 그녀의 발소리가 들리는 것 같았다. 나는 눈을 감았다. 그리고 다시 눈을 떴을 때 그녀가 보였다. 순간 이런 느낌이 들었다. 전에도 여기에 꼭 이렇게 있었던 느낌.

해독제

어디선가 새가 날카롭게 울부짖는다. 다른 동물일지도 모르지만, 켄도 알 수 없다. 그는 하얀 해를 향해 시험관을 들고 주삿바늘 끝으로 플라스틱 뚜껑을 찔러 투명하고 누르스름한 액체를 주사기로 빨아들인다. 가운데로 몰린 눈썹 사이로 땀 한 방울이 흐르고 소금기에 눈이 따가워 그가 소리 죽여 욕을 한다.

귀가 먹먹할 정도로 왱왱대던 벌레 소리가 더 요란해지는 것 같다. 아버지를 본다. 회갈색 나무줄기에 기대앉은 아버지는 살갗이 나무껍질과 붙어버린 것 같다. 아버지의 얼굴과 카키색 셔츠에 불빛이 깜빡거려서 런던에 있는 켄의 단골 클럽의 디스코볼 아래 앉아 있는 것 같다. 하지만 아버지는 지금 보츠와나 동쪽의 강둑 옆에 앉아 흔들리는 나뭇잎의 격자 틈새로 쏟아지는 햇살을 보고 있다. 켄 애벗은 모르지만 그 나무는 아카시아 잔토플로에아, 곧 열병나무다. 켄 애벗은 그를 둘러싼, 타들어갈 듯 뜨겁고 짙푸른 악몽 같은 세계를 잘 모른다. 그가 아는 거라고는 세상 누구보다 중요한 사람의 목숨을 구할 시간이 얼마 남지 않았다는 것뿐이다.

에머슨 애벗은 아들에게 큰 기대를 건 적이 없다. 상류층 집안이 자식에게 가하는 압박이 아이들에게 어떤 비극을 불러왔는지 수없이 목격해서였다. 멀리 갈 것도 없다. 그의 명문 사립학교 동창생들만 봐도 가족의 기대에 못 미치고 세상의 술이 다 마르도록 퍼마시다 마지막으로 크게 도약하기 위해 용기를 끌어내 켄싱턴이나 햄스테드의 펜트하우스 아파트에서 5층 아래 아스팔트로 투신했다. (그곳 바닥은 브릭스턴이나 토트넘만큼 딱딱했다) 조카 아치도 암스테르담 호텔에서 피에 젖은 시트와 일회용 주삿바늘 사이에 널브러져 이미 죽음의 천사에게 받은 키스 자국을 입술에 새긴 채, 그와 함께 집으로 돌아가지 않겠다고 버티며 그를 향해 조심성 없이 리볼버를 겨누었다. 방아쇠를 당길 때 그 총이 어디를 겨누든 크게 상관하지 않는 듯했다.

그렇다, 에머슨은 멀리 볼 필요가 없었다. 당장 거울만 봐도 되었으니.

그는 삼십 년 가까이 행복하지 않은 출판인으로 바보들이 바보들에 관해 쓰고 바보들이 읽는 책을 출판했다. 하지만 이런 바보들이 충분히 많아서 출판인으로 살면서 이미 상당하던 집안의 재산을 세 배로 불리고 그 덕에 그 자신보다는 아내 엠마에게 큰 기쁨을 안겼다. 그는 어느 따사로운 여름날에 콘월에서 결혼식을 올리던 순간을 선명하게 기억하면서도 결혼을 왜 했는지는 잊었다. 아마 그녀가 마침 적절할 때 적절한 장소에 있었고 적절한 집안의 여자였기 때문일 테고, 얼마 지나지도 않아 그는 어느 쪽에 더 관심이 없는지조차 분간할 수 없게 되었다. 돈인지 책인지 아내인지. 그가 이혼 가능성을 내비친 지 삼 주 만에 아내가 기쁨에 들뜬 얼굴로 그에게 임신했다고 말했다. 에머슨은 진실로 깊은 행복감을 만끽했다. 그 행복은 열흘간 이어졌지만, 세인트메리 병원 대기실에 앉아 있을 때쯤 다시 불행해졌다. 아들이었다. 그들은 아들에게 에머슨의 아버지 이름을 따서 켄이라는 이름을 지어주고 유모를 구해주고 아들을 기숙학교로 보냈다. 어느 날 아들이 자라서 아버지의 사무실에 찾아와 차를 사도 되냐고 물었다.

에머슨은 눈앞에 선 청년을 어리둥절한 얼굴로 보았다. 엄마에게 물려받은 말상 얼굴과 입술이 거의 없을 정도로 얇은 입매만 빼고는 아버지인 그와 판박이였다. 길고 좁은 콧날에 가운데로 몰린 눈썹이 얼굴 중앙에 T자를 이루고 양옆으로 두 개의 연푸른 눈동자가 있었다. 금발이 서서히 바래서 엄마처럼 칙칙한 회색이 될지 알았지만 그렇게 되지는 않았다. 켄은 이미 영국인을 매력적으로 만들어주는 특유의 무심함과 악명 높은 자기비하 유머를 구사하는 청년으로 자라서 아버지의 당혹스러운 표정을 보며 푸른 눈을 반짝였다.

에머슨은 애초에 그가 아들을 두고 야심 찬 계획을 세우고 싶었다 해도 아들에게는 그 계획을 수행할 시간이 없다는 것을 알았다. 어떻게 아버지가 알아차리지도 못하는 사이 아들은 훌쩍 자라 성인이 되었을까? 그동안 불행하게 살아내느라 바빠서, 그의 사회에 속한 모두가 거는 기대에 부응하느라 바빠서였을까? 그렇다면 왜 그런 기대에 하나 있는 아들에게 아버지가 되어주는 역할은 들어있지 않았을까? 그래서 고통스러웠다. 아니, 그랬나? 맞다, 정말로 고통스러웠다. 그는 무력하게 손을 들었다.

켄은 아버지의 죄책감을 계산에 넣었을 수도 있고 아닐 수도 있었다. 어쨌든 차는 손에 넣었다.

스무 살이 되었을 때 켄은 차가 없었다. 다른 학생과 지루한 옥스퍼드의 한 펍에서 출발해서 캠퍼스까지 누가 먼저 도착하는지를 두고 내기를 하다가 차를 잃었다. 커크가 재규어를 모는데도 켄은 자신이 이길 수 있다고 생각했다.

이듬해 켄은 어느 날 밤에 롤랜드의 후계자 커크와 포커를 치면서 술을 마시다가 아버지가 그를 위해 준비한 교육기금에서 일 년치 교육비에 맞먹는 금액을 날렸다. 그에게 잭 세 장이 들어왔으니 기회가 있다고 믿은 것이다.

스물네 살에는 기적이었는지 그가 영문학과 영국사에 지식이 있다고 증명해주는 서류를 확보해서였는지는 몰라도, 큰 어려움 없이 유서 깊은 영국은행의 수습사원으로 입사했다. 이 은행의 경영진이 키츠와 와일드를 아는 옥스퍼드 졸업생을 높이 사고 고객의 신용평가나 재무거래분석은 그의 사회적 배경에서는 태어날 때 장착하거나 살면서 터득하는 재능 정도로 여겼다는 뜻이다.

켄은 결국 증권과 주식의 세계로 들어가 곧바로 크게 성공했다. 날마다 중요한 투자자들에게 전화해서 최신 음담패설을 늘어놓고 더 중요한 투자자들을 저녁 식사와 스트립클럽에 데려가고 최고로 중요한 고객들은 아버지의 전원 별장으로 초대해 술에 취하게 하고 기회가 되면 그들의 아내들과 자기도 했다.

은행의 이사회에서 그를 승진시켜 수석 트레이더로 만들어주는 방안을 논의하던 차, 그가 오렌지주스 시장의 비인가 선물 거래로 은행 자금 1천 500만 파운드를 잃은 사실이 드러났다. 그는 이사회에 불려나가서 기회인 줄 알았다고 해명했다. 그러자 승진은커녕 은행에서, 이 도시에서, 런던의 금융계에서 당장 쫓겨났다.

그는 술에 빠져보려 했지만 그마저도 마음대로 되지 않았고, 대신 개라면 질색하면서도 그레이하운드 경견장에 드나들었다. 이 때부터 그의 도박 기질이 통제력을 벗어났다. 파운드와 펜스 단위의 돈 때문이 아니었다. 집안의 이름값이 무색하게 그가 더는 신용 등급을 받지 못했기 때문이다. 어쨌든 오렌지주스 거래 이상의 사고를 치기도 어려웠을 것이다. 하지만 문제는 통제 불능의 도박 중독이 그의 시간과 에너지를 잡아먹었고, 얼마 안 가서 그를 어두운 구렁텅이로 떨어뜨리고 밑바닥으로 추락시켰다는 점이다. 아니, 바닥인 줄 알았던 곳으로. 아직도 추락이 멈추지 않으니 좋게 보면 바닥이 없다는 뜻일 수도 있었다.

켄 애벗은 날로 심해지는 도박 중독으로 자금을 마련하기 위해 지인 중에 아직 그의 상황을 모르는 듯 보이던 유일한 인물, 바로 아버지를 찾아갔다. 에머슨 애벗에게 망각이라는 아주 훌륭한 재능이 있는 걸 알아서였다. 그가 아버지의 방문을 두드리고 돈을 달라고 할 때마다 아버지는 그대로 서서 마치 그런 일이 처음이라는 듯 아들을 바라보았다. 아들이 그 자리에 서 있는 게 처음이라는 듯 보았다.

켄은 플라스틱 뚜껑에서 주삿바늘을 뺀다.

"어떻게 하는 건지 기억하니?" 이제 아버지의 목소리가 낮게 갈라져 나온다.

켄은 미소를 지어보려 한다. 그는 주삿바늘이 괜찮았던 적이 없다. 안 그랬으면 끝내 코카인을 끊지 못하고 끝까지 갔을 것이다. 지미 헨드릭스와 커트 코베인과 짐 모리슨처럼 27세 클럽에 들어가고 싶은 건 아니었지만 오스카 와일드처럼 유혹 이외에는 모든 것에 저항할 수 있었다. 당장은 그가 저항해야 할 것은 주삿바늘을 보고 토하고 싶은 욕구다. 그에게는 선택의 여지가 없다. 생사가 걸린 일이다.

"기억하고말고요." 켄이 중얼거린다. "다시 한번 알려주세요. 정맥부터 찾아야 하는 거죠?"

그의 아버지가 고개를 젓는다. 바짓단을 걷어 올린 다리에서 작은 구멍 두 개가 뚫린 자리를 가리킨다. 그중 한 구멍에 핏방울이 맺혀 있다.

"정맥은 됐고, 그냥 물린 자리 근처에 주사해. 조금씩 서너 번에 걸쳐서 넣어. 그리고 허벅지에도 한 번."

"허벅지요?"

아버지는 그런 상태에서도 켄이 몹시 싫어하는 표정, 특유의 격분한 표정을 짓는다. "그래야 물린 자리보다 심장에 더 가깝지."

"이집트 코브라가 맞아요, 아버지? 그런 걸 리가 없는데……."

"그런 거?"

"잘은 모르지만…… 붐슬랭이나 뭐 그런 거요."

에머슨 애벗은 웃으려고 해봐도 기침만 나왔다.

"붐슬랭은 온종일 나무에 매달려 있는 초록색 조그만 놈이야. 이놈은 검은색이고 땅바닥에서 기어왔어. 붐슬랭은 혈액 독을 품는 녀석이라 지금쯤 내 입과 귀와 엉덩이로 피가 뿜어져 나왔겠지. 우리가 이 모든 걸 훑어본 게 기억나지 않니?"

"그냥 주사를 놓기 전에 확실히 해두고 싶은 거예요."

"그렇겠지. 미안하다." 그의 아버지가 눈을 감는다. "난 그저 네가 지난 몇 주가 시간 낭비였다고 생각하지 않길 바랄 뿐이야."

켄은 고개를 젓는다. 그건 진심이다. 물론 여기서 보낸 이십칠 일은 매 순간이 싫었다. 아버지와 머리가 새고 늙은 흑인 현장 감독을 따라다니며 뱀 농장에서 어슬렁거리던 길고도 뜨거운 하루하루가 싫었다. 현장 감독의 부모는 쓸쓸하면서도 유머러스하게 아들에게 아돌프라는 이름을 붙여주었다. 사실 켄에게는 두 사람의 말이 한쪽 귀로 들어왔다가 다른 귀로 나갔다. 초록색과 검은색 맘바 뱀에 대해, 입 앞쪽과 뒤쪽의 송곳니에 대해, 꼬리를 잡고 들어올려도 물 수 있는 뱀들에 대해, 어느 종류에는 쥐를 먹이로 주고 어느 종류에는 새를 줄지에 대한 얘기였다. 켄은 코브라가 이집트산인지 모잠비크산인지에는 눈곱만큼도 관심이 없고 그가 아는 거라고는 뱀이 지독하게 많고 아버지가 이 농장을 샀을 때는 제정신이 아니었을 거라는 점이다.

그들은 저녁이면 베란다에 나와 앉았다. 아버지와 아돌프는 파이프 담배를 빨면서 바깥에서 들려오는 짐승들의 울음소리를 들었다. 그리고 짐승들이 그렇게 존재를 드러내면 아돌프가 각 짐승에 얽힌 전설과 신앙을 들려주었다. 달이 뜨고 하이에나의 냉랭한 웃음소리가 들리면 켄은 섬뜩했다. 아돌프는 줄루족이라고 뱀이 죽은 자의 혼령이라고 믿고 집에 들어오게 해주는 부족의 이야기, 그리고 짐바브웨 부족들은 비단뱀을 죽이면 반드시 긴 가뭄이 온다고 믿어서 죽이지 않는다는 이야기를 들려주었다. 켄이 이런 미신을 듣고 비웃으려 하자 그의 아버지는 잉글랜드 북부에서 사람들이 아직도 뱀과 관련된 오랜 풍습을 지키고 사는 외딴 지역에 대해 이야기했다. 그들은 살모사를 보면 그 자리에서 죽이고 뱀 주위에 동그라미를 그리고 그 안에 십자가를 그린 다음에 시편 68편을 읊는다고 했다. 켄이 놀라서 쳐다보자 아버지는 베란다에서 일어서서 칠흑 같은 밀림의 밤을 향해 외쳤다.

"주께서 일어나시니 원수들은 흩어지며
주를 미워하는 자들은 주 앞에서 도망치리다
연기가 밀려나듯 그들을 몰아내소서
밀랍이 불 앞에서 녹듯
사악한 자들이 주 앞에서 멸하게 하소서."

아까 그 새가 다시 비명을 지른다. 나무 꼭대기에 앉은 새는 다리가 희고 길며 머리에 붉은 볏이 달려서 어린 수탉처럼 보인다.

"우리가, 너하고 나하고 서로에 대해 아는 게 없다는 게 재미있지 않니?"

켄은 깜짝 놀란다. 아버지가 그의 생각을 읽은 것만 같다. 아버지가 한숨을 쉰다.

"우리가 서로 제대로 알았던 적도 없는 것 같아. 난…… 진실로 곁에 있어준 적이 없어, 안 그러니? 아버지들이 늘 진실로 머무르지 못하는 건 참 안타까운 일이야."

마지막 문장이 허공에 머물러 대답을 요구하는 것 같지만 켄은 할 말이 없다.

"날 미워하니, 켄?"

벌레들이 왱왱대는 소리마저 뚝 끊기고 모두 숨죽이는 것 같다.

"아뇨." 켄은 바늘 끝을 위로 들고 주사기를 눌러 약물 한 방울이 바늘을 따라 흐르게 한다. "미워하는 거랑은 상관없어요, 아버지."

에머슨 애벗은 동틀 때 깨서 옆에 잠든 아내가 누군지 기억하려는 듯 한참 바라보다가 일어나 열린 창가로 갔다. 공원의 나무들이 회색의 겨울 하늘로 앙상한 검은 가지를 뻗은 모습을 보았고, 바람에 흔들리는 가로등 불빛 아래 축축하게 젖어 번들거리는 아스팔트를 보았다.

힘든 시절이고 모두에게 위로와 현실 도피와 값싼 거짓과 꿈이 필요하던 시절이었기에 그는 싸구려 책을 팔면서 출판사를 번창시킬 수 있었다. 그러다 미국의 한 기업에서 인수 제안이 들어왔다. 삼대째 이어온 가족 사업이었다. 에머슨 애벗은 미소를 지었다. 그는 창턱에 올라섰다가 갑자기 불어오는 바람에 커튼이 발목에 감겨 떨어질 뻔했다. 그는 배수관을 붙잡고 덜덜 떨면서 일어섰다. 비가 옆에서 들이치며 그의 살갗을 차가운 못처럼 찔러댔다. 그는 입을 벌렸다. 재 맛이 났다. 거대한 도약을 할 때가 왔다. 그는 눈을 질끈 감았다.

다시 눈을 떠보니 엠마와 이혼했고, 엠마의 성은 이제 이브스가 되었다. 결혼 전 성이 아니라 새 남편의 성이었다. 엠마가 이혼에 합의하는 조건으로 그들이 살던 집을 차지해서 에머슨이 그 집에서 나온 뒤 새로 들어간 남자였다. 미국인들은 출판사 문 위의 애벗 간판을 내리고 그들의 이름을 걸기로 했다. 사실 에머슨은 그 문 안에 나오는 상품과 집안 이름이 더는 연결되지 않아서 기뻤다. 그는 친구를 통해 보츠와나 서부 툴리에 있는 뱀 농장을 사들였다. 뱀 사육에 대해서는 아는 것이 없지만 뱀을 키워서 파충류 공원이나 뱀에 물려도 죽지 않게 해주는 면역 혈청을 개발하는 연구실로 보내는 일이고 수익성이 썩 좋은 사업은 아니라는 정도만 알았다.

그는 눈을 뜬 지 삼 주 뒤 다시 질끈 감았다. 태양이 보츠와나의 그리 국제적이지 않은 수도의 국제공항 앞 택시 승강장 위에 거대한 독서등처럼 걸려 있었다. 항공권에 적힌 지명은 가보로네였다. 그는 택시를 타고 관공서로 가서 일주일 동안 그 건물 복도를 뛰어다닌 끝에 필요한 서류와 면허증, 서명과 고무 도장을 모두 받았다. 그날 이후로 가보로네에는 다시 가본 적이 없었다. 가보로네에 이 나라의 유일한 국제공항이 있으니 보츠와나를 떠난 적이 없다는 뜻이었다.

왜 떠나야 하겠는가? 그는 가보로네를 싫어한 것처럼 툴리와는 당장 본능적으로 사랑에 빠졌다. 오래된 농장이지만 관리가 잘 된 벽돌 건물이 세 채 있고, 직원 네 명이 뱀 팔백 마리와 함께 살고 있으며, 뱀들은 모두 정도만 다를 뿐 맹독을 품었다. 건물들은 높은 평원에 위치하고 주위로 야트막한 산비탈에 보리수나무와 몽곤고나무가 둘러싸고 있었다. 거의 아무도 찾아오지 않는 곳이다. 강가로 내려가다 길을 잘못 들어선 코끼리나 쓰레기나 버려진 신발을 찾아 헤매는 자칼이나 일주일에 한 번씩 거의 폐쇄된 도로로 뱀과 면역 혈청을 가지러 오고 보급품을 가져다주는 지프가 전부였다. 초록빛 지평선에서 죽은 나무들이 하늘을 향해 유령처럼 검은 손가락을 뻗고 있기는 하지만 그 외에 여기서 런던을 떠올리게 할 만한 요소는 없었다.

건기가 오면 임팔라 무리가 물가로 가까이 가기 위해 이 평원으로 모여들고 그들과 붙어 다니는 원숭이들도 찾아왔다. 뒤이어 얼룩말과 쿠두 영양 떼도 찾아왔다. 사자들이 밤낮으로 사냥하러 돌아다니고 (사바나의 포식자들에게는 파티의 시간이었다) 짧은 황혼 속에 해가 서쪽 하늘에서 강렬하게 불타다가 넘어가고, 밤이 되면 사자들이 어슬렁거리며 조용히 으르렁거리고 나방 떼가 눈보라가 휘몰아칠 때의 눈송이처럼 건물의 외부 전등 주위로 몰려들었다.

에머슨은 딱 한 번 여기가 정말 그가 있어야 할 곳인지 의심한 적이 있다. 학명이 나자 니그리콜리스라는 검은목코브라가 새끼를 낳았을 때다. 아비 뱀이 새끼들을 산 채로 한 마리씩 잡아먹어서 우리에서 아비 뱀을 꺼내야 했다. 아돌프는 검은목코브라에게 작은 뱀은 먹잇감일 뿐이라고 말해주었다. 그래도 제 새끼까지? 에머슨은 그 장면을 본 뒤로 역겨움과 생명체의 본능에 대한 혐오감으로 이 일을 계속할 수 있을지 한동안 고민에 빠졌다. 하지만 어느 저녁에 아돌프가 제 새끼에게 물려 죽은 호랑이뱀을 보여주며 자연의 섭리는 부모 자식을 모르고 언제 어디서나 먹고 먹히는 문제일 뿐이라고 말해주었다. 제 자식이나 제 부모를 잡아먹는 것은 악하거나 부도덕한 행위가 아니고, 오히려 자연의 명령에 순응하는 행위이자 아프리카에서 가장 중요한 의무, 곧 어떤 대가를 치러서라도 살아남는 의무에 충실한 것이라고 말했다. 시간이 흐르는 사이 에머슨 애벗도 자연히 이런 자연의 섭리를 받아들이고, 자연의 균형을 맞춰주고 동물과 인간에게 살아갈 권리를 주는 냉혹하고 무자비한 세상의 이치로 존중하게 되었다. 그리고 서서히 그동안 그가 무엇을 놓치고 살았는지 깨달았다. 그것은 죽음에 대한 공포, 더 정확히 말하면 살아 있지 않은 상태의 공포였다.

이어서 우기가 찾아왔다. 그는 첫 우기의 기억을 잊지 못한다. 밤새 비가 오고 이튿날 아침에 일어나 평원을 내다보니 어느 미친 화가가 회색과 노란색 캔버스 위에 난장을 피워놓은 듯한 풍경이 펼쳐졌다. 하루이틀 사이 평원에서 매캐한 냄새가 피어오르고 환각을 일으킬 듯한 색의 향연이 펼쳐지며 꽃잎의 카펫과 갈색으로 불어난 강물 위로 벌레들이 조용히 웽웽거렸다.

그러자 이런 생각이 들었다. 여기가 아닌 그 어느 곳에 살고 싶을까?

그는 이곳에 도착하고 여섯 달 만에 집으로 켄에게 편지를 보내고 여섯 달 동안 답장을 기다리다가 다시 두 번째 편지를 보냈다. 이듬해에는 크리스마스 인사를 담아 독백 같은 편지를 쓰면서 마지막에 퀜이 런던에서 의미 있는 일에 정착하지 못했다는 소식을 건너 들었다면서 농장에 와서 일해볼 생각이 있느냐고 물었다.

답장이 올 거라고는 기대하지도 않았고, 답장이 오지도 않았다. 그로부터 삼 년 뒤까지는.

퀜은 코카인의 거의 모든 면이 좋았다. 코카인이 주는 효과도 좋았고, 주변 사람들도 코카인이 그에게 주는 효과를 좋아했으며, 숙취도 없고, 의존 증세도 크게 느껴지지 않았다. 딱 하나 마음에 들지 않는 건 가격이었다.

그게 이유였다. 두 주 내내 경견장에서 죽을 쑤면서 가벼운 재정 위기를 겪은 뒤로는 가난뱅이의 코카인이라는 암페타민으로 넘어갔다. 그러다 힐다 브론켄호르스트를 만났다. 못생기고 황당할 정도로 멍청한 건강염려증 환자이지만 혹시나 그녀가 자기 아버지 돈을 조금이라도 융통해줄까 싶어 몇 번 같이 잔 여자다. 그녀가 가랑이를 벌리고 서비스를 요구하는 모습을 볼 때마다 그는 적어도 그 돈은 받을 자격이 충분하다고 생각했다. 어쨌든 그녀는 퀜에게 암페타민이 합성약물이는 사실을 알려준 사람이었다. 합성약물은 우리 몸에서 '절대로' 완전히 분해하지 못한다고 했다. 암페타민은 몸에 '반드시' 흔적을 남긴다는 뜻이었다. 퀜을 극도로 공포에 사로잡히게 만드는 두 단어, '절대로'와 '반드시'가 나왔으니 당장 끊어야 했다. 그 뒤로는 코카인처럼 건강한 유기화합물 외에는 아무 약도 하지 않겠다고 맹세했다. 그러려면 돈이 절실히 필요하다는 사실을 깨달았다. 그것도 당장.

그에게 기회가 온 건 시내에 있는 예전 동료의 사무실에 들렀을 때였다. 나중에 만나면 돈을 빌리기 위해 친분을 다져둘 생각이었다. 옛 동료는 켄에게 프랑스와 브라질의 월드컵 결승전을 놓고 벌이는 불법 도박판을 그냥 재미 삼아 보여주었다. 거물급 주식 브로커 몇 명이 로이터(금융 거래 시스템) 화면에서 자체의 암호화된 페이지로 운영하는 도박 사이트였다. 동료가 로그아웃하지 않고 차를 더 가지러 사무실에서 나갔을 때 켄은 우물쭈물하지 않았다. 눈을 감고 호나우두의 공룡처럼 튼실한 허벅지를 떠올리고는 그 사이트에 자신의 이름과 주소를 입력하고 배팅 표를 찾아서 다시 눈을 감고 브라질 대표팀의 황금색 유니폼을 입은 영웅들이 트로피를 번쩍 들어 올리는 장면을 떠올리고는 '100만 파운드'를 입력했다. 엔터. 숨을 죽이고 응답을 기다리다가 그의 이름이 등록되지 않은 것과 판돈이 너무 큰 것도 알았지만, 한편으로는 로이터 세계 사람들은 매 순간 이보다 열 배나 많은 돈을 거래하면서도 반대편에 있는 사람이 누구인지 묻지 않는다는 것도 알았다. 그는 자신에게 승산이 있다고 판단했다. 그리고 메시지가 왔다. '확인 완료.'

그날 밤 호나우두가 플레이스테이션 게임을 오래 하다가 간질 발작을 일으키지만 않았어도, 켄은 코카인 비용을 댈 걱정을 할 필요도 없었을 것이고, 이후 온갖 상황이 몰아치는 사이 당장의 건강 상태를 염려할 필요도 없었을 것이다. 이틀 뒤 이른 아침에, 켄의 기준으로 11시 직전에, 초인종이 울리고 검은 정장에 선글라스를 쓰고 야구방망이를 든 남자가 서 있었다. 켄에게 앞으로 두 주 안에 100만 파운드를 구해오지 못하면 어떤 결과가 닥칠지 설명해주었다.

나흘 뒤인 7월 말에 에머슨 애벗은 아들에게 전보 한 통을 받았다. 크리스마스 인사에 답하고 일자리 제안을 받아들이며 닷새 후 가보로네 공항에서 만나자는 내용이었다. 추신으로 항공권을 살 돈을 보내달라며 계좌번호가 찍혀 있고 가능한 빨리 보내달라고도 적혀 있었다. 에머슨은 이런 갑작스런 상황 전환에 기쁘면서도 가보로네에 또 가야 해서 거슬렸다.

켄은 손목시계를 보았다. 남아프리카산 금으로 만든 레이몬드 웨일 시계가 스위스의 정확성으로 째깍거리며 심판의 날을 향해 돌아가고 있었다.

그날도 이전 스물여섯 번의 다른 날과 똑같이 시작되었다. 켄은 아침에 눈을 떠서 그가 대체 어디에 있고 왜 여기에 있는지 생각했다. 왜인지가 먼저 떠올랐다. 돈. 그래서 생각이 런던의 채권자들에게로 흘러갔다가 다시 그 백색 가루로, 그가 마음으로 사랑하고 아무런 끈으로도 얽히지 않은 관계를 이어왔지만 더는 가질 수 없는 여자와도 같은 그 백색 가루로 흘러갔다. 전형적인 금단증상으로 짜증이 치밀고 땀이 분출했지만, 그에게는 어쩐지 독충 천지에 이 땅을 식민지화해서 문명화시키려고 고군분투한 사람들이 누군지 잊은 지 오래되어 무례하기 짝이 없는 흑인들이 득실거리는 이 황량한 땅에 있어서 생긴 증상으로 보였다. 그래도 우울감은 새로운 증상이었다. 갑자기 현실의 끈을 놓치고 발밑의 땅이 꺼지고 바닥 모를 구덩이로 추락해 할 수 있는 거라고는 그 순간이 지나가길 기다리는 수밖에 없는 암흑의 시간이 찾아왔다.

"뱀 사냥 가자." 아버지가 아침 식사 자리에서 말했다.

"멋진데요." 켄이 답했다.

켄은 흥미를 보여주려고 노력했고 아닌 게 아니라 흥미가 일었다. 지난 이십육 일 동안 똑바로 앉아 아버지의 강의만 들어야 했다. 뱀을 다룰 때 해야 할 것과 하지 말아야 할 것에 관해, 어떤 뱀이 어떤 독을 품는지에 관해, 각기 다른 치사율과 증상에 관한 내용이었다. 특히 이 마지막 항목이 중요한데, 환자가 물린 뱀의 종류를 모를 때는 농장에 있는 마흔 가지 면역 혈청 중에서 맞는 혈청을 찾아내야 했기 때문이다. 솔직히 말해서 (켄은 최대한 솔직하지 않으려 했지만) 독이든 면역 혈청이든 증상이든 머릿속에서 뒤죽박죽되어서 그저 죽음에 이르는 끔찍한 여정에 관한 장황한 설명으로만 들렸다. 그나마 면역 혈청 코드가 든 시험관은 파란색 뚜껑이고, 독 코드가 든 시험관은 빨간색 뚜껑이라는 정도는 이해했다. 아니다, 그 반대였나?

켄이 산만해지고 딴생각하며 필기를 멈추자 아버지가 말없이 그를 노려보았다.

그들은 아침 식사를 마치고 조금이나마 길처럼 보이는 길을 따라 삼십 분쯤 달리며 진초록의 무성한 관목숲부터 50센티미터나 패어 있는 진흙탕까지 별별 길을 다 지나치고 메마르고 누르스름한 풍경을 지났다. 그러다 어느 지점에서, 켄에게는 아무 데나 고른 듯 보이는 자리에서 아버지가 차를 세우고 뛰어내리더니 자루 세 개와 끝에 철사 고리가 달린 기다란 막대를 꺼냈다.

"이걸 써라." 아버지가 수영 고글을 던져주었다.

켄은 어리둥절한 표정을 지었다.

"독 뿜는 코브라야. 신경독을 뿜어. 8미터 밖에서도 네 눈을 맞출 수 있어."

그리고 그들은 탐색을 시작했다. 땅바닥이 아니라 나무 위를 살폈다.

"새들을 살펴야 해." 아버지가 말했다. "새들이 울부짖는 소리가 들리거나 이 가지에서 저 가지로 팔짝팔짝 옮겨다니는 게 보이면 근처에 붐슬랭이나 초록 맘바가 있다는 뜻이야."

"제 생각엔……."

"쉿! 저기 딸깍거리는 소리 들리니? 긴털족제비들이 사냥하는 소리야. 가자!"

아버지가 그 소리가 나는 방향으로 뛰어갔고, 켄은 마지못해 터덜터덜 따라갔다. 아버지가 갑자기 멈추더니 켄에게 조심해서 가까이 오라는 신호를 보냈다. 그리고 거기에, 넓고 평평한 바위에, 기다랗고 시커먼 짐승이 햇볕을 쬐고 있었다. 켄은 그놈이 2미터 하고도 13센티미터는 더 길 거라고 가늠했다. 그걸로 내기를 걸면 좋겠다고도 생각했다. 아버지가 슬금슬금 바위를 돌아 놈의 바로 뒤쪽으로 가서 막대기를 높이 들어 뱀의 작고 특이하게 생긴 대가리 위로 철사 고리를 가만히 내렸다. 그리고 고리를 조였다. 뱀이 꿈틀하고는 무시무시한 형상으로 하품하듯 아가리를 벌렸다. 켄은 그 분홍빛 목구멍을 홀린 듯 바라보다가 문득 힐다 브론켄호르스트를 떠올렸다.

"독니가 입에서 앞쪽에 어떻게 자리 잡고 있는지 보이니?" 그의 아버지가 흥분해서 소리쳤다.

"네?"

"그럼 우리가 잡은 놈이 뭐지?"

"제발요, 아버지. 이거부터 끝내시죠. 불안해 죽겠어요."

그는 켄이 벌리고 있는 자루에 뱀을 떨어뜨렸다.

"검은 맘바야." 아버지가 손차양을 하고 나무들을 보았다.

'뭐든 알 게 뭐야.' 켄은 자루 속의 뱀이 꿈틀대는 걸 느끼며 몸서리를 쳤다. 작열하는 햇빛 아래서 반 시간을 보낸 후에야 켄은 담배 한 개비 피울 시간을 얻었다. 그는 아버지가 이름을 가르쳐주려 한 나무에 기대서서 차에 두고 온 라이플총을 떠올리고 지금이 적시일 수 있겠다고 생각했다. 그때 아버지의 비명이 들렸다. 비명이라기보다는 외마디 울부짖음이었지만 켄은 무슨 일인지 바로 알았다. 어쩌면 그런 일이 일어나기를 꿈꿨거나 생각했거나 무의식중에 희망했기 때문일지 모른다. 그는 나무줄기에 담배를 비벼 껐다. 잘하면 번거로운 수고를 덜 수도 있을지도 몰랐다. 그는 손으로 햇빛을 가리고 강가 쪽을 보았다. 강둑에 서 있던 아버지가 허리 높이의 억센 잡풀숲에 구부정하게 서 있었다.

"켄! 나 물렸는데 무슨 뱀인지 못 봤어. 놈을 확인하게 도와줘!"

"지금 가요!"

아버지는 잠시 주저했다. 아들의 말투에 놀란 듯했다.

켄은 아버지의 말을 기억했다. 뱀의 종류를 몰라서 마흔 가지 해독제 중 한 종을 선택해야 한다면 마흔 가지를 다 주사해봐야 소용이 없다고, 그러면 독보다는 해독제 때문에 더 빨리 더 확실하게 죽을 수 있다고 했다. 또 뱀을 사냥하러 나가면 발을 조심스럽게 디뎌야 하고 뱀들은 지면에서 진동을 느끼는 순간 도망친다는 말도 생각났다. 켄은 발을 있는 힘껏 세게 디뎠다.

"잡았다!" 아버지가 소리치며 풀숲으로 뛰어들었다. 아버지가 가르쳐준 또 한 가지. 두 번째로 물려서 생기는 위험은 처음에 문 뱀의 종류를 모르는 것보다 낮다.

켄은 속으로 욕했다.

불쌍한 인간. 켄은 아버지가 가까운 나무줄기에 자루를 반복해서 때리는 것을 보았다. 그는 뱀도 아버지도 생각나지 않았다. 집 앞에서 정장 차림에 야구방망이를 들고 서 있던 남자의 이미지가 다시 그의 망막에 맺혔다. 켄 애벗은 언제나처럼 켄 애벗만 생각했다.

아버지가 나무줄기 옆 땅바닥에 주저앉을 즈음 켄이 다가갔다. 아버지의 피부가 벌겋게 변하고 숨소리가 거칠었다.

"이게 어떤 놈인지 봐라." 아버지가 힘없이 말하며 켄에게 자루를 던졌다. 땅에서 흙먼지가 일어서 켄은 기침을 했다. 그는 자루를 벌려 조심조심 손을 집어넣었다.

"안 돼……." 아버지는 이 말밖에 할 시간이 없었다.

켄의 손바닥에 거칠고 메마른 생선 비늘 같은 것이 만져졌다. 지난 몇 주간 켄은 생각하고 싶지 않을 만큼 많은 뱀을 만졌다. 이놈도 다를 게 없었다. 그러다 비늘 속으로 근육이 꿈틀거리는 게 느껴지고 뱀이 죽지 않은 것을 알았다. 죽기는커녕 팔팔했다. 통증보다 공포로 비명이 터졌고, 뱀의 송곳니가 팔뚝 살갗을 뚫는 느낌이 들었다. 켄은 급히 자루에서 팔을 빼고 팔꿈치 바로 아래쪽에 동그란 구멍 두 개가 뚫린 것을 보고 다시 비명을 질렀다. 급히 팔을 입으로 가져가 구멍을 미친 듯이 빨았다.

"그만해라." 아버지가 힘없이 절망적으로 말했다. "그건 서부영화에서나 통하는 방법이야. 내가 말해줬잖아."

"알아요, 그래도……."

"또 말해준 게 있잖아. 뱀이 죽었든 아니든 뱀 자루에는 절대로 손을 넣지 말라고. 또 자루를 뒤집어 들고 비울 때는 다리를 조심하라고. 반드시."

한 설교에 '절대로'와 '반드시'가 다 나왔다. 켄이 이 말을 새겨듣지 않은 게 분명했다.

"자루를 비워."

뱀은 부드럽게 턱 소리를 내며 땅에 떨어져 똬리를 튼 채로 햇빛에 마비되었다.

"어떻게 생각하냐, 켄? 케이프코브라일까?"

켄은 대답하지 않고 부릅뜬 눈으로 뱀을 보았다.

"샌드슬랭? 가분살모사?"

놈이 예민한 혀를 스르르 내밀어 주위의 맛과 냄새를 흡수하면서, 적어도 아버지의 강의에 따르면 순식간에 주변 환경을 완벽하게 파악하는 듯했다.

"도망치지 못하게 해, 켄."

켄은 놈이 도망치게 놔두었다. 기운도 없고 뱀을 건드릴 용기도 나지 않았다. 더구나 방금 그의 수명을 이십칠 년으로 단축한 뱀이었다.

"젠장!" 그의 아버지가 말했다.

"장난치시는 거죠!" 켄이 말했다. "아버지도 저만큼 놈을 똑똑히 보셨고, 아버지는 이 망할 대륙에 있는 뱀이란 뱀은 다 아시잖아요. 설마 지금 모른다고 하시는……."

"물론 어떤 뱀인지는 알아." 아버지가 알 수 없는 묘한 눈길로 켄을 보았다. "그래서 '젠장'이라고 한 거야. 어서 차에 가서 갈색 가방을 가져와."

"그냥 같이 농장으로 돌아가는 게……."

"이집트코브라야. 반도 못 가서 우리의 중추신경계가 마비돼. 어서 시키는 대로 해."

켄의 뇌는 필사적으로 주어진 상황을 평가하고 선택지를 살폈다. 별수 없었다. 혀끝을 내밀어보려 했지만 소용이 없었다. 그래서 그냥 아버지가 시키는 대로 했다.

"열어." 켄이 커다란 갈색 버팔로 가죽 가방을 가지고 돌아오자 그의 아버지가 말했다. "서둘러."

아버지의 몸이 뒤틀렸다. 공기를 마실 수 없는 것처럼 입이 벌어졌다.

"전 괜찮은데, 아버지, 왜……."

"내가 먼저 물렸잖아. 두 번째 물릴 때보다 독이 다섯 배나 많아. 그래서 난 반 시간 정도 남고 넌 두 시간 반이 남은 거야. 뭐가 보이니?"

"여기 옆에 시험관이 잔뜩 붙어 있어요."

"우린 해독제를 항상 가지고 다녀. 뱀에 물려 집에 돌아갈 시간이 없을 때를 대비해서. 이집트코브라, 보이니?"

켄은 시험관 라벨에 적힌 이름들을 눈으로 정신없이 훑었다.

"여기 있어요, 아버지."

"내가 당장 맞아야 해. 농장으로 돌아가면서 네가 증상을 보이기 전에 길을 알려줄 만큼은 내 정신이 멀쩡해야 하는데. 주사기는 가방 바닥에 있어. 어떻게 해야 하는지 알 거야, 아들."

켄은 아버지를 본다. 아버지는 이제 움직이지 못한다. 아버지는 그대로 앉아서 게슴츠레하게 눈을 뜨고 아들을 본다. 켄은 다시 주사기에 집중한다. 욕지기가 나오려 하지만 애써 참는다. 숨을 크게 들이마신다. 그가 죽는 날까지 기억에 남을 순간이라는 것을, 그가 문제를 스스로 해결하고 누구보다도 사랑하는 사람의 목숨을 구하는 순간이란 것을 안다. 그는 주삿바늘 끝을 뱀에 물린 구멍 두 개 사이에 대고 바늘 끝에 눌러 피부가 살짝 눌렸다가 바늘이 들어가자 피부가 다시 올라오는 것을 본다. 켄 애벗의 팔뚝에. 따끔하다.

그는 코로 숨을 깊이 들이마시며 주사기를 더 누른다. 노르스름한 용액이 삼분의 이 정도 남을 때까지 줄어드는 것을 보다가 주사기를 조금 당겨서 바늘을 빼고 팔뚝에서 약간 위쪽에 같은 과정을 반복한다. 문득 이런 생각이 스친다. 그는 결국 27세 클럽에 가입하지 않을 거라는 생각. 대신 그는 부유하고 행복하게 오래오래 살 것이다. 이 주사 한 방 덕분에. 웃느라 죽을 수도 있었다.

"기분이 어때요?" 그가 쾌활하게 묻는다.

"슬프다." 아버지가 힘없이 말한다. 이제 턱이 가슴까지 내려가 있다.

켄은 주삿바늘을 빼서 탈지면으로 바늘이 들어간 자리의 조그만 핏방울을 닦는다. 욕지기도 나지 않는다. 죄책감도 없다. 오로지 햇살과 기쁨만 있다. 그야말로 잭팟을 터뜨렸다. 마침내.

"저기요, 사랑하는 아버지. 위로가 될지는 모르겠지만 이거 꽤 아픈데요." 켄이 손목시계를 본다. "아버지의 인생에서 마지막 남은 몇 분을 위한 위로예요."

아버지는 힘들게 고개를 든다.

"왜지, 켄? 도대체 왜?"

켄은 아버지 옆에 앉아 어깨에 팔을 두른다.

"왜냐고요? 왜일 것 같아요? 제가 그동안 왜 계속 저 라이플총을 들고 다니면서 사냥 사고든 오발 사고든 뭐 그런 걸로 핑계를 댈 날만 기다렸겠어요? 돈이죠, 아버지. 돈."

에머슨의 머리가 다시 푹 떨어진다. "그럼 그것 때문에 온 거냐? 상속받으려고?"

켄은 남은 손으로 아버지의 등을 툭 쳤다. 이제 물린 자리와 다른 팔의 주삿바늘 자국 주위로도 욱신거리는 통증이 퍼져나갔다.

"〈가디언〉에서 연령 곡선에 관한 우울한 기사를 봤어요. 쉰에서 쉰다섯 사이의 중산층 남성 중 아직 심장발작을 일으키거나 암에 걸리지 않은 사람의 기대수명이 몇 살인지 아세요? 아흔두 살이요. 제 채권자들은 그렇게 오래 기다려줄 생각이 없거든요, 아버지. 하지만 제가 유일한 상속자로 아버지의 사망확인서를 들고 돌아가면 그 사람들 마음이 누그러지겠죠."

"그냥 나한테 돈을 달라고 했으면 됐잖아."

"100만 파운드를요? 제가 그렇게 염치없는 놈은 아니에요, 아버지."

켄이 크게 웃는다. 웃음소리가 나자 강 건너편에서 화답이라도 하듯이 회갈색 하이에나 무리가 나타나 호기심 어린 눈으로 그들을 지켜보았다. 켄은 몸서리를 친다.

"저놈들이 어디서 온 거지?"

"쟤들은 냄새를 맡아." 에머슨이 말한다.

"냄새요? 아버지가 벌써 냄새를 풍길 리가 없는데요."

"죽음. 쟤들은 죽음의 냄새를 맡아. 전에도 저러는 걸 본 적 있어."

"와. 야박하네요. 그래도 멍청한 놈들이고 강 건너에 있잖아요. 저놈들 싫어요."

"그건 쟤들이 우리보다는 도덕적으로 우월해서야."

켄이 놀란 얼굴로 쳐다보는 사이 아버지가 말을 잇는다.

"쟤들한테는 선택의 자유도 없고 도덕성도 없다고 넌 생각하겠지. 하지만 우리가 선택의 자유로 본성을 억누를 수 있고 도덕성이 그걸 원한다면, 우리는 왜 이렇게 불행할까?"

에머슨 애벗이 다시 고개를 들어 슬픈 미소를 짓는다.

"음, 그건 우리는 다르게 할 수 있었다고 우리 자신을 속이기 때문이야. 우리에게는 영혼이 있으니 자신에게 이익이 되지 않는 행동을 할 수 있다고 믿지. 하지만 그럴 수 없어. 우리가 지금 여기에 아직 존재한다는 게 그 증거야. 우리는 필요하면 아버지든 아들이든 잡아먹어. 그들을 증오해서가 아니라 삶을 사랑해서야. 그러면서도 그걸로 지옥불에 타 죽을 거라고 생각하지. 뭐, 정말 그럴지도 모르지. 그래서 제 새끼를 잡아먹기로 선택하는 코브라가 우리보다 도덕적으로 우월한 거야. 코브라는 한순간도 수치심을 느끼지 않거든. 죄는 없고 오직 살아남아야 한다는 강렬한 의지만 있으니까. 이해가 가니? 넌 너의 유일한 구세주야. 구원은 네가 살아남기 위해 네가 할 일을 할 때만 찾아오지."

켄이 대답하려던 순간 갑자기 가슴에 통증이 일어나 숨이 쉬어지지 않는다.

"무슨 문제라도 있니?" 아버지가 묻는다.

"전……."

"가슴에 통증이 있구나." 아버지가 말했다. 갑자기 평소의 목소리로 돌아왔다. "그렇게 시작하는 거야."

"시작이요? 뭐가……."

"이집트코브라. 우리가 이 부분에 대해 공부한 거 기억하니?"

"하지만……."

"신경독이야. 우선 물린 자리 주위로 타는 듯한 통증이 느껴지다가 서서히 몸 전체로 퍼져나가. 물린 자국 주위 피부색이 변하고 팔다리가 붓다가 졸음이 쏟아져. 그다음에는 끝을 향해 달려가는 거야. 심장박동이 빨라지고 입과 눈에서 체액이 나오고 목구멍 안쪽이 마비되어 말하거나 숨쉬기도 힘들어지다가 최후의 단계에 이르지. 신경독이 심장과 폐를 마비시켜 죽는 거야. 몇 시간이 걸릴 수 있고 극도로 고통스럽지."

"아버지!"

"놀란 말투구나, 아들. 수업 시간에 집중하지 않았니?"

"그래도 아버지는…… 아버지는…… 괜찮아지신 것 같아요."

"그래, 네가 집중했을 리가 없어." 아버지가 상념에 잠긴 표정으로 말한다. "아니면 이집트코브라와 아프리카비단뱀의 차이를 알아봤겠지."

"아프리카…… 비단뱀요?"

"공격적이고 불쾌하기는 해도 독은 없어." 아버지는 똑바로 일어나 앉아 목을 돌린다. "그래, 네 말이 맞아, 난 멀쩡해. 그런데 넌 어떠니? 목구멍이 조여들기 시작했나, 아들? 조금만 있으면 경련이 일어날 거고 그건 결코 기대할 만한 증상이 못 되지."

"하지만 우린……."

"그래, 같은 뱀한테 물렸어. 이상하지, 안 그래? 그런데 네가 맞은 거랑 내 몸속에 있는 게 조금 다를지도 모르지."

켄은 정신이 흐릿해진다. 그는 땅바닥에 떨어진 빈 시험관을 보고 일어서려 하지만 다리가 움직이지 않는다. 겨드랑이가 아프기 시작했다.

"수업에 집중했으면 네 몸에 주사하기 전에 시험관 뚜껑을 확인했겠지, 켄."

빨간색. 켄은 생각했다. 빨간색 마개. 그는 자기 팔에 독을 주사한 것이다.

"하지만 이집트코브라 시험관은 이거밖에 없었어요. 제가 다 확인했어요. 파란색 마개는 없었어요. 해독제는 없었……."

아버지가 어깨를 올린다. 켄은 거칠게 숨을 쉰다. 벌레들이 윙윙

거리는 소리가 일정한 압력으로 고막을 두드린다.

"처음부터 아셨군요. 아셨어요. 제가…… 왜…… 왔는지."

"아니, 몰랐어. 하지만 그런 가능성을 완전히 배제할 만큼 멍청하진 않아. 물론 네가 그걸 나한테 주사하려 했다면 막았겠지."

켄은 눈물이 뺨을 타고 흐르는 걸 느끼지 못했다.

"아버지…… 이제 저를 데려다줘요. 시간이……."

하지만 아버지는 아들의 말을 듣지 못한 듯하다. 그는 일어서서 강 건너편을 유심히 살핀다.

"아돌프가 말하길, 저놈들은 수영을 잘한대. 내가 직접 본 건 아니지만."

켄은 미끄러져 쓰러지고 등을 바닥에 댄 채 누워서 하늘을 본다. 해가 아직 언덕 꼭대기의 나무 위에 높이 떠 있지만 7시가 되면 누군가가 보이지 않는 실을 자르는 것처럼 해가 지평선 너머로 자유낙하하고 십오 분 만에 칠흑 같은 어둠이 내릴 것이다. 흰 새가 다시 울부짖는다. 날개를 퍼덕이고 이 초 뒤 켄은 그의 시야를 가로지르는 새를 본다. 무척이나 아름답다.

"이제 돌아갈 시간이야." 아버지가 말한다. "아돌프가 곧 저녁 식사를 차릴 테니."

켄은 아버지가 면역 혈청이 든 가방을 들고 떠나는 소리를 듣는다. 몇 초간 정적이 흐른다. 그러다 강에서 첨벙거리는 소리가 들린다. 켄 애벗은 그에게 이제 승산이 없다는 것을 안다.

JO NESBØ

SJALUSIMANNEN
OG ANDRE FORTELLINGER

흑기사

1부: 초반전

"이제 눈꺼풀이 무거워질 겁니다." 내가 말했다.

제조자는 모르지만 안정적으로 흔들리게끔 금 함량을 높인, 꽤 묵직한 회중시계. 1870년부터 우리 집안의 소유였다.

"당신은 피곤합니다. 눈을 감으세요."

완벽한 정적이 감돌았다. 거리로 난 창문은 삼중창이라 밀라노 대성당의 묵직한 종소리도 새어들지 않았다. 어찌나 조용한지 시계가 째깍거리지 않는 것조차 들릴 정도였다. 시계가 마지막 숨을 토해낸 순간부터 시곗바늘은 옆으로 벌어진 채 멈춰 있다. 이제 이 조용한 물건에서 시계 본연의 기능이 사라졌다.

"당신이 깨어날 때 당신은 임신한 사실도 임신을 중단한 사실도 기억하지 못합니다. 아기는 애초에 존재한 적이 없습니다."

갑자기 눈물이 나려 했다. 나는 아이를 잃었을 때 심리학에서 감정조절 능력이라고 부르는 기능을 상실했다. 조금이라도 아기를 떠올리게 하는 일에 훌쩍거리고 흐느껴 운다는 뜻이다. 나는 다시 마음을 추스르고 말을 이어갔다. "당신은 니코틴 중독을 치료하러 여기에 온 거라고 생각합니다."

십 분 뒤 나는 최면 상태의 칼손 부인을 조심스럽게 깨웠다.

"갈망이 전혀 느껴지지 않아요." 그녀는 이렇게 말하며 밍크코트의 단추를 채우고 나를 보았다.

나는 책상 앞에 앉아 오래전 골동품점에서 발견한 몬테그라파 만년필로 메모했다. 환자들은 우리가 뭔가를 적는 것을 보고 싶어 한다. 그러면 컨베이어벨트에 올라간 물건이 된 기분이 조금이나마 덜어지는 듯하다.

"저기, 마이어 박사님, 최면은 어렵나요?"

"최면 거는 상대에 따라 다릅니다." 내가 말했다. "영화감독들 말대로 함께 일하기 가장 힘든 상대가 아이와 동물이에요. 가장 쉬운 대상은 부인처럼 잘 수용하고 창조성이 뛰어난 분들이죠."

그녀가 웃었다.

"박사님은 예전에 개한테도 최면을 거셨다는 소문이 있던데요. 사실인가요?"

"소문일 뿐이죠." 내가 미소를 지었다. "설령 그랬다고 해도 저는 모든 환자의 비밀유지서약을 지켜드립니다."

그녀가 다시 웃었다. "그래서 박사님에게 힘이 있는 거겠죠!"

"저 역시 남들처럼 무력한 존재입니다." 나는 만년필 잉크를 교체하기 위해 책상 서랍에서 잉크 카트리지를 뒤적였다. 내가 다니던 동네 체스 클럽 회장은 일전에 내가 번번이 지는 이유는 체스를 둘 줄 몰라서가 아니라 약자 앞에서 당황하는 약점 때문에 이길 수 있는 기회를 스스로 망쳐버려서라고 했다. 그는 내가 기사를 더 **좋아해서** 기사 대신 성을 내주려 한다고 말했다. 아니면 나 자신을 기사라고 생각하든가.

"다 체스판의 말일 뿐이에요, 루카스. 말이에요! 기사는 가장 가치가 떨어지고요. 이게 사실이지 더 좋아하고 말고 할 게 없어요."

"모든 위치에서는 아니죠. 기사는 답답한 상황에서 스스로 벗어날 수 있잖아요."

"기사는 느리고 누구를 구하러 올 때도 항상 제일 늦어요, 루카스."

잉크 카트리지를 찾았다. 만년필과 길이가 같고 가느다란 철제 잉크 관에 주사기처럼 뾰족한 금속이 달려 있었다. 이게 나의 마지막 만년필일 것 같았다. 몬테그라파 만년필과 잉크 카트리지는 생산이 중단됐다. 다른 많은 쓸모없고 아름다운 고급품이 그렇듯 글로벌 경쟁이라는 무자비한 압력에 사라져버렸다.

나는 글자를 낭비하기 않기 위해 천천히 경건하고 신중하게 메모를 적었다. 칼손 부인은 다시 담배를 피울 것이다. 그리고 친구들에게 마이어 박사는 돌팔이니 굳이 찾아갈 거 없다고 떠들고 다닐 것이다. 그래도 임신을 중단한 사실은 기억하지 못할 것이다. 만에 하나 기억한다면 다른 무언가가 최면을 압도해서일 것이다. 특정 단어든 감정이든 꿈이든, 무엇이든 가능하다. 내 경우처럼. 나는 가끔 베냐민과 마리아를 기억에서 지우고 싶을 때가 있다. 또 어떤 때는 그러고 싶지 않다. 아무튼 나에게 직접 최면을 거는 능력을 잃은 지 오래되었다. 내가 최면이라는 기술을 너무 많이 알아버린 탓이다. 마술사가 더는 속고 싶어도 속는 것을 즐기지 못하는 것처럼.

칼손 부인이 나가자 나는 아름다운 검정 가죽 칼비노 가방을 챙겼다. 반反파시스트 작가 이탈로 칼비노와 이름이 같아서 산 가방이다. 물론 이런 물건을 살 여유가 있어서이기도 했다.

나는 버버리 스카프를 매고 접수처로 갔다. 나와 우리 심리 클리

닉의 다른 두 심리학자의 일을 봐주는 접수원 린다가 눈을 들었다. "좋은 하루 보내세요, 루카스." 그리고 린다는 들릴 듯 말 듯 한숨을 쉬며 슬쩍 손목시계를 보았고, 평소처럼 3시밖에 되지 않은 걸 확인했다. 린다가 이렇게 미국식으로 인사한 건 단순히 아직 많이 남은 오후 시간과 잠자리에 들기 전 시간을 잘 보내라는 뜻이 아니라 내가 일하는 날이 다른 두 동료나 그녀 자신보다 훨씬 짧다는 점의 부당성을 은근히 지적하는 의미였다. 린다는 내가 환자를 더 받지 않는 게 연대의식이 부족해서라고 생각하는 것 같지만, 최근 몇 년간 심리상담은 나의 두 번째 직업이자 나의 본업을 감추기 위한 방패막이라는 사실을 그녀로서는 알 길이 없었다. 나의 진짜 직업은 사람들을 죽이는 일이다.

"좋은 하루 보내요, 린다." 나는 아름다운 12월의 햇빛 속으로 걸어 나왔다.

나는 밀라노가 아름다운 도시인지 결정을 내리지 못했다. 예전에는 아름다웠지만 지금은 그 시절 사진이나 봐야 한다. 밀라노가 한때 이탈리아의 도시였던 시절, 지금의 국가가 사라진 세계에서 카피탈리아 지역에 속하지 않던 시절의 사진 말이다. 마지막 세계전쟁이 발발하기 전에 이 도시는 비현실적으로 아름다웠지만, 폭격 이후에도 여전히 고급 의류점이 스타일과 취향에 영향을 미치고 그 반대로도 작동하면서 특유의 절제되고 독보적인 우아함을 간직했다. 거대 비즈니스 카르텔 열여섯 개가 유럽과 북미와 아시아를 지배하기 전에는 공장들이 당국의 규제에 따라 배출량을 조절해 밀라노처럼 유럽 최악의 대기오염 발생 도시에서도 맑은 날이면 멀리 돌로미티 산맥의 하얀 봉우리가 보였다. 현재 이 산맥은 늘 매연의 장막에 덮인 도시 위로 비죽 솟아 있고, 독점기업이 판매하는 고가의 에어컨을 살 형편이 안 되는 사람들은 수명도 줄고 병에 걸렸다.

카르텔에 장악당한 언론은 사람들이 역사상 가장 부유해졌다고 주장하면서 인당 실질소득의 통계치를 제시한다. 현실에서는 물론 카르텔 창업자와 경영진이 평균적인 노동자보다 천 배 이상 많이 번다. 노동자 중 80퍼센트는 임시 계약직으로 일하며 장기 계획을 세울 수 없다. 일반 시민들은 이 도시의 북쪽을 제외하고 모든 방향으로 점점 뻗어나가는 빈민가에서 살아야 한다.

밀라노에 증권거래소와 일곱 개 카르텔의 본부가 들어서면서 이 도시가 유럽 금융의 중심지가 된 이후 인구가 폭발적으로 증가했다. 이제 밀라노는 유럽 최대의 도시일 뿐 아니라 세계에서 세 번째로 큰 빈민가를 품고 있다. 나는 사회주의자는 아니지만, 적어도 소득이 공평하게 분배되고 국가가 제대로 작동하면서 빈민들을 도와주기 위해 최선을 다하던 시절에 대한 향수는 꼭 사회주의자가 아니어도 느낄 수 있다.

나는 밀라노 대성당을 지나갔다. 웅장한 대성당 앞에 관광객과 신자들이 길게 늘어선 줄이 광장까지 이어졌다. 광장 반대편 끝에서 나는 우리 업계 사람들이 죽음의 카페라는 의미로 모르테 카페라고 부르는 카페 앞 테이블들을 지나쳤다. 그 자리에 앉은 남자들은 (모두가 남자였다) 신문과 휴대전화를 테이블에 올려놓고 눈으로는 광장을 훑으면서 일거리를 찾았다. 청부살인 시장은 카르텔과 규제가 미치지 않는 시장에 점령되면서 급성장했고, 청부살인업자들은 기본적으로 매춘과 유사하게 두 부류로 나뉘었다. 모르테 카페는 거리의 청부업자들을 위한 노천시장이었다. 이 카페를 찾는 고객들은 1만 유로 정도에 일을 맡길 수 있었다. 서비스 품질은 천차만별이었지만 경찰과 당국의 권한이 대폭 축소되고 제도적 부패가 만연한 사회에서 체포 위험은 감수할 수 있는 수준이었다. 그래서 표적의 가족이나 고용주가 청부살인으로 문제를 해결하려고 시도하는 방법이 보편적이었다. 청부살인 업계가 무기 밀매나 마약 밀매처럼 점차 커지고 있었다.

초창기의 카르텔 살인 사건은 주로 카르텔 관계자가 경쟁 카르텔을 약화시키기 위해 주도한 사건으로, 택시 기사들에 의해 자행되었다. 그래서 우리 같은 사람들을 '기사'라고 부르게 되었다는 것이 업계의 정설이다. 하지만 모르테 카페 같은 택시 승강장에서 기사들이 승객을 기다리다가, 점차 리무진 기사들이 출현했다. 이들은 고급 콜걸들처럼 실내 시장에서 일하면서 '해결사'라는 중개인을 통해서만 일한다. 이런 기사들은 각자의 명성이 있어서 모르테 카페에서 부르는 가격의 열 배까지 부를 수 있다. 어느 카르텔의 보호를 받는 직원을 제거하고 싶다면 이런 리무진 기사를 써야 한다. 나 같은 사람 말이다.

나는 이 일에 재능이 있는지는 몰랐다. 오히려 그 반대인 줄 알았다. 다만 공감 능력이 뛰어난 덕에 표적이 어떻게 생각하는지를 이해하는 데는 도움이 됐다. 나는 청부살인 업계에 발을 들여놓은 지 이 년 만에 고객들이 가장 많이 찾는 이름 중 하나가 되었다. 심리치료로 버는 수입은 아들이 여덟 살 생일에 죽은 날부터 감소하기 시작해 마리아가 자살한 이후로는 거의 말라붙었다. 그렇다고 기사가 된 게 꼭 돈 때문은 아니었다. 심리학자인 나는 사람들의 단순하고 대개는 뻔한 동기를 추론하는 데 익숙하고, 나 자신의 동기에 대해서도 마찬가지다. 내 동기는 복수였다. 아이가 말을 못하는 채로 태어난 건 잘 견디며 살 수 있었다. 그저 불운일 뿐이고 누구의 잘못도 아니며 누구의 행복도 깨지지 않았다. 하지만 베냐민의 목숨을 앗아간 것은 도저히 견디면서 살아갈 수 없었다. 인간의 탐욕, 전자 제품에 필요한 고가의 화재 방지 규정을 교묘히 피하고 지름길을 택해 경쟁사보다 제품을 싸게 팔아서 이윤을 끌어올리려 한 그 탐욕은 견딜 수 없었다. 물론 결함이 있는 침실 스탠드 하나가 한 남자로 하여금 인류애를 버리고 죽음을 전파하는 일을 업으로 삼게 했다고 주장하는 것이 조금 이상해 보일 수 있다는 건 나도 안다. 나는 이 '전파하다'라는 표현을 신중히 골랐다. 내 분노를 쏟아부을 어느 한 사람이 있는 게 아니라 카르텔을 운영하고 그런 결정을 내린 사람들, 맘몬 성서에 나오는 재물의 신을 부도덕하게 숭배하면서 내게서 베냐민과 마리아를 빼앗은 사람들, 그들 모두를 향한 복수이기 때문이다. 폭탄으로 가족을 잃은 테러리스트가 비행기를 몰고 가서 그의 개인적인 상실에 책임이 없는 건 알지만 그 일에 공모한 사람들이 가득 들어찬 건물로 날아드는 것과 같다. 그렇다, 나는 내가 카르텔의 저명한 인물들을 살해하는 청부업자가 된 이유를 정확히 알았다. 이렇게 안다고 해서 달라질 건 없다. 이렇게 통찰한다고 해서 반드시 행동이 달라지는 건 아니다. 죽음을 전파하는 일을 하면서 복수에 대한 나의 갈증이 해소된 것도 아니었다. 그러니 계속해야 했다. 물론 스스로 목숨을 끊을 수도 있었지만, 삶이 무의미하다는 걸 갑자기 깨닫는다고 해서 삶을 멈추고 싶어지는 것은 아니다. 마리아 같은 사람들이 예외로 존재하기는 하지만.

나는 주기적으로 나만의 테스트를 실행했다. 카페 앞 노천 테이블 쪽을 훑어보는 것이다. 나와 눈이 마주치고 뭔가를 알아챈 것처럼 움찔하는 사람이 있는지 본다. 아직은 없었다. 다들 그냥 내가 단순한 손님이 아니라는 사실만 인지하고 시선을 옮겼다. 좋다.

리무진 업계에서 계속 먹고살려면 원칙적으로 아무에게도, 고객에게도 얼굴이 알려져서는 안 된다. 해결사들은 수수료로 25퍼센트를 떼가는데 그들 뒤에 숨을 수 있다는 이점 하나만으로도 그만한 가치가 있었다. 리무진 업계에서 잡힌 사람 중에는 ('잡혔다'는 건 경찰한테 체포됐다는 뜻이 아니다) 기사보다 해결사가 많았다. 치미테로 마조레 묘지의 묘비만 봐도 알 수 있었다.

해갈되지 않는 복수심과 함께 내게는 기사로서의 장점이 더 있었다. 그중 하나가 우리 업계에서 '여왕'으로 불리는 유디트 서보였다. 그녀는 최고의 해결사 서너 명 중 한 명이고 전설적인 능력의 소유자였다. 들리는 말로 여왕은 거래를 성사시키지 않은 채 회의실을 나선 적이 없고, 마침 지금은 내가 그녀의 유일한 단골 기사였다. 유일한 연인이기도 했다. 내 생각에는 그렇다. 물론 확신할 수는 없다. 이전 단골도 자기가 유디트의 유일한 연인인 줄 알았을 테니까. 나의 또 하나의 장점은 다른 많은 기사와 달리 나는 겉으로는 신뢰할 만한 사람으로 보인다는 점이었다. 적어도 사무실에 계속 출근하는 것이 이상해 보이지 않을 만큼 환자가 있는 동안은 그랬다. 그리고 나의 세 번째이자 가장 중요한 장점은 남들에게는 없는 살인 무기가 있다는 것이다. 최면술.

나는 횡단보도 앞에서 신호등 빨간불이 초록불로 바뀌기를 기다리며 온몸의 감각으로 빈틈없이 경계했다. 요즘 나는 공공장소에서 주위에 누가 있는지 모른 채 서 있는 것을 좋아하지 않는다. 저

위의 저런 프랑스식 발코니 중 한 곳에 망원 조준기와 소음기가 달린 라이플총이 설치됐을 수도 있고, 신호등이 초록불로 바뀔 때 뒤에서 누가 칼을 찌르면 칼날이 신장을 찔러서 극심한 첫 고통으로 아무 소리도 내지 못한 채 바닥에 쓰러지고 사람들은 그대로 지나갈 수도 있다.

기사들이 먹이사슬의 꼭대기에 있거나 적어도 생명의 위협을 안고 돌아다니지 않아도 되던 시절이 있었다. 그러다 카르텔이 최고의 기사들을 종신고용하면서 기사들 자신이 카르텔의 핵심 관계자로 편입되어 당연하게도 표적이 되었다. 카르텔은 법 위에 군림하는 사병조직을 만들었고, 시장을 독점하기 위한 경쟁, 주로 기술과 엔터테인먼트와 의약품 분야의 경쟁은 갈수록 과거의 자본주의보다 과거의 전쟁을 더 많이 연상시켰다. 얼마 전에 본 기사에서는 현재 상황을 1839년의 아편전쟁에 비유했다. 영국의 동인도회사가 영국 정부의 지원을 받아 자유무역 원칙을 내세우며 중국인들에게 아편을 수출할 권리를 지키기 위해 중국을 상대로 전쟁을 일으켰다. 현재는 아편이 아니라 기술과 엔터테인먼트, 가벼운 자극제의 일종인 '아트스티뮬리', 그리고 인간 수명을 연장해주는 의약품을 팔기 위한 전쟁이다. 이상하게도 시장에서 규제가 철폐되고 모든 면에서 경쟁이 치열해질수록 행위자의 수가 늘어나기는커녕 줄어들고, 인수합병에 의해 독과점이 더 성행했다. 흔한 말로 상어의 세계에서는 크기가 전부다. 하지만 정확히 말해서는 이빨이 없으면 크기도 소용이 없다. '이빨'은 최고의 두뇌와 최고의 투자자, 최고의 화학자, 최고의 사업 전략가를 의미하고, 이들은 머지않아 최고의 축구선수와 같은 지위와 임금 수준으로 신분이 상승했다. 그러다 얼마 안 가 그만한 임금 수준을 맞춰줄 능력이 없으면서 파렴치하기까지 한 기업들이 시장의 표준을 낮추고 경쟁력을 확보하기 위해 타 기업 최고의 두뇌를 살해하기 시작했다. 그러자 최고의 기업들은 시장의 주도권을 잃지 않기 위해 같은 방식으로 대응해야 했고, 최고의 화학자와 발명가와 경영자들의 자리는 신흥 귀족인 최고의 청부살해업자들이 차지했다. 이제 최고의 살인자들을 보유한 기업이 장기적으로 승자가 될 것으로 보였다. 이렇게 서로 먹고 먹히는 연쇄과정이 시작되었고, 현재는 우리 기사들이 그 중심에 있었다. 기업들은 경쟁사가 보유한 최고의 청부살해업자들을 살해하기 위해 청부살해업자들을 고용했다.

그래서 지금 내 왼쪽 뒤편 약간 떨어진 곳, 기사의 '사각지대'라는 적절한 표현으로 불리는 곳에서 말소리가 들릴 때 나는 얼어붙었다. 아는 목소리여서가 아니라 (사실 몰랐다) 그자의 목소리일 수밖에 없어서였다. 어느 정도는 그가 칼라브리아지방 중에서도 나폴리 방언을 쓰기 때문이었다. 그 이유로 사람들이 그를 지오 '일 칼라브레세'(브로콜리의 일종이기도 하다)라고 부르는 것이다. 그리고 조만간 그가 나타날 거라고 예상하고 있었기 때문이었다. 지오 '일 칼라브레세' 그레코가 아니라면 그 어떤 기사도 그렇게 몰래 나한테 접근했을 수 없기 때문이기도 했다. 그뿐 아니라 지나가는 차량의 앞유리로 내 뒤에 선 남자가 흰색 정장을 입을 것이 보였고 그레코는 살인하러 나갈 때 항상 흰색 정장을 입는다는 걸 알았기 때문이었다.

"이제 거물이 됐군." 그가 내 귀에 대고 말했다.

나는 돌아보지 않으려고 마음을 다잡아야 했다. 어차피 소용없다고, 그가 날 죽일 작정이었으면 벌써 죽였거나 내가 뭘 해보기 전에 죽일 거라고 생각했다. 상대는 유럽 최고의 기사였다. 이건 의견이 아니다. 그레코는 수년 동안 유럽에서 가장 돈을 많이 받는 기사였고, 우리는 시장이 항상 옳다는 것이 일반적으로 받아들여지는 시대에 살고 있다. 유디트에 따르면 그녀가 그레코의 해결사로 일할 때 그녀도 탈이나 피셔나 알레킨이 받는 돈의 두 배를 받을 수 있었다고 했다.

"네가 나보다 더 잘하는 거 같나, 루카스?"

내가 반 보 뒤로 물러선 순간 트럭 한 대가 내 얼굴 앞으로 쌩하고 지나가며 땅이 흔들렸다.

"소문에 그들이 나한테 주는 돈보다 너한테 주는 돈이 세 배라던데. 그러니 너만은 못하겠지."

"왜 일 얘기를 한다고 생각하나, 루카스? 난 네가 나보다 그 여자랑 더 잘하는 것 같은지 궁금한데."

나는 마른침을 삼켰다. 그가 웃었다. '트' 하고 시작해서 길게 끌며 '쇄' 하며 끝나는 웃음소리였다.

"농담이야." 그가 말했다. "그래, 일 얘기가 맞아. 샤도 씨 살인사건 말이야, 그 사람이 다니던 회사 이사회에서 교통사고로 할지 자살로 할지 결정하지 못했어. 그래서 죽음 전문가를 불렀지. 나 말야. 교통 카메라에 잡힌 장면을 보면……." 그가 길 건너 건물을 가리켰다. 내가 알기로 카메라가 달린 곳이었다. "샤도 씨가 우리가 지금 서 있는 이 자리에서 다른 보행자들과 함께 빨간불을 기다리고 있어. 그런데 신호등이 초록불로 바뀌고 모두가 길을 건너도 샤도 씨는 여기 그대로 혼자 서 있었어. 서서 잠든 것처럼 있는 사이에 다음 보행자 무리가 샤도 씨 옆으로 다가왔어. 그러다 신호등이 다시 빨간불로 바뀌고 샤도 씨는 눈을 감고 입술을 달싹여. 속으로 숫자라도 세는 것처럼. 너도 그 영상을 봤지?"

나는 고개를 저었다.

"그럼 그 일을 직접 본 건가?"

나는 다시 고개를 저었다.

"그래? 그럼 내가 대신 자세히 설명해주지. 샤도 씨는 곧장 교차로로 나가. 차들이 몇 대나 그를 치고 지나가서야 멈췄는지 알아? 아니지, 그것도 모르겠군. 신문에 나오지 않은 얘기를 해주지. 샤도 씨는 결국 아스팔트에서 껌딱지를 떼듯이 긁어내야 했어."

"사고사인지 자살인지는 밝혀졌나?"

그레코는 특유의 가늘고 쌕쌕거리는 소리로 웃었다. 작게 웃었지만 내 귀에 바짝 붙어 있어서 주위의 차 소리에도 그 소리가 잘 들렸다.

"샤도 씨의 회사는 루카스 네가 일하는 회사들 중 한 곳의 경쟁사야. 이게 다 우연일까?"

"물론. 그런 일이야 늘 있잖아."

"아니, 우연이 아닌 거 알잖아." 그레코는 이제 웃지 않았다. "그 영상을 몇 번이나 돌려보다가 더 자세히 알아보려고 여기까지 내려왔어. 특히 영상에서 샤도 씨가 시선을 두는 듯 보이던 저 신호등을 확인했지."

그레코는 건너편에 정면으로 보이는 신호등을 가리켰다. "저기에 드라이버 흔적이 있더군. 그리고 보안카메라를 확인해보니 전날 밤에 신호등이 한 시간 정도 꺼져 있었는데 아무도 이유를 몰랐어. 어떻게 한 건가, 루카스? 네가 신호등에 화면을 설치하고 네 휴대전화에 연결해 샤도 씨한테 최면을 걸었나? 언제 도로로 나가라고 명령했나, 아니면 트리거가 있었나? 빨간불 같은 거?"

한겨울 추위인데도 온몸에 땀이 나는 느낌이었다. 그레코와는 전에 두 번밖에 만난 적이 없고 두 번 다 무서웠다. 무서워할 만한 뭔가가 있어서가 아니었다. 아직 기사들이 서로를 제거하는 게 일상이 되기 전이었다. 그의 기운이 무서웠다. 아니, 사실은 기운의 부재가 무서웠다. 추위가 단지 온기의 부재인 것처럼. 순수한 악이 단지 자비의 부재인 것처럼. 내 생각에 사이코패스는 특별한 자질을 가진 사람이 아니라 뭔가가 부재한 사람이다.

"그들이 당신을 나한테 붙였나? 샤도 측 회사에서?"

우리 앞의 신호등에서 빨간색 형상이 초록색 형상으로 바뀌고, 우리 양옆으로 사람들이 우르르 길을 건넜다. 내가 움직이면 등에 총알이 박힐까?

"그야 모르지? 어쨌든 죽는 게 무서운 사람의 말투는 아니군, 루카스?"

"이 눈물의 골짜기를 떠나는 것보다 더 고약한 운명이란 게 있으니까." 나는 인도에서 우리만 남겨두고 멀어져가는 사람들의 뒷모습을 보았다.

"뒤에 남겨지는 것보다는 낫지. 그건 우리 둘 다 동의할 거야, 루카스."

처음에는 당연하게도 유디트가 그를 떠난 일을 두고 하는 말인 줄 알았다. 내가 그녀의 고객으로든 연인으로든 그의 자리를 차지한 걸 그가 알아내지 못할 거라고 생각할 정도로 순진하진 않았다. 하지만 그의 말투에서 어쩐지 그가 나를 두고 한 말이라는 느낌이 들었다. 아들과 아내를 떠나보내고 남은 사람이 나라고 말하는 것 같았다. 그가 이 정보를 어디서 얻었을지 짐작도 안 되었다.

"안녕, 나……." 그가 영어로 말했다. 두 마디가 천천히 리듬감 있게 나왔다. 내 몸이 뻣뻣해졌다.

"진정해." 그가 조용히 웃었다. "보안카메라가 보이는 데서 널 쏘거나 하진 않아."

나는 겨우 한 발을 앞으로 내딛고 다른 발을 디뎠다. 뒤돌아보지 않고 계속 걸었다.

밀라노가 유럽에서 기사들의 수도가 된 것은 물론 기술과 혁신의 중심지이기 때문이다. 최고의 두뇌들이 이 도시에 살고 최고로 부유한 기업들도 여기에 있다. 이 도시는 사바나에서 온갖 동물이 모여드는 물웅덩이이고, 몸집이 거대해 걱정할 게 없는 소수의 초식동물을 제외하고 나머지 대다수는 사냥꾼이거나 사냥감이거나 썩은 고기를 찾아다니는 청소부였다. 아무도 빠져나갈 수 없는 공포의 공생 관계에서 함께 살아가는 존재들이었다.

나는 자갈이 깔린 좁은 인도를 따라 걸었다. 길이 약간 휘어져 멀리까지는 보이지 않았다. 그래서 사무실에 갈 때 항상 이 길로 가는 것이기도 했다. 내 앞에 놓인 것을 다 볼 필요가 없으니까.

나는 작은 고급 의류점과 그보다 덜 고급스러운 매장, 그리고 원자재 부족으로 대량 생산이 멈춘 후 다시금 르네상스를 맞은 장인의 공방 앞을 지났다.

집에 있는 내 체스판은 내가 좋아하는 무라카미 대 칼센의 대결로 설정된 채로 나를 기다리고 있었다. 칼센이 전성기를 찍고 몇 년 지나서 치른 게임이지만 칼센이 초반에 배회하다가 너무나 자명하지만 교묘한 함정에 빠진 탓에 유명해졌다. 이후 그 함정은 '무라카미 함정'이라 불리며 '라스커 함정'만큼 유명해졌다. 훗날 무라카미는 이탈리아의 혜성 같은 신인 올센과 바로 여기 밀라노에서 더 유명한 블리츠 체스 게임을 치르며 같은 함정의 무자비한 변형 버전으로 작전을 펼쳤다.

그레코를 만나고부터 심장이 계속 쿵쾅거렸다. 물론 거리 살인이 그의 방식이 아니고, 그는 그런 일은 다른 기사들한테 넘긴다는 것도 알았다. 하지만 그가 "안녕, 나……"라고 말했을 때 나는 이제 끝났고 곧 베냐민, 마리아와 재회하게 될 거라고 확신했다. 그레코가 조니 캐시의 팬이라서 그런지 모르겠지만, 소문에 따르면 그의 명함과도 같은 대사, 그가 희생자들에게 하는 작별인사가 바로 "안녕, 나 그레코야"라고 했다. 이런 소문이 생긴 **이후에** 이런 말을 시작했다는 주장도 있었다. 그가 실제로 살해 현장에 있다면 말이다. 사실 그는 원격 살인도 가능했다. 작년에 스포르체스코 성의 주알리 집안에 대한 대대적인 공습처럼.

아무도 나를 미행하지 않는 줄 알면서도 그가 그렇게 갑자기 나타나 그의 유명한 대사를 반토막만 말한 이유가 무언지 생각하지 않을 수 없었다. 그레코 말이 맞았기 때문이다. 나는 우연을 믿지 않는다. 협박이었을까? 하지만 그도 알고 나도 알듯 그가 정말 날 죽이고 싶었다면 아까 거기서 죽였을 텐데, 나는 왜 이렇게 그의 협박을 심각하게 받아들일까? 그는 무슨 계획을 세웠을까? 그는 단지 어떤 계획을 세운 것처럼 보이고 싶었을 수도 있다. 한 여인의 옛 연인이 새 연인에게 밤잠을 설치게 하고 싶은 것처럼.

그러다 앞쪽에서 들리는 떠들썩한 말소리와 고함에 생각이 끊겼다. 좁은 길에 사람들이 모여서 고개를 들고 서 있었다. 나도 위를 보았다. 꼭대기 층에서 한 층 아래의 프랑스식 발코니에서 검은 연기가 뿜어져 나왔다. 발코니의 난간 안쪽에 뭔가, 창백한 얼굴이 보였다. 아이였다. 여덟 살 정도? 열 살? 아래에서는 가늠하기 어려웠다.

"뛰어내려!" 지켜보던 누군가가 소리쳤다.

"왜 아무도 올라가서 저 애를 구해주지 않습니까?" 내가 소리친 그 남자에게 물었다.

"대문이 잠겼어요."

더 많은 사람이 뛰어왔다. 그 자리에 모인 사람이 두세 배로 불어났고, 화재가 발견된 직후에 내가 도착했다는 생각이 들었다. 소년이 입을 벌렸지만 아무 소리도 나오지 않았다. 바로 알아챘어야 했고, 아마 그랬을 수도 있다. 그래도 달라지지 않았을 것이다. 눈물이 차오르는 것이 느껴졌다.

나는 대문 쪽으로 뛰어가 문을 쾅쾅 쳤다. 대문의 작은 구멍이 열리고 수염 난 사람의 얼굴이 보였다.

"6층에 불이 났어요!" 내가 말했다.

"소방대를 기다리는 중이에요." 남자가 이미 연습한 대사를 읊조리듯 말했다.

"그럼 너무 늦어요. 누가 저 애를 구해야 해요."

"저쪽에 불이 붙었어요."

"내가 들어갈게요." 내 안의 모든 것이 비명을 질렀지만 나는 나직이 말했다.

문이 살짝 열렸다. 남자는 키 크고 수염이 났고 머리는 누가 대형 해머로 내리친 것처럼 어깨 사이에 쑥 들어가 있었다. 그는 기사들의 평범한 복장, 즉 별다른 특징 없는 검정 정장을 입고 있었다. 내가 안으로 밀고 들어가 그를 지나쳤을 때 사실은 그가 날 들여보내준 거였다.

나는 계단을 뛰어 올라갔다. 유독 가스가 폐를 할퀴는 느낌을 받으며 층수를 세었다. 6층에서 멈추자 문 두 개가 나왔다. 왼쪽에 있는 문의 손잡이를 잡았다. 잠겨 있었고 안에서 개가 사납게 짖어대는 소리가 들렸다. 그러다 발코니는 건물 전면에서 우측에만 있던 게 생각나 반대편 문의 손잡이를 돌렸다.

놀랍게도 문이 열리고 연기가 빠져나왔다. 검은 연기의 벽 뒤로 불꽃이 보였다. 나는 모직코트 자락을 끌어올려 얼굴을 덮고 안으로 들어갔다. 잘 보이지 않지만 작은 아파트인 것 같았다. 나는 발코니가 있을 법한 쪽으로 가다가 소파에 부딪혔다. 큰 소리로 불러봐도 대답이 없었다. 기침을 하면서 계속 앞으로 나아갔다. 열린 냉장고 문에서 불길이 혀를 날름거렸고, 그 앞 바닥에 뒤틀리고 새카맣게 탄 무언가의 잔해가 있었다. 침실 스탠드인가?

말했듯이 나는 우연을 믿지 않는다. 오직 나만을 위해 정교하게 짜인 장면이었다. 그래도 내가 할 일을 해야 했다. 다른 방법은 없었다.

갑자기 바람이 불어서 발코니 문 쪽의 연기가 흩어지면서 아이가 보였다. 아이는 배지를 단 지저분한 블레이저와 얼룩지고 올이 풀린 티셔츠와 바지를 입고 있었다. 아이가 커다란 눈망울로 나를 보았다. 머리가 꼭 베냐민처럼 옅은 색의 금발이지만 숱은 그렇게 많지 않았다.

나는 재빨리 두 걸음 앞으로 내딛어 아이를 안아 들었고, 작고 따스한 손가락이 목덜미를 잡는 느낌이 들었다. 나는 현관문을 향해 전속력으로 뛰어가며 연기를 토해냈다. 벽을 더듬어 나가면서 현관문의 손잡이를 찾으려 했다. 손잡이가 없었다. 발로 문을 걸어차고 어깨로 밀쳐도 봤지만 문은 꿈쩍도 하지 않았다. 빌어먹을 손잡이가 어딨지?

그 답이 생각난 순간 냉장고에서 쉭 하는 소리, 구멍 난 호스에서 바람이 빠지는 소리가 났다. 가스가 새면서 불꽃을 점화하고 집 안 전체를 환하게 밝혔다.

문에는 애초에 손잡이가 없었다. 열쇠 구멍도 없고 아무것도 없었다. 지오 그레코의 연출이었다.

나는 아이를 내려놓지 않고 다시 열린 발코니 문으로 뛰어갔다. 좁은 발코니의 연철 난간 위로 몸을 내밀었다.

"숨 쉬어." 나는 아직 갈색 눈을 크게 뜨고 나를 쳐다보는 아이에게 말했다. 아이는 내가 시키는 대로 했지만 내가 아무리 아이를 밖으로 내밀어 들어주어도 잠시 후면 우리 둘 다 일산화탄소 중독으로 죽을 것이다.

나는 저 아래 거리에 모여 입을 벌리고 쳐다보는 사람들을 보았다. 일부가 비명을 질렀지만 아무 소리도 들리지 않고 그들의 말소리는 우리 뒤에서 무섭게 타오르는 불길에 잠식되었다. 소방차가 다가오는 사이렌 소리도 들리지 않았다. 애초에 오지 않았으니까.

아까 대문을 열어준 남자는 모르테 카페의 기사들과 같은 정장만 입은 것이 아니라 표정도 그들만큼 냉랭했다. 그의 희생자들만큼이나 죽은 표정이었다.

나는 오른쪽을 보았다. 평범한 발코니가 있었고 그렇게 멀지 않았지만 그쪽으로 넘어갈 방법이 없어 보였다. 왼쪽에는 발코니가 없지만 그 집의 가장 가까운 창문까지 이어진 작은 턱이 있었다.

지체할 시간이 없었다. 나는 아이를 내게서 조금 떨어뜨려 안고서 아이의 갈색 눈동자를 보았다.

"우리 저기로 넘어갈 거야. 그러니 너는 내 등을 꼭 붙잡고 있어야 해. 알겠지?"

아이는 대답 없이 고개만 끄덕였다.

나는 아이를 등으로 넘겨 업었고, 아이는 내 목을 끌어안고 두 다리로 내 배를 감았다. 나는 난간을 넘어가 손으로 난간을 꽉 붙잡으며 한 발을 턱에 디뎠다. 폭이 좁아 신발 바닥의 일부만 디딜 수 있었지만 다행히 두툼한 겨울 신발이라 어느 정도 지지가 되었다. 나는 한 손을 난간에서 떼서 벽을 짚었다.

저 아래 사람들이 우리를 향해 비명을 질렀지만, 그 사람들도, 높이도 거의 의식되지 않았다. 높이를 두려워하지 않은 건 아니었다. 나는 높은 곳을 두려워한다. 여기서 떨어지면 죽을 게 뻔했다. 하지만 턱 위에서 중심을 잡지 못하면 산 채로 불에 타 죽을 테니 주저하지 않았다. 게다가 중심을 잡으려면 힘을 끌어내기보다 집중력이 더 필요했기에 나의 뇌에서 현재 상황에 도움이 되지 않는 공포는 임시로 차단했다. 심리학자와 전문 킬러로서의 내 경험상, 인간은 이런 면에서 놀라울 정도로 이성적이다.

나는 아주 조심스럽게 난간을 놓았다. 가슴과 뺨을 거친 회반죽 벽에 단단히 붙이고 중심을 잡았다. 아이도 내 등에 달라붙어 가만히 있어야 하는 걸 아는 느낌이었다.

저 아래 거리에서는 이제 아무도 소리치지 않았고, 들리는 소리라고는 발코니 밖으로 넘실대는 불길의 소리뿐이었다. 나는 천천히 발을 끌면서 좁기는 해도 부디 단단하길 바라는 턱 위에서 오른쪽으로 조심조심 이동했다. 그런데 단단하지가 않았다. 당혹스럽게도 발밑이 젤리 같은 덩어리로 느껴졌다. 신발이 누르는 압력으로 턱에서 화학 반응이 일어난 것 같았고, 이제야 그 색이 건물의 다른 부분과 약간 다른 게 보였다. 몇 초 이상 버티지 못하고 무너지려 했다. 한 자리에만 서 있지 못하고 계속 이동해야 했다. 이미 프랑스식 발코니에서 한참 떨어져 다시 돌아가는 것도 불가능했다.

옆집 창문까지 충분히 가까워지자 나는 왼손으로 조심스럽게 버버리 스카프를 풀면서 오른손으로는 튀어나온 창턱을 붙잡았다. 그 스카프는 마흔 살 생일에 유디트에게 받은 선물이고, 함께 받은 카드에는 그녀가 나를 많이 좋아한다고 적혀 있었다. 내가 그녀에게 충실한 마음을 표현하면서 자주 쓰던 가장 강렬한 표현을 장난스럽게 가져온 메시지였다. 스카프를 손에 감으면 창문을 깰 수 있을 것 같은데 스카프의 한쪽 끝자락이 아이의 팔과 내 목 사이에 끼었다.

아이가 움찔하고 움직이자 내가 스카프를 홱 잡아 뺐고, 그러다 순간 중심을 잃었다. 오른손으로는 창턱을 붙잡고 오른발만 벽의 턱에 디뎠다. 나는 마치 경첩 하나에 매달린 문짝처럼 속수무책으로 건물에 매달렸다. 떨어질 뻔하다가 마지막 순간 겨우 다른 손으로 창턱을 잡았다.

아래를 내려다보니 버버리 스카프가 땅으로 유유히 떨어지고 있었다. 그 높이. 뱃속이 텅 비는 듯한 느낌. 차단해야 했다. 나는 오른손을 들어 맨주먹으로 있는 힘껏 창문을 치면서 나 자신에게 세게 칠수록 손을 벨 위험이 줄어든다고 되새기려 했다. 유리창이 산산조각 났고 통증이 팔을 타고 올라왔다. 유리 파편에 베인 통증이 아니라 맨주먹이 딱딱한 뭔가에 부딪혀서 생긴 통증이었다. 그게 뭔지는 몰라도 그 딱딱한 것을 움켜잡고 몸을 옆으로 기울여보니, 주먹에 닿은 것은 격자로 된 철제 창살이었다. 양옆에 경첩이 달려 있고 한가운데에 큼직한 자물쇠가 달려 있었다. 6층 창문에 누가 철봉으로 된 창살을 설치했을까?

답은 자명했다.

창살 사이로 희미하게 불이 켜진 작고 휑한 집 안이 들여다보였다. 가구 하나 없는 집 안의 정면 벽에 커다란 소방 도끼 하나가 걸려 있었다. 전시된 작품처럼. 아니, 달리 말하면 그레코가 내가 바로 찾기를 원한 것처럼.

어디선가 바스락거리며 긁는 소리가 났다. 바닥에서 시커먼 형체가 으르렁거리며 총총 달려왔다. 창살을 잡은 내 손가락에 축축한 주둥이와 이빨이 닿았다. 그리고 놈이 바닥으로 내려가 맹렬히 짖어댔다.

개가 나를 향해 달려들자 나는 본능적으로 몸을 뒤로 젖혔고, 순간 아이의 조그만 손이 내 목에서 미끄러져 내려가는 느낌이 들었다. 아이가 오래 버티지 못할 것 같았다. 안으로, 당장 안으로 들어가야 했다.

그 개, 로트와일러가 창문 바로 아래 바닥에 앉아 아가리를 벌리며 희고 번뜩이는 이빨을 드러내며 침을 흘리고 있었다. 개가 뒷다리로 일어나 벽에 기대어 서서 주둥이를 계속 창살 사이로 들이밀었지만 내 손가락까지 닿지 못했다. 개가 차갑고 무표정한 증오를 담아 나를 노려보는 사이 굵은 개목걸이에 뭔가가 매달린 게 보였다. 열쇠였다.

개가 포기했다. 앞발이 미끄러져 내려가고 그냥 바닥에 앉아 나를 보고 짖어댔다.

아이는 다리에 힘을 주어 내 등을 타고 더 올라오려 했다. 아이가 조용히 낑낑거렸다. 나는 열쇠를 보았다. 소방 도끼를 보았다. 그리고 자물쇠를 보았다.

그레코는 말 하나를 기꺼이 희생했다.

위대한 체스 플레이어들의 방식이었다. 체스판에서 상대에게 어드밴티지를 주지 않으면서 자기 위치를 개선하는 방법이었다. 그때는 그의 계획을 짐작할 수 없었지만 그에게 계획이 있다는 건 알았다. 1936년 노팅엄 체스 토너먼트에서 체스 세계챔피언인 독일인 에마누엘 라스커는 상대가 반 시간이나 고심하다가 결국 그에게 중요한 말을 내주는 것을 보았다. 라스커는 그 제안을 거절하고 계속 밀고나가 그 게임을 이겼다. 나중에 그는 왜 그 말을 잡지 않았느냐는 질문에 자신만큼 잘하는 상대가 수 하나에 반 시간이나 고민한 끝에 그걸 희생할 가치가 있다고 판단했다면 그로서는 상대가 예상한 대로 수를 두면 절대로 안 되었다고 답했다.

나는 이 말을 떠올렸다. 상황을 파악했다. 그리고 상대가 계산에 넣었을 수를 두었다.

나는 왼팔을 창살 사이에 끼웠다. 팔이 창살에 꽉 끼어 재킷과 셔츠의 소매가 말려 올라오고 피에 젖은 맨살이 드러났다. 개에게 던지는 나의 수. 그러자 소리 없이 번개처럼 반응이 왔다.

개가 입술을 일그러뜨렸고, 개의 이빨이 내 팔뚝에 박혔다. 개가 턱을 꽉 다물기 전에는 통증이 느껴지지 않았다. 나는 오른손을 밀어 넣었지만 개목걸이에 걸린 열쇠에 손이 닿으려는 순간 개가 내 왼팔을 바닥으로 잡아당기며 내 오른팔에서 벗어나려 했다.

개 중에도 어떤 품종은 턱을 완전히 다물 수 있다는 말이 사실은 아니지만 어떤 개들은 특히 더 세게 다물 수 있다. 또 어떤 품종은 다른 개들보다 영리하다. 로트와일러는 웬만한 개들보다 더 세게 물고 지능도 더 높다. 사실 지능이 높다는 점 때문에, 예전에 내가 동물에게 최면을 걸어 단순한 과제(고개를 몇 번 끄덕이기)를 시킬 수 있다면서 심리학과의 다른 학생 두 명과 내기했을 때 로트와일러를 선택한 것이기도 했다. 그때 내가 시킨 거라고는 가만히 앉아 있게 한 거였다. 사실 간단한 기술 몇 개로 개든 닭이든 돼지든 악어든 거의 모든 동물에게 가만히 누워 깊은 최면에 든 것처럼 보이게 하는 건 그리 새로울 게 없었다. 최면전문가는 이런 긴장증 상태를 만든 걸로는 크게 인정받지 못한다. 알고 보면 도망칠 수 없는 상황에서 '죽은 척하는' 본능이 작용한 결과이기 때문이다. 포식동물이 이미 죽었거나 병들었을지 모를 먹잇감을 건드리지 않는 습성을 이용한 접근이었다. 하지만 당시 나의 두 친구에게는 새로웠는지 내게 돈도 주고 위대한 동물 최면술사라는 과분한 명예까지 주었다. 그 시절의 나는 둘 중 어느 하나도 거절할 형편이 못 되었다.

나는 오른손을 개에게 닿을 만큼 창살 안으로 깊숙이 밀어 넣어 개의 이마에 가만히 얹었다. 천천히 박자를 타면서 손을 앞뒤로 움직이며 낮은 목소리로 중얼거렸다. 개가 턱의 힘을 풀지 않은 채 나를 쳐다보았다. 그게 어떤 느낌인지는 나도 모른다. 최면전문가는 자기 일에서 성자 같은 존재가 되는 것이 아니다. 특정 기술을 익힌 전문가일 뿐이었다. 어느 책에서 칭송하듯 남다른 통찰력을 가진 사람도 아니고 첫 수를 기가 막히게 잘 두는 체스 플레이어와 같은 존재일 뿐이다. 물론 실력이 좋은 최면전문가도 있고 서툰 전문가도 있겠지만, 어쨌든 나는 실력이 좋은 쪽이고, 최고라고 할 수도 있었다.

인간에게도 최면 효과는 느린 인지 과정을 뛰어넘는다. 그래서 그렇게 놀랍도록 빠르게 작용하는 것이고, 또 그래서 횡단보도에 서 있던 남자가 단 몇 초간 신호등을 보다가 그 안에 미리 심어둔 트리거를 보고 순식간에 최면에 걸리는 것이다.

개 눈꺼풀이 반쯤 감기고 턱의 힘이 풀리는 듯했다. 나는 계속 천천히 평온하게 말하면서 오른손을 조금씩 개 목줄로 옮겨 열쇠를 끌러서 내 쪽으로 끌어왔다. 순간 등에서 아이의 손아귀 힘이 풀리고 몸이 미끄러져 내려가는 느낌이 들었다. 나는 손을 뒤로 가져가 그 작은 몸을 감싸서 아이가 떨어지기 직전에 바지 안감을 움켜쥐었다. 겨우 붙잡았지만 오래 버티지 못할 걸 알았다.

나는 엄지를 열쇠고리 안쪽으로 밀어 넣어 열쇠를 잡았다. 이제 열쇠를 창살 가운데의 자물쇠에 꽂아 돌려야 했다. 한 손으로는 불가능할 것 같았다. 이제 개의 턱에서 힘이 거의 다 풀리는 느낌이 들어서 조심스럽게 팔을 빼봤지만 개의 머리가 당겨지는 느낌이 들었다. 문득 포식동물의 이빨이 안쪽으로 쏠려 있다는 사실이 떠올랐다. 그래야 먹잇감을 물면 놓치지 않을 수 있었다. 그래서 나는 아주 조심스럽게 팔을 살짝 안쪽으로 더 밀었다가 위로 들었고, 그러자 손이 빠져나왔다. 피가 팔뚝을 타고 손바닥까지 흘러 내려와 미끄러져 떨어질 뻔하다가 새끼손가락과 네 번째 손가락으로 겨우 창살 하나를 부여잡았다.

"십 초만 꽉 잡아." 내가 큰 소리로 말했다. "소리 내서 세어봐."

아이는 대답 대신 손으로 내 목을 고쳐 잡았다.

나는 아이에게서 손을 떼고 남은 세 손가락과 오른손으로 열쇠를 자물쇠에 겨우 집어넣고 돌렸다. 걸쇠가 팅겨 올랐다. 나는 창살문의 한쪽을 밀어서 열었다. 몸을 돌려 아이가 내 등을 타고 올라가 안으로 들어가게 해주었다.

아래 거리에서 박수와 브라보를 외치는 소리가 올라왔다. 개가 얌전히 앉아 허공인지 자기 내면의 깊은 곳인지를 응시하고 있었다. 누가 알겠는가? 요즘은 학술지를 잘 보지 않지만 예전에 학자들이 '나'를 경험한다고 여기던 동물 리스트를 본 기억이 나는데 그중에 개는 없었다.

이 집도 현관문 안쪽 손잡이 자리에 금속판이 덧대어 있고 옆집처럼 손잡이가 없었다. 문이 잠겼는지 확인하기 위해 발로 살짝 밀어보고는 벽에 두 개의 고리에 걸린 소방 도끼를 집었다. 도끼의 무게를 가늠하며 문을 살폈다.

팔에서 흐른 피가 나무 바닥으로 떨어지며 묵직한 한숨 소리 같은 소리가 났다. 다른 소리도 들렸다. 창문 쪽을 돌아보았다.

아이가 개 바로 앞에 서 있었다. 개를 쓰다듬고 있었다!

개의 부드러운 검정 털 속에서 근육이 불끈하고 귀가 쫑긋 섰다. 최면이 풀린 것이다. 낮게 으르렁거리는 소리가 들렸다.

"도망쳐!" 내가 소리를 질렀지만 너무 늦었다. 아이가 겨우 반보 뒤로 물러섰을 때 아이의 얼굴에 피가 튀었다. 아이는 충격에 휩싸인 눈으로 무릎을 꿇고 앉았다. 도끼날이 아이 바로 앞의 바닥에 박혔고, 도끼날과 아이 사이에 입술이 뒤틀린 채 잘려나간 개의 대가리가 있었다. 잘린 몸통에서 마지막으로 피가 두 번 더 솟구쳤다.

나는 일이 초 정도 그대로 서 있었다. 그제야 아이의 입에서 여태 한마디도, 아무 소리도 나오지 않았다는 생각이 들었다. 나는 아이의 바로 앞에 무릎을 꿇고 앉았다. 코트를 벗어 아이의 얼굴에 묻은 피를 닦아주다가 어깨에 손을 얹고 아이와 눈을 마주친 다음 내가 하려는 말을 손 모양으로 만들었다.

'너 말을 못 하는구나, 그렇지?'

아이는 대꾸하지 않았다.

"너 말을 못 하지?" 내가 입 모양으로 크게 또박또박 물었다.

아이가 고개를 끄덕였다.

"나도 말 못 하는 아들이 있었어." 내가 말했다. "그 애는 수화로 말해서 내가 이해할 수 있게 해줬어. 너 수화 아니?"

아이는 고개를 저었다. 입을 벌리고 목구멍을 가리켰다. 그리고 도끼날을 가리켰다.

"하, 맙소사." 내가 말했다.

전화벨이 울렸다.

나는 재킷 주머니에서 휴대전화를 꺼냈다. 페이스타임으로 모르는 번호가 떴지만, 누군지 알 것 같았다. 응답을 누르자 화면에 얼굴이 떴다. 가이 포크스 가면처럼 생겼다. 한때 전세계 이상주의적 혁명가들이 기득권 세력에, 특히 국가 권력에 저항하기 위해 쓰던 가면이다. 가느다란 콧수염과 염소수염과 눈가에 주름이 잡히도록 히죽거리는 표정의 지오 그레코는 약간 돼지처럼 보였다.

"축하해." 그레코가 말했다. "둘이서 고문실로 잘도 찾아왔군."

"그나마 여긴 불은 없군." 내가 말했다.

"아, 내가 널 위해 뭘 준비했는지 알면 그냥 불에 타 죽는 게 나았다 싶어질 텐데."

"왜 이러는 거냐, 그레코?"

"아부다비 카르텔이 200만 유로를 주기로 했어. 영광인 줄 알아. 기사 몸값치고는 기록적인 금액이니까."

나는 마른침을 삼켰다. 최고의 기사라는 명성을 얻으면 그 나름의 위험이 따르는데, 그 위험이 커지기도 하고 적어지기도 한다. 위험이 커지는 이유는 내 목에 걸린 가격이 올라가기 때문이고, 적어지는 이유는 다른 기사들이 결국 자기도 무덤에 묻힐 가능성이 크다는 걸 알기에 아무도 그 일을 맡으려 하지 않기 때문이다. 나도 위험이 적은 일만 하면서 보호 장치로 삼았다.

"사실은 가격을 더 올릴 수도 있었어." 그레코가 말했다. "그쪽에서 먼저 접근한 거라면 말이야."

"그럼 네가 먼저 찾아갔나?"

"그래, 이번 일은 내가 제안했어. 내가 부르는 가격을 그쪽에서 거절할 수 없을 걸 알았고."

온몸에 식은땀이 났다. 이렇게라도 몸에서 수분을 내보내면 생존 확률이 올라갈 것처럼.

"그런데 왜…… 이러는 거지? 아까 횡단보도에서 날 쏠 수도 있었잖아."

"총알 한 발보다 좀 더 사치스러운 걸 시도할 예산이 있었으니까. 이 바닥에서 회자될 만한 거. 평판을 얻는 건 결국……."

"왜냐니까?" 나는 소리치다가 겁먹은 아이와 눈이 마주쳤다. 수화기 너머에서 아무 말이 없지만 그가 만족스럽게 웃는 소리가 들리는 것만 같았다.

"왜지?" 나는 애써 목소리를 가라앉히며 다시 물었다.

"너도 알 텐데. 넌 심리학자이고, 넌 '여왕'이랑 자고 있으니까."

"질투? 고작 그딴 걸로?"

"아, 질투는 단순하지 않아, 루카스. 유디트가 날 떠나고부터 난 심각한 우울증에 빠졌어. 그러다 심리학자를 찾아갔는데, 그 사람 말이 내가 우울증만이 아니라 자기애성 성격장애라는 병도 함께 있다더군. 나르시시스트라고. 어떤 사람이 충분히 근거 있는 자아상을 갖는 걸로 '병'이 있다고 하는 게 맞는가 싶긴 하지만, 어쨌든 내가 그 사람에게 그랬어. 나는 엉뚱한 진단을 받으러 온 게 아니라 행복해지는 약을 받으러 온 거라고."

나는 대꾸하지 않았다. 하지만 그레코가 말한 대로라면 전형적인 나르시시스트가 맞았다. 이런 환자는 문제를 인정하거나 치료받지 않으려 하고, 우리 같은 의료계 종사자들은 대개 우울증을 통해 인구의 0.5퍼센트에 해당하는 이 진단의 사람들을 접한다.

"그런데 그 작자가 멈추지 않는 거야, 그 멍청이가." 그레코가 한숨을 쉬었다. "내가 쏘기 전에 그자는 나르시시즘의 특징은 극도로 발달한 질투심이라더군. 문헌상 최초의 나르시시스트인 카인처럼. 왜 있잖아, 성서에서 질투로 동생을 죽인 그 친구. 음, 그 얘기가 날 한마디로 정리해주는 거 같아."

그가 심리학자를 쐈다는 게 농담인지는 알 수 없었고 알고 싶지도 않았다. 돌이킬 수 없는 일로 복수해봐야 부질없는 짓이라고 지적하고 싶지도 않았다. 내가 살면서 해온 일이 바로 그거였으니까.

"이제 알겠나, 루카스? 난 성격장애자라서 네가 고통스러운 걸 보고 싶은 거야. 미안해. 내가 할 수 있는 게 없어."

"난 날마다 고통받고 있어, 그레코. 그러니 제발 날 죽이고 아이는 보내줘."

그가 끌끌끌 혀를 찼다. 학생이 칠판 앞에 나와 덧셈을 틀렸을 때처럼.

"죽는 건 쉽지, 루카스. 게다가 이제 네 고통은 줄어들었어. 여왕은 좋은 치료제니까, 안 그래? 그래, 난 너의 그 상처를 다시 벌려놓고 싶어. 네가 내 포크 밑에서 꿈틀거리는 꼴을 보고 싶단 말이야. 네가 저 애를 살리려고 발버둥 치다가 이번에도 또 실패하는 꼴을 보고 싶어. 듣자 하니 네 아들이 연기를 마시고 중독됐을 때 네가 병원에 데려가긴 했지만 늦었다더군."

난 대답하지 않았다. 한밤중에 연기 냄새가 나서 베냐민의 방으로 뛰어가 보니 아이가 자는 침실 스탠드에서 연기가 났고, 아이는 이미 숨을 쉬지 않았다. 아이를 차에 태워 최대한 빨리 달렸지만 나는 레이싱 선수가 아니었고 병원은 너무 멀었다. 늘 그렇듯 나는 체스판에서 잘못된 위치에 놓인 기사였다.

"이 아이 성대……." 내가 말했다. 마른침을 삼켜야 했다. "네가 한 짓이야?"

"네 아들하고 좀 더 비슷하게 만들려고 그랬지. 그러니 네 마누라가 벙어리를 낳게 만든 신을 원망해."

나는 아이를 보았다.

그레코는 이 아이를 어디서 찾았을까? 도시 변두리의 빈민가겠지. 어린애 하나 사라져도 크게 관심을 끌지 못할 곳 말이다.

"내가 그냥 창밖으로 뛰어내릴 수도 있어." 내가 말했다. "그럼 이 게임도 끝나겠지."

"그러면 아이의 창자가 가스로 망가질 텐데."

"가스?"

"여기서 버튼 하나만 누르면 돼." 그레코는 카메라를 향해 작은 리모컨을 들었다. "카르텔의 화학자가 새로 발명한 거야. 머스터드 가스의 일종인데 점막을 서서히 부식시키지. 극도로 고통스럽고 몇 시간이 걸릴 수 있어. 결국에는 장기를 다 토해내고 내출혈로 죽어."

나는 실내를 둘러보았다.

"소용없어, 루카스. 가스가 천장이랑 벽으로 스며들어가서 막을 방법이 없어. 정확히 한 시간 뒤에 시작 버튼을 누를 거야. 육십 분이야, 루카스. 째깍째깍."

"소방차가 오고 있어. 소방관들이 우리 비명을 들을 거야."

"불은 이미 꺼졌어, 루카스. 방화제 뿌리고 인화성 물질을 살짝 덮고 냉장고에 불을 붙인 거야. 아무도 오지 않아. 내 말 믿어, 너희 둘만 남았어."

그의 말이 믿어졌다. 나는 손목시계를 보고 기침을 했다. "우린 다 혼자야, 그레코."

"이제 우리 둘 다 그녀를 빼앗겼으니 적어도 너와 나는 혼자지."

나는 가이 포크스의 얼굴을 봤다. '우리가 빼앗겨?' 무슨 뜻이지?

"잘 가라, 루카스."

연결이 끊겼다. 화면이 꺼졌다. 바깥이 얼어붙을 듯 춥기는 했지만 내가 느낀 냉기는 내 속에서 올라와 외부로 퍼지고 있었다. 그자가 그럴 리가……?

아니야. 분명 날 속이려 하는 거야.

그런데 왜지?

당장 유디트에게 전화해 안전한지 확인할까? 그럼 그자가 신호를 추적해서 유디트가 숨은 장소를 찾아내지 않을까? 안 된다. 내가 그자나 유디트처럼 카르텔의 거대한 위성 통신망과 사설 기지국을 임의로 변환해 신호를 추적당하지 않는 휴대전화를 쓴다는 정도는 그자도 알 것이다.

나는 천장과 벽을 살펴보았다. 그리고 손목시계를, 무자비하게 돌아가는 초침을 보았다.

정신을 차리고 어떻게 할지 다음 수를 짜냈지만, 에베레스트에 오르는 산악인처럼 뇌가 합리적으로 돌아가는지 알 수 없었다. 높은 고도에서는 산소 부족으로 판단력이 흐려진다는 걸 알지만 이런 지식은 도움이 되지 않았다. 혼란스러운 건 혼란스러운 거였다.

육십 분. 아니, 오십구 분.

그래도 알아야 했다.

그녀의 번호로 전화를 걸었고 기다리는 동안 심장이 맹렬하게 쿵쾅거렸다.

신호음이 울렸다. 한 번. 두 번.

전화받아, 어서 받아!

신호음이 세 번 울렸다.

2부: 중반전

무라카미의 다른 게임에서는 상대가 중반전에서 다 잃었다. 올센이 게임을 못해서가 아니라 초반전에 무라카미의 함정에 빠진 뒤로 중압감에 짓눌렸기 때문이다. 서글서글하고 점잖으면서도 과묵한 올센이 수를 짜내느라 소중한 시간을 다 허비하고 결국에는 시간과 싸워야 할 뿐 아니라 무라카미의 막강한 위치 선점과 수적 우위의 말들과도 싸워야 했다. 거듭 회자되는 논쟁이 하나 있다. 올센이 퀸을 희생한 건지, 무라카미가 올센의 퀸을 차지한 건지에 관한 논쟁이다. 나를 비롯한 대다수는 올센이 스스로 퀸을 희생한 것이 아니고 무라카미가 퀸을 차지하자 올센이 얻은 거라고는 어차피 두어야 할 수를 잠시 미룬 것뿐이라고 생각한다. 일반 게임이 었다면 올센도 그냥 포기하고 무라카미에게 승리를 넘겨줬을 테지만 시간제한을 두는 블리츠 체스에서는 상대가 어느 순간에든 압박감에 무너져 치명적인 실수를 저지를 여지가 남아 있었다. 그래서 올센은 고통을 견디며 말을 하나씩 잃는 쪽을 택했고, 그사이 마지막 남은 흑기사가 대가리가 잘린 닭처럼 이리저리 뛰어다녔다. 이 게임을 복기하면서 한 수 한 수 고통스럽게 두는 것은 그리스 비극을 견디는 것과 같았다. 어떻게 끝나는 결말인지 알지만, 목적은 끝에 이르는 가장 아름다운 길을 찾아내는 것이다. 기사들이 '경치 좋은 길'이라고 부르는 길.

내가 유디트 서보를 만난 건 유디트가 아직 지오 그레코의 해결 사이자 연인이었을 때였다. 롬바르디아 카르텔의 수장인 루카 주알리가 지자체로부터 사들여 개인 요새로 개조한 스포르체스코 궁전에서 열린 무도회에서였다. 주알리는 사병조직을 꾸려서 요새의 경호를 맡긴 후 나를 고용해 보안 방식의 허점을 찾고 적이 공격하려는 징후를 포착하게 하라고 주문했다.

나는 저택 안마당의 피아노 옆에 서서 턱시도와 드레스를 차려입은 부자와 권력자들을 지켜보고 있었다. 유디트는 남들처럼 무리에 섞여들려고 했지만 바로 눈에 띄었다. 새빨간 드레스에 길고 까만 머리를 늘어뜨린 모습이 무척 아름다웠기 때문만이 아니라 프로답게 나에게 접근하는 것을 거부하지 못했기 때문이었다.

"일을 그렇게 잘하지는 못하시네요." 그녀가 내게 건넨 첫마디였다.

그녀는 175센티미터인 나보다 2센티미터쯤 더 컸다.

"유디트 서보군요." 내가 말했다.

"거봐요, 그러니 좀 낫네요. 어떻게 알았죠?"

"소문을 들었습니다. 여왕처럼 걷고 기사처럼 주위를 살피시죠. 손님 명단에는 성함이 없던데 어떻게 들어오셨습니까?"

"손님 명단에 있어요. 도쿄 카르텔의 안나 포겔이라는 이름으로. 그 이름으로 받은 초대장도 있어요. 시스템을 해킹하는 건 너무 쉬웠고, 위조 신분증 검사는 당황스러울 정도로 허술하더군요." 그녀가 내게 은행 카드를 보여주었다.

나는 고개를 끄덕였다. "지금 당장 경보를 울리고 당신에게 수갑을 채운다면?"

그녀는 잠시 미소를 지었다가 루카 주알리 쪽으로 고개를 까딱했다. 주알리는 좀 전에 이탈리아의 도시국가 형태로 돌아가는 방안에 대해 열심히 떠들던 밀라노 시장과 대화하는 중이었다.

"그건……." 유디트 서보가 입을 열었고, 무슨 말을 할지 알 것 같았다. "그러면 암살자가 당신 고용주에게 이렇게 가까이 접근하게 놔둬서, 그 여자가 원했다면 죽였을 수도 있다는 사실이 드러나겠죠."

"그런데 여긴 왜 오신 겁니까?"

"메시지를 전하러 왔어요. 누군지는 알 거예요."

"그리스인. 브로콜리 머리 말이에요."

그녀가 희미하게 미소를 지었다. "그 사람은 당신이 소문대로 실력이 좋은지 알고 싶어해요."

"그 사람보다 나은지 말입니까?"

그녀의 미소가 환하게 번졌다. 눈이 무척 아름다웠다. 차갑고 푸른 눈. 그녀에게 사이코패스의 맥박이 뛰고 생사가 걸린 상황에서 심장이 느리게 뛸 것 같다는 생각이 스쳤다. 나중에야 내가 잘못 보았고, 그녀는 그저 완벽한 배우라는 것을 알았다. 사이코패스 연기를 그렇게 잘할 수 있었던 건 사이코패스와 같이 살아서라는 것도 알았다.

"이제 당신이 최고가 아닌 걸 알았어요, 마이어 씨." 그녀는 내 눈을 들여다보면서 내 턱시도 옷깃을 뭔가를 털었지만 거기에는 아무것도 없었다.

"실례할게요, 마이어 씨. 기다리는 사람이 있어서요."

그녀는 내가 그녀의 어깨너머로 눈을 들어 천천히 고개를 젓는 걸 봤는지 긴장한 채 돌아보며 안마당의 발코니를 보았다. 어두워서 문 열린 발코니 안에 누가 있는지 보이지 않았지만 레이저빔의 빨간색 점이 그녀의 드레스 위에서 어지러이 흔들렸다.

"이게 얼마나 여기 있었나요?" 그녀가 물었다.

"빨간색에 빨간색이라." 내가 말했다. "손님들은 아무도 알아보지 못했을 겁니다."

"안나 포겔이 실존 인물이 아닌 건 언제 알았어요?"

"사흘 전에요. 명단의 이름을 모두 교차 확인하게 했습니다. 안나 포겔이라는 이름이 나왔지만 도쿄 카르텔에는 그런 이름이 없으니 자연히 당신이 누군지 궁금해졌고요. 짐작대로 같군요."

그녀의 미소는 이제 그렇게 평온하지 않았다.

"이제 어떻게 되나요?"

"당신을 기다리는 사람한테 돌아가서 메시지를 받은 쪽은 그쪽이라고 전하세요."

유디트 서보는 가만히 서서 한참 나를 뜯어보았다. 나는 그녀가 뭘 궁금해하는지 알았다. 처음부터 그녀를 보내줄 계획이었는지, 아니면 즉흥적인 결정인지.

어쨌든 두 주 후 이 결정을 후회할 이유가 생겼다.

네 번째 신호음.

그녀는 항상 휴대전화를 옆에 둔다. 제발, 유디트.

다섯 번째 신호음.

죽지 마.

스포르체스코 궁전에서 만나고 두 주 뒤 그녀에게 전화했다.

"여보세요." 그녀가 이 말만 했다.

나는 그녀의 목소리를 바로 알아봤다. 계속 그녀를 생각했기 때문일 것이다.

"안녕하세요." 내가 말했다. "이 번호로 전화가 와서 걸어봤습니다. 내 번호를 어떻게 알았는지 물어봐도 될까요?"

"아뇨." 그녀가 말했다. "하지만 오늘 저녁에 시간이 있는지 물어보셔도 돼요."

"있습니까?"

"네. 테이블을 예약해놨어요. 7시에 세타."

"너무 이른데요. 저 살아남을까요?"

"시간만 잘 지키면."

나는 이 말을 농담으로 듣고 미소를 지었다.

그래도 시간은 지켰다. 도착해보니 그녀는 이미 테이블에 앉아 있었다. 지난번처럼 나는 그녀의 단정한 미모에 놀랐다. 사랑스러운 게 아니라 건강하고 대칭적이고 완벽한 균형을 갖춘 미모였다. 하지만 그녀의 눈은, 그 눈은······.

"홀아비군요." 우리가 일 얘기에서 조금씩 비켜 가면서도 서로의 비밀은 밝히지 않으며 대화를 나누는 중에 그녀가 불쑥 말했다.

"왜 그렇게 생각해요?"

그녀는 내 손 쪽으로 고개를 까딱했다. "기사들은 결혼반지를 안 껴요. 자신에 관한 정보를 드러내니까. 사랑하는 사람이 있다는 게 알려지면 취약한 처지로 몰릴 수 있죠."

"내가 주의를 분산시키려고 반지를 낀 걸 수도 있잖아요. 아니면 이혼했을 수도 있고."

"그럴 수도. 그런데 당신 눈에 서린 그 고통은 다른 얘기를 들려주는 것 같네요."

"양심에 걸리는 희생자들 때문일 수도 있죠."

"그런가요?"

"아뇨."

"그럼?"

"당신 얘기를 먼저 듣고 싶어요."

"뭘 알고 싶은데요?"

"제가 알고 싶은 거랑 알아도 되는 건 다를 것 같은데요. 하고 싶은 얘기부터 시작하세요."

그녀는 미소를 지으며 와인을 맛보고 와인 담당 웨이터에게 고개를 까딱했다. 웨이터는 물어보지 않고도 누가 시음할지 알았다.

"전 부유한 집안에서 태어났어요. 물질적으로 필요한 건 다 채워졌지만 정서적 욕구는 아니었어요. 가장 큰 원인은 아버지였는데, 열한 살 때부터 절 자주 학대했어요. 심리학자라면 유년기의 이런 경험과 제가 이 일을 하는 것에 대해 어떻게 생각할까요?"

"직접 말해보시죠."

"전 대학 학위를 세 개 땄고, 아이는 없고, 여섯 개국에서 살아봤고, 항상 연인이나 전남편보다 더 많이 벌었고, 늘 따분했어요. 이쪽 업계로 들어오기 전까지는. 처음에는 고객으로 들어왔다가 조금 더 깊이 발을 들였고, 지금은 지오 그레코의 연인이에요."

"왜 그 반대는 아닌가요?"

"무슨 뜻이에요?"

"왜 지오 그레코가 당신 연인이라고 말하지 않나요? 수동태로 말하네요."

"강한 남자들의 여자는 보통 그렇지 않나요?"

"그런데 당신은 지배당할 사람으로는 보이지 않아요. '현재는'이라고 했는데, 순전히 일시적으로 만나는 거라는 말로 들려서요."

"당신은 의미론에 집착하는 사람처럼 들리네요."

"마음속에 가득 차면 입으로 흘러넘친다고들 하잖아요?"

그녀가 잔을 들었고, 우리는 건배를 했다.

"제가 잘못 안 건가요?" 내가 물었다.

그녀가 어깨를 으쓱했다. "모든 관계가 일시적인 계약 아닌가요? 어떤 관계는 사랑이나 돈이나 오락적 가치가 사라지면 끝나죠. 또 어떤 관계는 생명이 다하면 끝나고요. 당신은 어떤가요?"

나는 불룩한 와인 잔을 손가락 사이로 들고 돌렸다. "후자요."

"경쟁사의 기사한테?"

나는 고개를 저었다. "이 업계에 들어오기 전이에요. 아내가 스스로 목숨을 끊었어요. 그 전해에 아들이 화재로 죽었고요."

"슬픔 때문이었어요?"

"죄책감도."

"그럼 당신 아내가 그런 거예요? 죄책감이라면?"

나는 고개를 저었다. "아이 방에 있던 미키마우스 램프의 제조사 잘못이었어요. 경쟁사보다 가격을 낮추려고 저렴하고 인화성 높은 재료로 전등을 생산했어요. 제조사는 죄를 인정하지 않았어요. 프랑스 최고의 부자 중 한 사람이었어요."

"이었어요?"

"화재로 죽었거든요."

"설마 우리 지금 칸의 항구에서 요트 타다가 불에 타 죽은 프랑수아 오비외 얘기하는 건 아니겠죠?"

나는 대답하지 않았다.

"당신이 한 거군요. 다들 그게 누구 솜씨인지 궁금해했거든요. 짐작이 가는 의뢰인이 없었으니까요. 인상적인 데뷔네요. 그게 데뷔전이라서 그런 건가요?"

"자기 힘을 좋은 일에 쓰기를 거부하는 사람은 이 세상에 필요 없어요."

그녀가 다시 고개를 옆으로 기울였다. 다른 각도로 나를 관찰하려는 것처럼. "그래서 이 업계로 뛰어든 건가요? 비윤리적으로 폭리를 취하는 사람들을 죽여서 아들과 아내를 위해 복수하려고?"

내가 어깨를 으쓱할 차례였다. "그건 심리학자한테 물어보셔야죠. 그런데요, 그 그리스인이 당신과 내가 오늘 저녁에 여기서 함께 저녁 식사를 하는 걸 알면 어떻게 생각할까요?"

"무슨 '알면'이에요? 왜 그이가 모를 거라고 생각해요?"

"알아요?"

그녀는 얼른 미소를 지었다. "그이는 일하러 나갔어요. 나도 지금 일하는 중이고. 당신을 내 마구간에 넣고 싶어서."

"내가 무슨 경주마라도 되는 것처럼 말씀하시네요."

"반대해요?"

"그 비유에는 반대하지 않아요. 하지만 난 해결사가 필요 없어요."

"아, 필요해요. 해결사가 없으면 허를 찔려요. 당신한테는 뒤를 봐줄 사람이 필요해요."

"내 기억에 허를 찔린 건 당신이었는데."

"기분 나쁘게 듣지 말아요, 루카스. 어쨌든 당신은 지금 여기 있으면 안 되죠, 고객하고 있어야죠."

맥박이 빨라졌다.

"고마워요, 유디트. 그런데 주알리는 요새에 충분히 안전하게 있어요. 우리 경호팀에 배신자는 없고요. 그건 직접 확인했습니다."

유디트 서보가 구찌 가방에서 뭔가를 꺼내 내 앞 테이블보 위에 놓았다. 그림이나 만화 같았다. 고양이가 폭발물처럼 보이는 것을 달고 달리는 그림. 배경에 성이 보였다.

"16세기에 독일인들이 쓰던 공격 전술을 그린 오백 년 전 삽화예요. 동물들은 항상 요새나 마을에서 빠져나가는 탈출로를 찾아내니까 그런 작은 구멍으로 빠져나온 고양이나 개를 붙잡아서 폭발물을 몸에 묶고 다시 집으로 돌아가라고 풀어줘요. 그리고 도화선이 다 타기 전에 비밀 땅굴을 무사히 통과해서 요새 안으로 들어가기를 기다리죠."

어깻죽지 사이가 찌릿했다. 다음에 무슨 일이 닥칠지 알았다. 내가 생각지도 못한, 아니, 생각했어야 한 일이다.

"지오는⋯⋯." 그녀는 어떻게 말할지 찾는 듯 보였다. 하지만 유디트 서보는 나약하지도 않았을 뿐 아니라 할 말을 찾지 못해 애먹을 사람으로도 보이지 않았다. 마침내 그녀가 그 말을 찾아서 조용히 말했고, 나는 그 말을 들으려고 몸을 앞으로 숙여야 했다.

"그런 방법 자체에는 아무 문제가 없어요. 어차피 우리 일이고, 우린 할 일을 하는 거니까요. 그래도 선이라는 게 있죠. 적어도 우리 중 어떤 사람들한테는. 스포르체스코 성에서 엄마랑 같이 사는 그 아이, 안톤이⋯⋯."

그 이름이 나오자 나는 깜짝 놀랐다. 파올로 주알리와 스무 살 어린 아내는 좋은 사람들이었다. 부유하고 힘이 있는 사람들치고는. 그들에게는 예의 바른 자식이 셋 있었는데, 다들 나와는 거리를 두면서 예의를 갖추었고, 나도 그랬다. 하지만 계단 아래층의 직원 아파트에서 살던 요리사의 다섯 살짜리 아들 안톤은 조금 달랐다. 보고 있으면 베냐민이 생각나는 아이라서 나로서는 감정을 조절하느라 의식적으로 노력해야 했다. 유디트 서보는 안톤이라는 이름이 내게 어떤 울림을 주는지 눈치채고 말을 끊었다. 그리고 헛기침을 하고 말을 이었다. "안톤이 고양이가 될 거예요."

나는 이미 자리에서 반쯤 일어났다.

"늦었어요, 루카스. 앉아요."

나는 그녀를 보았다. 목소리는 차분했지만 푸른 눈에 눈물이 비치는 걸 본 것도 같았다. 나는 까맣게 몰랐다. 내가 다시 기사가 되었다는 사실만 알았다.

며칠이 지난 뒤에야 목격자들의 증언과 법의학적 증거로 어떻게 된 건지 밝혀졌다. 주알리의 자식들이 어디에 가든, 집이든 학교든 발레 수업이든 가라테 도장이든 친구네 집이든 항상 보디가드가 동행했다. 하지만 그 집에서 일하는 사람들의 자식들은 아니었다. 모든 직원은 그 집에 들어오고 나갈 때 검사를 받았다. 어쨌든 배신은 인간 본성의 일부이므로. 하지만 직원들이 납치될 가능성은 희박한 것으로 여겨졌다. 게다가 모든 직원은 만일의 사태에 고용주는 어떤 책임도 지지 않는다고 명시한 계약서에 서명했다.

그날 오후 안톤은 평소보다 학교에서 한 시간 늦게 돌아와 지친 얼굴로 엄마에게 셈피오네 공원을 지나다가 어떤 아저씨한테 잡혔다고 말했다. 그 아저씨가 천으로 얼굴을 덮어서 앞이 캄캄해졌고, 공원의 덤불 속에서 다시 정신을 차릴 때까지 거기서 얼마나 오래 있었는지 모른다고 했다. 목이랑 목구멍이 아프기는 해도 그것 말고는 괜찮다고 했다. 그 아저씨가 어떻게 생겼냐는 물음에는 기억나는 건 날이 더웠는데도 외투를 입고 있었다는 것뿐이라고 했다.

안톤의 엄마는 바로 주알리를 찾아가 알렸고, 주알리가 당장 경찰과 의사를 불렀다. 의사는 목 주위의 통증과 부기로 봐서는 뭔가가 (그게 뭔지 추측하는 건 거부했다) 아이의 목에 강제로 주입된 것 같다고 말했다. 하지만 정확히 검사해보기 전에는 더 해줄 말이 없다고 했다.

경찰 보고서에 따르면 폭발이 일어났을 때 경찰관 네 명이 요새 앞으로 출동하고 있었다. 아이의 뱃속에 들어간 젤라틴 봉지의 폭발물은 주알리와 그의 아내까지 죽일 수 있을 만큼 강력하지 않았을 것이다. 두 사람이 요새 안에서도 그들의 공간에 머물고 안톤이 아래층 직원 숙소에 있었다면. 하지만 앞서도 말했듯이 그들은 좋은 사람들이고, 그들은 근처에만 있던 게 아니라 같은 방에 있었기에 경찰과 소방대가 폐허를 다 훑어보고도 그들의 흔적을 거의 찾을 수 없었다.

내가 그날 저녁 밀라노 최고의 레스토랑에서 유디트 서보의 푸른 눈을 바라볼 때는 이런 구체적인 상황을 몰랐다. 내가 안 것은 안톤이 죽었고 루카 주알리도 죽었을 거라는 정도였다. 내가 임무를 다하지 못했고 이미 손을 쓸 수 없이 늦었다는 것도 알았다. 그리고 내가 늦게 오면 죽을 수도 있다고 한 유디트 서보의 말이 농담이 아니었다는 것도 깨달았다.

"그날 무도회에서 내가 당신을 보내주지 말았어야 했군요." 내가 말했다.

"그럼요, 그러지 말았어야 했죠. 하지만 당신은 그레코한테 메시지를 보내고 싶었던 거잖아요, 안 그래요?"

나는 그 말을 무시했다. "날 여기로 부른 건 아이가 집에 돌아갈 때 내가 그 안에 있지 않게 하려고 그런 거군요. 왜죠?"

"무도회에서 당신이 실력자인 걸 알아봤어요. 그 안에서 도화선 냄새를 맡았다면 주알리를 구했을 수도 있으니까요."

"오늘 날 이 식사 자리로 부른 건 그레코의 결정이었나요?"

"원래 작전은 다 그레코가 짜요."

"그런데?"

"그런데 이건 내 제안이었어요."

"왜죠? 보시다시피 당신은 결국 나의 냄새 맡는 능력을 과대평가했어요. 여기로 날 불렀을 때 내가 무슨 생각을 했냐면……." 나는 말을 끊고 엄지와 검지로 눈을 눌렀다.

"무슨 생각?" 그녀가 조용히 물었다.

나는 무겁게 숨을 내쉬었다. "당신이 나한테 관심 있다는 생각."

"이해해요." 그녀가 내 손 위에 손을 포갰다. "착각은 아니에요. 당신한테 관심이 있어요."

나는 그녀의 손을 보았다. "뭐요?"

"내가 당신을 거기서 꺼내준 건 뭣보다도 당신이 죽는 걸 원하지 않아서였어요. 지난번에 만났을 때 당신이 날 보내줬잖아요. 그럴 필요가 없었는데도 당신이 그럴 계획이었다고 생각하지 않아요. 그러니 이번에는 내가 자비를 베풀 차례였어요."

"자비를 베푸는 건 관심이 있는 것과 다르죠."

"아니, 정말로 관심이 있어요. 새로운 고객이 필요해요. 내가 방금 고객 하나를 잃은 것 같으니."

그녀는 내게서 손을 떼지 않고 아래를 보았다. 그녀의 다른 손으로 무릎에서 냅킨을 들어 내게 내밀었다.

"당신 지금 울어요." 그녀가 설명하듯 말했다.

그렇게 나와 유디트의 일이 시작되었다. 눈물로. 끝날 때도 그렇게 끝날 예정이었나?

여섯 번째 신호음.

일곱 번째.

여덟 번째.

전화를 끊으려던 참이었다.

"안녕, 자기야. 샤워중이었어."

나는 가쁜 숨을 들이마시고서야 내내 숨을 참고 있던 걸 알았다.

"무슨 일이야?" 그녀는 내 침묵을 읽고 걱정스럽게 물었다.

"지금 말 못 하는 아이랑 문 잠긴 아파트에 갇혀……"

"지오구나." 내 말이 끝나기도 전에 그녀가 말했다.

"그래." 내가 말했다. "당신 있는 데를 추적했을까 봐 걱정했어."

"여긴 못 찾아. 벌써 얘기했잖아."

"누구든 찾을 수 있어, 유디트."

"당신 어디야?"

"그게 중요한 게 아니야. 어차피 당신이 도와줄 수 없어. 그냥 당신이 괜찮은지 알고 싶었어."

"루카스, 어딘지나 말해……"

"이제 그자가 날 이용해서 당신을 찾아내려 할 거 알잖아. 숨어 있어. 나……"

지금도, 이런 상황에서도 차마 그 말을 할 수는 없었다.

사랑한다는 말.

이건 마리아와 베냐민을 위한 단어였다. 유디트와 내가 지난 한 해를 함께 지내는 사이 언젠가는 이 단어를 말할 날이 올지도, 진심으로 말할 수 있는 날이 올지도 모른다는 생각은 했다. 하지만 유디트가 아무리 나를 매료시키고 아무리 내 관심을 끌고 온갖 방법으로 나를 행복하게 해줬어도 그 문은 굳게 닫혀 있었다.

"……당신을 정말로 아껴, 내 사랑."

"루카스!"

나는 전화를 끊었다.

벽에 기댔다.

손목시계를 보았다. 시간이 내게 불리하게 흘러간다는 정도는 알았다. 그런데 그자는 왜 내게 이 시간을 주었을까? 왜 내가 내 편에게 전화해서 도와달라고 요청하고 구조받을 위험을 감수했을까? 내가 경찰을 부를 수도 있잖아?

나한테는 내 편이 없고 아무도 지오 그레코에게 맞서려 하지 않을 걸 알았기 때문이다. 경찰이 무고한 아이를 미끼로 삼는 사건이든 아니든 기사들 사이의 대치상황에 끼어든 게 언제였더라?

아이를 미끼로?

내가 손바닥으로 벽을 치자 아이가 흠칫 놀랐다.

"괜찮아." 내가 말했다. "그냥 생각 좀 하느라."

나는 이마에 손을 댔다. 그레코는 미치지 않았다. 비이성적으로 행동하는 걸 두고 하는 말이 아니다. 그는 특유의 성격장애로 인해 (사이코패스와도 거리가 멀지 않은 **악성** 나르시시즘이 더 정확한 진단일 것이다) 소위 정상인들과는 전혀 다른 논리로 움직였다. 그의 다음 수를 예측하려면 우선 그를 알아야 했다. 우리는 둘 다 복수하려는 사람들이지만 우리의 유사성은 여기서 끝난다. 카르텔에 맞서는 나의 십자군 전쟁은 영적 정화의 한 형태일 뿐 아니라 나 자신의 고통을 잠재우는 수단이었다. 그리고 내 원칙은 가장 탐욕스럽고 부도덕한 자들이 모든 권력을 거머쥔 세계의 질서를 무너뜨리는 것이었다. 반면에 그레코는 그만의 어떤 원칙이 아니라 잠깐의 가학적 쾌락을 위해 나를 고문하려 했다. 그는 이런 가벼운 쾌락을 위해 무고한 사람들의 목숨을 앗아가려 했다. 이게 다였다. 그래서 고문이든 살인이든 당장 감행하지 않은 것이다. 그러면 쾌락이 **너무** 빨리 끝나니까. 그는 우선 내가 내 앞에 무엇이 놓였는지 깨달은 순간을 즐기고 싶어했다. 그리고 이것이, 나의 두려움이 그의 에피타이저였다.

나는 이 추론을 다시 점검했다.

앞뒤가 안 맞는 구석이 있었다.

내가 생각하는 방향은, 그러니까 그는 단지 내가 고통스러워하는 걸 보고 싶어한다는 추론은 그가 심어놓은 생각, 곧 내가 정확히 그렇게 생각하도록 그가 의도한 생각이었다. 너무 단순했다. 그는 뭔가를 더 원했다. 그렇다면 나르시시스트는 무엇을 원할까? 인정을 원한다. 자기가 최고라는 사실을 확인하고 싶어한다. 아니, 더 중요하게는 남들에게 그가 최고라는 사실을 알리고 싶어한다. 당연히. 그는 이 업계 전체에, 카르텔 세계 전체에 그가 나보다 유능하다는 사실을 증명하고 싶은 것이다.

지금까지 그는 내가 그의 계획을 따르게 유도했다. 나는 저 아이를 구하려고 계단을 뛰어 올라왔다. 아이를 데리고 가까스로 이 옆집으로 넘어왔다. 소방 도끼도 그가 의도한 대로 사용했다. 나는······.

순간 나는 얼어붙었다.

나는 유디트에게 전화했다. 그가 그렇게 유도한 것이다. 그는 내가 그녀에게 전화하기를 원했다. 왜지? 통화를 추적할 수 없고 전화기를 옛날 방식으로 찾아낼 수도 없는데. 정적.

나는 다시 휴대전화를 꺼내 그녀의 이름을 눌렀다. 휴대전화를 귀에 댔다. 정적.

신호음이 울리지 않았다. 휴대전화 화면을 보았다. 화면에 뜬 신호는 연결 상태가 좋지 않다는 의미일 뿐 아니라 연결이 아예 잡히지 않는다는 표시였다. 나는 창가로 가서 휴대전화를 밖으로 내밀었다. 여전히 불통이었다. 밀라노 한복판이므로 연결이 안 될 수가 없었다. 물론 가능할 수도 있었다. 누군가 이 집에 전파 방해 장치를 설치했다면 전파 방해 신호를 마음대로 켜고 끌 수 있었다.

나는 벽을 훑으며 그레코가 어디에 그 장치를 설치했을지 찾아보았다. 천장일까? 그걸 숨겨놓은 건 내가, 충분히 예상할 수 있는 대로 유디트에게 전화하고 그다음에는 아무한테도 전화할 수 없게 하려는 거였을까? 그레코는 내가 그의 계획을 망치게 도와줄 사람이 부를 수도 있다고 생각한 듯했다.

'받아들여.' 나는 날 도와줄 사람을 부를 가능성이 존재하지 않는 현실을 받아들여야 했다. 그리고 그는 내가 왜 유디트에게 전화하기를 원했는지를 추론하는 것도 멈춰야 했다. 어차피 내가 할 수 있는 게 없었다. 그나마 그녀도 지금쯤 그가 전쟁을 개시한 걸 알았을 테니, 나로서는 자기는 전화로 추적당할 수 없고 그레코가 그녀의 은신처를 모른다고 한 그녀의 말을 믿는 수밖에 없었다. 어딘지는 나도 몰랐으니까.

나는 시계를 보았다. 그리고 아이를 보았다.

그레코는 분명 가스를 사용할 것이다. 전에도 써먹은 방법이다. 전자업계 카르텔 세 곳 중 가장 큰 카르텔의 최고로 유능한 발명가가 차를 정비소에 맡겼을 때였다. 그레코가 정비공에게 돈을 찔러주고 한밤중에 몰래 들어가 기어박스에 가스 통을 설치해서 발명가가 기어 레버를 오버드라이브에 바꿀 때 통이 열리게 해놓았다. 카르텔의 보안요원들이 이튿날 그 차를 찾으러 와서 폭발물이 있는지 점검한 다음 다시 그 차를 몰고 교통 체증이 심한 도심을 지나 발명가가 사는 집으로 갔다. 며칠 후 발명가가 그 차를 몰고 코모 호수 근처 시골집으로 갈 때 고속도로로 진입했고 필요한 때에 오버드라이브로 기어를 올렸다. 차가 큰 다리 근처 도로에서 이탈해 굴러 떨어지고 그 아래 마을 광장 돌바닥에 처박혔다. 그의 죽음은 교통사고로 기록되었다. 업계 사람들이 가스가 연관된 사실을 몰랐던 건 아니다. 기업이 경쟁에서 이기는 데 필요한 주요 인물이 사망하면 항상 의심하고 부검해야 하기 때문이다. 하지만 유디트 말에 따르면 그 전자업계 카르텔은 자체 보안 시스템의 취약성이 드러나 평판이 깎일까 우려해서 사건을 덮으려 했다. 얄궂게도 나는 기사들의 세계에서 이 공격으로 공로를 인정받았다. 딱 한 번 어떤 리무진 기사가 나에게 질문한 적이 있었다. 사병조직으로 경비를 세우고 요새 같은 저택에서 거의 나오지 않는, 베르가모의 산악지대로 스키 여행을 갈 때만 개인 운전사와 보디가드를 대동해서 방탄차만 타고 다니는 이 화학자를 어떻게 제거할지. 나는 방법을 알려준 것밖에 없었다. 그 개인 운전사를 추적해 그가 모르는 새 최면을 걸고 사전에 간단히 트리거로 암시를 주어서 (그가 그 단어를 듣거나 읽으면) 당장 최면에 걸리게 하라고 조언했다. 이렇게 은밀하게 최면을 걸면 상대는 겉으로 보기에 똑같아 보이고 본인도 아무 차이를 느끼지 못한다. 나는 트리거로는 밀라노와 베르가모를 잇는 가장 빠르고 위험한 도로 중 한 곳에서 반드시 보게 되는 장소로 정하라고 제안했다.

그레코가 내 제안에 대해 들었을지, 그가 어디에서 영감을 받았을지, 내가 그 공격에서 공로를 인정받은 점을 두고 그가 나를 어떻게 생각했는지 나는 모른다. 중요한 것은 나라면 절대로 그런 일을 맡지 않았을 거라는 점이다. 나는 무고한 사람이 죽을 수도 있는 일은 절대로 맡지 않는다.

다시 시계를 보았다. 문제는 시간이 너무 빨리 흐른다는 게 아니었다. 시간은 천천히 흐르지만 내 생각이 그보다 더 느려진 게 문제였다.

가스가 나오기 전에 아이를 이 집에서 데리고 나가야 했다.

거리의 사람들에게 길거리 상점의 차양막이라도 떼 오게 해서 뛰어내리면 받게 할 수 있지 않을까?

나는 창가로 가서 아래를 내려다보았다.

경찰 제복을 입은 남자가 저 아래에 서 있었다. 그 사람 말고는 거리가 텅 비었다.

"저기요!" 나는 소리쳤다. "좀 도와주세요!"

제복 입은 남자가 나를 올려다보았다. 그는 대답하지도 않고 움직이지도 않았다. 멀어서 얼굴이 잘 보이지 않지만 나는 보았다. 그 덩치 큰 남자의 머리가 어깨 사이에서 뭔가에 맞아 푹 들어간 것 같은 모습인 걸 알아보았다. 인도의 양쪽 끝에서 경찰복과 마찬가지로 가짜일 법한 보안테이프가 가로막고 있었다. 나는 눈을 감고 속으로 욕을 했다. 덩치도 크고 경찰복까지 입었으니 사람들에게 비켜달라고 말하는 데 아무 어려움이 없었을 것이다. 더욱이 이제 드라마는 끝났다. 불은 잡혔고 아이와 나는 구조된 걸로 여겼을 테니. 나는 건너편을 보았다. 거리를 미터 단위로 추정했다. 가짜 경찰이 길을 건너와 바로 아래 대문 안으로 사라졌다.

나는 다시 안으로 들어가 집 안을 다시 찬찬히 둘러보았다. 결과는 같았다. 이 집에는 우리 둘뿐이다. 사방의 벽과 소방 도끼, 목이 잘린 개밖에 없었다. 나는 벽을 따라 돌면서 주먹으로 벽을 쳤다. 벽돌이었다.

"너 글씨 쓸 줄 아니?" 내가 물었다.

아이가 고개를 끄덕였다.

나는 안주머니에서 몬테그라파 만년필을 꺼내 아이에게 건넸다. "이름이 뭐야?" 나는 코트 소매를 걷어서 흰 셔츠의 소맷자락에 적게 했다. 하지만 개에 물린 상처에서 흐른 피에 젖어 있었다. 내가 반대쪽 소매를 걷어 올리기도 전에 아이가 벽 쪽으로 돌아서서 연푸른 벽지에 적기 시작했다.

"오스카, 여덟 살." 내가 소리 내어 읽었다. 그리고 말했다. "안녕, 오스카. 내 이름은 루카스야. 잘 들어. 우린 여기서 나가야 해."

나는 이미 계산을 마쳤다. 아래 거리까지 18미터 정도였다. 코트와 셔츠와 바지를 묶으면 오스카를 4미터쯤 내려보낼 수 있다. 아이의 옷까지 묶으면 6미터가 된다. 그리고 4미터 높이에서라면 아이가 크게 다치게 하지 않고 떨어질 수 있었다. 그러려면 아직 8미터가 더 필요했다. 텅 빈 아파트에서 그 8미터를 어디서 구하지?

나는 개를 보았다. 심리학과에서는 해부학을 심도 있게 다루지는 않았지만 안구와 뇌 사이의 종잇장처럼 얇은 뼈가 있다는 사실 말고도 기억나는 건 인체에는 8미터 길이의 창자가 들어 있다는 것이었다. 항문에서 목구멍까지 이어진 하나의 긴 관 말이다. 창자가 어느 정도 무게를 버틸 수 있을까? 뮌헨에서 창자 껍질에 속을 채운 소시지를 팔던 친척 아저씨가 떠오르고 어릴 때 내가 그걸 잡아당겨 끊어보려 한 기억도 났다. 결국에는 매번 칼로 끊어야 했다.

나는 도끼를 집었다.

"날 도와줄 수 있겠니, 오스카?"

아이가 눈을 크게 뜨고 나를 봤다. 그리고 고개를 끄덕였다. 나는 아이에게 개의 몸통을 무릎 사이 끼우고 앞다리를 옆과 뒤쪽으로 벌려 잡아당기게 했다. 개가 내 앞으로 배를 불룩하게 내밀고 드러눕게 하기 위해서였다.

"눈 감아." 내가 말했다.

우리 포유류가 얼마나 여린 동물인지 놀라울 정도다. 날카로운 도끼날 끝으로 털을 한번 그었는데 배가 벌어지고 창자가 쏟아졌다. 악취도 함께 나왔다. 나는 입으로만 숨을 쉬며 내장을 꺼냈다.

피와 점액질에 가려서 잘 보이지 않았지만 창자의 양끝으로 짐작되는 지점을 찾아 잘랐다. 그리고 양 끝에 매듭을 지어 구멍을 막았다. 8미터는커녕 5미터도 안 돼 보였다. 그래도 신축성이 있으니 한쪽 끝에 무게가 조금만 실려도 8미터까지 늘어날 수 있을 것 같았다.

나는 옷을 벗어서 옭매듭 방식으로 묶었다. 시간이 좀 걸렸다. 아버지한테 배운 이 매듭을 만들어본 지 한참 되었다. 나도 아버지처럼 항해대회에 나가려던 시절에 해본 것이다.

몇 번 실패한 끝에 마침내 매듭을 완성했지만 창자를 코트 소매에 고정하려 하자 잘 묶이지 않았다. 소매가 매듭에서 쉽게 빠져나갔다. 나는 속옷 차림으로 맨바닥에 앉아 창문에서 들어오는 찬바람에 떨면서 머리를 쥐어짰다. 소용이 없었다. 나는 욕설을 내뱉으며 시계를 보았다. 그레코가 카운트다운을 시작한 지 삼십 분이 지났다.

다시 한번 시도하면서 이번에는 소매를 더 길게 잡고 묶어보았다. 역시나 미끈거리고 끈적거리는 창자가 매듭 사이로 빠졌다. 나는 창자와 코트를 팽개치고 바닥에 드러누워 피비린내 나는 손으로 얼굴을 감쌌다. 눈물이 차올랐다.

그는 정확히 그가 원하는 자리에 나를 데려다 놓았다.

그때 작은 손이 내 손을 들었다. 그리고 내 얼굴로 가져왔다.

오스카가 뭔가를 들고 있었다. 창자와 코트 소매였다. 매듭이 지어져 있었다. 나는 그걸 잡아 양쪽으로 잡아당겼다. 단단히 고정되었다. 나는 믿기지 않는 표정으로 매듭을 보았다. 그러다 그것이 뭔지 알아보았다. 새발매듭. 내가 마리아와 결혼하겠다고 했을 때 아버지가 한 말이 생각났다. 어떤 여자들하고는 보울라인 매듭이 적당하며 그래야 묶기도 쉽고 풀기도 쉽다고 했다. 하지만 결혼하면 새발매듭으로 묶어야 한다며 세게 당길수록 더 단단히 묶인다고 했다.

"이거 어디서 배웠니……?"

오스카는 손가락 두 개를 이마에 대고 경례했다.

"보이스카우트?"

아이가 고개를 끄덕였다.

그때 바닥에 열쇠와 지갑 옆에 놓아둔 휴대전화가 진동했다. 나는 휴대전화를 집었다. 이번에도 페이스타임을 열었고 역시나 최강 신호가 잡혔다. 통화 버튼을 누르자 그레코의 얼굴이 화면을 가득 채웠다.

"안녕, 루카스. 그녀가 이리 오고 있어. 와, 방금 밖에다 주차했어."

그가 휴대전화를 컴퓨터 화면을 쪽으로 돌렸다. 고급 주택가로 보이는 거리와 알파로메오의 문이 열리는 장면이 보였다. 순간 누가 내 가슴에 얼음물을 주입한 느낌이었다. 차에서 내려서 길을 건너는 여자는 프로처럼 움직였다. 그리고 여왕처럼.

그레코가 휴대전화 너머에서 말했다. "찾을 수 없다면 그들이 찾아오게 하는 수밖에."

유디트는 업무 관련 회의에 갈 때 늘 입는 빨간 코트를 입고 있었다. 전쟁터에 나갈 때 입는 전투복이라고 했다. 회의가 시작하기 전에 코트를 벗고 안에는 새하얀 블라우스를 입었다. 백지를 상징하고 기꺼이 협상에 임하겠다는 의지를 보여주기 위해서라고 했다. 또 코트를 다시 입기 전에는 항상 의뢰인을 위해 거래를 성사시켰다. **항상.** 이제 와 생각하면 지극히 당연했다. 체스에서 아무리 천재적인 수도 한번 보고 나면 이해가 가는 것처럼.

지오 그레코는 나보다 훨씬 오랜 기간 유디트의 연인이었으니 그녀를 더 잘 알았다. 게다가 그는 나보다 체스도 더 잘 두었다. 그는 내가 유디트에게 전화할 줄 알고 그렇게 말한 것이다. '이제 우리 둘 다 그녀를 빼앗겼으니 우리 둘만 남았네.' 그리고 그레코는 내가 그의 손아귀에 들어간 걸 알면 그녀가 어떻게 나올지도 알았다. 자기를 만나러 와 그녀가 가장 잘하는 일을 할 걸 알았다. 협상.

그레코의 히죽거리는 얼굴이 다시 화면을 가득 채웠다. "이제 뭐가 어떻게 돌아가는지 알아챈 것 같군, 루카스. 여왕은 죽을 거야. 다 잃었어. 안 그래?" 그는 도쿄 카르텔이 쏟아내는 프랜차이즈의 게임쇼 진행자처럼 극적으로 목소리를 낮추었다. "네가 그녀를 구할 수 있을지도 모르지. 그래, 있잖아, 너한테 나를 막을 수 있는 마지막 기회를 줄게. 무기를 써도 돼. 위대한 루카스 마이어가 무시무시한 지오 그레코에게 최면을 걸어 가까스로 살아서 나가는 거지. 어서. 그녀가 들어오기까지 십오 초 정도 남았어." 그레코는 최면에 얼마나 준비가 되어 있고 반응을 잘하는지 보여주려는 듯이 눈을 부릅떴다.

나는 마른침을 삼켰다.

그레코가 날렵하게 다듬은 눈썹을 치켜올렸다. "뭐 잘못됐나?"

"저기……." 내가 입을 열었다.

"못 한다고, 루카스? 수행 불안이라도 온 건가? 저 여자가 이렇게나 절실히 필요로 하는데도?"

나는 대답하지 않았다.

"좋아, 사실 공평하지 않았어." 그레코가 말했다. "이봐, 아까 말한 그 심리학자가 우울증 치료로 최면을 제안했거든. 그때 둘이서 해보니까 난 최면에 잘 걸리지 않는 유형이더군. 나한테 그 망할 놈의 성격장애가 있어서 그렇대. 나는 최면에 안 걸려. 미친 짓을 하는 데는 유리하다는 뜻이지."

웃음소리. 자전거 타이어에 구멍이 나서 바람 빠지는 소리가 날 때처럼 다시 '트'와 길게 뺀 '쉬' 소리가 났다. 그러다 갑자기 그가 화면에서 사라졌다. 휴대전화를 선반 같은 데 올려놨는지 화면에 복도가 보이고 인터폰이 붙어 있는 오크재 문이 보였다. 귀에 거슬리는 벨소리가 났다. 그레코가 다시 화면에 나타났다. 나를 등진 채였고 그의 흰색 정장이 번들거렸다. 나한테 보이지 않게 손에 뭔가를 들고 있는 것 같았다. 다른 손에는 인터폰이 들려 있었다.

"네?" 잠시 말을 끊었다. 그러다 놀란 목소리로, "아니, 자기야? 정말 기뻐, 이게 얼마 만이야. 허, 참. 그래도 예전 살던 데를 아직 기억하는구나."

그는 인터폰의 버튼을 눌렀다. 멀리서 위잉 소리가 나고 문 열리는 소리가 났다. 나는 휴대전화를 부서질 듯 움켜잡았다. 그렇게 똑똑하고 그레코를 잘 아는 유디트가 어떻게 그레코가 날 이용해서 그녀의 은신처에서 나오게 만든 걸 눈치채지 못했을까? 질문과 동시에 답이 떠올랐다. 그녀는 당연히 알았다. 그럼에도 불구하고, 온 것이다. 대안이 없었으니까, 날 구할 수 있는 유일한 기회였으니까.

나는 울었다. 눈물은 나오지 않았지만, 온몸으로 흐느꼈다. 그녀에게 거짓말이라도 할 걸 그랬다. 사랑한다고 말했으면 좋았을걸. 그 정도는 해주었다면 좋았을걸. 그녀가 죽을 것이고 나는 그걸 보게 될 테니까.

그레코는 돼지 같은 얼굴로 의기양양하게 나를 돌아보았다. 이제 그의 손에 들려 있는 것이 보였다. 카람빗. 휘어진 칼자루와 송곳니처럼 구부러진 짧은 칼날. 베고, 자르고, 찌르기 위한 칼. 그리고 한번 박히면 나오지 않는 칼.

나는 통화를 끊고 싶었지만 차마 그럴 수 없었다.

그레코가 다시 문 쪽으로 돌아서 문을 열었다. 칼을 든 손은 뒤로 감추어 나만 보이게 했다. 그리고 그녀가 들어왔다. 창백한 얼굴에 열이 올라서 뺨이 발그레했다. 그녀는 그레코를 안았고, 그레코는 등 뒤에서 손을 떼지 않은 채 그녀의 포옹을 받았다. 이제는 둘의 옆모습이 보였다.

"도망쳐!" 나는 휴대전화에 대고 소리쳤다. "유디트, 저자가 널 죽일 거야!"

아무 반응이 없었다. 그레코가 휴대전화를 무음으로 설정했을 것이다.

"보기 좋네." 그레코의 목소리가 짧고 강렬한 메아리로 복도에 울렸다. "무슨 일로 여기까지 왔어?"

"나 후회해." 유디트가 숨을 찬 목소리로 말했다.

"후회?"

"떠난 거 후회해. 오래 생각했어. 다시 날 받아줄래?"

"와, 코트부터 벗지 그래?"

"받아줄 거야?"

그레코는 발뒤꿈치에 체중을 싣고 몸을 위아래로 움직였다.

"그럼……." 그가 윗입술을 빨면서 말했다. "유디트 서보를 되찾아야지."

그녀는 가쁜 숨을 몰아쉬며 그의 가슴에 손을 얹었다. "아, 나 지금 너무 행복해. 당신을 원해, 그레코. 이제 알았어. 시간이 좀 걸렸을 뿐이야. 내가 미안해. 용서해주면 좋겠어."

"용서해줄게."

"자. 내가 왔어." 그녀가 그에게 한 발 다가서며 두 팔을 벌렸다. 그레코는 뒤로 물러섰다. 그녀가 멈추고 혼란스러운 표정으로 보았다.

"혀를 내밀어봐." 그가 조용히 말했다.

순간 유디트는 따귀라도 맞은 표정이 되었다. 그러나 이내 추스르고 미소를 지었다.

"그레코, 그게 무슨……."

"네 혀!"

그녀는 집중해야 하는 듯 보였다. 고도로 복잡한 동작이 필요한 일인 것처럼. 입을 반쯤 벌리자 연한 붉은색의 혀가 나왔다.

그레코가 미소를 지으며 내민 혀를 애처로운 듯 보았다. "내가 그 여자를 다시 받아주었으리라는 건 너도 잘 알 거야, 유디트. 그 여자. 예전에 너였던 여자. 네가 딴 사람으로 변해서 나를 배신하기 전에."

혀가 사라졌다.

"그레코, 자기야……." 그녀가 그에게 손을 뻗었고 그는 한 걸음 더 뒤로 물러섰다.

"왜 그러는데?" 그녀가 물었다. "내가 무서워? 문 앞에서 당신 부하들한테 몸수색까지 다 받았어."

"무섭지 않아. 그래도 내가 누군가를 무서워해야 한다면 그건 바로 너야. 네 용기가 감탄스럽다. 하지만 넌 항상 사랑하는 사람을 지켜줬지. 그래서 네가 올 줄 알았어. 결국엔 그게 네 방식이잖아. '곧장 뿌리로 들어가라.'"

"무슨 말이야?"

"뭐야, 유디트. 연기 실력이 그거밖에 안 돼?"

"무슨 말인지 모르겠어, 그레코."

나는 알았다. 해결사 유디트의 지론이었다. '곧장 뿌리로 들어가라.' 수수료로 계약할 때, 당연히 거의 항상 중개인을 통해 거래할 때, 그녀는 항상 실제 고객이 누군지 찾아내 그 사람을 직접 만나려 했다. 늘 위험한 일이었다. 수수료를 날릴 수도 있고 위험에 노출될 수도 있었지만, 그녀는 '곧장 뿌리로 들어가' 가격을 협상하고 조건에 합의하는 방식을 고집했다. 그녀는 중개인에게 수수료를 떼주지 않아도 되어서 매번 가격을 더 좋게 받았고, 서비스에 포함되거나 포함되지 않는 내용에 대해 오해의 소지를 없앴다. 나도 이런 '곧장 뿌리로 들어가라' 전략을 지지했다. 수수료를 받는 이유를 알고 의도한 결과가 무엇인지 파악하고 싶었다. 천국으로 가는 나의 길에는 남들의 사악한 의도가 깔려 있고, 나는 단지 더 큰 악이 승리하지 않도록 막고 싶었을 뿐이다.

"어쩌면, **어쩌면** 내가 이걸 원하는지도 모르지, 유디트 서보. 당신 혀가 마음에 들어. 여긴 협상하러 온 거잖아. 그럼 시작하지. 자,

당신의 그 심리학자의 목숨을 구하기 위해 뭘 제안할 건데?"

그녀는 고개를 저었다. "그 사람은 내 인생에서 떠난 지 오래야, 그레코. 그래도 물론 당신이 그 사람을 해치지 않기를 바라."

그레코는 고개를 뒤로 젖혔다. 돼지 같은 눈이 둥그런 뺨에 가려 보이지 않을 정도로 '트'와 '쉬' 소리를 내며 웃었다. "뭐야, 유디트, 협상가라면 거짓말을 더 잘해야지. 내가 원하는 게 뭔지 알잖아?"

그가 손을 뻗어 그녀의 뺨을 쓰다듬자 나는 몸서리를 쳤다.

"당신이 지금 그자를 위하는 만큼 나를 사랑해주면 좋았을걸."

유디트는 입을 벌린 채 그를 빤히 보았다. 그의 한 손이 계속 그녀의 뺨으로 향했다. 다른 한 손은 등 뒤에서 칼자루를 움켜쥐었다. 그녀의 몸이 안에서 무너지는 것처럼 눈에서 눈물이 고였고, 이미 두 손을 위로 올리며 자기를 보호하려 했다. 그녀는 어떤 상황이 벌어질지 알았다. 그리고 언제나 일어날 것 같던 결과가 나온다는 것도. 이제 후회하기에는 늦었다는 것도.

"안녕……." 그가 말했다.

"안 돼!" 그녀가 소리쳤다.

"안 돼!" 내가 소리쳤다.

"……난 그레코야." 그가 말했다.

그가 짧게 호를 그리며 순식간에 칼을 휘둘렀고 허공에 은빛 잔상만 남았다.

유디트는 그를, 그리고 칼을 노려보았다. 칼날이 깨끗했다. 그러나 그녀의 목은 벌어졌다. 이어서 피가 쏟아졌다. 피가 뿜어져 나오자 그녀는 선물받은 코트로 피가 떨어지지 않게 하려는 듯 손을 들었다. 손으로 목을 누르자 그 압력으로 피가 손가락 새로 뿜어져 나오며 가늘게 퍼졌다. 그레코는 뒤로 물러섰지만 충분히 빠르지 않았다. 피가 그의 흰색 정장 재킷 소매로 튀었다. 유디트는 다리에 힘이 풀려 무릎을 꿇고 주저앉았다. 눈은 이미 풀렸고, 산소가 뇌에 도달하지 않는 듯했다. 목을 잡은 손이 힘없이 아래로 떨어지고 목에서 나오는 피의 양도 이미 줄었다. 잠시 몸이 무릎으로 균형을 잡는 듯 그대로 있다가 앞으로 고꾸라지고, 이마가 돌바닥에 부딪히며 둔탁하게 쿵 소리가 났다.

나는 휴대전화에 대고 비명을 질렀다.

그레코는 아래를 보았다. 유디트가 아니라 그의 재킷 소매를 보면서 피를 닦으려 했다. 그러고는 휴대전화 쪽으로 걸어왔고, 나는 그의 가이 포크스 얼굴이 화면을 가득 메울 때까지 비명을 멈추지 않았다. 그는 나를 보며 아무 말도 하지 않고 애도하는 사람처럼 짐짓 침통한 표정을 지었다. 정말로 슬퍼하는 걸까? 아니면 직업적 엄숙함을 흉내 내며 동정심을 연기하는 걸까?

"째깍째깍." 그레코가 말했다. "째깍째깍."

그리고 통화를 끊었다.

나는 급히 경찰 긴급 번호를 누르고 통화 버튼을 눌렀다. 역시나 이미 늦어서 더는 신호가 잡히지 않았다.

나는 바닥에 쓰러졌다.

잠시 후 머리에 손길이 느껴졌다.

그 손이 나를 쓰다듬었다.

오스카가 보였다.

아이가 벽을, 거기에 써놓은 글자를 가리켰다.

'금방 좋아질 거에요.'

그리고 나를 꼭 안아주었다. 예상치 못한 일이라 밀쳐낼 틈도 없었다. 그래서 나는 그냥 눈을 감고 아이를 안았다. 다시 눈물이 나왔지만 흐느끼지 않으려고 꾹 참았다.

잠시 후 나는 아이를 잡고 내게서 조금 떨어뜨렸다.

"나도 너 같은 아들이 있었어, 오스카. 그 애는 죽었어. 그래서 슬픈 거야. 너도 죽게 하고 싶지 않아."

오스카는 내 말에 동의한다는 뜻인지 내 말을 알아들었다는 뜻인지 고개를 끄덕였다. 나는 아이를 보았다. 지저분하지만 질 좋은 블레이저를 보았다.

둘이서 옷과 내장으로 매듭을 지어 밧줄을 만들면서 아이에게 베냐민 얘기를 들려주었다. 아들이 좋아하던 것들(커다란 그림책, 재미난 커버의 축음기 레코드판, 할아버지의 장난감, 특히 구슬, 수영, 아빠의 농담), 아들이 싫어하던 것들(생선튀김, 자러 들어가기, 머리 자르기, 입으면 가려운 바지)에 대해. 내가 리스트를 말하는 동안 오스카는 고개를 끄덕이기도 하고 가로젓기도 했다. 대체로 끄덕였다. 그리고 베냐민이 가장 좋아하던 농담을 들려주자 아이가 웃었다. 둘만 있는데 웃지 않는 건 어리석은 짓이기 때문이기도 하지만 그보다는 내가 들려준 농담이 꽤 재밌었기 때문인 것 같았다. 나는 아들과 마리아가 얼마나 보고 싶은지 이야기했다. 그래서 얼마나 화가 나는지도. 아이는 가만히 듣기만 하고 가끔 표정으로 대꾸했다. 문득 아이가 내가 할 일, 묵묵히 들어주는 심리학자의 일을 하고 있다는 생각이 들었다.

매듭을 하나씩 더 단단히 묶어서 밧줄을 준비하는 동안, 나는 아이에게 벽에다 자신에 대해 적어달라고 했다. 아이가 키워드로 적었다.

브레시아. 할아버지 블레이저 공장. 멋진 집, 수영장. 총을 든 남자들. 아빠 엄마 죽음. 도망. 혼자. 개집. 개밥. 축구. 검은 차. 흰옷 입은 남자.

나는 질문을 던졌다. 그리고 점들을 연결했다. 아이가 고개를 끄덕였다. 크고 반짝이는 눈망울. 나는 아이를 안아주었다. 따스하고 작은 턱이 내 목으로 쏙 들어왔다.

아이 뒤쪽으로 바닥에 널브러진 개의 머리를 보았다. 개의 눈. 아이의 눈. 돼지의 눈. 째깍째깍, 째깍째깍. 나는 눈을 감았다.

다시 눈을 떴다.

"오스카, 그 만년필을 꺼내. 우리 조금 별난 걸 해볼 거야."

아이가 몬테그라파 만년필을 꺼냈다. 더는 생산되지 않는 아름다운 물건.

3부: 종반전

올센의 퀸이 체스판에서 나가고 결정이 내려지자 무라카미가 상대에게 숨을 돌릴 짬을 주는 듯 보였다. 그럴 여유가 있었기에, 올센이 시간에 쫓기고 있었기에, 무라카미는 '최후의 일격'으로 게임을 빨리 결정짓는 대신 관객에게 으스대면서 고양이가 쥐를 가지고 놀듯이 최후의 가학적인 순간을 만끽하려 한 것 같았다. 평소 침착하고 과묵한 올센은 킹을 지키기 위한 피비린내 나는 방어를 중단하고 흑기사를 체스판의 반대편 끝으로 옮겼다. 자신의 암울한 현실을 부정하며 폭탄이 쏟아지는 속에서 골프를 치는 장군이 되었다.

"겁먹지 마, 오스카. 넌 떨어지지 않아."

나는 침착하게 말했다. 아이와 눈을 마주쳤다. 심장이 마구 뛰었다. 아이의 심장도 그랬으리라. 아이의 가슴에 창자를 둘러 보울라인 매듭으로 단단히 묶었다. 아이는 겉옷을 벗었고 우리는 그 옷을 밧줄 끝에 연결했다. 아이는 거의 알몸이 되어 신발을 신고 저 아래 거리의 자갈길 위로 매달렸다. 손으로 발코니 난간을 붙잡았다.

"이제 셋을 셀 거야." 내가 애써 침착하게 말했다. "그리고 셋에 손을 놓는 거야? 좋아."

아이는 겁먹은 눈으로 나를 보았다. 그리고 고개를 끄덕였다.

"하나, 둘…… 셋."

아이가 손을 놓았다. 용감한 아이다. 나는 한 발을 창문 옆 벽을 대고 버텼다. 아이의 체중으로 창자가 아래로 팽팽하게 늘어지는 느낌이 들었다. 창자는 버텨주었다. 우리는 안에서 이미 시험했다. 그래서 지상 18미터 위에 있다는 이유만으로 창자가 버텨주지 못할 이유가 없다는 걸 알았다. 나는 창자를 손목에 두 번 감아서 제동을 걸었지만 창자가 손에서 빠져나가는 느낌이 들었다. 그래도 괜찮았다. 아이를 조금씩 아래로 내려보내는 게 중요했다. 다만 너무 빨리 내려가면 안 되었다. 코트와 연결한 지점에서 제동을 걸어야 했고, 너무 갑자기 걸면 창자가 찢어질 수도 있었다.

아이는 미끄러져 내려가며 내게서 멀어졌다. 우리는 계속 서로 눈을 보았다.

코트와 연결된 지점에서 제동을 걸어야 했고, 창자가 고무줄처럼 늘어나는 것을 보았다. 그 밧줄이 80킬로그램인 나를 지탱해주지 못할 걸 알았지만 아이는 25킬로그램을 넘지 않았다. 나는 숨을 참았다. 창자가 흔들리며 늘어났다. 그래도 버텨주었다. 나는 그 줄이 변덕을 부리기 전에 서둘러 더 풀어주었다. 마지막에 아이의 블레이저에 이르자 나는 몸을 최대한 밖으로 내밀어 아이가 바닥으로 떨어지는 거리를 최대한 줄여주기 위해 한 손으로는 블레이저 소매를 잡고 다른 손으로는 난간을 잡았다.

"하나……." 내가 큰 소리로 말했다. "둘, 셋."

그리고 보내주었다.

오스카는 발부터 떨어졌고, 신발이 돌바닥에 닿는 소리가 들렸다. 아이가 넘어졌다. 우리가 미리 약속한 대로 아이는 잠시 그대로 누워서 다친 데가 없는지 살폈다. 그런 다음 일어서서 내게 손을 흔들었다.

나는 줄을 다시 끌어올려 아이의 옷을 풀었다. 옷을 떨어뜨려주자 아이가 재빨리 주워 입었다. 그리고 블레이저 주머니를 뒤져서 다 제대로 들어 있는지 살폈다. 만년필과 내가 준 돈과 내 아파트 열쇠까지. 헛된 희망인 줄 알지만 그래도 품었다. 희망을.

희망은 오래가지 못했다.

검은색 기사들의 정장을 입은 남자 둘이 정문에서 나타났고, 그중 하나는 덩치 크고 목이 푹 꺼진 남자였다. 그들이 오스카를 쫓기 시작했고, 오스카가 보안테이프가 쳐진 곳에 닿기도 전에 따라잡았다. 그들이 몸부림치는 아이를 보행자 전용 도로에 불법 주차된 SUV로 데려갔다.

나는 소리를 지르지 않았다. 그냥 말없이 차가 사라지는 것을 지켜보았다.

내가 할 수 있는 건 다 했다. 적어도 아이는 그레코의 지옥 같은 독가스를 마시고 죽지는 않게 되었다. 그가 오스카를 풀어줄지도 몰랐다. 왜 아니겠는가? 킹을 잡았으니 다른 말들은 건드리지 않아도 될 것이다. 그리고 기사들은, 적어도 대다수는 살인 그 자체를 위해 살인하지 않는다.

나는 다시 집 안으로 들어가 창자에서 내 옷을 풀어서 입었다. 개의 머리가 나를 쳐다보고 있었다. 한쪽 눈은 뚫려 있고 다른 눈은 성한 채로.

내가 믿었을까? 그레코가 오스카를 불쌍히 여길 거라고?

아니다.

나는 손목시계를 보았다. 가스가 집 안으로 새어들기까지 십이 분 남았다. 나는 바닥에 앉아 전화를 기다렸다.

밖이 점점 어두워졌다.

그레코가 시간이 다 되기 이 분 전에 전화했다.

휴대전화가 삼각대에 올려 있는 것 같고 화면에 그의 방으로 보이는 장면이 떴다. 벽돌, 나무. 널찍하고 하얀 벽면. 밖에는 넓은 테라스가 있었고 크리스마스트리가 저녁의 어둠 속에서 불 켜진 채서 있었다. 테라스 문 앞에는 울룩불룩한 근육에 딱 달라붙은 검은색 기사 정장을 입은 남자 둘이 지키고 있었다. 그레코는 하얀 가죽 소파에 앉아 있고, 그의 뒤로 오스카가 다리를 대롱거리며 앉아 있었다. 블레이저의 단추가 잘못 채워져 있고, 몬테그라파 만년필이 가슴 주머니에 꽂혀 있었다. 아이는 겁먹고 울다 지친 얼굴이었다. 그들 앞 테이블에 체스판이 놓여 있었다. 말들의 위치로 보아게임이 종반전에 접어든 듯했다. 옆에는 카람빗과 머스터드가스 배출용 리모컨이 있었다.

"안녕, 또 보네, 루카스. 다사다난한 하루였어, 안 그래? 좋은 일일 수도. 오늘이 네 마지막 날이니까."

그레코는 천으로 재킷 소매를 문질렀다. 핏자국. 지워지지 않는 것 같았다.

"난 그냥 빨리 끝내고 싶어." 내가 말했다.

"사실 이 애를 침실 스탠드 옆에다 데려다 놓고 버튼을 누를까도 생각했어. 그런데 그건 너무…… 귀찮더군. 그리고 이 칼이 마음에 들어." 그가 카람빗으로 손을 뻗었다.

"네가 얼마나 병들었는지 모르지, 그레코?" 내게서 갈라지고 거칠어진 목소리가 나왔다. "어린애야. 아무 죄 없는 아이라고."

"맞아. 그러니 너한테 기회가 있을 때 스스로 목숨을 끊지 않은 게 놀라운 거지. 그럼 이 모든 게……." 그가 두 팔을 넓게 벌렸다. "다 불필요해졌겠지. 너한테 그 창밖으로 뛰어내릴 머리와 배짱만 있었다면 말이야."

"그래도 넌 저 애를 죽였겠지."

그가 활짝 웃었다. "대체 내가 왜 그런 짓을 해?"

"넌 너니까. 넌 이겨야 하니까. 네가 내 목숨을 빼앗아 내가 저 아이를 구하게 된다면 온전히 너만의 승리가 아니게 되니까. 무승부가 되겠지."

"거참, 역겹군. 물론 네 말이 맞아." 그레코가 웃었다.

그는 칼을 집어 들고 오스카에게 몸을 돌렸다. 아이는 조명에 눈부신지 세상을 차단하고 싶은 건지 눈을 감고 있었다. 그레코는 아이의 머리에 다른 손을 얹었다. 긴 '쏴' 소리. 그리고 헛기침을 하고 말을 입을 열었다.

"안녕……." 그가 특유의 느리고 또렷하고 노래하는 듯한 목소리로 말했다.

나는 억지로 눈을 부릅뜨고 화면을 보았다.

오스카의 몸에 경련이 지나갔다. 아이의 손이 가슴 주머니로 올라가 거기 꽂혀 있는 몬테그라파 만년필을 꺼내 단 한 번의 물 흐르듯 숙련된 동작으로 만년필 뚜껑을 열었다. 그레코가 즐겁게 웃으며 아이를 보았다.

"……난 그레코야." 그가 음절을 하나씩 힘주어 말을 맺었다.

오스카는 바늘처럼 생긴 카트리지를 꺼내 조그만 손으로 뒤집어 들었다. 이 모든 과정은 우리가 몇 번 연습했을 때처럼 삼 초도 걸리지 않았다. 그리고 아이가 손을 휘둘렀다. 영리한 아이다. 연습이 끝날 즈음 아이는 개의 눈을 찔렀고, 내가 개를 아이의 키보다 높이 들어서 이리저리 움직여도 매번 정확히 찔렀다. 찌르고 또 찔렀다. 로봇처럼 침착하고 차분하게, 최면에 걸린 사람처럼. 2.5초에 해낼 수 있을 때까지. 나는 아이에게 트리거로 "안녕, 난 그레코야"를 주었고, 이 말이 나오면 가슴 주머니에서 펜을 꺼내 카트리지를 빼서 찌르라고 지시했다.

나는 카트리지 끝이 그레코의 눈을 찌르는 것을 보았고, 그것이 안구 뒤편의 종잇장처럼 얇은 뼈를 얼마나 부드럽게 뚫고 뇌로 들어가는지 보았다. 오스카의 주먹 쥔 조그만 손이 그레코의 얼굴에 종양처럼, 브로콜리처럼 붙어 있었다. 그레코는 다른 눈으로 오스카가 아니라 나를 보았다. 그 눈에서 내가 무엇을 보았는지 모르겠다. 놀라움? 존경심? 두려움? 고통? 아니면 아무것도 없었을지도. 그의 얼굴에 지나가는 근육 경련은 카트리지 끝이 뇌의 어느 중추를 찔러 나타나는 결과였을 것이다.

이어서 그레코의 몸이 갑자기 이완되더니, 그가 긴 숨을 토해내며 마지막으로 '쇠' 소리를 냈다. 다른 성한 눈에서도 빛이 꺼졌다. 조잡하게 만든 전자장치의 빨간 불빛이 꺼지듯이. 결국에는 그게 우리일 테니까. 충동을 전달하는 도관을 가진 개구리. 복잡한 로봇. 사랑하는 능력까지 갖출 만큼 고도로 발전한 존재.

나는 오스카를 보았다.

"안녕, 난 루카스야." 내가 말했다.

아이는 곧바로 최면에서 깨어나 카트리지를 떨어뜨리고 나를 보았다. 옆에는 소파 뒤로 머리를 젖힌 그레코가 있었다. 카트리지가 눈에 박힌 채 천장을 보면서.

"계속 나를 봐." 내가 말했다.

오스카 뒤로 남자들이 기관총을 들었다가 그 자리에 얼어붙은 듯 서 있었다. 총은 한 발도 발사되지 않았다. 이젠 막아야 할 위험도, 그들이 지켜야 할 보스도 없었다. 그리고 그들의 뇌는 언어화하지는 못하더라도 그들에게 이렇게 말했다. 이 아이를 죽여도 돈 줄 사람은 없고 평생 아이의 시체가 밤마다 찾아올 거라고.

"천천히 일어나서 밖으로 나가." 내가 말했다.

오스카는 소파에서 미끄러져 내려왔다. 바닥에 두 동강이 난 채 떨어진 몬테그라파 만년필을 주워서 주머니에 넣었다.

남자 하나가 소파 뒤쪽으로 다가왔다. 그는 시체의 경동맥에 손가락 두 개를 댔다.

오스카는 복도와 현관문으로 향했다.

두 남자는 서로에게 묻듯이 시선을 주고받았다.

그중 하나가 어깨를 으쓱했다. 다른 하나가 고개를 끄덕이며 옷 깃에 달린 마이크에 대고 말했다.

"걔 보내줘."

그리고 잠시 말을 끊고 이어폰을 고쳐 끼었다.

"보스가 죽었다. 뭐냐고? 끝났다는 거지, 응."

그레코는 절대로 오르지 못할 천국을 쳐다보며 누워 있었다. 붉은 눈물 한 방울이 뺨을 타고 흘렀다.

강철로 보강된 문을 뚫고 밖으로 나오는 데 거의 세 시간 걸렸고, 이제 도끼날이 무뎌져서 쇠망치에 가까웠다.

거리로 나가는 사이 입구와 외부에 아무도 보이지 않았다. 다들 작전이 중단됐다는 통보를 받았을 것이다. 어쩌면 벌써 일거리를 찾아 다른 보스, 다른 카르텔로 떠났을 것이다.

나는 이제 어깨너머를 살피지 않으며 어두운 밤거리를 걸었다. 집에 테이블에 놓인 체스판을 생각했다. 칼센은 이제 막 무라카미의 함정에 들어가 앞으로 열여덟 수만에 물러날 것이다. 그때만 해도 십이 년 후, 올센이 역시 무라카미의 함정에 빠졌다가 흑기사를 F2로 옮기며 믿을 수 없다는 듯 절망한 무라카미를 볼 날이 올 줄 몰랐을 것이다.

내 아파트가 있는 건물에 도착해 벨을 눌렀다. 현관 인터폰에서 딸깍 소리가 났지만 아무도 대답하지 않았다.

"나야, 루카스." 내가 말했다.

위잉 소리. 나는 문을 밀어서 열었다. 계단을 오르며 베냐민과 마리아가 떠난 후 터덜터덜 계단을 오르며 그들이 문을 열어놓고 나를 기다리고 있기를 꿈꾸던 날들을 생각했다. 마지막 계단에 올라서자 갑자기 피로가 몰려오고 가슴 통증으로 주저앉을 뻔하다가 눈을 들었다. 거기 문 앞에 역광에 비친 조그만 실루엣이 보였다. 내 아들이 보였다.

그 실루엣이 자기 눈을 가리키고 나를 보았다. 나는 미소를 지었

고, 사랑스럽고 따뜻하고 촉촉한 눈물이 내 목덜미와 셔츠 깃 아래
로 흘렀다.

　오스카와 나는 손을 잡고 브레시아의 폐허 속을 걸었다. 브레시
아는 가난한 도시였다. 사실 이탈리아에서 가장 가난한 도시 중 한
곳이지만 부유한 지역 안에 있어서 겉으로 봐서는 잘 구분되지 않
았다. 브레시아는 민족국가가 붕괴하던 시기에 살아남지 못하고
시간이 흐르면서 빈민가로 전락했다.
　우리는 거리에 서서 담장을 통해 오래된 의류공장을 들여다보았
다. 버려진 부지로, 불에 타 껍데기만 남은 그곳은 들개들의 소굴
이 된 것 같았다. 나는 개들을 향해 경고 사격을 하면서 쫓아냈다.
　우리는 한때는 아름다웠을 그 집의 대문으로 들어갔다. 호사스
럽게 크지 않으면서 세련된 아르데코 양식으로 지어진 건물이었
다. 흰색 외벽은 갈색으로 변해서 얼룩덜룩하고, 창문은 깨졌으며,
소파 하나가 창문에 반쯤 걸쳐져 밖에 나와 있었다. 건물 안에서는
작은 동굴에서 나는 소리처럼 물방울 떨어지는 소리가 메아리쳤
다. 집 뒤편으로 가보니 긴 겨울 끝에 갈색으로 변해가는 잔디밭에
군데군데 눈이 쌓여 있었다.
　오스카는 눈과 쓰레기가 가득한 수영장 가장자리에 서 있었다.
타일에 금이 가고 수영장 가장자리는 지저분한 갈색이었다.
　오스카의 눈이 눈물로 그렁그렁했다. 나는 아이를 끌어당겼다.
빠르게 잠깐 코를 훌쩍이는 소리가 났다. 우리가 그렇게 서 있는
동안 구름과 연기가 뒤섞인 틈새로 태양이 내 얼굴을 따스하게 비
추었다. 봄이 오고 있었다. 나는 훌쩍거리는 소리가 멈출 때까지
기다렸다가 아이를 내게서 떼어놓고 함께 연습한 수화로 말했다.

여름이 멀지 않았다고, 그때 바다로 가서 수영하자고 말했다.

아이가 고개를 끄덕였다.

우리는 집 안으로 들어가지 않고 문에 붙은 문패를 보았다. 올센. 나는 오스카를 입양하기로 했지만 그 이름을 유지하게 해주었다. 밀라노로 돌아오는 차 안에서 우리는 내가 루이니에서 산 판체로티를 먹으며 라디오를 켰다. 오래된 이탈리아 노래가 흘러나왔다. 오스카는 대시보드를 신나게 두드리며 노래를 따라 불렀다. 이어서 뉴스가 나왔다. 그중에 이제 마흔이 된 무라카미가 세계 타이틀을 또 한 번 방어했다는 뉴스가 있었다. 밀라노의 윤곽이 보이는 사이 오스카가 나를 돌아보았다. 나는 속도를 늦추고 아이가 만드는 수화에 집중해서 신중하게 읽었다.

"체스를 가르쳐주실 수 있어요?"

질투하는 남자

1판 1쇄 인쇄 2026년 3월 27일 **1판 1쇄 발행** 2026년 4월 16일

지은이 요 네스뵈
옮긴이 문희경
발행인 박강휘
편집 박규민 이승현   **디자인** 윤석진
마케팅 박유진 이수빈

발행처 김영사
주소 경기도 파주시 문발로 197(문발동) 우편번호 10881
등록 1979년 5월 17일(제406-2003-036호)
구입 문의 전화 031)955-3100 **팩스** 031)955-3111
편집부 전화 02)3668-3290 **팩스** 02)745-4827
전자우편 literature@gimmyoung.com
비채 블로그 http://blog.naver.com/viche_books
인스타그램 @drviche @viche_editors **X(트위터)** @vichebook
ISBN 979-11-7332-599-1 03890 책값은 뒤표지에 있습니다.

비채는 김영사의 문학 브랜드입니다.